ubi sacrificant,
Lapideu
sacrificatoru,

Todos sabrán mi nombre

Tony Gratacós

Todos sabrán mi nombre

Tony
Gratacós

Ediciones Destino
Colección Áncora y Delfín
Volumen 1638

Ediciones Destino, un sello editorial de Editorial Planeta, S. A.
Avda. Diagonal, 662-664, 08034 Barcelona (España)
www.planetadelibros.com
www.edestino.es

Primera edición: marzo de 2024
ISBN: 978-84-233-6484-8
Depósito legal: B. 1.638-2024
Composición: Realización Planeta
Impresión y encuadernación: Rotoprint by Domingo, S. L.
Printed in Spain - Impreso en España

Una pluma entre las manos

No sé en qué momento exacto debo comenzar esta historia. Me cuesta decidir cuál es su principio y, lo que es peor, no sé todavía cuál será su final.

Pero tengo que contarla.

A ello me obliga el hecho de ser cronista, aunque haga tiempo que no empuñe una pluma ni escriba palabra alguna. Hay cosas que no se olvidan; se llevan en la sangre, se pegan a la piel, y no lo abandonan a uno aunque se empeñe en dejarlas atrás.

Valladolid allanó mi mente como un pergamino, Anglería llenó de tinta el interior de mis venas y Elcano me obligó a medirme cara a cara con la verdad. Y yo ya no puedo renunciar a aquello en lo que los tres me convirtieron: a ser un estúpido deseoso de que a las generaciones venideras no se les hurte el derecho que tienen a conocer la verdad.

Nueva España, la llaman algunos. Una España en la otra orilla del océano. Más salvaje en su belleza, más terrible en el horror cuando los hombres deciden ser dioses. ¿Qué hago yo ahí? Debería estar en otro lugar, en otro sitio, pero Dios todopoderoso, terco conmigo, ha querido que me enfrente a mis viejos demonios. Ha abierto Su puño y me ha dejado caer en esta parte del mundo, para que luche con mi pluma por encontrar palabras que, colocadas una detrás de otra, construyan y sean capaces de reproducir la verdad de un mundo nuevo.

Pero ¿cómo hacerlo cuando uno desembarca en un lugar en el que nada de lo que ha visto o vivido hasta entonces lo prepara para lo que está a punto de experimentar? ¿Cuando los objetos de ese lugar, sus creencias, las emociones del corazón, no encuentran su espejo en ninguno de los vocablos aprendidos en una escuela de Valladolid?

¿Cómo edificar un mundo nuevo con palabras viejas?

Aunque, recapacitando sobre ello, quizá no sean necesarias tantas voces nuevas.

Todas caben ocultas entre los pertrechos que han viajado con las naves que cruzaron el océano hasta aquí: envidia, placer, ambición, soberbia, inocencia, muerte.

Todas reunidas bajo el nombre de un dios, bajo el nombre de un diablo: Hernán Cortés.

TENOCHTITLÁN, 23 DE ABRIL DE 1528

PRIMERA PARTE

ENTRE DOS MUNDOS

I

Dicen que cuando estáis a punto de morir, todo lo que habéis vivido pasa ante vuestros ojos como preparación para el inminente juicio final que os espera allá arriba. Es mentira. No fue eso lo que yo sentí.

Blanco, agua, sal. Por ese orden.

Antes de morir, esos fueron mis únicos pensamientos, lo único que vi. Entonces cerré los ojos y desaparecí en la profundidad de los abismos.

Como aún hoy sigo con vida, se podrá alegar que aquel no fue mi último momento, y, por tanto, era lógico que no viera mi pasado desfilando ante el espejo de mis ojos. Pero reto a cualquiera a que me diga si no es muerte segura caer al agua desde una nave, al borde del Pacífico, cuando ni tan siquiera sabéis nadar. Todavía me llevo las manos al cuello en busca de aire cada vez que recuerdo esos momentos. Son los únicos.

En cuanto a lo que hacía yo a bordo de esa nave en los confines del mundo, puede resultar fácil o difícil de entender. Nadie lo sabe. Fácil cuando digo que la nave en la que estaba embarcado formaba parte de la expedición castellana que Su Graciosa Majestad el emperador Carlos V había encomendado a García de Loaysa con el fin de alcanzar las islas de la Especiería. Difícil si tengo que añadir que mi previa experiencia como discípulo del cronista real más poderoso de Castilla, y, por tanto, del Imperio español, no me otorgaba los dones necesarios para ser aceptado como tripulante de aquella flamante flota.

Yo esperaba ansioso en la isla de La Gomera para embarcarme. Allí se habían detenido los siete navíos de la expedición para cargar provisiones antes de dar el gran salto al otro lado del mundo, y solo la intercesión en mi favor de Juan Sebastián Elcano, segundo al mando de la expedición, arrancó el sí dubitativo de su capitán general.

—Respondo por él con mi propia vida.

Estas fueron sus palabras exactas a García de Loaysa, quien no acababa de entender el afán del vasco por contar entre sus filas con un joven que a duras penas era capaz de distinguir entre el babor y el estribor de una embarcación. Pero Elcano tenía sus razones fuertemente ancladas en una singular camaradería que él y yo habíamos iniciado unos años antes en Valladolid, y, fiel a la palabra dada en Sevilla, logró que entrara a formar parte de la tripulación de la nao de la que él era capitán, la Sancti Spiritus.

No creo que sea necesario presentar al único hombre que ha conseguido completar la vuelta al mundo al mando de una nave.

Elcano había logrado esta proeza como uno de los supervivientes de la más que discutida expedición de Fernando Magallanes.

Esa gesta debería haberle bastado para ser nombrado capitán de la nueva expedición que iba a repetir el viaje de Magallanes, pero Su Sacratísima Majestad el emperador Carlos V eligió en su lugar a Loaysa, un hombre bien conectado con el poder y muy afable, pero menos versado en los asuntos de la mar.

Solo un reino como Castilla es capaz de ningunear de esta manera a sus héroes, relegando a un segundo puesto a quien ya ha realizado con éxito esa travesía.

A bordo de la expedición había diferentes rumores sobre los motivos de la injusta y desagradecida decisión de la Corona. Posiblemente el más siniestro de todos ellos llegué a escucharlo una tarde mientras descendía a la bodega, las tripas de la nave, en busca de algo que ya ni recuerdo. Allí, junto a la escotilla, antes de bajar al nivel más profundo de la embarcación, vi a dos cabezas al pie de la escalera hablándose al oído en la penumbra. Toda la escena desprendía un inconfundible aroma de corral de vecinas.

—Tengo un amigo en la Casa de Contratación que me asegura que se trata de un castigo al que se somete al vasco por lo ocurrido durante la expedición de Magallanes.

Las palabras que ascendieron hasta mis oídos captaron de inmediato mi atención, y reculé del hueco de la trampilla para evitar ser descubierto. El individuo parecía bien informado.

—Por lo visto alguien que trabajaba allí descubrió que Elcano estaba ocultando unos quintales de clavo que se había traído de la Especiería.

—¿En serio? —La otra voz intervino, cautivada por los hilos de una historia que arrojaba la imagen de Elcano al pie de los caballos.

—El hombre quiso denunciarlo y el vasco lo mató a plena luz del día en las calles de Sevilla.

No pude evitar que se encogiera mi corazón al escuchar aquello. Estuve a punto de hacer notar mi presencia en el hueco de la escotilla, dispuesto a extinguir el fuego hiriente de aquella conversación, mas las siguientes palabras me detuvieron.

—Pero por lo visto no acabó ahí todo. Días después encontraron el cuerpo de una prostituta abierta en canal junto a las orillas del Guadalquivir. Era una amiguita del funcionario asesinado.

—Habrá que andarse con ojo con el capitán. Seguro que el muy cabrón trajinó con ella antes de matarla.

Las risas de ambos, ascendiendo en el aire frívolas, juguetonas, hirientes, acabaron por hervirme la sangre.

Simulé un fuerte tosido antes de poner mis pies en las escalerillas, y la conversación se extinguió por completo. Tuve que contenerme para no descender hecho un rayo y escupirles en la cara. Así era como se contaba la historia en el reino de Castilla, me lamenté con ironía. Pero no tenía ningún derecho a quejarme por ello, puesto que había sido yo quien había decidido abandonar aquel lugar con la verdad bajo mi piel.

Pasé a su lado ignorándolos con desprecio. Al reconocerme, cruzaron una mirada socarrona.

—Ahí a la izquierda tenéis un cubo. —Señaló uno de ellos hacia la parte de popa de la crujía—. Si lo lleváis con vos seguro que nos evitaremos la molestia de tener que recoger otro de vuestros vomitados.

Me volví hacia ellos con desprecio, a tiempo de verlos desaparecer escaleras arriba con el eco de su burdo ingenio todavía en el aire.

Lo cierto es que, muy a mi pesar, aquellos pobres idiotas tenían razón. Había perdido la cuenta de las veces que había vomitado desde el día en que puse los pies sobre la cubierta de esa nave. Toda una ironía teniendo en cuenta que yo, Diego de Soto, había renunciado a un cómodo, tranquilo y dócil trabajo como lacayo de crónicas dictadas por el poder para hacerme a la mar y vivir sin que nadie, salvo el viento, pudiera redactarlas; y allí estaba yo en la cubierta de la Sancti Spiritus vomitando como una primeriza. Sé que mi decisión resultará estúpida para quien no sepa nada sobre mí. Puedo decir en mi defensa que no fue un afán aventurero. Eso me coronaría, sin lugar a dudas, como el rey de los idiotas. Lo hice por necesidad; lo hice por amor; lo hice también seducido por la figura y el genio de Juan Sebastián Elcano. El ser humano puede llegar a resultar un artefacto complicado si alguien trata de descifrar el cúmulo de razones que lo empujan a tomar una determinación.

El mar y yo no estábamos hechos el uno para el otro.

He llegado a la conclusión de que navegar se convierte en pasión solamente para quienes caminando sobre la tierra no alcanzan a hallar la tranquilidad en sus vidas. El mar se encarga entonces de proporcionar los balances y los contrapesos necesarios para enderezar las cuestas de tierra firme. Pero ¡ay de aquel que sepa avanzar sin tumbos sobre la senda de la vida! Corre el riesgo de volverse loco al intentarlo sobre las tablas de una nave surcando el mar, tan perturbado como su contrario sobre tierra firme.

Esta observación me ha llevado a distinguir dos clases de hombres sobre el mar: quienes navegan sobre la aventura y quienes navegan hacia ella. Para los primeros todo ocurre entre los dos azules; la sal se filtra inexplicablemente por la piel y, al mezclarse con la sangre, convierte su pulso en una suerte de compás del mar, cabalgando por las venas con el mismo ímpetu y pasión con los que se agitan las olas del mar bajo el casco de la nave. Todo vive en ese movimiento.

Los segundos se muestran, durante la travesía, como fieles amantes de la mar. Pero ellos no buscan cabalgar con ella, sino sobre ella, sometiéndola a sus caprichos, doblegándola con el viento y las velas como testigos de su ávida pasión, utilizándola para que en el éxtasis de su furor los arroje bien lejos, a una nueva orilla, un nuevo mundo, una vida nueva.

Elcano es de los primeros; Hernán Cortés, de los segundos. En cuanto a mí, debo confesar que estoy entre los segundos, aunque hubiera dado mi vida por haber sido, con Elcano, de los primeros.

El tiempo que permanecí en su navío, bajo su mando, fue inolvidable. Lo custodiaré siempre como un bien muy preciado, pero no forma parte de esta historia. Pocos pueden jactarse de haber compartido nave con quien ha dado la primera vuelta al mundo.

En compañía de un gigante como Elcano, no me resultó difícil ir afianzando mi posición en alta mar. No había atardecer que no nos hallara en la cubierta tolda charlando de nada y de todo.

Pero ese todo se torció al llegar al famoso estrecho que nos debía conducir al otro lado del orbe.

La vía de agua que comunica las dos caras del mundo se había bautizado en honor de Magallanes. El nombre que nos había unido en Valladolid hacía dos años nos iba a separar a ambos para siempre.

Cuando yo ya había aprendido a moverme con soltura por la nave sin parecer que estuviera de visita, tropezamos en la embocadura del estrecho con una tormenta que dio al traste con la Sancti Spiritus. Jamás pensé que entre dos lenguas de tierra pudiera desatarse un infierno acuático como el que engulló la nave de Elcano. Fue como si una tormenta sacudiera un vaso de agua; las olas parecían salirse por sus bordes, sacudiéndonos de un lado a otro como el sonajero de un monstruoso bebé tratando de conciliar el sueño.

Las condiciones adversas de aquella naturaleza salvaje, grandiosa, virgen, sembraron el caos en la tripulación, que se vio obligada a repartirse entre las naves restantes. Loaysa, temeroso ante una empresa que por unas u otras circunstancias se había cobrado ya tres de las siete naves de la expedición, quiso contar a su lado con la experiencia y tenacidad del vasco, y se embarcó con él en la nave capitana. A mí, tripulante menos insigne, no se me encontró acomodo en esa nave, y fui asignado a una más pequeña, el patache Santiago.

Elcano no pudo evitar lanzar una de sus sonoras carcajadas al enterarse, antes de embarcarnos cada uno en su barco.

—No sé de qué os reís —contesté yo, ofendido por que no mostrara cuando menos algún sentimiento de pérdida al no continuar el trayecto en mi compañía—. ¿Pensáis que Guevara no va a ser tan bueno como vos?

Traté de clavar en su corazón una punzada que doliera un poco, pero el rostro de Elcano no pareció darse por enterado. Para mí era difícil separarme de una de las razones por las que me había embarcado en aquella travesía. Y si bien ambos seguíamos vinculados a la misma aventura, viajar en diferentes naves suponía habitar mundos paralelos que jamás se volverían a encontrar.

—Diego, no os ofendáis, por todos los diablos. Guevara es tan bueno o mejor incluso que los demás, y no me cabe la menor duda de que con él estaréis en buenas manos. Me río porque con vosotros dos en una nave tan pequeña sobra el resto de la tripulación.

Sonreí, tratando de ocultar la pena en el estómago que me producía dejar de viajar junto al vasco.

—Pero prometedme una cosa. Que volveréis a escribir.

Me sorprendió lo absurdo de aquel ruego precisamente en ese momento, como si fueran los últimos deseos de un moribundo.

Sus vivos ojos, clavados en mí, contrastaban con aquel día gris en el que habíamos amanecido. El sol había decidido no mostrar ni sus rayos ni su faz, y todo el firmamento quedaba a la espera, encajado entre las dos orillas de un trozo de mar dormido, todavía de resaca tras la fiesta.

—Todo el mundo puede aprender a subirse a las jarcias, leer un mapa, tirar de un cabo. Hasta vos lo habéis hecho —prosiguió Elcano, arqueando los labios—. Pero no todos pueden aprender lo que vos sabéis hacer tan bien. Volved a coger la pluma y desgarrad vuestra alma para que todos sepan lo que estamos haciendo aquí, tan alejados de nuestra querida tierra. ¡Eh, Guevara!

Su voz voló por encima de mi cabeza hacia la cubierta de la nave que teníamos a nuestra espalda.

—¡Decidme, Elcano! —respondió la voz de un rostro que asomó sobre la barandilla de babor.

—Os lleváis con vos a uno de mis mejores hombres.

¡Cuidad de él y, sobre todo, sentadlo en cuanto podáis en la mesa de vuestro camarote con un papel delante!

—Le conseguiré papel para limpiarse el trasero, eso es lo que haré en vuestro honor —contestó Guevara, levantando las risas de quienes se encontraban en la cubierta de la Santiago en ese momento.

—¿Lo veis? No todo el mundo comprende lo importante que resulta vuestra labor, pero volved a escribir, os lo ruego. —Entonces el vasco depositó sus manos sobre mis hombros y los apretó con fuerza—. Nos vemos.

Sin esperar siquiera a que yo le contestara, se dio la vuelta y se dispuso a subir por las jarcias hasta la cubierta de la nave capitana.

Sentí un pequeño agujero en el estómago. Él debió de sentir algo parecido, porque, antes de saltar y poner los pies sobre la cubierta de la nave capitana, se volvió una última vez y, guiñándome el ojo, sacudió su rostro con una sonrisa de despedida. Ese fue nuestro último adiós.

2

Cruzar el estrecho de Magallanes a bordo de la Santiago, bajo las órdenes de Santiago de Guevara, resultó más gratificante de lo que esperaba.

Guevara era un hombre temerario, y, a pesar de las órdenes expresas de Loaysa a sus capitanes de no separarse demasiado de la nave capitana, la ligereza en la navegación —y también en la obediencia— del patache nos proporcionaba mayor velocidad e independencia para adentrarnos en vías de agua ignotas del estrecho. Explorábamos entonces un inmenso paisaje que, en su grandiosa hostilidad, se presentaba hospitalario ante nuestros ojos cuando nos aproximábamos a la costa.

—No temáis extraviaros conmigo mientras dirija esta nave —me exhortaba Guevara cuando nos alejábamos demasiado de las demás—. ¡Somos dos Santiagos con una única voluntad! Además, cuento con la derrota de la expedición que me ha facilitado vuestro querido Elcano, y os aseguro que no hay secreto que mar alguno pueda esconder cuando un vasco le facilita a otro las coordenadas de su destino.

Guevara era un tipo simpático al que le gustaba parecerlo siempre que el viento soplara a su favor. Por fortuna solía ocurrir la mayor parte de las veces, puesto que su sensatez y buen criterio no chocaban con el sentir general del resto de la tripulación. Llamaba a las cosas por su nombre y se dejaba doblegar por la autoridad, y la ejercía lo justo y necesario. Para este vasco que navegaba entre la disciplina y el espíritu de rebeldía, como el mar en el que había sido educado, hasta la obediencia tenía, al igual que las olas, sus límites: el sentido común.

Un pensamiento no cesó de embargarme mientras cruzamos el estrecho. Cada vez que volvía la cabeza a estribor, hacia la inmensa lengua de tierra que venía a morir a ese lado de la orilla, me maravillaba saber que, en algún lugar de las cotas superiores de aquella tierra, hombres castellanos como yo habían comenzado el dominio y la posesión de aquel mundo nuevo. Había leído sobre sus gestas en las crónicas de mi maestro Anglería durante aquellos lejanos días de Valladolid, y me había empapado de las hazañas de Grijalva, de Núñez de Balboa, de Hernán Cortés; había conocido cómo todo un imperio había sido sometido a los pies de este último y Castilla entera había gritado su nombre. A veces creía escuchar al viento trayendo hasta nuestros oídos ecos de sus pisadas, aullidos de gritos victoriosos, y entonces miraba fijamente hacia tierra tratando de discernir alguna señal que indicara que aquellos bravos conquistadores habían conseguido descender hasta el lugar donde nos hallábamos. ¿Cuánto tardarían en llegar? El orbe se había vuelto un lugar pequeño, y ahí estaba yo, de pie sobre la cubierta del patache Santiago, para demostrarlo.

Yo, que había entrado de puntillas en ese mundo como ayudante del cronista más poderoso del reino, me había convertido súbitamente en protagonista. Mi nombre no figuraría ya nunca en la cabecera de ninguna crónica; ahora, sin embargo, podría aparecer en una de ellas. A lo mejor quedaba un lugar para mí en una de las próximas que escribiera mi antiguo maestro.

Cuando por fin nos asomamos al otro lado del mundo, la excitación fue incontenible a bordo de la Santiago y las otras naves de la expedición. Guevara había autorizado a cocina a servir doble ración de bizcocho, una loncha de tocino curado, mojama de atún y vaso y medio de vino con el que celebrar nuestro paso por el estrecho. Cocina se había quejado de tal despliegue de generosidad aduciendo que quedaban pocas existencias en la despensa del patache.

—Dejad de lloriquear —resolló más tarde Guevara al cocinero, viéndolo murmurar mientras iba repartiendo el tocino entre la tripulación—. Meteremos mano a la despensa de la nave capitana en cuanto nos den permiso para barloar.

Guevara contempló el infinito azul que se desplegaba ante nuestros ojos. No tenía la menor intención de adentrarse en ese inmenso océano con la despensa medio vacía. A nuestra derecha, no muy distante de donde nosotros nos encontrábamos, pude divisar la figura de Elcano junto a la de Loaysa, en la cubierta tolda de la nave capitana. Elcano volvía en ese instante su cabeza hacia el resto de las naves, y, cuando su mirada sobrevoló nuestro patache, alcé la mano para lanzarle un saludo. A pesar de la distancia, percibí la sonrisa en su rostro y una ligera inclinación de cabeza.

Guevara me echó una mirada de soslayo y comprendió.

—Cuando nos acerquemos a cargar provisiones, podemos solicitar permiso a Loaysa para embarcaros en su nave. Los Santiagos os echaremos de menos a bordo, pero supongo que un cronista... —Guevara se detuvo, dubitativo—. Eso es lo que erais antes de embarcaros, ¿verdad?

Carraspeé, turbado, mientras asentía con la cabeza.

—Un hombre de letras —continuó Guevara— disfrutará más viajando junto a quien ha dado la vuelta al mundo; siempre encontrará más chascarrillos de los que escribir.

—Pero yo ya no escribo, Guevara. He cambiado la pluma por la mar. Soy un hombre nuevo.

—¡Ja! Vos tenéis tanta sal en vuestras venas como yo tinta en las mías, os lo aseguro.

No pude evitar reírme ante ese comentario de Guevara, del que pensaba que apenas me conocía.

—¡Oh, sí! Reíos cuanto queráis, pero yo lo sé. Está en vuestros ojos; esa forma de mirar vuestra es distinta a la de los demás; es como la de un borracho.

—Todo un piropo —asentí yo, entre divertido y ofendido.

—¡No, no! Aceptadlo como un cumplido y no como un insulto: el borracho busca la botella, penetra en ella con la mirada, disecciona sus aromas, y el alcohol acaba inundando su memoria. Como hacéis vos con la gente, con los hechos, con el aire que respiráis. Sí, volveréis, asiréis la botella y ya no la soltaréis más: escribiréis de nuevo como que me llamo Santiago de Guevara.

Se me quedaron grabadas las palabras de Guevara. Aquel día añadí a su personalidad la de agudo y penetrante observador.

—Si lo consideráis necesario, no tengo ningún problema en continuar aquí, bajo vuestro mando, capitán —repliqué yo, pues, a pesar de tener ganas de retornar junto a Elcano, le había tomado cariño a la rotundidad de Guevara.

Este me dio un manotazo en la espalda.

—No me importa, de veras. Siempre y cuando Loaysa no me arroje, a cambio, a los peores miembros de su camada.

En ese instante nos interrumpió el contramaestre de la Santiago:

—Capitán, desde la nave capitana nos dicen que tendremos que esperar a mañana para barloar.

Guevara cambió de expresión con la rapidez con la que alguien lo haría al arrojarle un puñetazo en toda la cara.

—¡¿Esperar?! ¡¿A qué diantres esperar a mañana?! —Guevara tropezó con mi mirada de desconcierto.

—Insisten en barloarnos mañana a primera hora y que llevemos a cabo el abastecimiento antes de zarpar.

—¡Mañana! —mascculló Guevara con un suspiro—. ¿Acaso nadie en aquella embarcación ha escuchado que es menester no dejar para mañana lo que pueda cumplirse hoy?

Guevara se volvió hacia mí.

—Ya lo habéis oído. Tendremos que esperar a mañana para que Loaysa cambie vuestro destino.

Lo cierto es que, tal y como pronosticó, nuestro destino cambió a la mañana siguiente. Dramáticamente. Uno de esos vuelcos inesperados sobre los que se descuelga el resto de la vida.

El día amaneció profundamente encapotado. Ya antes, durante las horas más oscuras previas al amanecer, la mar había comenzado a mecernos en nuestros sueños húmedos de cubierta, y lo que en un principio había parecido una plácida canción de cuna para los agotados huesos de la tripulación acabó convirtiéndose en el canto de bienvenida de Lucifer, que nos esperaba a todos bajo la superficie gris de aquel mar.

Desde la nave capitana, Loaysa dio órdenes de partir. Los altos mandos coincidían en lo peligroso que podía resultar recibir una tormenta anclados frente a la costa rocosa de la salida del estrecho.

—Capitán —escuché exclamar a alguien con cierta alarma en la voz—. ¿No vamos a llenar entonces de provisiones nuestra bodega?

—Pero ¡hijo mío! —respondió Guevara—. ¿Cómo pretendéis que nos barloemos a la nave capitana con este oleaje? Tal y como está el día, lo mejor que podemos hacer es largarnos de aquí. Ya tendremos tiempo de cargar las provisiones mañana o pasado, como muy tarde, cuando el dios Neptuno decida dejar de mearse bajo nuestra quilla.

La voz del capitán, a quien tenía cerca en ese momento, se oyó segura y convincente. Sin embargo, no pude evitar sentir cierto vértigo al escuchar lo que murmuró a continuación para sí mismo.

—Confío en que Neptuno deje de hacerlo pronto, ¡maldita sea! ¿Qué nos hubiera costado abastecernos ayer? El fondo del océano está plagado de negligentes.

La desidia de Loaysa al retrasar el aprovisionamiento de la Santiago escocía en sus entrañas. En ese instante levantó la mirada y tropezó con la mía. Mostró los dientes en una sonrisa forzada.

—Vuestro reencuentro con Elcano tendrá que esperar unos días —me dijo mientras sus dedos inquietos golpeaban sobre la barandilla de la cubierta tolda.

Neptuno escuchó los deseos de Guevara: dejó de mear bajo nosotros y, en su lugar, empezó a patalear. Cada vez con más fuerza. Hasta que estalló la tormenta.

Fue fácil leer en los rostros de la tripulación que lo que nos acechaba no era una tempestad cualquiera. Las arrugas que surcaron la frente de Guevara traicionaron su aparente tranquilidad cuando las nubes arrojaron su primer rayo sobre las aguas del mar, a escasos pies de la proa de la nave capitana. El trueno que retumbó a continuación hizo vibrar hasta el último cabello de nuestras cabezas. Era como si alguien nos estuviera advirtiendo de que no continuáramos, de que diéramos la vuelta, pues no respondía de lo que pudiera sucedernos si no obedecíamos.

Súbitamente envanecido, Guevara se subió a las jarcias del palo mayor y, sujetándose con una de las manos, descolgó todo su cuerpo sobre las aguas, desafiando la negritud que se extendía frente a nosotros.

—¿Qué tenéis que decirnos, eh? ¡No os entendemos!

—Su voz rugió a través del agua y el viento—. A partir de ahora, en esta parte del mundo también se habla castellano, y no tenemos ninguna intención de largarnos. Soy Santiago de Guevara, de Vizcaya. ¡Si queréis jugar, juguemos! Pero quedáis advertidos: mi sangre vasca derramada en estas aguas será el veneno que acabará con vos, maldito hijo de puta.

Durante un breve instante nos creímos las bravuconadas de nuestro capitán. Como si las palabras de un vasco arrojadas al viento fueran capaces de detener la fuerza de la naturaleza que se nos echaba encima.

Entonces todo comenzó a temblar bajo nosotros. Alguien cogió los dos extremos del océano como una alfombra y lo sacudió, haciéndonos volar a todos por los aires. Me pareció ver a Guevara a lo lejos cogiendo el timón, obligando a la bestia, bajo sus pies, sobre su cabeza, a jugar. Y se recreó con nosotros, vive Dios que lo hizo. Se divirtió tanto que cuando por fin se cansó y se levantó para marcharse, el patache Santiago se había quedado solo. No había señal de ninguna otra nave de la expedición. A lo mejor habían sobrevivido a la tempestad, pero nosotros éramos la única mancha en un mundo azul. Nos hallábamos perdidos en medio de un océano inmenso con una bodega en la que apenas quedaban provisiones para dos semanas. Resonaron entonces en mis oídos las quejas que había murmurado Guevara; quienes habían preferido dejar para mañana lo que habrían podido hacer ayer nos habían condenado a una muerte lenta pero segura.

El temor cundió entre la tripulación con la fuerza de una nueva tempestad, y Guevara tuvo que tomar la terrible decisión de racionar los alimentos.

—Pero ¡eso es injusto, mi capitán! —recuerdo haber escuchado a modo de protesta entre la corriente de murmullos.

—¡Por Dios, Miguel! —respondió Guevara acercándose al incauto que había hablado—. Podéis decirme que no os gustan las órdenes, que soy un cabrón o incluso que habéis dejado de creer en Dios todopoderoso, pero, por todos los diablos, no os atreváis a decirme que soy injusto. Injusto es tener méritos suficientes para ser nombrado capitán general de una expedición y que le concedan el cargo a un inútil; ¡injusto es solicitar barloar para avituallarse y que un idiota os diga que lo haremos mañana! Pero esto, lo que estoy pidiendo ahora, no es injusto. ¿Sabéis cómo se llama, hijito mío?

Puso las manos sobre los hombros del pobre desgraciado que se había atrevido a hablar y lo atrajo hacia su rostro.

—Supervivencia, hijo, esto es supervivencia —susurró Guevara, dándole una palmada en la espalda, condescendiente.

Nuestro destino se fue complicando a medida que fueron transcurriendo los días. Nos habíamos convertido en una peonza lanzada por los dioses sobre un tablero azul, y allí estábamos, dando vueltas y más vueltas, sin llegar a ningún lugar. A pesar de que la derrota en poder de Guevara nos prometía alcanzar las islas de la Especiería, había dos realidades contra las que el patache Santiago no podía luchar: una era el aire creciente en la bodega, y la otra, el viento menguante en las velas, que lejos de propulsarnos hacia el oeste nos empujaba con la corriente hacia el norte, pasado el ecuador.

La suma de ambas realidades hizo que Guevara acabase tomando la única solución posible para tratar de poner a salvo nuestras vidas.

—¿Sabéis lo que hay ahí? —me dijo el capitán en la cubierta, mirando hacia un horizonte menos azul a nuestra espalda. No esperó a que yo respondiera—. La única alternativa si no queremos que el hambre y la desesperación pongan un clavo en nuestro ataúd: tierra de Cortés. Si ponemos proa rumbo al este, toparemos con las costas de la Nueva España mucho antes que si continuamos luchando contra la corriente para dirigirnos a la Especiería.

Aquel nuevo destino, del todo inesperado, despertó en mí cierta excitación, que me empezó a quemar por dentro. Habíamos dejado de seguir la estela de Elcano, quien presumiblemente aún continuaba vivo a bordo de la nave capitana, para dirigirnos a tierras de un imperio poderoso en el que Hernán Cortés había desembarcado con apenas seiscientos hombres para acabar por conquistarlo.

¡De Elcano a Cortés! ¿Acaso no era el sueño de cualquier cronista el poder mirar cara a cara a aquellos gigantes, despojarlos de la leyenda, y poder contemplarlos desnudos en su más sencilla humanidad? Esa suerte había tenido yo con Elcano, y el destino parecía brindarme ahora, súbitamente y sin buscarla, una oportunidad llamada Hernán Cortés.

Quise detener bruscamente esos pensamientos enloquecidos. Desembarcar en una tierra extraña y esperar toparse con Cortés era tan ilusorio como querer encontrar un grano de arena lanzado en una playa. Cortés había iniciado su conquista desde la costa atlántica, y a buen seguro no había tenido tiempo de dominarla todavía en toda su extensión, hasta el Pacífico. Y aun si así fuera, ¿qué posibilidades había de encontrarme con él cara a cara en el escaso tiempo en el que la Santiago había de abastecerse antes de continuar rumbo hacia la Especiería? Además, ¿por qué tanto interés en conocer a otro conquistador? Yo ya había dejado de ser cronista. ¿O no recordaba ese pequeño detalle?

Los días siguientes los pasé, como el resto de la tripulación, mirando hacia aquel horizonte que había señalado Guevara, a la caza de una fina línea verde y ocre que pusiera fin a aquel infierno azul de hambre blanca. La expectación a bordo se podía medir por el silencio de aquellas gargantas secas de agua y vino, pero en mi interior intuía que, a pesar del estómago vacío, había otro motivo, una inquietud más profunda que excedía el mero instinto de supervivencia.

Al fin, una mañana, tras varios atisbos fruto de la imaginación de una tripulación famélica cuyos huesos comenzaban a perfilar cadáveres, alguien gritó «Tierra a la vista», y en el horizonte apareció la flecha de nuestra salvación.

—¡Aquí la tenéis, maldita sea! —oí rugir la voz quebrada por la emoción de nuestro capitán, Guevara, quemándome la espalda con una de sus palmadas—. No os dará tiempo ni de saludar a Cortés. Repararemos los daños de la Santiago, cargaremos provisiones y nos largaremos antes de que un salvaje nos quiera sacrificar a sus dioses.

Guevara subió de dos en dos los escalones hacia la cubierta tolda, y yo volví la mirada hacia aquel horizonte prometedor. No estaba de acuerdo con mi capitán. Sería una lástima poner pie en esa costa y no llegar a apreciar huella o rastro alguno de lo que habían hecho otros castellanos.

Aquella misma noche, mientras la franja oscura en el horizonte se iba haciendo cada vez más grande ante nosotros, percibí a mi inquietud asomándose de nuevo sobre el pecho, atraída por el embrujo de las tierras de Cortés. Tumbado sobre la cubierta, dejé que las estrellas se fueran paseando lentamente sobre mí, hasta que, de pronto, en un descuido, entré de nuevo en el despacho de mi maestro Anglería. Estaba atareado escribiendo una de sus nuevas crónicas, que Europa entera estaba ávida por devorar. Levantó los ojos de su escritorio y sonrió al verme, los dos un poco más viejos.

—¿Habéis cambiado de opinión, entonces? Sabía que lo haríais.

Esbozó aquella sonrisa que yo había llegado a conocer

tan bien, mezcla de lobo y cordero, seduciendo y devorando a partes iguales, pero en la que tan cómodamente me había sabido manejar.

—Tendremos que dejaros un hueco junto a mi mesa y despedir al pobre idiota que tuve que contratar en vuestro lugar. —Anglería lanzó un suspiro de hastío y bajó de nuevo la mirada para continuar con sus escritos.

Carraspeé, algo incómodo, sin atreverme a moverme siquiera.

—No será necesario; yo podría enseñarle a escribir, como vos hicisteis conmigo.

El maestro lanzó una sonora carcajada.

—¿Hacer yo con vos? ¡Muchacho, no seáis tan humilde! Vos lo teníais en vuestras entrañas, en vuestras venas, aquí dentro, en vuestro pecho —dijo golpeando mi corazón con el puño—. La tinta sale a chorros de esos ojos negros con los que miráis.

Volví la mirada, sorprendido, a mi alrededor. Anglería estaba ahora de pie frente a mí y ya no había mesa entre nosotros. Nos encontrábamos en la cubierta del patache Santiago, nadie en las inmediaciones, él y yo solos. El viento apenas soplaba bajo una luz blanca apergaminada sobre nuestras cabezas, rodeados de un mar negro cuyas olas salpicaban borrones en el firmamento y resbalaban de nuevo hacia las aguas sin dejar huella.

Anglería señaló con la mirada la extensión que se abría ante nosotros.

—Nadie podrá escribir nunca las palabras que no vayan a salir de vuestra pluma. Morirán con vos. Es vuestra decisión. Sin embargo, qué momento tan maravilloso cuando alguien recupera las que sí hemos plasmado, ¿verdad, querido Diego? Construimos con palabras mundos capaces de atravesar el tiempo y alimentar la imaginación de alguien que nacerá cuando nosotros hayamos muerto. ¡Lo que sale de nuestros puños besará la eternidad!

Anglería se dio la vuelta y miró expectante al firmamento en blanco. Se volvió de nuevo hacia mí, y contemplé esa mirada felina agazapada bajo aquellos ojos azules una última vez.

—Escribid y desnudad a Cortés como lo hicisteis con Elcano.

Mi maestro saltó por la borda y yo corrí detrás de él, gritando, a tiempo de ver como sus vestiduras negras eran engullidas por el mar de tinta; y yo volví a gritar, cayendo de rodillas sobre la cubierta, mis ojos inundados de unas lágrimas que, al sacudirlas con la mano, pude ver que también eran negras, y de pronto una voz fuera de mí gritó «Hombre al agua», y yo abrí los ojos y Morfeo hizo que todo mi sueño se disolviera como una gota de tinta en el océano.

Entonces me vi rodeado de blanco, agua, sal.

La luz se fue extinguiendo a mi alrededor y todo el océano se trocó en negro. Como la tinta.

SEGUNDA PARTE
TENOCHTITLÁN

I

El eco de unas campanas en la distancia revuelve mi oscuridad. Regreso de una extraña lejanía a la que no puedo ponerle nombre, luz, color, ni tan siquiera un paisaje. Mi mente trata de recuperar el último instante antes de la oscuridad de la que despierto y tan solo recuerdo el blanco de la espuma, siento el agua a mi alrededor inundando mis pulmones y el sabor de la sal en la boca. Hago ademán de escupir de nuevo, jadeo, pero no me estoy ahogando. Entra aire en mis pulmones. Me paso la lengua sobre los labios resecos y compruebo aliviado que no queda sabor de mar en el rostro.

Las campanas siguen tañendo; ahora las escucho con claridad y no puedo evitar que se me remueva el alma; hace mucho tiempo que no escucho ese sonido, y ahora, en la oscuridad que me envuelve, lo recibo como un bálsamo protector proveniente de algo más grande y poderoso que nunca ha dejado de estar conmigo. Agua salada vuelve a inundar mis ojos, todavía cerrados. Los abro para liberar esas lágrimas y un torrente de luz destierra mi oscuridad. Esas campanadas son el sonido cotidiano de mi hogar. Valladolid. Sevilla. Cualquier pueblo o villa de Castilla. Estoy de nuevo en casa, lo sé.

—Descansad, descansad. No tengáis prisa en regresar. Lo importante es que os encontráis fuera de todo peligro.

La voz amable de una sombra oscura se ha colado entre los destellos de mi claridad.

—¿Dónde estoy, dónde me encuentro? —tartamudeo entre las brumas de una pared blanca en la que adivino las formas de un crucifijo.

—¡Shhh! —me tranquiliza, haciendo descansar la palma de su mano sobre mi frente—. En el hospital de Nuestra Señora. Cerrad los ojos de nuevo, dormid.

Obedezco con la docilidad de un cordero, haciendo aletear mis párpados entre la luz y las sombras.

—¿Sevilla? —logro pronunciar antes de dejarme arrastrar por el suave manto de la somnolencia.

Tras unos instantes de silencio, escucho al fin una palabra extraña.

—Tenochtitlán.

Y mi mente cae hecha jirones entre esas letras, despeñándose en un pozo oscuro. Al final asoman retazos de los recuerdos que esa palabra evoca en recodos ignotos de mi mente. Custodia, celosa, esas imágenes, aunque yo ignoro su procedencia. Alguien me lo ha tenido que contar para que se encuentren ahí, vivas, frescas, reales. Las puedo palpar. Casi. ¿Cómo ha podido suceder?

Cerro de la Estrella, afueras de Iztapalapa,
5 *de noviembre de* 1519

En la oscuridad de la noche, las hogueras a su alrededor parpadeaban como los ojos de cientos de monstruos agazapados en tierra, esperando a devorarlos a todos. Él desterró aquel estúpido pensamiento. Nadie iba a devorarlos. No ahora, cuando estaban a punto de entrar en Tenochtitlán; no ahora, cuando esos fuegos eran los de sus aliados tlaxcaltecas y Cortés los había mandado encender para impresionar a Moctezuma y sus huestes.

A través de sus intermediarios, el jefe azteca había

dado su palabra a los emisarios de Cortés de que los recibirían en son de paz. Y más valía que fuera así, porque la fuerza de los hechos jugaba en favor de los españoles. Desde que desembarcaran en aquellas tierras, y hasta su llegada a las puertas del corazón azteca, el cielo había ido coronando cada uno de sus movimientos. ¿Cómo podían haber llegado tan lejos seiscientos hombres? Parecía imposible. Hernán Cortés les había prometido la gloria, y ahora estaban a punto de tocarla.

Recordaba muy bien el día en el que el capitán general de la expedición había propuesto hundir las naves en las que habían desembarcado. Cortés parecía un loco. ¿Cómo volverían a Cuba si las cosas se ponían mal en aquella tierra hostil? Pero Cortés se había salido con la suya. Tan solo había necesitado de palabras para ello.

—¡No hemos venido hasta aquí para llevarnos su oro y largarnos corriendo! —había dicho gritando en el dorado atardecer que se cernía sobre la playa de aquella tierra desconocida—. Queremos la gloria, queremos formar parte de su riqueza, pero, sobre todo, queremos que Dios todopoderoso sea el único señor de estas tierras y que Su Sacratísima Majestad Carlos V las gobierne con justicia. ¿Quién podrá vencernos cuando tenemos al cielo de nuestro lado?

En aquel momento a él no le habían convencido aquellas palabras, pero sí al resto de los hombres, y las naves acabaron en el fondo del agua. Ese fue el primer indicio de que las cosas no iban según lo planeado. La expedición había sido fletada a instancias del gobernador de Cuba, don Diego Velázquez, y su única misión era descubrir, comerciar con los indígenas y regresar con todos los tesoros que pudieran llevarse consigo. El gobernador había prohibido explícitamente a Cortés conquistar y poblar esas tierras; sin embargo, antes de partir de Cuba, las suspicacias contra Cortés eran tan grandes que Velázquez lo había alistado a él para que, llegado el momento, pusiera coto a los posibles desmanes del capitán.

Pero todos sus esfuerzos habían sido en balde. Él lo había intentado, ¡claro que lo había intentado! Pero ¿quién es capaz de detener la fuerza de una ola cuando rompe en la orilla? Cortés tenía ese poder: una capacidad de seducción tan envolvente que había resultado imposible evitar que se saliera con la suya. Él lo había experimentado en sus carnes: había embarcado en la expedición para vigilarlo y había acabado convirtiéndose en uno de sus más fieles capitanes. ¿Que por qué había ocurrido? Se lo había preguntado varias veces antes de llegar a una respuesta: Cortés era el único hombre que había conocido que, al miraros, lograba que no existiera nadie más en el universo.

Y luego, por supuesto, estaban los hechos que los habían conducido hasta allí, hasta las puertas de Tenochtitlán. El cielo estaba de su parte.

Habían tenido que derramar sangre. Eso era inevitable. Había sido abundante, pero la justa y necesaria para alzarse con la victoria ante las diferentes tribus que habían ofrecido resistencia. Luchar o morir, esa era la única manera de demostrar a los pueblos con los que se habían enfrentado que ellos estaban ahí para quedarse. Hasta los tlaxcaltecas habían terminado por aceptarlos; odiaban demasiado a los aztecas, al gran Moctezuma y sus huestes guerreras para no ver en aquella extraña alianza con los hombres de un solo dios la oportunidad para sacudirse, de una vez por siempre, el yugo bajo el que los tenía sometidos el Imperio azteca.

Ahí residía la tranquilidad de los españoles en aquella noche previa a su entrada en Tenochtitlán; en los más de dos mil indios que se habían sumado a su irrisorio número de hombres. Cientos de ojos, cientos de hogueras frente a la laguna de Tenochtitlán, susurraban aquella noche a los aztecas: «Estamos aquí y no vamos a irnos».

Pero ahí residía también el talón de Aquiles de la entrada al día siguiente en la ciudad. En los tlaxcaltecas.

Ese era el motivo por el que había pedido audiencia a Cortés; no es que él fuera especialmente protocolario, pero quería asegurarse de hablar a solas con el capitán general, y por ello le había pedido a Andrés de Tapia que lo avisara cuando viera la oportunidad. Tapia era uno de los hombres que estaban siempre junto a Cortés. Este lo había adoptado como confidente o secretario, y esa misma elección hubiera hecho él si hubiera estado en su lugar: si no el más joven, Tapia era el más brillante entre los hombres de menor edad de la expedición. Era rápido, discreto, de buenas entendederas y hábil con la espada. No se podía pedir más; pero tampoco se podía exigir menos en la posición que ocupaba.

Cruzó las últimas hogueras del campamento que lo separaban del fuego de Cortés con aquel pensamiento cogiendo forma en su cabeza, los tlaxcaltecas.

Andrés de Tapia lo estaba aguardando a unos pasos por delante de Cortés, que se encontraba de espaldas a ellos, contemplando la oscuridad de Tenochtitlán. Permanecía tan inmóvil que cualquiera podía pensar que sus ojos estaban escrutando el ir y venir de Moctezuma a través del manto de la noche. A su lado, las llamas latían con fuerza, y, antes de decidirse a hablar, escuchó el silencio que se colaba entre el crepitar de la hoguera.

—Mi capitán —pronunció al fin, decidido.

—Maldita sea, ¿cuántas veces os tendré que decir que no me llaméis «mi capitán»? Solo vos lo hacéis —respondió Cortés dándose la vuelta. El resplandor del fuego incendió el negro de sus ojos y se extendió después por el blanco de los dientes, que habían asomado entre los labios.

—Sabéis perfectamente que empezasteis no siendo de mi gusto, hasta que al fin os convertí en mi capitán —respondió él firme—. Y no me he equivocado hasta ahora, mi capitán —volvió a recalcar, cuadrándose ante él con el mayor de los respetos.

—A ver, decidme, ¿qué os inquieta? Porque es muy probable que sea lo mismo que a mí en estos instantes.

Él entornó los ojos, sorprendido de escucharle aquello a Cortés. Enseguida estableció la conexión; los temores que le había expresado a él Elvira eran los mismos que doña Marina debía de haber comunicado a su capitán.

—Ambos pueblos se odian. Los tlaxcaltecas que entren mañana con nosotros podrían tomarse la justicia por su mano y vengarse de quienes los han estado sometiendo tanto tiempo guerreando, haciendo prisioneros. ¿Cómo lo vamos a impedir?

—He hablado ya con vuestro suegro y se lo he explicado. —Percibió notas de humor ácido en una de las palabras de Cortés, pero prefirió ignorarlas—. Yo le he ofrecido una oportunidad para que haya paz en estas tierras, y él me ha prometido lealtad en nombre de todos los tlaxcaltecas. Mañana, cuando penetremos en territorio azteca, no ocurrirá nada. Podéis estar tranquilos. Y pasado mañana, o al siguiente, a lo sumo, entraremos con paso seguro a Tenochtitlán.

—Pero ¿qué es lo que le habéis dicho para convencerlo? —Él arqueó las cejas, sin comprender los motivos de tanta seguridad por su parte.

—Nada muy diferente de lo que les dijo Alejandro Magno a sus hombres: que no haya diferencias entre griegos y bárbaros y todos consideren el ecúmene como patria.

Al escuchar aquello, Tapia y él cruzaron por un breve instante la mirada. Había brillo y gloria y majestad en aquellas palabras. ¿Y si fuera cierto? En boca de cualquier otro, hubieran parecido las de un loco o un iluminado. En la de Cortés, sin embargo, adquirían el don de la profecía.

—Ahora, hacedme caso e idos a dormir. Mañana no desolaremos el reino. —Las palabras de Cortés flotaron misteriosas sobre la hoguera que los arropaba—. Será un día duro pero inolvidable. Y vamos a necesitar de cada gota de vuestro ser para llegar con éxito hasta el final.

Era imposible no saberse querido si uno escuchaba esas palabras. Por eso lo había convertido en *su* capitán. Siempre lo sería.

Se despidió con una ligera reverencia y Tapia lo acompañó un tramo del camino hasta su hoguera.

—¿Os habéis quedado más tranquilo?

—No lo sé —contestó él, meditando todavía sobre aquellas palabras—; pero lo que sí sé es que por nada en el mundo me perdería formar parte de este momento.

Tenochtitlán, 8 *de noviembre de* 1519

Los caballos estaban nerviosos. Sus cascos repicaban inquietos sobre el puente que se abría al vacío, reacios a entrar en él. Como si olieran el peligro. A sus espaldas, la villa de Iztapalapa, custodio de aquella calzada que sobrevolaba la laguna desde el sur hasta Tenochtitlán, miraba con recelo al séquito español y a sus aliados tlaxcaltecas. También sus habitantes habían sido conminados a no enfrentarse con los recién llegados; pero Cortés había visto odio y desconcierto en sus miradas, y en el último momento había obligado a sus aliados a evitar la villa, rodeándola hasta llegar a la boca de la famosa calzada que, por encima del agua, comunicaba con la ciudad.

La tenían ya delante de sus ojos. No debían de ser siquiera las diez de la mañana, y el sol colgaba ya espléndido sobre la laguna como si fuera el centro del universo. Tenochtitlán se aparecía ante ellos como una bella flor de loto en medio del agua.

—Confío en que cuando entremos en ella no nos ocurra como a los lotófagos de la *Odisea* —dijo entre dientes, con una sonrisa, Cortés mientras sujetaba los estribos de su caballo con los brazos tensos.

Ni él ni ninguno de los demás capitanes presentes sabían de lo que hablaba Cortés. Ni tan siquiera el joven Tapia pareció comprender a qué se estaba refiriendo.

—¡Oh, vamos! ¿Nadie ha escuchado nunca esa parte de la historia de Homero? Al comer la flor, los lotófagos caían sumidos en un sueño, y a veces incluso los embargaba una amnesia profunda.

—¿Queréis decir que tenéis miedo de quedaros dormido? —preguntó a su lado Alvarado mientras acababa de colocarse el cincho de la espada para evitar que su filo golpeara el lomo del caballo.

—No, de lo que tengo miedo es de que despertemos después en la cima de una de sus pirámides, a punto de ser sacrificados —contestó Cortés esbozando una sonrisa.

—Sabed que vuestros comentarios, en momentos como este, no son muy afortunados.

—Siempre hay que estar dispuesto a lo peor, Alvarado. Vos lo habéis demostrado hasta ahora con toda valentía.

—¡Espero que esos perros respeten lo que pactamos! —susurró Alvarado contemplando la calzada desierta, que se extendía como una alfombra bajo sus pies.

—Alvarado, cuidad vuestras palabras, porque estos perros, como vos los llamáis, están a punto de ser nuestros hermanos.

Los labios de Alvarado desprendieron una sonrisa burlona, pero, al volverse hacia Cortés en busca de su complicidad, se dio cuenta de que el de Medellín hablaba en serio.

Desde la posición en la que él se encontraba, a escasos pasos de ambos hombres, podía vislumbrar los extraños mimbres de respeto, admiración y también temor que tejían la compleja relación entre *su* capitán, como llamaba él a Cortés, y Alvarado. Este era intrépido, aguerrido, muy popular entre los hombres. Sin embargo, en el fondo de su alma, él tenía el convencimiento de que cualquiera de los dos habría prescindido del otro si hubiesen llegado a no necesitarse. Cortés de Alvarado, si hubiera tenido mejor soldado; Alvarado de Cortés, si hubiera habido mejor paladín.

La comitiva se puso al fin en marcha. Los cascos de los caballos —catorce cabezas que se habían traído de Cuba— comenzaron a tronar sobre el puente, y rápidamente se vieron sobrepasados por las pisadas de aquel ejército numeroso de tlaxcaltecas y españoles. Sobre sus cabezas se escuchaban retazos de conversaciones y risas de nerviosismo, pero todos enmudecieron a medida que iban avanzando por la pasarela que se desplegaba con toda su magnificencia sobre el agua, entre islotes y pilares, y la visión de Tenochtitlán se acercaba a sus ojos.

Cortés fue el primero en contemplarla, la calzada penetrando en la isla, majestuosa, abriendo la ciudad a su mirada. Tuvo que sujetar fuertemente las bridas de su caballo para evitar el temblor en sus manos. Aquello excedía lo imaginado. Había oído de la belleza de Venecia, construida junto a la costa y surcada de canales. Pero aquí había mucho más que Venecia. Tenochtitlán emergía de entre las aguas con la elegancia poderosa de un ave a punto de batir sus alas y echar a volar, arrastrando a la isla entera entre sus garras para ofrecerse al sol como la ofrenda más bella entre todas las del mundo.

Cortés bajó por un instante la mirada y tragó saliva al recordar los juegos de su infancia en Medellín, a orillas del Guadiana, cuando levantaba castillos de arena con los que desafiar el caudal de las aguas del río. Sintió de nuevo la tierra húmeda entre sus dedos, apelmazándola sobre unas piedras que robaba al lecho del río, confiando en que la obra de sus manos desafiaría al agua, al paso del tiempo, a los consejos de su madre —«Pero, Hernán, cariño; ¿no ves que es imposible?»—, a todos de una sola vez. Se le hizo un ligero nudo en la garganta mientras su memoria despertaba de nuevo a aquellos amaneceres ansiosos en los que corría por el silencio dormido de las calles, sin aliento, hasta el río y comprobaba con desilusión que el agua, el tiempo y su madre tenían razón. Pero ahí estaba ahora, frente a él, lo tenía delante de sí: su desafío hecho una realidad. Se dio cuenta de que siempre había soñado con ella, con Tenochtitlán, y una lágrima furtiva resbaló sobre su rostro.

Avergonzado, Cortés miró hacia los lados, asegurándose de que nadie lo había visto. Tapia, Alvarado y los demás estaban tan embelesados ante el espectáculo que los envolvía que no repararon en su emoción. Volvió la cabeza hacia delante justo en el momento en el que se adentraban, a través de un puente móvil, en el corazón de la ciudad. Nadie lo había visto llorar. Su mirada captó entonces de reojo el rostro de alguien que lo estaba observando. Él sí lo había visto, pero no le importó; era *su* capitán, y sabía que podía confiar en su discreción.

Prosiguieron el camino en tierra firme por la gran avenida, que seguía sorteando acequias y canales, líneas rectas que cruzaban de un lado a otro, convirtiendo aquella ciudad en un gran damero sin curvas. A derecha e izquierda, sobre ellos, asomaban edificaciones en las que era difícil distinguir dónde acababa la piedra y dónde comenzaba el jardín, todo superpuesto en forma de terrazas abiertas y escalonadas que hacían pensar en una nueva Babilonia de jardines colgantes.

Orden y belleza salían a recibirlos, azoteas llenas de curiosos que habían trocado las flechas por pétalos de flores. Los señalaban a ellos, curiosos, con la misma expectación en el rostro que la que ellos trataban de ocultar.

Enseguida lo vieron; en la distancia, frente a ellos, una montaña dominaba desde su altura todos los rincones de la ciudad. Era el gran templo, la pirámide de la que habían oído hablar a todos los enemigos del Imperio azteca, el lugar en cuya cúspide se habían derramado ríos de sangre humana en honor a sus dioses. El altar de los aztecas, el infierno de los tlaxcaltecas.

Cortés trató de decir algo a sus compañeros, pero no encontró palabras. Por un instante se sintió intimidado. Desde su desembarco, la expedición había topado con muchos templos de formas parecidas —*cúes*, los llamaban ellos—, pero ninguno tan grande como aquel. A pesar de encontrarse a pleno sol, sobrecogía la oscuridad que proyectaba. Era por el color de su piedra, pero también por lo que simbolizaba. Los enemigos de los aztecas juraban que nada más construirse se habían sacrificado más de cincuenta mil prisioneros en honor de su maldito dios. Fuera por lo que fuera, el embrujo que proyectaba era hechizante. Los ojos negros de Cortés cabalgaron por sus escaleras y terrazas hasta la cima, cautivados por su soberbia. Esa era la única belleza que el maligno podía esgrimir frente a la verdad: la grandiosidad sin medida; y tenía una capacidad de seducción de la que era difícil sustraer la mirada. Un aullido salvaje entre sus filas hizo desaparecer el gran teocali de su mente. Cortés tiró de las bridas y todo se detuvo. El grito procedía de atrás.

Bastó un ligero movimiento en las bridas de *su* capitán para que él también tirase de las suyas y, dándose la vuelta, cabalgara hacia el lugar de donde salían los gritos. Sus temores se habían hecho realidad. Los tlaxcaltecas. Desde la altura que le proporcionaba el animal, no fue difícil ver al indio que, con un cuchillo en la mano, se había separado de las filas y corría como un loco hacia un grupo de aztecas que había salido a recibirlos. Estremecido, buscó con la mirada al arcabucero que tenía más cerca. No hizo falta encontrarlo; un disparo surcó el aire y el cuerpo del tlaxcalteca rodó sobre el suelo arrastrado por el diablo de los plomos. La sangre salpicó los rostros de quienes habían sido amenazados, y el silencio se adueñó de las calles de Tenochtitlán. Una niña rompió a llorar.

—Lo siento. No podía hacer otra cosa. —El arcabucero que había disparado se acercó hasta él con el arma todavía humeante.

—Habéis hecho lo que debíais; es lo que le diré a Cortés —asintió él gravemente.

—No lo sé —terció el arcabucero, desviando su mirada—. Un compañero suyo me acaba de decir que el pobre diablo quería vengar la muerte de su familia. Fueron hechos prisioneros y murieron sacrificados a sus dioses.

—Decid a sus gentes que recojan el cadáver. Esta noche le daremos sepultura —respondió él evitando las miradas de su alrededor. ¿Qué otra cosa podían hacer? Exponerse a que el dolor y la venganza de uno pusiera en riesgo la vida de todos era impensable. Nadie iba a sacudir el avispero aquel día. Esas habían sido las órdenes de Cortés, y había que cumplirlas por el bien de todos.

Levantó al fin su mirada hacia el grupo de tlaxcaltecas que no se había atrevido a romper filas, temeroso de lo que pudiera encontrar en sus rostros. Cada uno de ellos escondía una historia similar, pero seguían con la cabeza baja, sin atreverse a protestar. Sus ojos la buscaron a ella, a la bautizada como Elvira, de pie junto a su padre, uno de los caciques de aquel pueblo valiente. Ella alzó su semblante, digno, bello, firme, y sus miradas se unieron por un breve instante en un abrazo invisible. Era cuanto necesitaba para devolverle la confianza en aquel momento trascendental que estaban viviendo. Los tlaxcaltecas, al igual que los castellanos, parecían comprender que avanzar hacia delante significaba dejar de mirar al pasado. «Los griegos y los bárbaros, un solo pueblo», había dicho Cortés. Elevó sus ojos al cielo suplicando que su capitán no se hubiera equivocado esta vez.

Mientras regresaba a la cabeza del grupo percibió el temor dibujado en los semblantes que asomaban desde las terrazas. El arma de fuego había dejado mudos de asombro a los aztecas.

—¿Todo bien? —preguntó Cortés manteniendo la calma en su semblante.

—Sí, mi capitán —respondió él, ocupando de nuevo su puesto en la comitiva.

Cortés hizo ademán de espolear a su caballo, pero se detuvo antes de hacerlo. Ahora que sus ojos habían logrado despegarse al fin de aquella inmensa pirámide que lo dominaba todo, pudo ver delante de ellos, a escasa distancia, un cortejo que los estaba esperando. Moctezuma.

—Descabalguemos —ordenó a su alrededor, bajándose del caballo.

Alvarado miró desconcertado a Cortés y luego hacia la nube de sombrillas, plumas, flores y color que tenían delante, a unos cincuenta pasos de ellos: los señores de Tenochtitlán.

—Cortés, ¿no será mejor recibirlos subidos a nuestras monturas? ¡Sabéis que el caballo los impresiona!

—Vamos a ir al encuentro del gran señor de esta urbe de igual a igual, arrastrando nuestros pies. No necesitamos de caballos para demostrar nuestra superioridad —respondió Cortés sin volver la mirada.

Los demás capitanes fueron descabalgando de sus caballos uno a uno; primero lo hizo él; por último, Alvarado, a regañadientes.

Cortés y sus hombres comenzaron a recortar la distancia que los separaba de la comitiva de bienvenida. Pisaban fuerte, solemnes, con aires de eternidad. Cortés lo hacía con la certeza de quien sabe que todo iba a ser distinto a partir de entonces. Su castillo en la arena. El tiempo pareció detenerse con el sol, que brillaba sobre sus rostros conteniendo también el aliento, el peso de la historia sobre sus hombros.

Los recibió una alfombra de flores rojas, blancas y verdes que se desplegaba bajo los pies de Moctezuma. Sobre su cabeza, la sombra de un palio proclamaba su dignidad y poderío con telas ricamente bordadas, plumas de aves y piedras preciosas. Los grandes señores de la ciudad aguardaban junto a él, flanqueados por el resto de Tenochtitlán, que contemplaba maravillada.

Cortés dudó si pisar las flores y entrar en el terreno

de Moctezuma, pero la mirada de este le invitó a hacerlo. La presencia de cuatro hombres detrás del emperador azteca, sobre la misma alfombra, le hizo volver la cabeza y, con una señal, mandó a Olid, Sandoval, Alvarado y él que la pisaran también. El peso del poder debía ser el mismo en ambos lados de la balanza. Al hacerlo, sus pies sacudieron aromas escondidos entre sus pétalos, que los envolvieron en una fragancia embriagadora.

Cortés y Moctezuma se miraron a los ojos por primera vez. No había sombra de desafío en sus rostros; sí de curiosidad; un poco de temor también; y mucho de cautela. Pero no amenaza. Latía el mismo corazón bajo colores de piel diferentes. Cortés había tratado de vestirse para la ocasión con los mejores ropajes que había podido rescatar de los jirones de la expedición. El negro predominaba sobre su figura porque sabía que con él destacaba los brillos de la espada, de su coraza y, sobre todo, de las bagatelas que pendían de su cuello, tan del gusto de los indígenas. Moctezuma, sin embargo, aturdía en su magnificencia salvaje. La piel oscura que su túnica bordada de oro dejaba al desnudo brillaba con más fuerza que su coraza; el oro y las piedras preciosas de sus collares parecían reírse de las margaritas de cristal que Cortés llevaba colgadas; el penacho de plumas sobre su cabeza lo coronaba hijo del sol.

Sin embargo, a pesar de las diferencias, antes incluso de que se pronunciara palabra alguna, el chispazo en las pupilas de ambos les hizo comprender, por un breve instante, que había posibilidad de entendimiento, que, si todo dependía de ellos dos, el encuentro inevitable entre aquellos dos mundos tenía la fuerza de convertir a Tenochtitlán en un nuevo ave fénix capaz de sobrevolar las diferencias.

Los ojos de ambos se desviaron entonces hacia los hombres que cada uno de ellos tenía detrás. Cortés no pudo saber lo que Moctezuma había visto en Alvarado y los demás capitanes, pero él leyó emociones dispares en los rostros de los cuatro indios que pisaban la alfombra con el emperador azteca. Había miedo y desconfianza en dos de ellos; pero a Cortés le llamó la atención el fuego que ardía en las pupilas del más joven. Era una hoguera hecha de odio, ambición, envidia; odio hacia los españoles, ambición por el poder, envidia de Moctezuma; una mezcla explosiva. Había que averiguar quién era aquel tipo y no perderlo de vista.

Cortés devolvió su atención hacia Moctezuma, y este lo hizo a su vez hacia Cortés. Se había colado una ligera sombra en las miradas de ambos. La consumación de ese encuentro iba a depender de algo más que la suma de sus dos voluntades.

Más tarde, cuando cualquiera de los presentes tratara de recomponer los detalles de aquel día, se daría cuenta de que cada uno de ellos había guardado en su corazón una pieza distinta de un mosaico que nadie había sido capaz de absorber en toda su realidad. Para muchos indios solo fue el humo de aquel palo que arrojaba fuego; para otros, el extraño animal de cuatro patas que unos pocos españoles llevaban bajo sus piernas; Tapia eligió quedarse con la emoción que había visto sacudir los hombros de Cortés entrando en la ciudad; Alvarado se dejó embrujar por los destellos del oro de los señores de Tenochtitlán; otros prefirieron caer bajo el influjo de las sombras que arrojaba aquella enorme pirámide. Nadie, sin embargo, fue testigo del chispazo en las pupilas de aquellos dos hombres. Tan solo él lo vio. Fue un chispazo que, de haber prendido fuego entre todos los presentes, habría cambiado el curso de los acontecimientos, la dirección de la historia.

Pero entonces nadie supo prever lo que iba a pasar, nadie se atrevió a pensar que las culpas acabarían siendo de ambos bandos por igual.

***

Tenochtitlán. Desperté de aquel sueño como si en realidad hubiera estado en él. Me había deslizado por sus entrañas como un protagonista más. Había vivido la entrada de Cortés en la ciudad, los temores de las noches previas, su encuentro con Moctezuma. Todo había sido tan real que tuve que cerrar los ojos y repetirme a mí mismo que yo no había estado ahí. Era imposible. Aquello había ocurrido en 1519; habían pasado más de siete años. ¿Dónde estaba yo entonces, sino recién llegado a Valladolid con apenas quince años de edad?

Y, sin embargo, mi imaginación había sido tan minuciosa en el despliegue de detalles que alguien tenía que haberme contado todo aquello. Uno de sus protagonistas. Él. Él sí había estado presente en aquel momento. Había sido uno de sus capitanes quien me lo había contado, quien me había llevado hasta allí. Pero ¿quién me había traído hasta aquí?

Tumbado sobre el lecho, cerré los ojos y los volví a abrir con fuerza, mirando, confundido, a mi alrededor.

—¡Por fin regresáis a la vida!

Se asomó sobre mí el rostro de un desconocido.

—¿Quién sois? ¿Cómo os llamáis?

—Soy Diego, Diego de Soto —conseguí pronunciar, con la boca reseca—. Viajaba en una nave, la Santiago. Me caí al agua cuando estábamos navegando junto a la costa.

—Algo más recordaréis. Uno no se traslada desde la costa a Tenochtitlán así como así —dijo el desconocido frunciendo el ceño.

Miré a mi alrededor tratando de buscar la respuesta. Lo único que vi fue una sala grande, rodeado de varias camas en la que se postraban otros heridos y enfermos. Observé al que estaba más cerca; descansaba mirando hacia el techo, como yo; tenía el rostro oscuro. Era un salvaje. Un nativo.

—Pero ¿dónde estoy? —dije yo, sorprendido de encontrarme bajo el mismo techo que un indio.

—Ya os lo dijimos antes, en el hospital de Nuestra Señora de Tenochtitlán.

—¿Cómo he llegado hasta aquí?

—Eso es lo que confiábamos en que vos nos dijeseis. Aparecisteis inconsciente frente a la puerta del hospital hace ya varias semanas. Habéis estado a punto de morir.

—¿Ahogado? —Levanté los ojos con la esperanza de haber hallado un punto en común desde el que desenredar mi historia.

El tipo me miró como si todavía delirase por la fiebre.

—No, desangrado —espetó sin contemplaciones—. Me sorprende que hayáis olvidado una herida como la vuestra. Llevabais puestos unos vendajes, pero seguía supurando bajo el pecho. Si no os hubiesen traído hasta aquí habríais muerto.

Debí de poner la expresión de quien escucha la historia de otro paciente, y el hombre, supongo que cansado de la parquedad de mis respuestas, decidió devolverme a la soledad para que aclarase un poco mi cabeza.

En cuanto se marchó me puse la mano a la altura del pecho, palpándome con cuidado a través de las sábanas en busca de la herida de la que había hablado. Noté dolor al apoyar los dedos bajo mis costillas, junto al estómago. Levanté las ropas para ver cómo era.

Una cicatriz de cuatro dedos atravesaba mi piel. Al verla mis ojos se cubrieron de lágrimas. No era el daño de la herida la que las produjo, sino el hecho de que no me acordara de nada de lo que me había pasado.

Blanco, agua, sal... Negro. Esos eran mis últimos recuerdos, además de la entrada de Hernán Cortés en Tenochtitlán que había soñado a lomos de las memorias de un desconocido. Un desconocido que me había salvado la vida sin que yo supiera cómo.

2

La oscuridad que se había extendido en mi mente desde mi caída al agua hasta el despertar en el hospital de Nuestra Señora era tan grande que, si entonces me hubieran acusado de haber matado a alguien, no lo hubiera negado. Solo tenía conmigo la cicatriz en la piel como testigo silencioso de que algo terrible me había sucedido durante aquella oscuridad, hechos que yo había preferido relegar a algún rincón de mi memoria.

Permanecí un tiempo, unos días más, frente a aquella pared blanca de la gran sala, en silencio. Dormía mucho, pensaba poco, soñaba nada. Mejor así; las pocas veces en que daba vueltas a mi cabeza entraba en un vacío mortal del que no sabía cómo salir. Había perdido mi nave, mi expedición, a Elcano, y me encontraba en una nueva tierra en la que no sabía lo que había estado haciendo desde mi llegada. Mi cicatriz era el único testigo mudo.

Mi aparición ante el hospital —abandonado a sus puertas como un bastardo, moribundo pero con las heridas bien lavadas— había desatado cientos de habladurías sobre mi origen y las causas de mi desgracia. Unos creían que era el resultado de una partida de cartas mal ganada; otros, la venganza de un marido despechado; los había que hablaban de mí como la víctima frustrada de un sacrificio —me daba escalofríos solo pensarlo—; y otros, los más aburridos, aseguraban que había llegado a bordo de un navío como espía de Hernán Cortés.

La única noticia cierta que llegó a mis oídos aquellos días fue que el hospital había sido fundado por Cortés con el expreso deseo de que se asistiera a castellanos e indios por igual. Entendí así por qué había visto naturales (como los llamaban allí, en lugar de salvajes) acomodados en algunos de sus catres. Un hecho bastante insólito cuando ni siquiera en el hospital de las Cinco Llagas de Sevilla se atrevían a mezclar a ricos y pobres bajo su techo. Por lo visto, como su propio nombre indicaba, en Nueva España se hacían nuevas las cosas.

Entonces mi silencio se quebró por fin con una voz que reconocí enseguida.

—¡Maldito cronista de pacotilla! —rugió, alegre, al verme.

—¡Guevara! ¡Por todos los santos!

Me incorporé con toda la fuerza de mis ánimos sobre el lecho. La aparición de Guevara era una mano tendida ante el abismo. Nunca me había alegrado tanto de ver a nadie.

—Ya os lo dije en su momento. Un escritorio, y no a bordo de una nave, ese es el lugar al que pertenecéis. —Asió mi brazo y lo apretó con fuerza—. ¡Dichosos los ojos que os contemplan sano y salvo! ¡Cuando me dijeron que estabais aquí no me lo podía creer!

—Pero ¿qué hacéis en Tenochtitlán?

—¿Y vos me lo preguntáis? ¡Como si vuestra presencia aquí no fuera menos inesperada! Cuando os vimos caer al agua pensamos que os perdíamos para siempre.

—Guevara, no recuerdo nada desde aquel día. —Agarré su mano, creyendo que a lo mejor él me podría sacar de la oscuridad.

El capitán de la Santiago apretó los labios como si lo sintiera en carne propia.

—Lo sé, hijo, lo sé. Es demasiado tiempo para haber permanecido en la oscuridad.

—¿Cuánto ha pasado? —Aunque parezca estúpido, no se me había ocurrido pensar que hubiera transcurrido demasiado.

Guevara desvió la mirada hacia un lado, no muy seguro de si era bueno responderme.

—¡Qué demonios! —Sacudió la cabeza, decidido—. Acabaréis por saberlo antes o después. Han transcurrido más de cinco meses desde que caísteis al agua.

Una sensación de vértigo me invadió al conocer el tiempo transcurrido. Me derrumbé sobre la almohada. Cinco largos meses en la más completa oscuridad. Miré de nuevo hacia Guevara, tranquilizándome gracias a su presencia. Todo podía empezar de nuevo.

—¿Y vos lleváis todo este tiempo aquí? Vuestro plan era avituallarse y partir de inmediato.

Sus facciones se tensaron inesperadamente.

—Las cosas no suceden siempre como uno quiere. Conseguimos llegar sanos y salvos a un lugar de la costa en... —Guevara chasqueó los dedos tratando de recordarlo y volvió su cabeza hacia atrás—. Ribera, ¿cómo diablos se llama el lugar en el que nos recogisteis?

—Tehuantepec, Guevara, os recogieron junto a Tehuantepec.

La figura a la que pertenecía esa voz asomó detrás del capitán de la Santiago.

Era un rostro anodino y gris como una tarde de invierno en Valladolid, tan fría que había dejado sobre su frente un trozo de hielo, un mechón de pelo blanco en su cabello oscuro.

—Ah, por cierto. Dejadme que os presente —dijo Guevara, echándose a un lado para que lo viera. Os presento a Juan de Ribera.

Mientras estrechaba la mano del extraño, me dio la

sensación de que Guevara había querido que advirtiera su presencia.

—Ahí en Tehuantepec sigue esperando toda la tripulación, junto a la Santiago, hasta que yo regrese de Tenochtitlán, donde me hospedo en el palacio de quien nos auxilió a nuestra llegada. —Se detuvo un instante, inspeccionándome con excesiva atención, antes de romper de nuevo el silencio—. Soy huésped de Hernán Cortés —dijo al fin.

El nombre del conquistador me hizo remover en el lecho.

—Cortés... ¿Hernán Cortés? ¿Habéis tenido ocasión de conocerlo? —No pude ocultar la emoción que me produjo escuchar su nombre.

—Juan de Ribera es secretario de Cortés —respondió Guevara, señalando hacia el tipo anodino—. Gracias a él estamos aquí. El capitán general de la Nueva España se enteró de vuestra presencia en el hospital y me lo dijo.

—Don Hernán Cortés me ha rogado venir a deciros que estaría encantado de recibiros en su palacio —intervino, petulante, Ribera—. De hecho, no habría inconveniente alguno en que os instalarais allí con el capitán Guevara, si lo desearais.

Volví mi rostro hacia Guevara. Estaba tan abrumado por la súbita invitación de tan insigne personaje que no supe apreciar el aire de embarazo que lo envolvía en aquel momento.

—Estaría encantado en aceptar; yo...

—Pues no se hable más —interrumpió Ribera—. Daremos orden de que mañana vengan a recogeros y os trasladen al palacio del capitán general. ¿Queréis alguna cosa más de él, Guevara?

El vasco negó con la cabeza.

—Será mejor que aprovechéis lo que os queda de día para descansar, porque Cortés os traerá loco a partir de mañana —se despidió con una mano en la boca para evitar que lo llegara a oír Ribera, quien se acababa de retirar.

Tuve entonces la impresión de que tanto tiempo en Tenochtitlán no le acababa de sentar del todo bien. Sin embargo, no le presté demasiada atención; noticia de que iba a conocer a Hernán Cortés al día siguiente acababa de convertir mi sórdida estancia en la ciudad en la oportunidad para cumplir con el encargo de mi maestro Anglería. «Escribid y desnudad a Cortés como lo hicisteis con Elcano», había dicho en sueños. Poco recordaba ya que habían sido esas mismas palabras las que me habían precipitado por la borda hacia el abismo. Blanco, agua, sal habían sido entonces. Rojo, rojo y negro iban a ser los colores del siguiente abismo.

Aunque suene ridículo, salí del hospital nervioso como ante una primera cita. Iba vestido con la ropa que alguien había dejado a los pies de mi camastro y que descubrí nada más despertarme.

—Han llegado del palacio de Cortés —se había limitado a responderme una de las mujeres que atendía a los enfermos.

Eran sencillas, limpias, elegantes, toda una señal de lo que se esperaba de mí. Correspondí bien a esas exigencias gracias a una buena limpieza de todo mi cuerpo con la única ayuda de una jofaina y tres jarros de agua. La herida dolía aún, pero estaba bien cicatrizada.

—No hagáis movimientos violentos —me advirtió el cirujano, el mismo que se había asomado sobre mi rostro el primer día—. Si no fuera porque es don Hernán Cortés quien os reclama, os tendría aquí unos días más —añadió, dejando claro quién mandaba en realidad.

Esperé nervioso afuera, en el patio del hospital. Antes de que nadie viniera a buscarme, salió a recibirme el sol, derramándose sobre mi cara. Tuve que entornar los ojos para impedir que sus caricias me cegaran y así dejar que, embriagadoras, se colaran entre mi barba, por cada poro de mi piel, relajándome. Yo me dejé llevar, elevando el rostro, cerrando completamente los párpados, coqueteando con el astro. A pesar de la oscuridad, la claridad atravesaba la piel de mis ojos; su brillo era más intenso y dorado que en España. A lo mejor era por el oro que escondían aquellas tierras.

—¿Diego de Soto?

Abrí los ojos y nos reconocimos de inmediato. En su caso, no era difícil señalar a un extraño en la ciudad que habéis conquistado; pero yo supe enseguida que se trataba de Tapia, Andrés de Tapia. No me preguntéis por qué; llamadlo intuición. Sus facciones no eran las mismas que le había dibujado durante mis alucinaciones en el hospital, pero la edad fue lo que le delató. Él estaba a punto de saltar la barrera de los treinta, así que siete años nos distanciaban. Debía de tener mi edad cuando llegó con Cortés a conquistar aquellas tierras. Por unos instantes me avergoncé de mí mismo. ¿Qué había hecho yo en la vida con veintitrés años? Desafiar a un imperio y salir corriendo. Él, en cambio, había conquistado uno. Ese gran abismo era el que se abría entre ambos, a la entrada del hospital, sin conocernos siquiera.

Nos saludamos sin perder el hilo de nuestras miradas. Mientras se presentaba, me sentí observado con recelo. Su tez, oscurecida por la sombra de una barba que no dejaba crecer, tornaba el hueco de sus ojos más blanco, su mirada castaña más profunda. Era el rostro curtido de un alma noble, alguien de quien uno desearía su amistad aun sabiendo que carece de la altura suficiente. El abismo era la causa, probablemente. Pero supe leer también desconfianza.

—Es un honor que hayáis sido vos, alguien tan cercano a... —dudé un brevísimo instante sobre el modo adecuado de llamarlo—, a don Hernán Cortés, quien haya venido a buscarme.

—¿Habíais oído hablar de mí? —respondió con cierta sorpresa.

—Lo cierto es que sí, pero no me preguntéis de labios de quién ha sido. —Esbocé una leve sonrisa de complicidad que él ignoró.

—Me dicen que sois un hombre sin historia —dijo, y se limitó a fruncir el cejo.

—Así es; la tenía en Castilla, pero la he perdido en estas tierras.

—Confío en que la acabéis encontrando, y que al final sea buena para vos y para todos. —Un amago de amabilidad movió sus mejillas hacia los lados.

Cruzamos la verja del hospital y, al contemplar mis ojos Tenochtitlán por vez primera, tuve que detenerme ahí mismo, con el asombro paralizando mis pies. De una forma misteriosa sentía que ya había estado ahí, en mis sueños, sobre aquella calzada que penetraba el corazón de esa ciudad extraña y conocida.

La realidad se alejaba del sueño pero la esencia permanecía. Conservaba el carácter magnificente, sobrio y rectilíneo de los sillares que la habían ido construyendo desde antiguo, pero muchos de ellos se habían reordenado para dotar los espacios de mayor familiaridad para los nuevos moradores. Las terrazas que yo había imaginado descolgándose con la suntuosidad de los jardines de Babilonia habían desaparecido, sustituidas por la obsesión castellana de querer apresar la naturaleza en bellos patios cerrados, pero el exotismo seguía latente.

Tapia tuvo que detenerse para ver por qué no lo seguía y, al verme boquiabierto, comprendió.

—Claro, esta es la primera ocasión que tenéis de contemplar la ciudad. Pues sed bienvenidos a Tenochtitlán.

Avancé hacia él, todavía encandilado, y seguimos caminando los dos juntos por la calzada. Me sorprendió la cantidad de gente que iba y venía con cestas y carros llenos de verduras, animales, pieles, reproduciendo el mismo trasiego que podríais encontrar en cualquier ciudad de Castilla. La única diferencia era que a nuestro alrededor había muchos, la mayoría, que tenían la tez oscura.

—¿Ha cambiado desde que entrasteis por primera vez junto a Cortés? —pregunté a Tapia, tratando de seguir su paso.

—Sigue impresionando.

En su rostro se adivinaba la satisfacción de un padre, orgulloso de pisar la tierra en la que había vertido tanto sudor y sangre. Era suya, se sentía seguro sobre ella, la amaba.

—¿Entrasteis por este mismo lugar? —pregunté sin dejar de mirar hacia delante.

—Así es, solo hay tres calzadas que llegan al corazón de la ciudad, y esta es por la que entramos nosotros. De hecho, Cortés mandó erigir el hospital en el mismo sitio donde él y Moctezuma se encontraron por primera vez.

Bebí sus palabras mientras contemplaba, delante de nosotros, sobresaliendo de entre los demás edificios, una colina que ascendía de modo escalonado y amenazador hacia el cielo; en su cima se distinguía la cruz de una pequeña ermita. Aquella montaña no era capricho de la naturaleza, sino el empeño de toda una civilización por acariciar los cielos y aplacar la ira de sus dioses. La gran pirámide.

—El templo mayor; o más bien debería hablar de los restos del templo mayor —explicó Tapia ante mis pupilas desencajadas.

—Pero ¿era todavía más grande?

Andrés negó con la cabeza.

—Ha desaparecido su esplendor y el aspecto sobrecogedor. Contempladlo bien ahora que todavía estáis a tiempo, porque no se mantendrá así mucho más. Hay voces que piden demolerlo. —No quiso mirarme mientras me decía aquello, pero percibí la desaprobación colándose en sus palabras.

—Demolerlo, ¿por qué?

—Nadie desea una sala de tortura gigante en el patio de su casa; ha sido el escenario de miles de sacrificios humanos.

Un ligero escalofrío recorrió mis venas ante el conjunto terrible y a la vez cautivador que tenía ante mis ojos.

—Pero la realidad es que los que desean derrumbarla anhelan sus piedras para alimentar su vanidad con nuevas construcciones —añadió Tapia.

La calzada por la que caminábamos se iba convirtiendo a veces en un puente que atravesaba aguas tranquilas que reposaban bajo nuestros pies. Eran los canales y las acequias de la Venecia azteca. A pesar de su belleza, se apreciaban todavía las heridas que había causado la toma de la ciudad. Había solares con piedras amontonadas esperando a que mano de obra india los devolviera a un nuevo esplendor, ahora castellano.

Me sorprendió ver que una de aquellas acequias estaba seca, sin agua, y que unos indios trabajaban afanosamente llenándola de piedras. Tapia me explicó que la capital del Imperio azteca había quedado reducida a escombros tras la batalla por su conquista, y la nueva traza de la ciudad que se había diseñado en su reconstrucción obligaba a cortar algunos canales para convertirlos en calles de tierra firme. Era uno de los objetivos para el nuevo Tenochtitlán: hacer de ella una urbe mejor conectada en su interior, cómoda y transitable para el nuevo transporte que los españoles habíamos traído, los caballos con sus carrozas. Más calles, menos canales, pero manteniendo la belleza de Tenochtitlán. Un difícil equilibrio; la cuadratura del círculo.

—Ya estamos llegando. Esta es la gran plaza, junto a la pirámide —indicó Tapia señalando con la mano el lugar en el que estábamos desembocando.

El espacio, enorme, estaba rodeado de grandes fachadas. Se podían apreciar andamios de madera sobre algunas de ellas, todavía en construcción, con nativos trabajando esforzadamente en su interior. Por el aspecto yermo e irregular de la explanada que se extendía ante nosotros, parecía que alguien se hubiera dedicado a limpiar de sus entrañas las malas hierbas, pero se hubiese olvidado de arrancar con ellas las raíces de edificios desaparecidos.

—Este era el centro religioso y ceremonial del Tenochtitlán azteca —observó Tapia al ver mi interés en aquellos restos de piedras—. Como podéis ver, no ha quedado nada salvo el gran templo. —Delante de nosotros, al otro lado de la plaza, seguían reinando los restos de la pirámide—. Y aunque dé pena que no haya quedado nada del impresionante aspecto que ofrecía la primera vez que lo vimos ante nuestros ojos, os puedo asegurar que es mejor que sea así.

—¿Por qué?

Tapia me hizo sentir pequeño con su mirada.

—Una de las torres frente a la gran pirámide tenía paredes llenas de las calaveras de los sacrificios humanos. Se apiñaban una encima de otra en un espectáculo diabólico. Hubo hombres que dijeron haber contado más de cincuenta mil.

Un escalofrío hechizante sacudió mis hombros.

—Pero sería bueno recordar que eso ocurrió.

—Decídselo a los naturales que perdieron a alguno de sus seres queridos en este lugar. No. —Sacudió la cabeza, como si después de pensarlo cientos de veces hubiera llegado siempre a la misma conclusión—. Todos quieren olvidar. Es la única garantía de una paz verdadera en estas tierras.

Me gustaron esas palabras. Me volví a detener en las cicatrices de piedra visibles sobre la superficie de la plaza, imaginando que sobre ellas se alzara una magnificencia similar a la de la gran pirámide.

—¡Tapia, buenos días! —A nuestras espaldas, una voz inquisidora nos interrumpió.

Pude ver a Tapia cerrando los ojos, apretar los dientes y maldecir en silencio —todo a la vez— antes de volverse a saludar a aquel individuo.

—Buenos días, gobernador Estrada —respondió con una fría sonrisa de cortesía.

Me sorprendió el puesto que ocupaba aquel hombre. Pensaba que ese cargo correspondería a Cortés. Pero Tapia no parecía bromear: aquel tipo era el gobernador de estas tierras. No era necesario saber mucho para adivinar que no había derramado sangre alguna por Tenochtitlán. Al lado de Tapia, parecía un espantajo; no solo era su complexión desgarbada, sino también la estridencia de su atuendo lo que lo convertían en un buen pelele para los campos de Valladolid. Sus calzones morados ribeteados con hilos dorados auguraban éxito rotundo frente a los cuervos.

Remataba aquel ridículo aspecto un indio que portaba una gran sombrilla para protegerlo del sol. El conjunto era tan llamativo que ni Tapia ni yo habíamos advertido la presencia de otro individuo que caminaba a su lado hasta que el criado cambió de posición, descubriéndolo a nuestra mirada.

—Bonita la sombrilla, ¿verdad? —Súbitamente, Estrada se había vuelto hacia mí al observar mi interés—. Me la acaban de traer de Valladolid.

El gobernador se equivocaba por completo; no era el ridículo parasol lo que había reclamado mi atención, sino aquel tipo. El desconocido no mostraba el menor interés por nuestra conversación o por nosotros; sus ojos revolvían cuanto hallaban a su alrededor con la avidez de los de un cazador buscando su presa. Tampoco tenía aspecto de haber derramado sangre en estas tierras. Todavía. Era un recién llegado.

—Tapia —Estrada continuó con la misma insolencia—, decid a Cortés que todavía estoy esperando los papeles de las últimas encomiendas que repartió antes de abandonar su cargo. Me las lleva prometiendo desde hace unos meses y las necesito si no queréis que...

—... Si no queréis que haya confusiones y conflictos entre vuestros intereses y los de las tierras de mi gobierno —intervino el desconocido, entrando en la conversación con la superioridad de un lobo ante un rebaño de ovejas.

—Perdonad, ¿y vos sois...? —Tapia frunció el ceño con su mentón apuntando directamente hacia los ojos del intruso.

—Veo que no os habéis conocido todavía —intervino Estrada, poniendo aire entre ambos—. Es don Nuño de Guzmán, gobernador del Pánuco.

—Ignoraba que esas tierras tuvieran gobernador diferente al de la Nueva España.

—No os hagáis el tonto, querido Tapia. Sabéis tan bien como yo que el rey mandó dividir el territorio al norte del río Pánuco para...

—Para quitar poder a Cortés —interrumpió Tapia.

Las miradas de Guzmán y Tapia chocaron, desafiándose durante un instante. Nuño de Guzmán bajó entonces la cabeza y forzó en sus labios una sonrisa.

—Me gustaría tener hombres tan leales como vos a mi lado. Pero confío en que no olvidéis que ambos servimos a la Corona —añadió con el brillo de un pozo de agua sucia en la mirada.

Tapia se volvió hacia Estrada, remendando una sonrisa con sus tripas.

—Descuidad, no tenéis por qué preocuparos. Creo haber escuchado a Cortés hablar con el gobernador Sandoval sobre ese asunto y...

—Sí, ya —cortó, molesto, Estrada—; yo también he hablado con Sandoval, y ya le he dicho que debemos actuar de forma conjunta como gobernadores de la Nueva España. La palabra de su amigo Cortés no es suficiente. Necesitamos esos papeles o el asunto de los repartimientos de las tierras acabará siendo un caos en la frontera de ambos Gobiernos.

—No os preocupéis tanto por eso, Estrada —dijo Nuño de Guzmán hastiado—, seguro que Cortés y yo nos pondremos de acuerdo sobre las tierras enseguida.

—Querréis decir que os pondréis de acuerdo conmigo. —Estrada se volvió hacia él dando un paso al frente y protegiendo su territorio.

—Por supuesto, Estrada, por supuesto —respondió Nuño, zanjando la polémica—. Ya veréis que en cuanto tome posesión de mis tierras no habrá problema alguno con las vuestras.

Intuí en esas palabras la condescendencia con la que se tranquiliza a un niño en una noche de tormenta. Nuño de Guzmán sonrió, le dio unas palmadas en la espalda al gobernador de Nueva España y los dos reanudaron su paseo como si nunca se hubieran cruzado con nosotros. En su prepotencia, aquel tipo ni tan siquiera se había interesado por saber nuestros nombres.

Sin embargo, antes de continuar nuestro camino, observé que Nuño de Guzmán se volvía un instante para clavarme sus ojos; parecía querer averiguar en qué lado de la partida me encontraba yo. Un tipo peligroso. ¿La Corona sabía realmente a qué clase de hombres estaba enviando al nuevo mundo? No tenía que ser uno muy sagaz para adivinar que a los Nuños de Guzmán de este mundo les bastaba con alzar sus pies para ir levantando una nube de problemas por donde pasaran. Aunque, a lo mejor, esa era la intención.

A Tapia todavía le quemaban las entrañas por aquel encuentro cuando nos metimos por una de las calles que desembocaban en la plaza desde el este. La fachada de un edificio deslumbrante ocupaba toda la esquina y se perdía hasta bien dentro de aquella calzada. Mi vista no logró anticipar su final, puesto que nos detuvimos en una de sus puertas.

—Siento de veras que hayáis tenido que ser testigo de ese desagradable cruce de palabras. —Tapia rompió al fin su silencio—. Quiero pediros un favor: cuando veáis a Cortés, no le digáis nada sobre el desafortunado encuentro. Ya lo haré yo después, a solas. —Asentí, muy atento a sus palabras, y aproveché la ocasión para satisfacer mi curiosidad.

—¿Desde cuándo dejó de ser Cortés gobernador y capitán general de estas tierras?

—¿De las tierras que conquistó? —escupió con ironía—. Hace ya casi un año, cuando la Corona decidió enviar un juez de residencia a la Nueva España.

Sus palabras pesaron con gravedad, y yo asentí como si supiera de lo que estaba hablando. ¿Un juicio de residencia? Pero aquel emplazamiento, frente al imponente palacio de Hernán Cortés, no era lugar para explicaciones y, mucho menos, para quedar como un ignorante frente a Tapia.

—Me habéis preguntado antes si todo esto había cambiado mucho. —Tapia señaló con la cabeza cuanto nos rodeaba—. La llegada de oportunistas es lo que está cambiando de veras Tenochtitlán.

El desencanto nubló su mirada. Supe de inmediato que se refería a hombres como Estrada y Nuño de Guzmán. Todos aquellos que se paseaban por estas tierras como si fueran suyas sin haber derramado una gota de sangre.

—Espero que vos no seáis uno de ellos —añadió Tapia, escrutándome el rostro.

Tragué saliva; aquello no era un comentario: más bien parecía una advertencia.

Nos adentramos en el edificio de líneas rectas, cuya piedra oscura delataba su esencia azteca. Mientras avanzábamos por su interior, Tapia me explicó que el palacio era el mismo que había hospedado a Cortés y sus hombres cuando entraron en Tenochtitlán. La batalla por la conquista de la ciudad lo había acabado destruyendo por completo, pero el conquistador había querido devolverlo a su esplendor con las mismas piedras.

El patio que salió a recibirnos me hizo creer, sin embargo, que estábamos pisando un pedacito de España en tierra extraña.

—Se le ha dado a todo el conjunto un aspecto más castellano... —reconoció Tapia mientras lo cruzábamos—. Pero será mejor que no nos entretengamos demasiado —dijo apretando su paso—; hay que atravesar un buen trecho de estas casas hasta llegar al comedor, y a Cortés no le gusta que lo hagan esperar.

Contuve el aliento. Estaba penetrando en verdadero territorio de Hernán Cortés, y por un brevísimo instante tuve la sensación de que yo iba a ser en ese palacio lo que mis nervios en el estómago: una molestia.

3

Lancé un nuevo suspiro de inquietud ante la puerta por la que había desaparecido el criado para anunciar nuestra llegada.

—Os va a caer bien; es una de sus cualidades, y posiblemente la que más cuida. —A mi lado, Andrés de Tapia trató de tranquilizarme—. Pero recordad, no le mencionéis nada sobre haber dejado de ser gobernador o capitán general de la Nueva España. Es algo que no lleva bien estos días.

Agradecí con una breve sonrisa aquellas palabras, pero no sirvieron de mucho. El manojo de nervios iba estrechando su nudo en mi estómago. Traté de tranquilizarme pensando en la primera vez que me había encontrado con Elcano. Él había acabado resultando ser un hombre vestido de héroe. Cortés no podía ser diferente. Bajo todos nosotros late el mismo corazón. Sin embargo, su gesta era lo que lo hacía grande, muy grande, demasiado grande, en mi mente. ¿Qué podía esconder el alma de alguien que había ordenado hundir sus naves para acabar dominando un imperio?

Entonces la puerta se abrió. Tragué saliva una última vez mientras un codazo de Tapia me animaba a entrar primero.

Escuché su voz antes incluso de cruzar el umbral.

—¡Diego de Soto! ¡Qué grandísimo honor teneros aquí, en el corazón de Tenochtitlán!

Mi corazón dio un vuelco al escuchar mi nombre en boca de aquel hombre de forma tan efusiva y con tanto entusiasmo. Parecía yo el gigante de la historia, y él mera comparsa de mi grandeza.

Hice un ademán a modo de saludo, pero él se abalanzó sobre mí con un abrazo que me hizo recordar, instantáneamente, al cuadro de una cierva atacada por un león que había visto cientos de veces en el estudio de mi maestro Anglería. Me sentí violento ante tanta efusividad, más propia dèl exhibicionismo de Anglería que del comedimiento castellano. Sin embargo, entre los brazos de aquel hombre que había doblegado a un imperio, sentí un calor capaz de deshacer la frialdad del momento.

—Confío en que vuestra falta de palabras no se deba a la ausencia de interés por mi persona —dijo él al desasirse de mí.

Pude atisbar sinceridad en sus ojos negros, volcados en mí como si yo fuera el único ser vivo sobre la tierra.

—¡Oh, no, por Dios! ¡Claro que no! —logré responder yo mientras trataba de engrasar mi ingenio—. Es que últimamente no estoy acostumbrado a este tipo de recibimientos.

En esos instantes mi cabeza voló hacia la cicatriz bajo el pecho, considerándola como el más inolvidable de mis recibimientos en aquellas tierras.

—Yo soy testigo de ello —intervino Tapia en mi favor—. El muchacho estaba hecho un manojo de nervios antes de entrar.

Cortés se mostró satisfecho con mi inquietud.

—Sentaos, por favor, sentaos. Y, por Dios, no os sintáis abrumados ante tal recibimiento. No es frecuente recibir en la Nueva España la visita de plumas tan distinguidas.

Fui incapaz de disimular mi asombro; ¿estaba hablando Cortés en serio o bromeaba? Él captó de inmediato mi confusión y se volvió hacia Tapia.

—Decídselo vos mismo, que parece no creerme.

Tapia, tan parco conmigo cuando habíamos estado a solas, parecía que había renacido de sus cenizas estando junto a Cortés. Hacía bailar sus ojos saltarines sobre él y sobre mí, divertido ante la incómoda situación en la que me encontraba.

—Es cierto —se adelantó Tapia con la admiración de un converso—. Además de manejarse con la espada, Cortés domina la pluma. Pero pocos aquí hay que sepamos apreciar y valorar las letras.

—En estas tierras solo saben escribir los curas y los funcionarios chupatintas que España se empeña en enviarme a todas horas. ¡Y mirad que he luchado para que este zote aprenda el oficio de las letras! —Cortés le propinó una buena palmada en la espalda a su amigo—. Se lo he dicho en más de una ocasión: se vence con la espada, pero se conquista con las letras.

—No sé muy bien qué habéis escuchado de mí, pero... —intervine yo desorientado.

—Vamos a ver, vos habéis trabajado con Anglería, ¿no es así? —Cortés levantó las cejas, disipando mis dudas de un manotazo.

Más que una pregunta, parecía una amenaza.

—Sí, por supuesto —asentí yo, no demasiado seguro de lo que podía venir después.

—¿Y me queréis hacer creer que habiendo trabajado para la pluma más hábil, sagaz y políglota del reino, vos no habéis heredado parte de su talento? —Retornó la oliva negra saltarina a sus pupilas—. ¿Que el cronista real del imperio más grande que nadie osó imaginar jamás se equivocó al poneros a trabajar con él?

Yo seguía tan desconcertado que no sabía si asentir o negar a sus preguntas mientras hablaba.

—No, ya os digo yo que no —proseguía él—. Con la espada puede ocurriros, equivocarse —por un momento sus ojos parecieron navegar hacia el pasado—; pero en el mundo de las letras es imposible, porque la prueba de vuestra valía queda por escrito.

—¿Llegasteis a conocer, entonces, a Anglería?

Cortés negó con la cabeza.

—La fama de ambos ha ido creciendo con los años en orillas diferentes de este mundo. Más de veinte hace que no piso Castilla. —Lanzó un silbido al aire—. *Fugit irreparabile tempus!*

Me sorprendió escuchar de su boca palabras de Virgilio y sus *Geórgicas*. ¿De dónde diablos había salido este hombre?

—Pero creo conocerlo muy bien —prosiguió— después de haber leído cada una de sus *Décadas del nuevo mundo*. Mi admiración hacia él está por encima de algún que otro pequeño error que hubiera podido cometer en su relato sobre lo sucedido, pero el asombro y la admiración asoman en cada uno de sus escritos.

—¿Quién fue entonces la fuente para escribir su historia? —pregunté con curiosidad. Recordaba esa crónica del italiano como una de las más apasionantes.

—Tengo escritas unas cartas que narran todo lo ocurrido. Las he ido enviando a Su Sacratísima Majestad el emperador, y por lo visto ese maldito invento de la imprenta parece estar multiplicándolas por todos los rincones del reino y más allá —dijo Cortés con mal disimulado orgullo—. Y mi secretario personal tuvo también ocasión de estar con Anglería; seguro que él se convirtió en una de sus fuentes, como vos decís.

Cortés se volvió hacia la mesa que nos esperaba en el salón y entonces vi, sentado en ella, al mismo tipo gris que había acompañado a Guevara a verme al hospital. No me había percatado de su presencia hasta ese instante. La indicación de Cortés lo hizo levantarse de su asiento, apoyando las manos sobre la mesa, atrapado torpemente entre el borde y la silla.

—Hola, soy Juan de Ribera. Me recordaréis de mi

visita ayer con Guevara. Efectivamente, tuve el honor de conocer a Anglería. —No podía ocultar su mal disimulada vanidad—. He viajado en diversas ocasiones a Castilla por indicación de don Fernando para solucionar asuntos varios.

—¿Don Fernando? —Lo miré confuso, sin saber a quién se estaba refiriendo.

—Maldita sea, ese soy yo —intervino Cortés con una sonrisa mientras nos empujaba a Tapia y a mí hacia la mesa—. Hernán, Hernando, Fernán; cada cual me llama como prefiere, y Ribera aquí es el único que lo hace como si fuera un noble de Castilla.

—Vos sabéis que allá en la corte las apariencias son extremadamente importantes —añadió Ribera buscando mi asentimiento como si yo fuera un experto consumado en los usos de palacio.

Mientras escuchaba, Cortés nos instó a Tapia y a mí a que ocupáramos uno de los cinco servicios que estaban dispuestos sobre la mesa, y me senté frente a Ribera.

—Espero poder hablar con vos alguno de estos días —respondí yo, educadamente, sin la menor intención de cumplir lo que decía.

Con su petulancia impostada, Ribera me resultó frío y gris como su mechón de canas blancas sobre la frente.

—Estaría encantado de que así fuera —respondió él con el mismo interés que yo—, pero me temo que será imposible; parto mañana hacia Veracruz y de allí a España. Don Fernando necesita de mis...

—No olvidéis los últimos papeles que os he dado para entregar a mi padre —interrumpió Cortés, algo insolente—; y acordaos de los tres mil escudos que debéis pagarle nada más verlo.

—Sabéis que nunca olvido nada de lo que me encargáis —afirmó Ribera, un tanto molesto.

Ahora que no tenía su atención puesta en mí, pude apreciar más detenidamente la figura de Cortés. Mientras hablaba con Ribera, me fijé en que aquellos ojos negros podían pasar de bailotear con el brillo de una oliva saltarina a convertirse en el frío glacial de la oscuridad más absoluta con un solo pestañeo.

Cuarenta y dos años después de haber nacido, seguía siendo un hombre atractivo y de buena presencia. Las cejas bien arqueadas sobre sus ojos invitaban a mirarlo, y ahí residía su capacidad de embelesamiento, más allá de la finura de la piel en su rostro, una nariz alineada bajo la frente, bien cincelada, barba y melena estudiadas y cuidadas, y unos hombros anchos capaces de llevar la carga de un imperio.

—¿Falta alguien a quien debamos esperar todavía? —dije yo señalando hacia la silla vacía que tenía a mi lado.

—¡Por supuesto! A vuestro amigo, el capitán Guevara. Pero no es necesario que lo esperemos; suele ser impuntual, y no vamos a dejar que su carencia de cortesía enfríe el manjar con el que hemos pensado agasajaros —añadió Cortés, jugando con los dedos sobre la mesa.

Aquel hombre no estaba acostumbrado a que nadie lo hiciera esperar. Y menos en su propio comedor.

De pronto, se abrieron las puertas del salón con un estruendo, y mis oídos escucharon, a mi espalda, la voz de Guevara.

—Buenas tardes, disculpad el retraso, pero es que me he vuelto a perder entre los cientos de escaleras, puertas y pasillos de este maldito palacio.

Resonaba agria y oxidada, con ese tinte de ironía en su garganta que yo conocía tan bien. Alma de guerrero a punto de entrar en batalla.

—¿A qué esa queja, mi querido amigo? —Cortés levantó la mirada de la mesa—. Este palacio os está tratando como nunca y parecéis haber olvidado a quién traía hoy consigo.

—¡Capitán! —Me levanté de la mesa para saludarlo.

Al escuchar mi voz, Guevara se llevó una mano a la frente.

—¡Por todos los diablos, si me había olvidado de que veníais a comer! —Su voz recuperó aquel tono amable que tan bien conocía.

Nos hicimos uno en un abrazo muy distinto al de Cortés; había más aire entre nosotros y fuertes palmadas en la espalda. Como buenos vascos, nos sentíamos cómodos expresando nuestro cariño sin arriesgar el buen nombre.

—Todavía estoy asombrado del milagro que supone teneros con vida —murmuró Guevara, despegándose de mí—. Ardo en deseos de que embarquemos juntos de nuevo y salgamos de este lugar.

—Ya estoy listo para hacerlo cuando vos deis la orden —contesté yo.

—Oh, bueno, eso será si no continúo deambulando por Tenochtitlán, atrapado en mil gestiones inútiles para poder recuperar mi nave —profirió Guevara en voz alta para que lo escucharan todos mientras nos aproximábamos a la mesa—. En realidad, no sé qué diablos estoy haciendo aquí en lugar de en alta mar, pero aquí seguimos.

—Sois un hombre de dura cerviz, Guevara. —Cortés alzó la voz sin perder su sonrisa—. Os he hecho la oferta de uniros con vuestra nave a la expedición que estoy preparando para explorar los mares del sur. En cuestión de semanas esa flota romperá finalmente las amarras y vos seguís sin manifestaros ni a favor ni en contra de sumaros a ella.

—Y yo os agradezco vuestra oferta, de veras —dijo Guevara sentándose en la mesa, visiblemente incómodo—. El problema es cuando esa invitación acaba por convertirse en una imposición. ¿Sabéis? No termino de distinguir los matices entre ambas en la oferta que lleváis haciéndome desde que me trajisteis aquí, alejándome de mi nave.

El desafío cayó como un fardo sobre el centro de la mesa.

Lancé una rápida mirada a mi amigo. ¿Qué le ocurría? Nadie habla de esa manera a quien le brinda un plato caliente sobre la mesa, y menos cuando estáis a punto de sentaros en ella.

—Llamadlo como queráis —respondió Cortés, bosquejando una sonrisa que había dejado de ser amable—, pero es Su Sacratísima Majestad quien me ha solicitado por carta —remarcó con cierto aire de suficiencia— el envío de una expedición de rescate a las Molucas para ayudar a la expedición de Loaysa, la misma de la que vos os desgajasteis. No soy yo quien os está pidiendo brindarnos vuestras fuerzas, estimado Guevara.

—Siendo ese el caso, aceptaré vuestra oferta si soy nombrado capitán general de esa expedición; al fin y al cabo, yo soy el único que conoce la ruta para llegar a las Molucas.

La mirada de ambos chocó con la fuerza de dos aceros echando chispas.

—En fin, es algo que no tengo inconveniente alguno en considerar si ponéis vuestra nave a disposición de esa misión —asintió Cortés, escondiendo los labios bajo la servilleta.

Miré a aquellos dos hombres, frente a frente, tratando de comprender los verdaderos motivos de esa discusión, de aquella soterrada rivalidad. No había demasiada diferencia de edad entre ambos; los dos habían superado los cuarenta años y, sin embargo, era un mundo entero lo que los distanciaba. Cortés había tocado con la mano el cielo, llevándose consigo un buen puñado de estrellas. Guevara, en cambio, había alzado también su brazo y lo único que había alcanzado eran los rayos de aquella maldita tormenta que lo había desviado hasta allí.

La ambición y los celos formaban parte de la inesperada disputa que estaba presenciando, y Guevara llevaba todas las de perder.

—Está bien, pero dejad que os haga una pregunta antes de aceptar —dijo este último con sus ojos clavados en los de Cortés—. La Santiago, mi nave, sigue en Tehuantepec, el mismo lugar donde arribamos, bajo el control de mis hombres, ¿no es cierto?

Las palabras de Guevara arrastraron consigo un tenso silencio; su pregunta parecía haber cogido por sorpresa a Cortés. Los dos hombres mantuvieron sus miradas, desafiantes.

—Pues claro que sí, amigo mío —asintió Cortés al fin—. ¿Dónde pensáis que iba a estar si no?

La respuesta, arropada por una sonrisa, parecía sincera. Cortés no había dejado de mirar a Guevara en todo momento.

Este bajó la cabeza y, lanzando un hondo suspiro, se anudó la servilleta al cuello.

—Entonces no hay nada más de que hablar.

Guevara se encogió de hombros con una mueca en la que solo yo entendí que literalmente iba a ser así; fueron las últimas palabras que le escuché pronunciar durante el resto de la comida.

—Diego, vuestro capitán es un hombre excesivamente temperamental. —Cortés agarró las palabras, tratando de devolverlas a la agradable conversación de antes—. Así resulta difícil hacerlo entrar en razón. Y olvida que, si no fuera por esos retrasos de los que se queja, jamás os hubierais vuelto a encontrar.

—En eso tiene razón Cortés. Gracias a vuestra espera me habéis recuperado para la expedición. —Mi mano buscó el brazo de Guevara, a mi lado, y lo estrechó con suavidad. Sentí todavía la tensión bajo su ropa; me volví hacia Cortés buscando la manera de justificar a mi amigo—. Vos sabéis mejor que nadie que ningún capitán desea estar lejos de su nave durante mucho tiempo.

Cortés bajó la mirada, pensativo, cruzando las manos frente a su barbilla. Sacudió, entonces, la cabeza.

—No es cierto. Yo hice hundir mis propias naves para poder conquistar estas tierras.

Ribera dibujó una sonrisa complaciente ante el comentario de Cortés. Este se volvió hacia él con el fuego glacial en sus ojos negros y la borró de un plumazo.

—Ribera, no entiendo de qué os reís. Vos no estabais ahí para verlo. —Cortés me miró de nuevo—. Es la gran diferencia que existe entre los hombres cuando se enfrentan a la aventura. Unos lo quieren hacer a bordo de una nave, pero hay otros que sabemos que solo se conquista pisando tierra firme, manchándose en el lodo.

Sus palabras abrieron un súbito agujero en mi estómago: era la misma conclusión a la que había llegado yo al distinguir entre las dos clases de persona que se subían a una nave. Elcano y Guevara pertenecían a la primera; Cortés, a la segunda.

El silencio llenó los resquicios del salón. Guevara no levantó siquiera la mirada para responder. No podría haber dicho nada.

—Es una suerte, Diego, que vos no seáis capitán de nave alguna. Ello os brinda la independencia que necesitáis para escribir sobre la historia. Y ahora que el destino os ha arrojado a nuestros pies, no voy a ser yo quien desperdicie la ocasión. Me gustaría, sería un verdadero honor para mí, que fuerais nuestro invitado hasta que Dios, y vos con él, decidáis lo que va a ser de vuestra vida.

Me quedé perplejo ante sus palabras. Me estaba tentando para que dejara marchar a Guevara delante de sus narices y me quedase con él. Yo no podía hacerle eso a mi capitán, humillarlo de aquella manera, a pesar de lo apetitosa que resultaba la oferta de Cortés.

—Muchísimas gracias; agradezco de veras vuestro ofrecimiento, el honor es todo mío...

Cambié de postura sobre la silla, buscando las palabras adecuadas, la manera de decir que no. Viniendo de cualquier otra persona, hubiera pensado que aquella propuesta estaba hecha con la única intención de vengarse de la pequeñez de Guevara. Pero explorando los ojos de Cortés, uno no podía evitar sentir su corazón latiendo bajo las pupilas. O bien era un maestro del embrujo o en verdad hacía gala de su apellido y era eso, cortés, muy cortés. Extremadamente cortés.

—Me siento muy honrado por vuestra hospitalidad —continué yo, decidido—, pero ya he expresado mi intención de proseguir el viaje que empecé junto a mi capitán.

Descubrí su mirada todavía sobre mí, con una difícil mezcla de admiración, curiosidad y celos. Exhaló un suspiro de derrota, dejando caer las manos sobre la mesa de un golpe.

—¡Necesitamos a más hombres como este en nuestras tierras, y no a los mendrugos ambiciosos que nos siguen enviando desde Castilla! —exclamó, dirigiéndose a Ribera y Andrés de Tapia—. ¡Brindo por vuestra lealtad, De Soto! Es el único tesoro que no puede acabar oculto para siempre. Antes o después su verdad acaba saliendo a la luz.

Cortés alzó la copa de vino que un criado acababa de llenar mientras hablábamos. Los demás, incluso Guevara, alzamos las nuestras y las hicimos chocar sobre el centro de la mesa. Vi los ojos de mi capitán mirándome de reojo. Inclinó su cabeza levemente, agradeciendo mi decisión, con las mejillas henchidas de orgullo.

—¡Hum! ¿Lo estáis oliendo? —Cortés olfateó en el aire nuestra comida, ya a punto. Dejó la copa sobre la mesa y dio dos palmadas en el aire.

Salieron de entre las sombras del salón dos naturales portando una gran bandeja sobre la que descansaba un hermoso lechón asado. Una manzana en su boca hizo que la mía se hiciera agua. Hacía demasiado tiempo que no disfrutaba de un manjar semejante.

Me volví hacia Guevara para compartir aquel momento de excitación, pero no había espejo en su rostro de la mía. Lo único que deseaba era hacerse a la mar de nuevo.

—Hijo de gorrina castellana, pero nacido en estas tierras, como debe ser —observó Cortés con satisfacción mientras señalaba la bandeja que los indios depositaban desde ambos lados sobre la mesa.

Me detuve en su aspecto, fuertes y desnudos salvo por un pañuelo anudado a la cintura del que colgaban plumas de aves exóticas a modo de falda sobre la tela hecha calzón. En Castilla había tenido ocasión de ver algún indio, pero contemplarlos vestidos de esa manera convertía el momento en algo irreal, fuera de toda lógica castellana. Tuve que recordarme a mí mismo que aquello no era Castilla. Me volví hacia Cortés y vi que me observaba con satisfacción; había tomado la determinación de impresionarme y lo estaba consiguiendo.

No pude evitar pensar en mi querido Anglería y su gusto por el artificio y los efectos teatrales. Ambos hombres parecían compartir esa misma cualidad.

—No creo que podamos acabar nosotros solos con todo eso —dije yo, relamiéndome los labios al ver la magnitud de aquel lechón extendido sobre la mesa.

—Esperad a que lo trinchen y ya veréis como a trozos todo entra.

Los criados abandonaron la estancia con el mismo sigilo con el que habían entrado y Cortés levantó la mirada hacia el fondo del salón, al otro extremo de la mesa. Nos volvimos todos en la misma dirección y vimos aparecer a otro indio, de pie, su torso desnudo emergiendo sobre su cabecera. Nos observaba en silencio. A una señal de Cortés, el nativo se subió a la mesa de un salto felino y comenzó a caminar sobre la tabla sigiloso. A pesar del silencio en nuestras gargantas, no se escuchaban sus pisadas acercándose hacia nosotros. Pude entonces distinguir un cuchillo en su mano izquierda y sentí la punzada de su filo bajo el pecho. Me llevé la mano a la cicatriz, convencido de que se había reabierto la herida; no había sangre entre mis dedos, pero su súbito recuerdo seguía doliendo.

Miré hacia los demás; nadie parecía mostrar temor alguno por la presencia de ese indio sujetando un arma en la mano, sobre nosotros, su aspecto salvaje desafiándonos desde las alturas, su figura desnuda contra el techo. Mi corazón se aceleró con una fuerza imprevista ante la ceremonia que estaba a punto de desatarse y mi cuerpo empezó a temblar ligeramente en esos instantes que parecieron eternos. Entonces ocurrió.

Con el cuchillo frente a él, su punta boca abajo, en posición de ataque, se inclinó sobre la víctima que tenía enfrente y se puso a asestarle cuchilladas. La sangre comenzó a correr a chorros sobre la mesa; recuerdo el horror, la angustia, el grito desafinado de mis entrañas, yo apartándome de la mesa para que la sangre que empezaba a gotear por los bordes no me salpicara. Creo que lancé un grito, la silla cayó al suelo y me desmayé.

Noté las manos de alguien agarrándome por los hombros y cómo yo trataba de desasirme. Unos brazos me estrecharon con fuerza contra su pecho y lograron que mi mente cerrara de un golpe la pequeña ventana que se había abierto en mi memoria. Levanté la cabeza de aquellos hombros y vi a Guevara sobre mí, abrazándome, mientras mis ojos vagaban, confusos, sobre los semblantes de Tapia, Ribera, Cortés, turbados, contemplándome.

—Diego, ¿estáis bien? —Escuché la voz del conquistador asomando entre las brumas de la realidad.

Con la respiración entrecortada, todavía tembloroso, deslicé mis ojos lentamente hacia la mesa. Sobre la tabla, el indio había terminado de trinchar el lechón y, de un salto, había desaparecido en los confines del salón. Lo único que seguía intacto del animal era la manzana entre sus dientes.

Mi comida terminó allí mismo. Cortés y los demás insistieron en que debía retirarme a descansar; demasiadas emociones para alguien que acababa de salir vencedor de la muerte en el hospital, opinaron todos al unísono, aunque en realidad sabían que era el indio con el cuchillo partiendo el lechón quien había descubierto retazos del pasado que mi memoria había decidido olvidar.

Guevara se dispuso a acompañarme hasta mi habitación, precedidos de dos criados que nos iban guiando. El capitán no me soltó del hombro mientras cruzábamos estancias, pasillos y escaleras de aquel palacio que no parecía tener fin.

—Id con buen ojo, que yo siempre me pierdo de regreso a mi habitación —dijo Guevara antes de carraspear y acercar su boca en mi oído—. Os agradezco vuestra lealtad en la mesa. Sé lo que os cuesta la elección que habéis tomado, pero mañana hablaremos más tranquilos, a solas, y me comprenderéis.

Estaba tan concentrado en conseguir llegar por mi propio pie a la estancia que Cortés había reservado para mí que no tuve fuerzas ni para contestar a Guevara. Me limité a asentir, estirando mis labios blanquecinos en una sonrisa. Temiendo que llegara a desmayarme de nuevo, el capitán pasó su mano bajo mi brazo y me agarró con más fuerza hasta llegar a nuestro destino.

Alguien consiguió deshacer mi cama, mullida, suave, fresca, antes de que lograra tumbarme sobre ella. Cerré los ojos y la oscuridad no esperó siquiera a que muriese la voz de Guevara en mis oídos para cogerme de la mano y echar a correr conmigo hacia la nada.

Cortés abrió súbitamente una puerta en la oscuridad. Todo Tenochtitlán aparecía a nuestros pies. Nos hallábamos sobre un mar de cabezas que gritaban nuestra muerte. Un enorme charco de sangre y fuego empezó a rodearnos, desdibujándolo todo, y yo me volví hacia Cortés, aterrorizado.

—¡¿Y qué hacemos ahora?!

Él se volvió hacia mí con lágrimas en los ojos.

—¡Huir, maldita sea, huir!

Sobresaltado, a punto de escapar corriendo, mis párpados se abrieron como ventanas en la penumbra de la habitación. El corazón me golpeaba el pecho, todavía arrebatado por la pesadilla.

Miré a mi alrededor, desorientado. Había caído la noche. Costaba creer que estuviera entre las mismas piedras que habían contemplado la huida forzosa de Cortés y de los españoles de Tenochtitlán. Ahora se respiraba una tranquilidad y un silencio absolutos.

Volví a arrellanarme entre las sábanas, dispuesto a hundirme de nuevo en el mullido regazo de la madrugada, pero la llama de una vela en el centro de la habitación me lo impidió. Tenía que levantarme a apagarla; no sería el primero en morir calcinado si no tomaba la precaución de hacerlo. Salí con reticencia de la cama y, al poner los pies desnudos en el suelo, sentí la calidez de su piedra en la piel, todo un contraste con el frío helador al que me tenían acostumbrado las noches invernales castellanas.

Me incliné hacia la vela y, antes de apagarla, eché un vistazo al manto dorado que su llama arrojaba a la habitación, espaciosa, con unos ventanales que me protegían del velo de la noche en el jardín.

Soplé, y la súbita oscuridad de la habitación fue invadida por un tenue fulgor áureo, como si la vela se hubiera resistido a morir. La claridad procedía del exterior. Me acerqué con curiosidad hasta una de las ventanas.

Allá abajo, en la quietud de una vegetación oscura, una figura fantasmal daba órdenes a dos indios bajo el fuego de una antorcha. Descargaban cajas de un carro y las iban trasladando entre ambos al interior del palacio.

Detuve la mirada sobre las ropas del fantasma; parecía vestir las túnicas marrones de un hábito franciscano. De pronto, un criado soltó sin querer uno de los extremos de la caja y esta se volcó al suelo.

No sé muy bien qué es lo que vi entonces, pero, a la luz del fuego abrasador de la antorcha, me pareció que era el mismo sol el que asomaba de aquella caja abierta en el suelo, tiñendo de oro todo a su alrededor como un rey Midas. Los indios se agacharon a devolver el tesoro a la caja y, cuando pusieron la tapa sobre el oro, todo bajo la antorcha regresó a la tibia oscuridad.

Me acosté de nuevo en mi lecho con aquel brillo desaparecido desbordando todavía mis pupilas, y a la mañana siguiente, nada más despertar, deseché aquella fantasía de tesoros como una parte más de mi sueño sobre Cortés y su huida de Tenochtitlán.

Pero cuando mis pies desnudos volvieron a tocar el suelo y tuve la agradable sensación de calidez que había experimentado hacía apenas unas horas, supe que la visión del oro había sido real.

4

—¿Estáis dispuesto a aferraros a lo que sostuvisteis tan tajantemente ante Cortés?

Guevara me atravesó con la mirada muy seria. Dudé a qué se estaba refiriendo durante unos instantes, pero enseguida comprendí. Había sido muy rápido en expresar mi intención de embarcarme con él en el momento en que la expedición retomara su viaje. Ahora, sobre la cima de la gran pirámide, una sombra nublaba aquella decisión. La contemplación de cuanto se desplegaba ante mis ojos cuestionaba mi lealtad.

Había sido Guevara quien había insistido en que lo acompañara hasta la cúspide del templo.

—Allí veréis las cosas de manera distinta; además, estaremos más seguros que entre estas paredes —había dicho nada más salir de mi habitación de palacio, donde había ido a recogerme.

El ascenso no había sido nada fácil. Había podido comprobar los efectos de lo que Tapia había explicado: la nueva ciudad había comenzado a usarla como cantera para sus construcciones, y había tramos que hacían peligrosa la subida. Habíamos tenido que superar un gran número de escalones desencajados, pisar terrazas a las que desafiábamos con el equilibrio bajo nuestro peso e incluso atravesar estrechas galerías interiores cuyo techo parecía a punto de desplomarse sobre nuestras cabezas.

Pero ahí estábamos al fin, y debía confesar que lo que Guevara intuía en mi rostro era cierto. Las cosas desde allí arriba se veían de modo diferente. El espectáculo de Tenochtitlán a nuestros pies, rodeados por las aguas azules de la laguna, y con una cadena montañosa recortándose a lo lejos como murallas de una fortaleza inexpugnable, era demasiado apabullante para no replantearse la decisión de acompañarlo.

Cortés había conquistado todo aquello con un puñado de hombres y me brindaba a mí la oportunidad de contarlo. No lo había dicho con esas palabras, pero si me quería junto a él solo podía existir un motivo; «Se vence con la espada, pero se conquista con las letras», había proclamado, convencido. ¿Acaso alguien con sangre de cronista corriendo por sus venas podía rechazar una oferta como aquella?

Me levanté de los escalones en los que estábamos sentados y me puse a caminar cabizbajo por la explanada que había sobre aquella inmensa mole de piedra, incapaz de responder a la pregunta de Guevara.

Una ermita muy sencilla coronada con una cruz había sustituido a dos pequeños templetes que los aztecas habían edificado en honor a sus deidades. Costaba pensar que el sitio en el que nos encontrábamos hubiera sido escenario de miles de sacrificios humanos.

—Pero no vamos a zarpar todavía, ¿verdad? —respondí yo, buscando la manera de ganar tiempo en Tenochtitlán—. Cortés dijo que...

—Olvidaos de lo que pueda decir Cortés. —Guevara se levantó, sacudiéndose los pantalones.

—Cuando vinisteis a verme al hospital no me advertisteis contra él —protesté yo en su defensa.

—Estaba junto a su secretario, Ribera. ¿Qué queríais que os dijera?

Asentí, recordando lo comedido que había estado Guevara entonces.

—Mirad, Diego; vos acabáis de llegar y os sentís afortunado de estar aquí. Estabais muerto y habéis resucitado. Y no hace falta miraros dos veces para ver cómo tiembla vuestro pulso ante la posibilidad de agarrar una pluma y poneros a escribir de nuevo.

Esquivé su mirada, recordando cuánta verdad había sabido extraer de mí a bordo de la Santiago.

—Comprendo vuestros motivos, de veras. Pero quiero que me entendáis vos a mí; llevo aquí encerrado varios meses, entre gestiones y papeles para poder recuperar la Santiago mientras velo desde la distancia por mi tripulación, que ni tan siquiera sé dónde diablos se encuentra.

—Pero ya escuchasteis ayer a Cortés —insistí yo—. Nos brinda la oportunidad de unirnos a su expedición si vos aceptáis.

Guevara me asió por el brazo y me miró en silencio, buscando algo que había desaparecido entre mis costuras.

—Elcano no dejaba de decirme de vos que erais un hombre inteligente y perspicaz. Demostrádmelo al menos ahora, por Dios. Os acordáis de lo que le pregunté a Cortés, ¿verdad?

Asentí frunciendo el ceño.

—Le preguntasteis si el patache Santiago y su tripulación continuaban en el mismo lugar donde habíais desembarcado, en... —Me detuve, tratando de recordar el nombre que había mencionado Guevara.

—Tehuantepec —completó él sin esperar a que mi cerebro se iluminara.

—Y contestó que sí; ahí tenéis la prueba —añadí yo, enfático.

—¡Pues mintió! El muy hijo de puta dio órdenes hace unos días de trasladar la nave más al norte, a un puerto natural llamado Zihuatanejo.

Los ojos de Guevara escupían fuego.

—¿Y por qué iba a mentiros? —Dirigí la mirada

hacia la cruz sobre la ermita, que arrojaba toda su verdad sobre Tenochtitlán.

—Porque en ese puerto natural esperan las dos naves que ha mandado construir para su maldita expedición a los mares del sur.

—No tiene mucho sentido que os haya querido robar vuestra nave —continué defendiéndolo yo—. No la necesita.

—Pues claro que no la necesita. ¡Es a mí a quien necesita!

Mis ojos regresaron a su figura, insignificante frente a la fastuosidad que se abría debajo, a sus espaldas.

—¿A vos? —No pude evitar un pequeño sarcasmo.

—¿Tan difícil resulta de creer? —Volvió su orgullo herido hacia mí—. Sé que él ha dominado un imperio y yo solo...

—Por Dios, Guevara, no seáis así. No quería decir eso —dije yo tratando de arreglarlo con palabras torpes.

—En esta época de conquistas no se pueden evitar las comparaciones, ¿verdad? Unos hacen lo que otros querríamos. —Por un breve instante me pareció ver la sombra de un Guevara viejo y acabado, pero sus ojos prendieron de nuevo y recobró el brío que había exhibido mil veces sobre la cubierta de la Santiago—. Pero Cortés me quiere porque yo tengo lo que necesita.

—La derrota que os entregó Elcano para llegar hasta las Molucas —murmuré yo, la espuma de las olas del mar salpicando mi memoria.

—Sospecha que yo la tengo. ¡Qué diantres! ¡Sabe que la tengo! Desde el principio. Por eso me hizo venir hasta aquí; por eso trató de seducirme con buenas palabras, haciéndome creer que ponía todo a mi disposición. La derrota es lo único que quiere de mí, y no me dejará partir nunca a mí solo con ella en mi poder.

Guevara se estaba haciendo fuerte y yo pequeño. Crecía con la vehemencia de sus palabras, pero lo único que veía yo asomando tras ellas era la rivalidad, la búsqueda de un lugar bajo el sol tratando de arrebatarle una oportunidad a quien se había hecho ya con un imperio. ¿Qué había de malo en unirse a la expedición que Cortés estaba planeando?

—Guevara, escuchadme. Di mi palabra de que me embarcaría con vos. Y estoy dispuesto a cumplirla —aseguré con la misma fuerza con la que él me había hablado—. Pero no voy a cometer la locura de hacerlo sin la debida cautela. Cortés nos está brindando la oportunidad de sumarnos a una expedición que sigue las órdenes de Su Majestad de rescatar a la de Elcano. Ese es también nuestro objetivo.

Guevara rompió a reír como si acabara de escuchar la ocurrencia más divertida de toda su vida. Sus carcajadas irreverentes resonaron en aquel lugar. Miré hacia los lados, algo molesto, asegurándome de que nadie nos escuchaba. ¿Quién iba a hacerlo allí, en la cima de aquella pirámide?

Guevara cerró entonces los labios, dejando de sonreír de golpe.

—¡Y una mierda! ¡Cortés no ha sabido obedecer órdenes en su vida! ¡Conquistó estas tierras a pesar de que el gobernador de Cuba le había ordenado expresamente no hacerlo, maldita sea! ¿Y vos me decís ahora que él quiere hacerse a los mares de Oriente para cumplir la orden de Su Majestad? ¿Acaso no tenéis ojos, De Soto? ¿No os disteis cuenta ayer de que está hambriento?

Vislumbré en mi mente la imagen de Cortés relamiéndose los labios ante el lechón.

—¡Ese hombre no parará hasta comerse el mundo entero! —bramó Guevara—. Su siguiente plato son las islas de la Especiería, os lo puedo asegurar, y no voy a ser yo quien se lo sirva.

Asentí pensativo. Guevara se acercó hasta mí más sosegado.

—A ver, Diego, no os he traído hasta aquí arriba para poner la tentación bajo vuestros pies —extendió su mano sobre toda Tenochtitlán—, sino para que nadie más nos escuche; no creo que los oídos de Cortés lleguen hasta aquí arriba.

Guevara entornó la mirada ante mis oídos atentos.

—Sé que no os lo vais a creer, pero me siento observado últimamente.

Su tono me hizo recordar la voz del niño que pone excusas cuando se le pesca echando mano a unas galletas.

—¡Sí, claro! —rematé con ironía.

—¿Por qué si no me habría molestado en subir hasta aquí?

Se abrió el silencio entre ambos frente a la poderosa visión de Tenochtitlán a nuestros pies.

—Tengo la derrota, no se la daré y no voy a permitir que nadie me la arrebate —lo escuché murmurar para sus adentros mientras rebuscaba entre sus bolsillos.

Extrajo al fin de su pechera un papel carcomido por la sal, el agua y el viento, y todo su semblante arrojó un grito victorioso mientras lo sacudía ante mis ojos. Eso es lo que les ocurre a los hombres de mar cuando están demasiado tiempo lejos de la costa: tienden a enloquecer.

—He conocido a alguien que me va a ayudar a escapar de las garras de Cortés. —Sus ojos se iluminaron con la determinación de una estrella en el horizonte—. Tiene influencias, amigos poderosos para hacer que la Santiago se haga a la mar dentro de dos semanas, y lo hará con o sin vos.

Fruncí el ceño.

—Eso es en realidad lo único que deseáis. Que me vaya con vos y abandone a Cortés —dije lentamente, comprendiendo la encrucijada en la que me colocaba Guevara.

Él asintió, desviando de nuevo la mirada hacia la laguna.

Supe entonces que no era posible lo mejor de los dos mundos: iba a tener que elegir entre Cortés y la mar.

—¿Por qué os empeñáis tanto en que vaya con vos? ¿Por qué me lo pedís con tanta insistencia?

Guevara se volvió hacia mí y puso sus manos sobre mis hombros como haría un padre con su hijo más querido.

—Porque le prometí a Elcano que velaría por vuestra vida. —Deslicé la mirada por encima de sus hombros—. Y sé que aquí corremos peligro. —Guevara estrechó suavemente las manos sobre mis hombros—. Todos lo corremos si no se hace lo que quiere Cortés.

Me sacudí las manos de los hombros sin acabarme de creer su amenaza.

—Guevara, os aseguro que, a juzgar por la cicatriz que tengo bajo el pecho, yo ya he pasado todos los peligros de los que habláis sin necesidad de Cortés. Además, ¿qué creéis que es lo que quiere de mí que le resulta tan poderoso?

—Ha desplegado con vos sus encantos tal y como hizo conmigo. Yo tengo la derrota a las Molucas, y vos tenéis vuestra pluma. No sé qué puede haber de poderoso en ello, pero le interesa, y mucho.

Lancé un suspiro con la ciudad bajo mis pies; Guevara no podía entenderlo, pero la verdad del hombre que había conquistado lo que teníamos ante nuestros ojos valía los encantos que estaba derrochando conmigo.

—Veo que nuestro camino se separa irremediablemente a partir de ahora —dijo mirándome de un ojo al otro.

—¿Estáis seguro de que ese hombre puede ayudaros a recuperar vuestra nave?

—Sí, mientras sepamos ocultárselo a Cortés. —Guevara me retó con la mirada—. El silencio es el mejor custodio de un secreto —añadió él, enarcando misteriosamente las cejas.

—Podéis estar tranquilo. No diré nada de lo que me habéis contado. ¿Cuándo habéis quedado en volver a hablar con ese hombre misterioso?

—Esta misma tarde.

Sus ojos desbocados de esperanza encendieron una pequeña chispa en mi corazón. A lo mejor tenía razón y era yo quien estaba equivocado con Cortés.

—Cercioraos de que dice la verdad y podéis confiar en él, que puede liberar realmente vuestra nave y que el precio que hay que pagar por ello no será alto, y tomaré la decisión que vos deseáis.

Guevara no pudo evitar darme un abrazo al escucharme.

—Así me gusta, muchacho, que creáis en vuestro capitán.

Había emoción en aquellas palabras y, sobre todo, el orgullo de saberse ganador en su particular batalla de vanidades con Cortés. Me había convertido en una prenda codiciada para los dos hombres, y todo a mayor gloria de la vanidad. De la de Cortés, de la de Guevara y de la mía, por supuesto.

Vanidad de vanidades, todo es vanidad. Pero al final acaba asomando la verdad desnuda.

Nuestro descenso del gran templo fue más vertiginoso que el ascenso. Asomaron a nuestra izquierda los escalones gigantes que tachonaban la fachada principal, uniendo el cielo con la tierra. Era por allí por donde se arrojaba a las víctimas de los sacrificios una vez extirpado su corazón. No era difícil imaginarse a una multitud, a sus pies, esperando a ver caer los cuerpos, sus extremidades amputadas y las vísceras ensangrentadas, rodando por aquellos escalones. Era espeluznante pensarlo, pero lo era más el hecho de que los naturales ya no aguardaran en la explanada para disputarse los manjares del sacrificio humano, sino que ahora se diseminaran en torno a unos tenderetes que se desplegaban, sin advertir la gran sombra que seguía proyectando la pirámide. Hora de mercado. ¿Cómo diantres había conseguido Cortés un cambio de hábitos tan saludable? Eso era parte del misterio al que tendría que renunciar yo si me embarcaba con Guevara.

Ya en la explanada, nos disolvimos en el enjambre de gente que revoloteaba alrededor de los puestos del mercado. El ambiente no era muy distinto del que puebla las plazas castellanas. Sin embargo, los productos expuestos en las mesas no podían ser más diferentes. En algunos, el sabor y la textura de hortalizas y frutos que reconocía competían con las formas y colores de otros que jamás había visto en mi vida; en otros se exhibían plumas de aves imposibles en forma de abanicos, faldas y capas que podían hacer pasar a quien los llevase por ave del paraíso.

El olor a madera recién tallada atrajo mi atención hacia un puesto que en Castilla habría visto a las puertas de los templos más populares de la ciudad, y no en un mercado. No sé muy bien qué pensaría la Santa Inquisición sobre aquellos acuerdos comerciales para la devoción privada, pero lo cierto es que sus representaciones en madera, aunque sencillas, eran bellas, equilibradas, fieles a la iconografía tradicional. Los arcángeles Miguel, Gabriel y Rafael ocupaban los primeros puestos, pero no podían faltar cruces de todos los tamaños, con y sin crucificado, cuyas facciones me parecieron sospechosamente indígenas. Al fin y al cabo, Dios se había hecho carne para todos los hombres.

Sin embargo, ninguno de los representados en aquel altar improvisado podía rivalizar en tamaño y belleza con la Santísima Madre de Dios; bajo el manto que se agitaba a sus pies se instalaban una miríada de figuritas de santos que, a pesar de sus menores dimensiones, se disputaban la agilidad y la calidad del artesano que las había tallado. Ahí se encontraba san Judas Tadeo, garrote en mano, junto a san Cristóbal con el niño Jesús sobre sus hombros, mientras que un lacónico san Roque miraba al horizonte con la mano acariciando a su perro. A su derecha había otro santo al que, a pesar de su súbita familiaridad, fui incapaz de ponerle nombre. Cogí una de sus estatuillas para contemplarlo más de cerca y el parecido saltó inmediatamente a mis ojos. Con su barba perfilando finamente el rostro, la melena sobre los hombros y la espada que sostenía en la mano, era una copia en miniatura de Hernán Cortés. La Inquisición, en este caso, sí tendría algo que decir; no se hacía santos a hombres en vida.

Levanté la mirada y tropecé con los ojos de la mujer que vendía aquellos objetos religiosos. Me había estado observando y, al ver mi sorpresa, me mostró sus dientes con una sonrisa. Con la figurilla entre las manos, la interrogué con los hombros.

—San Hipólito —respondió ella, ampliando su sonrisa. Y añadió unas palabras, que no comprendí, en el idioma que hablaban ellos. Me pareció que estaba cantando.

Arrugué el entrecejo, sacudiendo la cabeza, y ella me dio a entender con un movimiento de sus manos que me lo llevase, era un regalo. Incliné la cabeza como agradecimiento, y me mezclé de nuevo entre la muchedumbre. A Guevara le iba a hacer mucha gracia mi hallazgo, pero no vi rastro de él. ¿Dónde se había metido? Levanté la cabeza por encima de la gente que me rodeaba y entonces lo divisé, apartándose del tumulto del mercado en compañía de un extraño. Grité su nombre tan alto que quienes estaban a mi alrededor se volvieron asustados; a lo lejos, él se giró hacia mí. Me hizo un gesto de despedida con la mano mientras gritaba algo que no entendí. Se volvió hacia la persona que lo acompañaba y ambos se evaporaron tras la esquina de uno de los edificios de la plaza.

Seguí caminando por el mercado. La singular sensación de sentirme en España y, al mismo tiempo, en un lugar extraño me seguía persiguiendo. La piel blanca y el atuendo *extranjero* éramos minoría, pero uno no se sentía amenazado por ello. Las voces flotaban en el aire como la de aquella mujer, cantarinas. Ellas vestían túnicas llenas de color donde predominaban el rojo, el verde y el blanco, campos de amapolas bajo el sol. Los hombres que las acompañaban eran sus criados, y muchos de ellos portaban sobre su pecho desnudo una G marcada, como el hierro que se estampa a las cabezas de ganado. Más tarde me enteré de que eran prisioneros de guerra aztecas.

De pronto, a mi derecha se formó un revuelo enorme; la gente a mi alrededor dejó de atender a sus cosas y todas las miradas se concentraron en un punto en el que las cabezas se iban haciendo a un lado, abriendo paso a alguien.

Entre el gentío que se había partido en dos, y aún desde la distancia, pude distinguirla. Era un ave exótica incluso en medio de aquel colorido de gente que me rodeaba. La precedían dos indios solemnes que, vestidos con capas rayadas de azul y rojo, portaban cada uno de ellos el tallo de una flor gigante hecha de plumas que protegían de los calores a la mujer.

El sol se postraba ante el sol. Era joven, pero sus ojos, viejos. Bella, pero su figura, marchita. De mediana estatura, pero su porte y su andar, grandiosos. Los contrastes la definían.

La inmensa mayoría de los naturales se fueron inclinando a su paso en señal de reverencia, como si fuera una gran diosa, pero ella, altiva, parecía ignorarlos a todos. Sus cabellos, engarzados con plumas, oro y piedras preciosas, eran la aureola brillante que la coronaba reina entre la multitud.

¿Quién era esa mujer? ¿A qué se debía tanta pleitesía? La pequeña comitiva pasó de largo y la gente se volvió a amontonar entre los puestos para alivio de los mercaderes, que por un momento habían visto peligrar sus ventas ante la aparición de aquella estrella en el firmamento.

Cansado de tanta efervescencia, me disponía a regresar al palacio de Cortés cuando mis ojos tropezaron de nuevo con ella. Había conseguido cruzar como un cisne entre las gentes del mercado y ahora, apartada de la multitud, se había detenido a hablar con alguien.

Estaba lo suficientemente alejado como para no escucharla, pero lo suficientemente cerca para distinguir las facciones de su rostro. Parecía muy irritada a pesar de no gesticular en ningún momento sus brazos; le bastaban la fuerza de su ser, el rictus de su boca, para intimidar a su interlocutor. Dejé caer los ojos sobre este y me sorprendió reconocer en él a Tapia, escuchándola atentamente. El contraste entre ambos no podía ser mayor: las exigencias de ella, la reverencia de él. Me asaltó de nuevo la curiosidad. ¿De qué estarían hablando ella y Tapia?

En aquel instante lo vi a él disolviendo su atención en el aire y sus ojos cayeron sobre mí. No me dio tiempo a saber si me había reconocido, porque salí de su vista, apretando el paso hacia el palacio de Cortés.

Entré al fin en el palacio, bajo la mirada displicente de los dos guardias que custodiaban sus puertas. Aunque nativos, ambos portaban armas. Lenta pero inexorablemente, las dos razas, los dos modos de vida, llevaban camino de fusionarse en uno sobre aquellas tierras.

Giré hacia una de las galerías que bordeaban el patio de la entrada principal y tropecé con un niño que huía entre risas de alguien. Su cuerpo menudo rebotó contra mis piernas y cayó al suelo.

—Muchacho, ¿estás bien?

Unos sollozos sacudieron su espalda y, al cogerlo suavemente para darle la vuelta, los lamentos se convirtieron en llanto con el ímpetu de una manada de lobos aullando. Su rodilla sangraba. Lo cogí entre mis brazos e, irguiéndome de nuevo, lo abracé contra mi pecho tratando de tranquilizarlo.

No me había dado tiempo a quitar los ojos de él y cinco naturales me rodeaban ya, alarmados por los gemidos del chaval. Su aspecto no era cordial. Tragué saliva, con el muchacho todavía en brazos, y al echarle de nuevo una ojeada me di cuenta de que, a pesar de vestir castellano, tenía rasgos indios. Decidí dejarlo en el suelo para que fueran ellos los que se encargaran del de su propia sangre.

Escuché las pisadas de unos zapatos aproximándose y levanté la cabeza justo cuando acababa de dejar al niño en el suelo.

—Hijo mío, ¿qué os pasa ahora? —Era Cortés, frente a mí.

El niño salió corriendo a su encuentro.

—¡Padre! —gritó, abalanzándose hacia los brazos del conquistador mientras yo contemplaba atónito el abrazo entre padre e hijo.

—¡Vamos, hijo, vamos, que no ha sido para tanto! —Cortés lo agarró al vuelo, se lo llevó hasta el pecho y le dio un beso en la mejilla y otro en la rodilla herida.

El muchacho se liberó entonces de las garras de su padre y saltó al suelo con una sonrisa entre los labios. ¿Dónde diablos habían quedado aquellos lamentos de muerte inminente?

A mi alrededor, los cinco indios desaparecieron con la rapidez con la que habían acudido ante los llantos del vástago del conquistador.

Cortés cogió de la mano al niño y se acercó hasta mí. Por la expresión de su rostro, debió de resultarle divertido verme con esa cara de asombro. Colgaba una buena sonrisa de sus labios y el orgullo de padre afloraba en la piel.

—Veo que ambos habéis tenido ocasión de conoceros —exclamó Cortés acariciando la cabeza de su hijo—. Martín, te presento a Diego de Soto, el primer cronista de la Nueva España.

Martín echó su mirada al vuelo, capturándome con curiosidad.

—Y a vos, Diego, tengo el honor de presentaros a

Martín Cortés, el primer mestizo de la Nueva España. Vendrán muchos otros tras él, pero ser el primero es, además del camino, todo un orgullo.

Martín y yo nos inspeccionamos con curiosidad. Traté de rastrear, detrás de esa piel oscura, los rasgos de su padre, hasta que tropecé con sus ojos aceituna. Todo Cortés estaba ahí, encerrado en esas pupilas vivarachas. El muchacho tiró entonces de la manga de su padre, obligándolo a inclinarse junto a él. Le susurró al oído unas palabras en náhuatl. Cortés le respondió en la misma lengua y el niño me miró con sus ojos absortos. Devolvió los labios junto a la oreja de su padre y Cortés recibió su comentario con una carcajada. Entonces Martín se desasió de la mano de su padre y echó a correr, desapareciendo de la galería.

—¿Qué os ha dicho?

—Me ha preguntado qué era un cronista, y yo le he dicho que era alguien que escribía historias.

—¿Y qué os ha respondido luego?

—Que quería que algún día escribierais la suya.

La observación de Martín me puso la piel de gallina. Digno hijo de su padre.

—Ignoraba que teníais un hijo.

—¿Uno? —Cortés sonrió malicioso—. Ignoráis muchas cosas todavía; pero todo a su debido tiempo. Y ahora, si me disculpáis, debo atender mis deberes como padre. Hace ya unos meses prometí a mi hijo que me dedicaría a él en cuerpo y alma al menos un día por semana. Y no querréis ser vos el culpable de una promesa rota a un hijo.

Cortés se dio la vuelta y, ya de espaldas, sin dejar de caminar, escuché su voz alzarse sobre sus pasos.

—He mandado a Tapia salir a buscaros. No es bueno que andéis solo por esta ciudad.

A punto de desaparecer tras la esquina de la galería, giró su cabeza hacia mí.

—Ni tan siquiera Guevara puede alardear de estar seguro deambulando solo por Tenochtitlán.

Su voz y él desaparecieron, dejándome a solas con una ristra de pensamientos galopando por la cabeza. No sabía si detenerme en el papel de Cortés padre o en el de Cortés fundador de una nueva raza o en el de Cortés espía. Era difícil agarrarse a uno solo de ellos, despreciando los otros dos. No acababa sino de conocer a aquel hombre y ya se me hacía inabarcable. Inaprensible.

La odisea del trayecto hacia mi habitación me hizo creer por momentos que me hallaba en el laberinto de Creta a la búsqueda del minotauro que Dédalo había hecho esconder en él. Entendía ahora la excusa que había argüido Guevara al llegar con retraso a la comida con Cortés. Aquel palacio era enorme. Cortés había respetado la planta original. Entonces había podido acomodar, sin dificultad, a los más de seiscientos españoles que entraron por primera vez en Tenochtitlán, acompañados de un ejército de tlaxcaltecas. El secreto de su grandeza residía en no ser un gran edificio, sino la suma de muchas casas unidas. Así era como la habían llamado los aztecas también, las casas de Axayácatl.

Cuando al fin conseguí entrar en la habitación, se volvió hacia mí la figura de alguien que me aguardaba con las manos a la espalda, mirando a través de la ventana.

—¿Me podéis decir dónde diablos os habíais metido? —Andrés de Tapia desató su furia como si fuera el propio minotauro.

—Acabo de llegar y...

—He entrado mucho después que vos en palacio —Tapia me interrumpió— y llevo un buen rato esperándoos.

—La diferencia es que vos lo conocéis y yo no —respondí con evidente ironía—. Pero creo que, aunque me hubiera entretenido en sus patios y galerías, las muestras de hospitalidad de que ha hecho gala Cortés me dan derecho a ello, ¿no os parece?

Lo vi cerrando los puños, apretando los dientes, conteniéndose, volviendo a la razón.

—Cortés ha insistido en que os meta en la cabeza que allá afuera no estáis seguro —insistió con terquedad.

—Pero entiendo que aquí dentro sí —dije, desafiándolo con la mirada.

Frente a la ventana, sobre el jardín, Tapia frunció el ceño.

—Sí, claro que sí. Aquí siempre estaréis seguro. —Auscultó mi rostro, en busca de alguna señal, antes de alejarse de la ventana por la que había visto yo a aquellos indios entrar el oro.

Los dos supimos entonces que lo sabíamos. Que yo lo sabía y que yo sabía que él lo sabía.

—En los límites que Cortés marque, siempre estaréis seguro —dijo con una sonrisa, acercándose hasta mí—. Disculpad que os haya gritado. Estaba inquieto por vos, nada más. Y me da la sensación de que no acabáis de daros cuenta de la incómoda situación en la que os encontráis.

—No sé a qué os referís. —Una mezcla de curiosidad y cautela se apoderó inevitablemente de mí.

—No recordáis nada de lo que os ha ocurrido en estas tierras desde vuestro naufragio, y eso os hace muy vulnerable: no solo desconocéis si tenéis enemigos, sino que ni tan siquiera seríais capaz de reconocerlos si los tuvierais delante de vuestros ojos.

La idea cayó sobre mí como un jarro de agua fría en una mañana de invierno de Valladolid. Tapia tenía razón; hasta donde yo sabía —que era nada—, podía tener delante de mis narices a quien me hubiera infligido la herida y yo no lo identificaría. Podría ser hasta él mismo, Tapia. Un pequeño cosquilleo bajo los hombros sacudió mi espalda. ¿Era aquello el consejo de un amigo o la advertencia de un enemigo?

Tapia avanzó hasta el escritorio y cogió un pliego de papeles que había sobre la mesa.

—¿Y eso? —Miré con curiosidad el legajo que tenía entre las manos.

—Os los he venido a dejar esta mañana, pero ya os habíais ido. Es algo que he escrito sobre la conquista de Tenochtitlán.

—Ah, entonces, ¿aprendisteis a escribir? —pregunté con genuina sorpresa.

Tapia carraspeó, un tanto avergonzado, y desvió la mirada hacia los papeles.

—Así es. Cuando Cortés quiere algo, es difícil oponerse.

—¿Y él qué opina de vuestra pluma?

Lo dije con genuino interés, pero él dio un paso atrás, huidizo.

—No se lo he enseñado todavía. Veréis —volvió a carraspear—, me gustaría que antes de mostrárselo a él, vos lo leyerais y me dierais una opinión sincera.

Aquello era tan inesperado que no sabía si echarme a reír o tomármelo realmente en serio. Opté por la seriedad; no valía la pena arriesgarse a volver a ver a Tapia convertido en minotauro.

—Será todo un honor. —Avancé para coger el manojo que extendía hacia mí—. Pero entended que yo no soy ningún experto, cada uno tiene su modo de escribir.

—Lo que me interesa saber es si se entiende todo lo que trato de explicar en estas páginas.

—Eso es exactamente lo que os iba a decir —me adelanté yo, señalándolo a él con el legajo—; cada uno tiene su manera de escribir, y lo que importa es saber que contáis una historia que todo el mundo sea capaz de comprender —mentí yo con la mayor naturalidad, sabedor de que, en las cosas de la escritura, las maneras lo son todo. No se trata tan solo de coger una pluma entre las manos, sino de las palabras que elegís escribir en cada momento.

—¡Así que entonces no tendréis en cuenta la ortografía! —Tapia lanzó un suspiro de alivio que me enterneció.

Ahí tenía, delante de mí, a todo un caballero que se había enfrentado a las huestes del Imperio azteca comportándose como un estudiante primerizo de la universidad.

—No, desde luego que no; no se pueden pedir peras al olmo.

Tapia me miró de reojo, creyendo adivinar una burla detrás de mis palabras.

—No me estoy burlando; lo digo en serio —me precipité a decir yo ahuyentando esa falsa impresión—. Ya es bastante que alguien como vos haya aprendido a escribir.

—¿Qué ocurre? ¿Pensáis que soy idiota? —Una sonrisa iluminó su rostro y por un momento pensé que llegaríamos a ser amigos—. Todo es cuestión de empeño y perseverancia.

—Con el cerebro adecuado, querréis decir.

—Por supuesto, por supuesto, eso lo damos vos y yo por descontado. Entonces, ¿os pondréis a leerlo ahora? —Paseó su mirada por el espacio que me separaba de la mesa, invitándome a seguirlo.

Abrí el legajo y lo hojeé por encima, calculando el tiempo que me llevaría leerlo.

—Podría empezar, si os aseguráis de que me traen algo de comer en las próximas horas —dije, dejando el documento sobre la mesa.

—Eso dadlo por hecho. —Satisfecho por mi buena disposición, Tapia avanzó en dos zancadas hasta la puerta.

La nueva relación que acababa de establecer su manuscrito entre ambos me dio aire para alguna pregunta más.

—Por cierto —dije levantando la mirada de su escrito—, ¿quién era la mujer con la que os he visto hablar antes en la plaza?

—¿Qué mujer? No he hablado con nadie.

A Tapia le pasaba como a mí. No sabía mentir bien.

—Sin duda os he debido confundir —fingí—. Era una india; llamaba mucho la atención entre los demás indios, y algunos se han postrado a su paso.

Su rostro recuperó la temperatura de nuestra relación previa.

—Hay todavía algunas mujeres así entre los miembros de la nobleza azteca —resolvió él, descartando mi curiosidad—. En fin, tengo que dejaros; asuntos importantes reclaman mi presencia. —Se volvió una vez más, recordando un último detalle antes de abandonar la habitación—. Pero, sobre todo, cuento con que no diréis una palabra a Cortés hasta que no lo leáis primero y hayáis hablado conmigo.

Lo vi desaparecer por la puerta y, tras unos instantes de vacilación, miré a través de la ventana por la que él había estado observando. Allá abajo, sobre la tierra húmeda, se podían distinguir todavía los surcos de las ruedas de un carro. Me quedé pensativo; Tapia era un hombre inteligente. Observador. Interesante. Parecía un buen tipo. Pero no me había dicho nada de la mujer del mercado. ¿Por qué ocultar su identidad? ¿Por qué negar que había estado hablando con ella?

Me llevé las manos a los bolsillos y tropecé con la pequeña talla de madera de san Hipólito que me habían regalado. La había olvidado por completo. La dejé sobre la mesa, junto al escrito de Tapia. Me encomendaría a ella durante mi estancia en Tenochtitlán.

5

Los restos del crepúsculo bajo el cielo de Tenochtitlán competían con la luz de la vela por mi atención. Era un esfuerzo inútil; la llama hacía arder los pliegos que yo devoraba sin respiración, con más avidez que con la que el sol devoraba ya las entrañas de aquellas tierras.

Tapia tenía razón. La ortografía y el estilo dejaban mucho que desear —en una palabra, horrorosos—, pero resultaba emocionante pasear mis ojos sobre las letras de un relato narrado por uno de sus protagonistas sin las apreciaciones o la subjetividad propias de un cronista. Las palabras que surcaban ante mis ojos estaban arrojadas en bruto, cebollas en el suelo de una despensa, pero la tinta de la pluma se había mezclado con su sangre antes de verter sobre el papel la increíble historia de unos hombres que habían conquistado lo imposible.

De vez en cuando tenía que levantar la mirada, sacudir la cabeza y contemplar con asombro lo que había a mi alrededor para recordarme que lo que leía había tenido lugar allí mismo. Entonces la piel de gallina se apoderaba de mis brazos, me hacía sacudir los hombros y continuaba leyendo.

Tenochtitlán, 3 de mayo de 1520

Los minutos habían pasado a ser horas y las horas, días, días que iban transcurriendo uno detrás de otro sin que el fin de aquellas tierras se pudiera divisar todavía en el horizonte. Tampoco los tesoros que iban llegando de la mano de los capitanes que Cortés había enviado desde Tenochtitlán a todas ellas.

Así, los días se habían ido convirtiendo en semanas, y las semanas sumaban ya veintiséis arrobas de tesoros pertinentemente fundidos y transformados en lingotes de oro. En total, siete meses como dueños y señores de Tenochtitlán, huéspedes de su rey, el tlatoani Moctezuma, a quien por precaución lo tenían retenido en el mismísimo palacio que les había cedido tan hospitalariamente a su llegada. La pacificación de un imperio tenía su precio.

Todo resultaba extrañamente sencillo y fácil. Se paseaban como reyes y señores de aquellas tierras, pero aquello era solo un espejismo que no podía durar siempre. Andrés de Tapia lo sabía. Lo había visto en los ojos de los indios de ambos bandos: en los de aquellos a quienes habían liberado del yugo azteca y en los de aquellos a quienes habían usurpado toda autoridad. En unos odio, en los otros temor por su partida. Pero todos lo sabían. Era cuestión de tiempo, y se acercaba el momento.

Lo presentía.

Acababa de regresar de una misión exploratoria a las tierras del norte junto a Pedro de Alvarado, y traían consigo dos caballos cargados de joyas y tesoros que habían ido exigiendo a su paso por las villas. Los españoles los habían liberado de las arbitrariedades y horrores que el pueblo azteca les había infligido durante años, y era de justicia recibir por ello el tributo que antes pagaban a sus opresores. Al fin y al cabo, alguien tenía que costear los gastos que acarreaba construir lo que Cortés había llamado desde el principio Nueva España, aunque Tapia no acababa de ver las similitudes con aquel pedazo chico que había dejado a orillas del Guadiana.

En esta misión habían ido acompañados, además, por un puñado de indios tlaxcaltecas. Ellos, como pueblo rival de los aztecas, se habían convertido en testigos de excepción de la revolución incruenta que estaba teniendo lugar en las entrañas del imperio de Moctezuma. Los nuevos señores también se llevaban el oro como tributo, pero no las vidas inocentes que los aztecas exigían como sacrificio a sus dioses. El terror había oficialmente terminado, y eso valía todo el oro del mundo.

Pero no era tan fácil terminar con los pequeños horrores. Estos formaban parte del lado oscuro del corazón humano, y el de los españoles no era una excepción. Tapia lo había podido comprobar.

En todas las grandes villas habían salido a recibirlos con asombro, algo de miedo y mucha expectación. Además del puñado de tlaxcaltecas que lo acompañaban a él y a Alvarado, completaban la partida otros diez españoles, dos de ellos armados con arcabuces con los que exhibir su poderío.

Entre él y Alvarado se repartían la misión: él se encargaba de buscar al cacique y explicarle, por boca de un indio que lo había memorizado todo en su lengua náhuatl, que pasaban a ser súbditos de Su Graciosísima y Cristiana Majestad el emperador Carlos V. Formar parte de ese imperio tenía implicaciones prácticas inmediatas. El oro y los ídolos.

Alvarado era quien se dirigía a los templos y derribaba sus deidades. El momento resultaba especialmente impactante. En aquellas tierras de pieles oscuras y ocres donde se adoraba al sol como al más poderoso de sus dioses, un hombre de tez blanca, grande en estatura, cabellos rubios y ojos azules causaba gran asombro. Hijo del sol, habían empezado a llamarlo los indios.

Tapia no consideraba a Alvarado un hombre hermoso, pero lo era y él lo sabía. Sus proporciones plúmbeas y esbeltas habrían servido al mismísimo Buonarroti como modelo para su *David*.

No ayudaba a su vanidad que fuera intrépido y valiente, de aquellos que saben mirar cara a cara al temor sin arrugar siquiera el entrecejo. Esas cualidades lo habían convertido en uno de los hombres de confianza de Cortés, y en el favorito para la mayoría de la expedición. Todos se sentían seguros con Alvarado, pero para Tapia su figura resultaba demasiado altiva y jactanciosa para sentirse cómodo bajo su sombra.

Lo cierto es que todo había ido razonablemente bien durante la misión. Buena muestra de ello eran los dos caballos rebosantes de tesoros y objetos curiosos que tanto entretenían a Cortés.

Hasta que llegaron al último de los poblados.

En la parte más alejada del norte del territorio, el paisaje había comenzado a cambiar como preludio de lo que les aguardaba. Todo se había vuelto más seco y agreste.

En cuanto entraron en aquella villa polvorienta llena de chozas desperdigadas sobre el llano, advirtieron la actitud hostil pintada en el rostro de los hombres. Los estaban esperando. La pintura blanca hacía destacar el rojo y el amarillo sobre sus frentes, en las mejillas, sobre sus pechos. Amenazantes.

—¡Dudo que aquí encontremos oro alguno! —bramó Alvarado, echando una mirada a su alrededor mientras hacía relinchar a su caballo y lo agitaba nervioso bajo su montura.

Tapia, que conocía perfectamente la impresión que causaba a los naturales ver por vez primera un caballo, había descabalgado como señal de buena voluntad. Echó una rápida ojeada a su alrededor, tratando de identificar la choza del cacique. Todas parecían iguales. Los nativos escuchaban lo que estaba diciendo el tlaxcalteca, a su lado, pero no parecían comprender nada de lo que hablaba. No entendían la lengua náhuatl.

«¡Maldita sea!» Tragó saliva nervioso mientras Alvarado seguía contoneándose con su caballo.

—¡Alvarado! ¿Queréis bajaros de vuestra montura? ¡Lo estáis poniendo nervioso a él y a los indios!

—No hemos venido hasta aquí para ser sus amigos, Tapia. —Lo miró desde las alturas con indulgencia.

—Tenemos dos arcabuces apuntando sobre sus cabezas, no necesitamos más. —Tapia musitó algo entre dientes, apretando las mandíbulas para disimular su enfado ante los naturales, que no los entendían.

En sus miradas podía ver que los puentes entre ambos mundos todavía no habían sido rotos. Trató de ganar tiempo inclinando la cabeza y juntando las palmas de sus manos sobre el pecho, como señal de buena voluntad, mientras su indio y aquellos nativos seguían arrojándose palabras inútilmente.

En ese instante escuchó el relincho del caballo, y todos volvieron sus miradas hacia Alvarado, que lo estaba incitando. Ante el horror de quienes se encontraban a su alrededor, el caballo alzó las patas delanteras hasta el cielo, con tan mala suerte que, al hacerlas caer de nuevo, una de sus pezuñas golpeó la cara de un indio, y este cayó al suelo, muerto en el acto.

El desconcierto sobrevoló los aires, y entonces estalló el griterío. Un objeto emergió de entre las cabezas, dirigiéndose hacia Alvarado. Este vio venir la piedra con el rabillo del ojo, y a duras penas consiguió esquivarla, llevándose consigo su equilibrio y derribándolo del caballo.

El caos no se hizo esperar, pero uno de los dos arcabuceros fue un segundo más rápido y disparó sobre la multitud antes de que se abalanzara sobre Alvarado.

El olor a pólvora y a carne quemada se mezclaron en el aire mientras Tapia corría hacia su caballo y se subía en él.

—¡Vámonos! ¡Salgamos de aquí!

Tirando de las bridas, Tapia retorció el cuello del animal hacia la izquierda, haciéndolo girar sobre sí mismo. Vislumbró en aquella vuelta retazos de Alvarado, de nuevo sobre su montura; el cañón humeante de un arcabuz; cuerpos despedazados bajo las patas del caballo; la hoja de una espada blandiendo el aire y una nube de nativos clamando venganza contra ellos. Todo se había convertido en un desastre imprevisible en un abrir y cerrar de ojos.

Tapia sacó su propia espada del costado del caballo y, lanzando un grito áspero como la tierra, dirigió al animal hacia la lucha cuerpo a cuerpo, segando el aire a su paso, abriendo carnes, ahuyentando a los sublevados.

Los cuerpos desgarrados de tres de sus hombres empaparon de sangre el polvo amarillo de esa tierra aquel día. Dos de ellos, tlaxcaltecas; uno, español. Las únicas pérdidas de toda la misión.

—¡No han sido muchas bajas! —prorrumpió Alvarado cuando, lejos de todo peligro, habían conseguido reagruparse junto a los dos caballos que portaban los tesoros—. Podría haber sido muchísimo peor.

—A lo mejor las podríamos haber evitado. —Tapia entornó los ojos escupiendo fuego.

—¿Ah, sí? ¿Y cómo lo hubiéramos hecho, según vos? ¿Bajándonos los pantalones y dejándonos tratar como sodomitas?

Tapia estaba a punto de contestar, pero escuchó las risotadas de los demás hombres; les deleitaban las bravuconerías de Alvarado. Tapia decidió, por simple cautela, que no era el momento de contradecir a quien oficialmente mandaba en la expedición.

Se limitó, en su lugar, a desviar la mirada hacia el horizonte y cerrar la boca. Aquel pequeño desastre se podría haber evitado de no ser por la petulancia de Alvarado.

Tenía que contárselo a Cortés. El comportamiento de Alvarado no había sido gravísimo, pero los pequeños detalles eran los que definían a los hombres que gozaban de la confianza del capitán general. Y no era buen ejemplo ir metiendo cizaña innecesariamente en territorios que más pronto o más tarde acabarían siendo Nueva España. Los indios de esa tierra agreste pensaban que eran chichimecas —había sabido después el nombre de aquel pueblo—, pero eran ya españoles, y había que conducirlos al redil pacíficamente, tal y como deseaba Cortés, antes de que fuera demasiado tarde y toda la tierra se levantara contra ellos.

Mientras cruzaba a grandes zancadas uno de los patios del inmenso palacio de Axayácatl al encuentro de Cortés, su mente iba repasando meticulosamente las palabras que había seleccionado para contarle el pequeño desmán de Alvarado. No quería ser un delator, pero Tapia tenía muy claro que la falta de temple podía arruinarlo todo.

Una pelota que cruzaba entre sus pies lo sacó de su ensimismamiento. Levantó la mirada y vio a un grupo de cinco indios a un lado del patio, levantando los brazos hacia él, con un taparrabos como única vestimenta, pidiendo que les devolviera la pelota. Se agachó a coger la bola, pero se le adelantó un muchacho que, con la agilidad del rayo, la chutó antes de que él pudiera tocarla. El muchacho sonrió a Tapia mientras se alejaba hacia aquellos hombres correteando con el balón danzando entre sus pies y por todo el cuerpo. Tapia lo reconoció enseguida. Era uno de los hijos de Moctezuma, el favorito del tlatoani. Su sucesor algún día, si las cosas salían bien.

Si Cortés consiguiera exportar al resto de estas tierras la camaradería y naturalidad con la que convivían los hombres de Moctezuma y ellos bajo ese mismo techo, Nueva España sería un buen lugar para vivir. Pero nunca como en su tierra chica, añadió el corazón de Tapia al tiempo que este se detenía ante una puerta de madera al otro lado del patio donde jugaban los indios a pelota.

«A un lado, el poder azteca; al otro, el nuestro», pensaba él siempre que cruzaba aquel patio, habitado en uno de sus extremos por Moctezuma y en el otro por Hernán Cortés. Uno prisionero del otro, el otro vigilante del uno, los dos atrapados en los lazos de un destino en forma de serpiente que se devoraba a sí misma.

Dos indios, ceremoniosamente vestidos con una túnica que se anudaba sobre el hombro y caía sobre el torso y el resto de su cuerpo, guardaban la puerta como la entrada de un santuario. Sus lanzas se cruzaron ante el rostro de Tapia, negándole el paso.

—Me está esperando —contestó Tapia, paciente, conocedor del protocolo que le gustaba guardar a Cortés.

Los indios no se inmutaron. Tapia creyó escuchar la risa de una mujer escapándose entre los poros de la madera que lo separaban de Cortés. «Marina», murmuró para sus adentros mientras aguardaba a que las lanzas de los guardias lo dejaran entrar.

Al fin, como por encantamiento, los dos indios regresaron a la posición de firmes, permitiéndole la entrada. ¿Cómo se las ingeniaba Cortés para lograr esos efectos tan majestuosos de autoridad?

Ya desde pequeño, Cortés había brillado ante sus ojos por esa cualidad. Tapia tenía entonces ocho años, pero lo recordaba todavía con nitidez. Su madre le había dejado subir por primera vez la colina sobre cuyas faldas se desplegaba, perezosa, la villa de Medellín. Allá arriba, desafiante, orgulloso, el castillo propiedad de la poderosa familia Portocarrero sacudía todos los años la austeridad piadosa de la Semana Santa con el traslado de su *ecce homo*, una talla medieval que custodiaba celosamente en su capilla, hasta la iglesia de Santa Cecilia, en el centro de la villa, para veneración de toda la gente del pueblo. Al traslado, muy sencillo en los comienzos, se le habían ido añadiendo gestos y detalles con el transcurso de los años, y había pasado a convertirse en una pequeña procesión para regocijo y contemplación de la villa entera. Ese año la gente se apiñaba expectante frente a las puertas del castillo para ver aparecer a la comitiva. Se rumoreaba que a la procesión del *ecce homo* se iba a sumar una pequeña legión de romanos, precediendo al cabildo y a los señores de Portocarrero. Cuando al fin se abrieron las puertas, Tapia vio aparecer ante sus ojos a un magnífico centurión romano que, con su capa roja al vuelo, la mirada al infinito y una voz vibrante, sacudió el corazón de todos los presentes. Hernán Cortés, en la cima del único mundo que Tapia conocía, parecía querer conquistar Medellín entero, y aunque la diferencia de diez años había jugado claramente con su imaginación de niño, Tapia no se había equivocado con lo que sintió entonces.

Nada más entrar en la habitación santuario de su capitán general, Tapia tuvo que carraspear para que Cortés, sentado en el otro extremo junto a una mesa rectangular enorme, levantara al fin la mirada de unos papeles.

—Enseguida estoy con vos, querido Tapia —murmuró él, alzando el brazo al aire, la mano extendida, deteniendo el tiempo y a él en un único movimiento.

Tapia echó una mirada hacia la pared que tenía a su derecha. Todavía le sorprendían las dimensiones del mapa que colgaba sobre aquel muro. Con el permiso de Moctezuma, Cortés lo había mandado dibujar a unos indios para plasmar el conocimiento exacto que tenían del territorio que rodeaba a Tenochtitlán. Había nuevas marcas sobre él que señalaban lugares concretos que las diferentes misiones habían encontrado de interés. Generalmente marcaban las riquezas que habían hallado en la zona y los pueblos enemigos del Imperio azteca, aliados potenciales en caso de conflicto con Moctezuma.

Tapia levantó el brazo por encima del Tenochtitlán dibujado y siguió con un dedo el camino imaginario que había seguido con Alvarado durante la expedición. En esa ruta no había nada significativo que marcar, salvo la animosidad mostrada por aquellos chichimecas.

—¿Qué tal han ido vuestras pesquisas?

La voz de Cortés, a su espalda, le sobresaltó.

—No han sido malas. Hemos traído dos caballos cargados de tesoros y...

—Supongo que habréis separado todo aquello que pueda resultar curioso o de interés —interrumpió Cortés.

—Así es, en efecto. Lo hemos dejado en la sala para que lo inspeccionéis más tarde.

Tapia sabía de sobra lo que había que hacer con todas las riquezas que tomaban. Lo primero era una cuidadosa selección de aquellas piezas o tesoros que podían tener un valor inestimable. A Tapia le había costado llegar a entender qué se escondía bajo el manto de aquella palabra —*inestimable*— que a Cortés le gustaba blandir, excitado como un niño en la noche de Reyes, con la llegada de un nuevo cargamento. Para Tapia y la mayoría de los hombres, el oro era oro, y lo mejor que se podía hacer con él era fundirlo en barras para su fácil transporte y un mejor reparto. Pero su capitán general sabía ver más allá del simple objeto dorado que debía ser convertido en lingote, y Tapia había aprendido a mirar a través de sus ojos. Lo supo con aquel penacho de plumas que formaba parte del tesoro que Moctezuma les había hecho entrega a su llegada a Tenochtitlán.

—Lo mejor que se puede hacer con un pollo es quitarle las plumas y meterlo en la cazuela —se había burlado al verlo Alvarado, quien ya tenía las manos sobre las plumas esmeralda que adornaban la corona azteca, a punto de arrancarlas.

La voz de Cortés lo detuvo en seco.

—¿Os habéis vuelto loco? —dijo, y se apresuró hacia Alvarado con horror en el rostro, arrancándole el objeto de las manos—. ¿Acaso pensáis que vamos a destruir esto?

—Hernán —contestó Alvarado, molesto por haber sido reprendido delante de los demás hombres presentes—. Son solo unas plumas; nosotros hemos venido a por el oro.

Cortés observó el penacho que tenía entre las manos.

—Si solo veis plumas es que estáis ciego. Si solo veis oro, es peor aún, porque entonces estáis enfermo. El oro podéis encontrarlo en el corazón de la tierra, en las corrientes de un río, entre los dedos de un obispo; pero esto, esto... —Cortés elevó el penacho con ambas manos hasta la altura de su cabeza y asomó el rostro bajo el puente sobre el que crecían las plumas.

Su cara resplandeció como un sol en un cielo sin ocaso en el que se atrevían a irrumpir arcoíris de lunas y estrellas y templos dorados.

—Desde aquí el mundo se ve distinto. Hay poder, aquí hay gloria. Y nosotros no podemos destruir las huellas del mundo que acabamos de descubrir.

Desde aquel día, Tapia había aprendido a distinguir entre los objetos que se podían fundir y los que no, y si tenía alguna duda, se repetía a sí mismo lo que había escuchado de boca de su jefe, con una pequeña variación: «Si solo veis pluma, estáis ciego; si solo veis oro, sois Alvarado». Entonces apartaba el objeto a un lado, a la espera de que Cortés lo viera y decidiese.

Todo lo demás, los objetos sin valor artístico, se mandaban pesar antes de fundirlos y convertirlos en barras. Cortés había pedido a Moctezuma que le facilitara a sus hombres más diestros para las labores de herrería. No es que no hubiera nadie entre sus filas que no supiera hacerlo, pero él confiaba más en la honradez de los indios que en la de los españoles. El oro volvía siempre loco al hombre blanco. Los indios lo habían averiguado; Cortés lo sabía a ciencia cierta.

Los dos hombres contemplaron en silencio el inmenso mapa de aquellas tierras. Tapia aprovechó para revisar en su cabeza las palabras con las que quería hablar del incidente con Alvarado. A su lado, Cortés le dio una ligera palmada en la espalda.

—No tengáis miedo. Soltadme lo que estáis rumiando en vuestro interior, que yo no soy de los que se han comido nunca a nadie.

Esa pequeña licencia antropofágica, en aquel lugar, hizo sonreír a Tapia, que se volvió, decidido, hacia Cortés.

—Hemos sido atacados en este punto. —Señaló hacia la parte superior del mapa, en un lugar indeterminado de la mancha blanca en la que apenas había trazos geográficos reconocibles.

—Pero estáis sano y salvo. —Los ojos de Cortés recorrieron a Tapia de arriba abajo.

—Sí.

—Y Alvarado también —quiso corroborar de nuevo.

Tapia se limitó a asentir.

—No deja de ser un hecho comprensible. Imaginad que vos fuerais de ese pueblo y os llegaran unos extraños solicitando el pago de un tributo.

—Sí, lo sé, tenéis razón. —A Tapia le exasperaba la condescendencia que utilizaba a veces Cortés con él; la diferencia de edad entre ellos hacía que lo tratase a veces como a un jovenzuelo inexperto—. Pero, tal y como vos decís siempre, creo que ese ataque podría haber sido evitado.

—¿Ah, sí? Contadme qué ocurrió. —Cortés extendió el brazo sobre los hombros de Tapia, atrayéndolo hacia la gran mesa rectangular que se extendía al fondo de la habitación.

Al sentarse, Tapia vio los papeles con los que Cortés había estado trabajando antes de que él entrara. Había símbolos aztecas con palabras castellanas escritas encima. Él, que apenas sabía leer y le había pedido en varias ocasiones que le enseñase, se tenía que conformar con ver cómo Cortés perdía el tiempo enseñándole a ella castellano. «No seáis celoso, por Dios —le había dicho Cortés en una ocasión—. Ya os tocará a vos en su momento, pero ella necesita aprenderlo por pura estrategia, hacedme caso.»

Decidió ignorar aquellos papeles que atestiguaban la presencia de doña Marina en las dependencias privadas de Cortés —¿de quién si no habían sido aquellas risas que había escuchado antes de entrar?— y pasó a contarle rápidamente todo lo que les había ocurrido en territorio chichimeca.

—Entonces, creéis que los nativos no os habrían atacado si Alvarado no se hubiera pavoneado sobre su caballo —indagó Cortés una vez concluida la explicación.

—La verdad es que no sé lo que hubiera ocurrido. —Tapia se detuvo unos instantes, sopesando la posibilidad—. Probablemente nos hubieran atacado igual. Pero lo que pretendo señalar con lo que os estoy diciendo es que nadie puede permitirse el lujo de dar motivos para una insurrección. No nos encontramos en la mejor situación; aunque gocemos de la confianza de los tlaxcaltecas y los totonacas frente a Moctezuma, llegado el momento todos podrían levantarse contra nosotros.

—Entiendo lo que queréis decir —confirmó Cortés alargando la mano hacia una fuente llena de fruta amarilla que tenían frente a ellos, sobre la mesa—. Hablaré con Alvarado. Le haré entender que es necesaria la cautela y una mayor discreción.

—No quiero que advirtáis a Alvarado. El que os está advirtiendo sobre él soy yo. —Tapia miró fijamente a Cortés.

La fruta que tenía Cortés no llegó a acariciar los labios, y la retornó a su lugar mientras el silencio caía pesado sobre los hombros de ambos. Tapia pensó que a lo mejor había hablado demasiado, pero no había vuelta atrás.

—Sé que tenéis mucha confianza puesta en él, y quizá la merece, porque es bueno, muy bueno —continuó

Tapia, decidido—. Todo el mundo sabe sobre su capacidad y valentía, pero su exceso de confianza le hace perder en ocasiones la cautela. No se puede confiar todo a la fuerza de la espada, por muy diestro que uno sea en su manejo.

Cortés lo observaba con aquella mirada infranqueable que conocía tan bien, sabedor de que hasta allí llegaban sus palabras. Lo que hiciera Cortés con ellas ya no era de su incumbencia.

Las puertas de la sala se abrieron y los dos guardias dejaron pasar a Bernardino Vázquez, uno de los capitanes de Cortés. Su semblante limpio y sereno lo había convertido, según el rumor de todos los hombres, en el hidalgo de más alcurnia que se había sumado a la expedición de Cortés. A él le gustaba alimentar esas habladurías con su porte refinado y caballeresco, pero en aquel momento toda contención parecía haberlo abandonado; no traía buenas noticias.

—Cortés, disculpad. Esta mañana han llegado unos mensajeros aztecas de la costa solicitando ver a su señor Moctezuma de inmediato. Los notamos un poco intranquilos, pero tampoco quisimos dar al asunto demasiada importancia. Ya sabéis que estos aztecas se inquietan a veces por cualquier cosa.

—¿Y bien? —Cortés asintió apremiante.

—Hará menos de una hora que han llegado varios caciques de la ciudad, como si alguien los hubiera convocado.

—¿Cuauhtémoc está entre ellos? —preguntó Cortés, aparentando normalidad.

—Sí —afirmó Bernardino Vázquez, dejando escapar una mirada confabuladora.

Tapia miró de reojo a Cortés; sabía de sobra que a su jefe no le gustaba que aquel joven príncipe con aires de guerrero visitase a su primo Moctezuma; cada vez que lo hacía, el emperador azteca se inquietaba, y con él, todo

Tenochtitlán. Pero Cortés no dijo nada y siguió escuchando a Dino Vázquez.

—Los guardias que custodian a Moctezuma me aseguran que todos siguen reunidos ahí dentro, discutiendo muy tensos. La causa tiene que estar relacionada con la llegada de los mensajeros esta mañana, estoy seguro.

—Pues habrá que ver cuáles son las noticias que han traído —respondió Cortés, sin perder la calma, mientras arrastraba la silla hacia atrás con su cuerpo para ponerse en pie—. Mandad llamar al traductor Aguilar inmediatamente.

Bernardino Vázquez asintió e hizo ademán de salir con la rapidez de una tromba de agua, pero Cortés lo detuvo al punto.

—A qué tanta prisa, Vázquez. Tranquilizaos, que nunca os vean perder la calma.

Dino Vázquez miró a Cortés y, recuperando su paso más sosegado, salió de la habitación.

Tapia contó cuánto tardaba en masajearse la barbilla con la mano izquierda. Era señal inequívoca de la intranquilidad de Cortés, pero pocos o nadie conocían ese gesto. Fue un escaso instante, y Tapia tragó saliva; aquello era serio.

—¿Mando llamar también a la señora Marina? —preguntó él al instante.

—No será necesario.

En ese momento Tapia vio aparecer de entre la penumbra de uno de los rincones de la sala el rostro oscuro de aquella bella mujer que Cortés parecía haberse reservado para sí. Se sorprendió de su súbita aparición; a lo mejor había estado allí de pie todo el rato y él no se había percatado. Sin embargo, el aroma a flores recién cortadas que inundó la habitación le hizo saber que acababa de entrar, procedente de los cuartos privados del conquistador, que se escondían tras los pliegues del tapiz de un Santiago a lomos de su caballo blanco.

Pareció flotar con un aire fantasmal hasta llegar a Cortés, y, ya a su lado, los dos se dispusieron a salir de la gran sala tras los pasos quebradizos de Bernardino Vázquez, que se perdía en la distancia, bajo el cielo abierto, vociferando el nombre de Jerónimo de Aguilar.

Tapia siguió a Cortés y doña Marina por las galerías que bordeaban el patio hasta el ala donde se hospedaba Moctezuma. Mientras caminaba a sus espaldas, no se lamentó de la inesperada interrupción de la charla que estaba teniendo con Cortés. Su capitán la había dado por terminada. Y había asuntos más importantes que atender.

La sala de Moctezuma era un agudo contraste con el puesto de mando del que se vanagloriaba Cortés al otro lado del patio. Dejaba en evidencia la sobriedad más que notoria del espíritu y la esencia castellanos, que apenas podía presumir de un tapiz del apóstol Santiago como objeto de decoración. El tlatoani, sin embargo, había convertido el ala entera de aquel lugar en su reino particular desde que los españoles lo habían *invitado* a hospedarse en el palacio en el que ellos residían, haciendo trasladar desde el suyo los enseres que creía necesarios para aquella nueva vida.

Todos, sin embargo, eran conscientes de la temporalidad de aquella medida, y los rostros de quienes se congregaban en esos momentos en aquella sala profusamente decorada de alfombras de pieles, biombos de oro y cortinas de plumas que poblaban las paredes parecían indicar que el tiempo de la calma estaba a punto de llegar a su fin. Los únicos que eran ajenos a lo que estaba sucediendo a su alrededor eran los hijos que Moctezuma se había llevado consigo, sus favoritos. Él era el muchacho al que Tapia había visto jugando fuera a la pelota; ahora estaba sentado junto al fuego que ardía día y noche en aquella sala, alejado del centro, con una niña de unos diez años sentada a sus pies, a la que vigilaba para que no estorbara en aquellos solemnes momentos.

Moctezuma se hallaba en medio de todo aquel esplendor, bajo un palio tejido con telas y plumas que cubría la superficie del estrado donde se sentaba. A ambos lados, dos guerreros de su guardia real se encargaban de sacudir el aire con unos abanicos de plumas sujetos a un largo palo, como si quisieran aliviar la tensión contenida de aquellos rostros; la de su tlatoani, la primera. Pero también la del grupo de sacerdotes y señores principales de Tenochtitlán que quedaban a su espalda, fuera del palio, y que observaban silenciosamente a los españoles, en el otro extremo de la sala, mientras Moctezuma hablaba.

El número de personas reunidas era superior al que Cortés le tenía permitido en cualquiera de sus audiencias o convocatorias de Gobierno. Cuatro como máximo, había ordenado expresamente a sus guardias; sin embargo, eran siete los rostros hostiles que había de pie detrás de Moctezuma, mirándolos, midiéndolos, pesándolos. A Cortés, a Dino Vázquez, a Tapia.

El séquito español estaba en franca minoría en aquella sala por primera vez.

Cortés había reconocido entre ellos la presencia firme de un hermano de Moctezuma, Cuauhtláhuac, y a su lado, un poco más atrás, el rostro insolente de aquel joven guerrero, Cuauhtémoc. Nunca lo había visto sonreír; ahora, sin embargo, creía ver en sus labios el esbozo de una ligera intención. Sus miradas tropezaron por un instante y percibió rayos y truenos en aquel cruce. Era ambicioso, demasiado joven para tomar decisiones razonables. Si dependiera de él, los españoles no estarían ahí ahora mismo. Cortés lo sabía; Moctezuma lo sabía.

Quizá era precisamente esa mueca en los labios lo que había inquietado al tlatoani, que seguía hablando con la voz de siempre, pero diferente: fría, atropellada, lejos del calor y la paz que había proyectado en otras ocasiones a Cortés y los demás.

Moctezuma terminó al fin de hablar, y Marina y Jerónimo Aguilar se dispusieron a traducir lo que acababa de decir: ellos eran los dos puentes que atravesaban las palabras de ambos imperios para poder comunicarse. Por los oídos de Marina entraban las palabras náhuatl y por su boca salían convertidas en maya; entonces Aguilar, muy familiarizado con aquel idioma desde su cautividad en tierras mayas, cogía las palabras de Marina y las arrojaba en perfecto castellano a los oídos de Cortés.

Aprovechando ese instante, el hijo del tlatoani se acercó hasta el estrado bajo palio donde se encontraba su padre y, sin entrar en él, le preguntó algo. Su voz destelló con la fuerza de un muchacho inconsciente en aquel ambiente cargado. Cuauhtémoc, desde el otro extremo del palio, pisó el estrado y, cruzando frente a Moctezuma, se acercó hasta el chico y le dio una bofetada, instándolo a que se callase. El eco de la bofetada cayó sobre todos los presentes. El muchacho se llevó la mano a la mejilla, mudo, y miró a su padre en busca de una respuesta. Moctezuma lo mandó regresar junto al fuego sin decir palabra.

No hizo falta que nadie tradujese lo que acababa de ocurrir. Cuauhtémoc había humillado al hijo de Moctezuma, al aspirante a sucederlo algún día en el trono, delante de todos, y el tlatoani no había salido en su defensa.

Tapia vio a la niña pequeña acercarse hasta su hermano y contemplar los lagrimones aflorando silenciosos de sus ojos negros. Atemorizada por lo que acababa de contemplar, corrió hasta donde se encontraba doña Marina. Esta extendió su brazo y la niña hundió su rostro en el regazo de la intérprete.

Tapia tuvo tiempo de contemplar la mirada que Cuauhtémoc lanzó a la pequeña y sintió un pequeño escalofrío en los hombros.

—Los mensajeros de Moctezuma que han llegado esta mañana de la costa, junto a Veracruz —se aprestó a traducir Aguilar al fin—, han traído consigo una noticia inquietante. Han avistado la llegada de navíos españoles. Diecinueve en total.

El intérprete clavó la mirada en Cortés mientras hablaba con su voz ronca y asaetada por tantos años de cautiverio maya.

En otras circunstancias, a Tapia le habría sorprendido que el largo parlamento de Moctezuma hubiera sido traducido en tan pocas palabras. Aguilar era cada vez más parco y sucinto en las explicaciones de lo que Marina iba traduciendo, a su vez, de boca de Moctezuma, pero a Cortés no parecía importarle. En aquellos momentos de tensión, el anuncio de la llegada de aquellas diecinueve naves ocupaba toda su atención.

Ni Tapia ni nadie sabía nada de esas malditas naves, y no había que ser muy listo para suponer que la llegada de una armada tan numerosa no podía traerles a ellos nada bueno. O a lo mejor sí. Confundido, volvió el rostro hacia su capitán para averiguar su reacción.

—¿Diecinueve, decís? —respondió Cortés lentamente, pensativo, mientras hacía vagar su mirada por el vacío de la gran sala.

Al otro lado de su capitán, la expresión de Dino Vázquez era la de un niño perdido en medio del bosque.

De pronto, de la boca de Cortés salió un grito de júbilo. Tapia lo vio sacudirse un puño contra la palma de la otra mano, como si sus oraciones hubieran sido finalmente escuchadas.

—¡Alabado sea Dios todopoderoso! Por fin vienen en nuestro apoyo nuestros hermanos cristianos. ¿Os dais cuenta de que todo cuanto os he dicho se va cumpliendo?

Su voz descabalgó a Tapia y a Dino Vázquez de sus horribles suposiciones.

Conforme Aguilar y Marina iban traduciendo, Cortés fue sintiendo el alivio que provocaban sus palabras en Moctezuma y el resquemor en el ceño fruncido de Cuauhtémoc.

—Estamos construyendo un único imperio —prosiguió Cortés con lágrimas en los ojos—, y vos y todos nosotros formamos parte de él. ¡Son las mejores noticias que nos podríais haber traído hoy hasta aquí! Contamos a partir de ahora con nuevas fuerzas para expandirnos hacia el norte y hacia el sur. Gracias, gracias por tan buena nueva.

Con la voz de Marina traduciendo todavía sus palabras, Cortés conminó de reojo a Tapia a mostrarse relajado, haciendo parpadear su sonrisa entre los labios. Su subalterno comprendió el mensaje y se volvió hacia Moctezuma obligando a sus labios a romperse en una sonrisa que ahuyentara los temores que Cortés hacía esfuerzos por disipar.

—¡¡Pues claro que era un farol, Vázquez!! ¡Sabéis que me gusta jugar y lanzar faroles! Después de todo este tiempo, ¿acaso pensáis que soy idiota?

A puerta cerrada, de nuevo en el salón que presidía el tapiz de Santiago a caballo, Cortés no logró contener la tensión que había ido succionando sus entrañas durante la audiencia con Moctezuma. Había mandado llamar a sus hombres de confianza; y ahí estaban, además de Tapia y Dino Vázquez, Cristóbal de Olid, Pedro de Alvarado y Juan de León.

Todos se habían quedado estupefactos por los gritos de su capitán general. No había nadie bajo su mando que no estuviera de acuerdo en que una de las cualidades por las que Cortés los había llevado hasta tan lejos era el temple de su carácter. Ni Tapia lo había visto jamás de aquella manera, y mucho menos encarándose a uno de ellos.

Cortés apoyó la palma de las manos sobre la mesa y, bajando la cabeza, cerró los ojos y respiró hondo. Marina, la convidada de piedra, casi hecha una con la pared de la que Tapia la había visto antes aparecer, murmuró unas palabras en náhuatl que nadie entendió. Debieron de sonar a música a oídos de Cortés, porque este abrió al fin los ojos y, volviéndose de nuevo hacia Bernardino Vázquez, inclinó la cabeza ligeramente y, acercándose hasta él, lo cogió por los hombros y lo atrajo a su mirada. Su manera de pedir perdón.

—Dino. —Su tono de voz había recuperado ese aire seductor que lo hacía imbatible, como él tan bien sabía—. No podemos permitirnos el lujo de que Moctezuma y su cohorte de cuervos piensen que han apostado por una mano a la que vienen a cortarle la cabeza. Hemos logrado lo increíble: hemos conseguido someter a un imperio ganándonos la confianza de su emperador. No ha habido derramamiento de sangre alguno, Tenochtitlán entero es nuestro y ¿ahora vienen nuestros propios compatriotas a desangrarnos? No podemos hacerles creer eso. ¿Quién pensáis que aprovechará esa circunstancia si la posición de Moctezuma flaquea? ¡Visteis las ansias de poder en la cara de Cuauhtémoc! Mandó callar al hijo del emperador como si fuera su criado. En la corte de Moctezuma hay mucha ambición de poder, y cualquier debilidad del tlatoani será nuestra debilidad. Por eso quiero que cuando salgáis por esta puerta, mostréis la misma alegría que si hubierais visto a Nuestro Señor Jesucristo apareciéndose entre nosotros.

Cortés apartó las manos y miró a sus hombres como si fueran los únicos sobre la faz de la tierra.

—Todos aquí sabemos quién envía esa flota de diecinueve naves y lo que pretende.

Tapia y los demás se miraron entre ellos asintiendo. No era necesario mencionar a don Diego Velázquez; el gobernador de Cuba no estaba dispuesto a dar por perdidas aquellas tierras, que podrían haber llegado a ser de su dominio si Cortés no se hubiera decidido a conquistarlas, desobedeciendo sus órdenes y fundando una villa desde la que poder sacudirse de encima su autoridad como gobernador.

—A lo mejor vienen realmente a apoyar nuestra conquista —aventuró Tapia, apostando por un imposible.

—Tapia, por Dios. Sois joven, muy joven, pero no seáis ingenuo.

Los veintitrés años recién cumplidos de Tapia se revolvieron avergonzados contra él. Era el único sin rango de capitán en aquella sala, y no le gustaba ser señalado precisamente por la edad; mucho menos delante de Alvarado, a quien escuchó, a su lado, soltar una risa burlona.

—Todos en esta sala somos conscientes de que el gobernador de Cuba no es de los que vaya a estar dispuesto a soltar sus garras sin presentar batalla con tal de recuperar sus pretendidos derechos de conquista —acabó de decir Cortés.

Todos posaron los ojos en Juan de León, y aquel se encogió de hombros, torciendo los labios.

—A mí no me miréis; todos sabéis que embarqué en esta expedición con la orden del gobernador de Cuba de vigilaros. —Juan de León se volvió hacia Cortés, solemne—. Pero desde el día en que decidí seguiros, vos os convertisteis en mi único capitán. Sé que no os gusta que os lo diga, pero hoy, más que nunca, sois mi capitán.

***

Mis ojos tuvieron que salir por un instante del escrito de Tapia. ¡Ese capitán, Juan de León! ¡Tenía que ser él! ¡El personaje anónimo a través de quien había soñado y vivido la entrada de Hernán Cortés por primera vez en Tenochtitlán! Él tenía que ser quien me había contado los recuerdos de ese día y yo los había hecho míos a través de mi sueño en el hospital. Estaba seguro de ello. Volví a releer las líneas del último párrafo. El corazón junto a la cicatriz que tenía bajo el pecho volvió a latir con fuerza mientras lo hacía. Las coincidencias no podían ser mayores. Aquel capitán, como el de mi sueño, había embarcado en la expedición para vigilar a Cortés por orden del gobernador de Cuba. Tras su llegada a la costa, había cambiado de bando, deslumbrado por el conquistador. Pero el detalle que no dejaba lugar a dudas era su forma de dirigirse a él. «Mi capitán.» Juan de León era el único capitán entre el ejército de Cortés que lo llamaba «mi capitán». Como el personaje de mi sueño. Juan de León. Grabé a fuego su nombre. Él era quien me había dejado inconsciente, al borde de la muerte, en las puertas del hospital de Tenochtitlán. Le debía la vida. Ahora lo sabía. Tenía que encontrarlo. Era el único capaz de arrojar algo de luz a los acontecimientos que me habían conducido hasta allí y que mi memoria se negaba con terquedad a darme a conocer.

Alimentado por esa nueva esperanza, me volví a sumergir de nuevo en el relato de Tapia. ¿Cómo iba a dejar de leer en aquel momento tan emocionante? Ajusté mis ojos al legajo, y volví a ser absorbido entre sus líneas.

***

Todos los demás miraron a Juan de León con aprobación.

—Nosotros somos los que nos lo hemos jugado todo en estas tierras, poblándolas, sometiéndolas a Su Sacratísima Majestad el emperador, y el gobernador de Cuba ha perdido —continuó Cortés mirándolos a cada uno—. Con la fundación de la villa de Veracruz, perdió todo derecho a reclamar estos predios. Son nuestros, y yo, su capitán general. Y el grandísimo tesoro que mandamos a nuestro Sacratísimo emperador nos ha hecho fuertes, muy fuertes, frente a las amistades y apoyos con los que cuenta el gobernador de Cuba en la corte.

—¿Desestimáis el poder del obispo Fonseca al frente de su Junta de Indias? —Dino Vázquez señaló la piedra en el zapato de todo aquel que se lanzaba a la conquista de ultramar en el nombre de Castilla.

—Los lazos de vecindad entre ambos son los que colocaron a Velázquez como gobernador de Cuba. Ellos sacan pecho con Cuéllar y presumen de su castillo en Coca, pero yo os aseguro que, mientras nuestros pies sigan sobre Tenochtitlán —Cortés dio un golpe al suelo, pisando con fuerza—, no hay señorío o villa en toda Castilla que pueda hacernos sombra.

Tapia debía confesar que disfrutaba con los razonamientos de Cortés. Farol o no, tenían el poder de la convicción. Lo que lo diferenciaba de un simple charlatán es que aquello que auguraba acababa siempre por cumplirse. Al menos, así había ocurrido hasta la fecha.

—¿Y qué vamos a hacer con esos hombres que van en las diecinueve naves? Deben de ir a bordo más de mil. Más que el doble de todos nosotros. —Dino Vázquez parecía ser el único entre los capitanes que exponía en alto los temores que debían de estar en la mente de todos.

—Primero debemos averiguar quién es el capitán que está al mando —replicó Cortés sin perder su aplomo—. Seguramente el gobernador de Cuba haya contado con Narváez para ello. Si es así, estaríamos de suerte.

Alvarado y Olid, los hombres de máxima confianza del conquistador, intercambiaron un gesto de complicidad con Cortés. Tapia echó una rápida mirada hacia su lado, donde se encontraba Dino Vázquez, contemplando el vacío. A Cortés tampoco le pasó desapercibida esa carencia de entusiasmo. ¿O era quizá falta de confianza?

—Lo importante ahora —continuó Cortés— es que sigamos fingiendo alegría y alborozo ante la llegada de esa flota. Para desconcertar a Moctezuma, sí, pero también para evitar que nuestros hombres desconfíen y comiencen a cometer errores.

—¿Pretendéis que finjamos también alegría delante de nuestros hombres? —estalló Alvarado, incrédulo—. Vamos, Cortés. No todos son tan ingenuos.

—Pocos tienen que saber lo que hemos hablado aquí,

Alvarado. Confío en vuestra discreción. —Cortés paseó la mirada por los rostros de cada uno de ellos, acariciándolos con un centelleo vibrante—. Dino Vázquez ha calculado unos mil hombres a bordo de esa expedición, pero ¿qué pasaría si tuviéramos a los aztecas envalentonados también a nuestras espaldas? ¿Cómo vencer a un ejército superior al nuestro cuando tenemos el aliento de Cuauhtémoc detrás de nosotros? Pensad en el pesimismo que se extendería entre los más débiles de nuestros hombres. ¡No, Alvarado, no! —A Cortés se le iluminaron los ojos con determinación—. Nadie debe saber que esas diecinueve naves vienen contra nosotros, de momento. Los desarmaremos, confiad en mí. Contamos, además, con el apoyo de los tlaxcaltecas. Ellos no van a dejar que saquemos ahora el pie que hemos puesto sobre el cuello de sus enemigos aztecas.

Alvarado lanzó un suspiro al aire y asintió. Lo que decía Cortés era una locura, pero mayor era la locura que estaban viviendo con la llegada de aquel ejército.

—Un farol, amigos míos, un buen farol, y ganaremos la partida de nuestras vidas.

—Entonces, ¿quién debe saber lo que estamos hablando?

—Los dedos de mi mano —exclamó Cortés, extendiendo su palma ante ellos con la fuerza con la que lo hacía cuando apostaba alto en el juego—. Estos, los mensajeros que nos traigan noticia de su llegada y el destacamento de hombres de Sandoval en Veracruz.

—¿Cómo sabéis que llegarán los mensajeros con la noticia? A estas horas Veracruz entera podría haber caído o, peor aún, haberse rendido frente a la amenaza de Narváez, suponiendo que sea él —inquirió Dino Vázquez, serio y todavía pensativo.

Cristóbal de Olid tomó la palabra para sorpresa de Tapia y los demás. Su escasa locuacidad, a pesar de ser andaluz, era su mayor distinción; eso y su determinación al mando cuando sentía los lomos de un caballo entre sus piernas.

—Dino, creo que no habéis pasado suficiente tiempo con Sandoval. Es el hombre más fiel con el que he compartido mesa jamás; os puedo asegurar, y eso es algo que no diría de nadie, ni tan siquiera de mí, que mientras él esté al mando de Veracruz, todos sus hombres seguirán siendo fieles a nuestra causa y lucharán por ella.

Alvarado sacudió a Olid. Los dos sabían que, junto a Sandoval, ellos eran las columnas fuertes del conquistador. La Santísima Trinidad de Cortés, así los llamaban sus hombres. Y, en aquellos momentos en los que le veían las orejas al lobo, apoyarse y mostrar confianza, como acababa de hacer Olid, era la mejor muestra de camaradería.

—Ese es el espíritu, Olid, ese es el espíritu —exclamó Cortés sin poder ocultar su satisfacción por los hombres que Dios había querido poner a su lado—. En fin, lo mejor será esperar a que lleguen nuestros mensajeros con la noticia antes de tomar una resolución. Pero recordad: ¡afinad vuestro rostro! ¡Que se propague la buena noticia de la llegada de diecinueve naves entre vuestros hombres!

Los mensajeros llegaron aquella misma tarde. Decidieron no entrar por ninguna de las tres calzadas que accedían al centro de Tenochtitlán para no ser vistos. Lo hicieron en una chalupa, navegando de incógnito por el lago hasta desviarse hacia uno de los canales menos concurridos que circundaban el palacio de Axayácatl.

Las noticias eran malas, muy malas. Terribles, a pesar de comunicar lo que Cortés ya había anunciado. Pánfilo de Narváez era, efectivamente, quien comandaba la armada. Y querían destruirlos, echarlos de aquellas tierras.

Casa de fieras, Tenochtitlán, 4 de mayo de 1520

—¡No lo diréis en serio!

Cortés asintió. El eco de aquella exclamación revolvió en su jaula al animal ante el que pasaban. No repararon en él, rugiendo tras aquellos barrotes. Tapia fue el único de los tres que echó una rápida mirada y apenas tuvo tiempo de ver una especie de gato gigante con la piel llena de manchas.

—¡Menudos hijos de la grandísima puta que los parió a todos! —exclamó Alvarado sin acabar de dar crédito a las palabras de Cortés.

—¡Shhh! Disimulad un poco, Alvarado —respondió Cortés al ver aparecer frente a ellos, en el mismo sendero, a dos indios que empujaban una carreta llena de paja.

A punto de cruzarse, Alvarado retorció sus labios en busca de una sonrisa y los dos indios se detuvieron, saludándolos con una gran reverencia. Alvarado, Cortés y Tapia devolvieron el saludo sin pararse.

Se encontraban en la casa de fieras, uno de los enclaves favoritos del emperador Moctezuma en la ciudad de Tenochtitlán. Era Cortés quien había concertado la reunión en aquel paraje tan peculiar, a cielo abierto, lejos de los oídos de cualquier curioso.

A pesar de la grandiosidad de los templos y del lugar ceremonial en el centro de la ciudad, una de las cosas que más había sorprendido de Tenochtitlán a los españoles eran la casa de fieras y la casa de las aves de Moctezuma. El tlatoani tenía pasión por estos dos espacios, en los que, a modo de colección privada al aire libre, conservaba al menos un ejemplar de cada especie que habitaba aquellas tierras. Los españoles sabían, por la importancia de las plumas en los atuendos de Moctezuma y, sobre todo, en los vestidos de ceremonia de sus sacerdotes, que la casa de aves tenía una razón de ser más que justificada, ya que eran sus plumíferos habitantes quienes proporcionaban los materiales más bellos y vistosos con los que vestir a la realeza y a los principales.

La casa de fieras, sin embargo, situada a continuación del palacio donde se hospedaban los españoles, existía solamente para el entretenimiento de Moctezuma, a quien le gustaba pasearse entre fieras y animales en general. En días de aburrimiento se llegaban a organizar duelos a muerte entre diferentes animales para mayor distracción del tlatoani. Cortés había sido testigo de alguno de ellos y lo había disfrutado tanto como Moctezuma.

—Es la suprema lucha por la supervivencia —había comentado lleno de admiración ante una bestia moribunda que acababa de ser destripada por un jaguar.

A Tapia no le había gustado el espectáculo, pero pensó que mejor era aquel entretenimiento que sacrificar a víctimas inocentes en la gran pirámide para mayor gloria de unos dioses inexistentes.

Esos días de ocio compartidos con Moctezuma parecían haber quedado definitivamente atrás. Las exclamaciones de enfado que acababa de proferir Alvarado no iban dirigidas contra los españoles que habían desembarcado al mando de Pánfilo de Narváez con la orden expresa de apresar a Cortés vivo o muerto. Los mensajeros habían corroborado las suposiciones del día anterior, pero lo que ni Cortés había podido anticipar era que los hombres de Moctezuma habían establecido contacto con los recién llegados y les habían ofrecido, en nombre del emperador, oro, comida y, seguramente, alguna cosa más. Comprendían ahora la sonrisa torcida en el rostro de Cuauhtémoc durante la audiencia del día anterior.

Moctezuma, y con él todo Tenochtitlán, no se habían creído la pantomima de Cortés celebrando la llegada de nuevos hermanos cristianos. Sabían perfectamente que habían desembarcado para acabar con ellos, y ahora todo, absolutamente todo —la conquista, el favor de Moctezuma, la alianza con los tlaxcaltecas e incluso la fidelidad de sus propios hombres—, estaba en el aire.

En ese clima de incertidumbre, Cortés había convocado esta reunión secreta. A Tapia le sorprendió que Dino Vázquez, Olid y Juan de León no hubieran sido invitados, y que en su lugar estuviera precisamente el hombre de quien había tratado de advertir a su capitán. Tapia y Alvarado, a solas con Cortés.

—Tenemos que seguir haciéndoles creer que nada nos atribula. Eso alimentará sus dudas. Estoy convencido de que Moctezuma sigue de nuestra parte.

—¿En serio? —respondió Tapia con el mayor de los escepticismos—. Moctezuma es el primero en desear que nos larguemos y evitar así una revuelta interior.

Cortés se volvió hacia Tapia y este vio en sus ojos algo que el conquistador dudaba si compartir con ellos o no.

—Ayer noche, al filo de la madrugada, Moctezuma me mandó llamar —confesó al fin, librándose de la duda—. No había nadie salvo él, sus hijos y los guardias reales que lo sirven día y noche. Me dijo algo inesperado.

Dejó por un momento que el silencio hiciera brillar de expectación los rostros de Tapia y Alvarado.

—Me suplicó que, si algo iba mal, me llevase conmigo a sus dos hijos favoritos, al heredero y a la niña, a Tecuichpo, y que los pusiera a salvo. Me hizo prometérselo. —Cortés arrugó la frente al recordar el semblante abatido del emperador.

—¿Y vos lo hicisteis? —preguntó Tapia, más allá de todo asombro.

Cortés asintió.

—Pero ¿de qué diablos hablaba? ¿Os dio alguna pista sobre a qué se refería con que *si algo va mal*? —intervino Alvarado, frunciendo el ceño.

Cortés se volvió hacia Alvarado.

—Juzgad vos mismo. Cuauhtémoc humilló a su hijo delante de todos nosotros y Moctezuma no hizo nada por recriminar su actitud. Creo que la llegada de Narváez ha hecho que afloren las disputas en el Gobierno de Tenochtitlán. Las ambiciones no son una prerrogativa del hombre blanco, y se ha desencadenado una guerra soterrada por el poder. Cuauhtémoc y su tío nunca han estado de acuerdo con la actitud pacífica y condescendiente de Moctezuma. Si dependiera de ellos, estaríamos todos arriba del gran cúe, a punto de ser sacrificados.

—Así que la llegada de los de Narváez podría ser la excusa perfecta para derrocar a Moctezuma, alzarse con el poder y echarnos a todos de Tenochtitlán. —Alvarado se mordisqueó los labios, contemplando las pocas opciones que aquel nuevo escenario arrojaba sobre sus espaldas.

—Todo depende de las habilidades que mostremos cada uno de nosotros en todo momento —contestó Cortés con un rayo de esperanza—. Y ese es el motivo por el que estamos aquí, en este lugar.

Cortés se detuvo a los pies de un promontorio que se alzaba al final de la casa de fieras, sobre un canal que separaba aquel terreno del resto de la ciudad.

Tapia y Alvarado lo miraron un tanto desconcertados, y desviaron su atención hacia el centro de aquella pequeña colina que Cortés estaba señalando.

—Quiero que miréis a los ojos al animal que está en esa gran jaula y me digáis qué veis —añadió con un hilo de misterio en la voz.

—Cortés, los momentos no son los mejores para ponerse a jugar a los acertijos —protestó de mala gana Alvarado mientras Tapia salía corriendo.

—Venga, Alvarado, dejad de protestar como un viejo y no permitáis que la juventud os adelante —espoleó Cortés señalando hacia Tapia, que ya estaba en la cima del promontorio.

Desde allí arriba se adquiría una vista privilegiada del centro neurálgico de aquella bella ciudad que respiraba entre canales de agua. Tapia dirigió su mirada hacia la jaula rectangular entronizada en el centro de la colina, sobre un amplio pedestal de piedra cubierto de maleza. Escaló el muro de vegetación, que apenas le llegaba hasta los hombros, y por fin consiguió aferrarse a los barrotes de la jaula. Un rugido de protesta saludó su llegada. Al ver a la bestia, Tapia soltó las barras que los separaban, obediente. No era sabio irritar a aquel hermoso ejemplar de jaguar que se deslizaba silencioso y elegante tras los barrotes, agitando su pelaje negro hasta donde estaba él, desafiante, curioso, sin la menor sombra de temor.

Subyugaban la rapidez y la agilidad de movimientos a pesar de su considerable tamaño, el brillo de una noche oscura sobre su piel, la desfachatez de su mirada ámbar.

Oyó a Alvarado encaramándose a su izquierda. El felino no dio muestras de inquietarse por la presencia de ambos frente a los hierros de su jaula.

Oyeron la voz de Cortés tronando desde abajo:

—Y bien, ¿qué es lo que veis?

Tapia y Alvarado se asomaron a los ojos de la bestia, que no los apartó como hacían otros animales cuando los mirabas directamente.

Por fin Tapia se dio la vuelta y, de un salto, cayó cerca de donde esperaba Cortés. Alvarado hizo lo mismo, pero su impulso le llevó a caer justo al lado del capitán general. A pesar de los doce años con que lo aventajaba, Alvarado seguía gozando de la agilidad de un felino.

—Desafío, velocidad, ataque —respondió Tapia sin necesidad de pensarlo.

—Impiedad —añadió Alvarado—. Si pudiera, nos hubiera devorado sin dudar un segundo.

—En nuestro caso, la impiedad solo puede ser el último recurso, cuando la supervivencia no permite otro camino —añadió Cortés sin vacilar—. Pero el desafío, la velocidad, el ataque..., esas son las habilidades que hacen de esa fiera el rey de estas tierras. Esas son precisamente las bazas de las que carece el pánfilo de Narváez. —Alvarado saludó con una sonrisa el juego de palabras—. Vos lo conocéis tan bien como yo, de las exploraciones que hicimos en Cuba.

—Tenéis toda la razón —asintió Alvarado—. Narváez es bueno cuando tiene escrito el plan de antemano, pero no cuando tiene que improvisar y decidir sobre la marcha.

Cortés no pudo ocultar el orgullo que sentía por haber expresado con aquel bello animal la estrategia que había ya decidido de antemano. Volvió entonces su férrea mirada sobre Tapia. Este la conocía muy bien; era de las que indicaban que no había vuelta atrás. Como la que había arrojado antes del hundimiento de sus propias naves.

—Vos saldréis hoy mismo con Juan de León hacia la costa. Vuestro objetivo es introduciros en el real de Narváez, conocer sus planes, saber qué hombres de confianza se ha traído consigo. Con astucia, que la tenéis, y buenas alhajas, que os las daré, no resultará difícil atraerlos a nuestra causa.

Tapia asintió, buen conocedor de la generosidad de Cortés en su afán por hacer del enemigo un converso de su causa.

—Cuando vos hayáis repartido promesas y regalos desbaratando lealtades, llegaré yo al mando de un ejército y comprobaremos qué tiene que decir Narváez.

—Entonces, ¿qué queréis que haga yo mientras tanto? —intervino Alvarado, un tanto molesto por la ausencia de su nombre en todos aquellos planes.

Cortés se volvió hacia él y Alvarado vio la respuesta en el brillo de su mirada.

—¿Cuántos hombres dejaréis conmigo? —asintió pensativo.

Tapia los contemplaba a los dos sin entender de qué hablaban o, peor aún, que pudieran entenderse sin hablar.

—He pensado que ochenta, además de unos cientos de tlaxcaltecas —respondió Cortés.

—Solo ochenta —exclamó Alvarado imaginando ese número.

—Se quedarán con vos todos aquellos que sean de tierras de Cuéllar o alrededores, de donde es el gobernador de Cuba, así como quienes hayan mostrado en algún momento simpatía o debilidad en su favor. No podemos arriesgarnos a cambios de bando inesperados.

Tapia comprendió: Cortés estaba pidiendo a Alvarado quedarse como dueño y señor de Tenochtitlán en su ausencia y mantener la calma entre los aztecas, con todos los hombres susceptibles de abrazar la causa del gobernador de Cuba.

—Os dejaré también a doña Marina para que os haga de traductora con Moctezuma —continuaba Cortés con sus instrucciones a Alvarado—, ha alcanzado el suficiente nivel de castellano y ya no es necesario que sigáis utilizando también a Jerónimo de Aguilar. Con ella os bastará. Dino Vázquez se quedará también con vosotros. Será vuestro segundo al mando mientras yo me ausente para combatir a Narváez.

A Tapia le extrañó que hubiera mencionado específicamente a Dino Vázquez. Cortés debió de leer en su rostro lo que estaba pensando, puesto que en ese instante se volvió hacia él.

—Vázquez hizo buenas amigas con Narváez durante las expediciones de Cuba, y, aunque es un hombre leal, no conviene poner a prueba lo que ya ha demostrado desde que llegamos a estas tierras.

Tapia agradeció la explicación de su capitán. Alvarado necesitaría de buenos apoyos durante la ausencia de Cortés, y Dino Vázquez era un hombre valeroso.

—Ahora entiendo por qué no está aquí convocado, con nosotros, en la casa de fieras —replicó Alvarado, acariciándose los labios con los dedos—. Le hubiera dolido saber que no queréis poner a prueba sus lealtades.

Cortés se volvió hacia Alvarado con la agilidad del animal que acababan de contemplar en la jaula.

—Os equivocáis. Hay otro asunto que quería tratar con vos a los pies del jaguar negro.

Más tarde, ya de camino hacia la salida de la casa de fieras, Tapia prefirió avanzar unos pasos por delante de Cortés y Alvarado mientras ellos continuaban hablando sobre la mejor manera de mantener aislado a Moctezuma en los próximos días, lejos de la influencia de los demás señores de la ciudad, especialmente de Cuauhtémoc. A pesar de lo que acababa de escuchar, no creía que Pedro de Alvarado fuera el mejor hombre para mantener la calma en Tenochtitlán durante la ausencia de Cortés. Era encender una mecha en el polvorín.

¿Qué parte no había entendido Cortés de la advertencia que le había hecho el día anterior? A Alvarado le sobraba arrogancia y le faltaban temple y mano izquierda.

Cuando estaban ya a punto de abandonar la casa de fieras, Alvarado se soltó al fin del lado de Cortés y avanzó hacia la salida. Entonces Cortés cogió a Tapia por el brazo y lo detuvo un instante. Tapia estaba convencido de que le iba a decir algo sobre su decisión de poner a Alvarado al mando durante su ausencia, a pesar de sus advertencias expresadas el día anterior contra aquel.

—Habéis escuchado mis instrucciones a Alvarado sobre Jerónimo de Aguilar —dijo Cortés con gravedad—. Quiero que lo busquéis y le digáis que no vamos a contar con sus servicios a partir de ahora.

Tapia lo miró con cara de asombro; no era ese el parlamento que esperaba de Cortés.

—Vamos, Tapia, no pongáis esa cara de extrañeza. Sabéis tan bien como yo que las palabras de Aguilar han venido siendo cada vez más parcas con respecto de las que utilizaba doña Marina para traducir a Moctezuma. Se ha aprovechado de la información, ocultándonosla.

Tapia permaneció en silencio, confundido entre su sorpresa por la misión encomendada a Alvarado y tratando de imaginar al mismo tiempo el día en el que Cortés había dejado de confiar en Jerónimo de Aguilar. Frunció el ceño; posiblemente debía haber sido aquel.

—Pero no se lo digáis de esta manera —añadió al punto Cortés, interrumpiendo la confusión que reinaba en Tapia—. Decidle que lo necesitamos para cosas más importantes en estos momentos y entregadle una pequeña joya como muestra de agradecimiento. Y, por descontado, que su labor como traductor será reconocida algún día si conseguimos salir sanos y salvos de aquí.

A Tapia le sorprendía escuchar a Cortés hablar con tanto cinismo; no iba con su personalidad. Pero él le había dicho en repetidas ocasiones que había hombres que necesitaban ser tratados de aquella manera. Todo mediocre podía ser peligroso, y Cortés había descubierto que el oro era un buen remedio para amansarlo.

***

Un grito interrumpió mi lectura. Era ahogado, lejano, salvaje. Sacudí el legajo de Tapia, pensando que se había escapado de las palabras emborronadas que aún me faltaban por leer. Mi mente regresó al palacio de Axayácatl, ahora de Cortés, ya oscurecido salvo por la llama que alumbraba la mesa como una isla en mi habitación. Entonces otros gritos sacudieron mis oídos y supe que no los arrancaba el manuscrito de Tapia. Venían de fuera.

Ocurría algo. Había voces al otro lado de mi puerta, murmullos ahogados en la galería. Navegué la distancia desde la mesa a la salida deshaciendo en mi memoria todo lo que acababa de leer sobre la conquista de Cortés. Otro mundo se superponía, más próximo, más real, a gritos.

Afuera, los destellos de una antorcha me cegaron, pasando veloz ante mis ojos. Tardé unos instantes en recuperar la visión de las figuras que se alejaban, a mi izquierda, caminando a paso veloz hacia el encuentro con alguien que aguardaba. El círculo de luz de la antorcha los envolvió en una burbuja mientras hablaban, y descubrí a Tapia en su centro tratando de atemperar la agitación de las noticias que traían consigo aquellos tres naturales que habían pasado veloces junto a mí.

Un escalofrío sacudió la parte superior de mis hombros mientras me acercaba lentamente hasta ellos, presintiéndolo. Tapia fue el primero en levantar la cabeza al aproximarme a los destellos de luz de la antorcha. Le dolió el rostro al verme, y con un ligero movimiento de manos hizo que los nativos se desvanecieran, quedándonos solos él, yo y el fuego de la tea.

—Han encontrado el cadáver de un hombre asesinado a los pies de la gran pirámide. —Desvió su mirada, haciéndola bailar hacia los lados—. He mandado a unos hombres para que examinaran el cuerpo.

Tapia no se atrevió a continuar, pero tampoco era necesario, porque lo supe en aquel preciso instante.

—Creen que puede tratarse de Guevara —dijo con la voz queda.

Pensé por un instante que seguía leyendo. Que Tapia me estaba contando de viva voz el resultado del desafío de la expedición de Pánfilo de Narváez. Que Moctezuma seguía vivo. Que nada de lo que ocurría a mi alrededor era real.

Entonces regresó el dolor de la cicatriz bajo mi pecho, y tuve la clara conciencia de que me hallaba atrapado entre las mismas piedras del lugar donde Moctezuma había sido hecho prisionero siete años antes.

6

Tapia me había dado instrucciones precisas de lo que debía hacer al día siguiente: cruzar la gran plaza, entrar al edificio del cabildo por la parte posterior y reconocer el cadáver. Eran indicaciones sencillas de seguir, un lugar próximo al que llegar. Si él hubiera sabido lo lejos que me llevaría aquel simple paseo, la distancia terrible e infinita que se interpuso entre nosotros a raíz de aquellos escasos trescientos pasos que caminé, jamás me hubiera dejado ir solo. Hubiera hecho lo imposible por acompañarme, en lugar de disculparse y salir a caballo, temprano, para un asunto al que le enviaba el propio Cortés.

El cabildo era, junto al de Cortés, el único edificio en toda la plaza del que habían retirado los andamios de madera, y su fachada asomaba rutilante, hermosa, con cuerpo castellano y alma indígena.

La parte posterior se había reservado para todos los asuntos relacionados con la ley y el orden de la ciudad. Los alguaciles tenían ahí enclavados sus dominios, desde los que acechaban sobre Tenochtitlán. Eran también el lugar de la prisión de la Nueva España y depósito pasajero de aquellos cadáveres sospechosos de muerte por asesinato. Víctimas y culpables tenían la oportunidad de ser reunidos, por un instante, bajo el mismo techo, diluyendo las fronteras entre el bien y el mal.

Entré por una puerta estrecha, la única que estaba

abierta en toda la fachada, y, a través de un pasillo oscuro y con olor a humedad, desemboqué en la parte lateral de un patio vacío. Me pareció escuchar el siseo de papeles y pergaminos rozándose, y por un instante sentí la excitación de entrar de nuevo en una biblioteca, curiosear en un archivo, descubrir historias, destapar verdades; el sonido procedía de una de las salas de la galería del lado este, y avancé hacia su umbral.

El hombre que hurgaba entre los documentos sobre una mesa apenas levantó la cabeza al asomarme, ignorando mi presencia. Lo reconocí enseguida; era el tipo que había conocido en la plaza; don Nuño de Guzmán, el nuevo gobernador del Pánuco. La torpeza de sus manos y una mirada hundida todavía en el fondo de la botella de vino de la noche anterior indicaban que se hallaba en el lugar equivocado; ahí, entre papeles, no había espada que blandir.

—¡Matanzo! ¿Podéis venir aquí?, ¡maldita sea! —Su voz pastosa y ronca irrumpió, antipática, en el aire.

Alguien entró hecho un rayo por la puerta que había al fondo de la habitación.

—Decidme, don Nuño —murmuró con el rostro contraído y la disposición de una doncella a punto de ser desflorada.

—¡No encuentro nada! ¿Estáis seguro de que esos malditos títulos se encuentran entre estos papeles?

Don Nuño arrojó los papeles que tenía entre las manos sobre el rostro de Matanzo, y este se limitó a agacharse para cogerlos del suelo. Me dio lástima, el pobre.

—Don Nuño, os he dicho que encontraríais todas las disposiciones de las tierras del Pánuco en los archivadores del lado izquierdo —se limitó a contestar, servil.

—Izquierdo, derecho, ¡qué más da! Me voy a pasar por los cojones cada una de esas encomiendas —murmuró para sí el gobernador de aquellas tierras con la vileza entre los labios.

En ese momento, el alguacil Matanzo advirtió mi presencia junto a la entrada, y su aspecto sumiso se transformó al dirigirse a mí.

—Hola, buenos días. —Se aproximó, contrariado, apuntando sus ojos como si hubiera visto una rata—. ¿Quién os ha dejado entrar hasta aquí?

Su gesto arrogante me bastó para arrepentirme de la piedad que había sentido por él hacía unos instantes. No deja de ser una ironía que todo soberbio que es mirado por encima siempre encuentre a alguien más abajo con quien desahogarse. Con lo sencillo que sería cortar cadenas de agravios. Pero aquel tipo se había equivocado conmigo.

Fruncí el ceño, molesto.

—Uno no necesita permiso alguno de nadie cuando encuentra la puerta abierta. Y vengo a identificar un cadáver, no a saludaros.

Advertí la mirada de don Nuño sobrevolar los papeles que tenía entre las manos para depositarla en mí con curiosidad.

Matanzo, que no esperaba verse acorralado por delante y por detrás de modo tan inesperado, carraspeó y, después de bajar la mirada, veloz, asumió su nuevo cometido sin la menor dificultad.

—Por supuesto. Esperad un instante, os lo ruego.

Desapareció por donde había entrado y Nuño de Guzmán y yo nos quedamos solos en el archivo.

—Tuvimos ocasión de vernos el otro día, ¿verdad? —Don Nuño levantó la cabeza de los documentos—. Sois nuevo por aquí, ¿no es cierto? —Su mirada sucia me midió de los pies a la cabeza.

—No juzguéis nunca a un hombre por su par de zapatos nuevos —respondí yo, con una sonrisa algo incómoda.

—No son vuestros zapatos, es vuestra alma la que no veo manchada de barro todavía. —Arqueó sus labios con desprecio.

En aquel momento, Matanzo apareció de nuevo y el gobernador del Pánuco regresó a sus papeles.

—Venid, seguidme. Abajo os están esperando —se limitó a decirme.

Seguí al alguacil con mi mente sopesando todavía las palabras de Nuño de Guzmán. ¿El alma enfangada? A lo mejor era eso lo que caracterizaba a los hombres que hacían más grande al imperio castellano. La de aquel hombre lo estaba, no había duda de ello.

Seguí a Matanzo, a través de una galería sofocante y húmeda, a una parte del edificio con poca luz y escasa ventilación. Unas dependencias más humildes que solo podían estar habitadas por muertos. O criminales.

Nos detuvimos frente a una sala tenuemente iluminada por la luz que dejaban pasar unas ventanas elevadas que comunicaban con un patio interior. Al fondo distinguí las espaldas de dos hombres examinando algo sobre una mesa. Uno de ellos, el guardia, sostenía un farol sobre su cabeza, recortando sus figuras como si fueran dueñas de la oscuridad.

—Necesitamos que confirméis que se trata realmente del capitán Guevara. —Matanzo indicó con su mirada hacia el fondo, dejando bien claro que él no iba a acompañarme—. Pero os lo advierto —su mano sobre mi pecho me detuvo unos instantes antes de dejarme avanzar un paso—: va a resultaros difícil reconocerlo.

El calor era sofocante, apenas había ventilación, y en cuanto me acerqué pude olisquear lo que aquellos dos hombres estaban mirando. Cuando llegué junto a la mesa, el extraño que acompañaba al guardia se dio la vuelta y, cruzándose conmigo, salió de la habitación sin dejar de mirarme.

El olor pútrido de la carne se aferró a las paredes de mis orificios nasales y tuve que hacer un esfuerzo sobrehumano para no dejar escapar una arcada que desparramase mis entrañas ahí mismo. Me tapé la nariz antes de que la espalda del guardia se apartara a un lado y me dejara ver lo que había tumbado sobre la mesa.

Mis ojos saltaron, nerviosos, hacia el cadáver. Cayeron en el cuello desgarrado de la víctima. Estaba degollado como un cerdo en la matanza, sin una gota de sangre en las venas que atravesaban su frente y su rostro y sus brazos y su cuerpo entero.

Una punzada de dolor sacudió mis hombros y un gemido quebró mi garganta al descubrir los restos secos de mi querido capitán Guevara.

Taparme la nariz no sirvió entonces de nada; salí precipitadamente del calor sofocante de aquel sótano, con la voz de Matanzo resonando como un eco a mis espaldas:

—¿Estáis bien?

Empujé con fuerza una puerta en el pasillo, y la luz del día golpeó mi rostro, nublándome los ojos, y arrojé mis entrañas sobre la tierra seca de un patio interior.

El aire libre me llenó los pulmones, remplazando al aire viciado de aquella habitación, pero la garganta y los ojos seguían ardiendo por dentro.

Una nube de palabras comenzó a sobrevolar a mi alrededor...

«Me siento observado últimamente.»

«Tengo la derrota, no se la daré y no voy a permitir que nadie me la arrebate.»

Era la voz de Guevara.

«Aquí corremos peligro. Todos lo corremos si no se hace lo que quiere Cortés.»

El temblor de mis piernas me hizo caer de rodillas sobre el suelo, junto a mis entrañas.

¡Maldita sea, Guevara! ¿Qué os habían hecho? ¿Había sido él quien había ordenado todo aquello? ¿Tenía él también su alma enfangada y yo no había sabido verla?

El calor de una mano sobre mi espalda me sobresaltó.

—Vamos, muchacho, vamos; coged aire, respirad. —Distinguí en las alturas la figura de alguien que ayudaba a incorporarme—. Si tenéis paciencia, todo será vengado a su debido tiempo.

Me volví hacia un lado, todavía confuso, y distinguí al tipo con el que me había cruzado en el mortuorio, junto al guardia.

—Matanzo, que alguien traiga una silla para el muchacho antes de que vuelva a caerse y se reboce en su propio vómito. Y decid a uno de vuestros indios que lo cubra con dos paladas de tierra si no queréis ver también el interior de mi estómago. ¡Maldita sea! ¿Qué os han dado hoy para desayunar, De Soto?

En aquel instante no me turbó que conociese mi nombre. Apareció de la nada una silla donde poder sentarme, y, cuando conseguí recuperarme al fin de mi malestar, el desconocido había desaparecido.

Matanzo apareció de nuevo sobre aquel patio amarillo y polvoriento y yo lo miré, todavía confuso. No sabía si había soñado o no la presencia de aquella figura, pero tampoco me atrevía a preguntárselo a él. Tenía la silla sobre la que estaba sentado como prueba de su existencia, y alguien le había obedecido, puesto que dos paladas de tierra cubrían mi vómito.

Miré a Matanzo con los ojos entornados.

—Los bolsillos de Guevara... Había algo... En su pechera... Un papel —pude apenas susurrar.

Matanzo sacudió la cabeza.

—El pobre diablo no llevaba nada encima.

Arrastré la mirada sobre el polvo amarillo; yo no había querido creerlo, pero Guevara estaba muerto y se habían llevado la derrota de las islas de la Especiería.

—El corregidor quiere veros. Acompañadme.

Matanzo me instó a que lo siguiera y yo me levanté, obediente, sin entender a lo que obedecía. Nos alejamos de la zona mortuoria y yo respiré con alivio. La luz natural se iba adueñando del espacio y el olor a humedad acabó desapareciendo por completo.

Al fin me hizo pasar a un amplio despacho iluminado donde aguardaba alguien sentado frente a un escritorio lleno de papeles. Al verme entrar se levantó como si fuera yo alguien importante al que hubiera estado esperando toda la mañana.

A una señal suya, Matanzo se retiró y cerró la puerta detrás de sí.

—¿Cómo os encontráis? Ha debido ser un duro golpe para vos ver el cuerpo de vuestro amigo en ese estado. Lo lamento mucho. No es frecuente, pero tampoco casual.

—¿Qué queréis decir?

—Sentaos, por favor.

Me indicó una confortable silla que había junto a su mesa, pero yo decidí quedarme de pie. El hombre salió de detrás de su escritorio y vino hacia mí.

—Soy Bernardino Vázquez, uno de los corregidores de Tenochtitlán.

Me dio un vuelco el corazón al comprobar que me encontraba ante alguien de quien ya había escuchado hablar en el manuscrito de Tapia. Había sido uno de los capitanes de Cortés durante la conquista, pero de pie en aquel despacho resultaba difícil imaginarlo montado sobre un caballo con una espada en la mano y cargando contra los aztecas; era más fácil imaginarlo de montería cazando junto al rey, como uno más de su séquito, cabalgando entre los perros de caza. Bernardino Vázquez parecía trenzado con la elegancia de los tapices que colgaban de las paredes de la corte castellana: los apreciaban algunos, los podían ignorar otros, pero no molestaban nunca a nadie.

Esperamos los dos frente a frente durante un instante de silencio, que si se hubiera prolongado un momento más hubiera resultado incómodo. Sin embargo, todo parecía estar perfectamente calculado, y entonces entró alguien sin llamar, cerrando la puerta tras de sí. Me volví a ver quién era y descubrí otra vez el rostro del tipo que me había ayudado a levantarme de mi vómito, el mismo al que había encontrado junto al guardia identificando al otro cadáver, el mismo a quien había escuchado pronunciar mi nombre.

—Salazar, tenemos poco tiempo, así que sed breve, por todos los santos. —Dino Vázquez se interpuso entre el recién llegado y yo—. Creo que habéis coincidido antes con él —añadió volviéndose ligeramente hacia mí—. Os presento a Salazar.

El recién llegado hizo una leve inclinación con la cabeza, mostrándome con descaro los grilletes que apresaban sus muñecas.

—Sí, estas pulseras son regalo de Cortés, pero podéis ver muy bien que no son de oro. —Salazar se adelantó, sacudiendo sus muñecas frente a mí—. Y si Cortés no os corteja con oro, entonces es que no le interesáis. A mí me quiere aquí abajo, encerrado, para que no moleste.

—Antes, en el patio... —dije yo, desconfiando, tratando de buscar en su aspecto algo que pudiera hacerme recordar—. ¿Por qué conocéis mi nombre?

—Tranquilo, no formo parte de vuestro pasado olvidado —respondió él con una sonrisa desconcertante—. Y sabéis perfectamente por qué os encontráis aquí.

Observé a aquel hombre con sabor a cárcel cuyos ojos emergían vivos, demasiado vivos, entre una mata de pelo desordenada y sucia que dejaba caer sobre sus lados, sobre la frente, sobre el alma. Pero esa mirada asomando de su rostro como la de un animal salvaje sabía escarbar en vuestro interior aunque vos no se lo permitierais. Un animal inteligente. Peligroso.

—No suelo hablar con extraños que saben más de mí de lo que yo sé de ellos. —Me levanté de la silla, dispuesto a dar por concluido ese extraño encuentro.

—Diablos, Salazar. No os hagáis el misterioso e id al grano antes de que nuestro invitado se vaya —intervino Bernardino Vázquez, sentándose de nuevo en su escritorio para que yo lo imitara—. Si alguien descubre que estáis aquí, será sencillo acusarnos de confabulación.

—No nos pongamos dramáticos y tomad asiento, por favor —se adelantó Salazar, tomándome por los hombros y devolviéndome de nuevo a la silla—. No podemos permitirnos el lujo de tirar por la borda la gran oportunidad que nos brinda vuestra presencia en Tenochtitlán.

Con esa premisa tan bien tejida me era imposible abandonar esa habitación sin escuchar antes a aquel hombre, medio loco, medio genio.

—Voy a presentarme con brevedad y contundencia para dejar de ser un extraño —añadió él, paseándose ante mí con las manos cruzadas a la espalda, a punto de cantar una lección—. Llegué a estas tierras como uno de los cuatro oficiales reales enviados desde Castilla. Nuestra misión era supervisar y recaudar la parte del tesoro que corresponde a la Corona, el quinto real. Mi fascinación por Cortés era tan grande como la que exhiben todavía vuestros ojos. Pero cuando la venda de la admiración cae, solo queda la realidad desnuda.

Salazar se detuvo y se ajustó los grilletes en las muñecas para impedir que las arañaran.

—Nuestra primera sorpresa al llegar fue comprobar que Cortés exigía quedarse también con una quinta parte de los tesoros, al igual que el rey. El descontento entre los demás conquistadores era grande; os lo puede decir el propio Bernardino Vázquez. —Señaló con la cabeza hacia el corregidor—. Pero el problema se agravó con su peculiar reparto de encomiendas; la arbitrariedad fue su pecado tras la conquista de Tenochtitlán: «Vos sois mi amigo, os doy estas tierras», «Este terreno es rico, entonces me lo guardo para mí», como si fuera el reparto de las migajas que caen de la mesa de un banquete.

—El problema de Cortés es que está convencido de que toda la conquista fue obra de sus manos. —Dino Vázquez se echó hacia delante, apoyando los brazos sobre la mesa—. Pero él jamás podría haberlo hecho solo. Nos necesitaba, pero después jamás ha sabido agradecerlo lo suficiente.

¿Cuánto era suficiente? No me gustaban los tintes amargos de sus palabras.

—No sé qué tiene que ver lo que me contáis con la muerte de Guevara —dije yo, ignorando hacia dónde iba a desembocar aquella lista de agravios.

—¿En serio? —preguntó Salazar, volcando su rostro desencajado sobre mí.

—Diego —añadió Dino Vázquez, conciliador—, tened paciencia y escuchad hasta el final.

—El resultado de todo ello fue y sigue siendo un caldo de descontento tan grande que no tardaron en llegar a la corte quejas contra él. Su Majestad el emperador Carlos V decidió entonces tomar cartas en el asunto y envió a un magistrado para someterlo a un juicio de residencia.

Juicio de residencia; aquella expresión golpeó de nuevo a las puertas de mi memoria. Tapia se había referido a ello como el inicio de las hostilidades emprendidas contra Cortés.

Salazar se detuvo al ver mi confusión y sonrió, condescendiente.

—Un juez de residencia —explicó sin esperar a que yo preguntara— toma posesión de la administración de un territorio, retirando del mando a quien lo ejercía hasta entonces y sometiendo su actuación a una revisión. Os podéis imaginar lo que supuso eso para Cortés, ¿verdad? ¿Sabéis cuántos cargos contra él tuvo que escuchar el buen juez a su llegada?

Salazar hizo una pausa, dejando espacio para mi respuesta.

—¿Quince? —aventuré yo, sin tener ni idea.

Los ojos de Salazar chispearon, disfrutando del momento.

—No le dio tiempo a escuchar ninguno porque murió al poco de llegar —exclamó triunfante—. ¿Y sabéis qué lo mató? Una indigestión después de cenar con Cortés.

No pude disimular mi cara de asombro. Resultaba imposible no escuchar las palabras de aquel hombre, expresadas con tanta ironía.

—Había muchos cargos contra Cortés, creedme. De hombres de cuya confianza ni tan siquiera él podría llegar a sospechar.

Vi a Dino Vázquez bajar la mirada en aquel instante y supe que él era uno de ellos.

—Pero ¿sabéis lo más gracioso? —continuó Salazar—. Que quien sustituyó al primer juez de residencia también fue enterrado al poco tiempo. Resulta peligroso sentarse a la mesa con Cortés.

—Sin embargo, vos estáis entre rejas y no muerto.

—Porque jamás he sido invitado a comer en su compañía —sonrió Salazar, como si todo aquello fuera un juego—. El veneno es el ingrediente secreto de sus guisos, recordadlo bien la próxima vez que os sentéis con él frente a un plato. ¡Oh, pero tampoco me quejo de estar en prisión! Es el lugar más seguro mientras Cortés siga allá arriba. Y además el corregidor Vázquez me cuida bien.

—Vamos, Salazar, dejaos de tonterías y contadle lo que vinisteis a decirme hace una semana.

—Guevara ha muerto. —Salazar me miró fijamente mientras lo decía—. ¿Tenéis alguna sospecha? Y, por Dios, no me digáis lo que me ha dicho a mí ese torpe alguacil de allá abajo, que cree sospechar de un ajuste de cuentas entre borrachos.

Guardé silencio, resistiéndome a decir en voz alta mis conjeturas.

Salazar enarcó las cejas y borró toda sonrisa de su rostro.

—Hace diez días vino a verme un viejo amigo mío.

¡Oh, sí! Sigo teniendo amigos, y en prisión suelen ser muy indulgentes con las visitas —aclaró al ver mi escepticismo—. Me dijo que había hablado con un tipo que ansiaba recuperar la nave que de tan buenas maneras le había confiscado Cortés a su llegada a Tehuantepec.

—Guevara. —Asentí con la cabeza—. Quería recuperar su nave, es cierto.

—La nave se había desgajado de la expedición de Loaysa a las islas de la Especiería, y eso lo convertía a él en alguien muy interesante. No es ningún secreto que cualquier buen capitán de una expedición guarda consigo la derrota del trayecto hasta su destino final.

—Guevara me la enseñó el mismo día en que murió, la llevaba en su pechera. Ha desaparecido.

Salazar buscó con una mirada de triunfo a Dino Vázquez y este hundió la frente entre las manos.

—Eso es lo que creí desde el primer momento, que Cortés actuaría. Le dije a mi amigo que tuviera cuidado, que no se jugaba a querer ganar a Hernán Cortés en ambición, y que no se inmiscuyera en aquel asunto con Guevara. Él ahora ha desaparecido, y vuestro capitán..., vuestro capitán está muerto —concluyó Salazar con un suspiro.

—Así que, según vos, Cortés es responsable de la muerte de Guevara.

—¡Oh, vamos, no os hagáis el sorprendido! —Salazar extendió los brazos, descartando mis dudas—. ¿Acaso pretendéis absolver como inocente a Cortés de la muerte del cadáver que habéis visto allá abajo? Las islas de la Especiería siguen siendo un suculento manjar incluso para un hombre que lo ha conquistado todo. El muy ingenuo de mi amigo pensó que sobornando a cinco indios y dos idiotas podía arrebatarle la nave a Cortés y hacerse a la mar con Guevara a bordo.

Salazar se detuvo y dio tres zancadas hasta donde se sentaba Dino Vázquez; apoyó las manos sobre la mesa y continuó.

—Después de que viniera a verme para contarme todo esto, pedí cita para hablar con Dino Vázquez. Es entonces cuando hablé con vos —hizo un gesto con la cabeza hacia el corregidor— y os lo conté.

—Me dijisteis que Cortés no tardaría en enterarse y que trataría de impedirlo por todos los medios —precisó Vázquez con aire pensativo.

—Así es, solo teníamos que esperar. —Salazar se dio la vuelta y me devolvió su atención—. Dino Vázquez mandó poner a Guevara bajo vigilancia.

—Guevara me dijo que alguien lo seguía últimamente; se sentía observado —añadí pensativo.

—Ese debió de ser el motivo de sus sospechas; veréis, aquí, en Nueva España, todavía no hemos aprendido a espiar y vigilar con discreción. —Salazar lanzó a Dino Vázquez una mirada de ironía—. Por desgracia, tampoco se ha podido evitar la muerte de vuestro amigo.

—Salazar, ¡medid vuestras palabras si no queréis regresar a vuestra celda de inmediato! —Vázquez se irguió, arrastrando hacia atrás las patas de su silla sobre la piedra—. No voy a consentir que nadie me hable así, acusándome de cosas que estaban fuera de nuestro alcance.

—Bernardino, ¡no os irritéis, por favor, no os irritéis! Al fin y al cabo, vuestro descuido —miró a Vázquez antes de volverse hacia mí—, la muerte de vuestro amigo Guevara, nos brinda todavía una ocasión inesperada.

Se acercó hasta mí con los ojos centelleando como un rayo sobre el mar en calma.

—La desgracia de unos es la oportunidad de otros. Y en esta desdicha particular, esa oportunidad sois vos, Diego de Soto.

—¿Oportunidad? —Fruncí el ceño con la misma violencia con la que Dino Vázquez había echado su silla hacia atrás—. No sé de lo que habláis. He perdido el hilo de vuestro razonamiento.

—Oh, sí, claro que lo sabéis. —Salazar se acercó peligrosamente a mí, olfateándome como a una presa—. La oportunidad de atrapar a Cortés, adelantarnos a sus movimientos y darle caza.

No supe qué olor me resultaba más desagradable: si el de los restos de cebolla de su aliento o el de la mezcla de humedad y sudor que emanaba de todo su ser, pero soporté su mirada sin pestañear.

—¿Por qué estáis tan seguro de que yo soy esa oportunidad? —respondí con un tono glacial.

Salazar se despegó con los aspavientos de regocijo de un niño que se sale con la suya y se volvió de nuevo hacia mí, señalándome, todavía dominado por esa emoción infantil. Parecía haber enloquecido.

—Porque hay algo, solo una cosa, que Hernán Cortés es capaz de admirar tanto o incluso más que el oro: el poder de la palabra escrita. ¡Y vos lo tenéis! ¡Tenéis ese poder porque el cronista Anglería os revistió de él!

Había fuego del infierno en sus ojos, pero era imposible dejar de mirarlo.

—Vos sabéis tan bien como yo que Cortés nunca os hubiera dejado partir con Guevara —me susurró con la suave melodía de la tentación.

Cuernos y tridentes asomaron por sus pupilas, seduciendo, arrullando mi orgullo, deleitándome con la idea de que Cortés había mandado asesinar a Guevara para poseerme y no para hacerse con la derrota.

Ni siquiera tuve el valor de contradecirlo, de oponerme a su idea, o incluso de preguntarle cómo había averiguado mis lazos con el maestro Anglería. Todos parecían saberlo en Tenochtitlán, y en aquel momento me sentí henchido de presunción. Solo había habido un Anglería, y solo había existido un discípulo. Yo.

—Así que, o mucho me equivoco —prosiguió Salazar, contemplando cómo sus palabras me iban envolviendo—, o el muy jactancioso está a punto de haceros una oferta para quedaros a escribir la crónica sobre sus proezas, una crónica para la eternidad. Su *Guerra de las Galias*.

Sentí un cosquilleo de placer inusitado en los dedos de las manos.

—Todavía no lo ha hecho, pero lo hará —afirmé, dejándome arrastrar por el ardor de una nueva y definitiva *Guerra de las Galias* en el nuevo mundo.

—¿Lo veis? —exclamó Salazar triunfante, volviéndose hacia Dino Vázquez. Sus predicciones habían sido ciertas; hincó entonces los dientes sobre su presa y yo ya no pude echarme atrás—. Y cuando lo haga, vos aceptaréis.

Me dio una ligera palmada en la espalda y yo me encontré de pronto en su terreno, formando parte de sus huestes. Lo miré, comprendiendo al fin lo que me estaba pidiendo.

—Queréis que me convierta en su espía. Que encuentre la derrota para demostrar su culpa en la muerte de Guevara.

—¡¡La derrota!! —Salazar me sonrió como si fuera idiota—. Eso será una nimiedad comparado con lo que podéis acabar averiguando. Cortés es celoso de sus letras, pero las compartirá con vos. Os permitirá adentraros en su despacho, y vos iréis conociendo sus secretos. Dónde esconde sus tesoros, cuántos le quedan para seguir sobornando, sus intenciones...

Dino Vázquez, que estaba de nuevo sentado en su escritorio, cortó en seco a Salazar.

—Corren rumores serios de que Cortés está a punto de recibir malas noticias de sus aliados en la corte. La Corona le está cerrando las puertas, y él busca una salida. Queremos saber cuál es. La muerte de Guevara desata la hipótesis de su huida hacia las Molucas con todo el oro que se rumorea que esconde. Pero sus planes pueden ser otros. Sean cuales sean, no lo podéis dejar escapar. Lo exige la sangre de vuestro amigo y lo exige la justicia en Tenochtitlán.

—Cortés tiene que acabar en la prisión en la que yo me encuentro —susurró Salazar, atravesado por su afán de venganza.

—¿Qué es lo que habéis hecho vos para estar en ella en lugar de Cortés? —Entorné los ojos, desafiándolo.

—No he sido bueno, eso es cierto. Pero aun siéndolo, no se le pueden tocar los cojones a Cortés sin que le escuezan y se vuelva para daros un zarpazo.

—Entonces, lo que me estáis proponiendo es que sea yo quien lo haga y evite al mismo tiempo su zarpazo.

—Será divertido. —Salazar se frotó las manos con el ruido de los grilletes entrechocándose.

—No, no lo será, pero contáis con todo nuestro apoyo, y vuestra condición de cronista os protege —intervino Vázquez, corrigiendo a Salazar, y aproximándose a mí.

Era la primera vez que lo hacía. Depositó una mano sobre mi espalda; él olía a limpio.

—Tendréis toda la ayuda que pueda brindaros el cabildo.

—Aunque en el caso de Guevara no ha servido de demasiado —murmuró Salazar por detrás, envenenando con su lengua.

Vázquez miró hacia Salazar y lanzó un suspiro de hastío. Las insolencias del preso habían agotado su paciencia. Se volvió hacia su escritorio, cogió una campanilla y la agitó con determinación. El tiempo apenas se movió antes de que la puerta se abriera y dejara asomar la presencia de un guardia.

—Salazar ha gozado de demasiada libertad por hoy. Devolvedlo a su celda —ordenó Vázquez con determinación.

—Vázquez, sois un aguafiestas —dijo Salazar con la misma indiferencia que si lo estuviera mandando a la cama—. Pero descuidad, querido Diego, porque nos volveremos a ver.

Extendió dócilmente los brazos hacia el guardia y me

guiñó un ojo mientras se dejaba pasar las cadenas por los grilletes, antes de ser conducido hasta la salida.

—Aseguraos de que alguien le proporciona una pastilla de jabón para lavarse —ordenó Vázquez al olerlo cuando pasó junto a él.

—Dadle recuerdos a vuestra prometida de mi parte —saludó Salazar con una sonrisa obscena antes de desaparecer.

Dino Vázquez esperó a que se perdieran sus pisadas por el pasillo antes de continuar. En sus ojos todavía hervía el sucio comentario de Salazar.

—Viéndolo en este estado se hace difícil imaginarlo en Valladolid sirviendo en las mejores casas —murmuró, llevándose la mano a la nuca—. Sus formas han perdido mucho en los casi dos años que lleva en prisión, pero Salazar es, a pesar de todo, un tipo brillante.

«Brillantemente peligroso», añadí yo para mis adentros.

—Cualquier cosa que descubráis, hacédmela llegar. Sabéis dónde encontrarme si surge cualquier inconveniente. Aunque nos hayamos distanciado notablemente, todavía no estoy en la lista negra de Cortés. Vuestras visitas ocasionales no tienen por qué levantar sospechas; al menos por el momento.

Volvió a apoyar la palma de la mano sobre mi espalda y seguí oliendo a jabón. No había duda de que había una mujer; nadie se puede permitir el lujo de oler a limpio en Tenochtitlán si no hay una mujer de por medio.

No hubo mucho más de que hablar. Las cartas habían sido puestas sobre la mesa y yo me había convertido en el único jugador. ¿Qué más añadir cuando vuestro amigo ha sido asesinado y os brindan la oportunidad de convertiros en espía de su asesino? Salí de su despacho con la sensación de que, con él de mi parte, todo podía salir bien. Su discreción y mi olfato lo avalaban.

Abandoné el edificio por la portezuela que me había indicado Matanzo y volví a respirar el aire de la ciudad que Hernán Cortés había conquistado. Había entrado con la única idea de identificar el cadáver de Guevara y salía con la firme convicción de que estaba hospedado en la guarida de su asesino. Al ver su cadáver degollado había ardido en deseos de salir corriendo y pedir ayuda a Cortés para que hiciera justicia, y ahora caminaba con la firme decisión de hacer justicia con él. Costase lo que costase. Me había dejado seducir por su gesta, pero lo había ignorado a él. Su arte de seducción, el brillo del oro en plena madrugada, las veladas amenazas que había vertido a mi capitán... «Ni tan siquiera Guevara puede alardear de estar seguro deambulando solo por Tenochtitlán», había dicho, misterioso, después de presentarme a su hijo Martín. Pues se había cumplido: a Guevara lo habían asesinado deambulando por Tenochtitlán.

Arcadas volvieron a sacudir mi estómago al recordar su cadáver sin vida, pero la furia y mi frustración las detuvieron. ¿Acaso valía el viaje a las Especiería la vida de un ser humano? ¿La ambición de poseer otro mundo, segar la vida de alguien? ¿No tenía suficiente Cortés con el que había conquistado?

«Encontrad la derrota, Diego, encontrad la derrota y tendréis la prueba», me susurré a mí mismo, convenciéndome de que ese era el único camino hacia la verdad. Pero para transitar ese camino, Hernán Cortés tendría que confiar en mí. Que se cumpliera lo que Salazar había pronosticado: convertirme en su cronista.

Cuando entré de nuevo por las puertas de su palacio, me esperaba la oportunidad. Era un escueto mensaje de Andrés de Tapia: «Estad preparado y aprovechad para restaurar vuestras fuerzas. Cortés os espera mañana. Vendré a recogeros al alba».

Aquella noche no continué con la lectura del legajo

de Tapia. Mi espíritu estaba demasiado revuelto para seguir devorando las hazañas de un hombre a quien había dejado de considerar un héroe. De un hombre al que tenía que espiar. De un hombre que podía convertirse en mi asesino.

7

La claridad había comenzado a dibujarse frente a la ventana cuando abandoné mi habitación. No sabía muy bien lo que Tapia había querido decir con «Vendré a recogeros al alba», pero, por si acaso, decidí salir antes de que lo hiciera el sol sobre las montañas que rodeaban Tenochtitlán. Un indio estaba aguardándome ya junto a mi puerta vestido al modo castellano. Nada de taparrabos esta vez.

—Mi señor don Andrés de Tapia os espera frente a la puerta este del jardín —musitó con una tímida sonrisa que traslució una hilera blanca de dientes que contrastaba con su tez oscura.

Me sorprendió escucharlo hablar en perfecto castellano. Mientras lo seguía por los pasillos, lo inspeccioné con curiosidad. Era un poco más bajo que yo, más joven que yo, más fuerte que yo. Y más despierto que yo a aquellas horas.

—¿Os ha dicho a dónde vamos? —Una mezcla de curiosidad e inquietud se apoderó de mí súbitamente. ¿Tenía que recordarme acaso que iba al encuentro de un presunto asesino?

—No es mi trabajo preguntar por qué, sino tan solo obedecer —contestó él sin prestarme atención.

Entonces volvió su cabeza por encima del hombro con otra sonrisa y aires de confidencia.

—Pero he oído que don Andrés tiene que acompañaros hasta el albarradón de Nezahualcóyotl porque don Hernán Cortés os espera allí.

—¿Qué parte de palacio es esa? —pregunté yo con curiosidad.

El indio no pudo evitar reírse.

—El albarradón no es parte alguna de este palacio. Está en los límites de Tenochtitlán. Es un dique —respondió divertido.

No sé qué me resultó más enigmático de su confidencia: el nombre del sitio o el lugar en el que me había citado Hernán Cortés. ¿Acaso no podía hacerlo más cerca, en su propio palacio?

—Nosotros lo llamamos dique de San Cristóbal, pero Cortés continúa llamándolo como los aztecas —me explicó Tapia un poco más tarde, mientras cruzábamos el jardín de la parte este del palacio de Cortés—. Es el dique que separa las aguas salubres del lago de Texcoco de la laguna de aguas dulces que rodea Tenochtitlán. Cortés os aguarda allí mismo.

Había tensión en el aire. Este encuentro no tenía nada que ver con el anterior que había mantenido con él, antes de la muerte de Guevara. Algo había cambiado. Estaba en su rostro; no había rastro del tenue hilo de simpatía que habíamos tejido tímidamente ambos. Habría querido preguntarle por el paradero de Juan de León, el hombre que, gracias a su escrito, había identificado como el tipo que me había rescatado y abandonado a las puertas del hospital; pero en aquel ambiente enrarecido creí mejor no hacerlo. De hecho, ni tan siquiera Tapia me había preguntado por mi opinión sobre sus escritos que tan fervientemente había solicitado dos días antes. Era como si la muerte de Guevara hubiera trazado una línea divisoria entre nosotros. No tardé en descubrir por qué.

—¿Cómo fue ayer el reconocimiento del cadáver de Guevara?

Lo dijo de un modo casual, pero no había casualidad alguna en esa pregunta.

—Fue duro, muy duro, ver su cuello degollado. Confío en que me ayudéis a encontrar a sus asesinos. —Clavé mis ojos en su mirada, pero no pareció inmutarse.

—Me han dicho que estuvisteis mucho tiempo reconociendo el cadáver.

—¿Me estáis acaso espiando? —Lo dije con una sonrisa mientras mi corazón latía con fuerza.

—En Tenochtitlán no es necesario. Las paredes hablan si sabéis cómo escucharlas.

Tragué saliva alarmado. Tapia había descubierto que había estado hablando con Vázquez; ese era el motivo de la frialdad que yo había percibido. ¿Sabría entonces que lo había hecho con Salazar? Decidí jugar a las medias mentiras.

—Tuve ocasión de conocer a don Bernardino Vázquez; me retuvo un tiempo en su despacho para hablar y saber de mí. Me resultó un hombre agradable.

—Dino Vázquez resulta agradable a todo el mundo. Ese es precisamente su problema. —Tapia me arrojó una sonrisa cáustica—. Vos, en cambio, no os podréis permitir ese lujo. Habéis quedado marcado por vuestro anfitrión, y si tenéis intención de cambiar de bando, deberéis aceptar las consecuencias.

El silencio cayó definitivamente sobre nosotros, partiéndonos en dos. Intenté digerir aquellas palabras que acababa de escuchar, entender la amenaza que entrañaban, saber si mi destino estaba ya decidido.

A pesar de su advertencia, Tapia parecía ignorar que había hablado con Salazar, porque después de sus palabras de advertencia, su semblante pareció dulcificarse.

Llegamos hasta el final del jardín. Habíamos dejado el palacio muy atrás, y, delante de nosotros, el muro que rodeaba todo su perímetro se alzaba inexpugnable. En la desnudez de la piedra había una puerta de madera. Tapia se adelantó a levantar el travesaño que la bloqueaba y desde el otro lado alguien empujó hacia dentro para abrirla. Sus goznes cedieron con un gemido y aparecieron dos indios vestidos únicamente con taparrabos que estaban esperándonos. Fruncí el ceño.

—Desde aquí llegaremos más rápido a donde os espera Cortés —indicó Tapia extendiendo el brazo e invitando a que atravesara la puerta.

Nuestros pies pisaron un pequeño muelle que sobrevolaba el canal de agua que se deslizaba plácidamente frente al muro del jardín del palacio. En la otra orilla no había más que un lodazal de barro.

Subimos a la canoa donde habían estado esperando los indios y, una vez acomodados en su interior, los nativos hundieron los remos en el agua y nos despegamos de la orilla.

—Bienvenido a Venecia.

—Nunca he estado allí —contesté expectante.

—Yo tampoco. Pero todo el mundo asegura que esto es más bello —dijo Tapia con orgullo.

No sé yo lo que hubiera pensado Anglería de esa apreciación, pero las aguas turbias entre aquellas dos orillas fangosas en que nos hallábamos no eran la mejor cara de esta nueva Venecia.

Los indios remaron hasta llegar a la desembocadura del canal, y todo cambió al adentrarnos en el lago sobre el que flotaba Tenochtitlán. El agua se hizo clara, los olores fueron desapareciendo y las siluetas de los edificios sobre las islas entrelazadas fueron creando la ilusión de una Atlántida emergiendo de las profundidades marinas. Era difícil creer que otra ciudad pudiese superar a la que teníamos ante nuestros ojos.

—Debo confesaros que sí es hermosa —dije volviéndome hacia Tapia, que por la expresión de sus ojos parecía que la estaba viendo por vez primera.

El palacio de Cortés ocupaba una buena extensión

junto a los restos del gran templo, que todavía conseguía destacar sobre los tejados de los demás edificios.

Busqué algún rastro de la casa de fieras que había mencionado Tapia en sus escritos, pero sobre aquel barrizal que había visto en la orilla contraria a la del palacio no había nada salvo un edificio, a lo lejos, coronado con una pequeña cruz.

—¿Y la casa de fieras de Moctezuma? Me encantaría poder visitarla algún día.

Tapia levantó un brazo y señaló aquel terreno vacío que yo había estado oteando.

—Debía de ser más o menos todo eso; desapareció con la toma de Tenochtitlán. La batalla fue muy dura, y los aztecas se obcecaron en resistir hasta el final. Gran parte de la ciudad no soportó el asalto. —Durante su explicación, Tapia apenas volvió su rostro hacia mí—. Ya os lo dije el primer día: las piedras de la ciudad son las mismas, pero todas se han vuelto a colocar de modo diferente. Es como si un niño hubiera aporreado un tablero de ajedrez y tratara después de colocar todas sus piezas en el lugar original. Imposible hacerlo igual.

—¿Y esa pequeña iglesia que se ve al final?

—El convento de San Francisco. Cortés cedió el terreno de las fieras a los franciscanos cuando llegaron a estas tierras. Fueron los primeros religiosos que mandaron de Castilla.

—Ignoraba que habían sido ellos los primeros en llegar.

Tapia se volvió hacia mí con una mirada de pedantería.

—Cortés pidió expresamente a Su Majestad que fueran ellos los que vinieran a convertir a los naturales.

Continuaron remando y pasamos a lo lejos frente a un canal en el que había mucha gente junto a uno de los puentes que lo cruzaba. Contemplaban a unos niños que se zambullían en el agua. Se tiraban desde el puente dándose impulso para entrar fuerte en el agua y luego tardaban unos instantes en asomar la cabeza sobre la superficie.

—¿Qué es lo que ocurre ahí? —pregunté señalando hacia el puente.

—Siguen buscando el oro que perdimos la noche que tuvimos que escapar de Tenochtitlán. Fue en ese mismo lugar.

—¿Nunca lo recuperasteis?

—Apenas unos lingotes. Eso es lo que ambicionan todos los que nadan ahí: una parte del tesoro. —Tapia me miró sin prestarme demasiada atención.

—¿Quisisteis huir con todo el oro que habíais ido acumulando desde vuestra llegada?

—Y lo perdimos todo —asintió Tapia desviando la mirada.

—Entonces debería seguir ahí abajo —dije convencido.

—Nadie lo sabe. Apenas se han rescatado una docena de lingotes de oro. Los fondos de la laguna son muy desiguales. —Tapia se volvió hacia uno de los indios, dándole unas instrucciones que no entendí.

La canoa se desvió y nos alejamos de allí. Me quedé pensativo mientras veía a lo lejos a otro muchacho lanzándose en el agua. ¿Cuántas arrobas de oro mencionaba el escrito del propio Tapia? ¿Veintiséis? Y habían tenido que cargar también con los tesoros que Cortés no había querido fundir. Resultaba difícil de creer. Quise preguntárselo, pero creí más oportuno no hacerlo directamente.

—La verdad es que cuesta comprender que aquella terrible noche en la que tuvisteis que huir para salvar vuestra vida os preocuparais por proteger también los tesoros. Yo los habría escondido en algún sitio antes de salir corriendo y hubiera vuelto a por ellos; sería un buen motivo para regresar y tomar de nuevo Tenochtitlán, tal y como al final acabasteis por hacer.

Mientras escuchaba mis propias palabras, pensé que aquella era una propuesta inapelable. La decisión que deberían haber tomado las huestes de Cortés aquella noche.

Tapia no pareció opinar lo mismo; me observó en silencio antes de sacudir su cabeza con desprecio.

—¡Qué fácil resulta escribir sobre las cosas que otros han hecho! Os da la libertad de juzgar y proponer alternativas, ya que vuestro único riesgo es hundir la pluma en un tintero. Tendríais que haber estado ahí para hablar. Pero mientras unos estaban plácidamente sentados en la universidad, otros teníamos cosas más importantes que hacer.

Tapia volvió a arrojarme una sonrisa de desdén y fijó su mirada en el horizonte. Me quedé con la palabra en la boca y con una sonrisa de idiota colgada en ella. ¿A qué venía su exabrupto?

Los indios continuaron remando al compás del silencio inesperado que se había abierto entre los dos. Después de un buen rato escuchando el ruido del agua bajo las palas, Tapia habló de nuevo.

—Voy a tener que pedir que me lo devolváis —dijo con sequedad, sin mirarme siquiera.

—¿Vuestro escrito? —Me volví hacia él, atónito.

Tapia asintió.

—Pero ¡si todavía no lo he terminado! —protesté mientras mi mente trataba de bracear a través de los posibles motivos de aquella inesperada decisión—. Me arrebatáis vuestra lectura en el momento más intrigante; justo cuando expresáis vuestras dudas sobre la decisión de dejar a Alvarado al mando de Tenochtitlán.

—Después de dejároslo me di cuenta de que lleva un tiempo escrito y pueden aparecer apreciaciones subjetivas que un extraño podría llegar a malinterpretar.

—Me costó despegarme de sus letras cuando me enfrasqué en él. Quizá les falte estilo y forma, pero tienen fuerza, mucha fuerza —dije yo, tratando de convencerlo para que me dejara llegar hasta el final.

Vi cierta complacencia en su semblante a medida que me escuchaba.

—Está bien. Dejadme que lo revise y os dejaré acabar de leerlo —dijo, pareciendo que cedía espoleado por mis palabras.

Yo asentí satisfecho, pero supe por su mirada que no tenía la menor intención de que yo volviera a poner mis ojos en aquel escrito.

¿Qué había significado todo aquello?

—Mirad, ya estamos llegando. —Tapia dio por zanjado el tema señalando con su mentón hacia una barrera que sobresalía de la superficie del agua ante nosotros. Cruzaba la laguna de norte a sur, partiendo el lago en dos mitades.

La canoa se dispuso a barloar la serpiente de piedra y madera que se extendía a derecha e izquierda, en medio de aquellas dos aguas, tan alejados como estábamos de tierra firme. El dique de San Cristóbal.

Me volví hacia Tapia con extrañeza, y él me invitó con sus ojos a desembarcar.

—¿Seguro que entendisteis bien las órdenes de Cortés? —dije yo con extrañeza—. No sé muy bien qué queréis que esperemos aquí, en medio de la nada.

Tapia sonrió misteriosamente sin decir palabra mientras yo descendía de la barca, poniendo los pies sobre el espinazo de aquel dique. Entonces los indios empujaron los remos contra la pared de piedra y se separaron de mí con Tapia aún a bordo.

—¡Eh! ¿Qué estáis haciendo? ¿No pretenderéis dejarme solo aquí? —vociferé, súbitamente aterrado, mirando con desconfianza hacia las aguas que tenía delante y detrás de mí. Ya me había ahogado una vez.

—Cortés no suele ser impuntual. —Con las manos ahuecadas en torno a sus labios, la voz de Tapia se alzó sobre el chapoteo de los remos.

—Pero ¿por dónde va a venir? Por aquí, por allá —dije señalando un tanto histérico hacia las aguas de Tenochtitlán y a las del otro lado del dique.

—De Texcoco —pude escuchar todavía a Tapia, señalando hacia el gran lago que tenía a mis espaldas.

Y ahí me quedé yo, solo, abandonado, en el centro justo de un dique sobre el que resultaba imposible caminar hacia tierra firme sin el riesgo de caer al agua. Si no hubiera tenido miedo a ahogarme, hubiera podido disfrutar de un buen espectáculo frente a mí y a mis espaldas. Delante, Tenochtitlán me acechaba, insolente, con sus casas, puentes y palacios inacabados; detrás de mí, una masa de agua amenazante se perdía hasta las faldas de la cordillera montañosa que la rodeaba.

Allí, entre dos aguas, mi mente comenzó a jugar con la catastrófica idea de que el dique se derrumbaba bajo mis pies y sentí el súbito agobio de quedar sumergido para siempre como el tesoro de Moctezuma.

Pasó un buen rato y comencé a angustiarme de verdad. ¿Y si Tapia había entendido mal? ¿Y si Cortés no venía nunca a socorrerme? O, peor aún, ¿y si aquel era el método natural elegido para deshacerse de mí? Con Guevara, Cortés había sido radical; conmigo, prefería que me fuera muriendo poco a poco.

Tuve que respirar hondo para no perder la calma. Me senté sobre aquel muro y puse las manos sobre él como en un caballo, cerciorándome de que todo aquello —las aguas, el dique, mi imaginación— no se fuera a desbocar.

El tiempo fue pasando con mis piernas descolgadas sobre el dique y mi alma suplicando, rezando, murmurando, hasta que por fin un rayo de sol que rebotaba sobre la superficie capturó mi atención y se comenzó a hacer blanco, rectangular, más grande. Cuando quise darme cuenta, se había convertido en un bergantín que venía directo hacia el lugar donde me encontraba. Abrí y cerré los ojos varias veces para asegurarme de que aquello no era una ensoñación. ¿Qué diablos hacía allí aquella nave con seis filas de remos a cada lado, propia de las aguas del Mediterráneo?

—¡De Soto! —escuché vociferar desde la cubierta—. ¡Disculpad mi tardanza! ¡Aquí en estas malditas tierras el tiempo transcurre a veces de modo distinto al que querríamos!

La figura de Cortés en la proa de aquel navío apareció ante mí y me puse en pie, incapaz de pronunciar palabra. Aquel hombre era puro espectáculo.

Desde la cubierta, dos indios deslizaron un puente de madera hasta el lugar donde yo esperaba, y me subí a bordo boquiabierto. Cortés me cogió del brazo y me volvió a estrechar como si fuera su mejor amigo. En esta ocasión, sin embargo, su abrazo me produjo escalofríos. Cuando dejó de hacerlo, me arrojó una mirada de curiosidad, percibiendo mi resquemor.

—Alejaros de Tenochtitlán y dejar que la brisa de Texcoco acaricie vuestro rostro os devolverá la confianza en estas tierras —dijo, misterioso, sujetándome por el brazo para acompañarme, seguro, hasta la popa de la nave.

—¿A dónde nos dirigimos? —respondí yo, tratando de aparentar tranquilidad, con el corazón golpeando mi pecho, recordando el de Guevara, que no latía ya.

—Os voy a brindar la ocasión de ver algo que muy pocos han visto nunca. Si lo hacían, pagaban con su vida.

Miré de reojo las aguas azules y pardas deslizándose bajo el bergantín. Quizá era mejor tirarse al agua que acabar en sus manos. Entonces Cortés señaló el lugar al que nos dirigíamos, un pedazo de tierra arrancado de la costa que emergía, poderoso, sobre las aguas.

—Tepepolco, el cerro del Peñón —anunció Cortés, a mis espaldas—. Era el lugar favorito de Moctezuma, donde solía venir de caza. —Imaginé que agarraba el cuchillo con la mano y me cortaba el cuello como una paloma—. No es una isla grande, pero es un mundo que el albarradón de Nezahualcóyotl ha contribuido a aislar de las angustias y la intrusión de la gran ciudad sobre el lago. Asombroso, ¿verdad?

Mi imaginación se hallaba demasiado alocada para intentar comprender las palabras de Cortés o la importancia que parecía atribuir a aquella isla. Para mí, aquello era un tosco peñasco de tierra cubierto de vegetación donde cabía la posibilidad de que yo acabara derramando mi sangre como trofeo de caza.

Pero aquella piedra irradiaba sobre el agua algo mágico. Ignoro si se debió a los elogios de Cortés, a los rayos de sol bañando de plata la costa o a que aquella isla había sido el paraíso de un emperador caído; debió de ser una mezcla de los tres lo que me acabó por subyugar.

Desembarcamos, al fin, junto a una plataforma de madera que descansaba sobre unas rocas. Me extrañó que, al descender, solo lo hiciéramos él y yo. Los indios se quedaron en el bergantín esperando. Parecían aguardar a una señal. Algo me inquietó, pero no sucedió nada. A menos por el momento.

Caminamos junto a la orilla, bordeando la isla, con el crujido de la arena bajo nuestros pies. Cortés no había mencionado todavía nada sobre Guevara. No me había dado siquiera el pésame. Lo hizo entonces, con gesto de gravedad, mientras seguíamos andando.

—Siento mucho lo de vuestro capitán Guevara. Lo que le ha ocurrido es una verdadera atrocidad, y he dado órdenes a Tapia para que se haga justicia y encuentren al culpable.

Las olas lamían la orilla con la misma cautela con la que yo traté de elegir mis palabras.

—El alguacil aseguró que su muerte se debía a un robo —mentí yo, mirando de reojo a Cortés.

—¿Quién? ¿Matanzo? —Sacudió la cabeza—. Ese cretino no es capaz de distinguir la cabeza de su trasero. Si él dice que se debe a un simple robo, hacedme caso: no es cierto. Tiene que haber algo más.

Tragué saliva, moviéndome con precaución.

—A mi capitán le robaron todo lo que llevaba encima.

—¿Y qué podía llevar de valor para querer matarlo por ello? Seguidme, por aquí. —Cortés se desvió de la orilla y nos metimos por un sendero que ascendía hacia el cerro.

—En su pechera llevaba la derrota a las Especierías. —Fui lo más cauto que pude expulsando esas palabras de mi pecho sin que me temblaran la voz ni el pulso.

Cortés no dijo nada y se limitó a ignorar mi comentario. Seguimos andando entre la vegetación.

—¿Y la nave?, ¿qué ocurrirá con la Santiago? —Volví a rebuscar en su rostro.

—El patache pasará a formar parte de la expedición que estoy preparando en nombre de Su Sacratísima Majestad. Es lo que Guevara hubiese acabado eligiendo si siguiera con vida. Dios lo tenga en su gloria.

Lo había dicho con la naturalidad de un carnicero antes de hundir su cuchillo en el pecho de una vaca. Me miró entonces fijamente, sin apenas pestañear, y me sentí tan indefenso como un cordero en el matadero.

—Vos no hagáis caso de lo que diga o piense Matanzo. Si queréis saber algo, lo mejor es que lo habléis solamente conmigo.

Cortés aceleró el paso por la pendiente empinada que llegaba hasta la cima, colocándose delante de mí. Me sentí súbitamente atrapado, y tuve que echar una rápida ojeada a mi espalda para asegurarme de que ninguno de los indios que habíamos dejado atrás en el bergantín nos seguía, cuchillo en mano, a punto de abalanzarse sobre mí. Volví a respirar tranquilo al ver que no había nadie. Estábamos Cortés y yo, los dos solos.

—La primera vez que estuve con Moctezuma lo llevé, como a vos, a bordo de un bergantín. Mandé construir varios en cuanto llegamos a Tenochtitlán. —Escuchaba su voz a través de su figura, de espaldas a mí.

—Me ha sorprendido veros aparecer en una de ellas —respondí casi sin aliento mientras dábamos los últimos pasos hasta la cima—; por un momento creí que nos encontrábamos en el Mediterráneo.

—Necesitaba naves tan ágiles como las que usan los piratas en esos mares y mandé construirlas —escuché a Cortés, sin atisbos de respiración entrecortada por el esfuerzo de la subida—. Si quería dominar Tenochtitlán no me bastaban las canoas aztecas. Debía construir algo veloz con lo que trasladarme a cualquier lado de la laguna en un abrir y cerrar de ojos, mover a mis hombres, montar la artillería en sus costados; conseguir, en definitiva, la victoria para recuperar la ciudad.

En aquel instante llegamos a la cima del peñón y divisamos bajo nosotros Tenochtitlán meciéndose suavemente entre las aguas de la laguna.

—¿Ese fue vuestro momento más difícil, la noche en que tuvisteis que abandonar la ciudad? —La máxima de todo buen cronista que se precie es no desperdiciar la oportunidad de una pregunta cuando aparece.

Cortés levantó la mirada por encima de mi cabeza. Sus ojos sobrevolaron la silueta de la ciudad.

—Todos los momentos han sido difíciles hasta llegar aquí. Pero aquella huida, en plena noche, fue el momento más triste.

El silencio se extendió con la brisa marina que aleteaba sobre nosotros en aquella cima. A pesar de no tener mucha altura, el valle mexica parecía cobrar desde allí una dimensión más profunda. Algo sobrecogió mi corazón al pensar en aquellas montañas que lo rodeaban como dioses aztecas derramando sus lágrimas sobre un imperio que ya nunca sería suyo, y que aquella ciudad, la gran Tenochtitlán, siempre recordaría su pasado mientras sus orillas siguieran bañadas por aquel valle hecho de lágrimas.

—Habíamos llegado a creer que Tenochtitlán era nuestra, que habíamos hecho posible el sueño —los reflejos de las orillas de su infancia brillaron en sus ojos—, que la habíamos conquistado pacíficamente y que Moctezuma y yo teníamos la llave de un nuevo momento histórico que ni tan siquiera el Macedonio había logrado: hacer de dos mundos una única realidad; pero esta siempre se acaba por imponer. La sombra del pecado original continúa sacudiendo nuestras almas, volvemos a morder la manzana de nuestros padres y lo echamos todo a perder.

Se volvió de pronto hacia mí, como si no hubiéramos comenzado a entablar todavía la conversación.

—¿Cómo os fue entonces en el cabildo?

Su repentino giro me cogió por sorpresa. Sus ojos me escrutaban con renovado ímpetu.

—Bueno, ya os lo he dicho: tuve que reconocer el cadáver, escuchar las suposiciones del alguacil... —mentí yo con cautela.

—Creía que los cronistas siempre contaban la verdad. —Cortés posó sus ojos oscuros sobre mí y me sentí desnudo.

Tartamudeé, incapaz de dar forma y palabra a los aspavientos de mi boca.

—No me ocultéis las cosas que os ocurran en Tenochtitlán. Sé que no corren buenos tiempos para mí. Dino Vázquez es, en el fondo, un buen hombre; mal perdedor, pero un buen hombre.

Carraspeé, nervioso. No sabía si tomarme aquellas palabras como un simple comentario, una advertencia o una amenaza.

—Fue uno de vuestros capitanes durante la conquista, ¿no es cierto? —Traté a la desesperada de arrojar un cebo lo más alejado posible de mi encuentro con Dino Vázquez mientras suplicaba a lo más alto que no supiese nada del que había mantenido también con Salazar.

—Venid, acompañadme hasta aquí.

Cortés ignoró mi pregunta y avanzó unos pasos hasta donde la cima desaparecía bajo nuestros pies, cortada de cuajo por la furia de los dioses aztecas o, más probablemente, por el devenir natural de las leyes geográficas. En su lugar, una pared de piedra descendía verticalmente hasta la orilla, allá abajo; un espinazo de roca empeñado en tocar el cielo que había acabado por hundirse en las aguas.

Me acerqué con pasos vacilantes hacia el acantilado, el corazón agarrotado en un puño, a punto de salirse por la garganta. ¿Cómo iba a evitar aquello, si ocurría; si él se abalanzaba sobre mí y me empujaba por el precipicio? Me mantuve a una distancia discreta de Cortés, fuera del alcance de sus manos y del vacío. Él se aproximó, desafiante, hasta el borde de aquel precipicio, con la punta de sus botas acariciando el aire. Por un momento lo creí capaz de extender los brazos y echar a volar, tan seguro lo veía alzado sobre aquel peñasco.

—Este era el punto preferido de Moctezuma de todo el peñón. —Cortés se volvió hacia mí—. Mirase donde mirase, desde aquí controlaba todos los movimientos de la isla: el menor aleteo de un ave, el rastro de un gamo, el corretear de un conejo. La caza aquí era perfecta. Os encontráis en un lugar privilegiado, Diego de Soto. Pocos pies han pisado este cerro. Estaba prohibido hacerlo en tiempos de Moctezuma. Y ahora que forma parte de mis dominios, lo sigue estando, y con más motivo. —Un ligero centelleo iluminó sus ojos.

Cortés devolvió su vista hacia el vacío que tenía ante sus pies.

—Aunque Moctezuma no me lo dijo nunca, estoy seguro de que sobre esta cima tuvo que haber sacrificios humanos. Tláloc, dios del agua y las tormentas, aceptaría aquí a las víctimas mejor que en ningún otro sitio.

Se desató una brisa sobre nosotros y el viento aulló, agitando nuestros cabellos y la ropa sobre nuestro cuerpo, queriéndonosla arrancar, salvaje.

—¡Escuchad, los dioses nos hablan! —gritó Cortés

exultante—. ¡Estáis respirando el aliento de los dioses aztecas!

Cortés cerró los ojos y aspiró el viento profundamente.

—¡Vamos, cerrad los ojos, respirad conmigo! —dijo, su perfil el del emperador de un nuevo mundo antes de ser acuñado sobre una moneda de plata.

Llevado por un impulso absurdo, con el viento arremolinando mis cabellos sobre la frente, cerré los ojos y comencé a aspirar hondamente por la nariz.

De pronto sentí un brazo rodeándome los hombros, y el corazón se hundió en mi estómago.

—¡Nooo! —Todo yo me sacudí, dejándome caer hacia atrás, presa del terror.

Cortés se echó a reír.

—¡Tranquilo, Diego! ¡No os voy a lanzar al vacío! ¿Qué clase de loco pensáis que soy? ¡Qué poca confianza tenéis en mí todavía!

Con mis pupilas todavía desencajadas, logré levantarme, tembloroso. Lejos de sentirse ofendido, Cortés parecía divertirse.

Descendimos el cerro por el mismo sendero por el que habíamos subido. Cortés seguía desgranando historias y anécdotas del Moctezuma cazador, como si el tlatoani, emperador del mundo azteca, y él, su conquistador, hubieran pasado los mejores momentos de su vida sobre aquel peñón. Pero mi cabeza estaba lejos de sus palabras, tratando de dilucidar los verdaderos motivos por los que me había hecho ir hasta aquel lugar tan alejado de todo. Buscar mi muerte no había sido.

Llegamos de nuevo junto a la orilla y nos pusimos a caminar de regreso al bergantín. Todavía no lo teníamos ante nuestra vista cuando Cortés se volvió de nuevo hacia mí, enigmático.

—Venid, sentémonos un momento. Deseo consultar con vos un asunto antes de partir. Ahí, en esas rocas estaremos bien.

Señaló hacia unas piedras frente a una hondonada al pie de la colina, alejada de la orilla. Todavía se veían los sillares de una estructura desaparecida, un pequeño templo que había desaparecido después de que sus piedras hubieran sido requisadas para formar parte de una nueva construcción en Tenochtitlán.

—Vuestro amigo Dino Vázquez y su cabildo se llevaron las piedras del pequeño templo que Moctezuma había construido como refugio para los días calurosos. Pero ahora todo el peñón es mío y nadie puede entrar o sacar nada de aquí —dijo Cortés, avaricioso, poniéndose cómodo sobre uno de los sillares.

Nos quedamos los dos un momento en silencio, con el calor de las palabras en la boca; no tenía claro si debía ser yo el primero en hablar o debía esperar a que él lo hiciera.

—No sé si sabíais que inicié mis estudios en la Universidad de Salamanca —arrancó al fin Cortés.

Negué con la cabeza, algo sorprendido por aquella confesión.

—Siempre me he sentido atraído por las letras. Todavía recuerdo cuando, de pequeño, mi padre me leía la Biblia. Me cautivaban sus historias, pero el comienzo del Evangelio de san Juan siempre me ha resultado especialmente revelador: «En el principio existía la palabra». La palabra como motor de la historia. ¡Santo Dios todopoderoso, qué descubrimiento tan importante fue escuchar aquello! Las palabras, puestas una detrás de otra, eran capaces de construir mundos.

Escuchaba a Cortés ensimismado, él y yo, perdidos en el universo.

—Así que entré a estudiar en la Universidad de Salamanca —prosiguió él—. Pero entonces realicé un descubrimiento mucho más sencillo: que para que existieran palabras, antes tenía que haber hechos. Antes de la *Guerra de las Galias* había habido un Julio César que las había conquistado; para que Plutarco escribiera su *Vidas paralelas*, había tenido que existir primero un Alejandro Magno. En aquel momento decidí que en realidad yo era hombre de acción. Así que arrojé la pluma y cogí en su lugar la espada.

—En vez de construir mundos, habéis acabado conquistándolos —intervine yo, atrapado por sus ideas.

Cortés asintió con una sonrisa.

—Pero ¿sabéis cuál es la ironía? Que los hechos acaban por desaparecer en el túnel del tiempo, y lo único que queda son las palabras que los explican; una combinación de letras que narrarán los acontecimientos tal y como sucedieron, o no, dependiendo de quien las ordene. —Cortés se puso en pie, incapaz de contenerse ante el fuego que irradiaban sus palabras—. Tengo motivos para pensar que si no contamos nosotros mismos lo que ha sucedido en estas tierras, vendrán otros a contarlo, y lo que dirán será mentira, todo en su propio beneficio. Sois un hombre inteligente y sabéis que entre los hechos y las palabras puede mediar un abismo.

De una muerte casi segura había pasado a la adulación de mi persona.

—Todo está en manos de la integridad del cronista que las escriba. Su labor debería consistir en juntar los hechos con las palabras y coser un único tejido sin costuras capaz de resistir el tiempo y los tirones de cualquiera que pretenda manosear la historia en su propio beneficio.

Cortés se detuvo y casi me dieron ganas de aplaudirlo. Su discurso estaba a la altura del que podría haber pronunciado cualquiera de mis profesores en la Universidad de Valladolid. Yo mismo había escrito algo parecido para mi maestro Anglería: «A las futuras generaciones no se les puede hurtar el derecho a conocer la verdad de su propia historia, cueste lo que cueste».

Yo, que había desechado esos hermosos ideales como estúpidas fantasías de recién licenciados, me encontraba frente a un conquistador de carne y hueso recordándomelo de nuevo. Contar la verdad. ¿A alguien le importaba? Por mi mente pasaron fugazmente los rostros de Elcano y Magallanes, y esbocé una sonrisa amarga.

El conquistador puso el pie sobre la roca en la que yo estaba sentado, apretando sobre mi corazón. Acercó su rostro al mío, solemne ante el paso que estaba dando.

—Quiero que seáis mi cronista.

Sus palabras permearon mi vanidad hasta el fondo de sus entrañas. Salazar había tenido razón: Cortés me necesitaba. Y yo podía descabezarlo, acabar con él, hacerle pagar por lo de Guevara. Sentí la sangre hirviendo bajo mis venas y enrojecí de golpe. Porque no era sed de venganza lo que circulaba por ellas, sino deseos de agarrar una pluma y emborronar el mundo entero. Guevara se hubiera avergonzado de mí si hubiera sabido lo que mi corazón clamaba en aquel instante. No era justicia, sino gloria, lo que pedía. Me sentía halagado, muy halagado, excesivamente halagado. Cerré los ojos, tratando de rectificar. «¡Maldita sea, Diego! Debéis meterlo entre barrotes, no entre líneas; entre barrotes, no entre líneas», me repetí a mí mismo. ¿No era eso precisamente lo que había pronosticado el bueno de Guevara a bordo de la Santiago? Me había comparado con un borracho: «Asiréis la botella y ya no la soltaréis más: escribiréis de nuevo como que me llamo Santiago de Guevara». Eso era lo que había aventurado mi capitán; y eso era lo que me ayudaría a acabar con Cortés.

Devolví la mirada a los ojos del conquistador.

—Me lo pedís ahora que Guevara ha muerto —respondí muy fríamente.

—Sabéis que lo hubiera hecho igualmente. Y no me haréis creer que quien ha sido ayudante del cronista más grande e influyente de toda Europa dejaría pasar una oportunidad como esta. —Lo que decía sonaba pretencioso, pero tenía razón.

—Un cronista es un hombre de palabra. —Arqueé

las cejas, recalcando el doble sentido—. Y se la di a Guevara. Me hubiera ido con él.

—Lo sé; brindé por vuestra lealtad. Pero ya no hay motivos que la pongan de nuevo a prueba. —Sus ojos chocaron con los míos, glaciales—. Sé que es injusto; lamento lo ocurrido a Guevara, pero no deja de ser una ironía que las desgracias de unos se conviertan en oportunidades para otros.

Aquellas palabras eran el eco de las empleadas por Salazar. Los buitres se abalanzaban sobre los cadáveres en su propio beneficio.

—Puede que mi estilo no encaje con lo que esperáis —añadí desafiante.

—Puede que el mío no encaje tampoco con el vuestro. —La sonrisa de Cortés hizo que sus palabras se desbordaran.

Apartó el pie de la roca e hizo ademán de continuar andando por la orilla hacia el bergantín. Yo no me moví. Se volvió entonces hacia mí, impaciente, con un interrogante en su mirada. Ahora que gozaba de su confianza, era mi oportunidad.

—Necesitaré documentación, hablar con mucha gente, libertad de movimientos —dije sin levantarme todavía de la piedra.

—Todo a vuestra disposición. He procurado guardar una relación pormenorizada de todos los acontecimientos con fechas, datos, nombres, pensamientos. Guardo, además, copia de todas las cartas de relación que he enviado a Su Sacratísima Majestad. Comprobaréis que soy un hombre bastante ordenado.

—Y me gustaría empezar por el suceso más triste, según vos.

Me detuve un instante y Cortés frunció el ceño.

—Los acontecimientos que desembocaron en vuestra huida de Tenochtitlán. —Estaba llevando las cosas a mi terreno y tenía que disimular mi excitación.

Cortés levantó ligeramente su cabeza, en guardia.

—Veo que deseáis empezar a lo grande. Es lo más sabroso; pero os lo advierto: también puede resultar peligroso.

¿Una amenaza? Sostuve mi semblante, tratando de mostrar una confianza de la que en aquellos momentos carecía.

—Estoy bajo vuestra protección en Tenochtitlán, ¿tengo acaso algo que temer? —Me levanté al fin, extendiendo los brazos.

—Guevara también lo estaba, y mirad cómo ha terminado.

Cortés me rodeó los hombros con el brazo y me volví a sentir indefenso como antes. Era una suerte que ya nos hubiéramos puesto a caminar el uno al lado del otro, y no pudo ver mi rostro palideciendo.

—No soy Dios —dijo acercando los labios a mi oreja—, pero creo firmemente que si Él ha querido que vos acabéis en estas tierras, en un lugar tan alejado del que era vuestro propósito, se debe a que os quería junto a mí.

—Cortés —dije yo, fingiendo sonreír al tiempo que trataba de deshacerme de la presión que comenzaba a notar sobre mis huesos—, no os pongáis tan solemne, porque a lo mejor resulta que luego no soy tan bueno como pensabais.

—La vida es una apuesta constante, estimado Diego. Si no, es imposible ganar.

—Sabéis entonces que se puede perder.

—Pues claro que lo sé. ¿Creéis acaso que Hernán Cortés no ha perdido nunca? —Una sombra cubrió su rostro—. Lo único que debe preguntarse uno, antes de estrechar las manos con el destino, es si soportará vivir sin aquello que apuesta.

Vi los ojos de Cortés hundiendo las naves de nuevo mientras extendía su mano hacia mí; tras unos instantes de incertidumbre, yo la acabé estrechando.

—Creo que no os arrepentiréis. Os gustará tanto que acabaréis quedándoos en Tenochtitlán.

Mi suerte como cronista y espía de Cortés estaba echada.

Cuando regresamos a bordo del bergantín, me extrañó ver los cuerpos de los naturales cubiertos de sudor; parecía que hubiesen estado trabajando en lugar de esperarnos plácidamente en la nave bajo un sol que no arrojaba fuego.

Las velas del bergantín aprovecharon la brisa que se había levantado sobre la superficie del lago de Texcoco y, sin necesidad de remos, nos alejamos veloces del peñón.

Tocamos tierra firme poco después en una de las orillas del lago, alejados de Tenochtitlán. Allí nos estaban aguardando cuatro indios con dos magníficas monturas que nos llevarían de regreso a la ciudad. ¿Cuánto hacía que no me subía a un caballo? Me sorprendió ver el porte y la presencia de los dos animales, uno negro, el otro bayo como el de Santiago, ambos esbeltos, elegantes, orgullosos.

—¿Es cierto que no había caballos cuando vos llegasteis a estas tierras? —pregunté yo mientras acariciaba la frente del mío antes de montarlo.

—Estos ejemplares han nacido aquí; ellos son mexicas, como mi hijo Martín —exclamó con orgullo mientras se subía al caballo blanco, todo un contraste con su vestimenta negra.

Dejamos a los indios atrás y pronto salimos al galope, los cascos golpeando aquella tierra como si lo hubieran estado haciendo desde siempre. El aire sobre mi rostro y el cielo azul como único techo me hicieron creer que era libre de ir hacia donde quisiera, como el viento, pero enseguida me di cuenta de que atravesábamos zonas pobladas y decidí no alejarme demasiado de Cortés. Como leyendo mi pensamiento, este se volvió:

—¡Aquí no tenéis nada que temer! Pero será mejor que me sigáis o la multitud nos separará.

Pasamos del galope al trote, y del trote al paso, a medida que nuestra senda se fue haciendo camino y el camino pasó a ser calzada. Nos vimos súbitamente rodeados de gente, todos naturales, irrumpiendo en sus vidas, entre sus chozas, al borde del camino, contemplándonos ellos a nosotros, los dos únicos hombres blancos a caballo.

El temor se apoderó de mí. No pasábamos precisamente desapercibidos. Pero no creí ver a Cortés incómodo; él seguía avanzando con aplomo, mirando a su alrededor sin esconder su rostro, y eso me tranquilizó bastante.

Entonces ocurrió algo inesperado. De entre la marea de gente que nos rodeaba, caminando o esperando junto a la calzada, los rostros se fueron volviendo, uno a uno, hacia nosotros. Hacia él. Lo habían reconocido. Hernán Cortés.

Los murmullos de excitación se fueron expandiendo como una ola a nuestro alrededor, abriéndonos paso. Todos y todo se había detenido para vernos pasar: el filo de un cuchillo en el gaznate de una gallina, la pelota de unos niños que rodaba por el suelo, los llantos de un crío en su asombro ante nuestros animales.

Gritos de admiración salieron de algunas gargantas; «Cortés», me pareció escuchar a unos; «Tlatoani», creí entender a otros. Y entonces, lo inimaginable sucedió. Algunos comenzaron a inclinarse, postrándose en tierra a nuestro paso, y los demás los siguieron. El silencio se hizo presente tan súbitamente a nuestro alrededor que podíamos escuchar las pisadas de nuestros caballos, abriéndose paso en un camino bosquejado por espaldas desnudas adorándonos, venerando a Cortés. San Hipólito.

De pronto, a nuestra izquierda, frente a nosotros, una mujer con un niño en brazos se fue abriendo paso entre las espaldas inclinadas en el polvo de la tierra. Llegó hasta el caballo de Cortés y extendió sus brazos hacia él con la criatura en brazos. Era apenas un bebé desnudo. Cortés detuvo su montura y cogió al niño de los brazos de su madre. Vi devoción en el rostro del conquistador mientras rozaba con los labios la frente del niño; vi emoción en las mejillas de ella mientras el dios besaba a su bebé.

Devolvió el niño a su madre y la mujer desapareció entre murmullos de envidia y admiración de la multitud. El fuego del orgullo destellaba todavía en la mirada de Cortés cuando se volvió hacia mí.

—Será mejor que vayamos a través del bosque o no llegaremos nunca. ¡Seguidme!

Y tirando de un lado de las bridas, nos desviamos de la calzada y de la muchedumbre, adentrándonos en la vegetación. Creo que si hubiéramos permanecido un minuto más entre la multitud, hubieran hecho a Cortés rey y señor de toda la creación.

Nunca había vivido nada tan emocionante y, al mismo tiempo, tan idólatra y fuera de la realidad. No hablamos de ello. Cortés no lo mencionó. Sabía que yo lo había visto y eso le bastaba.

Gracias al atajo entre los árboles, conseguimos llegar sin más impedimentos hasta la boca del puente de la calzada que atravesaba la laguna desde el sur hasta Tenochtitlán.

Tapia nos estaba esperando, inquieto, junto a un grupo de indios, todos bien pertrechados y a caballo. Se acercó hasta Cortés en cuanto nos vio. Se inclinó hacia él y ambos cruzaron unas palabras de las que apenas escuché nada. Me pareció ver a Cortés torciendo el gesto, pero si ocurrió, fue solo por un instante, porque cuando se volvió hacia mí no había rastro de ello.

—Estimado Diego, deberéis de continuar el camino de regreso sin mi compañía. Asuntos importantes me requieren. Os acompañará Andrés Tapia Cortés; creo que ya os conocéis. Con él no tenéis nada que temer.

Miré hacia el inverosímil nombre que señalaba Cortés; era el indio que había estado esperando al alba frente a mi puerta. Tapia se aproximó hasta él y le susurró algo al oído; mientras hablaban, los vi a ambos disparando miradas sobre mí. Sospeché que Tapia le estaba dando órdenes para que me reclamase su legajo en cuanto regresásemos a palacio. No me equivoqué.

Cortés se acercó hasta mí con su caballo una última vez.

—Bienvenido a vuestra nueva vida. Es todo un honor que os convirtáis en mi cronista, Diego de Soto —dijo mientras extendía una mano sobre mi espalda.

Lo vi alejarse hacia el grupo que lo esperaba, con Tapia a la cabeza. Noté el peso de los ojos de este otra vez puestos en mí y desvié los míos hacia su encuentro. Disimuló él con los suyos, evitándome, pero juraría que antes de hacerlo percibí la sombra de los celos en esa mirada. Como la de los chavales a los que no les gusta que os acerquéis a su mejor amigo. Tapia hizo girar su caballo al frente, y, a una señal suya, todos, incluido Cortés, arrancaron, desapareciendo entre el polvo dorado del atardecer.

—¿A dónde van?

El indio se volvió hacia mí con la pena de no poder ir tras ellos.

—¿Creéis que yo sé a dónde va el dueño de Tenochtitlán? Él es libre de volar con el viento.

8

Tal y como supuse, Tapia había dado órdenes a Andrés Tapia Cortés, el natural que me acompañaba de regreso a Tenochtitlán, de confiscarme su escrito nada más llegar a mi habitación. Fue la peor equivocación que Tapia podría haber cometido. No se pone a prueba la curiosidad de un cronista. Nunca.

¿Cómo iba yo a devolver un escrito por cuya recuperación había mostrado, de pronto, tanto interés? ¿Qué había ocurrido? ¿Qué le había podido decir yo esa mañana durante nuestra excursión en la canoa para que cambiara de opinión tan de repente y me exigiera su devolución? ¿O había sido el descubrir que había estado reunido en el despacho de Bernardino Vázquez lo que me retiraba su confianza?

Fuera lo que fuese, no iba a entregar al inocente Andrés Tapia Cortés el escrito así como así, sin descubrir qué había entre sus líneas que tanto había inquietado de repente a Tapia.

Sin embargo, el natural se mostró un hueso más duro de roer de lo que pensaba. La inocencia y simpatía que había mostrado conmigo a lo largo del camino de vuelta se trocó en hostilidad nada más cruzar el umbral de mi habitación.

—Don Andrés me ha pedido explícitamente que me retornaseis el manuscrito —dijo poniendo un pie en la puerta cuando yo ya lo estaba despidiendo de mi habitación y cerrándola.

Me volví hacia él, asombrado pero sin temor alguno. Aquel indio era fuerte, joven, y me podría haber doblegado sin dificultad si hubiera querido, pero su aspecto no era amenazante. Andrés Tapia Cortés era un buen hombre, pero obstinado, y la lealtad a su amo estaba más allá de toda duda. Si Tapia le había dicho que me cogiese el escrito nada más llegar a palacio, no había otra opción.

Me mostró su hilera de dientes blancos con una sonrisa forzada que no llegaba a cuajar siquiera como posible dentellada en caso de conflicto. Me bastaba hacer valer mis derechos como nuevo cronista de Hernán Cortés para salirme con la mía.

Lo primero que hice fue abrir la puerta para que él no viera ningún tipo de animosidad por mi parte.

—Andrés Tapia Cortés, me honra vuestra disposición por cumplir lo que os ordena vuestro amo, pero yo debo cumplir con lo que me ordena el mío.

Andrés Tapia Cortés alzó su mirada confundido.

—¿Cortés no os ha dicho nada? —Cargué las tintas en su nombre para obligarlo a que cejara en su empeño—. Me extraña mucho.

Caminé hacia la mesa y, cogiendo el legajo entre las manos, regresé junto a él.

—El propio Hernán Cortés se ha empeñado en que termine de leerlo esta noche y tome las notas que considere oportunas antes de devolvéroslo a vos por la mañana.

Estaba tan seguro de mi victoria que extendí el brazo hacia él blandiendo el manuscrito para que lo cogiese.

Andrés Tapia Cortés torció su hilera resplandeciente y blanca contrariado. Lo vi morderse el labio inferior, considerando por unos instantes a cuál de sus apellidos debía prestar mayor lealtad.

Hice uso de una última medida de presión:

—No os preocupéis; si llega Cortés y se enfada, le diré que fui yo quien insistí en que obedecierais a vuestro amo.

El manuscrito seguía en el aire, pero Andrés Tapia

Cortés dio un pequeño paso hacia atrás, cambiando de opinión.

—Está bien, don Diego. Haremos como vos decís. Lo vendré a buscar mañana por la mañana.

Cortés era Cortés. Hasta en las lealtades había rangos.

Le deseé buenas noches y, a punto de cerrar la puerta, veloz, antes de darle tiempo a que cambiara de opinión, saltó a mi cabeza la pregunta sobre el capitán Juan de León, mi salvador.

—Por cierto, Andrés Tapia Cortés, tengo una pregunta que lleva ardiendo en mi cabeza varios días y que a lo mejor vos podéis ayudarme a solucionar mañana. ¿Conocéis a Juan de León?

Se esfumó el blanco de sus dientes y de sus ojos al escucharme.

—Sí —logró responder, huidizo.

—Perfecto, mañana podríais ayudarme a buscarlo. Tengo muchas preguntas que hacerle. —Me anticipé expectante a cómo sería nuestro encuentro.

—Don Diego, es imposible. —Andrés Tapia Cortés bajó la mirada, aturdido—. Murió durante la conquista.

—¿Cómo? ¡No es posible! —Me llevé la mano a la frente, como si me hubiera respondido con una pedrada—. A lo mejor no estamos hablando de la misma persona —insistí, mirándolo a través del brazo, con la mano todavía acariciando mi cabeza.

—Señor don Diego. —Andrés Tapia Cortés levantó su rostro con la mayor dignidad y honra de la que un hombre es capaz—. Sé perfectamente quién fue Juan de León. Él me salvó la vida. Y murió cuando Tenochtitlán se sublevó contra Cortés.

Sus palabras fueron tan contundentes que no tuve palabras para decir nada más; cerré la puerta sin siquiera despedirme, aturdido por lo que acababa de escuchar. ¿Pudiera ser que me hubiera equivocado en mis suposiciones sobre la identidad del tipo que me había arrastrado hasta las puertas del hospital de Tenochtitlán, salvándome la vida? No podía ser otro. ¡Solo él llamaba a Cortés «mi capitán», maldita sea! Estrujé mi cabeza con ambas manos, obligando a mi cerebro a que abriese el cerrojo de la habitación que mi memoria se empeñaba en mantener cerrada. Lo único que escuché, en mi interior, tras esa puerta, fue una estruendosa carcajada de burla que me decía: «Tendréis que esperar a que llegue el momento, mi querido Diego».

Me reí de mi propia inutilidad, de verme incapaz de saber liberar lo que yo mismo custodiaba en mi propia mente. Paciencia. Lo había dicho esa voz. No podía hacer nada salvo esperar a que todo llegase. Lancé un suspiro de inevitable aceptación.

Con el manuscrito de Tapia todavía entre las manos, me fui hacia el lecho, ansioso por retomar su lectura.

Había traído la vela del escritorio hasta la mesita junto a la cama y ya estaba ahuecando los almohadones de la cabecera cuando, súbitamente, mis ojos toparon con un pequeño bulto oculto entre ellos. Iba acompañado de un sobre. Lo abrí, lleno de curiosidad. Era de Hernán Cortés, y decía lo siguiente:

Querido Diego:

Confío en que hayáis disfrutado del día de hoy tanto como yo. Hacía tiempo que no visitaba el cerro del Peñón, y haberlo hecho con vos me ha devuelto memorias del pasado que, estoy seguro de ello, vos sabréis proyectar hacia el futuro con la mayor de las fidelidades.

Un abrazo,

Hernán Cortés

Con el papel todavía entre mis manos, me quedé boquiabierto. ¿Cuándo le había dado tiempo a escribir aquello a Cortés? ¿Lo había hecho antes incluso de nuestro encuentro? ¿A quién se lo había entregado para que me lo dejase ahí? Aquel hombre era una incógnita. Inaprensible. Volví a leer el mensaje; su letra era de un trazo limpio y firme, tan firme como su dueño. Había unas líneas al final del texto a las que no había prestado atención. Un *post scriptum*. Decía así:

> P. S.: Encontraréis un destello de esas memorias bajo vuestra almohada. Haced lo que mejor creías con él. Es todo vuestro.

Miré el objeto que había encontrado junto al sobre; lo cogí y lo sopesé entre las manos. Sabía lo que era antes de desenvolver la tela que lo cubría. Su resplandor me cautivó. Como la noche de mi delirio dorado sobre la ventana. Oro. Contuve la respiración y volví a coger la joya. Era pesada, pero muy delicada en su trabajo de orfebrería. Dibujos de naturaleza se alternaban con símbolos aztecas en sus bordes, perfectos, firmes, limpios. Como la escritura de Cortés.

Dejé la joya encima de la cama y dejé vagar la mirada sobre los pliegues de las sábanas, pensativo. A pesar de su belleza, esa alhaja me hacía sentir sucio. ¿Por qué me la estaba dando Cortés? «*Tibi dabo*.» «Todo esto te daré si me adoras.» El diablo había querido tentar a Nuestro Señor Jesucristo con todas las riquezas de este mundo. Un hombre de mis medios no necesitaba tanto para caer en la tentación.

Había algo en su resplandor que seducía tanto como Cortés. Entonces lo comprendí todo. Los problemas de Salazar con Cortés tenían que ver con el oro. Todos los problemas de Cortés tenían que ver con el oro.

El poder del oro.

Volví a cubrir la joya con la tela que lo envolvía y conseguí rehuir el hechizo. La volví a sopesar con desdén. ¿Acaso Cortés pensaba que yo estaba en venta? Eso me haría cómplice de la sangre derramada de Guevara. Jamás la aceptaría.

Me acerqué al escritorio y la guardé entre unos papeles de la cajonera con la firme decisión de devolverla cuanto antes. Sin vacilación. Cerré el cajón y mis ojos toparon con la pequeña figurilla de san Hipólito hecho Cortés. La cogí, mirándola a los ojos, rehuyendo su poder de atracción. Abrí el cajón y la arrojé junto al oro, cerrándolo de nuevo.

Yo era más fuerte que su seducción. Y con esa misma fuerza me metí en la cama con el legajo entre las manos dispuesto a seguir escarbando en la piel de aquel hombre. Indagar entre sus hechos, averiguar cuándo habían dejado de ser heroicos, descubrir el momento en el que su grandeza se había precipitado sobre el abismo de la locura.

Las siguientes hojas del escrito de Tapia hablaban de la victoria sobre el ejército de Pánfilo de Narváez. Había sido un ataque rápido, veloz, decisivo; Cortés salió a su encuentro con las cualidades que Tapia y Alvarado habían visto en aquel jaguar negro de la casa de fieras. Los mil trescientos hombres que el gobernador de Cuba había enviado en diecinueve navíos, dispuestos a prender a Cortés y doblegar sus ambiciones, no solamente habían sido derrotados, sino que habían pasado en su mayoría a engrosar el número de las huestes del conquistador.

Cortés tenía buena estrella y regresaba victorioso a Tenochtitlán. Ahora ya nada se podía interponer entre el mundo y sus manos. Todo era suyo, él era del imperio, y el imperio de Dios. ¿Qué podía fallar?

Entonces llegaron las noticias. Eran del propio Alvarado, a quien había dejado al mando durante su ausencia. No eran buenas. De hecho, eran terribles.

Afueras de Tenochtitlán, 24 de junio de 1520

Salvo la columna de humo a lo lejos, emergiendo de entre los tejados de la gran Tenochtitlán, no había señal alguna de los malos presagios que habían traído consigo el mensajero. Pero el humo ascendía negro, silencioso, omnipresente, y Tapia quiso ver en él el cumplimiento de una premonición que había hecho arder su corazón desde aquel día junto a la jaula del jaguar. Ese humo y Alvarado eran uno. Lo había echado todo a perder; estaba seguro.

Desvió su mirada sombría de aquella columna infausta hacia la columna de hombres que iba avanzando a sus espaldas. Vio la expresión de desconcierto que proyectaba aquel humo sobre algunos de los rostros de los veteranos, que caminaban entremezclados con los hombres de Narváez. Muchos de estos, la mayoría, habían aceptado, después de su derrota, pasarse a las filas de Cortés. Este había decidido ser generoso con los desertores; además de su perdón, les había prometido oro, mucho oro, si optaban por unirse a su empresa. Él y sus hombres se habían hecho con la gran capital del Imperio azteca de un modo pacífico, y estaban dispuestos a compartir con ellos un futuro generoso.

Cortés había querido que los recién llegados se asombraran al descubrir la grandiosidad de la gran Tenochtitlán, y había obligado a todos a dar un pequeño rodeo hasta llegar al cerro desde el que ellos habían contemplado por primera vez aquella ciudad.

La columna de humo no pareció contrariar las expectativas de los que admiraban aquellas vistas por primera vez porque no advirtieron preocupación en los ojos de quienes ya las conocían. Y en la mirada de estos no la había porque ellos tampoco la habían encontrado en la de Cortés.

Tapia se volvió de nuevo hacia el rostro de su capitán, tratando de intuir una sombra siquiera de incertidumbre. Las noticias que habían recibido nada más derrotar a Narváez habían sido alarmantes. Pedro de Alvarado pedía refuerzos ante una posible sublevación azteca. No había podido evitar la inquietud que había desatado la llegada de las diecinueve naves entre los grandes señores de la ciudad, y estos estaban incitando a la rebelión.

Sin embargo, en los ojos de Cortés no había ninguna señal de alarma.

—Ahí sigue, tal y como la dejamos —lo escuchó proclamar con orgullo.

Tapia lo miró con incredulidad. ¿Cómo que tal y como la habían dejado? ¿Estaba bromeando? Eso era precisamente lo que más le irritaba sobre Cortés; a pesar del tiempo que llevaban juntos y de lo que creía conocerlo, todavía ignoraba cuándo se marcaba un farol y cuándo no. Era cierto que esa estrategia le resultaba generalmente beneficiosa en las partidas de cartas con sus capitanes, y lo había sido también con la apuesta por estas tierras. Pero Tapia sabía que, antes o después, a todo buen jugador le abandona la suerte.

Y en aquel preciso momento, Tapia ignoraba si Cortés la tentaba o la daba por segura.

—Tapia, si cuando entramos por primera vez en esta ciudad nada pudo detener a seiscientos hombres, ¿cómo creéis que nadie va a impedir ahora a Hernán Cortés que entre de nuevo con la suma de quienes me querían muerto hace apenas un mes?

Era otra de las cosas que le molestaban de Cortés. Tenía la rara cualidad de saber leer su mente en los momentos más inesperados. Pero el modo en que había respondido a lo que estaba pensando precisamente en aquellos momentos fue lo que más le inquietó; nunca lo había hecho con aquella prepotencia. En todas las victorias que él había presenciado a su lado, que eran numerosas y rotundas, Cortés nunca había hablado de sí mismo en tercera persona. Jamás.

A medida que fueron descendiendo la colina y acercándose a Tenochtitlán, todo se fue volviendo más sombrío y tan tupido como aquella columna de humo que seguía señoreando en las alturas.

Cuando se detuvieron frente a una de las calzadas que cruzaba las aguas de la laguna, pocos podían disimular ya su consternación. La ciudad que tenían ante ellos era la misma de siempre y, a la vez, completamente distinta.

Estaba desierta, o así lo parecía. No se veía un alma caminando por la calzada o sus puentes, y la superficie de la laguna no estaba salpicada de los cientos de canoas que iban y venían por las arterias acuosas de la ciudad todos los días. Faltaba gente, alboroto, vida.

—¿Vamos a entrar? —Tapia se adelantó con su caballo hasta ponerse a la altura de su capitán—. ¿Dónde diablos se han metido todos? —susurró escudriñando hacia la carcasa vacía de Tenochtitlán en busca de alguna señal—. ¿Creéis que se trata de una trampa?

—Claro que entraremos, Tapia. ¿Acaso veis algo que nos lo impida? —respondió Cortés tras unos instantes de incertidumbre—. Dad orden a los artilleros de que estén preparados y tengan los ojos bien abiertos.

Tapia hizo girar a su caballo y estaba a punto de desaparecer como un rayo hacia la retaguardia cuando oyó a Cortés murmurar:

—Cuando lleguemos a palacio será mejor que Alvarado dé buena cuenta de lo que ha sucedido durante nuestra ausencia.

La abultada expedición cruzó la calzada y se adentró en las entrañas de la ciudad sin encontrar a su paso ninguno de los puentes que conectaban la ciudad levantados. Nadie les impedía la entrada a Tenochtitlán, y Tapia confió al cielo que nadie les impidiera luego la salida.

Al divisar Axayácatl, el palacio que servía de acuartelamiento de todos los españoles, les sorprendió ver todo cerrado y que nadie guardara las puertas exteriores. Cortés tuvo que mandar llamar hasta cuatro veces para que por fin alguien abriera.

—¡A Dios gracias! ¡Habéis llegado! ¡Se han sublevado!

Fueron palabras y no flechas lo primero que habían

dejado escapar aquellas puertas, pero se hundieron con la misma fuerza, bajo su coraza, en el interior de Cortés.

Le hubiera costado reconocer la figura de Bernardino Vázquez si no hubiera sido por la voz. Ofrecía un aspecto más frágil, el pelo desaseado, la mirada extraviada, una sombra cruzando ante sus ojos.

Dino Vázquez sintió la expresión de indignación y furia de Cortés y trató de recuperar el aplomo perdido.

—Hemos convertido el palacio en una fortaleza de la que nadie ha salido durante los últimos días por miedo a ser atacados. Esperábamos vuestra llegada. Refuerzos.

Cortés tuvo que contener el alma, detener la lengua y tragar saliva para ahogar sus exabruptos de nuevo en la garganta.

—Llevadme ante Alvarado —logró apenas pronunciar, con dureza.

¿Qué diablos había pasado en tan solo un mes de ausencia?

La columna de humo continuaba ascendiendo a pocos pasos de allí, una cortina negra que se elevaba sobre la gran pirámide, llevándose consigo la cruz y la imagen de Nuestra Señora con la que los españoles habían sustituido a los dioses aztecas. Ardían en el fuego.

Trató de no escuchar la conversación; la ignoró desde el principio, pero no le fue posible. La voz estentórea de Cortés se filtraba a través de las piedras de la pared de la habitación de al lado, y era inútil hasta taparse los oídos. A pesar de ello, Tapia trató de no escucharla.

En aquellos momentos no le hubiera gustado estar en el pellejo de Alvarado. Había perdido el dominio de la ciudad, y eso era humillación suficiente para tener que soportar, además, la diatriba de Cortés en aquellos momentos. La culpa no era solo de Alvarado. Era Cortés quien lo había puesto al mando; había sido su responsabilidad, su elección. Él jamás lo hubiera puesto al frente.

—¿Y qué queríais que hiciera? —escuchó gimotear a Alvarado con voz débil—. ¡Moctezuma me aseguró que la celebración sería pacífica!

—¡Dejad de gemir como una niña, Alvarado, y contadme qué es lo que ocurrió exactamente! —Se escuchó la fuerza de Cortés atravesando la pared.

—Moctezuma mandó llamarme al poco de abandonar vos Tenochtitlán. —A través de su gimoteo, Alvarado trataba de mantener la calma—. Me dijo que estaban a punto de celebrarse las fiestas de Tóxcatl en honor de sus dioses del cielo y del sol. Que lo había hablado con vos y que vos no habíais mostrado inconveniente alguno.

Tapia recordaba que Moctezuma había advertido a Cortés de la celebración de unas fiestas importantes para el calendario azteca.

—¿Habéis permitido que toda la ciudad se subleve contra nosotros solo porque perdisteis la cabeza?

—¡¿Y vos qué hubierais hecho?! —Escuchó la voz renovada de Alvarado alzándose como escudo defensor frente a Cortés.

Tapia creyó ver, a pesar del impedimento de la pared de piedra, el gesto de desesperación que debía de haber acompañado a aquellas palabras de Alvarado.

—Mantened el temple a partir de ahora, Alvarado. Mantened el temple o lo acabaremos perdiendo todo —escuchó murmurar a Cortés, con el amargo sabor de la derrota en los labios.

En ese instante la puerta de la habitación de al lado se abrió y Cortés apareció, cruzando la estancia con el peso de una lamentación sobre sus hombros. Sacudió la cabeza y sus ojos levantaron el vuelo, tropezando por un breve instante con la figura de Tapia. No se dijeron nada, pero Tapia supo por el relampagueo de aquellos párpados al cruzarse con él que no era momento de recordarle la conversación que habían mantenido ambos sobre el temple de Pedro de Alvarado a raíz del incidente en territorio chichimeca.

Tenochtitlán, 25 de junio de 1520

Cortés todavía confiaba en que aquello tuviera arreglo. A fin de cuentas, él había regresado, estaba allí, y nadie podía olvidarse, dentro y fuera de aquellos muros en los que estaban confinados, de que Moctezuma permanecía preso bajo su poder.

«El gran tlatoani de los aztecas, preso bajo mi poder», se repitió a sí mismo, con la esperanza de quien se sabe con la mejor baza para ganar la partida. Todavía podía reconstruirlo, estaba seguro de ello. A pesar de la estupidez de Alvarado.

Con grandes zancadas cruzó el enorme patio que separaba sus dependencias de los cuartos reales en los que estaba confinado Moctezuma. Iba a verlo. Todavía no lo había hecho desde su llegada. Hubiera querido humillarlo más días, castigándolo con su ausencia, pero no se podía permitir esperar más tiempo. Tenochtitlán necesitaba tranquilidad, y ahora solo se respiraba calma chicha.

Tapia estaba en una de las galerías que rodeaba el patio hablando con Jerónimo de Aguilar, el traductor. Ofrecía un aspecto lastimoso. Cortés ignoró su presencia y apretó el paso. No era aquel momento para lidiar con las presumibles quejas de Aguilar; había asuntos más urgentes que atender.

Con el rabillo del ojo vio a Tapia deshacerse de su interlocutor y salir corriendo a su encuentro.

—¡Cortés! —escuchó la voz de Tapia aproximándose.

Levantó los ojos al cielo y lanzó un suspiro. Al menos no venía Aguilar corriendo detrás de Tapia. No le importaba si era solamente él; con Tapia uno no tenía que esconderse, y disimular, escasas veces. Era algo que le ocurría con muy pocas personas. Ni tan siquiera con Alvarado se permitía el lujo de ser él, sin ocultarse; era un hombre muy valioso, pero sus fidelidades llegaban tan lejos como sus intereses respecto de a quien servía. Cortés sabía que ese flanco de su personalidad lo tenía bien cubierto, y mucho más desde aquel día en la casa de fieras, frente al jaguar, pero ahora Alvarado lo había echado casi todo a perder. No debería haberlo puesto a él al mando. Debería haber solicitado a Sandoval que viniera desde Veracruz para ocuparse de Tenochtitlán durante su ausencia. Él jamás habría dado pie a ninguna revolución.

Su cabeza regresó junto a Tapia en el momento en el que este se puso a su altura.

—Jerónimo de Aguilar me ha cogido por banda —empezó Tapia sin preámbulos—. Me pide interceder ante vos de nuevo.

—¿Acaso no le regalasteis la pieza de oro que os pedí? —Cortés lo miró, irritado.

—Sí, pero está dispuesto a devolverla; desea fervientemente serviros de nuevo como lengua —dijo Tapia, hundiendo los hombros.

—¡Maldita sea! Zanjamos ya este tema antes de mi salida de Tenochtitlán. Inventaos cualquier excusa, pero no voy a contar con sus servicios de nuevo. Perdió nuestra confianza. Doña Marina es mi única lengua —continuó Cortés con dureza.

Tapia estuvo a punto de salir corriendo de inmediato para transmitir cualquier excusa a Aguilar, que le seguía esperando plantado en el mismo lugar de la galería, pero Cortés lo agarró por el brazo, deteniéndolo en seco.

—Pero no lo hagáis ahora. Acompañadme. Voy a ver a Moctezuma.

Tapia miró con agrado a su jefe. Se sentía alagado por su muestra de confianza; pedirle que lo acompañara a la primera visita que hacía a Moctezuma desde su llegada significaba entrar a formar parte de su círculo más estrecho.

Entraron en las dependencias de Moctezuma sin tan siquiera esperar a ser anunciados. Tapia no estaba muy seguro de cuál era la actitud que iba a adoptar Cortés con el emperador azteca en ese reencuentro. Su rostro, al menos, no permitía anticiparla. Pero tenía que ser de enfado. Había que demostrar quién mandaba en Tenochtitlán, y estaba claro que eran ellos.

No se habían producido ataques contra los españoles desde el regreso de Cortés, pero que no los hubiera habido hasta ese día no significaba que no los fuera a haber mañana.

La única buena noticia la había escuchado de labios de Bernardino Vázquez al poco de regresar; Moctezuma había dejado de recibir las visitas de aquel primo suyo de aspecto fiero que se había atrevido a abofetear a su hijo, el joven príncipe. La ausencia de Cuauhtémoc era una buena noticia, aunque también podía indicar algo desastroso. Pero ¡qué diablos! ¿No seguía siendo Moctezuma el tlatoani? Pues entonces lo único que necesitaba Cortés era dar un puñetazo sobre la mesa para que Moctezuma propinara otro más fuerte en la de sus señores y caciques.

Tapia y Cortés cruzaron la última de las habitaciones que los separaba de la estancia real donde a Moctezuma le gustaba recibir a los españoles y entraron. Para su asombro, Cortés se encontró con un hombre mucho mayor que Moctezuma sentado bajo el palio de plumas y joyas preciosas. Estaba sentado de espaldas, en una de las esquinas, contemplando el horizonte a través de una de las ventanas que daban a un patio interior.

—¡¿Quién osa usurpar el puesto de...?! —bramó Cortés antes de frenarse en seco al reconocerlo.

El anciano se había vuelto hacia ellos y, al encontrarse cara a cara con Cortés, este se dio cuenta de que seguían estando bajo la presencia de Moctezuma.

Tapia tragó saliva; Moctezuma, el tlatoani del Imperio azteca, había envejecido al menos diez años en poco más de un mes.

Había ojeras en torno a sus ojos y, a pesar de la oscuridad de su piel, estaba muy pálido. Hasta aquella forma atlética y desafiante que los había hechizado desde el primer día parecía haberse volatizado, dejando en su lugar alguien encogido, flácido, caído.

Tapia miró a su alrededor; la estancia real era más pequeña de lo que recordaba, pero también mucho más grande. Parecía vacía; los cuatro nativos que permanentemente custodiaban a Moctezuma seguían ahí de pie, a su alrededor, estoicos, junto a los postes del palio marchito. Eran el único recordatorio que quedaba de toda dignidad real; su único consuelo. Todo lo demás estaba borroso alrededor. Alguien había arrancado la pátina de grandiosidad de todo aquel cuadro y ahora solo quedaban los restos de un simple mortal.

Al otro lado de la sala vieron moverse una figura acercándose a ellos. Flotaba sobre el suelo. Les sorprendió comprobar que era doña Marina, a veces invisible, siempre omnipresente.

Había estado sentada junto al fuego, en compañía de los dos hijos de Moctezuma. Los niños permanecieron en silencio donde estaban, mirando fijamente cómo se alejaba la espalda de aquella a quien parecían haber adoptado como madre.

Doña Marina hizo una pequeña reverencia a Cortés y se dispuso junto a él, preparada para unir los dos mundos. No fueron necesarias palabras de saludo entre ellos dos; había perfecta comunión.

—¡Moctezuma! —Su voz tronó, sangrienta, en el eco de aquel silencio—. Faltasteis a vuestra palabra. Aunque existieran los dioses a los que os empeñáis en seguir adorando, no creo ni que ellos mismos os librasen de vuestra propia condenación. Nos engañasteis, tonteasteis con mi enemigo, pero yo lo he vencido. ¿Qué me detiene para no hacer lo mismo también con vos?

Doña Marina hundió sus ojos en las pupilas de Cortés con un gesto de interrogación. ¿Seguro que quería que utilizara esas mismas palabras en náhuatl? Él asintió con firmeza, ignorando la fragilidad que tenía ante sus ojos; había decidido agitar las aguas calmas sobre las que flotaba un cadáver. La tormenta destiñó la habitación por completo salvo el rostro de Moctezuma. Aún restaba dignidad sobre la piel de esos huesos.

—Vuestro Dios; vuestro Dios todopoderoso es quien impide vuestra venganza —contestó él con voz queda, musical, solemne, a través de la lengua de doña Marina.

Tapia miró de reojo a Cortés, incapaz de discernir lo que pasaba por aquella mente. Aquello era un duelo reservado entre gigantes en el que él se había colado como testigo mudo.

—Y vuestro Dios es quien clamará por la sangre derramada de los señores de Tenochtitlán. —La voz de Moctezuma siguió saliendo segura de aquellos labios—. Eran mis hombres, ¿sabéis? Gente de confianza. Mis amigos. —Un ligero temblor en la voz rasgó el silencio en dos—. Jugué con ellos cuando niños, luchamos hombro con hombro cuando éramos jóvenes, juntos hicimos grande el imperio, y hubiera derramado mi sangre con ellos el otro día.

—Vos, vos fuisteis quien causó el desastre con vuestra mentira —sentenció Cortés con despecho.

—¡Un tlatoani no miente jamás!

Su grito hizo que hasta sus propios hijos se volvieran asustados hacia su padre.

Moctezuma salió del palio con paso firme y los cuatro hombres que lo guardaban se postraron en el suelo de inmediato. Avanzó hacia Cortés, sus rostros frente a frente, incapaces de reconstruir un puente. ¡Qué lejos quedaba aquel cruce de miradas que había unido ambos mundos!

El tlatoani bajó entonces la cabeza y clavó sus labios en el oído de Cortés con un susurro de sangre.

—Cuauhtémoc.

Un escalofrío penetró en el alma del conquistador, y Cortés estalló con furia.

—¡Maldita sea, el poder está en vuestras manos! ¡Seguís siendo el tlatoani! No culpéis a los demás de lo ocurrido porque yo no lo hago con mis hombres. —La ira consumía su rostro, tratando de espantar la imagen de quienes habían desatado la tragedia en ambos bandos.

—Sin mi gente, yo no soy nadie —respondió Moctezuma derrotado.

—Pues será mejor que volváis a cortejarlos, porque de lo contrario os sacaré con un collar a pasear por Tenochtitlán para que sean ellos los que acaben con vos.

Cortés no esperó a que doña Marina acabara de traducir sus palabras para salir de la estancia dando un portazo.

Tapia y doña Marina se miraron. Nunca había coincidido en nada con aquella muchacha misteriosa, y ni tan siquiera recordaba haber cruzado palabra alguna con ella en su vida, pero en aquel instante supo que ambos pensaban lo mismo. Asintió ligeramente y salió veloz de la habitación tras la estela de Cortés.

—Señor, creo que debéis tranquilizaros —logró pronunciar tras colocarse a su lado—. Moctezuma solo quería...

—¡Tapia! —Cortés lo interrumpió con una violencia inusitada—. ¡No hagáis que me arrepienta por teneros a mi lado! ¡Dejad de darme lecciones porque os juro que os sacaré a pasear también con la misma correa que use con Moctezuma!

Tapia se detuvo y dejó que su capitán continuara caminando. Jamás había visto a Hernán Cortés así; ni tan siquiera después de haber ordenado hundir las naves que los habían llevado hasta aquellas tierras.

La suerte había cambiado.

Tenochtitlán, 28 de junio de 1520

No se habían vuelto a ver, y Cortés no tenía ganas de hacerlo. Había estado tentado de cumplir seriamente su amenaza de sacarlo atado al cuello con una correa por las calles de Tenochtitlán, pero el paso de los días y, quizá, doña Marina habían desarmado aquel impulso. El tlatoani había perdido su poder y no había nada que hacer. Fuera de aquellos muros, el asedio de los aztecas se había hecho implacable, y solo un milagro podría detenerlos. Un milagro que estaba fuera del alcance de Moctezuma. Según los informes de los soldados españoles que lo custodiaban, este se había volcado en la contemplación y el rezo a sus ídolos, apenas comía y la única compañía de la que gozaba era la de sus dos hijos.

Pero de pronto lo había mandado llamar, y Cortés se había burlado de aquella llamada, tildándola de desesperación.

—Se habrá enterado de nuestros planes de fuga y querrá escapar con nosotros.

No era difícil para Tapia distinguir el color del resentimiento en aquellas palabras. No eran simplemente las de alguien que se había sentido engañado y se negaba a perdonar, no. Su amargura procedía de un pozo más hondo, más visceral, pero a la vez sencillo de comprender: el de la traición de un amigo con el que uno ha soñado cosas grandes que Tapia había visto dibujadas en los ojos de Cortés aquel primer día, en el encuentro de aquellos dos hombres a las puertas de Tenochtitlán. Y ahora se habían venido abajo.

Pero era preciso que, en honor a aquel sueño roto, su capitán atendiera la petición de Moctezuma y fuera a verlo. Tapia lo veía con nitidez y quería lograr que así fuera, pero no era aquel momento para insistir. No cuando Cortés tenía la cabeza metida en la ejecución de los planes de huida de Tenochtitlán.

Se encontraban en los sótanos del palacio, un lugar húmedo y oscuro que servía de cámara de contención para evitar que todo el edificio se inundara en caso de crecidas inesperadas de la laguna. Los constructores aztecas habían sido inteligentes también en el diseño subterráneo de los edificios que habían mandado edificar.

Cortés había ordenado erigir en ese lugar el improvisado taller donde un grupo nutrido de carpinteros, soldados hábiles con las manos y tlaxcaltecas se afanaban en construir las tres estructuras móviles que podrían ayudarlos a salir con vida de la ratonera en que se había convertido Tenochtitlán.

—¡Alonso García Bravo!

A Cortés le gustaba llamarlo por su nombre completo cada vez que lo buscaba. Su voz resonó hueca y profunda en aquella oscuridad que el fuego de las hogueras luchaba por destruir, haciendo destellar el sudor de brazos y cuerpos. Alguien surgió de entre los márgenes de las sombras que las estructuras de madera proyectaban sobre una de las paredes. Gotas de sudor perlaban la geometría de sus facciones, tan perfectas que allá abajo lo convertían en un ser irreal. Eran, sin embargo, sus conocimientos de geometría, y no sus facciones, lo que lo habían convertido en el experto alarife de la expedición.

—¿Cómo van los puentes?

—Tenemos uno terminado, capitán. Alonso, Pedro, traed a Caribdis.

Cortés se sonrió al escuchar el nombre, pero la borró de sus labios al ver que Tapia ignoraba aquel guiño de García Bravo.

—Caribdis es un monstruo marino que habita bajo los mares de Sicilia —explicó él, compartiendo su erudición, mientras cuatro hombres empujaban hacia delante una estructura plana de madera de unos cinco pasos de largo y apenas uno de ancho.

Tapia no vio la relación entre aquel monstruo marino

y la plataforma que tenía ante sus ojos. A él solo le importaba que su anverso estuviera trenzado de travesaños y vigas que soportaran los pasos de un ejército en fuga y que su transporte fuera lo más sencillo posible. Las ruedas lo convencieron de ello; seis en total, para ayudar a transportar a Caribdis a su destino final. García Bravo era un tipo resolutivo, además de ingenioso con los nombres.

Cortés también se mostró satisfecho con aquel puente móvil. Ahora solo necesitaban terminar los otros dos. El lugar elegido para escapar, la calzada de Tacuba, tenía tres puentes levadizos que debían sortear hasta su salida de la ciudad, y los aztecas se habían encargado ya de subirlos, eliminando cualquier posibilidad de huida. Era esa la razón por la que necesitaban los tres puentes, uno para cada paso cortado.

—¿Cuándo creéis que los tendréis terminados? —preguntó Cortés.

—Vamos a ver; estamos a lunes, y todavía necesito armar una de las estructuras y esperar a que... —García Bravo continuó con su cálculo mentalmente, levantando sus pupilas azules a un cielo que presumiblemente todavía se cernía sobre el enorme edificio que tenían sobre sus cabezas—. El jueves muy probablemente lo tenga terminado, pero si me dejáis hasta el viernes, garantizo personalmente la entrega.

Cortés asintió, dando muestras de su satisfacción con una ligera palmada sobre la espalda del alarife.

—Me alegro de teneros entre nosotros, Alonso. Vuestros conocimientos están siendo una ayuda inestimable.

—Bah, cualquiera puede construir puentes como estos. A mí dadme la posibilidad de alzar una ciudad de la nada si queréis satisfacer mi ambición.

—Ja, ja, ja. Todo a su tiempo, muchacho. De momento vamos a necesitar los puentes si queremos escapar con vida de aquí.

García Bravo sintió toda la presión sobre sus hombros

al recordar súbitamente lo que estaba en juego con aquellas estructuras y la importancia capital de que estuvieran terminadas cuanto antes.

Tapia y Cortés se despidieron de él y subieron por el hueco de unas escaleras que desembocaban de nuevo, a través de una trampilla, en el interior del palacio de Axayácatl. Pocos eran los que conocían la existencia de aquel sótano, y muy pocos lo que se estaba fraguando allá abajo. Cortés quería que fuera así. Que el plan de huida funcionase dependía del factor sorpresa, y no podían permitir que estuviera en boca de nadie, que llegara a oídos del enemigo.

Los sorprendieron los tambores y los alaridos procedentes del exterior del palacio convertido en fortaleza. Acababan de comenzar a escucharse un día más, pero esta vez eran tan fuertes que parecían proceder de dentro. Tapia y Cortés se miraron desconcertados. ¿Habían conseguido penetrar en su refugio?

En aquel momento vieron a Bernardino Vázquez corriendo por los pasillos del palacio con un grupo numeroso de tlaxcaltecas detrás de él. Se dirigían hacia uno de los torreones, pero al verlos hizo gestos a los nativos para que continuaran y él se acercó con el corazón palpitando en la garganta.

—¡Cortés! Se han reanudado los ataques. Son más violentos que ayer. Es como si hubieran traído refuerzos del mismísimo infierno. Cada vez hay más naturales allá fuera.

Cortés lanzó un suspiro al cielo. La victoria del día anterior los había hecho más fuertes, menos temerosos. El cerco se iba estrechando, y la única escapatoria estaba bajo sus pies, todavía en construcción. Había que ganar tiempo como fuera. Solo un milagro podía detener aquella pesadilla.

Dino Vázquez no había acabado de hablar. Aún le quedaba algo por decir. Dudó antes de hacerlo. Cortés le clavó la mirada, y aquel aflojó su garganta.

—Moctezuma insiste en veros.

Cortés lanzó una carcajada al aire, ignorando lo que acababa de escuchar.

—Volved junto a los tlaxcaltecas y asegurad bien los muros. Y no ordenéis disparar el cañón si no es estrictamente necesario.

—¿Y cuándo lo será? —Vázquez arrojó la pregunta al aire con inquietud.

—En el momento en que consigan entrar.

Dino Vázquez asintió con la cabeza y se alejó de ellos a paso veloz. Tapia se volvió hacia Cortés.

—Capitán, creo que deberíais ir a verlo. Lo sabéis, aunque no queráis reconocerlo.

Era la última ocasión para el encuentro.

—¿Tanto sabéis de mí que ni yo mismo sé? —Cortés sabía repeler las situaciones incómodas con la coraza de la ironía.

Tapia no supo discernir el tono en la respuesta de su capitán.

—Bajad de nuevo y decidle a García Bravo que todo tiene que estar dispuesto cuanto antes; mañana mismo sin falta —añadió Cortés, ignorando su ruego.

—¿Vos a dónde vais? —Tapia se volvió por un instante antes de desaparecer de nuevo por la trampilla.

—¿Os importa acaso lo que yo haga? —La respuesta fue lo más parecido a una sonora bofetada impertinente.

Tapia cerró la trampilla tras de sí y esbozó un suspiro de alivio en la oscuridad de las escaleras. Sabía lo que iba a hacer Cortés. Era la última oportunidad, el milagro que necesitaban.

Cortés no entró con la impetuosidad con la que lo había hecho en la anterior ocasión, pero sí lo hizo con la cabeza más erguida que entonces. Tenía que seguir demostrando al gran Moctezuma que la confianza había sido traicionada. El asedio y el bloqueo al que los estaba sometiendo Tenochtitlán entero, confinándolos entre los muros de aquel palacio, necesitaba recibir un severo castigo que solo él podía infligir.

Le sorprendió encontrarse la estancia del tlatoani sumida en un claroscuro cuando aún lucía el sol sobre Tenochtitlán. Las ventanas habían sido cubiertas con unas telas entretejidas de plumas y brillantes que convertían los rayos del exterior en una suave caricia de brillos, colores y ámbar derramada sobre las paredes y el suelo de la habitación. Por un momento, Cortés se sintió trasladado a ese momento mágico que había experimentado durante un atardecer lejano en la catedral de Sevilla, cuando toda la creación se puso de acuerdo para entrar por sus vitrales y postrarse ante el mismísimo Dios encerrado en el sagrario.

Pero allí no había dios; en su lugar, el gran tlatoani, Moctezuma, estaba de pie, su figura recortada en el humo de un incienso, contemplándolo a él, esperándolo desde toda la eternidad.

Cortés se acercó unos pasos.

—¿Queríais verme? —Doña Marina, sombra y lengua de Cortés, se dispuso a traducir.

Moctezuma esperó unos instantes antes de hablar.

—Nuestros mundos debían encontrarse; estaba escrito. Pero también estaba escrito que no iban a colisionar, que no llegarían a este momento.

Moctezuma calló y dejó que se escucharan los gritos del gentío que penetraban también al interior de aquellos muros.

—Existía la manera de evitarlo; era difícil, pero mis dioses confiaron en que se podía hacer. Aquel día en la entrada en Tenochtitlán, al poner mis ojos en los vuestros, lo supe. Vuestro Dios os enviaba a vos y mis dioses querían que fuera yo. Vos también lo supisteis; lo podíamos hacer. De los dos, hacer un único mundo.

Cortés tragó saliva al recordar aquellos momentos, esa extraña seguridad que lo había embargado al volcar sus ojos por primera vez sobre los de Moctezuma. También él lo había creído posible.

El silencio se detuvo de nuevo frente a ellos, sigiloso, envolviéndolos.

—El otro día teníais razón. Debería haberos escuchado entonces. Sigo siendo Moctezuma. Soy el gran tlatoani.

Un ligero cosquilleo escaló por los antebrazos de Cortés; aquel no era el mismo hombre viejo que había tenido delante el otro día. Había recuperado el aplomo de su figura, el fuego en la mirada.

—Ellos me escucharán ahora. Llevadme frente a la gran terraza de Axayácatl. Hablaré con ellos.

Afuera, los gritos del gentío parecieron multiplicarse. Una voz infantil atravesó sus ecos salvajes, surcando el espacio de la habitación hasta llegar junto a su padre. Era su hija, la pequeña princesa Tecuichpo, que se abrazaba a la pierna de Moctezuma paralizándolo, impidiendo que se fuera a ningún sitio. Sus lamentos, una mezcla de palabras entrecortadas por las lágrimas, expulsaron el griterío del exterior y llenaron de congoja a Cortés. No era necesario entender para comprender.

Moctezuma se inclinó hacia su hija y le acarició las mejillas, sacudiendo aquellos lagrimones. Cesaron los llantos entrecortados de la niña, él le sonrió, le dio un beso y se irguió de nuevo, solemne. A Cortés le pareció entonces que la figura de Moctezuma se había hecho más grande y crecía hasta el cielo.

Sin decir más palabras, conquistador y conquistado cruzaron la habitación. Antes de salir, Cortés tuvo tiempo de ver al hijo del tlatoani de pie en el fondo de la habitación. El heredero inclinó la cabeza hacia su padre, y este, a su vez, le devolvió la reverencia. El ocaso y el nacimiento de un tlatoani.

La terraza estaba situada sobre la azotea de un extremo del palacio, mirando directamente hacia la gran plaza, con el gran templo dominándolo todo. Era el lugar idóneo desde el que arengar a las multitudes en los grandes días de celebraciones, y el difunto Axayácatl, padre de Moctezuma, la había utilizado en multitud de ocasiones durante su época como tlatoani.

De camino hacia la gran terraza, Cortés y Moctezuma prendieron la agitación de todos los hombres en el interior de la fortaleza. Tal y como Tapia había pensado antes, aquella decisión se convertía en la mejor y última oportunidad para acabar con la pesadilla que los atormentaba de día y amordazaba sus sueños de noche.

Mientras avanzaban, Cortés no perdió el tiempo y se dedicó a ir disponiendo los preparativos necesarios; ordenó a Dino Vázquez que desplazara a los mejores arcabuceros hacia aquella zona de palacio para protegerla. Asimismo, determinó que Moctezuma saldría a la terraza en compañía únicamente de su guardia personal, los indios que lo habían custodiado durante su estancia forzada entre los españoles. Ningún español, absolutamente ninguno, debía asomar la cabeza durante la alocución del tlatoani. Aquel momento era algo entre Moctezuma y su gente, y ellos debían respetarlo por su propio bien.

Desde el lugar donde se ocultaban, sin embargo, podían seguir lo que fuera a suceder sin ser vistos por la enfervorizada muchedumbre. Junto a Cortés estaban tres de sus capitanes y Tapia. Alvarado era el gran ausente en aquellos instantes sobre la azotea. Era mejor no sufrir el riesgo de que él y Moctezuma pudieran compartir ni siquiera el mismo aire.

Ver los rostros desencajados de ira de la muchedumbre agolpada allá abajo, frente al palacio, hacía que sus voces alcanzaran más virulencia. Nada presagiaba un desenlace fácil al oír aquellos gritos de guerra y muerte.

Pero entonces lo increíble comenzó a suceder. En el instante en el que vieron aparecer la figura de Moctezuma sobre ellos, el silencio fue prendiendo en sus gargantas enfurecidas.

Moctezuma avanzó firme hasta el límite exterior de la terraza, cuyo suelo se desvanecía en el vacío por encima de aquellas cabezas expectantes. No había temor en su expresión, ni apocamiento alguno en sus maneras. Era el gran Moctezuma, y había que estar ciego para no ver el poder de seducción que ejercía sobre aquellos hombres, sobre su pueblo.

El alivio, y no la seducción, se hizo también patente en los rostros de Cortés y los demás. La última esperanza se estaba convirtiendo en una realidad; las aguas parecían estar volviendo a su cauce. Las palabras de Moctezuma lo estaban logrando. El gentío reunido ante el palacio de sus antepasados escuchaba, silencioso, las palabras del bello idioma náhuatl.

De pronto, entre aquella turba sin nombre, alguien arrojó un grito. Cortés no necesitó de traducción para conocer el significado de su sabor amargo.

Traidor.

La acusación se extendió como el fuego arrastrado por el viento entre quienes escuchaban; suave al inicio, voluptuosa mientras iba creciendo, rotunda y clara al final.

Traidor.

La voz de Moctezuma se quebró y el tlatoani dio un paso atrás. La muchedumbre parecía haber enloquecido. Gritos de furia renovada ascendieron hacia la terraza.

Y entonces una piedra voló en el aire, cayendo a los pies del tlatoani.

Moctezuma miró hacia el lugar desde el que había sido arrojada. Pudo ver a su alrededor el rostro impenetrable de alguien familiar. El tlatoani giró su cabeza hacia Cortés con una mezcla de horror, derrota y estupefacción; sin perder su dignidad, esbozó una sonrisa en memoria de lo que podría haber sido, y Cortés supo que todo estaba perdido.

Otra piedra cayó sobre el suelo de la terraza.

Y otra. Y otra más.

La lluvia de los dioses.

El gran Moctezuma cayó derribado al suelo, un chorro de sangre saliendo a borbotones de su frente.

La multitud estalló en alaridos de victoria.

En medio de aquel estruendo, Cortés salió agazapado del escondite y, abalanzándose sobre su cuerpo caído, arrastró al tlatoani moribundo fuera del alcance de las piedras que seguían lloviendo sobre la terraza. Moctezuma apenas respiraba todavía.

Cortés levantó la mirada del tlatoani hacia donde Tapia se encontraba.

—Andrés, decidle a García Bravo que el tiempo se acaba.

Tapia se levantó con la extraña sensación de que era el mundo, y no el tiempo, lo que se estaba acabando. Salió corriendo mientras escuchaba la voz de Cortés dando órdenes a los demás para que lo ayudaran a trasladar al gran tlatoani al interior del palacio. Descendió los peldaños de tres en tres, con los sonidos de la marabunta rugiendo en sus oídos. No tardarían mucho en devorarlos a todos si no se daban prisa. Más valía que Alonso García Bravo tuviera terminados los puentes. O no saldrían jamás vivos de la ciudad.

***

—¡Maldita sea! —Escuché mi voz retumbando en la oscuridad de mi habitación, sin poder creérmelo.

El manuscrito de Andrés de Tapia se interrumpía ahí.

Miré a mi alrededor, con el corazón todavía desbocado, revisando con incredulidad las hojas del escrito para comprobar si me había equivocado y había traspapelado parte del relato. Pero no existía ningún pliego más por leer. El testimonio finalizaba realmente ahí; Tapia no había continuado escribiendo. Lo dejé en el suelo, junto a la cama, absorto todavía por lo que acababa de leer. ¿Por qué había querido retirarme Tapia el escrito antes de terminarlo? ¿Qué parte era la que no había querido que yo leyese? Revisé por encima las hojas, que había leído en dos partes, tratando de recordar algo que hubiese llamado mi atención, la confesión de algún secreto, alguna indiscreción que me hubiese pasado desapercibida. No encontraba nada. Volví a airear las hojas, ojeándolas por encima. ¿A qué había tenido miedo Tapia? ¿A sus opiniones sobre la falta de temple de Alvarado? ¿A que Cortés leyera que se había equivocado con su designación para sustituirlo durante su ausencia en Tenochtitlán? ¿A que se supiera que Cortés guardaba en un lugar aparte los tesoros demasiado bellos para fundirlos?

No, no podía ser todo aquello; tenía que haber algo más. A lo mejor era pura y simple cabezonería de Tapia como venganza por haber mantenido a sus espaldas una conversación con Bernardino Vázquez en el cabildo. No podía conocer la naturaleza de nuestra charla; Dino Vázquez me había garantizado la confidencialidad de lo que habíamos hablado, y yo confiaba en la palabra de ese hombre.

No, la negativa de Tapia se tenía que deber a algo que estaba en el relato. Entre esas líneas debía de haber algo más. Una repentina idea ofuscó mi mente. A lo mejor no eran las palabras que había escrito, sino los silencios que ocultaban, lo que había preocupado a Tapia. Volví a comprobar el manuscrito por encima en busca de algo que me hubiera resultado llamativo durante su lectura.

Lo encontré. Había dos cosas que no desvelaban ningún secreto, pero de las que tampoco se hablaba. Dos momentos en que Tapia había dado a entender que había ocurrido algo pero que no mencionaba expresamente. El primero había tenido lugar en la casa de fieras, junto a la jaula del jaguar; el escrito parecía haberse detenido en un momento dado de la explicación, y luego había retomado el hilo sin más aclaraciones. El segundo había sido al hablar de Jerónimo de Aguilar, una de las lenguas de Cortés. El conquistador había dejado de confiar en él, pero Tapia no llegaba a explicar lo que había sucedido.

Me quedé pensativo, haciendo vagar mis ojos por la habitación en busca de aquellos dos vacíos en el escrito. A lo mejor no eran nada. A lo mejor lo eran todo. Pero no hablar de algo era de por sí callar un secreto.

¿Habíais querido ocultar algo en vuestro escrito, Andrés de Tapia, con la suficiente torpeza como para, en lugar de ello, señalarlo?

Mi mente trató de arañar otra vez entre las líneas que hablaban de Jerónimo de Aguilar, pero me era imposible levantar la piel de aquella historia. Todo había acabado con el regalo de una joya al traductor. Como había hecho conmigo. Una fuerza superior me hizo entonces levantarme de la cama con el deseo perentorio de volver a tenerla entre mis manos. Corrí hacia la mesa, abrí el cajón y la abracé con los dedos, saciando mi inquietud, nervioso, el frío tacto sobre mis yemas, el fulgor dorado cegando mi mente.

Cortés las utilizaba indistintamente como inicio o final de una relación. Confiaba en que conmigo simbolizaran el principio.

9

—¿Estáis seguro de que si Cortés estuviera aquí no pondría objeción alguna a que fuerais a visitar a Jerónimo de Aguilar si lo supiera?

Había tensión en el rostro y las palabras del indio Andrés Tapia Cortés, y yo traté de deshacerla con una ligera palmada en su espalda.

—Querido amigo, Cortés me dijo antes de partir que podía hablar con quien quisiera para reconstruir los hechos de los que tengo que escribir. Creo que hasta vos mismo lo escuchasteis. —A lo mejor había llegado demasiado lejos con esa aseveración, pero esbocé una gran sonrisa que ayudó a diluir mis palabras.

—¿Y no os sirven para ello los escritos del gran capitán y los de mi amo Tapia? —Ladeó la cabeza en un último intento de que cambiase de opinión.

—¡Por supuesto, por supuesto! —Atravesé su mirada con la mayor de las convicciones—. Pero, además de beber de las palabras escritas de otros, un cronista debe respirar vida, y a eso es a lo que me acompañáis esta mañana, ¡a tomar nuevos aires, nuevas perspectivas!

Andrés Tapia Cortés bajó al fin la mirada al suelo, rindiéndose a mi vehemencia. No estaba dispuesto a dejarle otra opción al pobre. Me había jurado a mí mismo que no me iba a quedar un día más encerrado en el despacho de Hernán Cortés. Llevaba una semana entera perdido entre sus papeles, bajo la mirada vigilante de un indio que no me perdía de vista ni cuando me levantaba a estirar las piernas, y estaba cansado de tanta rutina y de tanta labor de biblioteca. Necesitaba aire, mucho aire, para poder escribir mis propias letras, y no más letras que dictasen las mías.

Debo reconocer que mi primer día sentado en su lugar de trabajo, con mis brazos acariciando su escritorio, fue emocionante. Me cautivó el orden meticuloso de Cortés, su perfeccionismo en la manera de clasificar los documentos, toda la información, su orden cronológico y hasta una relación alfabética pormenorizada de los nombres que habían participado con él en la conquista de aquellas tierras. Ni siquiera el mismísimo maestro Anglería podía igualar con su pulcritud italiana a la del extremeño.

Además de sus escritos y las cartas recibidas, la biblioteca de Cortés estaba compuesta solamente de tres libros: la *Guerra de las Galias* de Julio César, las *Vidas paralelas* de Plutarco, que contenían la biografía de Alejandro el Macedonio, y la sagrada Biblia.

Antes de examinar cualquier documento o carta, debía pedir autorización al indio que me vigilaba, y tenía terminantemente prohibido sacar ningún papel de allí. Tomé muchas notas, escribí varias observaciones, pero no hice ningún descubrimiento extraordinario. Busqué, ingenuo de mí, la derrota de Guevara, pero no encontré nada parecido a aquel papel que mi capitán había extraído de su pecho y blandido ante mis ojos en la cima de la gran pirámide.

Salazar y Bernardino Vázquez se sentirían decepcionados cuando les dijera que no había sido capaz de encontrar todavía nada con lo que traicionar a Cortés.

El aburrimiento y la atonía se habían instalado sobre la mesa de aquel magnífico escritorio sobre el que Hernán Cortés había volcado sus aventuras, pero en el que

Diego de Soto se sentía incapaz de replicarlas. Yo era un cronista, no un copista, y si Cortés me quería a su lado era para volar con mis palabras, no para encadenarlas a aquella mesa que comenzaba a lastrar mi libertad.

Solamente había dos cosas que habían conseguido espolear mi imaginación en todo aquel tiempo, y ambas derivaban del escrito que Tapia había querido quitarme de las manos: Jerónimo de Aguilar y la casa de fieras. Así que al séptimo día, en lugar de descansar como Dios hizo, le dije a mi guía, Andrés Tapia Cortés, que quería ir a ver al que había sido la primera lengua de la conquista.

—Entonces estáis seguro de que don Hernán Cortés no se enfadará conmigo —insistió él por última vez mientras caminábamos por las galerías del palacio hacia la salida.

—Os lo prometo —me atreví a aseverar yo sin rubor alguno.

En aquel instante, unas voces al final del corredor desviaron nuestra atención.

—¡No me iré de aquí hasta que no vea a Cortés! —gritaba alguien a lo lejos, frente a dos guardias que lo retenían, empujándolo hacia la salida.

Desde la distancia en la que nos encontrábamos apenas distinguí, por su pose y su acento, que era castellano.

—¡Cortés! ¡Cortés! —bramaba enfurecido mientras lo arrastraban hacia fuera—. ¿Qué es lo que habéis hecho con Alonso de Grado? ¡Su sangre pesa sobre él! ¿Me escucháis todos? ¡Han encontrado su cadáver y su sangre pesa sobre él, maldita sea! ¡Cortés es su asesino!

Andrés Tapia Cortés se detuvo en seco.

—Será mejor que salgamos por otra puerta.

—¿Qué sucede? —Aquel griterío, las acusaciones, eran terribles.

Andrés Tapia Cortés mantuvo su silencio, reacio a hablar. Doblamos una esquina, hacia un pasillo más angosto, en silencio.

—Era un exaltado —terció al fin Andrés Tapia Cortés, menos tenso—. Su nombre es Mejía; odia a Cortés y lo culpa de la muerte de un amigo suyo.

Alonso de Grado asesinado. Me apunté su nombre en el fondo de la mente, junto al hueco que mi memoria se empeñaba todavía en ocultarme. No me decía absolutamente nada.

—¿Tenéis miedo de que nos vaya a hacer algo si nos lo encontramos? —pregunté, buscando la manera de sonsacarle algo más sobre los motivos de aquel incidente.

—Prefiero no toparme con Mejía. No sería la primera vez que me insulta por mi lealtad hacia don Hernán Cortés. —Vi el orgullo reflejado en sus últimas palabras.

Caminamos por la oscuridad de un pasillo en cuyo final se distinguía luz. Olía a humedad. Llegamos a una puerta estrecha que el servicio utilizaba para entrar y salir de palacio sin ser visto. Estaba custodiada por un natural vestido con un único calzón corto que ceñía su cintura. Al vernos sonrió con aquella inimitable sonrisa que había visto dibujada en los rostros de muchos indios; se levantó del tronco de madera en el que estaba sentado, esperando, y nos abrió con una llave que colgaba de una argolla en la pared.

Afuera, en la calzada, no había rastro ya de aquel hombre, Mejía, o de sus gritos.

Jerónimo de Aguilar vivía en una casa situada al norte de la gran plaza. Allí, detrás de los restos de la gran pirámide, la reconstrucción de la ciudad comenzaba a perder fuelle a medida que se iba alejando de su centro neurálgico. Había edificios destrozados que convivían con construcciones que parecían arrancadas de un pueblo andaluz, sus fachadas encaladas de blanco codeándose con sillares egregios en busca de nuevo dueño. Tenochtitlán mudaba de piel bajo la mirada impertérrita de sus antiguos habitantes, antigua nobleza que conservaba sus galones en tiempos nuevos.

Andrés Tapia Cortés me señaló al fin la casa, y miré hacia allí con asombro. Me resultaba imposible creer que aquellas paredes cuarteadas y decrépitas fueran la única recompensa que Jerónimo de Aguilar hubiera obtenido por su participación en la conquista de aquellas tierras. Viendo aquellos muros no pude evitar la comparación con los de Cortés y sentir la humillación de Aguilar en mi propia piel.

Aguilar había naufragado durante una expedición en el Yucatán, y sobrevivido durante los siguientes ocho años como prisionero de los mayas. Cortés lo había rescatado en una de las islas frente a la costa, y su dominio de la lengua maya lo había convertido en una pieza de valor inestimable en la conquista.

Ardía en deseos de conocer las razones de su desencuentro con el conquistador, los motivos de una recompensa tan ruin tras haber servido de lengua entre los dos mundos.

Entramos a través de un portón a un jardín abandonado en el que crecían malas hierbas salvajes que amenazaban con acabar por devorar la casa entera si nadie ponía coto a sus desmanes.

Se abrió una puerta escondida entre el follaje. Alguien había estado atento a nuestra llegada. Entre las sombras de su interior emergió una india que apenas cubría su desnudez con una manta de colores alegres y chillones. Nos invitó con su mano a que la siguiéramos y desapareció de nuevo en la oscuridad. Andrés Tapia Cortés y yo nos miramos dudando. Parecía que habíamos puesto nuestros pies en el jardín del mal.

Le dije a mi acompañante que me esperase afuera, y yo atravesé los muros, no sin temor a que se fueran a derrumbar sobre mi cabeza, evitando que descubriese lo que ocultaba su interior.

A través de una triste penumbra de desorden pude ver la manta de colores agitándose hacia el fondo de la estancia. Se volvió hacia mí, seductora, dejando que la tela se deslizara por sus hombros de piel tostada hasta caer sinuosamente a sus pies. Completamente desnuda, lanzó unas palabras al aire que la hicieron trinar como ave del paraíso antes de desaparecer por unas escaleras que conducían al piso superior. Mi entrepierna pareció despertar de un profundo letargo y creí recordar de pronto algo que volvió a esfumarse detrás de la nube de mi memoria... Eva en el paraíso.

Una voz tambaleante emergió como respuesta de entre las tinieblas de abajo, seguida de un hombre de cabellera desbocada que parecía haber acabado de retozar en el infierno. Sus pupilas hundidas en el brillo acuoso del placer me miraron con sorna, retándome a compartir su paraíso mientras cubría con una camisa pegada al cuerpo su lado salvaje. Detrás de él apareció la piel desnuda de otra ave del paraíso que abandonaba la habitación por las mismas escaleras por las que lo había hecho la primera. Su forma de deslizarse hacia el piso de arriba, arrastrándose en lugar de volar, me hizo cambiar de opinión; eran serpientes, no aves, las que acababan de hacer prisionero a ese Adán caído que tenía ante mis ojos.

Jerónimo de Aguilar me inspeccionó con su rostro de tez oscura, sucio, depravado, curioso. La sal y el sol de ocho años de cautiverio entre los mayas habían borrado su apariencia y voz castellanas.

Se sacudió la entrepierna sin pudor alguno mientras se sentaba en una de las sillas que había junto a la mesa. Los restos de comida de varios días se acumulaban en ella sin recato alguno, esperando a que alguien los recogiera. Pude ver a un ratón merodeando entre aquel laberinto de basura, aprovechando su oportunidad.

—No suelo recibir visitas. ¿A qué debo el honor? —saludó al fin, hosco y turbio como su mirada.

Me presenté brevemente. Confiaba en que nuestra mutua condición de náufragos fuera motivo suficiente para que aquel tipo me abriera su alma. Me lo quiso abrir todo.

—Así que llegáis como náufrago y os hospedáis con Cortés. —Exhaló una sonrisa burlona y amarga—. Tenemos demasiadas cosas en común para negarme a compartir con vos el calor ardiente que guardo allá arriba. —Los aromas ebrios del placer asomaron en su rostro—. Entre los cuatro podemos precipitarnos sobre el abismo y volar.

A pesar del aldabonazo en la entrepierna que había sentido al ver a aquellas mujeres, me sentí incómodo ante aquella súbita propuesta de sexo inusitado. No soy de esos, y la recibí con desagrado.

Aguilar vio de inmediato mi veredicto en la mirada.

—¡Oh, vamos, por Dios! No seáis tan duro juzgándome. Fui prisionero de una tribu maya durante ocho años, y sobreviví dejándome amar por sus mujeres las noches en las que apenas conseguía ver a nuestro Dios. Hasta que llegó Cortés —inclinó ligeramente la cabeza con una mueca reverencial— y nos salvó a todos.

—De eso precisamente os he venido a hablar, de Hernán Cortés —dije yo, tratando de cambiar de tema antes de que las llamas del infierno me devorasen a mí también.

—A él también le gusta ser generoso con las naturales, os lo puedo asegurar —continuó él con una mirada vidriosa.

—No he venido hasta aquí para hablar de lo que hace nadie en su cama. —Sacudí la cabeza, tratando de zanjar aquel asunto.

—¿Y qué os hace creer que estábamos en la cama? —Aguilar exhibió los dientes con una sonrisa de hombre viejo.

Miré a mi alrededor con un suspiro, buscando la manera de reconducir la conversación hacia mi terreno, aunque fuera con un golpe de efecto.

—Sé que vuestra rivalidad con Cortés parte de un malentendido que hubo en vuestras tareas de traducción.

Aguilar se irguió, empujando la silla hacia atrás con la ira de un perro enjaulado.

A lo mejor el golpe había sido demasiado directo.

—¿Un malentendido? ¿Llamáis malentendido a una traición? ¿Llamáis malentendido a esta pocilga? —dijo señalando hacia la penumbra que se extendía a su alrededor—. ¿Qué es lo que queréis? ¿A qué habéis venido? ¿Quién os envía?

—No me envía nadie —me apresuré a aclarar yo antes de que la agitación de aquel hombre se llevara consigo mi oportunidad de saber—. Sé que hay pedazos de la historia que siguen sueltos y quiero dejarlos bien atados, por el bien de todos, no solo de Cortés.

Jerónimo de Aguilar se suavizó con la misma rapidez con la que se había erizado.

—¿Veis como hay más similitudes entre vos y yo de lo que pensabais? Cronista y traductor utilizamos las mismas herramientas —exclamó con regocijo—. ¡Mis palabras sirvieron para abrir el camino de la expedición hasta Tenochtitlán, y vos queréis usar las vuestras para abrir el camino hacia la verdad!

Aguilar se dejó caer sobre la silla de nuevo; cientos de motas de polvo cruzaron el estrecho haz de luz que se filtraba entre las grietas que zigzagueaban en las paredes, al otro lado de la fachada. Su mirada pareció perderse entre ellas, escrutando hacia el exterior.

—Él me prometió gloria y fortuna a orillas de Cozumel, y luego, cuando la tuvimos entre nuestras manos, nos la arrebató, la hizo desaparecer delante de nuestros ojos. —Un breve rayo de melancolía cruzó su rostro—. Controlad la narrativa y controlaréis el mundo. Eso lo sabe hacer muy bien Cortés. Por eso os quiere a su lado. Pues tomad buena nota de lo que os voy a contar, del famoso malentendido que habéis venido a resolver.

Me senté en una de las sillas frente a él, al otro lado de la mesa, y guardé silencio, a la espera de que prosiguiera con su confesión.

—Vos no lo entenderéis; no estuvisteis allí —susurró, cabizbajo, ahogado por el manto de un recuerdo amargo.

—Intentadlo —dije, enardecido por el fuego de la excitación en la garganta.

—Ocurrió poco antes de que supiéramos de la llegada de Narváez y de su tropa, la que envió el gobernador de Cuba para detener a Cortés.

Aguilar se calló un instante para cerciorarse de que yo conocía esos hechos. Asentí sin pestañear.

—Moctezuma ya había sido invitado a trasladarse a nuestro palacio para poder controlarlo mejor, a él y a los señores de Tenochtitlán —continuó, arrugando la frente.

—Querréis decir hecho prisionero —intervine yo, corrigiendo el eufemismo.

—No. —Aguilar sacudió la cabeza convencido—. Puedo aseguraros que Moctezuma no era un prisionero como todos lo entenderíamos. Él estaba a gusto entre nosotros, alejado de los problemas de su corte y de la presión de los señores de la nobleza de Tenochtitlán. Supongo que tenernos a nosotros allí, habernos abierto las puertas de su imperio, necesariamente tuvo que crear malestar entre los aztecas. Sin embargo, en nuestras manos, a buen recaudo, se le veía relajado. Incluso el día en el que Cortés perdió mi lealtad.

—Y él la vuestra —añadió mi alma de sabelotodo sin poder remediarlo.

Aguilar me miró con la sombra de un puñetazo dirigido a mi mejilla, pero no movió las manos y decidió continuar hablando.

Tenochtitlán, 14 *de abril de* 1520

¡Maldito palacio! Aguilar siempre pensaba lo mismo cuando Cortés lo mandaba llamar y se encontraba en las dependencias donde residían la mayoría de los soldados españoles. Axayácatl parecía más una ciudad que un palacio, y era un buen trecho el que tenía que atravesar hasta las estancias del gran Moctezuma. Se había perdido varias veces caminando entre aquellas paredes cada vez que lo mandaban llamar, pero prefería arriesgarse a ello con tal de pasar el mayor tiempo posible en compañía de los demás compañeros de armas. Se divertía entre ellos, pero, sobre todo, lo hacían sentir entre iguales. Era lo que más necesitaba después de ocho años de cautiverio con los mayas, ocho años sin rezar a un mismo dios, ocho años viviendo cada día con la amenaza de que fuera el último.

Al principio, tras su rescate en la isla de Cozumel por parte de Cortés, la convivencia no había sido fácil con sus compatriotas. Había perdido las maneras y los modos castellanos entre los mayas, y eso era motivo de suspicacias entre sus hermanos de sangre recuperados. Su piel oscurecida por el sol, el acento perdido, aquella manera de sentarse en el suelo cruzando las piernas, incluso su forma de comer, le habían granjeado burlas y algún que otro mote desagradable. Pero a él no parecía importarle; si ellos hubieran sabido las vejaciones y humillaciones que había tenido que soportar durante esos ocho años de cautiverio se habrían dado cuenta de lo poco que podían añadir a la peor de sus pesadillas ya vividas.

Pero toda esa animadversión e inquina contra él habían desaparecido sin dejar rastro de la noche a la mañana cuando arribaron a la inmensidad de aquellas tierras nuevas, y, después de mandar hundir las naves, Cortés lo convirtió en su carta bajo la manga; o, mejor dicho, en la lengua sobre su boca.

Es entonces cuando sus compañeros se habían empezado a interesar en él y a explotar las infinitas posibilidades que ofrecía su lengua con los naturales del lugar, especialmente ellas. Había dejado de ser el único chupaindias; ahora lo eran también todos los demás. Y más importante aún, se había ganado por fin un hueco en la mesa que ocupaban los hombres más populares entre la expedición.

Aguilar avivó el paso, dándose prisa por llegar a los aposentos de Moctezuma. Quería hacerlo antes que ella, pero cuando por fin entró en las estancias reales, se maldijo por hacerlo tarde. Doña Marina ya estaba junto a Cortés, con el perfil de su cara desafiando al mundo, insolente, orgullosa. La odiaba; no podía evitarlo. Ella era la culpable de que él ya no fuera su lengua. Lo seguía siendo, era verdad, pero ya no lo era por entero. Ahora ella había metido la suya también en la boca de Cortés; y, en su caso, aquello no era una metáfora, de eso estaba seguro.

Últimamente doña Marina estaba llegando muy puntual, casi mano a mano con Cortés, cada vez que los requerían ante Moctezuma. Existía algo entre ellos, no había duda; y eso le molestaba profundamente. Le molestaba y al mismo tiempo le irritaba que lo molestara. ¡Él jamás había sentido celos por un hombre! Pero no podía evitar sentir celos de ella, de su presencia, tan cercana a Cortés, de que este hubiera dejado de volcarse en él como lo había hecho desde el principio; en definitiva, de que ese sentimiento especial de predilección que había sentido brotar de sus ojos negros aquella tarde en la orilla de Cozumel hubiera desaparecido.

—Vos y yo, juntos de la mano, seremos invencibles —le había dicho Cortés con el sol del atardecer apagándose en el agua de aquellos mares.

Y así había sido en cada uno de los primeros encuentros con las tribus, hasta la aparición de aquella esclava. Había sido un regalo de una de las tribus sometidas por los españoles, y la casualidad había resultado del todo extraordinaria al descubrir que aquella mujer recién bautizada conocía tanto la legua maya como el náhuatl, el idioma que hablaba Moctezuma, el gran tlatoani de los aztecas.

La combinación entre Aguilar y Marina era perfecta, y sus lenguas hacían que las palabras que salieran de la boca de Cortés pudieran llegar hasta los oídos de Moctezuma y viceversa. Había sido un gran logro del que Aguilar formaba parte. Pero el atractivo de aquella mujer y la fuerza detrás de su mirada frágil en apariencia lo estaban apartando de Cortés. Y aunque le irritaba la inexplicable presencia de los celos, lo que le molestaba era la inevitable sensación de estar a punto de ser orillado de nuevo, como le había ocurrido hacía ocho años en las costas de Cozumel. Náufrago otra vez en un nuevo imperio del que podría haber llegado a ser una parte importante.

En ese instante le tocó a Marina el turno de hablar y traducir lo que había estado diciendo Moctezuma. Aguilar plantó en seco el cúmulo de pensamientos para concentrarse en sus palabras. Tenía la voz melodiosa y suave como la de un risueño amanecer sobre la laguna de Tenochtitlán. El semblante del tlatoani había permanecido bastante serio mientras hablaba, y nada hacía presagiar lo que estaba a punto de decir por boca de Marina.

—He escuchado voces anunciándome que habéis descubierto una pequeña cámara secreta en este mismo palacio —concluía Marina, por boca de Moctezuma—. El espíritu de Axayácatl es sin duda quien os ha guiado hasta el tesoro secreto que creíamos perdido.

Aguilar escuchaba lleno de asombro y sus ideas comenzaron a revolverse en su cabeza a gran velocidad. ¿De qué cámara secreta hablaba Moctezuma? Miró de reojo a Cortés, tratando de examinarlo detenidamente. ¿Había descubierto lo que estaba diciendo el tlatoani?

¿Eran ciertas esas palabras? ¿Había compartido el secreto con alguien? Desde luego, si lo había hecho, no había sido con él, ni con ninguno de los hombres con los que Aguilar solía compartir mesa durante las comidas.

—Todo él os pertenece —continuaba hablando Moctezuma—, pero guardaros siempre de sacarlo de Tenochtitlán. Nuestros antepasados lo custodian, y su sombra os perseguirá por siempre si cedéis a vuestra ambición.

Aguilar se vio obligado a contraer sus entrañas para disimular la furia que le producía aquel desengaño. ¡Cortés no le había dicho nada! Sintió el sabor amargo de la bilis en su lengua. ¿No iban a ser ambos, mano a mano, juntos, invencibles? Cerró los ojos para evitar que en sus oídos siguieran retumbando esas palabras mentirosas, y volvió su cabeza de nuevo sobre Marina mientras ella terminaba de hablar con una firme determinación.

Todas las miradas se volvieron entonces hacia él, y por un momento creyó que habían descubierto la rabia que sentía en su interior.

—Aguilar, ¿podéis traducir lo que ha dicho doña Marina?

La voz de Cortés, apremiándolo, le hizo lanzar un pequeño suspiro de alivio: estaban aguardando todos, expectantes, a su traducción. Pues la tendrían. Y con ella, una última oportunidad para Cortés.

Aguilar tragó saliva y mintió. No dijo nada del descubrimiento de la cámara secreta con los tesoros de Axayácatl. Se limitó a traducir y cargar el acento de sus palabras sobre la segunda parte del mensaje de Moctezuma; Cortés y los españoles podían disponer de todos los tesoros de Tenochtitlán, pero estos no debían salir nunca de la ciudad que los había custodiado.

—La sombra de Axayácatl y sus antepasados tlatoani nos perseguirán para siempre si lo hacemos —concluyó Aguilar, mirando fríamente a Cortés.

El silencio se adueñó entonces de la sala. Aguilar parpadeó ligeramente y desvió la mirada nervioso. Creyó ver un breve intercambio de miradas entre Cortés y doña Marina, pero nadie dijo nada.

Cortés tomó la palabra, agradeciendo la generosidad del tlatoani por dejar que los españoles siguieran en Tenochtitlán y asegurando que tenía su promesa de que ellos jamás harían nada que pusiera en peligro la ciudad o el descanso eterno de sus antepasados.

Su mentira, la media verdad que había dicho Aguilar, salió indemne de la sala aquella tarde. Cuando se disolvió la audiencia, no se atrevió a cruzar ninguna palabra con Cortés; tenía miedo de que leyera en su rostro lo que acababa de ocultarle. Pero, sobre todo, temía que el conquistador escrutara su alma y viera allí, desangrada a sus pies, la confianza traicionada.

De vuelta al ala de palacio que ocupaban sus compañeros, Aguilar caminó atormentado en una confusión de sentimientos cosidos por la maldición, las dudas y una mínima esperanza; la maldición a Cortés por no haber compartido el hallazgo de aquella cámara secreta con él; las dudas de si había hecho bien al engañarlo con aquella traducción; y la leve esperanza de que, después de todo, Cortés acabara confiándole aquel secreto. Había mentido en su traducción por ese motivo, con la creencia de que aquella relación entre ambos no había muerto todavía y de que él, Jerónimo de Aguilar, seguía formando parte del círculo privilegiado del conquistador. A pesar del cruce de miradas que había observado entre el conquistador y doña Marina cuando él había acabado de hablar.

Aguilar intentó que el paso de los días fuera apaciguando su ánimo, pero no hubo motivos para que eso sucediera. Cortés no lo mandó llamar, y la impaciencia se fue haciendo insoportable. Buscó más de una ocasión para hacerse el encontradizo con él, brindarle la oportunidad de que le confesara el hallazgo de esa maldita cámara. No le afectaba lo que pudiera haber dentro o lo rico que pudieran hacer a alguien sus tesoros; lo único importante de todo aquel asunto era saber si seguía gozando de la confianza de Cortés.

Pero no hubo ninguna oportunidad; ninguna charla, ninguna confesión. Entonces Aguilar se dedicó a escuchar a sus compañeros, a averiguar quién de entre ellos era el afortunado que gozaba de la confianza que a él se le negaba, quién conocía lo que a él se le había ocultado. Nadie sabía nada, y entonces el rencor comenzó a apagar la esperanza. Se sintió humillado, ultrajado. No, peor que todo eso: abandonado. Como esos ocho años con los mayas en Cozumel. Todo en su interior se fue haciendo más lívido e insoportable. Vagaba sin rumbo por el palacio a la espera del grito de su amo, ansiando correr tras él, confiando en ser acariciado de nuevo, rechazando lo inevitable: que había dejado de ser el favorito de Cortés.

Aquello hizo mella en su estado físico, de tal manera que una noche, durante la cena, uno de sus compañeros habituales de mesa se volvió hacia él y le preguntó si le ocurría algo.

—Os veo con la piel cetrina, vos que la soléis tener más oscura que el trasero de un indio.

Quien así hablaba era Alonso de Grado, uno de los capitanes más deslenguados e intempestivos de las huestes de Cortés. Su comentario levantó las risas de los que estaban a su alrededor.

—No me ocurre nada —respondió Aguilar, tratando de despejar la pregunta con una ligera sonrisa incómoda.

—Ya sabéis que vos me podéis contar lo que queráis, que yo seré buen guardián de vuestros secretos. —Alonso de Grado había inclinado el rostro hacia él, dándole una ligera palmada en la espalda.

Al día siguiente, las esperanzas arraigaron de nuevo en su interior cuando escuchó gritar su nombre de boca de uno de los capitanes de Cortés; Dino Vázquez corría por los pasillos en su busca. Cortés lo reclamaba. Urgentemente. A Aguilar se le iluminó el rostro. A lo mejor había llegado el momento de las confidencias.

No sucedió nada de lo que esperaba; se le había mandado llamar para ser el traductor de una reunión urgente con Moctezuma. Una expedición había llegado a las costas con diecinueve naves al mando de un tal Pánfilo de Narváez y no había tiempo que perder en susceptibilidades. Y, sin embargo, antes de salir de la reunión, Aguilar notó una gélida frialdad en el rostro de Cortés cuando se despidió de él.

Durmió poco aquella noche; Cortés era consciente de que le había mentido en la traducción. No sabía cómo, pero se había enterado. ¿Qué habría pensado sobre él? Sin duda, que era un traidor; que se había callado lo de la cámara secreta para guardárselo para sí, contárselo a los demás y demostrarles así que Cortés conocía cosas que no quería compartir. Durante aquella larga duermevela, en la que llegó a haber lágrimas de rabia y arrepentimiento, Aguilar logró atisbar una solución consoladora. Buscaría a Cortés al día siguiente y le contaría sus motivos, la estúpida razón por la que le había ocultado lo de la cámara secreta —que se había sentido traicionado al no haberle rebelado su descubrimiento—, pero que todo podía volver a ser como antes, los dos juntos, de nuevo inmortales.

Fue un cúmulo de resoluciones inútiles. Al día siguiente, el campamento de los españoles estaba demasiado convulso para esperar una oportunidad a solas con Cortés. Andrés de Tapia, sin embargo, lo mandó llamar. Le dijo que lo desvinculaban de su servicio como lengua de Cortés y le entregaba una hermosa joya como recuerdo.

No tuvo ocasión de ver a Cortés de nuevo hasta mucho después, cuando el rencor había arraigado ya en sus huesos y no había vuelta atrás.

***

El rencor seguía nublando la mirada de Aguilar mientras terminaba de contar su historia. Sentí lástima por aquel pobre diablo. Sus afectos humanos y las pequeñas susceptibilidades lo habían convertido en una pobre imagen de sí mismo. Había custodiado entre sus labios las palabras que decidían el curso de los acontecimientos en Tenochtitlán, y había terminado con aquellas cuatro paredes resquebrajadas como única recompensa.

Supo seguir con sus ojos lo que los míos estaban viendo.

—Esto es lo único que Cortés consideró que valían mis servicios. Una vez conquistada Tenochtitlán, jamás quiso entregarme el título de ninguna tierra, absolutamente ninguna encomienda para Jerónimo de Aguilar —gritó con sorna, propinando un fuerte puñetazo a la mesa.

El roedor logró escabullirse aterrado entre unas rebanadas de pan mohoso y lo vi lanzarse, despavorido, al vacío de la habitación.

—He tenido que esperar a que Cortés haya sido destituido como gobernador para que el Gobierno de la Nueva España me conceda dos posesiones —recalcó extendiendo un par de dedos de la mano ante mis narices.

—¿Y por qué no abandonáis Tenochtitlán y os dedicáis al cuidado de ellas? ¡Olvidarse de todo, comenzar de nuevo! ¡Podéis hacerlo si lo deseáis, volver a ser respetado!

Lo dije desde el fondo de mi corazón, con la plena confianza de que si en aquel momento lo deseaba con la suficiente fuerza, Jerónimo de Aguilar podía convertirse en un hombre nuevo, dejar atrás toda esa miseria, volver a empezar.

Aguilar entornó los ojos con una mirada sarcástica llena de incredulidad.

—¡Ja! —se sonrió con amargura—. ¿Vos sabéis lo laborioso que puede ser estar al cargo de unas tierras, de unos indios que no saben ni tan siquiera pronunciar vuestro nombre? ¡Me prometieron oro a cambio de mi esfuerzo durante la conquista, no más trabajo, maldita sea!

Aguilar se levantó furioso y abrió el cajón de una cómoda, que tembló sobre sus patas desiguales. Se volvió hacia mí con algo reluciente entre sus manos.

—¡Y este es el único oro que he conseguido! El que me dio como agradecimiento por los servicios prestados.

La joya era hermosa, muy hermosa, pero mucho más pequeña que la que yo había encontrado debajo de mi almohada. Me sentí más estimado que la lengua que había ayudado a conquistar aquel imperio.

—¿Cómo supo Cortés que no habíais traducido las palabras de doña Marina sobre la cámara secreta?

—¡Ah! —Aguilar se volvió hacia mí con tanta furia que por un instante sentí miedo—. Ese es precisamente el detalle que peor habla de Cortés; doña Marina. Él le enseñó nuestra lengua, y ella le entregó a cambio el resto de su cuerpo. Supongo que le resultaba más barato y placentero pagarle a ella con buena cama que a mí con el oro. ¿Quién creéis si no que es la madre del niño que habéis debido de ver correteando por su inmenso palacio?

Recordé a Martín, el chico de apenas cuatro años de edad que me había presentado Cortés. ¿Cómo no me había preguntado antes por la identidad de su madre? El primer mestizo de la Nueva España era hijo de doña Marina.

—Eliminando una de sus lenguas, Cortés restringía la información, controlaba sus secretos. Y si la única lengua de la que dependía a partir de entonces la mantenía ocupada, pues mejor aún. —Aguilar sacó la lengua de su boca y se relamió los labios de forma obscena.

—Pero la cámara secreta se escapó de su control. ¿Supisteis algo más de esos tesoros?

—Ni una palabra.

—Posiblemente lo que había en su interior se acabó mezclando con los tesoros que Cortés se negaba a fundir en lingotes, y todo se perdió en vuestra huida de Tenochtitlán aquella noche triste —reflexioné en voz alta mientras mi imaginación se apresuraba a juntar los tesoros de aquella cámara con los que Cortés había ido separando para salvaguardar su belleza del fuego de la forja.

Aguilar me echó una confusa mirada; no sabía de lo que yo estaba hablando. La lengua de Cortés, que tanto se había vanagloriado de la confianza de su capitán hasta el día que averiguó lo de la cámara secreta por boca de Moctezuma, ignoraba lo que yo había leído en el manuscrito de Tapia.

Traté de bloquear su mirada de desconcierto arrojándole una nueva pregunta.

—¿Compartisteis con alguien esa información? ¿Con Alonso de Grado, tal vez?

No me había pasado desapercibido ese nombre en sus labios mientras había relatado su historia. Era el mismo nombre que había gritado el tipo que nos había asaltado a Andrés Tapia Cortés y a mí a nuestra salida del palacio, acusando a Cortés de su muerte.

Jerónimo de Aguilar frunció el ceño, visiblemente sorprendido.

—¿Qué os hace pensar que la compartiera con él?

—Lo habéis mencionado. Era uno de los capitanes que os dejaban sentar a vuestra mesa, ¿no es cierto? ¿Se lo contasteis a él, tal vez?

—Sí, puede que se lo contara a él. —Aguilar me miró, desconfiando de mí—. Y fue él quien me dijo que lo único que se cargó en la noche de nuestra huida fueron lingotes de oro. No había más tesoros.

—No sé si sabéis que lo han encontrado muerto hace un par de días —dije yo, fijándome en su reacción.

Aguilar entornó los ojos al oírlo; me sorprendió ver una sonrisa asomando a sus labios.

—De Grado está muerto porque siempre le gustó bailar con el diablo —murmuró Aguilar con desprecio.

—¿Qué queréis decir?

—De Grado consiguió ser nombrado visitador de indios tras la conquista. Su misión era visitar a los naturales en las diferentes encomiendas de Nueva España para ver si eran bien atendidos, pero ¿sabéis para qué utilizaba su posición? Para descubrir viejos tesoros enterrados y arrasar con ellos.

Tuve una ligera corazonada. Salazar en la cárcel no me había querido dar el nombre de su amigo; pero ¿y si era Alonso de Grado quien iba a ayudar a mi capitán Guevara a recuperar el patache Santiago de las garras de Cortés, para hacerse luego juntos a la mar y huir él con todos sus tesoros? Era una posibilidad, ahora que estaban los dos muertos, asesinados ambos presumiblemente por el conquistador.

—¿Creéis que De Grado tendría interés alguno en conseguir una nave que lo llevara lejos a él con todos sus tesoros? —interrogué a Aguilar, dando forma a mi corazonada—. ¿Irse de Nueva España?

Arrojé la pregunta tan a bocajarro que Aguilar se echó hacia atrás sobre su silla.

—¿De Grado, irse? De Grado dejó de ser amigo mío hace ya tiempo. —El rencor volvió a asomar por el rostro de Aguilar—. Ya no me necesitaba. Contaba con mayores influencias que no deseaba compartir. Pero apuesto lo que queráis que largarse de estas tierras sería lo último que hubiera hecho.

—¿Qué os hace suponer esto cuando vos mismo aseguráis que no teníais ya relación alguna con él? —Me negaba a que Aguilar hundiera mis sospechas de forma tan vehemente.

—¿Os iríais vos de estas tierras si estuvierais casado con la mujer más poderosa de Tenochtitlán?

Su pregunta me descolocó por completo.

—Veo que ignoráis quién era su mujer —añadió él, entornando los ojos.

Su mirada dejó escapar cien mundos posibles sobre mí. Esperó en silencio a que hiciera un nudo con algún cabo suelto en mi interior, pero fue inútil.

—Isabel de Moctezuma —añadió él con cierto aire de misterio.

Paseé mi cabeza por los diferentes nombres que había oído nombrar desde mi llegada a Tenochtitlán, pero ninguno de ellos coincidía con aquel. Entonces, de pronto, mi mente corrió un pequeño cerrojo, desatando las imágenes en el mercado de aquella mujer ante la que se habían ido postrando todos los naturales a su paso.

—¡Ajá! —Aguilar parecía escrutar mi rostro con la habilidad de un águila—. Sí, la habéis visto. Vos tampoco os iríais, ¿verdad? Es hermosa y muy poderosa entre los indios. La hija favorita del gran tlatoani.

—¿De Moctezuma? —Mi corazón dejó de latir por un instante—. ¿La hija de Moctezuma? ¿Entonces logró sobrevivir?

Tapia la mencionaba en sus escritos. La niña que había vivido junto a Moctezuma en el palacio de los españoles con su hermano mayor, el heredero. Era la joven que yo había visto discutiendo con Tapia. Su edad coincidía con la de la niña entonces. Tapia me había negado haber estado hablando con ella. ¿Tenía todo aquello alguna relación con la muerte de Alonso de Grado?

El trinar de las voces de las aves hechas serpiente descendió desde el piso de arriba. Un suave murmullo del que era difícil desasirse penetró en mis oídos y en los de Aguilar. Este, como movido por un hechizo, se puso en pie y, llevándose la mano a la entrepierna sin tan siquiera disimular, no quiso ver nada más sobre la faz de la tierra. Caminó hacia las escaleras, puso un pie en el primer escalón y, antes de subir, se volvió hacia mí cual profeta iluminado en medio del desierto.

—Buscad a esa mujer y encontraréis las razones de la muerte de Alonso de Grado.

No se despidió siquiera de mí mientras subía escaleras arriba y se quitaba la camisa, otra vez desnudo, dispuesto a saciar su rencor en los rescoldos de una pasión desbocada.

Recuerdo haber dormido mal aquella noche. Había salido de casa de Aguilar con Isabel de Moctezuma bullendo en mi cabeza. Más allá de su belleza, algo misterioso revoloteaba en torno a la figura de la mujer, arrojando los últimos destellos luminosos de un imperio que se había apagado para siempre. Y ahora, en la oscuridad de mi habitación, mis pensamientos seguían sin apartarse de ella. La hija de Moctezuma. Viva. Jerónimo de Aguilar tenía razón. Era un hombre carcomido por la lujuria y el resentimiento y eso hacía difícil poder confiar en él; sin embargo, lo que había dicho era cierto. Ni Alonso de Grado ni nadie en su sano juicio planearía una huida hasta los confines del mundo teniendo a una mujer como aquella a su lado, con todo su misterio y realeza desplegados entre las sábanas de un lecho ardiente.

Yo había visto a esa mujer, había visto el influjo cautivador que había ejercido en el mercado, el poder que ejercía entre los naturales, el hechizo que había desatado su presencia, el embrujo que en aquellos momentos su nombre evocaba en mí.

Me di la vuelta sobre el lecho, tratando de desterrar su imagen, conciliar el sueño, pero mi mente se resistía, febril, desobedeciéndome. Alonso de Grado había sido un hombre afortunado por tenerla a su lado. O no. Ahora era un hombre muerto. Como Guevara. ¿Había sido él quien había prometido a mi amigo recuperar su nave? A lo mejor ella sabía algo. La vi de nuevo en la oscuridad discutiendo acaloradamente con Tapia en el mercado. ¿Podía ella saber alguna cosa sobre la muerte de ambos? El corazón quiso hacer estallar mi garganta cuando se me ocurrió la idea de que podría ir a visitarla al día siguiente. ¿Sería posible llegar a hablar con ella? No sé si mi lengua sería capaz de sobreponerse a su belleza cuando estuviera ante su presencia. Lo intentaría.

La ocurrencia pareció aplacar mi inquietud, y estaba a punto de abandonar la realidad por el agujero negro que se abría al fondo de mi mente cuando, de pronto, un pensamiento descabellado me golpeó. Alonso de Grado sabía lo de la cámara secreta que había descubierto Cortés; Jerónimo de Aguilar se lo había dicho, y él le había confesado, a cambio, que ninguno de esos tesoros abandonó Tenochtitlán aquella triste noche. ¿Y si Isabel de Moctezuma, entonces una niña, sabía algo sobre ese tesoro perdido? ¿Y si Alonso de Grado, además de un hombre afortunado, se había casado con la hija de Moctezuma para conocer ese secreto? ¿Y si era eso lo que lo había matado?

Princesa Tecuichpo, ¿qué ocultáis? ¿Cuál es vuestra historia?

Tuve que poner la almohada sobre mi cabeza para impedir que las ideas siguieran atravesándola. «Mañana, Diego, mañana. Esperad a mañana y lo sabréis. La veréis de nuevo. Descubriréis su secreto», me susurré a mí mismo, doblegando mis ansias, haciéndome entrar al fin en el agujero negro.

Habría que ver lo que tenía que decir Andrés Tapia Cortés cuando conociera mis intenciones. Anticipaba su oposición más rotunda.

10

La casa de Alonso de Grado, el hogar de Isabel de Moctezuma, no se encontraba lejos del hospital donde yo había vuelto a nacer. Estaba en uno de los cuadrantes de la ciudad que se desplegaban al sur de la gran plaza, frente a la gran pirámide. En Tenochtitlán, nada está lejos del templo mayor.

Mi querido y sonriente indio, Andrés Tapia Cortés, había accedido al fin a acompañarme. A regañadientes, tal y como yo había supuesto. Como sabía que me iba a costar convencerlo, había preparado una frase con la que confiaba hacerlo caer del caballo, como a san Pablo. Me sorprendió su respuesta cuando la lancé sobre su rostro convencido de su poder de persuasión.

—¿Qué ocurre? ¿Tenéis miedo de toparos con vuestra princesa? —había dicho yo, rotundo.

El rostro de Andrés Tapia Cortés se transformó con mis palabras, inundado por una súbita mirada de orgullo.

—Ella no es mi princesa; yo soy tlaxcalteca. Los aztecas eran mis enemigos. Ellos fueron quienes arrasaron mi villa, a mi familia.

La sangre que circulaba por sus venas era la que había hablado por él. Cada gota de sangre tenía su historia en Tenochtitlán.

Nos sorprendió a ambos doblar la esquina que embocaba hacia la residencia de la princesa Moctezuma y encontrarnos con un gentío que apenas nos permitía avanzar hasta el final de la calle. Nos fuimos abriendo paso como podíamos y, a medida que nos acercábamos, me extrañó cruzarme con naturales de muy distinta índole; los había vestidos al modo español, pudientes, mezclados con otros en simple taparrabos, y muchos que llevaban, cargadas a sus espaldas, cestas llenas de frutos del campo, como si hubieran interrumpido su trabajo para estar allí.

El único castellano que había presente en aquel tumulto era yo.

—Andrés, ¿qué hace toda esta gente aquí, esperando? ¿Es esto habitual?

—No lo sé, señor. —El indio se volvió hacia quien tenía a su lado para averiguar qué sucedía.

Mientras aguardaba a que él terminase de hablar, me puse de puntillas entre las cabezas que nos rodeaban, tratando de atisbar algo. El edificio se alzaba detrás de unas verjas. A pesar de haber sido restaurado, sus piedras habían conseguido burlar la embestida de los nuevos dueños de Tenochtitlán. Solo un pequeño detalle lo traicionaba: el relieve, sobre la puerta principal, de un san Miguel derrotando a Satanás. Me percaté entonces de que las verjas estaban cerradas, impidiendo el paso a sus jardines, y que había dos soldados custodiando la entrada con sendos arcabuces.

No tuve la paciencia de seguir esperándolo y decidí continuar, abriéndome paso hasta la verja. Oí los gritos de Andrés Tapia Cortés, detrás, alertándome, pero no le hice caso.

A través de los barrotes, los dos guardias volvieron sus cabezas hacia mí con una mezcla de curiosidad y desdén prodigiosas.

—¿Podéis abrirme? —grité, con autoridad, sin pedir permiso—. Vengo a ver a doña Isabel de Moctezuma.

—Vos y todos los demás —se adelantó a contestarme el más alto con una sonrisa desagradable.

—¿Pues a qué estáis esperando? —Decidí seguir apostando por mi autoridad—. Me envía el cabildo.

El tipo resopló burlonamente y miró a su compañero.

—¿Qué hacemos, Martín? ¿Abrimos a Su Excelencia? —dijo, y prorrumpió en unas risas que su compañero secundó como buen y obediente subalterno.

En ese momento sentí la presión a mis espaldas. La multitud había cobrado la vida de una bestia enjaulada y arrojaba sus coletazos sobre los barrotes, aplastándonos a quienes estábamos en primera fila. Una mujer, a mi lado, lanzó un chillido de dolor. Los dos guardias cruzaron su mirada sin inmutarse ante el creciente peligro de los que nos encontrábamos frente a la verja.

La ola de la multitud a nuestras espaldas se volvió a expandir, apretujándonos de nuevo contra los hierros. La mujer que acababa de chillar se golpeó con uno de los barrotes; lanzó un gemido y empezó a brotar sangre de su nariz.

—¡Abridnos! ¿No veis que acabarán por aplastarnos? —Aquello comenzaba a resultar peligroso.

—¿Y veis que nosotros tengamos la culpa? Eso os ocurre por estar en el lugar equivocado. Sois el único hombre rodeado de bestias —exclamó con sarcasmo el más alto, sin la menor muestra de compasión.

La presión resultaba ahora tan fuerte que la verja dio un ligero coletazo, amenazando con ceder. Martín, el subalterno, se asustó y, nervioso, comenzó a asestar golpetazos con la culata del arcabuz a través de los barrotes. El impacto de uno de ellos abrió el cráneo de un indio que tenía a mi lado, y su cuerpo sin vida se deslizó entre los empujones hasta el suelo.

—¡Qué hacéis, maldita sea! ¡Abrid la verja! —bramé yo, desesperado, evitando pisar su cadáver.

La multitud a mi alrededor, furiosa con la actitud de los guardias, comenzó a embestir con fuerza la verja. Vi al soldado más alto echar una rápida ojeada a los goznes de las verjas, calculando si resistirían. No quedaba mucho tiempo. Desapareció de mi vista. Lancé una mirada de desesperación hacia su compañero, que había dejado de dar culetazos con el arma para evitar seguir exaltando a la turbamulta.

—¡Por favor, abrid la puerta o moriremos asfixiados! —supliqué con la cara colándose entre los barrotes.

Martín se volvió hacia su compañero al mando, pero comprobó con horror que había desaparecido de su lado. Estaba solo. Los goznes de la verja volvieron a temblar, expulsando polvo y arena del muro a los que se sujetaban.

—Martín, ¡haceos a un lado! —Ambos miramos hacia la voz que tronaba a sus espaldas.

Contemplamos con horror al soldado al mando. Se había colocado a cinco pasos de la verja y tenía una mecha prendida en la mano y el arcabuz listo para disparar. Nos apuntaba directamente.

—¡Os habéis vuelto loco! Nos mataréis a todos —grité yo.

—¡No lo hagáis, Ferrante! —suplicó Martín, incapaz de creer lo que estaba a punto de hacer su compañero.

Vi la mecha acercándose al orificio de la pólvora.

—¡Agachaos! ¡Agachaos todos! —grité a mi alrededor, dejándome caer al suelo y empujando conmigo a una mujer que tenía a mi lado.

Sentí sobre el rostro el calor del destello del arma antes de escuchar su trueno. El sonido grave y hondo del proyectil surcó el aire, partiendo el rugido de la muchedumbre en cientos de aullidos de terror.

Llovió sangre y arena sobre mi cuerpo. Miré hacia atrás, justo a tiempo de distinguir a Andrés Tapia Cortés suspendido con otros cuerpos en una nube roja de humo y polvo. Mordí la tierra con mis labios y apenas logré exhalar el grito de furia que brotaba de mis pulmones. A mi lado, los ojos sin vida de aquella mujer me miraban clamando justicia.

Extendí las manos, temblorosas, buscando a tientas

algo donde agarrarme. Levanté la cabeza; la verja había desaparecido. El proyectil del arcabuz había volatizado la cerradura y uno de sus haces había caído sobre los restos del cadáver del soldado Martín, la sombra del terror acusando a su compañero. Detrás de él, la imagen borrosa fue recuperando su nitidez y distinguí al hijo de puta que acababa de disparar; estaba volviendo a cargar su arcabuz humeante.

Mis puños arañaron la tierra y, con la desesperación que brinda la impotencia, me levanté veloz, arrojándome sobre él con un impulso sobrehumano. Los dos caímos al suelo, yo encima de él, mis puños golpeándolo mientras él pataleaba inútilmente, el impacto de mis nudillos horadando sus mejillas, la sangre salpicando su rostro, su sangre salpicando el mío.

—¿Qué diablos está sucediendo aquí? —escuché en la distancia, y unos pasos se aproximaron hasta nosotros.

Una patada me descabalgó del maldito hijo de puta del soldado Ferrante y caí de bruces al suelo. Sentí el filo del acero amenazando mi cuello y miré hacia quien estaba sosteniendo la espada, recortado contra el cielo, imposible distinguir su rostro.

—¡Arnedo, Velasco! ¡Bloquead la maldita entrada y que no entre nadie!

—Creo que no será necesario, capitán. Los indios no se atreven a pisar los cadáveres que hay frente a la entrada.

Desde donde yo estaba, vi el mentón del tipo volviéndose hacia la voz del soldado. El contraluz me seguía negando sus facciones, pero pude observar una barba colgando de su rostro y que a la altura de la barbilla se hacía trenza, descendiendo hacia el abismo. Un estallido de luz abrió y cerró mi mente.

—Arnedo, no estáis aquí conmigo para pensar, sino para ejecutar mis órdenes. ¡Bloquead la entrada, maldita sea!

El extraño volvió su barbilla sobre mí en el momento

en que el cielo a su alrededor se teñía de escarlata. Algo fresco comenzó a cosquillear mi sien. Sangre.

—Mirad lo que tenemos aquí —murmuró para sí, asombrado, al distinguir mi rostro.

—Capitán, hemos vuelto a revisar la casa de arriba abajo y ella no está. Ha desaparecido. —Era la voz de alguien recién salido de la casa.

—¡Maldita sea! ¡Buscad de nuevo! ¡No se la ha podido tragar la tierra!

Los ecos de esas voces se fueron alejando en el espacio, distantes, hasta desaparecer tras los tonos escarlatas allá en lo alto, que lo acabaron por tintar todo de negro.

Supe dónde me encontraba antes de abrir los ojos. La humedad delataba el lugar. El olor de la ropa de Salazar. Prisión.

La oscuridad parecía querer ocuparlo todo, pero había la suficiente claridad, procedente del exterior de la celda, para arrojar sobre el techo, sobre la pared, las sombras verticales de los barrotes que me encerraban como a un perro.

Tumbado en un camastro, boca arriba, dejé que transcurrieran los minutos, que la nada vagara por mi mente. Pero hasta el vacío más absoluto huyó rápidamente acosado por tanta injusticia. ¿Cuál era el problema con Tenochtitlán? ¿Es que alguien en algún lugar de Castilla se hubiera atrevido a disparar a bocajarro contra una multitud pacífica?

¿Era el aire viciado de las aguas que la rodeaban lo que hacía enloquecer a sus habitantes? ¿Una última maldición que los sacerdotes aztecas hubieran proferido contra los invasores como venganza por derribar a sus dioses de los pedestales? ¿O tal vez era la ambición por el oro perdido lo que desataba pasiones tan desordenadas?

Todo era posible y, sin embargo, no hallaba respuesta.

Me incorporé al fin, con la sensación de que mi cuello sostenía una enorme bola de hierro. Me pesaba la cabeza. Me llevé la mano a la frente. Dolía. El puntapié de aquel hijo de puta.

¿Qué buscaban aquellos soldados en casa de Alonso de Grado? ¿No habían encontrado a Isabel de Moctezuma? ¿La buscaban a ella? Esos pensamientos alimentaban mis sospechas.

Miré, a través de los hierros, hacia ambos lados del pasillo que corría más allá de la celda. Aunque no se veía a nadie, se notaba el respirar de almas anónimas abandonadas en la oscuridad, como yo. Allí debía de estar Salazar, compartiendo el mismo aire. Quise llamarlo en voz alta, explicarle lo que había pasado, que me ayudara a salir de ahí, aclararle que el único culpable de lo que había sucedido no estaba en prisión y que su capitán estaba tan loco como él. No me pareció cauto hacerlo. Estaba en terreno desconocido; no sabía quién podría estar escuchando.

Me volví hacia el camastro, impotente, sin saber qué hacer o a qué debía esperar. El destello del arcabuz volvió a asomar en mi mente, y vi a Andrés Tapia Cortés cayendo al suelo; ignoraba si estaba vivo o muerto. Me temía lo peor. Cerré los ojos; decidí que lo mejor era esperar a que apareciera alguien frente a mi celda y exigir entonces ser llevado ante la presencia de Dino Vázquez. El alcalde del cabildo me ayudaría. Le explicaría lo que había sucedido, quiénes eran los culpables; aquel soldado, su capitán. Los cadáveres que habían sembrado frente a la verja de Isabel de Moctezuma. Respiré hondo, tratando de recuperar la tranquilidad y el control de la situación.

Entonces escuché el sonido de una campanilla aproximándose por el pasillo. Se detenía, volvía a sonar y se detenía de nuevo más cerca. Al fin, se detuvo ante mi celda. Distinguí la figura de un religioso en la penumbra. Su hábito lo delataba.

—Buenas tardes, hermano. Si estáis en condiciones

de recibir a Nuestro Señor, puedo daros la comunión. Es el mejor consuelo en momentos de incertidumbre.

Sus palabras me turbaron. ¿Cuánto hacía que no comulgaba y recibía en mi interior a Dios todopoderoso, creador de todas las cosas, incluida Tenochtitlán? Por un instante dudé si responder con la piedad de un niño o el escepticismo de un hombre viejo.

Pero no eran solamente las palabras las que me habían causado impresión. La voz de ese hombre.

Mi corazón fue el que la reconoció primero. Un hormigueo recorrió mi pecho cuando lo volví a escuchar de nuevo.

—Hermano, dejadme que os proponga lo siguiente. Si no estáis en condiciones de recibir el Santísimo Sacramento, a lo mejor podríais poneros en disposición. Yo estoy dispuesto a escuchar vuestra confesión ahora mismo si es preciso.

No podía creer lo que estaba escuchando. ¿Mi mejor amigo de la Universidad de Valladolid estaba tratando de hacer apostolado conmigo en una prisión al otro lado del mundo?

Me levanté del camastro con el mismo ímpetu con el que Lázaro debió de salir de su tumba al resucitar de entre los muertos. Mi amigo Tomás se asustó al ver a aquel preso abalanzándose sobre los barrotes y retrocedió unos pasos.

—¡No me toquéis los cojones! —exclamé yo sin dar crédito todavía a lo que veían mis ojos—. ¿De entre todos los que podrían brindarme ayuda y consuelo en estos momentos, Dios se atreve a enviaros a vos?

—¿Diego? ¡Diego! —Con el segundo Diego los ojos de Tomás Villanueva se abrieron como platos.

Nuestras manos atravesaron los barrotes y se juntaron en el mejor abrazo posible, habida cuenta de las circunstancias.

—Me palpáis como si fuera un fantasma —profirió él con la voz quebrada por la emoción.

—Me resulta imposible creerlo. ¡Por todos los santos,

Tomás! ¿Qué diablos estáis haciendo en Tenochtitlán? ¡No me diréis que tenéis el don de la bilocación y que os encontráis al mismo tiempo en Valladolid!

Tomás no pudo evitar lanzar una de sus risas, y de un plumazo todo volvió a ser como antes: de Tenochtitlán habíamos pasado a Valladolid, cuatro años antes. Esa era la pequeña magia de nuestra amistad: recuperar su hilo en un abrir y cerrar de ojos a pesar de los años. Desafiamos el tiempo con una sonrisa.

—Me encanta observar que seguís metido en un lío, tal y como os dejé la última vez que nos vimos.

Me invadió un ligero suspiro de melancolía.

—¿Y a que no adivináis quién me va a ayudar a salir de él? —contesté yo, retándolo.

Tomás sacudió la cabeza, viéndolas venir.

—La última vez que os presté mi ayuda acabé con un buen morado en el trasero; imaginad lo que me podría ocurrir en estas tierras indómitas. Además, siento deciros que los dominicos no tenemos en Nueva España la influencia de la que gozamos en la vieja.

—¿No la tenéis o no queréis ejercerla? Me niego a creer que, siendo dominico el presidente del Consejo de Indias, no tengáis buena mano aquí.

El Consejo de Indias, que había estado presidido con anterioridad por mi *grandísimo* amigo, el obispo Fonseca, era el máximo órgano responsable de las conquistas y territorios del reino de Castilla en ultramar.

—Pues más vale que os lo vayáis creyendo —respondió Tomás—, porque aquí solo tienen mano los franciscanos y los amigos de Cortés. Al menos por el momento... —dejó arrastrar misteriosamente.

—¡Shhh! Cuidad vuestras palabras si no sabéis a quién tenéis delante: yo cuento todavía con su amistad. Al menos por el momento... —Traté de imitar el misterio de sus mismas palabras—. Me estoy hospedando en su palacio.

—Entonces estáis realmente metido en un buen lío. —Tomás me miró gravemente, sacudiendo la cabeza—. ¡Salid de ahí antes de que sea demasiado tarde!

—Como podéis observar, ya estoy fuera —contesté, señalando con los brazos el tugurio en el que me hallaba—. Y no creo que mi situación vaya a mejorar notablemente en las próximas horas, porque mi estómago empieza a pesar, y creo que no cambian el orinal todos los días.

Tomás no pudo evitar una carcajada, y yo me uní a él, los dos estallando al unísono. Como en los días de exámenes en la universidad: teníamos la maldita costumbre de, al mal tiempo, ponerle buena cara.

Los ojos de mi amigo se posaron en la estola que llevaba puesta en torno a sus hombros y recordó los motivos por los que se encontraba allí. Cruzó un dedo sobre los labios y señaló hacia un objeto redondo que llevaba colgado del cuello, en el que custodiaba las Sagradas Formas para la comunión de los presos.

—Esperad que termine de distribuir el viático y ahora vuelvo.

Tomás desapareció de mi vista por el pasillo, y volví a escuchar la campanilla que iba anunciando su paso.

Mi buen amigo Tomás. Nuestras vidas habían sido un cruce inesperado de intenciones desde que nos habíamos conocido en la Universidad de Valladolid; yo había comenzado a cursar mis estudios con la convicción de querer profesar como dominico, y él los había terminado del brazo de la mujer más bella y valiosa de todo Valladolid. Pero los designios del Señor son inextricables, y, al poco de concluir nuestro periplo universitario, yo había cambiado mis deseos de ser dominico por un trabajo junto al mejor cronista de la corte y Tomás había renunciado a los placeres del mundo consagrándose a Dios. Intercambiamos nuestros papeles, y ella se quedó en medio. Auristela, su nombre, no era afortunado hasta que uno la conocía. Entonces brillaba más que el sol. Auri para los amigos. Yo lo fui. Si la volviera a ver, no sé ahora qué sería. Fui injusto con ella. Si Tomás terminó como dominico, yo debería haber acabado con ella. Pero ¿quién dijo que este mundo es justo? Solamente tenía que echar un vistazo a mi alrededor para saber que no era así.

Tomás regresó al poco tiempo, con la estola todavía colgando de sus hombros.

—No creáis que os dejaré escapar de aquí sin antes confesaros —dijo sosteniendo la tela entre los dedos como advertencia.

Nos pusimos rápidamente al corriente de nuestras vidas. Tomás había desembarcado unos meses antes de que yo lo hubiera hecho, procedente de Castilla, junto a otros once dominicos. Los franciscanos habían llegado dos años antes por expreso deseo de Cortés, y ellos eran quienes estaban recogiendo los frutos de su evangelización. Pero las noticias que habían ido llegando hasta la corte, pocas al principio, un chorro de acusaciones después, sobre los excesos y abusos de Cortés en estas tierras habían decidido al presidente del Consejo de Indias a enviar religiosos de su orden para que valoraran con sus propios ojos la situación de los indios y los posibles excesos cometidos durante la conquista.

—Tened en cuenta que hay varios dominicos obsesionados con los desmanes de los españoles en las islas, y no quieren que se repita lo mismo en los dominios de Cortés.

No pude evitar recordar la figurilla de mi san Hipólito y la postración de todos los naturales al paso de Cortés.

—Hasta donde yo he visto, os aseguro que los indios sienten adoración por Cortés.

—No os diría lo mismo Tomás Ortiz...

—Esperad, esperad, ¿quién es Tomás Ortiz?

—Arribamos a estas tierras once religiosos; pues bien, sobrevivimos solo tres. El resto murieron al poco de llegar. El viaje no sentó excesivamente bien a la comunidad —añadió con cierta ironía.

—Un poco sospechoso —intervine yo, sorprendido por aquella súbita tasa de mortalidad en las filas dominicas—. No fuisteis agasajados, por algún casual, con un festín por parte del conquistador, ¿verdad? Aunque yo sobreviví, he oído que pueden resultar indigestos. —La ironía era la miel con la que endulzábamos Tomás y yo las dificultades.

Recordaba perfectamente la muerte del juez de la audiencia recién llegado a las tierras que había mencionado Salazar y su advertencia sobre las comidas de Cortés.

—No os riais, y mucho menos vos, que continuáis bajo su techo. Lo cierto es que fue doloroso perder a mis hermanos. —Sus ojos se nublaron brevemente al recordarlos—. Ignoro la razón por la que murieron; a lo mejor fue voluntad de Dios y no la de Cortés, pero a los franciscanos no les ocurrió lo mismo cuando llegaron bajo su amparo. Y también eran doce.

—Jamás habría pensado que pudiera existir rivalidad entre las dos grandes órdenes mendicantes de la Iglesia. —Lo miré sorprendido por aquel súbito descubrimiento.

—La rivalidad siempre es jaleada desde el poder. Y tened en cuenta que la riqueza de estas tierras añade un elemento de disputa interesante. Hasta las órdenes mendicantes necesitamos de ellas para expandir el reinado de Cristo por el imperio. No digo que los franciscanos se estén beneficiándo, porque carezco de pruebas, ¡Dios me libre! —Su tono era genuino; no había maldad en sus palabras.

Creí más prudente callar lo que había contemplado desde la ventana durante mi primera noche en el palacio de Cortés. Todavía brillaba en mis ojos el oro de aquel religioso, que —ahora no tenía ninguna duda— era franciscano. Prefería no involucrar a Tomás en nada que tuviera que ver con Cortés. Jamás me perdonaría que acabase como Guevara lo había hecho.

—... Pero Tomás Ortiz, a quien os he mencionado

—continuó mi amigo—, trató de acusar a Cortés por todos los medios. Es el superior que vino con nosotros. Yo nunca había coincidido con él en España, y el poco tiempo que estuvo aquí me pareció hombre poco discreto para ser dominico.

—¿Poco tiempo? ¿Siendo vuestro superior regresó a Castilla? —Resultaba cuando menos extraño, muy extraño.

—Sí, apenas duró cuatro meses aquí. El tiempo que estuvo se encargó, sobre todo, de recabar acusaciones contra Hernán Cortés. De repente, adujo que se sentía amenazado por el conquistador y decidió regresar a España por miedo a engrosar la lista de muertos dominicos. Los informes que habrá entregado sobre la situación en la Nueva España no habrán sido demasiado favorables para el conquistador. No, Cortés no lo tiene nada fácil allá, y vos, mientras sigáis con él, tampoco.

—Sois un magnífico consuelo —asentí con infinita ironía.

—Lo sé —replicó él, recogiéndola y lanzándomela con la misma destreza.

Me quedé pensativo, sopesando la información que me acababa de proporcionar. Si todavía albergaba dudas sobre una probable e inminente fuga de Cortés hacia los mares del sur para esquivar la justicia y los cargos que Castilla estaba preparando contra él, Tomás se había encargado de despejar cada una de ellas.

—Entonces, ¿qué queréis que haga por vos?

Me lo dijo con la excitación de quien desea embarcarse en la aventura. Sus ojos brillaban; sabía lo que eso significaba, y ambos sonreímos. La melancolía de tiempos pasados casi me acaba traicionando. ¡Qué a gusto hubiera compartido con él todo lo que me había sucedido! ¡Hubiese deseado hablarle de cómo había pasado de ser cronista de Cortés a su espía, de los cadáveres que ese tránsito estaba dejando tras él, de las pruebas que necesitaba recabar para descubrir el cuándo y el cómo de su huida de la justicia castellana! ¡De mis sospechas sobre el tesoro perdido, de los secretos que podía guardar Isabel de Moctezuma y del oro que había visto a hurtadillas en poder de los franciscanos!

En su lugar, yo, Diego de Soto, decidí callarlo todo. Era demasiado peligroso; no podía arriesgar su vida.

—Solo quiero una cosa —dije, cauteloso.

—¡Ya, claro! —Sabía que no había sido así la última vez y sonrió, expectante.

—Esta vez va en serio: una única cosa.

—¿Lo decís de veras? —La decepción surcó su rostro como un rayo al ver mi convicción.

—Tengo que salir de aquí. ¡Cuanto antes!

—¿Qué habéis hecho esta vez?

—No soy yo quien debería estar encerrado en prisión, por lo que supongo que el tipo de la barba trenzada ha debido de acusarme a mí de atacar al soldado y de ser el culpable de una matanza —dije, sacudiéndome la pesadez de los párpados.

—Yo no puedo conseguiros la llave, si eso es lo que queréis. Y no saldríais de los calabazos, porque hay demasiada guardia apostada en cada una de sus puertas.

—Quiero que busquéis al regidor de Tenochtitlán. Se llama Bernardino Vázquez. Decidle que deseo verlo cuanto antes. ¡Él me sacará de aquí!

Tomás se quedó paralizado al escuchar aquel nombre.

—¿Bernardino Vázquez? ¡Diantre, pues claro que sí! Lo conozco perfectamente. Es un buen tipo. Precisamente él es quien consiguió una casa para que los dominicos pudieran residir en Tenochtitlán mientras se decide el futuro de nuestro convento.

—¡Benditas casualidades! ¿Veis como el Señor siempre tiene un plan? ¿Por qué, si no, hubiera querido reunirnos a vos y a mí en un lugar tan improbable como es la Nueva España? —Arrojé una palmada a los hombros de mi amigo entre los barrotes.

—Y seguro que su plan pasa por escuchar vuestra confesión ahora, antes de irme.

—¡Por Dios, Tomás, hay cosas más importantes en las que pensar en estos instantes!

—¿Que la salvación de vuestra alma? —Me miró con una mezcla de ironía y verdad que me hizo sonreír—. ¡Imposible! Imaginad por un instante que yo me voy ahora y entra el hombre de la barba trenzada con una espada, dispuesto a degollaros en nombre de Cortés. Yo no me lo perdonaría jamás, y vos, desde abajo —señaló hacia los avernos—, creo que tampoco.

Tragué saliva, angustiado ante aquella súbita perspectiva.

—Reconozco que podéis ser persuasivo —dije pasándome la mano por el cuello para comprobar que seguía intacto—. ¿Y por qué no aprovecháis mejor el tiempo y os vais a convertir a unos cuantos indios? Eso sería más productivo que mi confesión.

—Ya me gustaría hacer lo que decís, pero nuestros superiores han querido de nosotros un año de discernimiento antes de comenzar nuestra misión aquí.

—Lo que es capaz de inventarse uno con tal de que no os mezcléis con los franciscanos. Ellos, en cambio, no paran de realizar conversiones. —Miré de reojo a mi amigo, sabiendo dar donde escocía.

—Sois malo. —Frunció el ceño con una sonrisa contenida en los labios—. Olvidaba que podéis disparar a matar con vuestras palabras. ¡Parece mentira que solamente fuera ayer cuando aún queríais profesar en la orden!

—¡Y parece mentira que solo fuera ayer cuando vos estuvierais pensando en casaros!

Por un momento se detuvo el tiempo entre los dos, y miramos de reojo hacia atrás. Sé que pasó por nuestras cabezas el mismo pensamiento. Auristela. No tuve valor entonces de preguntar por ella, y él tampoco de contarme nada sobre lo que le había deparado la vida en Valladolid.

—Bueno, ¿habéis hecho ya examen de conciencia? —Sus palabras sacudieron los recuerdos de un manotazo.

—Tomás, hace tanto tiempo que ni tan siquiera me acuerdo de todos mis pecados —protesté, reacio a desnudar mi alma.

—Puedo tratar de ayudaros, pero os aseguro que no seréis original. Todos llevamos cometiendo los mismos desde que Eva escuchó a la serpiente.

A regañadientes, me postré de rodillas frente a mi amigo, los barrotes de mi celda entre ambos, únicos testigos de mi suciedad. Tardé un buen rato en vaciar mi alma, y la absolución de Tomás me sorprendió con los ojos bañados en lágrimas. Siempre había sentido el abrazo del Señor después de cada confesión en Valladolid, pero sentirlo aquí, en la oscuridad de una celda de la ciudad de Tenochtitlán, me hizo llorar de felicidad. ¿Hay algo más potente que sentirse amado por tu Dios?

Me tumbé de nuevo en el camastro de mi celda cuando Tomás se fue al fin, no sin antes asegurarme cinco veces al menos de que acudiría raudo a ver a don Bernardino Vázquez para interceder por mí. Entonces, unos súbitos escrúpulos comenzaron a poblar mi alma recién lavada. A lo mejor había algo debajo del manto que nublaba mi memoria que necesitaba de absolución. Me invadió el temor de haber cometido algún pecado horrible que antes o después acabaría saliendo a la luz, ensuciándome de nuevo.

II

Mi estancia en la cárcel de Tenochtitlán no duró mucho más después de mi encuentro con mi amigo Tomás, pero sí el suficiente para poder encontrarme cara a cara de nuevo con Salazar.

Desde el principio no me había atrevido a gritar su nombre, aunque sabía que ambos compartíamos el mismo aire. La incógnita era si él lo sabía o no.

No tardamos en encontrarnos donde menos lo esperaba, en el patio de la cárcel.

El sol del atardecer todavía proyectaba nuestras sombras alargadas como cipreses en un camposanto. Pero no había tumbas en el patio de la cárcel. Las tumbas éramos nosotros, sus prisioneros. El espacio era cuadrado, de escasas proporciones, pero lo suficientemente amplio para desentumecer los huesos y permitir que tres presos caminaran dando vueltas alrededor sin molestarse. Cuando me sacaron a mí, uno de los que paseaban era Salazar. Casualidad.

Al verme simuló no conocerme. Ni tan siquiera me miró. Permanecimos en silencio, los tres presos caminando en la misma dirección; nuestras pisadas, lamentos en la arena. Al cruzarme con la mirada del tercero, sé que me miró con curiosidad, pero enseguida me ignoró. Debía de llevar un buen tiempo entre aquellas paredes, porque su aspecto era hosco, profundo, sucio: un pozo andaluz en pleno verano.

Solamente cuando aquel se cansó de continuar caminando y se metió de nuevo en el interior, Salazar se atrevió a dirigirme la palabra.

—¿Qué diablos estáis haciendo aquí? —me increpó, con ojos de rabia contenida—. ¡Se suponía que teníais que estar vigilando a Cortés, maldita sea!

—¿Así que desconocíais que había acabado con mis huesos en el mismo lugar que vos? —Lo miré, incrédulo.

—¿Acaso pensáis que tengo palomas mensajeras sobrevolando sobre mi celda a todas horas?

Le conté rápidamente lo que me había sucedido.

—Esos animales os podrían haber matado sin pestañear. Habéis tenido suerte de acabar aquí.

—¿Sabéis quiénes eran?

—¿Decís que uno de ellos llevaba una barba trenzada? No sé; tened en cuenta que, desde el desembarco del nuevo gobernador del Pánuco, han llegado nuevos hombres a los que no he podido ver su rostro todavía.

Vi su mirada escurrirse, y, con ese gesto, devolvió la conversación hacia lo que realmente le había interesado de todo lo que le acababa de contar.

—¿Así que perdisteis el tiempo en hablar con Jerónimo de Aguilar? Un pobre diablo que lo podría haber tenido todo y al que se le quitó hasta el suelo bajo sus pies. Desde entonces ha ido dando tumbos de la cama a la botella y de la botella a la cama.

—Veo que conocéis perfectamente sus debilidades.

—Ya os dije que lo sabía todo de esta ciudad.

—Ignoráis la identidad del tipo de la barba trenzada —me enfrenté yo, petulante.

Salazar me clavó los ojos con ferocidad. No le gustaba que lo corrigieran.

—Lo sé casi todo. —Esbozó una sonrisa de desprecio que me dio escalofríos.

—Entonces sabéis lo de la cámara secreta. —Lo miré

desafiante, buscando desconcertarlo mientras trataba de discernir qué movía a aquel siniestro ser.

—Todo el mundo en Tenochtitlán sabe lo de la cámara secreta —dijo exhalando un suspiro de aburrimiento—. Es el mito que necesita alimentar esta ciudad para seguir creciendo. ¿Creéis si no que alguien desearía habitar aquí, rodeado de una laguna sobre la que vamos arrojando nuestras propias heces, las mismas que acabamos por respirar cuando se evaporan con el calor?

Su rostro mostraba el mismo cinismo que sus palabras iban expresando. Era evidente que Salazar no amaba aquella tierra.

—¿Por qué me ocultasteis que vuestro amigo, el que estaba dispuesto a ayudar a Guevara, se llamaba Alonso de Grado?

Aquello era un farol en toda regla, pero seguía convencido de que las muertes de Guevara y Alonso de Grado los unía a ambos de por vida.

Salazar arrugó el ceño, sorprendido o fingiendo la sorpresa; con él nunca se sabía. Esa era su debilidad, pero también su fortaleza. Borrar las fronteras entre la verdad y la mentira mantenía su reino a salvo.

—Vos ya sabéis por qué no os lo dije. —Salazar dejó deslizar en los labios una ligera invitación.

Me esforcé por no pestañear, tratando de mostrar mi dominio e indiferencia también.

—Isabel de Moctezuma —dije con la fuerza volcada en aquel nombre.

Salazar asintió satisfecho.

—¿Y por qué creéis que no os lo dije?

Su pregunta me resultó del todo inesperada. Las palabras tropezaron en mi boca, desorientadas. ¿Qué era lo que Salazar quería escuchar exactamente?

Pensé por un instante si aquel era el momento de dar a conocer las sospechas que había abrigado tras mi visita a Jerónimo de Aguilar. Que Alonso de Grado estaba muerto porque sabía demasiado.

A lo mejor eran una locura, fruto de una imaginación desbocada por mi parte.

Volví a escrutar su mirada. Me encontraba ante un hombre difícil de descifrar y muy inteligente. Si hubiese conocido lo suficiente el corazón de un cronista, Salazar habría sabido que antes o después yo descubriría que el amigo de quien había presumido en nuestra conversación con Bernardino Vázquez, el que le había confesado sus planes de huida con Guevara, era Alonso de Grado. Una vez averiguado ese nombre, saber que estaba casado con la hija de Moctezuma era un sencillo escalón inevitable.

—Porque habría acabado conociendo que vuestras verdaderas intenciones tenían que ver con el tesoro —dije lentamente, adelantándome a mis propias sospechas.

Salazar me volvió a mirar con la excitación de quien ve su plan cumplido.

—Cuando descubrí que Diego de Soto, un cronista de Anglería, acababa de pisar Tenochtitlán —prosiguió él, reanudando el paseo por el patio—, pensé que al fin lo hacía un hombre inteligente y perspicaz. Por desgracia y por fortuna, la muerte de Guevara nos unió. Vos deseabais desenmascarar a Cortés con la derrota desaparecida, y yo con el asunto del tesoro que se perdió aquella noche en Tenochtitlán.

—¿Y por qué no hablasteis con claridad desde el principio? ¿Por qué no dijisteis que el tesoro era vuestro único objetivo? —Algo no encajaba en las piezas que me estaba arrojando Salazar.

—¡Oh, vamos! ¿Y ahorraros el triunfo de que fuerais vos mismo quien lo descubrierais? Además, ¿en qué situación me ponía revelaros algo así delante del siempre ecuánime y siempre justo regidor de la ciudad de Tenochtitlán? ¿Qué hubiera pensado Dino Vázquez, y vos mismo, de un preso como yo si tan solo hubierais leído la ambición por el oro en mi semblante? —Salazar se detuvo de nuevo, y esta vez se volvió hacia mí, obligándome a encarar el pecho hacia él; me atravesó con una mirada decidida—. Dino Vázquez y el resto del mundo han acabado por creerse aquello de lo que Cortés ha querido convencernos durante todo este tiempo: que el tesoro ya no existe. Pero vos sabéis que no puede ser cierto. Ambos pensamos lo mismo. Ella nos ha devuelto la fe.

Su mirada supo devorar mis entrañas.

—¿Y si ambos nos equivocamos? —inquirí, simulando escepticismo—. ¿Qué es lo que ha cambiado para que volváis a creer que ella guarda el secreto? ¿La muerte de su esposo, De Grado? No hay nada que indique que no muriese por querer ayudar a Guevara a recuperar su nave y huir con él hacia los mares del sur, tal y como sugeristeis desde el principio. Tiene que haber algo más para que estéis convencido de que De Grado descubrió, en realidad, el paradero del tesoro que no salió aquella noche de Tenochtitlán.

Lo miré detenidamente; detrás de aquellas facciones desaliñadas había algo más que no me estaba contando.

Salazar dejó hundir su semblante sobre sí mismo, cabizbajo, y, cuando estaba a punto de parecer derrotado, se irguió de nuevo, poderoso, con sus ojos centelleantes.

—No me dijisteis antes en qué lugar os asaltaron los hombres del tipo de la barba trenzada. —Dejó pasar un breve instante antes de proseguir—. No encontraron a la hija de Moctezuma en su casa, ¿verdad?

¡Dios santo!, aquel hombre lo sabía realmente todo. Asentí expectante.

—Ella ha desaparecido —continuó Salazar—, lo hizo el mismo día en que Guevara y De Grado fueron asesinados. No hay rastro suyo por ninguna parte.

Sus palabras iban iluminando las sospechas que me asaltaban. Isabel de Moctezuma, la pequeña Tecuichpo, lo había sabido desde el principio.

—Su desaparición puede deberse a muchas razones;

desde caer borracha en la laguna, mientras trataba de ahogar sus penas por la muerte de su esposo, hasta decidir largarse de incógnito durante unos días de la ciudad con su nuevo amante —apuntó Salazar con una burla en sus labios—. Pero vos y yo, que no creemos en las casualidades, sabemos que su ausencia solo puede ser obra de Hernán Cortés. ¿Proteger su secreto? Sin duda. ¿Acallarlo para siempre? Muy probablemente.

—El día de su desaparición la vi discutiendo acaloradamente con Andrés de Tapia. Seguramente la estaba amenazando —dije en voz alta, trayendo a la memoria los menores detalles de aquel encuentro que no tendría que haber presenciado.

—Un maravilloso matrimonio de conveniencia, sin duda, el nuestro. —No evité entonces que el brazo de Salazar se deslizara sobre mis hombros y arrojara sobre mi espalda unas palmadas de camaradería.

En ese momento se abrió la puerta del patio y salió un guardia al exterior.

—Salazar, vuestro tiempo para estirar las piernas y la lengua ha terminado. Y a vos —me señaló a mí con cara de fastidio— os quedan unos instantes más para poder descansar del veneno de este charlatán.

Salazar lo miró con desprecio y se volvió hacia mí antes de separarse de mi lado.

—Dino Vázquez estará a estas horas firmando vuestra liberación de este maldito lugar. Cuando lo haga, saldréis de aquí y os iréis hacia Coyoacán. A Cortés le gusta lamerse las heridas en ese lugar, apartado del bullicio y las miradas indiscretas de Tenochtitlán. Buscadla a ella o lo que quede de ella. Cortés está a punto de fugarse a las islas de la Especiería con vuestra derrota, y se llevará mi tesoro, nuestro tesoro, consigo.

Al pasar al lado del guardia, que esperaba junto al umbral de la puerta, este esbozó una sonrisa de desprecio. Salazar se detuvo frente a él.

—Bernal, comenzad a tratarme con respeto, porque no falta mucho para que cambie mi fortuna. Y cuando llegue el momento, haré retribución a cada cual según el modo en que fui tratado.

Bernal escupió una carcajada con olor a cebolla sobre el rostro de Salazar.

—¿Es eso una amenaza? —exclamó, socarrón.

La sonrisa desapareció de los labios de Salazar y su mirada se hizo fría e impenetrable.

—No, tan solo es un consejo. —Sus palabras brotaron sombrías y pétreas; parecía la voz de otro hombre.

Tuve tiempo de apreciar la faz del soldado antes de que cerrara la puerta sobre sí. Se había tornado lívida.

Nos quedamos a solas, mi sombra y yo; ella, espigada e inalcanzable bajo el sol, yo, encogido y apagado por la sombra de la duda, luchando por determinar dónde habitaba la naturaleza de aquel hombre: en la luz o en la oscuridad. Salazar se movía con inteligencia entre ambas, al filo del claroscuro. Pero al final uno siempre acaba a un lado u otro de esa fina línea que las separa. Da igual que poseáis diez talentos o uno; antes de que el día acabe tendrán que haber elegido entre Dios y el diablo. ¿De qué lado podía estar alguien que había pasado de criado en Valladolid a factor real en el Gobierno de la Nueva España y era prisionero ahora en sus mazmorras?

No tuve que esperar mucho para descubrirlo.

Esa misma noche, cuando yacía en el catre y los párpados estaban a punto de apagarlo todo, el tintineo metálico sobre los barrotes me anunció que tenía visita. Era Bernal, el soldado que había arrancado a Salazar del patio. Me sorprendió verlo plantado allí, con el rostro asomando entre los hierros, mirándome con ojos achispados. Me incorporé con una rapidez insospechada para mi cuerpo adormecido. Uno siempre escucha demasiadas historias sobre la lóbrega soledad de las mazmorras, y todos mis sentidos supieron regresar a mí en pos de un posible rescate. Me alejé del catre unos pasos; no tenía intención de dar el menor motivo de insinuar nada.

En sus ojos destilaba el brillo de un vino peleón con regusto a ajo, que había sustituido a la cebolla en su aliento.

—Debéis tener cuidado con ese charlatán.

Respiré aliviado. A pesar de mi primera impresión, no estaba borracho. Articulaba las palabras sin aparente dificultad, y solo parecía tener ganas de estirar la lengua.

—Apenas lo conozco —repliqué yo sin ganas de extenderme.

—Será mejor que así continúe, por vuestro bien. Os mostrará confianza, y cuando sepa que sois del todo suyo, no tendrá reparo alguno en clavaros sus pinzas de alacrán en el momento en que le volváis la espalda. ¡Mirad lo que le sucedió a Cortés!

Agucé el oído y Bernal supo que tenía mi atención. El vino todavía ablandaba su boca, y no fue difícil que escaparan más palabras de su lengua.

—Si a él lo hubieran advertido a tiempo como estoy haciendo yo con vos, todavía sería gobernador de Nueva España —añadió con un tono misterioso.

Callé, dispuesto a seguir escuchando.

—¿Por qué creéis que sigue todavía con sus huesos entre rejas?

La voz de Bernal ascendió con los aromas del vino peleón, derramándose sobre el corredor de la prisión, y yo puse un dedo sobre los labios; no sabía a qué distancia se encontraba la celda de Salazar y no quería que descubriese que estábamos hablando de él.

—Solo llegar de Castilla —continuó él con el mismo tono—, recién nombrado factor real, Salazar supo ganarse la confianza de Cortés. Le debió de calentar el oído, como a vos, lenta y suavemente...

—Vamos, Bernal. —El eco de una voz rota sobrevoló la oscuridad de las mazmorras, interrumpiéndonos. Omnipresente Salazar—. Callaos de una vez o grito yo a todo el mundo lo que se os calentó a vos en mi celda.

Risotadas en la oscuridad celebraron su comentario. Bernal, incómodo, miró hacia ambos lados del corredor y, antes de continuar, solicitó con un gesto que me acercara. Me agarré a los barrotes y asomé mi perfil entre los hierros para escuchar sus susurros, apenas audibles.

—Consiguió que Cortés lo nombrara gobernador de estas tierras mientras él abandonaba la ciudad para reprimir la rebelión de uno de sus hombres de confianza. ¿Y sabéis lo que hizo durante su ausencia?

—¡Bernal, Bernal! —Se escuchó a Salazar encaramándose de nuevo sobre el aire del corredor—. ¿Queréis que sea yo el que hable?

—Trató de adueñarse de todo lo de Cortés —prosiguió Bernal, nervioso, ignorando a Salazar, con el eco de sus palabras sobre el cogote—; entró en su palacio, lo puso todo patas arriba y, cuando se cansó de no encontrar nada de lo que andaba buscando, mató al mayordomo de Cortés. Ese es el hombre que busca ganarse vuestra confianza. Si lo hizo con Cortés, lo hará con vos también.

Volví mi frente hacia él a través de los barrotes. La luz del farol en el pasillo se reflejaba en el sudor de la suya mientras sus ojos continuaban clavados en mí, expectantes, aguardando a que yo hablase a continuación.

—¿Por qué me contáis todo esto? —dije al fin, expresando lo que sin duda él estaba esperando.

Acercó sus gruesos labios a mi oreja.

—Porque yo puedo protegeros de él si lo deseáis.

Noté su palma pegajosa sobre mi mano, y la caricia fue tan súbita e inesperada que di un respingo hacia atrás. Mi sorpresa se escuchó como el eco de una explosión en la penumbra del subterráneo.

—¡Ni os atreváis! —Apenas reconocí mi grito apuñalando la penumbra.

Los labios de Bernal se desplegaron en una sonrisa de triunfo. Dio un paso atrás, alejándose de los barrotes, y su figura apocada y meliflua recuperó la fuerza bruta que había sabido ocultarme.

—¡Bernal, Bernal, Bernal! —Se escuchó de nuevo la voz de Salazar—. Me temo que vais a tener que conformaros con el calor de vuestra propia mano esta noche.

Las risotadas de los demás presos inundaron de nuevo el ambiente.

—Salazar, llegará un día en el que una soga rodeará vuestro cuello y la lengua colgará de vuestros labios inerme y llena de avispas.

La voz de Bernal arañó con furia la oscuridad de las mazmorras, un contraste infinito con el suave murmullo que había estado fingiendo para ganarse mis favores. Devolvió su mirada de nuevo hacia su presa, hacia mí, derramando sus ojos con la fruición con la que un zorro lo hace con su presa.

—Su protección o la mía. Vos decidís.

Se desvaneció en la oscuridad, sus pisadas alejándose con Satanás por los pasillos del infierno. Yo me quedé de pie unos instantes, contemplando el hueco negro que había dejado su figura. La capa de sudor que cubría mi piel se volvió fría; comencé a temblar.

Me tumbé de nuevo sobre el catre y cerré los ojos, tratando de conciliar el sueño en esa celda infecta que las demandas de Bernal habían hecho todavía más sucia. Para acabar de arreglar las cosas, escuché el chillido de una rata correteando entre las patas de mi cama, y me enrosqué con los brazos apretados contra el pecho, susurrándome a mí mismo que más valía que Tomás hubiera conseguido hablar a esas horas con el regidor Bernardino Vázquez y esta fuera mi última noche ahí dentro. De lo contrario, no respondería de mí mismo la próxima vez que Bernal se atreviera a acariciar parte alguna de mi cuerpo.

Tomás habló; claro que habló. No tuve más que abrir los ojos en aquella pesadilla al día siguiente y acabar de escuchar las palabras de un guardia para saber que mi amigo había cumplido.

—¡Vamos, despertad! ¡Han sido levantados todos los cargos contra vos, sois libre! —dijo mientras abría la celda.

Salí de ahí tan raudo que ni siquiera me despedí de la maldita rata que había correteado toda la noche, de un lado a otro, por todas las paredes de mi celda.

Avancé por el corredor hasta la salida sin mirar hacia ninguna de las celdas que iba dejando a derecha e izquierda. Sé que no pasé ante la de Salazar. El ardor de su mirada me hubiera quemado la espalda, y eso no sucedió. Pero su rastro me dio el último adiós de prisión.

Al atravesar la puerta que encerraba tras de sí los vapores de humedad y sudor de los calabozos, vi un gran revuelo en las estancias que ocupaban los guardias. Giré la cabeza hacia la izquierda mientras seguía caminando y vi a dos de los guardias muy alterados, discutiendo entre ellos. A sus pies había un cadáver en un charco de sangre. No pude ver quién era el muerto, pero no me hizo falta. No volvería a exigir favores a ningún preso nunca más.

—Bernal se ha suicidado esta madrugada, se ha degollado con su propia espada —me dijo el guardia que me estaba escoltando hasta la salida.

Un ligero escalofrío sacudió mi pecho. No quise contradecirlo, pero yo sabía que Bernal no se había quitado la vida. Salazar lo había ejecutado. No sé de qué artes o influencias se había valido, pero había sido él. Salazar omnipresente. Por un instante tuve deseos de pensar que lo había matado para protegerme, y sentí una punzada de agradecimiento por ello. Pero enseguida me dominó la certeza de que ese asesinato había sido una advertencia, no un favor. Nadie se reía de Salazar. Ese había sido su mensaje, ese era su poder. Sobre mí, sobre Cortés, sobre cualquiera que se interpusiera en sus planes.

Y sus planes se habían convertido en mis planes; o mis planes, en los suyos: derribar a Cortés. El resto no importaba.

La sombra de esos pensamientos embargaba mi alma cuando salí por fin a la luz, bajo el cielo de Tenochtitlán. Recuerdo perfectamente la promesa que me hice allí mismo, junto a la gran plaza, bajo la sombra de la gran pirámide: seguiría sus consejos —iría a Coyoacán, averiguaría lo que había hecho Cortés con Isabel de Moctezuma, descubriría sus planes de huida hacia los mares del sur, cualquier cosa con tal de detener al conquistador—, pero no ataría mi destino al de Salazar. No me había desembarazado del poder de seducción de Cortés para acabar apresado en la tela de araña que tan brillantemente sabía tejer aquel tipo a su alrededor. A partir de ahora, mi interlocutor sería únicamente Dino Vázquez. A fin de cuentas, había sido el regidor de la ciudad quien me había mandado llamar a su despacho tras la muerte de Guevara, había sido él quien me había advertido sobre los planes de Cortés, y había sido él quien me había puesto en libertad gracias a la intercesión de Tomás.

Me sentí embriagado por un súbito arrebato de agradecimiento a Dios todopoderoso por haber puesto a Tomás en mi camino precisamente en aquellos oscuros instantes. Alcé la cabeza y me dejé inundar por la inmensidad del cielo azul. Cerré los ojos, aspiré el aire y me sentí parte de todo aquello.

Los abrí de nuevo completamente restaurado por dentro; con el aire limpio acariciando mis pulmones estaba seguro de encontrarme en condiciones para vencer cualquier dificultad; contaba con la ayuda de Dios, la presencia de mi amigo Tomás y la libertad que, gracias a él, había logrado de Bernardino Vázquez, el regidor de la ciudad de Tenochtitlán. ¿Qué podía fallar si tenía tales apoyos de mi lado? ¡Iría a Coyoacán, averiguaría qué había hecho Cortés con la hija de Moctezuma, descubriría sus secretos, desenmascararía al conquistador, le...!

Mis ojos toparon con una figura que derribó mis castillos en el aire. Iba montado a caballo. Nos miramos fijamente, sin palabras. Él desafiando desde lo alto, yo maldiciendo desde lo bajo. Señaló hacia la otra montura, que aguardaba inquieta junto a él.

—Vamos, montad.

Las palabras debían de arder en su lengua, porque las soltó sin apenas pronunciarlas.

Obedecí, confiando estúpidamente en que al hacerlo podría dejar atrás la tormenta que repentinamente se había formado sobre mi cabeza. Hacía unos instantes había visto la mano de Dios delante de mí, empujándome hacia Coyoacán, pero era Andrés de Tapia quien había tomado el relevo y sujetaba ahora las riendas de mi destino en nombre de Cortés.

Tapia sacudió las espuelas sobre los lomos de su caballo, y el animal se dirigió hacia la gran plaza, en dirección hacia el palacio de Cortés.

Pensé que íbamos a descabalgar allí, pero Tapia no hizo ademán de detenerse.

—¿A dónde vamos? —Evité el temblor de mis palabras quebradizas.

—Coyoacán —respondió sin volver la cabeza, como pronunciando una sentencia.

El nombre se hundió en mis entrañas, ahuyentando las esperanzas de adentrarme de incógnito en territorio de Cortés. Me había convertido de nuevo en su prisionero. Apreté los dientes, maldiciendo a Tomás por no haber sido más diligente y conseguir que fuera Bernardino Vázquez, y no Cortés, quien me hubiese liberado.

—Podríais cuando menos agradecer el que hayamos venido a liberaros. —La voz de Tapia emergió sobre su montura con la aspereza de un hierro cortando el aire—. Ya le dije a Cortés que no valía la pena el esfuerzo y que no lo agradeceríais.

Miré a Tapia, atónito. ¿Cómo osaba decir tal cosa cuando era más que posible que hubieran sido sus propios hombres, los que buscaban a Isabel de Moctezuma, quienes nos habían atacado? La furia me quemó el pecho, pero logré contener sus llamaradas.

Tapia detuvo su caballo y me miró fijamente como si yo hubiese hablado.

—¿Creéis que fueron mis propios hombres los que le hicieron eso a Andrés Tapia Cortés?

Sus palabras se hundieron en mi alma como un cuchillo.

Descabalgó sin esperar respuesta.

—¿A dónde vais?

—A encargar una misa por su alma.

Tapia desapareció detrás de una verja sobre la que asomaba una cruz clavada en lo alto de un edificio. El convento de los franciscanos. En ese instante unas campanas tañeron un lamento por el alma del indio. Andrés Tapia Cortés estaba muerto, y yo ni tan siquiera me había acordado de él después del desastre ocurrido. Tragué saliva. Lo había visto volar en una nube de sangre y polvo, pero pensé que tal vez habría logrado escapar. Me sentí culpable. Yo lo había matado al insistir con cabezonería en que me condujese hasta la casa de Alonso de Grado. Yo lo había matado con mi egoísmo; había asumido que él seguía allá arriba mientras yo me pudría abajo en los sótanos. Ahora él estaba muerto, y esa muerte pesaba sobre mi corazón como lo hacía aquella campana con sus tañidos, amenazando con derrumbar el frágil edificio que la sostenía.

Mi mente trató de conjurar la imagen del tipo de la

barba trenzada. Su rostro apareció a lo lejos, acercándose a través de la nebulosa de mi mente, pero todo se desdibujó de nuevo con los destellos de un sol que me impedían ver sus facciones. Lo encontraría, antes o después lo encontraría. Y fuera hombre de Cortés u hombre del mismísimo diablo, le haría pagar por la muerte de aquel inocente.

La lista de quienes debía llevar ante la justicia en Tenochtitlán aumentaba peligrosamente: el asesino de Guevara, el de Alonso de Grado, el de Andrés Tapia Cortés... En aquel instante no pude sacudirme la extraña sensación de creer que cuando hiciese caer a uno, todos lo harían con él, misteriosamente conectados.

El relincho y una ligera cabezada de mi caballo me hicieron volver sobre la montura. Una multitud de cabezas sonrientes me rodeaban, mirando y acariciando al animal mientras pasaban. Eran niños, una corriente vertiginosa de niños que cruzaba las verjas y se adentraba en los terrenos del convento, capitaneados por un hábito marrón que les hablaba en su propio idioma. Lo observé con detenimiento. Había autoridad y dominio en los gestos y palabras de aquel hombre castellano, que se detenía junto a la entrada y dejaba pasar a los niños entre bromas y sonrisas. Sacudía la cabeza de uno, acariciaba a otro; parecía conocerlos a todos, y ellos lo conocían a él.

Tapia regresó cuando todos los niños habían entrado ya en el recinto del convento. Montó en su caballo sin decir palabra y proseguimos nuestro camino por las calles de Tenochtitlán en silencio.

No había atravesado nunca aquella parte de la ciudad; era la salida oeste, la calzada de Tacuba, la misma por la que habían huido Cortés y sus hombres cuando Tenochtitlán se sublevó, aprovechando la llegada de la expedición de Pánfilo de Narváez.

No tuve necesidad de preguntar a Tapia cuál era el

lugar donde se había hundido el oro. Lo había visto desde una canoa; ahora lo tenía bajo mis pies. Lo delataba el grupo numeroso de jóvenes que se zambullían desde ambas orillas del canal y desde el puente que cruzábamos en aquel instante. Ninguno de ellos se lanzaba al agua con la intención de encontrar tesoro alguno; el baño en aquel sitio se había convertido más bien en una tradición, una especie de ceremonia para valientes, de iniciación para los más jóvenes.

En medio del puente, entre las dos orillas, no pude evitar la tentación de detener el caballo y asomarme a la laguna. El reflejo del sol se partía en cientos de diamantes encastrados entre los ojos parpadeantes del agua. Ajusté la mirada, tratando de atisbar las profundidades a través de las bagatelas que conjuraba el agua, y mi decepción no pudo ser más grande. La oscuridad de las aguas no permitía ver nada. A un palmo de la superficie podrían haberse escondido las fauces de un monstruo marino sin que nadie hubiera sido capaz de distinguirlas.

Uno de los muchachos que acababa de tirarse al agua salió a la superficie con el puño en alto y bien apretado. Había cogido tierra del fondo; la arrojó frente a él, en el agua, para demostrar su hazaña y dar respuesta a la pregunta que me estaba haciendo: no podía existir ningún tesoro desaparecido a tan solo tres brazadas de distancia del fondo. Si un cargamento de veintiséis arrobas de oro se hubiera perdido en aquel sitio durante la huida de Tenochtitlán, alguien habría hundido sus zarpas en la escasa profundidad que acababa de demostrar el puñado de tierra de aquel muchacho.

—Aún sueñan con hallar algún lingote. Hace apenas un mes alguien encontró uno.

Me sorprendió escuchar la voz de Tapia a mis espaldas. Se había detenido también y señalaba a uno de los indios que, en el agua, tomaba aire antes de sumergirse. No creí en la inocencia de su explicación forzada. Me comenzaba a parecer peligroso lo fácil que le resultaba meterse en mi cabeza y leer sus pensamientos. Nos miramos un instante, lo suficiente para ver asomar tras las pupilas las orejas a nuestras sospechas. Tapia sacudió las bridas, y los cascos de su caballo se dejaron escuchar de nuevo sobre la madera del puente.

—¿Creéis de veras que allá abajo se esconden todavía los tesoros que perdisteis durante la huida?

La pregunta brotó de mis labios sin previo aviso, escéptica, desafiante, arriesgada, incluso, considerando la frágil posición que ocupaba yo en aquellos momentos en los planes de Cortés. Había brotado de mis entrañas, un lugar en el que no suelo ejercer el control que debería.

El galanteo de sus cascos sobre la madera cesó de nuevo, y Tapia extendió los ojos sobre la inmensidad del agua a nuestro alrededor.

—Si fuera así, Cortés habría mandado drenar la laguna entera —contestó, dispuesto a bebérsela de un solo trago—. Fue Cuauhtémoc quien mandó recuperar el oro hundido entre los cadáveres de los españoles y tlaxcaltecas que murieron esa noche en este lugar.

No tuve el valor de preguntar nada más sobre aquel inesperado camposanto que teníamos a nuestros pies. El muro de Cuauhtémoc se alzaba, misterioso, ante el oro perdido de Tenochtitlán. Todo rastro de aquel brillo parecía perderse bajo su sombra, pero yo me negaba a aceptar que Cortés, con todo el poder y la gloria en sus manos tras su victoria definitiva sobre Tenochtitlán, no le hubiera arrancado el secreto de su paradero antes de que muriera ejecutado.

Atravesamos el puente y mis ojos toparon con una pequeña ermita junto a la calzada. Era de construcción reciente, y el trasiego de indios que entraban y salían del pequeño edificio con ofrendas florales llamaba poderosamente la atención.

—¿Y esa capilla?, ¿fue erigida para conmemorar a

los caídos ese día? —pregunté a Tapia indicando con la cabeza.

—Así es, fue erigida en honor a san Hipólito.

—¿San Hipólito? —Mi pregunta debió de sonar casi como un exabrupto.

—Tenochtitlán cayó el 13 de agosto del año siguiente a nuestra huida de la ciudad. Ese día se celebra la festividad de san Hipólito. Por eso hay tanta devoción por ese santo.

En mi mente apareció de nuevo la sonrisa de la vendedora que me había regalado la figurita de san Hipólito al ver mi sorpresa. ¿Existía mejor manera de representar al santo que con la efigie de quien, en realidad, había conquistado la ciudad? Hombre, santo, dios. ¿Qué era en realidad Hernán Cortés?

Estaba tan asombrado por el descubrimiento que apenas presté atención a una carroza que cruzó veloz la calzada, entre nosotros y la ermita, sin apenas detenerse. En su interior, una mujer viajaba en dirección contraria, hacia el centro de la ciudad. Mis ojos no fueron capaces de verla porque san Hipólito los cegaba, pero mi corazón debió de distinguir algo en su figura, en el aire, en el ambiente, porque la carroza con ella dentro volvió a aparecer en mis sueños esa noche. Y la siguiente. Estaba en Tenochtitlán.

12

Las tierras que separaban Tenochtitlán de Coyoacán no estaban demasiado habitadas. Hubo momentos de la travesía a caballo durante los que pude reconocer, en la soledad de aquellos parajes, bosques de pinares que podría haberme encontrado a las afueras de Valladolid. Estaba comenzando a comprender los motivos por los que Cortés había bautizado aquellas tierras Nueva España cuando, de pronto, la vegetación se hizo agreste, más salvaje el territorio, la familiaridad, incierta. No tuve tiempo de apreciar el cuadro entero de las vistas porque enseguida llegamos a nuestro destino. La villa de Coyoacán se desplegaba entre los cerros, junto a un lago, grácil y juguetona como la amante que espera, solícita, la llegada del esposo infiel.

La entrada en sus calles no oprimía el pecho como ocurría en Tenochtitlán. Aquí todo era menos solemne, más polvoriento, y aunque las casas exhibían también brochazos de acabados castellanos, se respiraba un aire indómito, similar al que había comenzado a observar en la naturaleza de sus alrededores.

—Será mejor que no os separéis de mí —dijo Tapia agarrando las bridas de mi caballo y acercándolo a su costado.

Entendí enseguida los motivos de su advertencia; éramos los únicos blancos que paseábamos por una calle plagada de rostros morenos. Y los indios que nos rodeaban no eran como los que había visto por las calles de Tenochtitlán. No eran cuerpos sujetos a costuras castellanas. Los paños que los envolvían eran más ricos, los abalorios que rodeaban sus cuellos y vestían sus cabezas, infinitamente más siniestros. Y no estaban paseando; esperaban. Frente a las puertas, junto a las fuentes, sobre los caballos, todos parecían estar aguardando una señal.

A nuestro paso, algunos se hacían a un lado, pero ninguno dejaba de saludar a Tapia con una ligera reverencia antes de posar sus ojos en mi figura con una nada disimulada mezcla de curiosidad e inquietud. Los rayos dorados atravesaban el aire, desangrando sobre nuestras cabezas los brillos de un atardecer que se deshacía de melancolía por un nuevo resurgir. Más que en sus calles, parecía que nos adentrábamos en las entrañas de un secreto poderoso a punto de ser desvelado.

Desmontamos en una pequeña plaza cuadrada, junto a una fuente en la que gravitaban un puñado de caballos sedientos. No dejaba de sorprenderme la rapidez con la que se había extendido la procreación de ese animal en estas tierras; algo debía de haber tenido que ver en ello la promiscuidad de los sementales que Cortés había mandado traer de Castilla. Me acordé de mi amigo, el moro Alí Bey, el mejor y más avispado criador de caballos de la vieja España. Estas tierras serían una gran oportunidad para él.

Sin embargo, los de esta plaza no eran de propiedad castellana. Sus monturas, si las tenían, no eran como las que se usan en Castilla. No era cuero lo que las cubría, sino piel oscura o moteada —de jaguar o de algún otro animal salvaje que desconocía— y plumas y abalorios, que otorgaban a la estampa del animal un aspecto de semidiós pagano.

La gran pregunta que me asaltó al ver aquellos bellos ejemplares era dónde estaban sus dueños y por qué habían desmontado frente a la fachada mestiza de un palacio que sabía a Castilla, olía a tierra oscura y tenía a Cortés como dueño absoluto. A buen seguro que no era para que abrevaran en las aguas de aquella fuente.

Observé a Tapia mientras desmontábamos frente a la puerta; la presencia de los caballos había provocado inquietud en su rostro. Entró en el edificio sin esperarme siquiera. Dos indios emergieron para tomar las riendas de nuestras monturas y llevárselas hacia los establos.

Seguí a Tapia, quien a grandes zancadas consiguió cruzar el patio de la entrada, adelantándose a la sombra alargada que llevaba cosida a sus pies. Nos guiaba una voz que, a lo lejos, trataba de hacerse escuchar entre murmullos hirvientes. Resoplaba más imperiosa y excitada entre las paredes del corredor por el que avanzábamos hasta desembocar en el patio del que procedía el bullicio. Me esforcé por entender lo que decía, pero me di cuenta de que era inútil.

Solo asomarme, me impresionó el mar de cabezas coronadas de plumas y abalorios rompiendo con furia sobre la figura de Hernán Cortés, solo, de pie sobre un estrado, dominando el ambiente. No era él, sin embargo, quien hablaba; lo hacía uno de los indios de entre el público, y aunque yo no podía comprender nada de lo que decía, el oro sobre su frente y en el pecho daba más brillo e ímpetu a las quejas y el enfado que dominaban sus gestos. Aquella no era una reunión de pastores, ni una oveja muerta, su motivo. Aquí estaban presentes los Hurtado de Mendoza y los Infantado de la tierra azteca, la nobleza que en su momento había apoyado a Cortés en la batalla definitiva por Tenochtitlán. Todos los indios que lo rodeaban parecían disputarse su peso en oro mientras asentían a los motivos de aquel cacique. En cuanto cesó de hablar, se levantaron olas de aprobación y descontento entre los presentes, que Tapia aprovechó para deslizarse hacia delante. Yo elegí quedarme en la última fila, manteniendo mi anonimato y la discreción a la que me obligaba la piel.

Desde el estrado, el conquistador esperó a que la ola llegase hasta sus pies y entonces levantó la voz y los brazos, logrando que amainara la tormenta. Me sorprendió oír su voz en aquel idioma. Sonaba de manera diferente a la que yo estaba acostumbrado a escuchar; el náhuatl era un lenguaje más musical que el castellano, dos guijarros acariciándose bajo el agua, pero el tono de Cortés se desplegaba sobre ellos como el de piedras rodando por una pendiente. Había autoridad, y todos escuchaban atentamente, su esperanza puesta en los labios de aquel hombre que hablaba.

Vi a Tapia junto a la tarima, sin atreverse a subir a ella, escuchando a Cortés al tiempo que una mujer le susurraba al oído; estaba traduciendo lo que Cortés iba diciendo. Jerónimo de Aguilar, la otra lengua de la conquista, no había llegado a describírmela, pero supe que era ella. Marina. Pequeña y suave como una flor a la que ni siquiera unas piedras rodando por encima habían conseguido arrancarle su fragancia. Recordaba haber visto una planta llena de pinchos en mis escasas salidas de Tenochtitlán. Me había llamado la atención el contraste entre su tallo, el puerco espín del mundo vegetal, y la belleza y el color que arrojaban sus flores entre las espinas. Así tenía que ser ella, así la imaginé yo nada más verla; un nopal lleno de aromas.

El discurso de Cortés se interrumpió, y en su lugar comencé a escuchar unas palabras en castellano. Tardé un largo y fugaz abrir y cerrar de ojos en darme cuenta de que seguía siendo la voz de Cortés, que había decidido proseguir en castellano. Entonces, sin mediar señal alguna entre ambos, Marina se subió al estrado y, sin ocupar nunca el centro, se dispuso a hacer de lengua de Cortés con la mayor de las naturalidades. Había buen entendimiento entre ambos; era algo que habían hecho muchas veces ya, y se habían acostumbrado a las pausas y silencios sin necesidad de interrumpirse o pisarse en ningún momento. Viéndolos ahí, a ellos dos solos en la tarima emergiendo sobre las cabezas de la nueva sociedad azteca, coloqué entre ambos a Martín, el primer mestizo de aquellas tierras, y súbitamente los dos se me aparecieron como nuevos Adán y Eva de una raza destinada a reinar sobre Nueva España. Una peligrosa premonición.

—¿Alguien puede creer —escuché a Cortés terminar— que Su Sacratísima Majestad el emperador Carlos V, soberano que protege estas tierras bajo el manto de su justicia, vaya a abandonar a sus hijos más pequeños? Pues escuchadme bien, porque si él llegara a hacerlo, yo —se detuvo un breve instante, paseando su mirada sobre todos los presentes—, yo no lo haría jamás.

Sus palabras, en boca de Marina, incendiaron los rostros y las voces de todos cuantos escuchaban. Vi a mi lado hombres intercambiando miradas de satisfacción mientras un canto se iba extendiendo entre las gargantas a mi alrededor. Al principio era un murmullo aislado, pero el grito empezó a cobrar fuerza hasta convertirse en un solo clamor en todo el patio. El cántico náhuatl no era difícil de comprender; decía: «Tlatoani Cortés, tlatoani Cortés».

El mismo título que habían recibido Moctezuma y Cuauhtémoc antes de la conquista de los españoles.

Cortés, rey de los aztecas.

El conquistador dejó que aquel grito penetrase en su alma y entonces descendió de las alturas, junto a Tapia. Los vi hablar entre ellos y de pronto Tapia señaló hacia el lugar donde yo me encontraba. A pesar de la distancia, no le resultó difícil a Cortés identificar mi piel entre la tez oscura de quienes me rodeaban.

En ese momento, sentí las manos de alguien tocándome el hombro. Me volví, y un indio de entre la servidumbre me rogó que lo acompañara. Levanté la cabeza y vi que Tapia asentía, rogándome desde la distancia que obedeciera. Me condujo hasta el lugar donde ellos se encontraban, abriéndonos paso entre los caciques y grandes señores, que comenzaban a abandonar el patio.

Cortés no advirtió mi llegada, puesto que estaba de espaldas hablando con varios de aquellos señores, pero

Tapia, mezclado entre ellos, desvió su mirada hacia mí, rogándome con los ojos que esperara mi turno. Reconocí entre los presentes al cacique que había estado quejándose tan acaloradamente en nombre de todos. Todavía había preocupación en su rostro mientras hablaba, pero la presencia y el calor cercano de Cortés habían diluido su furia. Pude apreciar de cerca sus grandes dimensiones y el oro que cubría su pecho, pero lo que verdaderamente llamó mi atención fueron los orificios en sus orejas, en la nariz y en los labios, y las joyas y brillantes que los atravesaban. No sabía de mujer en Valladolid que pudiera presumir de joyas parecidas colgando de sus lóbulos.

En cuanto el cacique dejó de hablar, mi mirada atrajo la suya, y aunque conseguí desviarla a tiempo, no pude evitar sentirme observado. No me gustó su modo de hacerlo; me vi deseado como una bella muchacha al pasar delante de unos soldados, y no pude evitar notar mis entrañas hundiéndose en la entrepierna. Jamás me había sentido objeto de deseo por parte de otro hombre, y mis mejillas comenzaron a arder peligrosamente cuando Tapia acudió involuntariamente a mi rescate.

—Cortés —intervino aprovechando un breve vacío en la conversación que mantenían—. Aquí tenéis a Diego de Soto.

Cortés se volvió hacia mí, y aunque pude apreciar en sus labios una ligera sonrisa al saludarme, no dejó de sorprenderme el cansancio que había acumulado bajo sus ojos; tampoco vi la aceituna brillando en sus pupilas. Parecía como si toda la energía y el fuego que había visto sobre el estrado se hubieran consumido ahí, y hubiera descendido al mundo de los mortales un simple actor cansado de su buena representación. Él debió de notar esta apreciación por el quiebro de mi frente, pues algo se encendió en su interior y el Cortés de antes volvió a brillar sobre sus costuras.

—Querido Diego; me alegro de que esos bastardos no hayan conseguido hundir también vuestra nave.

No supe si aquello era una metáfora o una clara alusión a la suerte que había corrido Guevara, si había sarcasmo o contenían una velada amenaza sus palabras; sonaban genuinas. ¿Una mentira sobre otra mentira o la verdad?

Cortés se volvió hacia el cacique y el resto de los naturales con los que estaba hablando y les dirigió unas palabras en náhuatl, entre las que tan solo conseguí distinguir mi nombre.

El interés de todos ellos revoloteó por unos instantes sobre mi cabeza, e incluso el cacique que me había arrojado esa turbia mirada mostró entonces un sano interés por mí. Vi con el rabillo del ojo a Marina, la bella flor, ocupando un discreto lugar detrás de Tapia, pero escrutándome con la misma curiosidad que los demás. Me hubiera gustado que tradujese lo que Cortés había dicho, pero se mantuvo callada.

El conquistador me puso una mano sobre el hombro con el regreso de su lengua al castellano:

—¡Podréis escribir sobre esto cuando en España hablen de mí pestes, criticando lo que vinimos a hacer en estas tierras! Y creedme cuando os digo —fijó la mirada en mí, destapando su brillo por un breve instante— que me alegra veros de nuevo.

Me dio unas pequeñas palmadas en la espalda que me desconcertaron.

—Cortés —Tapia se adelantó, interponiéndose entre nosotros—, los mensajeros aguardan con las noticias traídas desde España.

Cortés asintió y tras su sonrisa volvieron a aparecer los diez años de más que había visto antes.

—Cada vez que llega un navío con noticias del Imperio, Nueva España entera contiene la respiración. Veamos qué nos depara en esta ocasión nuestro bienamado rey —lanzó una mueca al aire que solo yo alcancé a ver—. Me gustaría quedarme con vos, invitaros a cenar, charlar, pero estos señores y yo debemos atender asuntos importantes que no pueden demorarse. Confío en que estéis dando pasos de gigante en vuestra crónica. —«¡Si él supiera!», pensé yo bajando los ojos—. Tapia se ha encargado de prepararos una buena habitación para vuestra estancia en Coyoacán. Disfrutadla y hablaremos cuanto tengamos ocasión.

Tapia desvió la mirada reacio; sus sentimientos hacia mí no podían ser más contrarios que los que aparentaba Cortés. Instó a todos los que lo rodeaban a que lo acompañasen, y se dispusieron a abandonar el patio. Antes de que desaparecieran por una de las bocas principales del corredor, pude ver otra vez al cacique voltear su cabeza sin disimulo alguno hacia mí y devorarme una última vez.

El indio que me había acompañado hasta Cortés fue el responsable de guiarme hasta mi habitación por el ala opuesta por la que habían desaparecido los caciques. Los ánimos estaban tensos entre ellos. Tenía que existir una relación entre el malestar que había palpado en aquel patio y el asesinato de Alonso de Grado, la desaparición de su esposa, la hija de Moctezuma, y, quizá, el propio altercado en el que me había visto envuelto con el tipo de la barba trenzada.

Dos cosas habían quedado claras en mi mente. La primera era que Cortés no planeaba escapada ni viaje a ninguna parte; no por el momento. Todos aquellos caciques le reclamaban justicia y protección, y él no iba a huir ahora. Si la Santiago y las demás naves que Cortés tuviera preparadas partían hacia las Molucas con la derrota por la que Guevara había pagado con su vida, lo harían sin él a bordo. Salazar se había equivocado nuevamente; los barrotes de la cárcel le habían impedido ver el dibujo completo. El conquistador tenía otros planes.

La segunda cosa que tenía muy muy clara es que, después de haber visto la mirada de ese cacique deslizándose sobre mí, aquella noche cerraría la puerta de mi habitación con llave. Por si acaso.

13

A veces las cosas ocurren tal y como las tememos sin que podamos evitarlo. La puerta de mi habitación no tenía cerradura, y no hubo llave que lo impidiera.

Tras mi estancia en prisión, mi habitación en Coyoacán era digna de un rey. Nada más ver el suntuoso lecho que me aguardaba, soñé con meterme entre sus sábanas, que ansiaban a gritos mi descanso. No sucedió.

Antes, un indio entró con una bandeja a mis aposentos, trayendo consigo una cena extraña. La hoja verde de una vegetación arrancada del paraíso escondía entre sus dobleces un puré oscuro que devoré con fruición. Dulce y suave y delicioso. Completaba el manjar una tortita que parecía de harina de trigo, pero era algo más tosca. Me costó digerirla y tuve que tragármela con la ayuda del líquido que contenía un cuenco de cerámica alto y ancho. Sentí su tacto suave entre las manos y, al llevármelo a los labios, me sorprendió la tibia temperatura de su contenido; no era agua. Era un líquido más espeso, dulce, oscuro, amargo. Entró sin esfuerzo, sin pedir permiso, en mi estómago. Entonces, con mi boca sorbiendo todavía en el cuenco, vi aparecer unos dibujos en las paredes de su interior, visibles a medida que lo iba vaciando. Me pareció distinguir un águila con sus alas extendidas, que de pronto se despegó de la cerámica y echó a volar sobre el líquido que todavía había en el cuenco, dando vueltas, ascendiendo suavemente. Su efecto era tan intoxicante que no despegué los labios del borde, ni tan siquiera parpadeé. Noté el viento de sus alas sacudir mi rostro antes de que desapareciera entre mis labios.

Sentí la fuerza de sus alas en mi estómago, agitándose, instándome a volar con ella. Cerré los ojos y me dejé seducir por un vértigo que batía el aire y ascendí sintiendo en los huesos el aire tibio de la madrugada y el crepitar de las estrellas en la piel.

Escuché al mundo pasar bajo mi sombra con un canto majestuoso en mis oídos, alzándose en éxtasis sobre toda la creación.

Vi de pronto el rostro del cacique asomándose insinuante entre las estrellas y mi corazón se encogió por un instante, pero los cantos a lo lejos me tranquilizaron de nuevo, proclamando que aunque yo era hermoso, nadie iba a jugar conmigo.

Sus labios en mi oreja me produjeron un cosquilleo en los hombros antes de que su rostro desapareciera de nuevo y yo volviese a sentir como volaba sobre la tierra. Abrí los ojos y Tenochtitlán y el mundo entero se desplegaron ante mí. Los cantos desaparecieron, el silencio en su lugar, sordo, opaco, enloquecedor. Unas palabras brotaron de la nada:

—Dibujaréis nuestra historia desde el principio.

Entonces alguien me empujó y comencé a rodar por los anchos escalones de la gran pirámide, una gran muchedumbre gritando abajo con los brazos extendidos, yo cayendo hacia ellos, a punto de devorarme. Un grito en mi garganta y el águila volvió a batir las alas en mi interior, elevándome de nuevo, a través de la laguna y el mar y el océano, hacia Valladolid, atisbando por la ventana de mi maestro, cogiendo altura de nuevo, el vértigo en el estómago, y de pronto oscuridad.

La tierra había vuelto bajo mis pies, y la boca negra enorme de un jaguar, delante, me invitaba a entrar en ella.

Mi corazón y yo nos quedamos solos, él golpeando con fuerza mi pecho, advirtiéndome de que no lo hiciera; yo arrastrándome hacia aquel agujero oscuro, desobedeciendo.

¿Cuál era el principio de esa historia que yo iba a dibujar con palabras?

Avancé hacia la boca del jaguar y me sumergí en ella con un escalofrío en la piel.

Mis ojos tardaron unos instantes en hacerse a la oscuridad de aquellas fauces enormes y, entonces, el águila salió de mi boca y desapareció. Ahora era yo quien había sido devorado.

La oscuridad fue desvaneciéndose en torno a un jardín de sombras que se abría ante mí. A ambos lados, dos antorchas marcaban sus límites frente a la estancia en la que me encontraba. No existía un muro de separación entre lo construido y la vegetación, entre la civilización y lo salvaje, salvo el fuego que iluminaba los dos mundos.

Sobre mí el techo se esfumaba también bajo el cielo estrellado, y, detrás, la habitación aparecía desnuda. Las líneas entre los intersticios de los sillares que constituían las paredes llenaban de elegancia y geometría aquel espacio, y no necesitaba de nada más.

Solo un objeto, frente al jardín de sombras, desafiaba la simplicidad longitudinal del muro. Colgaba de su centro, en la mitad. Me acerqué a verlo. Era un medallón oscuro de piedra en el que hubiese podido llegar a contemplarme si hubiera sido un espejo como los que había visto en los palacios castellanos. Toqué su superficie brillante y negra, y por un instante creí ver reflejado en él los ojos aceituna de Cortés. Me quedé absorto contemplándolo, misterioso, frente a mí, y comencé a vislumbrar los contornos de mi figura reflejada en él. Ocurrió entonces algo mágico; una luz comenzó a brillar en sus márgenes, alrededor de un rostro femenino envuelto en una nube gris. La nube se fue difuminando hasta descubrirme a mí. Me acerqué, encandilado por el sortilegio de aquella piedra brillante que abría una ventana a mi mundo y en la que me veía reflejado. Apenas empezaba a distinguir mis facciones cuando descubrí, sobre el hombro izquierdo, la figura nítida y diminuta de una criatura radiante, perfectamente iluminada. Di un brinco ante esa aparición de mi ángel del bien, y al darme la vuelta descubrí, detrás de mí, a la mujer que había visto en el espejo.

Ella se rio al ver mi sorpresa.

—La primera vez que uno se contempla ante un espejo de obsidiana es capaz de ver otros mundos. ¿Cuál habéis visto vos?

Yo, sin palabras, trataba de desembarazarme de la estúpida sensación de magia con la que me había dejado cautivar frente a aquel objeto.

A pesar de ser real, la presencia de Isabel de Moctezuma, escoltada por dos indios, seguía arrojando destellos sobrenaturales entre las sombras del jardín. Su figura y su porte eran tan apabullantes como los de aquella tarde en el mercado. La envolvía una capa hasta los pies, forrada de pedrezuelas que brillaban como pequeñas llamas de un ave fénix a punto de echar el vuelo.

Intenté que saliera algo por mi boca, pero la magia del espejo de obsidiana me había despojado de la palabra.

Ella entera vino flotando hacia mí, cruzando los límites entre el jardín salvaje y la fría realidad de piedra donde yo me alzaba. No se detuvo junto a mí, sino que continuó hasta posarse ante el espejo.

—¿Habéis contemplado quizá las palabras con las que debéis comenzar el nuevo relato de estas tierras? —La princesa azteca se volvió hacia mí ocultando con una sonrisa enigmática un mundo lleno de secretos.

Me mordí el labio inferior con fuerza; el dolor tenía que devolverme a la realidad. Sacudí la cabeza. Aquello era la realidad. Ella estaba frente a mí.

—Y según la princesa Isabel de Moctezuma, ¿cómo debería empezar esa historia?

Le gustó que la llamara así. Por su nombre.

—No lo sé, ese es vuestro trabajo. Os llamáis Diego de Soto. Dicen que sois extraordinario contando historias.

Me ruboricé al escucharme entre sus labios.

—Seguramente desearíais que comenzase diciendo que vos erais los buenos y nosotros, los españoles, los malos —dije, todavía ensimismado.

Isabel se acercó hasta mí con la mirada levantada.

—¿Cómo? ¿Sois de los que todavía dividen el mundo en buenos y malos? Si vuestro Dios habla de la cizaña en medio del trigo, ¿por qué no habrían de convivir los buenos con los malos en un mismo bando?

Me sorprendió tanta elocuencia en los labios castellanos de una mujer azteca. No porque fuera mujer, no por ser azteca, no por hablar castellano, sino por la existencia de las tres al mismo tiempo. ¿Qué probabilidades hay de ver el sol, la luna y las estrellas bajo un mismo cielo?

—Hasta en nuestro propio corazón conviven las buenas con las malas hierbas —continuó ella, majestuosa—. ¿No habéis tenido ocasión de comprobarlo vos alguna vez en el vuestro?

Pareció escrutarme con la mirada al tiempo que hablaba.

—Entonces —insistí, hundiendo mis ojos en los suyos, buscando encender la mecha—, ¿cómo debería comenzar esa historia? Vos tenéis que saberlo mejor que nadie. Estuvisteis allí.

Un soplo de melancolía cubrió su rostro. La chispa debió de llegar muy dentro, porque vi en sus ojos prenderse el pábilo.

—Sí, estuve allí. Ojalá no fuera así, pero no podemos cambiar la historia aunque queramos.

Isabel bajó la cabeza y se llevó una mano a la mejilla, acariciándola.

—Desperté del sueño y de mi infancia con una bofetada —dijo, levantando su rostro del recuerdo.

El eco de aquella bofetada que había escuchado leyendo los escritos de Tapia resonó de nuevo en mis oídos. Cuauhtémoc. El día en el que Cortés supo de boca de Moctezuma que había llegado la expedición de Narváez.

—Esa bofetada le arrebató el poder a mi padre y lo entregó a sus enemigos. —El fuego ardía en sus labios.

—Cuauhtémoc —asentí yo, adelantándome.

Los ojos de Tecuichpo me miraron, sorprendida de que yo lo supiera, antes de continuar.

—Cuauhtémoc y mi tío Cuauhtláhuac se opusieron desde el principio a la entrada de los españoles en Tenochtitlán, pero mi padre tenía la confianza de los grandes señores de la ciudad. Era mejor una paz calculada que una derrota bajo sus armas. Mi padre creía inútil la lucha contra una civilización más fuerte.

—Las armas eran nuestra fortaleza —añadí yo con convicción.

Vi una súbita ira atravesando los ojos de Isabel de Moctezuma.

—¿Creéis de veras que fueron las armas las que convencieron a mi padre? Eso lo convertiría en un tlatoani cobarde, y mi padre no lo era. No son las armas las que vencen, sino los hombres que las empuñan. Moctezuma era sabio, prudente, y vio lo que nadie supo ver.

No me atreví a enfurecer de nuevo a aquella mujer y dejé que fuera mi silencio el que hablara.

—Los españoles erais violentos, ambiciosos, crueles y arrogantes como lo puede ser cualquier otro enemigo, pero mi padre creyó que teníais algo que a nosotros nos faltaba.

Arrojó sus palabras, condescendiente, insultante, mientras yo esperaba escuchar el secreto mejor guardado de todos los tiempos. Se detuvo unos instantes antes de proseguir.

—Nuestros sacerdotes se rieron cuando vieron llegar a Cortés con la señal de la cruz como único dios. Nosotros construíamos grandes templos desde los que arrojar víctimas como sacrificio a nuestros dioses, y los españoles enarbolaban como estandarte una cruz en la que habían sacrificado a su dios para salvarnos a todos. ¿Quién podía ser tan idiota como para inventarse algo así?

—Pero es cierto —protesté yo, dispuesto a sacar el martillo de herejes como advertencia de lo que pudiera decir en contra de nuestra fe católica y universal.

—¡Por eso tenía que ser verdad! —dijo ella, atronadora, ignorándome—. Un dios inventado por hombres no moriría en una cruz; lo haríamos grande, temible ante nuestros enemigos, sanguinario con sus víctimas, pero jamás lo dejaríamos morir en una cruz.

Había algo conmovedor y sencillo detrás de esas palabras.

—¿Me estáis diciendo que vuestro padre, el gran Moctezuma, tuvo la certeza de que nuestra civilización era superior porque nuestro dios era demasiado vulnerable para ser un simple invento humano?

—La pobreza de vuestro dios es lo que convenció a mi padre de vuestra verdad —asintió ella, tajante.

La contemplé en todo su esplendor y en toda su arrogancia.

—¿Os dijo alguna vez lo que me acabáis de contar? —Resultaba demasiado impresionante para que todo aquello fuera cierto. Ella no era más que una niña entonces.

—¿Creéis que yo era demasiado pequeña para llegar a saber lo que os estoy contando? —Lanzó una sonrisa amarga, adivinándome—. Una crece deprisa cuando ve a su padre morir ante sus ojos.

Isabel de Moctezuma se dio la vuelta, la capa de pedrería danzando a su alrededor, y devolvió su rostro al espejo de obsidiana, conjurando la memoria que había oculta allí, entre su oscuridad brillante.

Tenochtitlán, 28 de junio de 1520

—¡Saquémoslo de ahí, maldita sea! —La voz de Cortés sonó como un trueno sobre la jauría de voces que ascendía, desatada y eufórica, hasta la terraza donde Moctezuma acababa de ser derribado de una pedrada.

Arrastrándose por los suelos, el conquistador consiguió asir las piernas de Moctezuma y tiró del cuerpo del tlatoani hasta la boca de las escaleras. La sangre roja que brotaba entre sus cabellos oscuros iba dejando su rastro mortal sobre el suelo de la terraza.

Fuera del alcance de las piedras que la muchedumbre seguía lanzando desde fuera del palacio, los cuatro guardias reales del tlatoani alzaron el cuerpo de Moctezuma y desaparecieron por el hueco de la escalera.

—Trasladadlo a sus aposentos, ¡rápido! —ordenó Cortés mientras se volvía hacia Vázquez con el corazón latiendo bajo su cuello, la vena escapándose de la piel—. ¡Llamad al médico, y traed con vos también a un sacerdote! ¡No tenemos mucho tiempo!

Antes de desaparecer por el hueco de la escalera, se volvió una última vez hacia Tapia.

—¡Haced que los arcabuceros se encarguen de disolver la multitud! ¡No quiero derramamiento de sangre! ¡Solo una advertencia! ¡Asustadlos!

Cortés bajó las escaleras tras el cuerpo de Moctezuma, tratando de evitar pisar la sangre real que manchaba el suelo. El cuerpo del tlatoani se balanceaba inerte sobre los hombros de su guardia. Una vez que hubieron descendido al patio principal, Cortés se colocó junto a Moctezuma y lo cogió de la mano, que caía sobre el vacío. Todavía estaba caliente. Volvió la cabeza hacia el rostro del tlatoani, unos ojos ensangrentados que luchaban por no cerrarse.

No aún.

—Todavía no os han vencido. Seguís siendo tlatoani —murmuró Cortés con la voz rota.

Escuchó entonces la voz ahogada del tlatoani. Distinguió los nombres entrecortados de sus dos hijos. Los favoritos.

—Ahora los veréis, ahora los veréis. Aguantad —respondió Cortés, estrechando con fuerza la mano de Moctezuma.

Las puertas de la estancia real de Moctezuma se abrieron y los cuatro guardias llevaron el cuerpo hasta el centro de la tarima donde el tlatoani atendía los asuntos de gobierno de su imperio. Lo depositaron en el suelo, sobre la hermosa piel de jaguar negro desde la que le gustaba tomar las decisiones importantes. Sobre su cabeza, el palio de plumas y telas preciosas estaba preparado para recibir el espíritu del tlatoani y envolverlo como regalo a sus dioses.

Cortés, que no se había desasido de la mano del moribundo, notó una suave presión entre los dedos. Se volvió hacia el rostro del tlatoani, y vio aquellos dos ojos de fuego que lo habían mirado por primera vez a su entrada en Tenochtitlán. Cortés intentó tragar saliva al recordar, pero un nudo en la garganta se lo impidió; nada había salido como ambos habían soñado. Moctezuma despegó los labios, en un esfuerzo supremo por hablar; había urgencia en su mirada, pero Cortés le rodeó la mano con las suyas y asintió.

—Sí, gran tlatoani, lo sé. Tenéis mi promesa. Se hará tal y como pedís. Pero guardad vuestras palabras para ellos.

Cortés se volvió hacia el médico, que acababa de llegar y estaba inspeccionando la herida sobre la frente de Moctezuma. La sangre de la cabeza había empapado la piel negra del jaguar, pero esta, en lugar de teñirse de rojo, se hizo más brillante.

—Ha perdido mucha sangre. No creo que...

—Lo sé —asintió Cortés, sin esperar a oír lo que ya sabía—. Solo quiero que le limpiéis el rostro. No quiero que sus hijos lo vean así.

El médico asintió y, humedeciendo un paño en la jofaina que había hecho traer, limpió la sangre del rostro del tlatoani. La piel de Moctezuma emergió blanquecina entre las manchas, y Cortés no pudo evitar reconocer lo que había escuchado tantas veces de pequeño de labios de su madre; la muerte era la gran señora que acababa igualándonos a todos antes de acudir ante la presencia de nuestro creador.

—Tapadle la cabeza con el paño, que no se vea la herida —señaló Cortés antes de levantar la mirada y ordenar que trajeran a las dos últimas personas que el gran Moctezuma quería ver antes de morir.

No fue necesario llamarlos. Chimalpopoca, el joven príncipe, y Tecuichpo, su hermana pequeña, ya estaban junto al estrado, esperando poder abrazar a su padre. Entonces Cortés soltó la mano de Moctezuma, hizo una señal para que se acercaran y los dejó a solas.

Los dos niños se arrodillaron junto al cuerpo de su padre, y ella, Tecuichpo, dejó caer el rostro sobre su pecho y se echó a llorar desconsoladamente. El mundo que había conocido se acababa, y ella ya no quería estar en él.

Moctezuma sacó las últimas fuerzas de sus entrañas exhaustas y todo su cuerpo se estremeció con las últimas hebras de vida.

—Tecuichpo, mi cielo. Me voy para asegurarme de que el sol te siga cuidando desde lo alto.

Moctezuma a duras penas logró arrastrar la mano y colocarla sobre la cabecita de la pequeña. Ella sintió su tibio calor sobre la nuca y prorrumpió en un nuevo sollozo que taladró el pecho de su padre.

—Aquí abajo será el tlatoani blanco quien te cuide. Quiero que lo sigas y lo obedezcas. Con él estarás a salvo.

—Padre, yo no..., yo solo quiero que vos estéis conmigo.

—Tecuichpo, prométemelo, por favor.

La niña levantó la frente y miró por última vez a su padre con el rostro bañado en lágrimas y tratando de contener un nuevo sollozo.

—Os lo prometo, padre —dijo logrando que no le temblara la voz.

Entonces dejó caer de nuevo la frente sobre su pecho y rompió a llorar otra vez.

Chimalpopoca, junto a ella, de rodillas sobre la piel negra del jaguar, tragó saliva, solemne. Él no iba a llorar, no delante de su padre.

—Hijo mío, vos sois el tlatoani, mi sucesor. —Sus esfuerzos por respirar entrecortaban sus palabras—. Un nuevo tlatoani para tiempos nuevos.

Moctezuma trató de levantar el brazo hacia la frente de su heredero, pero ya no le quedaban apenas fuerzas. Taumoc, uno de sus guardias reales, abandonó su puesto y se inclinó sobre él para sostener su brazo y ayudarle a posar la mano sobre la frente de su hijo favorito.

Chimalpopoca inclinó el rostro ligeramente hacia el guardia en señal de agradecimiento. Tener a aquel fiel soldado a su lado durante aquellas últimas semanas había sido una de las escasas bendiciones que los dioses se habían dignado a otorgarle desde la bofetada de Cuauhtémoc. Todavía le escocía la mejilla, y había sido Taumoc, no su padre, quien después del incidente se había acercado a él y lo había consolado de la humillación sufrida.

Su padre, el gran tlatoani, había mostrado debilidad entonces, y ahora estaba ahí, tendido frente a él, a punto de morir. A él no le ocurriría lo mismo.

Moctezuma bajó el brazo y Taumoc lo devolvió suavemente sobre su regazo, y ya no se movió de su lado. El muchacho retornó la mirada hacia el rostro de su progenitor y se renovó el dolor en su corazón.

—Tenéis enemigos entre vuestra sangre. —La voz de Moctezuma era apenas un hilo a punto de romperse, y Taumoc indicó con señas a Chimalpopoca que inclinara el oído hacia la boca de su padre para escuchar lo que, con las fuerzas que le quedaban, todavía pudiera decir—. Seguid a Hernán Cortés —añadió aún su padre—; con él podréis ser señor de Tenochtitlán, edificar un nuevo imperio con su dios.

A Chimalpopoca no le gustó lo que escuchó. Esa era precisamente la raíz de los problemas que habían conducido a su padre hasta la situación presente. Hernán Cortés. Había hecho oídos sordos a las repetidas protestas de sus súbditos sobre el comportamiento de los españoles, abriéndoles, en su lugar, las puertas de la sagrada ciudad de Tenochtitlán. Él no iba a cometer los mismos errores que su padre. Lo primero que haría como tlatoani, después de mandar ejecutar a Cuauhtémoc, sería echar a Hernán Cortés de la ciudad y prohibir que ningún piel blanca volviera a entrar jamás en ella. Lo había hablado con Taumoc, y el guardia estaba de acuerdo con él. En su fuero interno, Chimalpopoca estaba seguro de que Taumoc podría llegar a ser un magnífico consejero real. Lo nombraría en cuanto fuese el nuevo tlatoani.

La expiración del último aliento de Moctezuma desató los fantasiosos pensamientos del muchacho y los de todos los presentes en aquel aposento real.

Con esa exhalación, el muchachito se coronaba tlatoani; con esa exhalación, Taumoc, a su lado, tomaba una determinación; con esa exhalación el sueño de Hernán Cortés llegaba a su final.

Cortés hizo una señal al sacerdote que había mandado llamar y este, subiendo al estrado, se inclinó sobre el gran tlatoani y le hizo la señal de la cruz sobre la frente. Se puso entonces en pie y comenzó a recitar un responso por su alma.

Cortés cerró los ojos y, mientras rezaba, su mente voló hacia los próximos pasos del plan que había previsto secretamente con Tapia. Tenían que huir de la ciudad. Todo estaba en manos del alarife García Bravo y en la rapidez con la que acabase de construir aquellos puentes móviles. Eran imprescindibles si querían abandonar Tenochtitlán con alguna esperanza de conservar sus vidas.

Su mente regresó a aquella sala, junto al cadáver. Debía cumplir su promesa; los vástagos del tlatoani habían pasado a ser responsabilidad suya. Si huía, se los llevaría consigo, tal y como había prometido a su padre. Una súbita señal de alarma saltó inmediatamente en su cabeza, y Cortés abrió los ojos. No había nadie junto al cadáver de Moctezuma; sobresaltado, miró a su alrededor.

—Los hijos de Moctezuma, ¿dónde están? —Bajó del estrado, dejándose arrastrar por una terrible premonición.

—Estaban aquí hace unos instantes, junto a Taumoc —murmuró el sacerdote a sus espaldas.

Los ojos de Cortés recorrieron todos los rincones de la estancia, pero no había rastro de los dos muchachos.

—¡Capitán! —gritó, desde la puerta, uno de los soldados que custodiaban la entrada—. Han salido por aquí.

—¿Vos les habéis permitido la salida? —El rictus de sus labios dibujó un rayo en su semblante que hizo temblar al guardia.

—Los acompañaba Taumoc, y yo creí que...

—Durán, creer solo se cree en Dios, maldita sea, y vos les acabáis de abrir las puertas del infierno.

Cortés se precipitó hacia la puerta y, al estirar de los grandes pomos de plata que la abrían, se encontró de frente con Tapia.

—García Bravo dice que los puentes estarán listos dentro de veinticuatro horas —anunció él, echándose a un lado para no ser arrollado por Cortés, que pasó sin detenerse.

Tapia vio con sorpresa que su capitán se dirigía hacia el centro del patio con los ojos desbocados y la mano sobre el cinto. Conocía perfectamente la expresión y esa postura, y lo siguió, agarrando también el puño de su espada.

Cortés se detuvo en el centro de la explanada que delimitaban los cuatro corredores principales; desnudó el hierro que hervía en su cinto y derramó una mirada a su alrededor con la furia de un jaguar herido.

—¡Maldita sea! —Escuchó los pasos de Tapia, quien se colocó a su lado—. ¿Os habéis cruzado con Taumoc, con los hijos de Moctezuma?

Tapia negó con la cabeza, la inquietud de su capitán dibujada en su rostro; no necesitaba preguntar para saber lo que ocurría. Entendió al instante y, desenfundando su espada, se colocó espalda contra espalda de Cortés, los dos hechos uno para dominar el patio entero. Pero no había rastro de ninguno de ellos.

En ese momento Tapia vio a Dino Vázquez saliendo del interior del ala este del palacio.

—¡Vázquez! ¿Os habéis cruzado con Taumoc?

Bernardino Vázquez, al verlos a ambos en el centro del patio, cambió de dirección y, cruzando el corredor, fue a su encuentro.

—No, ¿qué ocurre? —Vázquez, imitándolos, desenfundó su hierro.

—Moctezuma ha muerto; Taumoc ha desaparecido con sus herederos —bramó Tapia con la respiración entrecortada, sin dejar de mirar con detenimiento hacia los soportales en busca de alguna señal.

—No podrá ir muy lejos. ¡Voy a avisar a la guardia del ala este, junto a las puertas, para que estén alerta! ¡No podrán escapar!

Cortés escuchó, a sus espaldas, aquellas palabras y sacudió el mentón con las mandíbulas tensas. Había faltado a su promesa con Moctezuma y era demasiado tarde, se maldijo mientras lanzaba un suspiro que le nubló el alma. Se los habían arrebatado delante de sus narices, y ahora solo podía temer lo peor para ellos, para él, para Tenochtitlán entero.

Hasta sus oídos llegaron los gritos de la muchedumbre, afuera, atravesando los muros de la fortaleza. Los disparos de los arcabuceros no habían conseguido disuadir a quienes habían derramado la sangre de su tlatoani caído. La suerte estaba echada.

Taumoc había aprovechado aquellos instantes de quietud eterna que había traído consigo el último suspiro del tlatoani Moctezuma y sabía bien hacia dónde dirigirse. A él también le habría gustado derramar unas lágrimas por su gran señor. Lo había amado, como los demás súbditos, pero tenía que pensar en el presente y, también, en el futuro de Tenochtitlán. Había hecho una promesa y no podía echarse atrás. Era su gran oportunidad.

Él caminaba delante, sin perder de vista al muchacho y a su hermana, que lo seguían por un pasadizo en el que se habían adentrado. Este se extendía, en paralelo a la fachada principal, hasta la torre más al este. Pocos conocían de su existencia y nadie lo solía transitar, le habían asegurado. Más valía que fuera cierto. Aquel era el punto de encuentro acordado. Apeló a los dioses para que todo saliera según lo previsto; ¡debía ser así! Sus dioses tenían que demostrar a los españoles que eran ellos los verdaderos, y no aquel pobre que miserablemente colgaba de un palo en forma de cruz.

—Pero ¡padre nos ha dicho que no nos alejemos del tlatoani blanco! —escuchó gimotear a sus espaldas a la pequeña.

Chimalpopoca rodeó con el brazo el hombro de su hermanita.

—Ahora padre está muerto, y yo soy el tlatoani.

Ella miró hacia arriba, buscando el rostro de su hermano en aquella voz tan grave que no había escuchado nunca.

—Conmigo no tienes nada que temer —continuó él, antes de bajar el tono y recuperar la voz infantil que ella conocía bien—. Además, Taumoc nos protege.

Taumoc sonrió y dejó pasar a los niños delante de él. Por suerte el muchacho estaba de su parte y no tenía que obligarlos a seguirlo. Eso le hubiera obligado a tener que actuar antes, y los gritos lo habrían descubierto. Pero allí, entre las inexpugnables paredes del pasadizo, que impedían sentir el fuerte clamor de Tenochtitlán por la sangre de los españoles, ningún alarido sería escuchado.

—No quiero ir, quiero quedarme con la señora Marina; ella nos cuidará. Cortés nos cuidará.

Tecuichpo se detuvo y escondió el rostro entre las manos antes de que las lágrimas volvieran a correr libres por sus mejillas. Sus sollozos se volvieron tan lastimeros que a Chimalpopoca se le deshizo el corazón y se inclinó hacia ella.

—Hermana, no llores. Yo también estoy triste, pero no llores. Yo ordenaré que todo vuelva a ser como antes. Viviremos juntos, pondré paz, todo volverá a ser igual o mejor.

Mientras hablaba, sintió el roce del cuerpo de Taumoc en su costado, adelantándolos sin detenerse.

—Cuauhtémoc no nos quiere. Él te pegó. Ellos no nos quieren —continuó ella, dejando asomar sus ojos brillantes entre las manos.

—Los señores de Tenochtitlán nos cuidarán. Ellos son amigos de padre. —Chimalpopoca acarició con los labios sus oídos como cuando le contaba algún secreto que no quería que nadie escuchara. Esas cosquillas ayudaban a desatar la sonrisa de su hermana, pero era inútil hacerlo ahora.

—Padre está muerto —musitó ella con un súbito soplo de entereza—. Ellos lo han matado. ¡No quedan amigos en Tenochtitlán!

Sus palabras fueron un repentino despertar para Chimalpopoca. ¿A dónde los llevaba en realidad Taumoc? Irguió el cuerpo en la penumbra del pasadizo y, por un momento, se vio solo y abandonado. No había ni rastro de Taumoc.

—¡Taumoc! —Su propio grito le asustó en medio de aquel silencio.

Algo se detuvo frente a ellos, y el rostro del indio se volvió entre los pliegues de la oscuridad. Estaba a diez pasos de distancia, pero el siseo que lanzó para mandarlo callar penetró contundente en los oídos del muchacho. El guardia siguió caminando.

Chimalpopoca volvió a gritar su nombre con la impertinencia de un tlatoani.

—Taumoc, deteneos. —La orden resbaló con insolencia entre la humedad de las paredes, y la espalda de Taumoc se detuvo en seco—. ¡Venid aquí! Os lo ordena vuestro tlatoani —volvió a gritar el muchacho, con cierto nerviosismo.

Los dos hermanos contemplaron la enorme figura de Taumoc aproximándose, su piel desnuda brillante por el sudor, como la de un leopardo antes de abalanzarse sobre su presa.

Taumoc se detuvo ante ellos con la mirada fija en el muchacho.

—¿A dónde nos lleváis? ¿Quiénes son los caciques que defenderán mi causa?

—Ahora no tenemos tiempo para hablar de eso —respondió Taumoc impaciente.

—El tlatoani os ordena que habléis. ¡Ahora! —gritó Chimalpopoca mientras ascendía por su piel el frío sudor del miedo.

Se produjo un tenso silencio, y por fin Taumoc hizo

ademán de inclinarse, respetuoso, hacia el muchacho. Chimalpopoca se tranquilizó y, soltándose de su hermana, dio un paso al frente, tratando de recuperar el aplomo. Entonces, algo parecido a un zarpazo sacudió el aire antes de golpear su mejilla y hacerle volver el rostro a un lado. El dolor ardió en su piel y cubrió de niebla su mirada.

—Vos no sois mi tlatoani —murmuró Taumoc, llevándose la mano hasta los labios y relamiendo la sangre que había manchado sus nudillos.

A su lado, Tecuichpo lanzó un grito de terror. Las lágrimas aparecieron en el rostro de Chimalpopoca antes de entender lo que estaba sucediendo y, devolviendo la mirada hacia el hombre a quien había pensado convertir en consejero real, distinguió algo brillante en su mano izquierda. Fue lo último que vio antes de que el mismo dolor que había sacudido su mejilla se hundiera en sus entrañas.

Taumoc notó el calor de la sangre en sus manos al desclavar el puñal del cuerpo del muchacho y arrojarlo al suelo. Había sido más fácil de lo que hubiera esperado.

Tecuichpo gritó horrorizada al ver desplomarse a su hermano, pero su voz no retumbó entre las piedras del pasadizo. Tampoco los sollozos lo hicieron, y ni tan siquiera notó las lágrimas que resbalaban por el rostro. Todo sucedía como en una de aquellas pesadillas que habían empezado el día en el que vio a Cuauhtémoc abofetear a su hermano, y de las que solía despertar empapada en sudor, con las caricias de doña Marina en su frente. Esta vez, sin embargo, estaba despierta y eran unas manos ensangrentadas las que la alzaban por los aires y, doblándola sobre un hombro desnudo, la obligaban a cabalgar en la oscuridad.

La pesadilla la arrastró hasta unas escaleras. Notó cada uno de los escalones sobre su vientre mientras Taumoc descendía con ella al hombro. Tecuichpo quiso volver a gritar, pero la mano del indio se lo impedía.

—Si volvéis a gritar os mataré como a vuestro hermano —susurró Taumoc junto a su oído.

Y hubiera cumplido de buena gana su amenaza si no fuera porque la sangre de la niña valía mucho, demasiado, para ser derramada junto a la de su hermanito. Ese era el trato al que había llegado con Cuauhtémoc. Entregársela a ellos. El primo de Moctezuma había sabido ver el coraje y la determinación malgastada en el puesto que ocupaba como guardia real del tlatoani y se había aproximado a él con la seguridad de que aceptaría el trato; debió de oler su descontento el día en el que los hombres blancos hicieron su entrada en la ciudad. Fuera por los motivos que fuera, le había prometido un futuro más favorable bajo las órdenes de un nuevo tlatoani y él había aceptado. Solo tenía que ganarse la confianza de los príncipes, y la de Chimalpopoca había sido fácil; todo muchacho de trece años sueña con un hermano mayor fuerte y valeroso en quien depositar su confianza, y él, que a sus diecinueve años se sabía dueño de ambas cualidades, solo había necesitado fingir, alabar las cuatro estúpidas ideas que pudieran salir de su cabecita, y salir a recoger sus restos el día en el que Cuauhtémoc lo abofeteó en público. El heredero había sido presa fácil.

A ella, sin embargo, había resultado imposible hacerla suya. Cada vez que lo había intentado se había encontrado con el escupitajo de su mirada condescendiente y el desprecio absoluto. «Déjalo, tú no eres su padre.» Todavía resonaban en sus oídos las palabras que la mocosa de diez años le había dirigido cuando, todavía con el bofetón ardiendo en el rostro de su hermano, ella lo había rodeado con sus brazos, arrancándolo a él de su lado. Su fuerza residía en esa mirada altiva y segura, sabedora de que por sus venas corría sangre que los dioses tenían como propia.

Por eso ahora, en la oscuridad de aquel pasillo, fuera del alcance de esos ojos, Taumoc tuvo que luchar contra la tentación de levantar ese cuerpecillo de su hombro izquierdo y aplastar su cabecita contra el techo que corría sobre ellos. Lanzó un suspiro, desechando la idea. Su sangre valía más, mucho más que darse el gusto, tuvo que repetirse varias veces.

De pronto sintió un aguijonazo en la piel, sobre el hombro que soportaba la carga de la niña. Lanzó un grito de dolor y, dejando caer el bulto al suelo, se llevó la mano a un trozo de carne que colgaba de la espalda. La sangre brotaba del mordisco que le acababa de dar aquella maldita desgraciada. Bramó una maldición al aire al tiempo que veía al bulto desenroscándose en el suelo y estirar las piernas para perderse corriendo en la oscuridad delante de él.

—Maldita, no podréis llegar muy lejos. ¡Veréis cuando os alcance! —gritó Taumoc mientras las yemas de sus dedos tanteaban a ciegas el trozo de su carne que colgaba, tratando de devolverlo a su hueco, encharcado de sangre.

Tecuichpo corría a trompicones por la penumbra, con los brazos extendidos sobre las paredes del pasadizo, los dedos tocando su piel húmeda, por miedo a perder el equilibrio, caer y ser alcanzada por Taumoc. Un nuevo llanto corrió por su garganta al recordar a su hermano, pero lo detuvo en seco; ya lloraría después. Ahora necesitaba que nada interrumpiera los jadeos de su respiración al correr. El amargor de la sangre de Taumoc seguía llenando sus labios, pero tampoco podía perder el tiempo escupiéndola; detrás, los pasos se escuchaban cada vez más cerca.

Trató de apretar el paso, y de pronto tropezó con un bulto.

—Eh, pequeña, ¿a dónde vais? —dijo alguien en castellano, rodeándola con los brazos.

El rostro de Tecuichpo acarició un manojo de llaves que colgaba de una cintura. Miró hacia arriba y, a través de la pobre luz que arrojaba un ventanuco sobre su cabeza, pudo distinguir la piel blanca de un español.

—Socorro..., mi hermano..., me persiguen..., lo ha matado —balbuceó ella, sin respiración, señalando hacia atrás, a la oscuridad.

Cayó en la cuenta de que sus lenguas eran distintas, pero no importaba, estaba a salvo. El español la defendería de las garras del asesino de su hermano y la devolvería junto al tlatoani blanco. Escuchó la respiración de Taumoc cayendo sobre ellos y buscó refugio en las espaldas del extraño. Su respiración entrecortada se fue suavizando a la espera del encuentro entre los dos hombres. Se permitió un suspiro profundo y, a punto de cerrar los ojos, se topó con el brillo de la empuñadura sobre el cinto. Algo estaba mal. Miró al español sin comprender; no había desenvainado su espada. ¿Cómo se iba a defender? Quiso advertirle, tirarle de la manga, pero cuando lo hizo ya era demasiado tarde y Taumoc estaba sobre ellos.

Oyó la respiración sin aliento del indio sobre la cara del español, pero no ocurrió nada más. Entonces vio como su defensor se daba la vuelta, la cogía en brazos y, sin mirarla siquiera, la entregó a los brazos de Taumoc. No fueron necesarias palabras entre ellos. El español los estaba esperando. Se oyeron unas llaves, vio una puerta abriéndose y sintió el cuerpo de Taumoc estrechándose sobre ella mientras se deslizaba por el estrecho umbral, con la presa entre los brazos, escapando.

Tecuichpo comenzó a temblar. Se acordó entonces del coyote que había apresado aquel día con su padre en la isla del peñón; después de caer en la trampa respiraba, arriba y abajo, arriba y abajo, entre sus brazos, mientras se desangraba lentamente.

***

En los ojos de Isabel de Moctezuma asomaba el mismo brillo que tenía que haber visto Taumoc entonces, cuando era una niña. La vi desafiante y poderosa, sabedora de que por sus venas corría la sangre de los dioses.

El silencio se prolongó entre nosotros y el mundo a nuestro alrededor volvió a recomponerse frente al espejo de obsidiana.

—No regresasteis con vuestro pueblo —dije yo al fin.

—¿Mi pueblo? Mi pueblo murió el día en que mi padre cerró los ojos. —Había amargura en su boca.

—¿Y cómo volvisteis con los españoles? Taumoc..., Taumoc... —vacilé antes de continuar— no logró su objetivo.

—Oh, sí; claro que lo logró. No volví a ver a Cortés hasta que Cuauhtémoc fue vencido en la toma definitiva de la ciudad, un año después.

Arrugué el ceño, confundido.

—Entonces, ¿cómo sobrevivisteis?

—Mi sangre no fue derramada porque la necesitaban para engendrar vida y dar legitimidad al nuevo tlatoani. —Tecuichpo, ahora Isabel de Moctezuma, dio un paso hacia mí, solemne—. Me convertí en la mujer del tlatoani. Del hermano de mi padre, Cuauhtláhuac, primero. Era mucho mayor que yo, y juró no tocarme hasta que fuera mujer. Pero él murió pronto y fue Cuauhtémoc quien tomó posesión como nuevo tlatoani.

—¿Fuisteis esposa de Cuauhtémoc? —A duras penas podía creer las palabras que salían de mis labios.

—Cuauhtémoc era bello, joven, salvaje. —Hizo sonar las cualidades como insultos—. Él no esperó a que yo fuera mujer; ansiaba penetrar la sangre de Moctezuma y arrebatarme un hijo de las entrañas. A los pocos días de introducirse en mí, sangré; pensé que me moría, que el muy animal había apuñalado mis entrañas —Isabel lanzó una sonrisa de tristeza—. Ese día descubrí que era fuente de vida y que podía darle a Cuauhtémoc un tlatoani. Ese se convirtió en mi poder, y en ese mismo instante me juré a mí misma que jamás tendría un hijo suyo.

Su mirada de triunfo me hizo desviar la mía, tratando de ocultar el desasosiego que me estaba produciendo aquella confesión tan íntima.

—¡Oh, sí! —añadió ella sin inmutarse—. Os aseguro que él lo intentó. Llegué a tener dos embarazos suyos, pero jamás le daría lo que él arrebató a mi padre. Incluso en Tenochtitlán existen medios para que un niño no llegue a nacer nunca.

Guardé un instante de silencio a pesar de que la lengua me ardía, llena de preguntas. Cortés no había conseguido cumplir la promesa dada a Moctezuma. Me parecía increíble averiguar que aquella mujer que tenía frente a mí hubiera permanecido en Tenochtitlán, junto a Cuauhtémoc, hasta su caída definitiva a manos de Cortés.

La miré a los ojos con la inquietud golosa de un niño frente a un bizcocho todavía humeante. Pero este estaba relleno de oro, del oro que habían perdido los españoles en aquel puente durante su huida de la ciudad aquella triste noche antes de la conquista. Cuauhtémoc había ordenado recuperarlo, y ella lo sabía. ¿Era posible que después de todo este tiempo ella siguiera custodiando ese secreto y que nadie se lo hubiera arrancado todavía?

Alonso de Grado la había amado, ella se lo había revelado y él ahora estaba muerto junto a Guevara. Y ella, ella era su prisionera.

—Sois prisionera de Cortés porque revelasteis el secreto a Alonso de Grado —estallé al fin, lleno de asombro—, y entonces él lo mató.

Isabel prorrumpió en una carcajada.

—¿Prisionera yo de Cortés?

No pude evitar sentirme como un idiota. Ella detuvo sus carcajadas y me miró a los ojos entre el asombro y la ternura.

—Habláis en serio —dijo, antes de recuperar el orgullo de los dioses y erguirse sobre las sombras—. ¿Quién creéis que ha hecho preparar la pócima que os ha traído hasta aquí volando? Yo fui la que asesinó a Alonso de Grado.

Lo dijo con una súbita frialdad que me estremeció.

—Quiso saber mi secreto, y yo lo maté después de decírselo.

Se acercó hasta mí con el triunfo en la mirada. Una leve sonrisa iluminó su frialdad.

—¿Queréis conocerlo vos también? A vos no os mataré —susurró acercando sus labios a mi oreja.

Traté de refrenar la pasión que cosquilleó en mis entrañas, poniendo todos los sentidos en guardia. Entonces ella inclinó su rostro sobre el mío y me besó en los labios. Eran dulces, suaves, fríos, el aliento de los dioses de Tenochtitlán despertando la pasión. Mi corazón atravesó sus labios y tuve deseos de poseerla allí mismo, entre las sombras salvajes del jardín. Entonces Isabel se separó de mí, yo quise detenerla con la mano, y ella la cogió entre las suyas y la condujo hasta su cintura. Rogué al cielo que me librara de aquello, pero yo no hice el menor esfuerzo por evitarlo; mi voluntad estaba presa entre sus manos. A lo mejor sí valía la pena morir por ese secreto. Suspiré lentamente mientras ella introducía mi mano entre las costuras de su capa, y las yemas de mis dedos palparon su piel desnuda. Cerré los ojos, cegado por un súbito impulso que redobló mis deseos de hacerla mía. La otra mano entró a hurtadillas por el pliegue de la capa y comencé a acariciar sus pechos morenos. Mis labios buscaron nuevamente los suyos, deseando aquel elixir inmortal que ya había degustado. Quería más, mucho más, y entonces palpé algo completamente inesperado que me hizo retroceder alarmado.

Lejos de inmutarse, ella expandió sus labios en una sonrisa, dio un paso hacia atrás y, llevándose la mano al cuello, desabrochó, con un breve movimiento de los dedos, su capa, que se deslizó sobre sus hombros, cayendo al suelo, quedándose ella desnuda frente a mí. Miré, atónito, hacia el bulto que mis manos habían apreciado de modo tan torpe, su gran secreto. Estaba embarazada.

—La sangre tiene mayor poder que cualquiera de las riquezas de este mundo; mi sangre da la vida. ¿Comprendéis ahora cuál es mi secreto? Os presento al futuro tlatoani.

Isabel se inclinó ligeramente sobre su vientre mientras lo acariciaba con ambas manos, enfervorizada.

Mis ojos siguieron el movimiento de sus palmas sobre la barriga hinchada con fascinación, tratando de adivinar el significado de todo aquello. ¿El futuro tlatoani? ¿De qué estaba hablando? No había dejado que Cuauhtémoc arrancara los frutos de su vientre. ¿Quién lo iba a hacer ahora que había desaparecido la fuerza, el poder y la gloria de Tenochtitlán?

—¿Queréis saber quién es el padre?

Su pregunta me desafió con una chispa de victoria en sus pupilas, desnuda sobre un jardín que se desplegaba salvaje a sus espaldas. Una nueva Eva para un tiempo nuevo... Formaba parte de la premonición que había tenido aquella misma tarde al ver a Cortés hablando junto a doña Marina. Solo que era ella, Isabel de Moctezuma, y no doña Marina, quien ocupaba ese lugar junto a Cortés. ¿¡Era acaso él el nuevo Adán!? Por mi cabeza se cruzaron las imágenes de Isabel de Moctezuma aquel día en el mercado y la de Cortés cabalgando entre la gente, ambos frente a una muchedumbre que se postraba ante ellos, un pueblo saludando a su nueva realeza.

Delante de mí apareció de nuevo la princesa Tecuichpo, transformada ante mis ojos en una diosa azteca a punto de resurgir de sus cenizas. Cortés había cumplido finalmente con la promesa hecha a Moctezuma. Sentí pánico ante su sonrisa; había un punto de locura en todo aquello.

Una voz, a sus espaldas, rompió la magia de aquellos

instantes. La exclamación en náhuatl pareció transformar la magnificencia desnuda de la princesa en la sombra de una niña de apenas diez años que acaba de hacer algo malo.

Sus palabras, también en náhuatl, parecieron atascarse frente a la recién llegada, que se inclinó ante ella para coger la capa y devolverla sobre sus hombros, cubriendo su desnudez. La princesa bajó el rostro, avergonzada, mientras doña Marina abrochaba el cuello de la prenda y se detenía a alisar los pliegues de las plumas sobre su vientre. Isabel aprovechó para susurrarle al oído unas palabras que sonaron a disculpa. Ella se limitó a contestar con un cariñoso beso en su mejilla, y la princesa azteca desapareció sin volverse siquiera para despedirse de mí.

Doña Marina y yo nos quedamos el uno frente al otro, inspeccionándonos con curiosidad. Una flor entre espinas.

—No deberíais haber estado aquí; no deberíais haber visto nada de esto —dijo en perfecto castellano, mirando por encima de mi hombro.

Escuché un ruido a mis espaldas, y, antes de darme la vuelta para ver qué era, alguien había puesto algo húmedo en mi rostro, bajo la nariz. Todo a mi alrededor pareció desvanecerse en un lento y suave y oscuro silencio.

14

Desperté en mi cama con un pequeño dolor de cabeza y la honda impresión de que algo terrible estaba a punto de suceder. Uno y otro eran certeros testimonios de que lo que había vivido la noche anterior era cierto.

¡Qué lejos había estado Salazar, desde la cárcel, de augurar la verdadera naturaleza del secreto que había acabado con la vida de Alonso de Grado!

Isabel de Moctezuma no tenía el oro en la mano, sino las tierras enteras de Nueva España a sus pies. Iba a parir un hijo al que esperaba con la ilusión con que se aguarda la llegada de un nuevo mesías. Lo había llamado futuro tlatoani, y ese título no ocultaba las ambiciones y esperanzas que ella había depositado en él. Sí, Tecuichpo lo había entendido muy bien desde el principio. No era el oro sino el poder de la sangre lo que decidía los destinos de este mundo. Pero no podía ser cualquier sangre; no llegaría a ser nunca la de Cuauhtémoc, que tanto ambicionaba para legitimar su corona de tlatoani. Sería la de su conquistador. Esa era la venganza final de Tecuichpo de Moctezuma.

Pero ¿qué haría Cortés con la sangre de su hijo? ¿Estaría dispuesto a luchar para que heredara de su padre un imperio que poder gobernar?

Lo que había visto el día anterior hacía estallar en añicos esos interrogantes. La nobleza india estaba harta de la convulsión que sacudía a Nueva España con sus Gobiernos. Querían que Cortés regresara, y Cortés se había hecho desear sobre aquel estrado, aclamado, esperando su momento. ¿El anuncio de un futuro tlatoani? El golpe de efecto sería extraordinario: las dos sangres, unidas para instaurar un nuevo orden. ¿Acaso no lucharía Andrés de Tapia por echar a los oportunistas que llegaban de Castilla para enriquecerse sin haber derramado gota de sangre alguna? ¿No estaría dispuesto a luchar el cacique que había expuesto sus quejas para derrocar a quienes se habían hecho con el poder, arrebatando las tierras a los indios?

La tormenta perfecta acechaba en el horizonte y Cortés solo tenía que dar un paso al frente para desatarla. ¿Cómo llamaría a los nuevos territorios que él mismo había bautizado como Nueva España? ¿Otra España? ¿Territorio de Cortés?

Y, sin embargo, yo había atisbado algo en el rostro que había descendido del estrado con diez años de más. Aquel no era el sueño que había deseado al entrar por primera vez en Tenochtitlán. ¿Todo había sido para llegar hasta aquí?

Los pensamientos que se sacudían en mi interior contrastaban con el tenso silencio que reinaba aquella mañana en mi habitación. Miré a través de la ventana, sobre la plaza de la fuente que había cruzado el día anterior. Estaba desierta. Los caballos de monturas exóticas habían desaparecido. A lo mejor todo había sido un espejismo, y la tranquilidad que se respiraba en aquellos momentos era real.

El eco furioso de unos cascos galopando deshicieron la ilusión. Un caballo alazán se adentró en la plaza envuelto en una nube de polvo dorado y se detuvo frente a la residencia de Cortés. Su jinete desmontó, apresurado, casi sin aliento. Acarició la frente del animal, dos golpes, y desapareció bajo mi ventana sin esperar a atarlo siquiera. El caballo relinchó, dio unos pequeños pasos hacia atrás y, aprovechándose de su libertad recuperada, avanzó directo hasta la fuente para saciar la sed del viaje.

Noticias de Tenochtitlán. Algo me decía que no eran buenas.

Salí de mi habitación, deseoso de satisfacer mi curiosidad. Troté por los primeros escalones de la escalera que descendía hasta el vestíbulo principal a tiempo para ver a aquel hombre cruzándolo. Me detuve tras una de sus columnas, observándolo con discreción. No lo había visto en mi vida. Era castellano, y su porte, el de un conquistador; sus andares seguros sobre una tierra que sentía propia lo delataban. Los había observado también en Cortés y Tapia. Este último salió a recibirlo.

—¡Sandoval! ¿Qué estáis haciendo aquí? No os esperábamos.

—Eso es lo malo. Que nadie me esperaba. ¡Ni tan siquiera yo lo esperaba, maldita sea! —exclamó él con el furor de su caballo todavía en las venas—. ¿Puedo verlo?

—Vos, siempre —respondió Tapia abrazándolo—. ¿Tan malas noticias traéis?

—Peores —musitó el extraño mientras los dos cruzaban el vestíbulo y desaparecían de mi vista.

Desde luego que no era yo quien se iba a quedar sin escuchar lo que el gobernador de Nueva España necesitaba vomitar urgentemente en oídos de Cortés. Reconocí el nombre de quien era gobernador junto al espantapájaros que había conocido aquel día, Estrada. Sandoval era uno de los hombres de confianza de Cortés, y él era quien lo había sucedido como gobernador de la Nueva España, conjuntamente con Estrada, cuando Cortés había sido destituido.

Esperé un breve instante antes de bajar sigilosamente la escalera. Debí de tardar demasiado en hacerlo, porque cuando por fin llegué abajo y miré hacia el corredor por el que habían desaparecido, no hallé rastro alguno de Tapia o Sandoval. Tenían que estar tras la imponente puerta que había en la pared izquierda. Avancé hacia ella y me detuve. Era grande, maciza, con dibujos aztecas labrados en su superficie. Inexpugnable. Apoyé la mano en el pomo, indeciso. Estaba claro que si allá dentro estaba teniendo lugar un cónclave decisivo para el futuro de Nueva España, la conversación se esfumaría en cuanto yo entrase. Pero podría ver al menos quién había ahí dentro, escrutar sus rostros, o hacerme el tonto —se me da bien cuando me empeño—. Sacudí la cabeza; no era una buena idea meterme ahí dentro, en la boca del lobo. El bulto de Isabel de Moctezuma bajo sus bellos pechos, en su vientre, era un secreto peligroso que Alonso de Grado había pagado ya con su vida. No podía exponerme a que nadie pensase que yo suponía un riesgo para los planes que seguramente se estaban fraguando tras aquella maldita puerta.

Miré con inquietud hacia ambos lados del corredor, sopesando lo que hacer. Mis pies golpearon con impaciencia la enorme alfombra que se extendía a lo largo del corredor. No había reparado en ella; me sorprendió estar pisando lana castellana en esos parajes. Las había visto cubriendo el frío de los suelos más pudientes de Valladolid, pero tenerla bajo mis pies ahí significaba que alguien en estas tierras se había tomado la molestia de medir aquel pasillo, realizar el encargo al otro lado del mundo y embarcarla en una nave para traerla hasta aquí. Cortés era un hombre de caprichos y gustos refinados. Mi vista se detuvo entonces en los tapices que colgaban a ambos lados del corredor. Su lugar de procedencia era más pretencioso todavía. La fama de los talleres de Bruselas se había extendido por toda Europa, y hasta en el comedor de los duques del Infantado, en Valladolid, colgaba uno de sus tapices. Pocos lo saben, pero yo lo había visto una vez. Ahora se extendían también sobre las paredes de un mundo nuevo.

El tapiz más cercano a la puerta frente a la que me debatía entre franquearla o no era una metáfora de mi misión en aquel momento: un musculoso Dédalo cogía por los cuernos a un minotauro como yo debía hacer con Cortés, y mis ojos bailaron, indecisos, entre los cuernos y el pomo de la puerta. De pronto, el minotauro y medio cuerpo de Dédalo parecieron cobrar vida, hundiéndose entre los pliegues del tapiz; en su lugar aparecieron dos indios con una bandeja bajo los brazos. Los criados pasaron frente a mí como si yo fuera un personaje más, cosido entre los tapices, y continuaron su camino sobre la alfombra castellana. Habían salido del lugar donde yo quería entrar. Con permiso de Dédalo, extendí la mano hacia sus partes bajas y levanté el tapiz para descubrir una puerta de servicio que comunicaba con el salón.

La abrí suavemente y salieron a recibirme las voces claras de quienes discutían en su interior. Asomé los ojos por la ranura para asegurarme de que, en el otro lado, la puerta se hallaba también oculta. Efectivamente, había otro tapiz delante; podía ver su reverso lleno de pequeños nudos que descendía hasta el suelo, cubriendo por completo la altura de la pared. Todos los grandes palacios debían de tener un método parecido para que la servidumbre pudiera entrar y salir con libertad sin molestar a nadie. «Un gran tapiz para un gran escondite desde el que espiar», pensé mientras me escurría por la puerta en el hueco que había entre la pared y la tela que colgaba del gran salón.

La voz de Tapia quemaba en su garganta mientras hablaba.

—Los ánimos estaban tensos en Tenochtitlán antes de conocer la noticia. No quiero ni pensar en la reacción que van a tener quienes confiaban en vos como defensor de sus intereses.

—Podemos presionar a Estrada y obligarlo a que revierta los términos de mi destitución como gobernador. —Era una voz desconocida la que intervenía; Sandoval—. Si no, nadie impedirá que todo esto pueda acabar en un derramamiento de sangre con el gobernador del Pánuco reasignando encomiendas.

Esa era la urgencia que lo había traído hasta Coyoacán. Sandoval, el último hombre de Cortés, había sido destituido como gobernador de Nueva España.

—Es nuestra única opción —respondió Tapia—; hacer entrar en razón a Estrada.

—Eso va a ser imposible.

La voz de Cortés enmudeció a los demás de un zarpazo. Más vieja. Más sabia. Amarga.

—Estrada no va a hacer nada que vaya contra el mandato que ha recibido desde Castilla —prosiguió con dureza—. La orden de vuestra destitución viene directamente de la Corona.

—¿Después de todo lo que hemos hecho por ella? No tiene ninguna lógica —protestaron Sandoval y Tapia al unísono.

—La Corona es la única culpable —insistió con gravedad Cortés—. Está jugando conmigo al gato y al ratón, pero está muy equivocada si piensa que yo soy el ratón. Cuando maúlle y enseñe las garras, lo sabrán.

—Hernán, no os precipitéis —escuché decir a Sandoval, reprendiéndolo como si se conociesen desde niños.

—¿Precipitarme, Gonzalo?

La voz de Cortés se dio la vuelta y escuché sus pasos cruzando la habitación como un rayo. Se acercaron hacia donde yo me hallaba, al otro lado del tapiz. Los sentí tan cerca que contuve el aliento por miedo a que la respiración me delatara.

—¿Me precipité el día en el que desembarcó el juez de residencia por orden de la Corona para arrebatarme todos mis cargos y hacerme un juicio de residencia como si fuera un criminal? No, agaché la cabeza.

«Y lo invitasteis a cenar», añadí yo al recordar su repentina muerte diez días después de su llegada, tal y como me había explicado Salazar.

—¿Y me precipité el día en que desembarcaron los tres funcionarios reales para supervisar el quinto real por temor a que estuviéramos robándolo? No, vos sabéis que no. Ni siquiera cuando lo hizo, meses más tarde, el cuarto en discordia; tampoco entonces me precipité con él. ¡Y tendría que haberlo hecho! Debería haber atravesado a Salazar con mi espada nada más verlo. —Abrí bien los ojos al escuchar mencionar su nombre—. A veces creo que él ha sido la fuente de todos los males. Nueva España sería otra sin él.

Me asombró aquella repentina confesión de Cortés; coincidía con lo que me había dicho el guardia de la cárcel antes de ser degollado por la alargada sombra de Salazar. Venía envuelta en el manto del resentimiento de quien ha sido traicionado.

Sandoval carraspeó, solicitando la palabra.

—Hay algo que todavía no os he dicho. —Volvió a carraspear, en busca de aire y de las palabras adecuadas—. La primera orden que ha mandado Estrada nada más destituirme ha sido liberar a Salazar.

El grito ciego y silencioso de Cortés al otro lado del tapiz llenó la habitación de un funesto presagio. Nadie se atrevió a hablar.

—Sandoval, ¿os dais cuenta de lo que eso significa? —se escuchó decir al fin a Cortés con voz herida—. Esa orden me ataca directamente a mí.

—Perdonad que insista, pero creo que debemos implorar directamente el auxilio de Su Sacratísima Majestad el emperador para que medie en esta situación —dijo Sandoval, tajante, con renovado fervor—. No podemos tomar nuestras decisiones al margen de la Corona. Tenéis a vuestro padre en Castilla, haciendo lo imposible por mediar por vuestros intereses. Dejad que él actúe. Debéis pensar en él. ¿Cómo creéis que lo recibirían en la corte si nosotros, si nosotros...? —La hipótesis quedó colgada en el aire.

—Sandoval, no habéis escuchado todavía las nuevas que he recibido de Castilla —añadió Cortés, distante—. Han llegado en la misma nave que ha traído vuestra destitución como gobernador.

Cortés detuvo por un momento la gravedad de las palabras en sus labios, y el mundo pareció detenerse bajo mis pies, esperando lo que venía a continuación.

—Mi padre, don Martín Cortés Monroy —un ligero quiebro ahogó su voz antes de continuar—, ha muerto.

—Lo siento de veras, Hernán. —La voz de Sandoval se arrojó a sus brazos de forma conmovedora—. Es una triste noticia.

—Sí, muy triste, y un duro revés para nuestros intereses en la corte. Él era nuestro ángel custodio en ese nido infecto de ratas.

—Contáis aún con vuestro secretario, Juan de Ribera —esgrimió Sandoval—. Habrá llegado ya a la corte. Él sabrá cultivar los contactos que dejó vuestro padre y estará al tanto de todos los asuntos que dejó sin atar. Es un hombre capaz.

—Siempre habéis sobrevalorado las capacidades de Ribera —suspiró Cortés con evidente sarcasmo.

Invoqué la imagen de Ribera en mi memoria; era el hombre del mechón blanco sobre la frente que me había ido a ver al hospital con Guevara; su aspecto plúmbeo no le haría desencajar del todo en los pasillos de la corte.

—Olvidáis que tenéis a Pedro de Alvarado abogando por vos en la corte. Si no Ribera, él se encargará de interceder por todos nosotros. ¿O desconfiáis también de su poder de convicción...?

—Sandoval. —La voz de Tapia arrolló las palabras de Sandoval, tratando de matar los flecos de aquella conversación—. ¿Con cuántos hombres fieles a nuestra causa creéis que podríamos contar, además de los naturales?

—¿Qué ocurre? —respondió Sandoval molesto—. ¿Por qué me habéis quitado la palabra? Estaba hablando de Alvarado; a buen seguro, él...

—Alvarado me ha traicionado también. —Tras el tapiz, el tono de Cortés retumbó más fúnebre que con el anuncio de la muerte de su padre—. Ha escogido sus propios intereses sin el menor rubor.

Los argumentos de Sandoval se iban agotando por momentos.

—¡¿Cómo?! —La incredulidad tuvo que sacudir el rostro de Sandoval al salir por sus labios—. Alvarado interrumpió su conquista de Guatemala para viajar a Castilla con cartas y documentos que hablaban a nuestro favor. Entonces, ¿qué os hace creer que ha incumplido su palabra? —preguntó Sandoval, atónito.

—Su promesa pisoteada. Me juró que nada más llegar a Castilla contraería matrimonio con la hija de un familiar mío. Sin embargo, me llegan noticias de que Alvarado se ha unido en santo matrimonio con una pariente de los duques de Alburquerque.

—Cortés, ¡estáis perdiendo el juicio! —Sandoval se sacudió con una carcajada—. ¿Un matrimonio os induce a pensar en la traición de Alvarado?

—Un matrimonio sella fidelidades —respondió con frialdad el conquistador—. La casa de los Alburquerque nunca ha mostrado favor alguno hacia nuestros intereses. Codician estas tierras, y por ello nos desprecian. Y, si no recuerdo mal —Cortés no lo hacía nunca—, mi padre me escribió en su momento explicándome que uno de ellos había llegado a ofrecerse voluntario a la Corona para venir personalmente a cortarme la cabeza antes de que el rey cambiara de opinión y enviase, en su lugar, a un juez de residencia.

—Muy considerado de su parte —añadió Tapia, que no se despegaba un dedo de la opinión de Cortés.

Me acaricié el cuello con las manos al oír aquello; quizá hubiera sido la mejor decisión para acabar con el desorden que amenazaba ahora con llevarse por delante a Nueva España. Si le hubieran cortado la cabeza entonces, Guevara continuaría con vida y yo no estaría ahí en esos momentos, detrás de aquel tapiz, escuchando aquel conato de rebelión.

—Pero ¿sabéis qué es lo más gracioso de todo esto? —Cortés cogió nuevo impulso, a punto de dar su estocada definitiva—. Que nada de lo que habéis escuchado hasta ahora es el motivo por el que Su Sacratísima Majestad el emperador Carlos V ha perdido mi confianza. —Escuché dolor bajo ese nombre, y tuve que tragar saliva para diluir la sensación de amargura que me transmitían aquellas palabras de Cortés.

—¿¡Entonces!? —Escuché el grito de incomprensión que se escapaba de labios de Sandoval—. ¡No lo entiendo!

Se oyó el suspiro de la mueca burlona de Cortés lanzada al aire.

—Mis cartas de relación. La Corona ha ordenado quemarlas públicamente en Sevilla y ha prohibido cualquier publicación futura de las mismas.

—¿Los escritos que enviasteis al rey explicando nuestra conquista? —Sandoval exhaló un suspiro de incredulidad—. ¡Por todos los diablos, Hernán! Eso no es tan serio. Pensaba que ibais a decir algo más grave, que os habían desterrado del imperio, ordenado clavar vuestra cabeza en una pica o algo peor.

—¿Algo más grave, decís? —Me pareció que el grito de Cortés hacía vibrar el tapiz ante mis ojos—. Por amor de Dios, Gonzalo. ¿No os dais cuenta de lo que eso significa? Hay algo que nadie puede quitaros. Ni tan siquiera Dios todopoderoso, creador de cielo y tierra, se atrevería a arrebatároslo con todo su poder. ¿Sabéis lo que es? Vuestra existencia, eliminar vuestra historia, borrar las palabras que vuestra sangre ha escrito en el tiempo. Es lo más sagrado que custodia nuestra alma, las acciones que, buenas o malas, libremente elegimos. Sin palabras que lo cuenten, toda nuestra gesta, la sangre que derramamos por esta tierra, la gloria que supimos dar a Dios a pesar de nuestras miserias, dejará pronto de existir. Llegará entonces el día en el que cualquier imbécil pondrá sus pies en estas tierras y reescribirá nuestra historia a su antojo. Desapareceremos entre el remolino de mentiras y opiniones de quienes no saben lo que realmente ocurrió. ¿Y quién fue Cortés?, se preguntarán, ignorantes, las futuras generaciones, huérfanas de su pasado porque un rey mandó silenciar nuestra historia.

Escuchaba tras el tapiz, obnubilado. Aquel hombre era un dios o estaba como una cabra, pero era inútil impedir que sus palabras traspasaran mi piel con un ligero cosquilleo. Mi sangre ardía como oro líquido por las venas.

—Veo que habéis tomado vuestra decisión. —El hilo de voz de Sandoval atravesó la urdimbre del tapiz.

—Sí, querido amigo Sandoval. No nos queda esperar nada de la Corona.

—¿Entonces?

Escuché sus pasos, ecos de inmortalidad acercándose de nuevo hacia mí.

—Contemplad este tapiz. Es del mejor taller de Bruselas. Mi padre removió cielo y tierra para conseguir el encargo a través del embajador polaco en la corte. Los que hay colgados fuera, en el corredor, son del mismo taller, pero este..., este es especial. Lo mandé encargar como una gran alegoría de lo que habíamos logrado. Hermoso, ¿verdad?

Hubo unos momentos de silencio, en los que creí sentir casi los ojos de Sandoval y Cortés taladrando el tapiz, descubriéndome, asesinándome.

—Esta vez tenemos motivos para volver a hacerlo. Y lo lograremos. Tenemos los mejores hilos y acabará resultando tan buen tapiz como este.

El silencio partió la estancia en dos con el mismo estruendo que lo hubiera hecho un rayo atravesando su espacio. No resultaba difícil intuir la metáfora detrás de ese juego de palabras, aun sin necesidad de ver el tapiz en cuestión. Significaba una terrible amenaza para Tenochtitlán y Nueva España entera.

A través del tenso silencio que se había adueñado del

salón, escuché otros pasos atravesando la habitación hacia el lugar donde yo me encontraba. Como si me hubieran descubierto. Tragué saliva. Se detuvieron a escasos pies de mí.

—Cortés, escuchadme bien. —Era la voz de Sandoval a través del tapiz. Había olvidado por completo que Cortés estaba a pocos pasos de donde yo me encontraba y su amigo se había acercado hasta él—. Sí, miradme a los ojos.

Lo imaginé depositando las manos sobre los hombros de Cortés, tratando de hacerlo entrar en razón. Percibí el tenso silencio entre ambos antes de que un corto susurro penetrara en el oído de Cortés y en el mío.

—Recordad Mateo 12, 25 —murmuró, misterioso, Sandoval.

Nadie oyó esas palabras salvo yo. No sé cuál fue la reacción de Cortés, pero lo imaginé levantando la mirada hacia su amigo con una sombra velando sus ojos aceituna y una ligera chispa en sus profundidades.

—Eran otros tiempos —dijo él tozudo.

—Los tiempos son siempre hoy y ahora —forcejeó Sandoval, insistente.

—¡Maldita sea, Sandoval! —Los hombros de Cortés se deshicieron de las manos de su amigo—. ¡Escuchadme bien porque no os lo repetiré! Ni vos ni nadie me va a impedir que vaya a Tenochtitlán para pedir explicaciones al gobernador Estrada. ¡Lo que tenga que suceder sucederá!

El puño de Cortés golpeó el tapiz y la tela se hundió súbitamente golpeando mi rostro, sacudiendo las tripas del tapiz en mi olfato. El polvo me entró en la nariz y se me arrugaron las entrañas, a punto de estornudar. Cerré los ojos, contuve la respiración, me tapé la nariz tratando de impedirlo, pero fue inútil. El estruendo hizo que mi frente diera contra el tapiz en el preciso momento en el que alguien llamaba a la puerta y entraba sin esperar respuesta.

—Señor —dijo un criado asomándose al salón—; han llegado los señores de la nobleza de Texcoco y Tlaxcala. Desean veros cuanto antes.

Di gracias a Dios; la puerta y el anuncio habían disimulado mi estornudo.

Oí los pasos de Cortés, Sandoval y Tapia saliendo de la habitación. ¡Qué cerca había estado de ser descubierto! La nube de voces de los conquistadores no tardó en disolverse en la distancia y me quedé esperando unos instantes sin atrever a moverme. ¿Qué había querido decir Sandoval con Mateo 12, 25? Era obvio que se trataba de una cita evangélica: el versículo 25 del capítulo 12 del Evangelio de san Mateo, pero ignoraba su contenido.

Seguro de que ya no quedaba nadie en la habitación, salí de mi escondite y miré con curiosidad hacia el tapiz con el que habían estado jugando las palabras de Cortés.

Me alejé unos pasos de él para apreciarlo en toda su grandeza. El torso de un hombre desnudo sacudió con toda su fuerza mis ojos mientras sus brazos se retorcían sobre el cuello de un animal. Tragué saliva, ahogándome con él, su cabeza doblegada bajo el pecho del vencedor. El taller de Bruselas había hecho una excelente labor con el primero de los trabajos de Hércules. La narración del héroe mitológico derrotando al león de Nemea cobraba en aquellos hilos bajo los que me había estado ocultando una inusitada fuerza; creí escuchar en mi interior la respiración entrecortada del héroe griego, sentí sobre mi rostro el calor de los últimos suspiros del animal. Pero no era un león lo que había entre sus brazos; era un jaguar negro. Tenochtitlán en los brazos de Hernán Cortés.

«Tenemos motivos para volver a hacerlo», había dicho Cortés a Sandoval.

Vencer a Tenochtitlán. Otra vez.

Contuve el aliento. Se avecinaba un baño de sangre. Cortés volvía a conquistar. Después de todo, la princesa Isabel de Moctezuma acabaría teniendo un imperio que entregar a su hijo.

Salí del gran salón por su gran puerta después de asegurarme de que no había nadie sobre la alfombra del corredor. Ni un alma. Sin embargo, al fondo, en el patio frente a la entrada, se divisaba un gran gentío. Me acerqué con sigilo pero sin disimular mi paso, dispuesto a mezclarme entre ellos, si era necesario, y cruzar el patio. Tenía que salir de allí.

A medida que me iba aproximando, la disposición de la gente, mirando atentamente en silencio hacia un lado del patio, me hizo creer que asistían a la celebración de una misa. Era una oportunidad preciosa para salir del palacio y abalanzarme sobre los lomos de cualquiera de los caballos que los señores de Texcoco y Tlaxcala habían dejado abrevándose junto a la fuente.

Entre la multitud se había formado una cola que avanzaba pacientemente hacia delante. Cuando atravesaba el patio por detrás de todos ellos, pensé que esperaban para ir a comulgar. Algunos exhibían su torso desnudo, otros vestían con más discreción; pero todos llevaban plumas en sus atuendos. Eran indios vestidos con sus mejores galas, aunque también pudiera ser que estuvieran preparados para la guerra. Me admiré de lo rápido que había cuajado el cristianismo entre ellos, pero al fijarme más detenidamente en el inicio de la cola, bajo el soportal, al otro lado del patio, me di cuenta de que no era el cuerpo de Cristo lo que estaban esperando pacientemente a recibir. No había ni tan siquiera un sacerdote oficiando la eucaristía. En su lugar, Cortés, de pie sobre el estrado del día anterior, extendía sus manos mientras los fieles iban avanzando frente a él para besárselas devotamente.

Un escalofrío me recorrió todo el cuerpo; me asustó ver aquello. Parecían estar jurando fidelidad al nuevo tlatoani.

Apreté el paso hasta la salida, con el alma turbada y el corazón latiendo en la garganta. El nuevo trabajo de Hércules no tardaría mucho en comenzar. Y solo yo podía impedirlo.

15

Las nubes se debieron de ir acumulando bajo el cielo de Tenochtitlán como lo habían hecho sobre mi cabeza durante todo el viaje: lenta pero inexorablemente. Y cuando por fin me asomé a la ciudad desde el cerro de la Estrella, la tormenta estaba a punto de estallar. Un cielo grisáceo y sucio amenazaba con vaciar sus entrañas sobre ella, indefensa como una chiquilla chapoteando en el agua de la laguna. En mi interior se había desatado ya.

La claridad con la que había partido de Coyoacán me había hecho cabalgar a gran velocidad sobre el caballo que había conseguido sin pedir prestado. El animal era bueno, endiabladamente bueno, y recorrimos la mayor parte del trayecto de un tirón, como si compartiéramos la misma urgencia por advertir a Tenochtitlán del inminente peligro que la acechaba. ¿Qué cara pondría la ciudad cuando supiera que Hernán Cortés, el poderoso conquistador que la había librado de la tiranía azteca, estaba planeando una nueva revolución con los rescoldos de aquel imperio y el descontento por el comportamiento de sus nuevos señores?

Nada había sido como Cortés había prometido a sus aliados, y nada había sido como la Corona había prometido a Cortés. Y las promesas incumplidas se volverían realidad con el nacimiento de un futuro soberano que uniría la sangre de Cortés con la de Moctezuma para siempre. El heredero de ambos guerreros vería los frutos de un nuevo imperio en el que Cortés sería coronado de nuevo y para siempre como gran señor de aquellas tierras. Ya no habría ni oro ni honores ni ambiciones que compartir con España ni con ninguno de sus enviados: todo sería suyo.

Otros pensamientos comenzaron a nublar mi razón al mismo tiempo que el primer nubarrón pintaba en la distancia el cielo sobre Tenochtitlán. ¿Tan seguro estaba de que allí me esperaban los buenos? ¿Acaso no había visto yo con mis propios ojos al gobernador Estrada, punta de lanza de un servilismo oportunista que había sido enviado desde España para recoger lo que otros habían sembrado? ¿No había tenido ocasión de contemplar el alma manchada de barro en los ojos de Nuño de Guzmán, antes incluso de haber tomado posesión como gobernador de las tierras del Pánuco por decisión de la Corona? ¿No había sido yo víctima de los excesos y la injusticia de uno de sus hombres, el tipo de la barba trenzada, que actuaba con la mayor de las impunidades? ¿Testigo también de la voracidad sedienta de hombres como Salazar por hacerse con un pedazo de los tesoros de esas tierras?

Mi caballo aminoró el paso y llegó a detenerse incluso por la llegada de más nubes que se habían unido a la primera, emborronando definitivamente lo que inicialmente había sido tan solo un esbozo. Compartíamos la misma indecisión.

—Venga, cariño, no temas. —Me incliné sobre el cuello del animal, acariciándolo mientras lo hacía trotar de nuevo.

Cortés, Cortés, Cortés. Me pareció ver, asomando entre las costuras de las nubes, los ojos aceituna del conquistador, tan inaprensible como el día en que lo había conocido. Entonces me habían subyugado su persona y sus palabras, y todavía a aquellas alturas no podía evitar sentirme como su alma gemela cada vez que lo escuchaba hablar del derecho de las generaciones futuras a conocer la verdad de lo que allí había ocurrido. ¿No era eso lo que yo había defendido en tantas ocasiones frente a Anglería, frente a Elcano, frente a mí mismo?

Pero ¿cuál era la verdad de Cortés? ¿Era su verdad la misma que la de Moctezuma o Cuauhtémoc? ¿Estaba su verdad escondida en los tesoros hundidos en el puente de la calzada de Tacuba? ¿Era su verdad la misma que esgrimían quienes habían sido obviados en el reparto de unas tierras que todos habían conquistado? ¿Era su verdad la que había enterrado al juez de residencia que la Corona había enviado para esclarecer los hechos relacionados con su comportamiento? ¿Era su verdad la que había acabado con la vida de Guevara?

¡Maldita sea! ¡La verdad no tenía apellidos! Solo existía una posible verdad, con atenuantes, quizá; con infinidad de matices, a veces; pero verdad siempre. Y la de aquel hombre se desvanecía, oscura, entre las nubes que nos amenazaban a mí y al cielo de Tenochtitlán.

Un rayo que parecía recién salido de las turbulencias de mi alma dejó escapar un trueno. Frente a mí, bajo mis pies, Tenochtitlán parecía suplicar clemencia. Atrapada entre el fango de la laguna y la tormenta que acechaba sus alturas, se volvía hacia mí, huérfana de dioses, implorante.

Miré hacia el cielo. Otro rayo quiso plantar sus raíces en la oscuridad y, por un instante, los contornos de la ciudad apuntaron al cielo blanco con la gran pirámide moribunda como anfitriona de aquellas súplicas. El trueno repicó y el corazón me dio una fuerte sacudida al verla pasar de nuevo en su carroza. Tenía que salvarla. A ella.

No podía dejar de hacerlo, no quería dejar de hacerlo. Frente a las dudas que tiraban de mi conciencia hacia Cortés o hacia sus enemigos, existía quizá otra verdad que había pasado frente a mí montada en una carroza.

En la ermita de San Hipólito. ¿Había sido ella a la que había visto? Si era cierto, si ella estaba en Tenochtitlán, yo no iba a dejar que la única joya preciosa que había adornado mi vida se hundiera en la laguna, junto a los tesoros perdidos de aquella noche triste.

Tenía que saberlo. Solo había un modo de averiguar si era ella.

Comenzó a llover. Como aquella noche fatídica. No sé si era una advertencia para que huyese como lo habían hecho Cortés y los demás ese día, un aviso de que no entrara en la ciudad. No hice caso. Solo tenía un lugar al que mi corazón quería ir. Al que podía ir. Y estaba en Tenochtitlán.

—Pero, alma de cántaro, ¿qué diablos estáis haciendo aquí a estas horas de la noche?

El recibimiento no había resultado demasiado efusivo, y no hubo sorpresa en su cara cuando Tomás, bostezando, asomó tras la puerta después de esperarlo un buen rato bajo la lluvia. Todavía seguía medio dormido.

Instantes después estábamos sentados junto al fuego, mirándonos a través de un tenso silencio. Había sido necesario echar tres buenos troncos y unas cuantas ramas para avivar la hoguera moribunda que se interponía entre los dos. Yo, en cambio, solo había necesitado pronunciar el nombre de Cortés para que Tomás terminara de despertarse por completo.

Le conté mi viaje a Coyoacán, le hablé de los aires de sublevación que se respiraban allí, del baño de masas de Cortés con los nativos, y le revelé el tesoro que llevaba en su vientre la hija de Moctezuma. Todo iba encaminado hacia una única dirección: conquistar Tenochtitlán de nuevo, sacudirse el yugo de la Corona de sus espaldas. Y sin embargo, y a pesar de todo, las dudas sobre si denunciarlo ahogaban mi conciencia.

—Muchos hombres morirán si no lo hacéis —había sentenciado él mientras se santiguaba—. Además, ¿qué otro motivo, si no, os habría impulsado a venir hasta Tenochtitlán sin esperar siquiera a que esta tormenta amainara y evitar así calaros hasta los huesos? —lanzó al aire Tomás, siempre tan perspicaz, como si de una ingenua pregunta se tratara.

Me froté las mangas, todavía húmedas a pesar del calor de la hoguera, y desvié la mirada hacia las llamas, perdiéndome en su movimiento sinuoso. Un tenso silencio se abrió entre nosotros. Había otro motivo, pero no sabía cómo abordarlo.

—No me lo dijisteis —le recriminé yo al fin, rompiendo el silencio, que amenazaba con convertirse en un muro infranqueable.

Fue entonces Tomás quien bajó la mirada, jugueteando con sus manos.

—No, no os lo dije. Pero vos tampoco preguntasteis. —Dibujó una leve sonrisa sin levantar la mirada de sus manos.

Resoplé con ironía.

—¿Y vos os atrevéis a seguir llamándoos amigo? Sabéis de sobra que no hay nada en este mundo que me importe más que Auri.

—¿Por eso la dejasteis abandonada en Valladolid?

Sus palabras se clavaron en mi pecho y me levanté, agitado, la sombra de mi antiguo yo creciendo sobre la pared, detrás de mí.

—Tomás, ¿de veras pretendéis sermonearme? Sabéis perfectamente los motivos que me llevaron a ello. ¡No fui yo quien lo elegí!

—Pues bien, ahora os va a tocar elegir de verdad. Y hacedme el favor de sentaros de nuevo, que nadie os está amenazando —añadió, señalando con la mano, como si fuera un crío, para que lo obedeciera—. ¿Habéis hablado con ella?

Negué con la cabeza.

—No, ni tan siquiera me vio —respondí mientras volvía a ver pasar frente a mí la carroza con Auristela en su interior, atravesando el fuego de la hoguera.

—Es mejor que así sea —dijo él lanzando un suspiro entre los labios—. No os podéis imaginar, no tenéis ni idea, del daño que le hicisteis con aquella carta.

—La escribí con el alma abierta en canal —respondí yo, a la defensiva.

—Y a ella se le partió la suya en dos al leerla. Os amó incluso más al día siguiente, pero, al cabo de una semana, el amor se transformó en odio; a la siguiente, en desesperación, y al cabo de un mes, Auri, la Auri que vos y yo conocíamos, había desaparecido tras una piel cetrina que apenas sabía miraros a los ojos. Había dejado de comer, de hablar, y hubiera dejado de respirar si no la hubiesen enviado a Salamanca con los mejores médicos.

—¿Por qué me contáis esto? ¿Buscáis martirizarme, que me sienta culpable? —estallé yo, sin poder ocultar la lágrima que se deslizaba por mi mejilla.

—No, querido amigo. —Tomás alargó el brazo hasta mi mano y la estrechó con dulzura.

Cerré los ojos con todo el dolor sobre mi pecho, sintiendo otra vez entre las yemas de los dedos el correr de la pluma sobre aquel papel, volcando mis sentimientos, tomando una decisión mientras escribía. Volvió a mí la tentación de romperla en mil pedazos nada más terminarla; pensé en lo difícil que había resultado para mí escribir aquellas palabras y en lo fácil que había sido romper con ellas su corazón.

—Decís que visteis a Auristela. ¿La encontrasteis como siempre, tal y como la recordabais?

—No sabía que la había visto hasta hoy mismo. —Lo dije tan sorprendido como me escuchó Tomás mientras volvía a hacer pasar su carruaje por mi mente—, pero creo que sí. Había vida en esos huesos.

—Si queréis que siga siendo así, ella no debe volver a veros jamás. Dios, en lo más alto, se ha equivocado enviándoos hasta aquí, creedme. No debería haberlo hecho. Ha sido un error.

Sonreí ante su evidente exageración.

—Vamos, Tomás, ¿un dominico cuestionando Su sabiduría? ¿No os dais cuenta de que es la oportunidad que nos está brindando a los dos para volver a empezar?

—Auristela tomó la decisión de venir a Nueva España para dejar atrás su pasado y... —dudó unos instantes antes de asestarme el golpe definitivo— y contraer matrimonio con alguien de estas tierras.

Creí que bromeaba, pero Tomás permaneció impertérrito, sin dejar escapar una sonrisa. Su mirada me nubló el corazón y sentí la tierra desaparecer bajo mis pies. Mis puños se tensaron; ¡me agarraría a lo que fuese necesario para no caer! Tomás se dio cuenta; nos conocíamos demasiado.

—Tendréis que pasar por encima de mi cadáver para deshacer lo que a ella le ha costado tres años reconstruir.

—¿Qué, un noviazgo en la distancia? —escupí yo con una mueca de desdén en los labios.

—No, su corazón. Y puedo aseguraros que vos ya no residís en él.

Me derretí con el fuego de la hoguera quemándolo todo a mi alrededor. Tomás comprendió.

—¡Habéis venido a Tenochtitlán solo para alertarla a ella!

No era una pregunta, sino un reproche al que no respondí.

—¿De veras veníais con la intención de salvarla, huir los dos juntos y dejar que el resto de Tenochtitlán se fuera al infierno? —insistió Tomás, incrédulo.

—Os habría advertido a vos también, si eso os lo único que os preocupa. —La acidez de mis palabras escocieron en la lengua—. Escaparíamos los tres.

—Diego, podéis iros al carajo. No tengo nada más que deciros. —Tomás se levantó del suelo y se dirigió hacia la puerta con la cabeza bien erguida. Estaba saliendo ya de la habitación, pero yo no hice nada por detenerlo; nos conocíamos demasiado bien como para que yo creyera que aquellas habían sido realmente sus últimas palabras—. Os habéis convertido en lo que más odiábamos en el San Gregorio —dijo al fin, retrocediendo sobre sus propios pasos—. ¿Recordáis al Caracola? Arturo, creo que se llamaba.

La mención de aquel idiota en nuestra conversación era tan inesperada que no pude evitar que se me escapara una sonrisa al recordarlo. Arturo López-Espinola había sido uno de nuestros compañeros de estudios en el San Gregorio. Era un tipo tan espigado como su propio apellido indicaba, y creía que el mundo terminaba donde lo hacía su sombra. El tamaño de su apellido era la vara con la que medía la importancia de las personas: todo aquel que no superara su número de letras no era digno de su atención. Las vulgares seis letras que mi apellido arrastraba, De Soto, hacían que nuestras vidas transcurrieran en planos paralelos, hasta que un día se cruzaron. Fue en un examen de Gramática Latina, mi especialidad. Yo confiaba obtener la calificación de *cum laude*. Ya antes de comenzar me sorprendió verlo sentado junto a mí. Pensé que se trataba de una inocente casualidad. A mitad del examen entendí el porqué: lo vi pálido, sin escribir nada, suplicándome con la mirada que le chivase algo. No pude evitarlo; le pasé mi examen para que lo copiara, y, ya cerca de la hora, cuando se lo estaba reclamando para poder entregarlo, el profesor nos vio hablando y se acercó como una furia hasta nuestros pupitres. Al verlo aproximarse, Caracola, el muy hijo de puta, se levantó encolerizado, mirándome como si lo hubiera insultado, gritando que dejara de hablarle, que no iba a dejarme copiar absolutamente nada del examen.

—Es él quien tiene mi examen —había gritado yo, sorprendido por aquella mentira.

—¿Yo, un López-Espinola, copiando de vos? Aquí tenéis mi examen. —Caracola blandió los folios que tenía en la mano contra el pecho del profesor y salió de clase como si hubiera escuchado la ofensa más terrible de toda su vida.

El profesor, un pobre diablo del que no recuerdo el nombre siquiera, echó un vistazo a las hojas, vio que estaban correctamente rellenadas y que figuraba el nombre de Arturo López-Espinola en el encabezamiento de cada una de ellas.

—De Soto, De Soto, ¿qué estáis haciendo? —me dijo, avergonzado, el profesor, al ver que mi hoja sobre el pupitre seguía en blanco.

Fue inútil replicar nada entonces. La palabra dada por un apellido compuesto siempre prevalecería sobre la de cualquier otro, y muchísimo más en el caso de un bastardo como yo.

Caracola fue quien obtuvo aquel día el *cum laude* que debería haber sido mío. Pero eso no fue lo peor de aquella historia. Al día siguiente lo volví a ver y, al pasar a mi lado, yo me detuve, preparado para escuchar sus explicaciones, una disculpa; estaba dispuesto incluso a propinarle un buen puñetazo. Pero él pasó de largo sin levantar tan siquiera sus párpados para dirigirme una mirada de perdón. Me quedé tan helado que lo dejé pasar. ¿Para qué molestarse? Seguro que debió de pensar que yo había sido suficientemente pagado porque un trozo de papel que yo había escrito, mi examen, hubiera tenido el honor de poder figurar bajo su nombre.

Ese era Caracola. Supongo que lo llamábamos así porque no salía nunca de su concha y siempre la llevaba a cuestas, como todos los nobles con los que me había topado en mi vida.

Pero ¿a qué venía que Tomás me comparara nada

menos que con él en esos momentos, cuando mi corazón sangraba por Auri, cuando Cortés estaba a punto de alzarse en armas?

Entonces, de pronto, me eché a reír. Una carcajada, después otra, no podía parar. Tomás me miró atónito, y entonces él se puso a reír también. Nuestras carcajadas se encadenaron, escalando hermanadas, una encima de otra, hasta convertirse en un único torrente incapaz de detener. Las lágrimas salían de nuestros ojos, sin poder controlarlas, y mi estómago se sacudía con tanta fuerza que por un momento temí que mis vísceras fueran a acabar desparramándose sobre la hoguera.

—¿Qué es lo que sucede? —El rostro de un dominico somnoliento asomó en el marco de la puerta, asustado, y, al ver que nos estábamos riendo, se enfadó con nosotros. Tomás logró contenerse y musitar entre llantos de risa que no volvería a ocurrir—. Sois como niños. Mañana veremos quién es el que se despierta para cantar maitines —murmuró el religioso mientras cerraba de un portazo.

Aquel dominico tenía razón. Éramos como niños, y estupideces como esas eran precisamente las que nos hacían comprender que, por encima de nuestras diferencias, había algo mucho más fuerte que nos unía. Caracola, por ejemplo.

Recuperamos nuestra seriedad como si aquel torrente de vida no hubiera tenido lugar. Pero habíamos aliviado las tensiones. Auri dolía todavía, y mucho, y Tomás seguía señalándome con su dedo acusador. Pero ahora podía sobrellevarse todo.

—No podéis ser tan egoísta, preocuparos solo de vuestros asuntos y permitir que el mundo os deje de importar.

—¿No hace el mundo lo mismo con cada uno de nosotros?

—¡Caracola! —espetó Tomás en mi rostro sin rubor alguno.

—Por Dios, Tomás, ¡no tiene nada que ver!

—Claro que sí. Caracola salvaría su nombre y huiría, como vos.

—Auri no es mi nombre —me resistí yo.

—Tampoco vuestra vida; no, ya no —apuntaló Tomás, sin misericordia.

Cerré la boca, incapaz de arrojar nuevos argumentos. Auri ya no formaba parte de mí, era cierto. Ella había encontrado a otro.

—Pero hay muchas vidas a nuestro alrededor que merecen ser salvadas —continuó Tomás, incombustible—. Todos los indios que viven aquí han sufrido ya los daños de una guerra. ¿Queréis que se vuelvan a abrir las heridas?

—No será culpa mía.

—Sí, lo será. Vos sabéis que Cortés está preparando una invasión. ¿Y os dais media vuelta y os vais sin avisar siquiera? No es cristiano. Pero, sobre todo, no es propio de vos. No os reconozco.

—Pues hacedlo vos, ya lo sabéis también; os lo acabo de decir. —Lo señalé con la barbilla, empujándolo.

—Sí, podría ser yo quien avisara, pero tenéis que ser vos, por la salvación de vuestra propia alma.

—¡Ohh! Qué conveniente y oportuno sacar a pasear el infierno cada vez que queréis que alguien haga lo que pedís.

—¡Ah, por Dios! —escupió Tomás con hastío—. No me vengáis con monsergas propias de protestantes irredentos. No vos, que lleváis tan metido dentro el catolicismo que asoma hasta por la costura de vuestros calzones.

Me ruboricé. ¿Era aquello una blasfemia en sus labios?

—Si os dais media vuelta sin avisar y mañana, Dios no lo quiera, Cortés entra con sus hombres y hace sangrar de nuevo Tenochtitlán, no habrá confesor que pueda lavar esa sangre de vuestra alma —me advirtió con un dedo alzado ante su rostro—. No podréis volver a miraros a un espejo porque vuestra sombra os repetirá, una y otra vez: «Podría haberlo evitado, podría haberlo evitado».

Vi mi imagen oscura reflejada en aquel espejo de obsidiana, acusándome para el resto de la eternidad, y callé.

—Y olvidáis, además, algo importante. —Tomás entornó los ojos con avidez—. La justicia debida a vuestro capitán.

—¿Guevara?

—Sí, el caballero de quien me hablasteis. ¿Quién va a responder por su muerte? ¿Dejaréis acaso que Cortés salga indemne?

Lancé un suspiro tan largo que una de las llamas de la hoguera se vio obligada a esquivarme. La miré, silencioso, mientras volvía a alzarse sobre sí misma.

—¿Y si no fue él? —susurré al fuego silencioso.

—¿Hay algo que no me hayáis contado? —La llama salpicó de confusión los ojos de mi amigo.

—No ha aparecido la derrota, Cortés no está preparándose para huir a las Molucas —tercié yo, sopesando en voz alta mis pensamientos—. Y es más que probable que esa expedición que estaba organizando haya partido ya.

—Pero esa expedición no hubiese zarpado ya si no supieran cómo llegar hasta allí.

—Lo sé —asentí, llevándome la mano a la barbilla.

No tenía sentido ponerme a explicar ahora a Tomás mis dudas sobre Cortés, de las que ni tan siquiera yo era capaz de ofrecer una respuesta clara. Maldita sea. Inaprensible Cortés.

—Entonces queréis que salve mi alma revelando los planes de Cortés.

—No, quiero que salvéis Tenochtitlán y que no condenéis vuestra alma —rectificó Tomás, apremiante.

—¿Y a quién acudo? ¿No me diréis que queréis que

vaya con esa historia al ridículo del gobernador Estrada? Porque os aseguro que antes preferiría mil veces que fuera Cortés quien tomase el mando de la Nueva España.

—En eso debo confesaros que tenéis toda la razón. Cuando Auri y yo viajamos a estas tierras, coincidimos en la misma nave con su esposa. No se lo digáis a nadie, pero hasta ella mostraba dudas sobre las capacidades de su propio marido —susurró con aires cercanos al chismorreo.

—¿Os referís a las maritales? —exclamé con la avidez de dos comadres a las puertas de un lupanar.

—A esas también.

Los dos sonreímos con la maldad de los viejos tiempos.

—Entonces, si no a él, ¿a quién queréis que acuda?

—Hay una persona en la que creo. El regidor Vázquez. Ya os lo dije en la cárcel.

Lo supe antes de que pronunciara su nombre; Bernardino Vázquez me había dado una buena impresión ya el primer día, durante nuestra reunión secreta en su despacho junto al preso Salazar.

—¿Por qué estáis tan seguro de que es un hombre de fiar y justo?

Tomás se removió dentro de su hábito. Percibí su incomodidad ante mi pregunta, pero no le di importancia.

—Estoy tan seguro como lo puede estar un hombre de otro hombre. Formó parte de los primeros que desembarcaron con Cortés, fue uno de sus capitanes durante el asedio y posterior caída de la ciudad, y desde entonces ha mantenido una posición equidistante con el conquistador y con los Gobiernos que han ido ocupando su lugar. No está metido en pleitos, aboga por la paz entre unos y otros, y esas credenciales son las que lo han convertido en uno de los regidores más respetados de la ciudad.

«Amigo de todos y de nadie», recordé las palabras con las que Tapia lo había definido. Sin embargo, a pesar de todas sus bondades, no había sido él quien había conseguido liberarme de la cárcel. Cortés se le había adelantado.

—Tenéis razón, a pesar de que yo hablé con él nada más salir de veros en la cárcel, no fue tan rápido como yo esperaba —admitió Tomás—. Pero miradlo de otra manera; si Vázquez hubiera actuado antes, vos no habríais sido liberado por Andrés de Tapia y entonces no habríais sido testigo en Coyoacán de los planes de Cortés.

Medité sus palabras con detenimiento; tenía toda la razón. Con lo que yo sabía ahora, en mis manos estaba intentar poner fin a las ambiciones del conquistador. ¿Me lo perdonaría Cortés alguna vez?

—Y después de hablar con Dino Vázquez, ¿qué hago con mi vida?

—Sabéis que no podréis quedaros aquí. Para Cortés os habréis convertido en su enemigo. Su espada estará ansiosa por pediros cuentas. Pero aunque no lo hiciese, aunque os llegara a perdonar la vida y daros una magnífica encomienda para quedaros a vivir aquí —a Tomás le gustaba usar la ironía; me gustaría saber si la utilizaba en sus homilías dominicales—, vos no la aceptaréis. En su lugar, cogeréis la primera nave que salga para La Española y allí elegiréis el lugar del mundo donde prefiráis vivir. Ahora que España se ha convertido en imperio, tenéis variedad de sitios entre los que elegir.

Miré con tristeza a Tomás, que contemplaba las llamas como si fueran la barrera definitiva que se interponía en nuestros deseos. Mi corazón dio un leve salto en el abismo, como si ya me hubiese ido.

—¿Me echaréis de menos?

—Acabáis de llegar y ya lo hago. —Tomás asintió con una sonrisa.

—¿Y os despediréis de ella por mí?

—No, eso no lo haré. Para ella, vos ya no existís, y mucho menos aquí, en Nueva España. Pero le daré de vuestra parte, sin que lo sepa, el beso más bello y hermoso que pueda dar a una mujer, habida cuenta de mi condición.

Ambos arrastramos una sonrisa de dolor.

—Podéis echaros aquí, junto al fuego. Mañana os despertaré y saldréis de inmediato a ver a Bernardino Vázquez. Iréis de mi parte.

Los dos nos levantamos al fin y, sin cruzar palabra, nos dimos un abrazo como antaño. Sentí su corazón latir junto al mío, y se conmovió mi alma; no habría más como aquel.

Al separar nuestros cuerpos, vi en su mirada que una idea lo asaltaba. Me rodeó los hombros con el brazo, inequívoco indicio de que se había desatado su vena apostólica. Algo me iba a pedir.

—Si queréis os puedo levantar un poco antes de que partáis. Yo celebro misa después de maitines, a las seis y media. Al Señor le gustará volver a entrar en vuestra casa —me golpeó el corazón con los nudillos— después de tanto tiempo.

—Siempre buscando la manera de arrimar el ascua a vuestra sardina —sonreí yo, asintiendo.

—¿Qué vamos a hacerle? Me tengo que ganar el reino de los cielos a dentelladas si no me dejan salir todavía a convertir almas. —Tomás estiró los labios en una sonrisa, de la que emergieron unos dientes deseosos de devorar Tenochtitlán entero con el fuego que latía en su interior.

16

Tomás había insistido en que fuera directamente a casa de Bernardino Vázquez porque ese era el lugar donde lo encontraría a horas tan tempranas. El hombre era un animal de férreas costumbres, y sus obligaciones en el gobierno de la ciudad de Tenochtitlán no le ataban a su mesa del cabildo antes de las diez y media de la mañana.

Recuerdo haber cruzado las calles como alma perseguida por el diablo; antes de salir, Tomás me había metido el miedo en el cuerpo.

—Daos prisa. No tenéis tiempo que perder. Puede que en estos momentos el ejército de Cortés esté avanzando hacia la ciudad, y no os lo perdonaríais jamás si vuestro aviso llegara demasiado tarde. ¡Dios no lo quiera!

Con sus palabras en la cabeza, mi figura contrastaba con el lento desperezarse de una ciudad cuyos sueños colgaban de las brumas que todavía vagaban sobre la laguna, a la espera de que un rayo de sol las atravesase.

Cuando por fin crucé la plaza bajo la mirada impasible de la gran pirámide, mi respiración entrecortada era el único eco sobre las piedras. Pasé frente al edificio del cabildo, sus puertas aún cerradas. Mientras lo rodeaba, mi mente descendió hasta sus sótanos, preguntándose quién dormitaría en el camastro de Salazar ahora que él estaba libre. ¿Qué cara pondría cuando supiese que el tesoro que Alonso de Grado había arrancado de Isabel de Moctezuma era fruto de la semilla que el conquistador había depositado en su vientre? Me sonreí ante su presumible decepción, pero yo no la vería dibujada en su rostro porque nada me ataba ya a las ambiciones de ese hombre. Era Bernardino Vázquez, y no él, quien podía evitar que aquel secreto llenase de sangre otra vez las calles de Tenochtitlán.

Apresurando el paso, dejé atrás el edificio del cabildo y seguí las instrucciones que me había dado Tomás.

—Cruzaréis dos calles, un canal y la veréis. Un pedacito de Castilla en el corazón de la Nueva España. Es una de las primeras viviendas particulares que se construyeron en Tenochtitlán nada más terminada la conquista. Os gustará.

No resultó difícil encontrarla. Pero nada de lo que me había dicho Tomás me preparó para lo que se alzaba ante mis ojos. Yo estaba bien familiarizado con la Casa de Pilatos, en Sevilla, y había estado en el interior del palacio de los Pimentel, en Valladolid. La casa frente a mí no era la una ni la otra; ni tan siquiera se acercaba a ellas en tamaño y grandiosidad. No obstante, al igual que la sencillez de las jóvenes indias que yo había tenido ocasión de admirar en esas tierras, la voluptuosidad y la belleza desnuda de aquellos muros que se alzaban frente a un patio porticado podían competir con la majestuosidad y la reciedumbre de cualquier palacio en Castilla. Bernardino Vázquez era un hombre discreto y con buen gusto. Su casa era buena prueba de ello.

Avancé por el patio hasta las escaleras de la puerta principal. Dos indias, de rodillas sobre los escalones, secaban con unos trapos la humedad que había caído durante la noche. Al pasar por en medio, la más joven se volvió hacia mí y sonrió con una de esas tímidas sonrisas que los naturales regalaban a los extraños. Su gesto y el trinar alegre de unos pájaros sobre la copa de un árbol me hicieron olvidar por un momento la misión que me arrastraba hasta ahí y las consecuencias que estaba a punto de tener en mi vida. Yo, que tan solo un día antes había soñado con tenerla de nuevo a mi lado y huir, me veía obligado a soltarla de nuevo, y esta vez para siempre.

Lancé un suspiro y entré.

En el vestíbulo, un indio me recibió con las formalidades y la vestimenta de un lacayo de Valladolid. Después de escucharme, me condujo sin cruzar palabra alguna hasta un pequeño salón y cerró la puerta detrás de mí. Confié en que hubiese entendido algo de lo que le había dicho.

Me había invadido, nada más entrar, el perfume de un gran ramo de flores que iluminaba con su colorido una mesa redonda frente a la ventana. Al echar un vistazo al resto de la habitación, descubrí que no eran las únicas que decoraban el espacio. Conté cuatro ramos más arrancados de jardines imposibles, multiplicando su alegría por todos los rincones de la estancia. Inspeccioné con detenimiento el lugar con el deseo de conocer el motivo de la presencia de aquellas flores, o detectar algún detalle singular que me permitiera hacer cábalas sobre el hombre al que le gustaba habitar entre tanta belleza.

La pieza entera desprendía un aire femenino que contrastaba con la sobriedad y el orden rectilíneo a que me había acostumbrado en los espacios habitados por Cortés. Apoyada sobre la pared del fondo había una elegante cómoda de indudable procedencia castellana sobre la que descansaba un bello candelabro de plata. Sobre la pared, encima del tablero, colgaba un cuadro a la altura de los ojos. El dibujo no era de grandes proporciones, y en la distancia apenas logré distinguir que se trataba del rostro de una mujer.

Me acerqué a verlo, pero, justo en ese instante, la ligera tos de alguien a mi espalda me hizo girar.

—Diego de Soto. Qué alegría me da veros de nuevo, sano y salvo.

Bernardino Vázquez, en el umbral, sonreía con la alegría de un amigo reencontrado. «Amigo de todos y de nadie.» Una alegría que parecía, sin embargo, genuina.

—Temí por vos gravemente cuando, al ordenar sacaros de prisión, me dijeron que alguien se había adelantado con una orden firmada por Sandoval desde el Gobierno de la Nueva España.

—Cortés se adelantó a vuestras intenciones. —Escruté su rostro limpio, pulido, elegante.

—No os podéis imaginar cuánto lo siento. —Había verdadero arrepentimiento—. Llegamos a pensar cosas horribles sobre vuestro paradero. Nueva España anda revuelta estos días.

—Lo sé. —Mi rostro se tensó al recordar lo que había venido a hacer—. De eso precisamente vengo a hablaros. No son buenas noticias.

Minutos después nos hallábamos en un amplio despacho del piso superior cuyas ventanas daban al patio de la entrada. Desde aquella altura se podía apreciar su planta geométrica, con una fuente en su centro y cenefas de azulejos añiles que trasladaban a otros lugares, todos ellos castellanos. Sin embargo, esa ilusión se desvanecía cuando uno devolvía la mirada al frente y la presencia de la gran pirámide herida apuntando al cielo os devolvía de regreso a Tenochtitlán.

Le conté todo lo que había visto y oído en Coyoacán, y su rostro se contrajo cuando escuchó cuál era el tesoro que se escondía en el vientre de Isabel de Moctezuma.

—Así que Cortés quiere hacerse rey y perpetuarse con la sangre de Moctezuma —dijo Bernardino Vázquez, levantándose de la mesa, con el desconcierto todavía en la mirada—. Todos pensábamos que ella era estéril. Ni siquiera Cuauhtémoc, con todo su ardor guerrero, consiguió arrancarle llantos de una vida nueva. —Lanzó una mueca al aire y sacudió su cabeza—. Nadie se resiste a los encantos de Cortés.

Caminó hacia la ventana y se sumergió en aquel paisaje con ecos de la sangre y el esfuerzo que les había supuesto conquistarlo. Guardó silencio durante unos breves instantes y, al volverse de nuevo hacia mí, vi asomar en sus ojos la sombra inquietante de un pasado olvidado.

—No quiere ser solamente rey; ahora quiere ser también su dios.

Me sobrecogió la forma en que lo dijo.

—Pero vos conocéis a Cortés, lo conocéis mejor que nadie. ¡Luchasteis junto a él para ganar un imperio que él ahora quiere para sí! ¿Es eso posible?, ¿que después de haber llegado hasta aquí, decida tirar por la borda todo aquello por lo que luchó?

Vázquez se acercó a mí con los ojos bien abiertos.

—¿Y por qué creéis que luchó? ¿Patria, imperio, Dios, rey?

Me escrutaba, tratando de averiguar mi respuesta.

—Ya sé —añadió, sacudiendo la cabeza—. Os resulta imposible pensar que la causa pueda ser la ambición.

—No, sí, claro que sí, es obvio que... —me adelanté, confundido.

—Su poder de seducción también ha aguijoneado vuestra piel —interrumpió él, comprendiendo—. Veo su veneno correr por vuestras venas. —Parecía el diagnóstico de un moribundo—. ¡Todo el mundo ama a Cortés! Las mujeres, los indios, hombres como vos, que buscan la gloria.

—Yo no busco la gloria —protesté, negando con la cabeza—. Si no, no estaría aquí ante vos.

—Oh, muchacho, lo reconocéis entonces. Lo habéis amado, como yo, como todos. Habéis tocado a un gigante, habéis estado bajo su sombra, y nadie que ha estado bajo su sombra puede evitar la tentación de extender la mano y arrancar el fruto prometido que cuelga del árbol. ¿Qué os prometió a vos? ¿Oro, tierras, fama?

Sus ojos se detuvieron en busca de la promesa que me había hecho.

—¡Ah! —Abrió los ojos, encontrándola—. ¡Eternidad! A vos os encandiló con eso. Sois cronista, y los cronistas ansían su lugar en los anaqueles de la historia. Un libro, la sabiduría que sobrevive en el tiempo.

—¿Y a vos? ¿A vos qué os prometió? —Había enrojecido de lo fácil que había sido adivinarme.

—¿Importa acaso? —La mirada de Vázquez tropezó de nuevo en la distancia con las piedras de la gran pirámide—. Todos aman a Cortés, y a él también le gusta amar a todo el mundo. Pero un día despertáis y descubrís que él no ama a todos por igual. A ese le promete una cosa, a aquel le dice otra. Siembra discordia entre su prole, celos entre sus hombres, rencor entre quienes están bajo su sombra. Lo que cuenta es que estoy aquí, como vos, lejos de su influencia. Los dos dijimos que no. Ambos hemos sobrevivido a su poder.

No pude evitar pensar en el resentimiento de Jerónimo de Aguilar el día en el que Cortés dejó de contar con él.

—Respondedme a esto que os digo —continuó Dino Vázquez, que se había dejado arrastrar por la pasión—. ¿Podéis nombrar a algún capitán que estuviera con él al principio y continúe todavía bajo su sombra?

Tapia y Sandoval seguían a su lado, pero preferí callar porque, sin saber el motivo, intuía que esos dos nombres no eran la respuesta que esperaba.

—Nadie —respondió él con la brusquedad de una piedra cayendo al fondo del agua—. El último de sus grandes capitanes, Alvarado, ha tenido que esperar a poner un océano de por medio para romper con él y poder reclamar ante la Corona sus derechos. Y ya que habéis preferido no mencionar a Tapia y Sandoval, os diré por qué ellos no cuentan; los tres son oriundos de Medellín. Las fidelidades forjadas por la tierra son difíciles de desarraigar.

Ignoraba que Sandoval procedía del mismo lugar. Era obvio que ambos eran amigos desde la infancia. Mateo 12, 25. Aquel susurro era muestra de una confianza labrada desde muy lejos.

—Así que aquí estamos, vos y yo, dueños de nuestra

propia sombra, dispuestos a detener a Cortés e impedir un baño de sangre.

Se volvió a hacer un silencio entre nosotros.

—Y después, ¿qué?

La pregunta salió de mis labios a bocajarro. Dino Vázquez frunció el ceño.

—¿Qué queréis decir?

—Cortés no es el único problema. En Nueva España seguirá habiendo injusticias que no son suyas. Está el nuevo gobernador del Pánuco..., Nuño de Guzmán. Yo mismo fui atacado por uno de sus hombres. Pero fray Tomás tiene confianza ciega en vos, piensa que sois la respuesta que Nueva España necesita.

—Fray Tomás es un buen hombre, y quizá me sobrevalora un poco —dijo él, bajando la cabeza con disimulada humildad.

—Quiero que me prometáis que todos acabarán en la cárcel, que se hará justicia. Esa es la razón que me ha traído hasta aquí, más allá de Cortés.

Vázquez se acercó a mí y me dio una pequeña palmada en la espalda, como queriendo ahuyentar mis inquietudes. A pesar de su esforzada calidez, percibí tensión en su gesto.

—Tranquilizaos, Diego, tranquilizaos. Todo se irá ordenando y poniendo en su lugar. Cada cosa tiene su momento, y lo primero es impedir que Cortés y su ejército encuentren Tenochtitlán al descubierto. Voy a reunirme inmediatamente con todo el cabildo de la ciudad para exigir al gobernador Estrada la máxima defensa de la ciudad y luego...

—Dino, Dino, ¿dónde estáis?

Una voz fuera del despacho nos interrumpió. Era una mujer. Dino Vázquez se ruborizó ligeramente y me dirigió una tímida sonrisa.

—Disculpadme unos instantes, por favor.

Salió del despacho, dejando la puerta entreabierta.

Los escuché, a él y a ella, hablando en voz baja fuera de la habitación. Había algo en aquel susurro femenino. Lo sé porque mi corazón tembló antes de reconocerla. Me acerqué hacia la puerta.

—... Siempre con excusas —escuché con nitidez—. Hemos tenido que posponer el encuentro con los franciscanos en dos ocasiones, y os prometo que no los voy a hacer esperar una tercera.

No estaba seguro, pero tenía que verla, saber que no era ella, engañarme a mí mismo porque en realidad lo sabía: era la voz de Auristela. Desafiante, decidida, dispuesta a poner el mundo boca abajo.

Me asomé ligeramente por la ranura, pero Vázquez se interponía entre ella y yo, y no podía ver su figura. Él debió de notar mi presencia, allí agazapado detrás de la puerta como un intruso, espiando, porque hizo ademán de darse la vuelta y yo me retiré de inmediato.

—Cariño, os lo ruego. No me riñáis delante de mi invitado —escuché que decía él mientras empujaba la puerta y me dejaba desnudo ante su presencia.

Tragué saliva, con el estómago y todo mi ser temblando, pero Dino Vázquez se seguía interponiendo entre nosotros.

Cerré por un instante los ojos, suplicando a Dios que me diese fuerzas para fingir como nunca lo había hecho antes en mi vida. Entonces, Vázquez se hizo al fin a un lado, y los fogonazos de nuestros ojos se encontraron.

—Diego, venid, quiero presentaros a la mujer más terca que haya pisado nunca estas tierras.

No la recordaba tan bella. Su pelo oscuro flotando sobre aquellas mejillas que había acariciado tantas veces en sueños, esos ojos marrones en los que había vertido todas mis lágrimas, aquellos labios rojos en los que habría querido respirar el resto de mi vida. Todo estaba en su sitio, pero todo era infinitamente mejor.

Escuché a Vázquez haciendo las presentaciones en la lejanía, con los puños cerrados, la respiración entrecortada, sin saber cómo reaccionar. «Auristela..., Diego de Soto.» Ella mantuvo en su semblante la expresión con la que se saluda a un extraño, sus labios extendidos con la cortesía de una desconocida, pero un fulgor hiriente en sus ojos que me petrificó. El momento se hizo eterno, pero Dino Vázquez no pareció darse cuenta.

—... con la que tengo la dicha de contraer matrimonio, si Dios no lo impide antes, dentro de tres semanas. —La voz de Vázquez regresó a mis oídos desde otro mundo.

Incliné ligeramente mi cabeza, arrollado todavía por un sueño hecho pesadilla, y ella se adelantó, sin darme tiempo a pronunciar palabra.

—Diecinueve días, exactamente —rectificó ella, sobrevolándome con indiferencia y devolviendo su atención a Bernardino Vázquez como si yo hubiera dejado de existir—. Y si no venís conmigo ahora, cerraré los detalles de la ceremonia sin contar con vos. Al fin y al cabo, estoy allí todos los días, ayudando a los monjes.

Dino Vázquez no pudo evitar reírse ante su amenaza, igual que yo lo hubiera hecho de estar en su lugar.

—No me provoquéis. —Levantó las cejas con la coquetería de la que tantas veces había hecho gala conmigo—. Porque soy capaz de cancelar la ceremonia si no os ponéis serio conmigo; me da igual que seáis regidor de la ciudad o emperador de la misma China. ¿No pensáis vos lo mismo que yo? —Auri se volvió hacia mí con un interrogante helado en su mirada y una inocente sonrisa de desprecio—. ¿O seríais capaz de dejar plantada a vuestra prometida con cualquier excusa que se os pasase por la cabeza?

—Auristela, ¡Diego no os conoce y lo habéis hecho sonrojar! —protestó, divertido, Vázquez, al ver mis mejillas arder.

Su puñalada había sido tan insospechada que me dejó con los labios petrificados.

—¿Lo haríais? —cargó de nuevo contra mí, entre la inocencia y el rencor, su mirada desangrando mi corazón herido.

—No —logré mascullar a duras penas con la boca seca.

—¿Lo veis? —Auri se volvió hacia su prometido—. Él no lo haría, así que será mejor que sigáis el consejo de vuestro amigo Diego de Soto.

Mi nombre en su boca acabó de traspasar mi alma. Auristela no volvió a mirarme, ni siquiera se despidió de mí. Cogió a Bernardino Vázquez por el brazo y ambos se alejaron por el pasillo en animada conversación de prometidos, como si lo nuestro no hubiera tenido nunca lugar. Me quedé junto a la puerta del despacho con la expresión de un idiota y el alma hecha jirones. Por un breve instante el ardor de la sangre en mis venas quiso empujarme a salir corriendo, ponerme de rodillas a sus pies, implorarle perdón, arrancarla de Dino Vázquez, volver a empezar. Pero era demasiado tarde; yo, al igual que Cortés, había decidido hundir mis naves el día en el que escribí aquella carta, renunciando a su amor, renunciando a mi vida.

Pasó una eternidad hasta que Dino Vázquez regresó al despacho, sin Auristela, con el rostro iluminado todavía por su presencia, pero recuperando rápidamente su gravedad. No sé muy bien lo que me dijo; supongo que debió de añadir que no había tiempo que perder, que se iba, que lo esperase allí, que me quedase en su casa si no tenía sitio a donde ir, que Tenochtitlán siempre estaría en deuda conmigo; todas ellas palabras vacuas que iban rebotando en mis oídos mientras mi alma se alzaba desafiante sobre los restos de aquella pirámide que asomaba por la ventana, y maldecía a Dios todopoderoso por haber arrastrado mi vida hasta aquel preciso instante. ¿No era el mundo lo suficientemente grande como para no habernos tenido que poner a los dos bajo el mismo techo, en el mismo lugar, a la misma hora?

No me gusta rememorar lo que me sucedió después de que Bernardino Vázquez saliera de su casa para alertar al cabildo de la inminente sublevación de Cortés. La realidad es que puedo recordar poco de todo aquello.

Me fui de su casa cuando el sol irrumpía poderoso sobre la ciudad, arrancando las sombras de Tenochtitlán; todas ellas se habían congregado en el interior de mi ser, y ahí dentro no había rayo que pudiera atravesarlas.

Me arrastré por las calles de la ciudad sin rumbo fijo. No me importaba a dónde ir. Solo buscaba alejarme, irme de allí, huir de mí mismo y de la oscuridad que me rodeaba. Mis labios maldecían, mi mente maldecía, mi alma maldecía. Quise taparme los oídos para no escuchar las carcajadas del Todopoderoso, allá en lo alto, rodeado de su corte celestial. «¿Habéis visto lo que he hecho con Diego de Soto? Renunció a la mujer que yo dispuse para compartir su vida y yo ahora me he vengado enviándolo a quien ocupará su lugar junto a ella.»

¿Por qué Dios todopoderoso había decidido burlarse de mí, después de haber renunciado a mi propósito de huir con ella de Tenochtitlán sin importarme lo que la amenaza de Cortés pudiera significar para la ciudad? ¿No había hecho yo lo que Él y mi amigo Tomás querían?

En lugar de agradecérmelo, el Malabarista de corazones había dado una insólita muestra de su crueldad creativa, poniéndome frente a Bernardino Vázquez para que comprobase que yo había perdido y ella había ganado; Vázquez tenía presencia, posición, medios, clase, autoridad, estima social... Todo a lo que yo había renunciado aquel día, con aquella carta que el viento y Alí Bey habían puesto en sus manos, por defender mi integridad. ¿Había valido la pena? ¡Qué razón había tenido Anglería, y qué estúpido había sido yo por haberlo sacrificado todo en honor a la verdad!

Así que la verdad, esa verdad con la que me gustaba

limpiarme la boca todos los días, se podía ir al infierno si esa era la única recompensa que era capaz de ofrecer.

La sombra que arrojaba sobre el polvo de la calle detuvo mis pensamientos, y una lágrima hizo que todo mi cuerpo temblara. Sentí entonces envidia de ese Diego de Soto que se dibujaba bajo mis pies; en esa figura no había rastro de las heridas ni el dolor que me atravesaban el alma.

Empujé las lágrimas con los puños, ¡fuera de mi rostro!, y miré a mi alrededor. Había caminado tanto rato que no reconocía la Tenochtitlán que tenía delante de mí. Las teces oscuras habían sustituido a las blancas, los torsos desnudos a la indumentaria española, la madera a las sólidas piedras de la ciudad imperial.

Seguí caminando, desorientado, y de pronto me encontré frente a un tramo de calzada que moría en la laguna. El final de Tenochtitlán. Las aguas cortaban la calle, lamían su borde, encharcándola entre el fango. A su alrededor, niños chapoteaban desnudos entre sus grietas ante la mirada de indiferencia de las mujeres que esperaban fuera de sus cabañas de madera, una tela cubriendo el hueco de la entrada en lugar de sus pechos desnudos.

Varios hombres paseaban por la calle examinando la mercancía; la mayoría eran españoles, y su aspecto era el de alguien con quien nunca cruzaríais una palabra si os topaseis con ellos por las calles de Valladolid.

Pero aquello no era Valladolid.

Me di media vuelta, con la clara intención de salir de aquel lodazal. Estaba enfadado con Dios, pero no hasta el extremo de vaciar mi ira entre las piernas de una mujer. Entonces una voz me detuvo.

—¿Queréis tocar el cielo?

Me volví hacia un tipo que lucía la sombra de una barba sobre su mentón cincelado por el viento y el sol. Parecía recién salido del barro en el que chapoteaban aquellos nativos. Él no lo era. Tampoco los demás que entraban y salían de la última casa de piedra, situada donde la ciudad perdía su decoro. Debería haberme ido entonces de allí. Pero cuando uno merodea la antesala del infierno, es fácil que un diablo lo coja del hombro y lo arrastre a su interior. Además, esa frase solo podía dirigirse a mí. Quería tocar el cielo, sí, tocar el cielo, acercarme a Dios y arrojarle mis lamentos a la cara.

Vi unos ojos extraviados tras esa mirada nublada por el vicio de mi demonio particular. A lo mejor él había sido como yo, y, muy probablemente, yo acabaría siendo como él si echaba un trago a la bebida que me estaba ofreciendo.

—¿Preparado para viajar? —Su sonrisa exhibió unos dientes inmaculados que le devolvieron por un instante la inocencia perdida.

A través de su camisa desabrochada hasta la cintura una sortija cimbreaba de la cadena que colgaba de su pecho. Bienvenido al callejón de las almas perdidas, parecía decirme. Todos teníamos amores perdidos que olvidar.

Sin pensarlo dos veces, cogí el vaso de barro que me ofrecía y me bebí, de un trago, hasta la última gota. Un sabor amargo e intenso se coló por mi garganta, y sus efluvios disiparon las brumas de mi interior. Puro alcohol. Nada que ver con la suntuosa pócima de Isabel de Moctezuma.

Aquella tarde fui hombre, fui dios, fui gusano. Lo tuve todo y no tuve nada. No toqué el cielo, pero ascendí al Olimpo del placer y descendí al fuego de un infierno en el que al mismísimo Dante le hubiera gustado dejarse abrasar. Auristela quedó atrás, Cortés quedó atrás, yo quedé atrás. Mi cuerpo fue la única conciencia, mi único rey, y yo, su esclavo, sacudiéndome, gimiendo de placer, llorando de dolor. Todo fue uno mientras yo me disolvía a puñaladas en la entrepierna de cuerpos salvajes y hermosos.

17

El sonido de un cañonazo en la distancia se coló entre mis sueños, y abrí los ojos como si estuviera en el día del juicio final. Escuché mi corazón latir con violencia y pensé que había sido él. Estaba tumbado sobre un lecho de paja, en el suelo. Me moví ligeramente; seguía vivo, a pesar de que sentía plomo correr por mis venas. Briznas de paja se clavaron en mi piel y descubrí que estaba desnudo. Erguí la cabeza ligeramente y mi vista tropezó con unos signos extraños pintados sobre mi pecho como testigos mudos de una noche, un día, una eternidad. ¿Cuánto tiempo había transcurrido? Miré a izquierda y derecha y descubrí los cuerpos desnudos de dos mujeres recostadas a ambos lados, como dos Evas salidas del costado de Adán. Me sobresalté. ¿Qué había sucedido en aquella choza? Puse la mano en su espalda; estaban calientes, respiraban, y yo me tranquilicé un poco. Mi pecado no había llegado tan lejos como para matarlas de placer, pero sentí remordimientos. Recordé el sabor amargo de aquella bebida, ella era la culpable.

Escurrí lentamente mi cuerpo entre los suyos, tratando de ponerme en pie sin despertarlas siquiera. En el aire resopló entonces el ruido de otro cañonazo. No había sido mi corazón. Asomé la cabeza por la cortina de tela que me separaba de la calle y miré hacia ambos lados. Ni un alma en el callejón de las almas perdidas, pero al fondo, sobre las aguas que relamían el fango de aquella orilla, numerosas embarcaciones se balanceaban con los remos en alto, a la espera. ¡Cortés!

Quise salir inmediatamente de aquel cuchitril en el que me encontraba, pero yo no era Adán y eso había dejado de ser el paraíso perdido hacía mucho tiempo, así que me desplacé a gatas por toda la habitación para tratar de recuperar mi ropa. Las dos nativas siguieron durmiendo plácidamente a pesar de haber recuperado mis calzones de debajo del trasero de una de ellas.

Salí de la cabaña con un sabor incierto pegado a mi piel. Como si hubiera dejado de ser Diego de Soto. Un tercer cañonazo hizo que comenzara a correr tan velozmente que abandoné aquel lugar sin tiempo para pensar si mi alma se había quedado atrapada en el fango de aquel callejón.

No era difícil saber hacia dónde tenía que dirigirme. En las calles todos seguían una única dirección entre murmullos y caras de excitación, españoles y naturales por igual. Cuando por fin llegué a la plaza, frente al cabildo había un batallón de hombres con arcabuces protegiendo sus entradas.

—¿Qué sucede? —pregunté a un muchacho armado que se creía el último defensor de Tenochtitlán.

—¿Sois acaso el único que no os habéis enterado? —Me miró con la arrogancia de quien sostiene un arma entre sus manos—. Cortés está a punto de invadir la ciudad.

—¿Por dónde, maldita sea?

—¿Por dónde? —Me arrojó una llamarada de incredulidad—. ¡Por todas partes!

Miré hacia la plaza sin saber qué rumbo tomar. A lo lejos, frente a la gran pirámide, vi a un grupo de hombres a caballo que tiraban de un carromato; en su interior había un cañón. Avanzaban hacia el palacio de Cortés. Atravesé la inmensidad de la plaza a gran velocidad. La gente corría en todas las direcciones, sin saber muy bien qué esperar. El caos se había apoderado de nuevo de Tenochtitlán.

Miré hacia la cima de la pirámide. La silueta de unos hombres preparaba la artillería de dos cañones que asomaban en los bordes, y yo imaginé a los dioses aztecas, sobre sus cabezas, burlándose de todos nosotros como Dios todopoderoso, el verdadero y único Dios, se había reído antes de mí.

Conseguí llegar frente al palacio de Cortés cuando los hombres que tiraban del carromato ya se habían adentrado en la calzada de Tacuba. Allá a lo lejos se había formado una marea humana preparada para contener el ataque. El conquistador había decidido entrar a la ciudad por ese flanco, el mismo por el que había tenido que huir aquella noche triste tras la muerte de Moctezuma.

A medida que avanzaba, distinguí en la distancia siluetas armadas con ballestas y arcabuces; habían tomado las azoteas y las terrazas que se descolgaban sobre el agua, en el canal de los tesoros hundidos. Ese día no habría nadie zambulléndose en sus profundidades; la suerte se jugaba esta vez en tierra firme, en las dos orillas. En la del lado de la ciudad imperial, cientos de personas se agolpaban en la boca del puente con inquietud y silencio tenso tras una primera línea de arcabuces que apuntaban al frente. Iban provistas de espadas, azadas, lanzas, cualquier cosa que pudiera ser utilizada como arma, y miraban ensimismadas hacia el otro lado del canal, vacío, como si temieran la súbita aparición de un espectro fantasmal.

Quería aproximarme a la orilla, ser testigo de aquel momento crucial en el que el conquistador de Tenochtitlán se convertía en enemigo de quienes lo habían ayudado a conquistarla. Iba a contemplar una página de la historia que yo había escrito antes de que fuera a suceder. Mis palabras, dichas a Dino Vázquez, se habían convertido en una maquinaria defensiva a punto de rechazar las ambiciones de Cortés, y ese momento de gloria no me lo iba a arrebatar nadie por nada en este mundo. Eran los únicos restos de dignidad que le quedaban a mi alma.

A duras penas podía avanzar entre la gente para llegar hasta la orilla. A escasos pasos de donde yo me encontraba, los jinetes que tiraban del cañón sobre el carromato se abrían hueco con el relincho de los caballos soplando en las espaldas del gentío. Aproveché para acercarme hasta la parte trasera del carro y solo me solté de él al conseguir atravesar aquella nube de cabezas. Tenía que ver con mis propios ojos la frustración de Cortés.

El carromato se abrió paso hasta la primera línea, y cuando por fin la boca del cañón asomó entre los arcabuces, apuntando hacia la otra orilla, la gente a mi alrededor aplaudió como si su disparo hubiera derribado ya al enemigo. Contagiado por su entusiasmo, incluso yo me encontré dando palmadas con los demás.

—A ver si tenemos ahora valor para cruzar ese puente —exclamó un tipo a mi lado, los ojos bien abiertos, su euforia un contraste con la mirada vacía de dos naturales, a su lado, que empuñaban unas lanzas. Tenían la G grabada a fuego sobre sus pechos, sobresaliendo entre el cuello de sus camisolas. Esclavos de guerra que se enfrentaban a una nueva con dueños diferentes.

Volví la cabeza hacia la boca del puente y entonces me di cuenta de que este no había sido ni tan siquiera levantado. Me invadió el terror. ¿Cómo pensaba la gente que se apiñaba junto a mí que iban a detener el paso de Cortés a Tenochtitlán con el puente extendido entre ambas orillas, invitándolo a entrar?

Levanté la mirada hacia la torre defensiva apostada junto al puente. Desde allí se controlaba el mecanismo que lo alzaba para separar ambas orillas. Mis ojos se desviaron hacia la terraza que se desplegaba sobre una azotea junto a la torre. Allí, fuertemente custodiadas, distinguí las figuras de Bernardino Vázquez y del gobernador Estrada entre las de un grupo de desconocidos. Miraban hacia la otra orilla, absortos pero entretenidos. ¿Acaso nadie entre ellos era consciente de que era necesario levantar ese maldito puente? ¿En qué estaban pensando aquellos locos? ¿Qué parte no había entendido Vázquez de mis palabras? ¿Acaso no le había dejado bien claro cuáles eran las intenciones de Cortés? ¡No venía a darse un paseo por la ciudad! ¡Venía a conquistarla de nuevo, maldita sea!

Me abrí paso a empellones hacia la torre. Tenía que avisar de que subieran ese puente antes de que fuera demasiado tarde.

—¡Qué hacéis, imbécil! —escuché a mi alrededor—. ¡Mirad por dónde vais!

Otro tipo me cogió por la pechera, dispuesto a detenerme y darme un puñetazo, pero la violencia con la que me desasí de su brazo lo evitó, y continué avanzando.

—¡Dejadme pasar! —exclamé, abalanzándome sobre los guardias.

Los dos hombres que protegían la entrada de la torre me cerraron el paso sin contemplaciones.

—¿Quién pensáis que sois? ¿Cortés? ¡Estúpido! A mí nadie me da órdenes.

—¡Maldita sea! —Mi voz quemaba en la garganta—. Tenéis que levantar ese puente. —Los empujaba con toda mi fuerza, pero ellos me repelían con sus lanzas—. ¡Avisad a Bernardino Vázquez! ¡El regidor Vázquez! ¡Soy Diego de Soto! ¡Él me dejará pasar! —exclamé con desesperación.

A regañadientes, uno de los soldados se metió en la torre y cerró la puerta tras de sí.

De pronto se empezó a escuchar el sonido lejano del granizo cayendo sobre la tierra. El otro guardia y yo levantamos la cabeza. El cielo estaba despejado. Nos miramos un instante y el silencio se extendió entre las voces de todos los presentes. Cascos de caballos en la lejanía. La tormenta había comenzado.

Me volví hacia el guardia, que seguía escuchando el sonido y, sin pensarlo dos veces, le di un puñetazo en la cara y lo tumbé al suelo. Empujé la puerta y entré en la torre como alma que lleva el diablo. Aplasté los escalones que subían en círculo hasta una puerta que desembocaba en la terraza en la que había visto a Dino Vázquez.

—¡Quién diablos os ha dejado entrar! —Frente a mí, el soldado que había ido a avisar a Vázquez me agarró con tal fuerza que no pude hacer nada para soltarme—. ¡Ahora veréis lo que...!

El sonido de la tormenta se hizo más grave, el suelo comenzó a vibrar bajo nuestros pies.

Los dos nos volvimos hacia la calzada de Tacuba y me soltó, sus manos deslizándose de mis brazos. Una columna de humo se acercaba, levantando a su paso nubes de pájaros que, batiendo las alas, huían en desbandada.

—¡Vázquez! —Corrí al encuentro del regidor, quien, junto a los demás, contemplaba el espectáculo con el mismo sobrecogimiento. Se volvió hacia mí, sorprendido de verme allí.

—Diego, ¿cómo habéis llegado hasta aquí?

—¡Hay que mandar subir el puente de inmediato!

Estrada, que se encontraba a su lado, dejó de mirar la columna de humo y me arrojó sus ojos pequeños con una mirada arrogante.

—¡Calma, muchacho, calma! No infravaloréis nuestra defensa. Tenemos a quien nos proteja ahí arriba. —Su manga de espantapájaros señaló hacia la parte superior de la torre, de donde asomaban las bocas de otros dos cañones, acechando desde las alturas.

—¿Creéis que eso lo va a detener? ¡Conquistó esta ciudad una vez! ¿Queréis que lo vuelva a hacer?

—¿Quién? ¿Él y cuántos más? —Alzó la barbilla con petulancia—. No puede haber muchos hombres siguiendo a ese loco.

—Corregidor Vázquez. —Me volví hacia él como última esperanza—. Hay que evitar un derramamiento de sangre. Nadie saldrá ganando si no ordenáis subir el puente.

Una legión de caballos emergió entre la nube de polvo ante nuestras miradas atónitas. Hernán Cortés y sus huestes se adentraban en el último tramo de la calzada, levantada sobre dos islotes, antes de desembocar en Tenochtitlán. Las siluetas de los primeros jinetes, irreconocibles aún, iban reproduciéndose a sus espaldas, a medida que aquel ejército salía de la cortina de humo, como si fuera un fenómeno mágico. El espejo de obsidiana de la princesa Moctezuma.

Dino Vázquez, por fin, se hizo eco del rostro desencajado de mis súplicas y, cogiendo de un brazo a Estrada, le susurró unas palabras que no escuché. El gobernador contuvo el aliento y, después de unos instantes, mandó levantar el puente como si hubiera sido idea suya. Vázquez se volvió hacia mí, lanzando un suspiro de alivio.

Fue necesaria la fuerza de ocho hombres para tirar de las cuerdas y levar el puente sobre nuestro lado antes de que el ejército de Cortés llegara a la boca de la orilla opuesta.

Todo justo a tiempo para el encuentro.

Cortés detuvo su montura a escasos pies del vacío, al otro lado del canal. Quienes lo acompañaban hicieron lo mismo, y con ellos, los cientos de hombres que iban deslizándose como una serpiente de fuego sobre la calzada de Tacuba. Distinguí los rostros de Tapia y Sandoval, junto a Cortés, y al cacique entre otros que no había visto antes. Detrás de ellos, españoles e indios, sobre todo indios, se entrelazaban como escamas de una única piel.

—¡Un recibimiento cuando menos inesperado! —La voz de Cortés viajó hasta nuestros oídos a lomos de un ligero viento que soplaba en nuestra cara. Parecía estar frente a nosotros, y no a los doce brazos de agua que separaban las orillas—. Espero estar a la altura de lo que tanto honor, sin duda, debe merecer, al haber salido a recibirme.

Lo vi recorrer con sus ojos la multitud desplegada en nuestra orilla.

—Beltrán, ¿cómo está vuestra mujer? Y vos, Rodrigo, ¿todo bien desde la última vez que hablamos? —Sus ojos negros iban saltando de rostro en rostro, con la soltura de un viejo conocido—. ¿Qué tal vuestra rodilla, Gonzalo? ¿Seguís sintiendo el escozor de la flecha que yo mismo os extraje con estas manos?

Miré estupefacto hacia los tipos que iba nombrando; los reconocía entre los demás porque se sonrojaban o bien bajaban la cabeza, avergonzados, cuando Cortés los interpelaba. Uno de ellos, Gonzalo, bajó el arcabuz con el que estaba apuntando.

Desde allá arriba, ofrecía un aspecto arrollador. Parecía haberse puesto sus mejores galas para seducir, en lugar de conquistar, a Tenochtitlán. No llevaba peto de acero con el que proteger su pecho ni casco o armadura bajo los que ocultarse. El único hierro que brillaba era la espada que colgaba de su cinto sobre una casaca negra que lo cubría hasta las rodillas. En su cuello lucía una cadena de oro con estrellas y piedras preciosas que llevaba con el mismo porte y honor que si se tratara del mismísimo Toisón de oro del emperador.

—Lope, amigo, ¿vos también aquí? —continuaba Cortés, recriminando con una amplia sonrisa en los labios.

—¡Hernán Cortés! Guardad esas muestras de zalamería para vuestras amantes. —A mi lado, la voz de Estrada resopló con irritación.

Cortés, entonces, escaló con la mirada la torre hasta el lugar donde nos encontrábamos, como si no hubiera reparado todavía en nuestra presencia.

—¡Amigo Estrada! ¿Qué es lo que habéis hecho esta vez? —Por el tintineo de su tono, parecía dirigirse a un chiquillo travieso.

—Deponed vuestras armas y vuestra actitud hostil de

inmediato o me veré obligado a... —Estrada se precipitó, nervioso, antes de verse interrumpido.

—No me estaréis amenazando con esos cañones, ¿verdad?

—¡Artilleros, preparados! —ordenó Estrada.

Sobre nuestras cabezas escuché el sonido de una bala deslizándose por la boca del cañón.

Cortés se desabrochó el cinto y dejó caer su espada sobre la orilla.

—¡Gobernador Estrada! —dejó escapar su voz como un trueno—. No vengo a recuperar lo que una vez fue mío. Ni tan siquiera vengo a reclamar el puesto en el Gobierno que habéis querido usurpar a Sandoval.

—Vuestro amigo Sandoval ha actuado en vuestro beneficio en más de una ocasión, contraviniendo muchas de mis órdenes y perjudicando los intereses generales de estas tierras. —Estrada hablaba despacio, evitando que el viento obstaculizara la llegada de las palabras hasta la otra orilla; el efecto, sin embargo, lo convertía en un ser diminuto en comparación con la grandeza que exhibía la figura de Cortés—. Sin ir más lejos, recientemente firmó una cédula a mis espaldas que ponía en libertad a uno de vuestros amigos.

Palidecí de golpe, y di un paso atrás, ocultándome a la sombra de Vázquez.

—¿Oís eso, querido Tapia? —Cortés ladeó ligeramente el mentón hacia su derecha—. Habla de un amigo.

La ironía se clavó en mis oídos. Tapia, a su lado, alzó la mirada, y, a pesar de la distancia, sentí su acero punzante en mis costillas. Mis días estaban contados en esas tierras.

—*Quid pro quo*, gobernador Estrada, *quid pro quo*. —Cortés se removió sobre su montura—. Mi amigo por vuestro amigo.

El silencio que siguió ascendió hasta nosotros como una nube, y Estrada se volvió hacia Bernardino Vázquez visiblemente incómodo; este sacudió los hombros y me miró a mí de reojo. Mi inesperado protagonismo había hecho que mi cabeza estuviese a punto de salir volando con las balas de cañón que estaban preparando allá arriba.

—Ahora que mi amigo, a quien Sandoval ordenó liberar, ha regresado a vuestro redil —la voz de Cortés voló, de nuevo, lacerante—, está en vuestras manos hacer lo que queráis con él.

Bajé la mirada, muy nervioso. A mi lado, Dino Vázquez me arropó con una ligera palmada en la espalda. Agradecí el gesto en mitad de aquel monumental desconcierto.

—Pero hay un amigo vuestro que acaba de salir de prisión y no debería haberlo hecho nunca. Vengo a exigiros que lo retornéis de inmediato a su madriguera, de la que jamás hubiera salido de no ser por vuestra firma, o, mejor aún, que me lo entreguéis a mí.

Dino Vázquez y Estrada intercambiaron una mirada circunspecta. Estrada carraspeó levemente antes de responder.

—No sé de quién estáis hablando —logró pronunciar sin vacilar.

—Oh, sí. Lo sabéis muy bien. Vuestro amigo Salazar —rugió Cortés desde la otra orilla.

Estrada, a pesar de su pequeñez y de su grotesca apariencia, no pareció dejarse amilanar. O tenía valor o era un incauto. Dio un paso al frente, haciendo asomar su rostro sobre el canal, hacia la otra orilla, con desfachatez.

—Cortés, no voy a discutir con vos los motivos por los que he tomado la decisión de liberar a nadie de prisión. Como representante de Su Sacratísima Majestad el emperador en estas tierras, me debo únicamente a su juicio.

En ese instante algo pasó rozando su cabeza. El zumbido de una flecha.

—¡A cubierto! ¡Nos atacan! —gritó alguien.

Estrada se abalanzó al suelo, llevándose las manos a la cabeza.

—¡Disparad los cañones! ¿A qué estáis esperando? —gritó, fuera de sí, mirando hacia las almenas de la torre.

La tensión llenó de desconcierto todos los rostros. Definitivamente, Estrada era un incauto; instantes como aquellos requerían de serenidad, y no de impulso. Cualquier otro se hubiera cerciorado, antes de lanzar una orden así, de que esa flecha era el inicio de un ataque y no el acto aislado de un iluminado.

Por fortuna, Dino Vázquez, que estaba a mi lado, se abalanzó junto a Estrada en el momento en el que este había dado la fatídica orden, comprobó que el gobernador no estaba herido y, volviendo su mirada hacia la otra orilla, vio a Cortés atemperando nervios a su alrededor al tiempo que ordenaba a Tapia detener y castigar al imprudente que había disparado la flecha.

El regidor miró entonces hacia la torre que se alzaba sobre nuestras cabezas y, con el alma encogida en sus pulmones, ordenó a los artilleros detener la boca de los cañones. La tensión se apaciguó de golpe, todo en un abrir y cerrar de ojos, gracias a Bernardino Vázquez. Mientras se levantaba de nuevo del suelo, ayudando al gobernador a incorporarse, lo vi fulminarlo con la mirada. Después volvió el rostro hacia la otra orilla, buscando a Cortés. Ambos se hallaron, y los vi asintiendo, confirmando que estaban fuera de peligro, tal y como debía de haber sucedido otras veces en el pasado. Aquella única mirada se disolvió rápidamente en dos almas con caminos opuestos.

El gobernador, rojo de ira y de vergüenza, se acercó de nuevo a la barandilla, respaldado esta vez por la presencia de dos guardias armados.

—¡Hernán Cortés, a partir de hoy quedáis desterrado de la ciudad de Tenochtitlán! No se os permitirá la entrada en la ciudad bajo ningún pretexto. Yo, Alonso de Estrada, gobernador de Nueva España en nombre de Su Sacratísima Majestad el emperador, os declaro *persona non grata*. ¡Ordénese, hágase!

Cerré los ojos al escuchar aquella proclama, dispuesto a lo peor. Era una condena. Si Cortés buscaba una excusa para declarar la guerra, Estrada se la acababa de proporcionar.

La sublevación podía empezar.

Abrí los ojos de nuevo, a punto de echarme a correr y ponerme a cubierto, pero no escuché ningún alarido, ningún disparo en la otra orilla.

Allá abajo, Cortés seguía sobre su caballo, agarrando las bridas con los puños, sujetándose el alma. Supe leer con nitidez a pesar de la distancia. Su interior se debatía entre el honor y la lealtad, entre beber la sangre y sorber las lágrimas, entre el emperador y las razones que lo habitaban; eran fantasmas de una casa que jamás abandonarían.

A su lado, detrás de él, sobre sus espaldas, dioses y hombres esperaban la señal. ¡Su leal Tapia aguardaba aferrándose al puño de su espada! Nadie podía vetar la entrada a Tenochtitlán a quien había conquistado una vez aquella ciudad. Sus ojos aceituna bailotearon sobre el agua del canal, arrastrados por la corriente, deshaciéndose una vez más en ella. Entonces, Cortés levantó de nuevo el rostro hacia el hombre que lo acababa de pisotear.

Yo contuve la respiración, y todo Tenochtitlán conmigo.

—Así se cumpla lo que ordenáis, Estrada. —Inclinó la cabeza, haciendo doblegar la de su caballo—. Pero sabed que yo obedeceré vuestras palabras en nombre de a quien representáis y no de vos.

Escuché a Estrada contener una sonrisa jactanciosa, y a Dino Vázquez, junto a mí, lanzando un suspiro de alivio.

—¡Y una cosa os advierto! —dijo Cortés, con la furia de los dioses—. Decid a esas dos ratas que mi destierro será su condena: yo no entraré en Tenochtitlán, pero ellos no podrán salir de ella. Mi terreno vedado será su cárcel. Si salen de ella, pagarán las consecuencias.

Mi corazón se hundió en el estómago al escuchar esa amenaza. Yo era una de esas ratas. No lo vi siquiera lanzarme una mirada mientras hablaba; fue Tapia quien se encargó de hacerlo, a su lado, asegurándose de que esas palabras eran para mí.

Cortés acabó de hablar y tiró de las bridas con tanto ímpetu que su caballo se alzó sobre sus cuartos traseros, piafando en el aire con la misma pasión que su dueño. Abandonaban la orilla.

—Guardias, no bajéis todavía el puente; no hasta que se hayan ido —dijo Estrada a los hombres que asomaban por la torre.

Cortés, desde la otra orilla, tuvo que oírlo, porque al punto se detuvo y se volvió hacia nosotros de nuevo.

—Estrada, ¿todavía creéis que es el puente el que me ha impedido cruzar a la ciudad? —Espoleó de nuevo su caballo hasta el borde del canal—. ¡Hablad con los hombres que tomaron Tenochtitlán conmigo! La próxima vez que desee entrar de nuevo en Tenochtitlán, no habrá puente que me lo impida.

Y lanzando al aire un cuchillo que llevaba oculto en la mano, vi su filo brillar sobre las aguas, segando el aire y cortando en dos la cuerda que soportaba el peso del puente levado. La pasarela de madera perdió su equilibrio como un gigante con pies de barro y cayó con toda su fuerza sobre el canal, uniendo ambas orillas con gran estrépito.

Cortés sacudió entonces los lomos de su caballo y se alejó con todo su séquito sin que nadie hiciera el menor ademán de cruzar el puente. Vi su figura, con mi boca todavía abierta de par en par, haciéndose pequeña, diminuta, hasta desaparecer en la distancia, otra vez inaprensible.

18

—No se ha sublevado, ¿no lo veis? Yo estaba equivocado. Ni tan siquiera tenía la intención de hacerlo.

Era el asombro de mi propia voz lo que se escuchaba, arrojada sobre la mesa de nogal en la que estábamos sentados Bernardino Vázquez y yo, solos, frente a frente.

Vázquez se bebió de un trago la copa que tenía en las manos. Vino de Madeira. Los placeres viajaban lejos para quienes sabían pagarlos. O conquistarlos, pensé yo vaciando la mía con Auri entre los labios. Degustar su dulzura era inútil; seguía la amargura en mi garganta, la suciedad en mi corazón.

Dejé la copa en la mesa sobre la que Dino Vázquez había mandado disponer mi última cena en Tenochtitlán.

No había vuelta atrás. Tenía que abandonarla de inmediato. El tumulto de la ciudad, el temor ante la invasión de Cortés, se había disuelto con la misma prontitud con la que lo hacía una fiesta cuando el vino se acaba. A falta de sangre aquella tarde ante la orilla, Tenochtitlán respiraba de nuevo tranquila en sus hogares. Estrada había desterrado a su conquistador y este había bajado la cabeza. Ordenaría ahora proteger las entradas, asegurarse de que la sombra de Cortés no se asomase de nuevo a sus puentes, y todos podrían dormir tranquilos.

Pero yo..., yo no estaba a salvo. Tenía que huir, abandonar esas tierras cuanto antes. Por Auristela, tal y como había prometido a Tomás; pero más aún por Cortés. Me había convertido en la rata que lo había traicionado.

—Si os dais prisa, puedo conseguir que estéis fuera de la ciudad antes de que amanezca —me había dicho Dino Vázquez mientras abandonábamos la orilla donde habían ocurrido los hechos.

Yo había asentido entonces con mi boca seca, con la respiración entrecortada, intentando disolver inútilmente el nudo que ataba mi estómago. Lo que me agarrotaba el alma no era haberlo perdido todo —un corazón que amar, letras que escribir, un lugar a donde ir—, sino la extraña sensación de que había errado en mis suposiciones, de que no había sido capaz de predecir a un Cortés sujetando fuertemente las bridas frente a Tenochtitlán.

Dino Vázquez echó el cuerpo hacia delante y, estirando el brazo, agarró la botella por el cuello y la vació sobre su copa.

—¿Acaso no hubierais hecho vos lo mismo con tres cañones apuntándoos al pecho? —dijo alzando la copa, brindando en el aire—. Esa es la argucia de Cortés, vestir cuanto hace de honor para disfrazar su cobardía.

A lo mejor Dino Vázquez tenía razón y la amenaza era lo que había mantenido a raya a Cortés. Pero no era cobardía lo que había visto yo a lomos de su caballo, lo que habían leído mis ojos en los suyos cuando sostenía fuertemente las bridas con las manos. Más allá de los cañones apuntándole, algo en mi interior me decía que había sido el susurro de Sandoval el puño que lo había retenido. Mateo 12, 25.

—Y la otra rata, Salazar. ¿No querréis que huya también conmigo? —pregunté yo entonces, inquieto ante la posibilidad de compartir nada con aquel hombre.

—¿Salazar? ¡Oh, no, por Dios! —respondió Dino Vázquez con una repentina sorpresa ante esa idea—. A él no le pasará nada estando aquí; ese hombre tiene más vidas que un gato. Treinta y cinco años después, presume todavía de que su buena estrella se debe a haber sido el primer cristiano nacido en Granada tras su conquista a los moros.

—Ha llegado muy lejos desde entonces —tercié yo, recordando que había sido enviado como oficial real a aquellas tierras.

—Ni os lo imagináis. —Vázquez calló, como si hubiera hablado demasiado.

—Os dais cuenta de que, con él en la calle, Tenochtitlán no será un lugar mejor...

—Diego, dejad eso en mis manos. —Vázquez se removió sobre su asiento, incómodo. Se llevó las manos a la cintura y extrajo lo que le molestaba para sentarse como deseaba; dejó el manojo de llaves sobre la mesa y continuó hablando—. Vos tenéis suficiente con lo que habéis hecho hoy por Tenochtitlán. La ciudad os debe su sangre. Vamos, acabaos la cena antes de que se os enfríe, porque tardaréis unos días en probar un bocado caliente.

Dino Vázquez estaba en lo cierto. Él había dispuesto que yo abandonaría la ciudad aquella misma madrugada, oculto bajo la paja de un carromato, y tardaría cinco días en llegar a Veracruz. Ese era mi destino. Huir de Cortés, huir de Nueva España, huir de Auristela.

No dejaba de ser una casualidad que yo hubiese acabado ocupando un lugar en la lista de hombres más indeseables para el conquistador junto a Salazar. Recordaba las palabras de aquel pobre desgraciado que había muerto en la cárcel y las del propio Cortés: la llegada de Salazar había sido el principio de todos los males para el conquistador. Yo, en cambio, me había convertido en el último. Los dos, principio y final de la caída de Cortés.

La aurora sacudía los restos de la noche sobre Tenochtitlán con el mismo arrojo que el traqueteo del carromato mi cuerpo, oculto bajo el manto de paja que transportaba. A través de los huecos podía divisar la luna todavía reinando allá arriba, y deseé que el sol hiciera pronto su aparición; la hierba en la que me había hundido jugueteaba todavía con el rocío de la madrugada que permanecía aún entre sus briznas, y estaba ateriendo mi cuerpo, pero no fui consciente de ello hasta que el carromato dejó de temblar, rodando sobre la suavidad de la madera de uno de los puentes de la ciudad.

Entonces fue mi cuerpo el que empezó a tiritar. Mis dientes castañeteaban tan fuera de control que ni tan siquiera me atrevía a colocar la lengua entre ellos por miedo a que la partiesen. Tuve la tentación de salir de mi escondrijo y decirle al indio que conducía que me dejase un manto, cualquier cosa con la que entrar en calor. Pero, pensándolo mejor, elegí quedarme con mi frío y esperar a que el primer rayo de sol fuera quien arrancase la humedad de aquella maldita paja; no podía arriesgarme a que nadie me viese huyendo. Era mejor seguir siendo un cuerpo con frío que acabar convertido en frío cadáver. Además, el indio al que Vázquez había encomendado mi huida no era un tipo especialmente simpático. Me lo había advertido el propio regidor al despedirnos:

—No conseguiréis arrancarle una sonrisa en todo el viaje, pero os llevará hasta Veracruz sano y salvo.

Junto a las puertas de sus caballerizas, no pude evitar emocionarme cuando Dino Vázquez y yo nos fundimos en un abrazo que propicié yo, arrojando mis brazos sobre sus hombros como si fuéramos grandes amigos. Mi gesto le sorprendió tanto como a mí, que ni tan siquiera lo había planeado. Lo hice porque aquellos brazos, ese pecho, abrazarían ese mismo día a Auri, y a lo mejor, solo a lo mejor, ella sentiría parte de mi calor cuando estuviera entre los suyos.

—Cuidad de ella —me escuchó musitar en su oído

antes de arrancarme de él y subir al carro sin mirar atrás por temor a que el ardor en mis ojos me traicionara.

Él había creído que me refería a Tenochtitlán, pero yo hablaba de Auristela.

Los rayos de sol comenzaron finalmente a deslizarse entre las briznas de paja y sentí el calor silencioso y exuberante de un cuerpo desnudo rodeándome con su sudor. Retornó el traqueteo al carromato y cesó el de mis dientes. Sentí el calor del callejón de las almas perdidas en mis entrañas, y me zambullí en un húmedo letargo bajo el que huía hacia la maldición eterna, alejado para siempre de la felicidad.

Abrí los ojos con la claridad amarillenta de las pajas sobre mi rostro. Tenía briznas pegoteadas en las mejillas, sobre el cuello, con los restos de un sudor seco que mi sueño mecido por el sol había dejado detrás de sí.

Ya no había sol, ni frío, ni traqueteo. Nos habíamos detenido. Agucé el oído, tratando de distinguir el motivo. En el silencio, oí el batir de unas alas solitarias sobre mi cabeza. Esperé, inquieto, paralizado por las dudas, en un último intento por asegurarme de que no ocurría nada extraño, y me asomé con sigilo entre la paja, incorporándome despacio.

El cielo azul entre las ramas infundía una tranquilidad tramposa a aquel ambiente. La aparente quietud se extendía a mi alrededor, en torno al bosque en el que nos habíamos internado. El trinar de unos pájaros se escuchó entre los árboles mientras bajaba del carro, y entonces vi las espaldas desnudas del indio, inclinado sobre un pequeño arroyo. A su lado abrevaban los dos caballos, que había desenganchado del carromato.

El crujido de una rama hizo que el indio se volviese hacia mí con la rapidez del viento y se irguiese, amenazante. Lo primero que me golpeó al verlo fue la G grabada en el pecho. Un prisionero de guerra. Su envergadura, la fiereza de su rostro, lo dibujó inmediatamente en mi mente como uno de los guerreros aztecas. Uno de los que había luchado junto a Cuauhtémoc.

Al verme, sus músculos se destensaron y se volvió hacia el agua sin decir una palabra; ni tan siquiera un saludo. Antipático y maleducado, se había olvidado de apuntar Dino Vázquez sobre aquel tipo. Todo un contraste con las sonrisas con las que había tropezado en los rostros de otros naturales de aquella tierra.

Me incliné junto a los caballos, ante el lecho del río. Me sorprendió su agua transparente y su escasa profundidad. Hice un cuenco con mis palmas y las hundí, llevándomelas hasta la boca, sorbiendo lo que por un instante creí que manaba del paraíso. Su frescor y limpieza parecieron renovarme de tal manera que hubiera deseado desnudarme y meter todo mi cuerpo en el agua; quitarme aquella peste de encima, comenzar de nuevo, estar limpio. Pero no delante de aquel indio... Las comparaciones podrían resultar odiosas.

—¿Huis de Cortés?

Su voz oscureció el día, dura, cruel, inflexible.

Asentí, no muy seguro de si su pregunta era una invitación a hablar o una simple observación. Pero pudo más mi curiosidad.

—¿Peleasteis contra los españoles? —No podía evitar indagar, tras haber contemplado esa G estampada en su pecho como en el de un animal.

—Luché contra Cortés.

Me sorprendieron esas palabras.

—Y contra Dino Vázquez también —dije yo, arrugando el entrecejo.

El indio se volvió hacia el agua y hundió las manos en ella sin responder.

—Sin embargo, ahora estáis a sus órdenes —dije en un tono conciliador—. No comprendo cómo...

—Yo no estoy bajo órdenes de nadie —interrumpió él, sin contemplaciones—. Bernardino Vázquez y yo supimos forjar una alianza. —No pudo esconder una mueca extraña, que hizo que se me erizara toda la piel, antes de hundir nuevamente su rostro en el agua.

Me levanté de la orilla y caminé hacia él lentamente, atraído por su misterio. Su figura, de rodillas en la orilla, era más salvaje que el paisaje que nos rodeaba. Sabía que era hombre de Dino Vázquez y eso me tranquilizaba; de lo contrario, no me hubiera sentido cómodo en su presencia desde el principio.

—Entonces, ¿vos conocisteis a Cortés?

De espaldas a mí, el indio se mojaba el torso con el agua, limpiándose, refrescándose. No me respondió.

Estaba a punto de volvérselo a preguntar, pero algo me detuvo. Una marca en la espalda, a la altura del hombro. Era una cicatriz. Una antigua herida, a la que le faltaba un pedacito de carne, en el lado izquierdo. Me estremecí por dentro. No era posible.

Me alejé de él temblando. Era solo una premonición; no tenía que ser cierta, me tranquilicé, inclinándome de nuevo en la orilla para ocultar mi rostro lívido.

No pude evitar ir deshilando los recuerdos de la princesa Isabel de Moctezuma frente al espejo de obsidiana.

Me volví de nuevo hacia él con una sonrisa sombría.

—Mi nombre es Diego, por cierto. Diego de Soto. ¿Cuál es el vuestro? —Mis palabras sonaron tremendamente casuales.

El pasadizo oscuro, la princesita Tecuichpo corriendo con la sangre amarga de aquel guardia de Moctezuma entre los labios, el hombre de las llaves aguardando...

—Taumoc —dijo él, su nombre encogiéndome el alma y disipando todas mis dudas.

El estómago sacudió mis entrañas con la misma fuerza con la que lo había hecho el manojo de llaves sobre la mesa de Vázquez la noche anterior, sin saber entonces por qué. Él, Bernardino Vázquez, era el hombre de las llaves, el extraño que había estado esperando a Taumoc en aquel pasadizo para dejarlo escapar con Tecuichpo, Isabel de Moctezuma, el día que murió el emperador azteca.

Vázquez... Vázquez... ¡Vázquez! El fiel y buen regidor en quien yo había puesto todas mis esperanzas de un futuro mejor en aquellas tierras frente a Cortés. ¡Don Bernardino Vázquez!, la persona que había ocupado mi lugar en los afectos de Auristela, por la que yo me había hecho a un lado... El gran Vázquez, en quien mi amigo Tomás confiaba absolutamente, era un traidor que había logrado lo imposible, ser amigo de Cortés y de Cuauhtémoc. Amigo de todos y de nadie.

Mi mente cabalgaba tan lejos de mí mismo en aquellos instantes que no me di cuenta hasta que lo vi reflejado en la superficie del agua, detrás de mí. Volví la cabeza, asustado, y Taumoc se abalanzó sobre mí antes de que yo lograra pronunciar palabra.

Sus manos sobre mi cabello, sobre la nuca, sobre la espalda, me hundieron en el agua, golpeándome el rostro contra el lecho del río. Mi cuerpo se sacudió sobre el agua, intentando liberarme de aquel puño de hierro que había caído sobre mí sin contemplaciones. Comencé a notar que me faltaba el aire y sacudí los brazos, histérico, al borde de la locura.

De pronto, la garra de hierro extrajo mi cabeza del agua y Taumoc se la acercó al rostro.

—¡¿Dónde habéis oído mi nombre antes?!

Entre los espasmos por recuperar aire en los pulmones, pude verlo, feroz, sobre mí.

Las palabras, todavía en mis oídos, se hundieron conmigo cuando volvió a sumergirme bajo el agua con tanta violencia que mi frente chocó contra una piedra en el fondo. Vi un fino hilo de sangre flotar frente a mí, junto a las burbujas que escapaban de mis pulmones, vaciándome de vida, y la desesperación lo llenó todo. Mis manos se movieron en el fondo, frenéticas, y toqué la piedra que me había abierto la brecha. La palpé con los dedos, rodeándola con la mano, y, de un tirón, conseguí arrancarla. Extendí el brazo con todas mis fuerzas, sacándolo del agua, y estrellé la piedra contra algo.

Un reguero de sangre cayó al agua, disolviéndose, tiñéndolo todo de rojo. La presión de Taumoc sobre mí desapareció, y logré sacar la cabeza del agua y respirar, haciendo restallar mis pulmones. El cuerpo de Taumoc estaba tendido en el agua a mi lado. Exhalando un alarido entre el fuego que ardía en los pulmones, me arrojé sobre él sin saber si seguía con vida o no. Con toda mi furia, con toda mi rabia, con toda la angustia, le agarré del cuello y comencé a hundirle la cabeza en el agua. Noté sus manos agarrándose a mis muñecas mientras su rostro se alejaba de mí como en un sueño. A pesar de la cortina de agua ensangrentada que se iba haciendo más espesa, podía ver su mirada de horror. Su nuca tocó el fondo y sus manos comenzaron a aflojarse, pero yo apretaba los dientes, gemía, escupía aire y saliva, fuera de mí, asfixiándolo, sin soltarlo, matándolo. Noté las últimas sacudidas de su cuerpo entre mis piernas, un espasmo, y de pronto la quietud más absoluta. De sus labios hundidos ascendieron las últimas burbujas, rompiendo en la superficie. Entonces, nada.

Me quedé un rato con las manos blanquecinas allá abajo, hundidas en torno a su cuello, incapaz de reaccionar, con la respiración entrecortada contrayéndome el pecho y mi cuerpo meciendo el suyo en un canto de muerte y vida, la suya y la mía.

El relincho de uno de los caballos en la orilla me hizo volver en mí. Miré alrededor, confuso, como si nunca antes hubiera estado yo allí y no supiera qué diablos estaba haciendo en aquel río. Entonces vi mis manos, todavía hundidas y alrededor del cuello de aquel cadáver, y supe lo que acababa de hacer. Había matado a un hombre. Lo solté y el cadáver emergió lentamente a la superficie.

—Coge aire, hijo de la gran puta, coge aire ahora si puedes —me escuché diciendo con una voz que me costó reconocer como mía.

Me sorprendió mi sangre fría, que no hubiera remordimiento alguno en mi conciencia. No sé si tendría que haberlo; era mi primera experiencia como asesino, a menos que mi reciente pasado olvidado ocultase algún otro cadáver en la memoria. Pero Taumoc había querido matarme; y si no lo había pretendido, si tan solo había querido sonsacarme lo que había intuido al ver mi rostro lívido después de pronunciar su nombre, debería haber calculado mejor sus fuerzas al interrogarme, y, sobre todo, saber con quién se estaba midiendo. Diego de Soto. Insumergible.

Arrastré el cadáver hasta la orilla y lo dejé allí, boca abajo para evitar que las fieras del bosque le desfiguraran el rostro. No iba a darle cristiana sepultura, de eso estaba seguro; no tenía tiempo, ni pala, ni ganas. Tenía cosas más urgentes de las que ocuparme.

Bernardino Vázquez. Existía un extraño nexo de unión entre él y Taumoc, el guardia real de Moctezuma. Un pasado oculto que hundía sus raíces en aquellos días de tensión vividos en Tenochtitlán a raíz de la llegada de la expedición de Pánfilo de Narváez para desposeer a Cortés de su conquista. Los incidentes que habían conducido a la sublevación de los aztecas y la muerte de Moctezuma; todo lo que había concluido irremediablemente con la huida de los españoles de Tenochtitlán aquella noche triste.

Pero aquello no era todo lo que escondía Vázquez bajo su manga. Aquel primer día, en la cárcel, él y Salazar habían urdido un plan para enemistarme con Cortés. Habían querido que fuese su espía, y yo solito les había servido la excusa perfecta para que lo desterrasen de Tenochtitlán. Pocas dudas me quedaban ya de que Guevara no había muerto en realidad a manos de Cortés, sino que su asesinato lo habían amañado otros para que yo jugase su partida.

Tenía que regresar urgentemente a Tenochtitlán, aunque no tenía muchos sitios a los que acudir: Cortés me buscaba, y Vázquez me buscaría. Todos querían mi sangre, pero tenía que hacerlo. Las incógnitas señaladas eran de por sí una razón de peso. Pero había otra que sobrepasaba a las demás, porque laceraba mi corazón con presagios terribles: Auristela estaba a punto de contraer matrimonio con Bernardino Vázquez.

Yo había abandonado Tenochtitlán con la seguridad de que su felicidad pasaba por los brazos de otro hombre; había maldecido incluso a Dios por ello. Ahora debía regresar para arrebatarla de aquellos malditos brazos, y más me valía que el Todopoderoso no me hubiera tachado de su lista, porque iba a necesitar de su apoyo.

19

Solo había un lugar seguro al que acudir en todo Tenochtitlán, y esta vez no era junto a mi amigo Tomás. Lo hubiera hecho con gusto; me hubiera encantado ver su cara henchida de indignación y enfado ante mi inesperada aparición cuando me creía lejos ya de la ciudad, para comprobar después cómo se hubiera ido desinflando en aires de arrepentimiento y sospecha a medida que fuera desplegando ante él mi sólido argumentario contra las bondades del ciudadano Bernardino Vázquez. Pero en una ciudad donde vuestros enemigos os quieren u os creen muerto, no quería que nadie me viese con él.

No, el único sitio al que me podía dirigir era el más inesperado de todos. ¿Acaso podía olvidar su inquebrantable respeto hacia Hernán Cortés? ¿O quizá el oro resplandeciente de aquella noche bajo mi ventana, prueba irrefutable de las extrañas conexiones entre el conquistador y esa orden religiosa? El convento de los franciscanos era el lugar más seguro de Tenochtitlán si pedía asilo sagrado. Y no existía otro lugar en la ciudad ni en el mundo entero al que quisiera ir en aquellos momentos. Allí podía encontrarme con Auristela a solas, alejados de la mirada de Bernardino Vázquez. Había percibido las reservas de este hacia los franciscanos cuando ella le había pedido que la acompañara al convento, y ella misma había dicho que iba allí todos los días para ayudar. Nos encontraríamos de nuevo, la alertaría, la salvaría de las manos de su prometido, desharíamos lo andado, volveríamos a ser uno.

Entré en la ciudad cuando los cielos estaban tintados del violeta del anochecer, y no lo hice por tierra firme. Al llegar a los límites de la laguna, me apeé del caballo con el que había llegado —uno de los que tiraban del carromato— y, entre señas por mi parte y el chapurreo de un castellano mediocre por la otra, conseguí entenderme con un indio chaparro semidesnudo e intercambiar mi caballo por un plato de lentejas; bueno, en realidad se trataba de un pequeño hueco en su canoa, rodeado de verduras de tamaños y colores insólitos, mientras surcaba con su pequeño remo las aguas del lago de Texcoco.

El tipo, serio pero servicial, deslizó su barca hasta uno de los canales laterales que rodeaban la gigante extensión que Cortés había donado en su día a los franciscanos. Podía atisbar el pequeño edificio de los religiosos entre aquella superficie oscura y agreste. Por un instante intenté en vano imaginar la casa de fieras que, según Tapia, se había alzado en aquel lugar antes de que la conquista de la ciudad lo destruyera.

Arribamos a un pequeño embarcadero enclavado entre las aguas y el fango de la orilla, y desembarqué sobre las maderas con tanta determinación que el suelo osciló bajo mi peso y perdí el equilibrio. No acabé en el agua de milagro, lo que sin duda hubiera hecho las delicias de mi barquero, que lanzó una suave carcajada al aire del atardecer. Hasta en la risa de aquellos hombres había música y poesía. Aunque también era capaz de encerrar sangre y odio, pensé, con la sonrisa cruel de Taumoc dibujada en la mente.

Me adentré en una franja de vegetación espesa que casi me llegaba a la altura de la cintura. De vez en cuando pisaba pequeñas zonas de fango en las que logré no perder mis zapatos, o tropezaba con sillares ocultos entre las hierbas —sin duda, restos de jaulas de algún exótico animal—. Caminaba por los restos del que había sido uno de los lugares favoritos del tlatoani Moctezuma.

La llama de una antorcha salió a recibirme cuando abandoné al fin la vegetación.

—¿Quién va ahí?

Entré en el recinto que rodeaba el edificio. Se apreciaba la mano del hombre, que había hecho una considerable labor de domesticación y desbrozamiento del terreno.

—Disculpad, padre, la inoportunidad de las horas. Vengo a solicitar asilo sagrado. —Aparté el rostro de la llama con el falso temor de llegar a ser reconocido, algo difícil de que sucediera porque aquel era mi primer contacto con los franciscanos de Nueva España.

—¡La Santísima Virgen os proteja! —me saludó aquel hombre con la mayor de las compasiones que yo había escuchado jamás—. Pasad, acompañadme, por Dios. Pero yo no soy padre. Me llamo Cuauhtlatoatzin.

La claridad de la antorcha iluminó su fila de dientes blancos sonriendo bajo la tez morena. Un rayo de paz en medio de la oscuridad.

—Será más fácil para vos llamarme Juan Diego, pero no perdamos tiempo. Seguidme. El padre Motolinía sabrá lo que hacer con vos.

Juan Diego avanzó hacia el convento, un edificio con techo de paja que se alzaba sobre un suelo de madera. Me sorprendió tanta humildad en una ciudad que derrochaba piedra y adobe en todas sus esquinas. El único signo de que aquello era la casa de Dios era la pequeña torre que se elevaba en uno de sus laterales, coronada por una cruz. A la derecha de la iglesia se levantaba un enorme porche sujetado sobre varios postes de madera, y que servía para proteger del sol a las riadas de gente que inundaba el convento durante el día.

—Esperad aquí un instante, por favor —me dijo Juan Diego señalando hacia el porche.

El indio clavó la antorcha en la tierra, atravesó el umbral sin puertas, sacudido en su oscuridad por el tenue temblor de unos cirios, y se perdió en el interior.

El resplandor de la llama que había plantado el indio Juan Diego bailaba bajo el porche, donde yo me había quedado esperando.

Desde el interior del templo me llegaron las voces siseantes pero claras de Juan Diego y de uno de los superiores franciscanos.

—Pero ¿no veis que es imposible? —exclamaba este, inflexible—. ¡No cabe nadie más!

—... Pero, padre, este es castellano —dijo la dulce voz de Juan Diego.

—¡Lo que faltaba! Que nosotros comencemos a huir de nuestra propia justicia.

—No le podía decir que no, padrecito.

—Juan Diego, si por vos fuera tendríamos que habilitar todo un santuario para dar cabida a tanta gente.

—Si la virgencita así lo quiere, nosotros no podemos decir que no —se disculpaba con suavidad el indio—. Vos lo sabéis mejor que nadie.

Me alejé de las voces, atraído por unos dibujos que captaron mi atención frente al porche. Eran siete pinturas realizadas directamente sobre la pared del templo, pictogramas como los que había visto tallados en las piedras de algunos edificios. Bajo cada una de aquellas representaciones había una frase del padrenuestro, y todas unidas formaban la oración completa. Me sorprendió ver escritas cada una de las siete peticiones en castellano y en náhuatl. Era la primera vez que veía ese idioma representado en letras. Me aproximé hasta una de las imágenes; en ella, varias personas se acercaban hasta un hombre más grande en forma de cruz y cogían de su estómago trozos de carne convertidos en pan que se llevaban a la boca. Levanté los ojos con el asombro de quien recibe un fogonazo inesperado; la antropofagia que habían practicado aquellos hombres en los sacrificios a sus dioses alcanzaba su verdadero significado con el cristianismo: «Tomad y comed todos de él, que este es mi cuerpo».

Desvié los ojos hacia el siguiente cuadro, con aquel mismo hombre abrazando a varias personas que a su vez se abrazaban entre ellas. No sé qué rayos me sucedió entonces, pero me comenzaron a arder los ojos y no pude evitar que se desbordaran en un río de lágrimas, precipitándose sobre mi vacío.

Ante esos dibujos sencillos que no habían salido de pinceles italianos, mi corazón supo que Él me seguía amando a pesar de haberlo maldecido, a pesar de mi desprecio, a pesar de haber querido apagar su fuego en charcos de amores mundanos, a pesar de mí mismo. Su voluntad no había sido reírse de mí, pero yo no había sabido esperar para poder comprenderla. Auri me necesitaba, Dios me amaba y yo lloraba. Quien ha sentido las brasas de ese amor divino sabe de lo que hablo.

Las voces de aquellos dos hombres regresaron a mis oídos, acercándose, y traté de sacudirme las lágrimas, súbitamente avergonzado de que me vieran en aquel delirio.

—Que no, Juan Diego, que no es no —dijo el monje a mis espaldas.

Volví la cabeza hacia él en el momento en el que llegaba hasta mí. Juan Diego se detuvo justo detrás, expectante. El franciscano tenía en su rostro ese barniz castellano inconfundible de quien sabe que las cosas son, y no pueden ser de otra manera. Sin embargo, al ver mis ojos centelleando todavía de lágrimas a la luz de la antorcha, cambió de opinión, cogiéndome del brazo.

—¡Por Dios, hermano! No os preocupéis. Aquí hay sitio para todos. Aunque tengamos que cavar un agujero en el suelo, os daremos buen cobijo.

El indito Juan Diego sonrió de satisfacción entre los pliegues del hábito del franciscano.

—Padre, ante todo, desearía confesar mis pecados

—murmuré yo mientras rebañaba la vergüenza de mis lágrimas con los puños.

—Hijo mío, no hay nada como una buena confesión y algo en la barriga para hacer frente a las penalidades de este mundo. Juan Diego, id a las cocinas y sacad algo de comer a esta alma hambrienta —ordenó el franciscano, empujándome al interior del convento—. ¿Cómo os llamáis?

—Tomás Anglería. —Escupí lo primero que me vino a la cabeza, evitando que las dudas levantaran suspicacias. Un pequeño homenaje al maestro y a mi amigo.

No fue difícil entender los motivos por los que fray Motolinía, el monje franciscano, había estado a punto de negarme la entrada en el convento.

Después de escuchar mi confesión, me había llevado hasta la nave lateral, junto a la iglesia, el lugar donde vivían los religiosos.

—No os sorprenda lo que vais a ver, pero corren tiempos revueltos en Nueva España; vos lo sabéis bien —me había advertido, de reojo, antes de doblar la esquina.

Cientos de ojos blancos salieron a recibirnos en una penumbra que se hundía en la distancia bajo la luz vigilante de un farolillo. Escuché algún tosido, varios carraspeos y, si afinaba uno suficientemente el oído, la respiración y los latidos de más de un centenar de hombres, mujeres y niños que aguardaban sumidos en la oscuridad.

—Han pedido asilo sagrado, como vos. Van viniendo poco a poco, pero cada vez llegan más. Los vaivenes del Gobierno en Nueva España y el nombramiento de Nuño de Guzmán como gobernador del Pánuco han desatado un éxodo de naturales. Cambian las encomiendas, los expulsan de sus tierras, o bien los amenazan con trabajar sin descanso. La salida de Sandoval del Gobierno y la expulsión de

Cortés lo está precipitando todo. Nueva España lleva camino de convertirse en un caos con toda esta plaga de...

Motolinía tragó saliva, ahogando las palabras que había estado a punto de añadir.

—Confío en que vuestra solicitud de asilo sea una excepción —añadió, sacudiendo la cabeza—, porque si comienzan a llegar castellanos reclamando protección de la justicia, Tenochtitlán entero acabará entre estas paredes.

Por un breve instante sentí su olfato olisqueando los motivos que podían haberme llevado a pedir asilo, puesto que no los había hallado en los pecados que había escuchado de mí. Tras hurgar durante unos instantes, cerró el cajón y tuvo la delicadeza de no preguntar. No aquella noche.

Noté una ligera sacudida en la pernera del pantalón. Bajé la mirada; un crío me miraba desde abajo con los ojos y la boca bien abiertos, blanco sobre negro. Dijo unas palabras en náhuatl que no entendí, recostándose en mi pierna con la familiaridad de un sobrino.

—¿Conocéis a este niño? —preguntó Motolinía intrigado.

Sacudí la cabeza, mirando de nuevo al chaval, que seguía tirando de mi pernera y de su sonrisa.

—Dice que quiere jugar con vos a caballo —me tradujo Motolinía con la misma cara de sorpresa.

Llevé la mano hasta la barbilla del chaval y me agaché para mirarlo cara a cara. Me recibieron su cabello azabache hecho remolinos, una nariz de piñón y unas manitas que dejó arrastrar sobre mi barba hasta que le cosquilleó la piel. Su risa deshilachó un punto de mi memoria, y un estallido iluminó mis profundidades como los relámpagos de aquella noche de tormenta sobre Tenochtitlán; pero todo se sumió de nuevo en la oscuridad.

Una mujer se acercó y, agachándose hacia el niño, susurró algo en su oído mientras lo cogía en brazos. El niño se escapó de ellos y regresó de nuevo junto a la nube de ojos blancos en la penumbra. La mujer, delante de mí, no se movió y sostuvo una mirada glacial que traté de deshacer con una ligera sonrisa. Entonces ella me propinó una bofetada en la mejilla y se alejó sin pronunciar palabra.

Me llevé, atónito, la mano al rostro. A mi alrededor, ojos blancos arañaban la oscuridad en busca del delito que podía haber cometido. Enrojecí. ¿Qué diablos había sido aquello? Junto a mí, fray Motolinía mostraba el mismo desconcierto, pero eligió no decir nada.

—Creo que estaréis mejor en el pasillo del final de la iglesia —carraspeó, señalándome un lugar vacío tras las arcadas que dividían el edificio—. Allí no os molestará nadie. Le diré a Juan Diego que os traiga una manta con el plato de vuestra cena.

Me instalé en la parte trasera de la iglesia, apartado del lugar donde descansaban los ojos centelleantes de aquellos indios, e instantes más tarde escuché las pisadas del indio Juan Diego acercándose.

Me ofreció un plato con una papilla oscura que se alejaba del pedazo de cerdo que mi estómago hambriento había imaginado. Sonrió ante la decepción reflejada en mis ojos.

—Son frijoles. Matarán el hambre y os darán fuerzas —dijo mientras extendía la manta sobre el suelo—. Y aquí dormiréis como los ángeles. No hay mejor sitio para hacerlo. —Indicó hacia el altar, en el fondo, sobre cuya pared colgaba un Cristo en la cruz.

Sonreí agradecido. Hizo ademán de marcharse, pero se volvió de nuevo hacia mí buscando en su interior las palabras adecuadas.

—No deis importancia a los exabruptos de esa mujer. Las indias suelen ser muy tajantes cuando se sienten traicionadas —dijo, tratando de apaciguar el ardor que sentía todavía en la mejilla.

El convento entero había escuchado la bofetada.

Juan Diego se alejó, dejándome solo con la confusión

de mis pensamientos mezclados entre los frijoles del cuenco, que devoré con fruición.

No creo que fuera el cielo el lugar donde me arrastraron mis sueños. En cuanto cerré los ojos, todo desapareció en un pasillo de losas oscuras; exactamente el mismo que ocupaba el centro de la iglesia. Avanzaba por él, con los pies descalzos, entre estallidos de luz que iban iluminando el templo, y creí distinguir la silueta de alguien sentado en uno de los bancos, observándome. Estábamos él y yo, nadie más en todo el templo. Volqué mi mirada sobre él, tratando de descubrir su rostro entre las sombras, pero solo alcanzaba a distinguir sus dientes blancos con los estallidos blancos sobre nuestras cabezas. Una carcajada ascendió en el aire y acabó en mis oídos convertida en rugido, al tiempo que la misteriosa figura se diluía en la sombra de un felino; lo vi contornearse desafiante mientras avanzaba hacia mí, sus cuatro patas haciendo temblar el banco. Comencé a correr, tratando de alejarme, huyendo de él entre los ecos de mis jadeos, que retumbaban en las paredes como campanadas de muerte. Miré hacia atrás y lo vi saltando sobre mi espalda, sus garras estiradas a punto de desgarrarme. Entonces algo me golpeaba la espalda y, al volver la cabeza, descubría al chiquillo del pelo arremolinado cabalgando sobre mí, feliz. Un hermoso prado verde bajo un cielo azul había sustituido a la iglesia con sus estallidos, y la madre del chiquillo nos saludaba entre sonrisas y gritos de alegría. De pronto, el cielo palidecía sobre nuestras cabezas. El brazo del niño señaló una nube roja en el firmamento. Todos nos volvimos hacia ella, y la nube comenzó a vomitar cañonazos de humo que se iban transformando en seres a caballo, con cuernos, cascos y piel brillante de plata. Comenzaron a galopar hacia nosotros, sobre nuestras cabezas, como si quisieran invocar en aquel círculo macabro a todas las fuerzas del universo. Gotas de agua comenzaron a caer sobre mi rostro, y, al volverme sobre la madre del chico, vi que era sangre lo que llovía del cielo. A mis pies un charco comenzó a crecer, un remolino de ocre y barro que lo iba devorando todo, árboles, indios, chozas; paja teñida de rojo en un torrente de ira y terror. El niño, sobre mis hombros, reía, se reía el muchacho mientras yo gritaba «¡Sujétate fuerte! ¡Sujétate fuerte!» con todas mis fuerzas. Pero lo noté deslizarse en el cuello, entre mis manos, sobre mis hombros hasta desaparecer, engullido por un mar de sangre.

Desperté entre el cielo, la tierra y el infierno con el cuerpo cubierto de sudor y la respiración entrecortada. El olor de los cirios, a lo lejos, consumiéndose sobre el altar bajo la mirada del Cristo crucificado, dulcificó el estado de mi ánima, que se volvió a hundir en territorio de Morfeo mientras yo le suplicaba que dejara de alimentarse de retazos de un pasado que se negaba a hacerse presente. Por poco tiempo.

Evité cruzarme siquiera con ninguno de los ojos centelleantes que la noche anterior me habían propinado aquella bofetada de la mano de esa mujer que emergía de mi pasado olvidado. También evité, en la medida de lo posible, tropezar con el fraile Motolinía. Lo había engañado con mi nombre, y el buen hombre no había hecho de momento más preguntas. Así tenía que seguir siendo si no quería volver a mentir, pues no podía olvidar que, por mucho que me hubieran concedido asilo sagrado, los franciscanos eran amigos de Cortés y no tardarían ni un instante en revelar mi paradero al conquistador si supieran quién era yo en realidad.

Así pues, a la mañana siguiente, mientras mis ojos no cesaban de buscar a Auristela, me arrimé al lugar más seguro que supe encontrar.

El indio Juan Diego transmitía la paz y tranquilidad que necesitaba yo en medio de aquella ansiedad que me corroía las entrañas. Y sus ojos no hicieron preguntas en todo el rato que estuve ayudándolo a trasladar los alimentos que iban llegando al embarcadero desde tierra firme, al otro lado de la laguna. Había tantas embarcaciones detrás, en fila, esperando a descargar, que se podía trazar una línea hasta tierra firme.

Miré a Juan Diego mientras cogía una jaula de conejos que podrían haber estado correteando por campos castellanos el día anterior.

—¿Quiénes son los que procuran todas estas mercancías a los franciscanos?

—Aquí hay muchas bocas que alimentar —dijo señalando hacia la explanada del convento, que estaba a rebosar de gente—, pero este convento tiene un muy buen benefactor.

Miré de nuevo las canoas que señalaban hacia el otro lado de la laguna, y no me resultó difícil imaginar de quién podía ser la mano que trazaba aquella línea.

Había sido testigo, nada más levantarme, de las numerosas bocas que iban a acabar con todas aquellas provisiones. Me había acostado en un templo vacío y, al despertar, me había encontrado una nube de nativos invadiendo todos los flancos del convento: los niños bajo el porche, aprendiendo oraciones; las mujeres, tras el templo, cosiendo ropa y preparando comidas; los hombres, al fondo, cortando troncos y reforzando una valla de madera junto al canal.

Yo esperaba encontrarla en el porche, entre los niños, y era esa la dirección hacia la que mis ojos se habían dirigido durante toda la mañana, ansioso por verla aparecer. Me había procurado una buena perspectiva de aquel lugar desde el pedacito de embarcadero que compartía con Juan Diego mientras descargábamos las provisiones que iban llegando. Una vez apiladas sobre el muelle, Juan Diego las supervisaba y daba órdenes a unos porteadores nativos para que las fueran trasladando hasta las cocinas, situadas en la parte posterior del templo. Allí había una zona acotada por unas mesas donde un grupo de mujeres y algún que otro hombre se esforzaban con ahínco para que a mediodía hubiera algo que comer.

Yo no esperaba encontrarla ahí.

Uno de los porteadores cargó sobre sus hombros uno de los sacos que había en el suelo y, antes de irse, volvió la cabeza y gritó unas palabras en náhuatl. Juan Diego respondió visiblemente airado, y después se giró hacia mí.

—Tomás, Tomás, ¡Tomás! —Juan Diego tuvo que repetir el nombre varias veces antes de que yo cayera en la cuenta de que era a mí a quien llamaba—. ¿Os importaría llevaros este saco de cebollas a la cocina? A Xosantl —señaló con la cabeza al indio que se marchaba con una sonrisa sobre su hombro— se le había olvidado decirme que se lo llevan pidiendo desde hace un buen rato en la cocina.

—Faltaría más —respondí yo mientras él levantaba los ojos al cielo, murmurando en su idioma algo contra Xosantl, el porteador que se acababa de ir.

Comprendí sus quejas al levantar el bulto. Al espabilado de Xosantl se le había olvidado para evitar ser él su porteador. Los listillos no solamente proliferaban en Castilla.

Crucé la explanada hasta la parte posterior del templo con el saco impidiéndome ver las mesas de las personas que estaban trabajando.

—¿Dónde dejo las cebollas?

—En la despensa, por favor; y traedme un cesto lleno —respondió la voz de una mujer.

Levanté la vista y vi un pequeño cobertizo recostado en la pared de la iglesia, al tiempo que un brazo descolgaba un cesto frente a mis ojos. Lo cogí con la mano libre.

Regresé al poco con el cesto lleno de cebollas y, sin fijarme en particular en ninguna de las personas que se encontraba trabajando detrás de las mesas, pregunté a una india que estaba desollando la cerviz de un conejo con la facilidad de quien se quita un guante:

—¿Dónde dejo el cesto? —dije al tiempo que la piel del animal se deshilachaba de la carne y producía en mí un ligero cosquilleo en los hombros.

La chica me señaló la espalda de alguien.

Me acerqué hasta allí, dejé la cesta sobre su mesa y entonces ella se volvió. Yo la vi primero. Sin alzar siquiera el mentón, Auri eligió una de las cebollas del canasto y comenzó a pelarla con la destreza de una cocinera. Había olvidado la barra del mesón donde nos habíamos conocido, la casa de comidas que tenía su padre en Valladolid. Ella la había sabido gestionar con manos, cabeza y alma: manos para servir, cabeza para calcular, alma para saber gustar. Los tres motivos que a mí primero me enamoraron; luego había venido el resto.

La contemplé durante esas milésimas de segundo en que ella no se dio cuenta de mi presencia, y me hubiera quedado allí plantado una eternidad. Entonces su mirada tropezó conmigo, y sus ojos oscuros se volvieron acero. Vi su rostro transformarse, fugaz, en el de un cervatillo herido antes de adoptar aquella máscara de indiferencia con tintes de desprecio. No había rastro de la provocación con la que había querido humillarme delante de su prometido.

Sin decir una palabra, Auri se quitó el delantal que protegía uno de los numerosos vestidos que Dino Vázquez le debía de haber regalado como anticipo de su ajuar. Conocía sus medidas a la perfección y sentí celos.

—Mariana —le dijo a una mujer rubia que se peleaba con una verdura que yo no había visto en mi vida—, ahora mismo vuelvo. Este hombre quiere que vaya a mirar cuántas cebollas quedan en la despensa.

Me dolió su manera de escupir *hombre*, en lugar de utilizar la palabra *caballero*. Mientras la seguía, no cruzamos palabra. Entró en el almacén, me dejó pasar a mí y entornó la puerta detrás de nosotros.

Se volvió y nuestros ojos se dispararon. Acerqué suavemente mi rostro hacia el suyo, y sin más preámbulos ella me arrojó un bofetón. Las palabras de aquella maldita carta revolotearon ante mis ojos, sacudiendo el olor a ajo, coliflor y repollo de aquel pestilente cobertizo. Ni siquiera tuve el arrojo de llevarme la mano a la mejilla.

—¿Qué hacéis aquí?

La bofetada me había nublado momentáneamente la vista, pero no me hacía falta ver su cara para sentir el desprecio en cada una de sus palabras.

—Auristela, Auri —pude mascullar con el calor de la mejilla en la garganta.

—Tomás me prometió que no os acercaríais a mí, que os iríais de Nueva España. —Sequedad absoluta.

—Auri, creedme. No estoy aquí porque quiera.

—Quien no lo quiere soy yo. Largaos ahora mismo.

—Auri, escuchadme.

—¿Escucharos? Dejad lo que vayáis a decirme por escrito. ¿No es así como os gusta hacerlo? ¿Emborronando un papel?

Un soplo de amargura surcó sus labios.

—Auri, no me lo hagáis más difícil, por Dios. —Traté de sonreír, regresar a los viejos tiempos.

—¿Os reís de mí? Me mentís, huis, destrozáis mi corazón, ¿y aparecéis ahora con una sonrisa en vuestro rostro? Largaos, os he dicho. No quiero volver a veros jamás. Cuando os vi salir de las sombras del despacho de Dino, os hubiera..., os hubiera..., os hubiera... —Fue creciendo con cada palabra, pero no fue capaz de consumar la frase.

Hizo ademán de abrir la puerta y desaparecer, pero la retuve cogiéndola por el brazo. Ella se sacudió de mi mano con asco, pero no abandonó el cobertizo.

Nos quedamos un instante colgados, detenidos en el tiempo, ella con su mirada fija en la salida, yo con la mía fija en su perfil, más bella que nunca.

—Conseguí olvidaros, de veras que lo conseguí. No me pidáis que lo haga de nuevo —musitó Auri al infinito.

—Auri —la llamé con la esperanza de que volviera su rostro hacia mí y me mirase—. Bernardino Vázquez no es el hombre que parece. Vuestro pretendiente es un mentiroso, un traidor. Uno de sus hombres ha tratado de asesinarme.

Ella se volvió al fin con una mezcla de confusión e incredulidad en la frente. Me contempló, pasmada, mientras su mueca se iba transformando en la repulsa más absoluta. Su bofetada fue tan inesperada como la primera, pero dolió más.

—¿Esa es vuestra excusa? —Los ojos estaban fuera de sí—. ¿Venís hasta mí para que eche todo por la borda y corra detrás de vos? Sois abominable.

Ni tan siquiera la vi abandonar el cobertizo. Cuando quise darme cuenta, ella ya estaba regresando junto a las mesas de cocina. Cogió su delantal, susurró algo en el oído de su compañera y salió corriendo, atravesando el jardín, perdiéndose entre las cabezas, desapareciendo de mi vista y del convento.

Solo después de irse me di cuenta de lo confusas y pretenciosas que habían resultado mis palabras.

¿«Vuestro pretendiente es un mentiroso»? ¿«Un traidor»? ¿«Ha tratado de asesinarme»? Me repetía las palabras que le había dicho y me avergonzaba de ellas; parecía que las hubiera pronunciado, no yo, sino un amante despechado extraído de las páginas de un *Amadís de Gaula*, por lo menos. Como si Dino Vázquez hubiera querido quitarme de en medio solo porque sabía que ella seguía locamente enamorada de mí y yo de ella.

Quise entonces salir en su busca, explicarle la estúpida confusión, que Bernardino Vázquez, sí, uno de sus esbirros, había querido asesinarme; sus razones eran más poderosas, más ocultas, y la ponían a ella en peligro. Por eso estaba yo allí, para... Pero era inútil; ella había desaparecido y los bofetones seguían ardiendo en mi mejilla.

Unas lágrimas de furia sacudieron mi rostro, cegándome, disolviendo las verduras del cobertizo a mi alrededor.

En ese preciso instante entró Xosantl, el porteador que se había librado de cargar con las cebollas, y al ver mis ojos empañados en lágrimas me sonrió diciendo que aquel tubérculo era traicionero hasta metido dentro de un saco.

Y las mujeres, pensé yo. Y mi vida. Y todo cuanto me rodeaba en esta maldita tierra llamada Nueva España.

Aquella noche no soñé con ninguna nube roja invadiendo ningún poblado. En su lugar, una larga fila de gente esperaba turno frente a mí. Al primero que distinguí con sus ropajes de obispo y la lengua relamiéndose los labios fue a Fonseca. Estaba muerto, pero no había querido perderse la ocasión. También estaba Fermín el navarro y detrás, ansioso, el contador Recalde. Vislumbré el bello rostro de Marina, altiva y soberbia, y la de su padre, el duque del Infantado, esperando turno. Más atrás, los rostros dejaban de ser hostiles, pero también aguardaban su momento; Elcano se frotaba las manos con Magallanes, a su izquierda, y más al fondo, Fernando *Torito Bravo* bromeaba con Tomás, vestido de dominico para la ocasión. De pronto, alguien se colaba ante la omnipresente estampa del obispo Fonseca; era Anglería, y, detrás de él, Auristela. Abrió la fiesta mi maestro, y detrás fueron pasando uno detrás de otro, todos dándome lo que por lo visto merecía la corta vida que había vivido: una buena bofetada. Eché de menos a Tapia, Cortés, Dino Vázquez o Salazar. Supongo que debían de estar reservándose para asestarme un buen golpe cuando despertase de aquel ridículo sueño. A plena luz del día, todo dolía más.

20

Esperaba volver a ver a Auri al día siguiente, convencido de que acabaría haciendo que entrase en razón y me escucharía. La obligaría a escucharme; me pondría de rodillas, le pediría perdón, le diría que yo también había pagado una buena penitencia por mis decisiones, pero que Dios, en su infinita misericordia, nos había reunido de nuevo, brindándonos una oportunidad para enmendar errores. Los suyos y los míos. Entonces huiríamos lejos, fuera de allí, juntos para siempre, alejados de los Vázquez y Cortés y de todos los poderosos de este mundo. Nadie nos detendría jamás.

Ilusorio. Irreal. Lo sé. Siempre lo supimos.

Hice pasar mi discurso por la cabeza cientos de veces hasta perfeccionarlo, destilando aquel detalle, añadiendo esa palabra, ensayando mis movimientos. Todo iba a ser perfecto cuando ella llegara, pero mi esfuerzo fue inútil, porque no apareció. No al día siguiente, ni al otro, y entonces mis ánimos comenzaron a marchitarse. De los sueños de las bofetadas pasé directamente a no dormir, angustiado porque Dino Vázquez hubiera descubierto nuestra amistad, le hubiera ocurrido algo a ella o, sencillamente, Auri hubiera cumplido su amenaza y no quisiera volver a verme nunca más.

El peso de mi angustia era tal, la ansiedad que me corroía tan grande, que era incapaz de tomar decisión alguna salvo la de seguir esperando desesperadamente. ¿Qué podía hacer si no? ¿Llamar a la puerta de Dino Vázquez y preguntar por ella? ¿Arriesgarme a que alguien en Tenochtitlán nos viera juntos, poniéndola en peligro? ¿No recordaba acaso que los Cortés y los Vázquez de turno tenían cuentas pendientes conmigo? Tuve la tentación de ir a ver a Tomás a la casa de los dominicos, explicárselo todo, utilizarlo de intermediario con Auri, pero el riesgo era demasiado alto para mi amigo. Yo ya había cometido la torpeza de relacionar mi nombre con el suyo en mi conversación con Dino Vázquez, y no podía exponerlo a situaciones incómodas.

Para mi sorpresa, lo más llevadero de aquellos días fue mi anonimato en el convento franciscano. Me pasaba la jornada entera ayudando, cerca del indio Juan Diego y lo más lejos posible de Motolinía y de cualquier mirada indiscreta que pudiera acabar descubriendo mi identidad.

Así que Diego de Soto, esa vil criatura que había traicionado a Cortés, frustrando su pretendida reconquista de la ciudad y, sobre todo, causando su destierro, tenía que desaparecer bajo el falso nombre de Tomás Anglería. Se me aceleraba el corazón solo de pensarlo. ¡Cortés, desterrado de su propia conquista! Nadie dentro de esos muros dudaría en entregarme a sus manos de saber mi identidad. ¡Diablos! ¡Hasta yo mismo lo haría si no fuera yo, maldita sea!

—Tomás, ¡Tomás!

Me costaba todavía reaccionar a mi nuevo nombre, pero me volví hacia el indio Juan Diego.

—Mañana por la mañana, cuando llegue al convento, ¿me ayudaréis de nuevo a descargar, como el otro día? ¡Fuisteis rápido y eficaz, menos cuando os perdisteis con aquel saco de cebollas!

Por un instante no supe si llevarme las manos a las lumbares o a la mejilla al recordar ese día infame. La mejilla había dejado de arder a la mañana siguiente, pero el dolor de espalda todavía lo seguía arrastrando. Estuve a punto de ofrecerle una excusa con la que librarme de aquello, pero al ver el rostro ilusionado de Juan Diego me eché atrás.

Además, ¿cómo decir que no a un hombre que caminaba todos los días una legua y media entre su casa y el convento y era el primero en llegar y el último en marcharse?

En ese instante pasó entre nosotros la ráfaga de alguien que buscaba a Motolinía.

—¡Fray Toribio, fray Toribio! —Su voz se agrandó entre las paredes del convento.

Motolinía asomó la cabeza entre un grupo de indios con los que estaba hablando, y el fraile que lo estaba buscando corrió hasta él con el corazón atascado en la garganta.

—¡Hay problemas en la verja! —Su respiración entrecortada se escuchó por todos los rincones del templo—. Unos soldados buscan a unos naturales; dicen que entrarán a la fuerza si no salen ellos.

—Alma, calma, hermano mío; alma, calma. No perdamos la calma —respondió Motolinía, tenso, que más parecía haberlo dicho para calmarse él que a quien había corrido a avisarlo.

Los dos franciscanos salieron hacia el exterior y, al pasar junto a nosotros, Motolinía lanzó una mirada al indio Juan Diego. Juan Diego asintió, y, entrando en el templo, se subió junto al altar y empezó a dar palmadas. Todos los naturales que había a nuestro alrededor dejaron lo que estaban haciendo y acudieron a su señal. No pude evitar que esa imagen me evocara otra que tantas veces había leído en los salmos: la de una gallina juntando a sus polluelos debajo de sus alas.

Salí al exterior para ver lo que sucedía.

En la entrada, junto a los muros que separaban el

convento del resto de la ciudad, una nube de gritos taponaba la entrada mientras Motolinía y el otro franciscano se abrían paso con autoridad.

Frente a ellos, en la verja abierta de par en par, vi a dos soldados que esperaban a caballo. Me acerqué lo suficiente para escuchar lo que sucedía. Distinguí enseguida a uno de ellos y noté la sangre hervir en las venas: era el mismísimo hijo de la gran puta que había disparado su arcabuz contra mí frente a la casa de Alonso de Grado, el mismo hijo de puta cuya imprudencia había costado la vida de Andrés Tapia Cortés, mi buen guía indio. En su rostro quedaban aún magulladuras de la rabia que me había invadido entonces.

—¡Motolinía! ¡Decid a vuestros indios que nos dejen pasar! —ordenó desde las alturas, llevándose la mano izquierda hacia el costado, en el que brillaba su hierro sobre el lomo del animal.

—Estos hombres que veis aquí —respondió Motolinía extendiendo su brazo sobre el convento— no son *mis indios*, Ferrante, son súbditos de Su Sacratísima Majestad el emperador, tanto como lo sois vos o yo mismo.

—Motolinía, no vengáis a tocarme los cojones y abridme el paso si no queréis que haya una masacre.

—Atreveos a hacerlo y os juro que rezaré al cielo para que sus puertas permanezcan bien cerradas el día que abandonéis esta tierra con los pies por delante.

Me sorprendió la amenaza tajante de aquel monje, haciéndose grande frente a los jinetes.

—A vos, los curas, os gusta tener vuestro pie sobre nuestro cuello, ahogándonos con promesas de eternidad. Pero os recuerdo que aquí abajo vuestro poder es muy limitado sin dios Cortés que os defienda.

—Con dios Cortés o sin él, tal y como vulgarmente os atrevéis a blasfemar, os digo muy claramente que no entraréis para llevaros a nadie de este lugar. ¡No tenéis autoridad para ello!

—El gobernador del Pánuco me ordena recuperar los esclavos indios que han huido de las encomiendas del norte. —Mientras hablaba, levantó el rostro y lanzó una mirada de sabueso relamiéndose ante su presa, detrás de nuestras cabezas.

Me volví hacia allá y vi los cientos de ojos blancos centelleantes, asomados en los umbrales del templo, temblorosos, con el indio Juan Diego susurrándoles, invitándoles a regresar de nuevo al interior.

—Ferrante, repetid a don Nuño de Guzmán lo que os he dicho a vos. —La voz de Motolinía se volvió a alzar tozuda como un rebuzno—. Aquí no hay esclavos, solo súbditos de la misma Corona que se ciñe vuestro rey. Y si han huido de las tierras en las que vivían mucho antes de que vos pusierais vuestras zarpas en ellas, se debe a que alguien las está violentando, esclavizándolos, violando lo que las leyes de Su Santa y Sagrada Majestad prohíben.

Ferrante agitó con las bridas su montura, y el caballo se echó unos pasos hacia atrás, nervioso.

—O me dejáis entrar u os aseguro que la matanza de los santos inocentes se quedará pequeña con la sangre que derramaré aquí, fraile presuntuoso, amigo de Cortés —bramó Ferrante, incapaz de contenerse por más tiempo.

—Nadie os prohíbe la entrada si deponéis vuestras armas y venís a rezar. Entregadlas y seréis bienvenido. De lo contrario, dad media vuelta y volved por donde habéis venido. ¿Alguna cosa más?

La espalda de Motolinía se mantenía firme, sin una sola arruga en el hábito, frente a las cabezas de los dos caballos, que asomaban nerviosos sobre los hombros del monje. La desigualdad de fuerzas era notoria, pero el peso de la autoridad estaba en la parte más débil de aquella verja.

Pasaron unos instantes en los que me hubiera gustado estar en primera fila y pulsar la tensión entre aquellas miradas. Entonces, Ferrante realizó un movimiento del todo imprevisto; tiró hacia un lado de la brida y su caballo se dio media vuelta, recolocándose tres pasos más atrás de la entrada. Por un momento pensé que estaba cediendo, que Motolinía había ganado, pero escuché los gritos de espanto de quienes se encontraban junto al fraile, echándose hacia los lados, abandonándolo.

—Está bien —dijo Ferrante, disfrutando del momento—; cumpliré con vuestra palabra. Mis hombres no entrarán armados y rezarán. ¡Díaz, quitadles el bozal!

Vi frente a Motolinía al soldado que Ferrante había dejado pasar con su movimiento de caballo. Estaba de pie, inclinándose hacia dos perros gigantes que otro hombre sujetaba con unas cadenas de las que tiraban con fiereza. El tipo consiguió quitarles los bozales, y los ladridos de aquellos perros explotaron en mi oído. Me pareció escuchar, detrás de mí, como un espectro, el eco de un castañear de dientes en el interior del templo. Los naturales estaban aterrados.

Los ladridos de aquellas bestias dejaban entrever sus dientes afilados entre la saliva espumeante y rojiza que colgaba de sus bocas. Sacudían sus cadenas, demandando su liberación, mientras yo murmuraba al cielo para que al tal Díaz no se le ocurriera hacerlo. Por si acaso, vi mis pies retroceder en busca de un lugar seguro.

Motolinía, sin embargo, seguía ahí, impertérrito, haciendo frente a la tensión de las cadenas que sujetaban a los perros y a sus pezuñas delanteras arañando el viento, ansiosos por abalanzarse sobre su presa. Desde su montura, Ferrante contemplaba a los sabuesos infernales, anticipando un festín con los labios entre los dientes.

Mientras yo retrocedía, apenas percibí la figura de alguien, a mi izquierda, adelantándose con paso decidido hacia donde Motolinía se encontraba. Lo vi claramente cuando se detuvo frente a la verja, haciéndose un hueco entre el fraile y los sabuesos. Era un hombre castellano sin sotana; mis ojos se desviaron al repentino acero que emergió de su figura, brillando a lo alto en el aire. Escuché segar el viento, una vez, dos veces, y sentí la tierra temblar, una vez, dos veces. Los perros enmudecieron y el rostro de Ferrante, sobre su caballo, palideció. Junto a los pies de Motolinía, dos bultos ensangrentados: las cabezas de los sabuesos habían sido arrancadas de cuajo, decapitados.

El desconocido levantó su mirada de acero hacia Ferrante.

—Decid a quienes sean sus dueños que no volverán a ladrar más.

Arrojó la espada al suelo, junto a Motolinía, y, dándose la vuelta, regresó sobre sus pasos.

Escuché a lo lejos las palabras de un Ferrante tartamudeando que el asunto no quedaría ahí, y a Motolinía respondiendo que el asunto no se movería de esa verja mientras existiera el derecho a asilo sagrado. Pero la atención de todos cuantos habíamos sido testigos de lo ocurrido se volcaba sobre los pasos de aquel hombre misterioso, envuelto en una aureola de silencio sepulcral. Pasó junto a mí, como si ni yo ni nada a su alrededor existiésemos. Me detuve en sus facciones talladas en mármol: duras, sinceras. Aquel rostro castellano lo había visto todo, aquel rostro castellano no esperaba nada; pero en su expresión salpicada por la sangre de los sabuesos que acababa de decapitar seguía habiendo sed de justicia.

Lo vi adentrarse en el templo, fundiéndose con la oscuridad, y de pronto esa misma oscuridad salpicó mi mente con otro destello de luz. Era tan potente como el destello que la bofetada de aquella india había producido mi primera noche en el convento. Esta vez, sin embargo, el relámpago se quedó ahí, suspendido en el abismo de mi mente, iluminándolo todo, y supe quién era ese hombre. Lo conocía. Sí, lo había visto antes. Él era quien me había arrojado a las puertas del hospital de Tenochtitlán.

Era él quien me había contado su entrada en Tenochtitlán por vez primera junto a Hernán Cortés. Era él.

—Juan Diego, tengo que hablar con él, ¿no lo entendéis?

Debía controlar la excitación que me corroía las entrañas para no agarrar al buen indio de la pechera y sacudirle toda su bondad de encima con tal de decirme dónde podía encontrar al desconocido.

La tranquilidad había ido retornando poco a poco al convento.

—De aquí no saldrá nadie sin garantías de justicia por parte del gobernador Estrada —había dicho Motolinía en perfecto náhuatl junto al altar, frente a la multitud de ojos centelleantes que atestaban los bancos del templo.

Varios cubos de agua habían sido arrojados en la entrada para hacer desaparecer todo rastro de los sabuesos, y la tierra había absorbido su sangre con la misma celeridad con la que parecía haberse tragado al desconocido.

Juan Diego extendió sus brazos frente a mí inútilmente.

—No es posible. Él no existe.

Miré al indio como si me estuviera tomando el pelo.

—Juan Diego, todo el mundo lo vio, ¡por amor de Dios!

El indio se dio cuenta de su estupidez y trató de rectificar sus palabras.

—Es como si no existiera. Veréis, es un aspirante al hábito que ha jurado guardar voto de silencio.

—Pues se resiste un poco a mantener ese silencio, ¿no os parece? —dije, blandiendo una mirada de escepticismo.

—Ya lo sé —respondió Juan Diego, mirando hacia todos lados antes de continuar hablando—. Se hace llamar Olarte, Diego de Olarte. Hace unos años que está aquí, dispuesto a seguir la vocación de los frailes; entra y sale con su caballo, él siempre a pie, vagando por las tierras, haciendo penitencia. Pero os diré, aquí entre nosotros, que nadie salvo él termina de ver su vocación. —Enarqué las cejas, convencido de que aquel tipo aún tardaría un buen tiempo en vestir hábito después de lo de los canes—. Hay quienes aseguran que fue uno de los que desembarcó con Cortés.

La certeza me embriagó con sus palabras.

—Juan Diego, por lo que más queráis; ¡tengo que encontrar a ese hombre!

—¿Qué es lo que queréis de él? —Juan Diego me miró con súbita inquietud, creyendo quizá que era la sed de venganza el motivo de mi obcecación por aquel extraño.

Acerqué mi rostro al suyo, suplicante.

—Él salvó mi vida, y guarda una pieza de mi memoria en su poder.

El indio me miró fijamente, sin entender una palabra de lo que acababa de decir. Dudó unos instantes. Es probable que pensase que me había vuelto loco, pero me prometió que si sabía algo de él, dónde encontrarlo, me lo haría saber.

—Pero no se lo digáis nunca a fray Motolinía —me hizo prometer, alzando de nuevo el rostro en todas direcciones.

Aquella misma noche, cuando Morfeo seguía discutiendo con su hermano Fobetor por el dominio sobre mis sueños y la necesidad o no de amenizarlos con nubes rojas o bofetones, una ligera sacudida en el hombro me devolvió a mi manta, en la parte trasera del templo. Tras un ligero sobresalto, conseguí distinguir el rostro de Juan Diego entre la penumbra que dibujaban los cirios desde el presbiterio.

No me dijo una palabra. Solo me señaló hacia la cabeza del templo y se marchó. A los pies del crucifijo, frente al altar, había un hombre de rodillas; era él.

Me acerqué suavemente, sin hacer apenas ruido, pero sin disimular tampoco mi presencia. La luz violácea del nuevo día asomaba a través de los pórticos del templo, y el trinar aislado de unos pájaros, recibiéndolo, era el único sonido de vida en aquella paz.

Llegué hasta su altura, pero ignoró mi presencia. A lo mejor estaba tan sumido en sus oraciones que no me había visto todavía, y lancé un prudente carraspeo por si acaso. Quería evitar sorpresas y que se abalanzara sobre mí con la determinación que le había visto exhibir descabezando aquellos sabuesos.

Me puse de rodillas ante el altar, a escasos pasos, pero no se volvió. Con la vista clavada en el Cristo crucificado sobre la pared, espié de reojo su figura; al contraluz parecía arrancado de la hornacina de un templo griego. Aquel ser había luchado con Aquiles y parecía haber desafiado al tiempo, pero su postración ante el altar desafiaba reinos, inmortalidad y gloria, y lo revestían a él de carne mortal.

Estuvimos allí una eternidad, él postrado y yo incapaz de hablar. Al fin se levantó, después de persignarse y, a pesar de que nuestras miradas se encontraron, pasó delante de mí sin ofrecer siquiera un saludo.

Me levanté y salí detrás de él, decidido.

—¡Necesito hablar con vos!

Mi voz lo retuvo a la salida del edificio. Olarte se volvió con la gravedad de quien no desea ser importunado. Tragué saliva; aquello empezaba mal.

—Os conozco, sé quién sois —dije, confiando en que se abriría al reconocerme.

—Lo siento, no sé de qué habláis —sentenció, apretando el paso, dejándome atrás.

Lo vi a punto de perderse entre las sombras violetas que ahuyentaban los rescoldos de la noche y que él podría ahuyentar también allá arriba en mi cabeza si quisiera.

No podía darme por vencido, no cuando su rostro

había arrojado un destello en la habitación de mis recuerdos perdidos.

—Fuisteis vos quien me dejasteis a las puertas del hospital en Tenochtitlán —exclamé, poniéndome de nuevo junto a él—. Me salvasteis.

—Sin duda, me confundís —respondió molesto—. Soy tan solo un novicio que busca paz y sosiego entre mis hermanos franciscanos.

—¡Por favor, deteneos! Nunca me disteis la ocasión de poder agradecéroslo. Os reconocí al blandir la espada contra los canes.

Olarte se detuvo bruscamente.

—Pues si es así, olvidadme de nuevo, y eso bastará como agradecimiento.

Hizo ademán de continuar, pero lo retuve por el brazo.

—¡Sois el único destello entre el momento de mi caída al agua frente a la costa de Nueva España y el instante en el que abrí los ojos en el hospital! —Extendí el cuello, suplicante, hacia él—. Vos me llevasteis hasta allí, lo sé. ¡Os oigo hablar y escucho el tintineo de unas campanillas, me veo tumbado sobre una estera, tirado por un caballo, las ramas pasando entre el cielo y yo! Todo lo demás sigue encerrado aquí dentro —señalé una de mis sienes, la vena debajo, a punto de estallar—, y es muy posible que hablando con vos surjan nuevos destellos. Necesito que me digáis dónde me encontrasteis, qué sabéis de mí.

Por un instante su alma pareció abrirse, pero la cerró de nuevo con sus párpados.

—Lo siento, debo guardar silencio, es mi voto ante Dios.

Arrancó el brazo de mi mano y continuó andando. Avancé, tozudo, detrás de él.

—No creo que Dios exija su silencio cuando es Él mismo el que ha hecho que nos encontremos de nuevo. ¡Todo tiene un porqué! —exclamé, convencido de que se detendría al fin y me lo contaría todo.

Ni tan siquiera volvió la cabeza, y yo me desalenté. Aquel hombre quería desaparecer como un caracol bajo su concha y yo nada podía hacer. Pero mientras veía su espalda alejarse, recuperé mi ímpetu y me juré a mí mismo que no se lo iba a permitir. Grité mi última oportunidad:

—¡Sé vuestro verdadero nombre! ¡Si tenéis motivos para pasar desapercibido, conmigo estaréis seguro! ¡Os doy mi palabra!

Olarte se giró como si un rayo lo hubiera partido en dos. Casi no lo vi acercarse hasta que noté su mano agarrándome de la pechera con la misma furia con la que había descabezado a aquellos canes; por un momento vi mi cabeza rodando por el suelo.

Nuestros ojos se encontraron, fuego en los suyos, agua en los míos. Silencio. Recobró la mirada que le había visto en la iglesia y sus garras me soltaron. Me escuché respirar, todavía vivo, mientras él parecía sopesar lo que hacer conmigo.

Me alisé la pechera con las manos todavía temblorosas y por fin habló.

—Debí de contaros demasiado mientras mi caballo os arrastraba moribundo a través de los bosques.

Miró por encima de mi hombro, hacia el convento, asegurándose de que no había un alma todavía sacudiendo las tinieblas del alba.

—Seguidme. La isla es grande y nadie nos molestará más allá.

Señaló hacia la maleza que crecía, salvaje, tras unas vallas de madera que delimitaban los terrenos habitables del convento.

—¿No podemos hablar mejor aquí? —murmuré yo, tratando de disimular mi temor ante la posibilidad de un nuevo arrebato de furia por su parte.

—Tranquilo, no vais a morir hoy —respondió él con una fúnebre sonrisa en los labios.

Nos introdujimos entre la vegetación, y anduvimos en silencio por un sendero cuyo uso continuado mantenía a salvo de la voracidad de las hierbas. Aquellas tierras seguían formando parte del territorio que Cortés había entregado en su día a los franciscanos. No era, en realidad, una isla, tal y como la había llamado Olarte, pero toda ella estaba rodeada de agua salvo por un pequeño istmo que la mantenía firmemente sujeta al resto de Tenochtitlán.

Mientras caminábamos por esa tierra, no pude evitar pensar que lo hacíamos sobre la antigua casa de fieras, y un ligero cosquilleo me colmó de solemnidad.

Olarte se detuvo en el sendero y miró con atención el muro de vegetación que teníamos a nuestra derecha. Parecía estar buscando algo entre los setos.

De pronto hundió el cuerpo entre ellos y la maleza se lo tragó, desapareciendo por completo.

Escuché la sacudida de ramas y hojas tras la cortina verde, y me sumergí en ella sin esperar a que la voz de Olarte se filtrara entre las hojas, invitándome a seguirlo.

Aparecí al otro lado de la vegetación, frente a una orilla fangosa y seca en la que apenas crecía la hierba. El agua de la laguna era la que marcaba las reglas en aquel terreno, pero lo que no había conseguido borrar era una hilera de piedras que dibujaban en el suelo los cimientos de lo que debía de haber sido una gran jaula en forma de círculo. Calculé al menos siete pasos de amplitud de lado a lado.

—Llena de monos —dijo Olarte, observando mis cálculos—. Hacía las delicias de Moctezuma y toda su corte.

Miré de nuevo hacia el círculo, a mis pies, tratando de reconstruir la espectacularidad y altura de aquella jaula, que ya solo formaba parte de la memoria de Olarte y unos pocos más.

—No deja de ser una ironía que no recordéis vuestro pasado y, sin embargo, creáis saber tanto del mío —dijo Olarte mientras se inclinaba sobre las piedras que dibujaban el círculo.

—Solo tengo un recuerdo de vos, y es vuestra entrada por primera vez en Tenochtitlán junto a Cortés.

—No creí que escucharais mientras os hablaba —respondió él, de espaldas a mí, todavía volcado sobre las piedras, contándolas—. Pero, a decir verdad, de lo borracho que debía de estar, ni tan siquiera recuerdo haberos explicado nada.

Se detuvo y, metiendo la mano entre una de las piedras, sacó una botella con la misma naturalidad que si se encontrara en el salón de su propia casa.

—Pero veo que entre mi alcohol y vuestro delirio, las palabras se fueron escapando de mis labios hasta vuestros oídos —dijo irguiéndose ante mí y alzando triunfal el objeto de su búsqueda.

Me desagradó verlo con una botella de aguardiente entre las manos en horas tan tempranas. Olarte frunció el ceño.

—No me miréis así, por Dios, que parecéis Motolinía. La guardo para casos de emergencia. Yo ya no necesito el aguardiente para olvidar, pero creo que vos sí lo vais a necesitar si queréis despegar los recuerdos de vuestra pared —dijo golpeando el culo de la botella en su frente—. Hacedme caso.

Dejé escapar un suspiro renqueante. Después de mi pérdida de sentido en el callejón de las almas perdidas, me había jurado no volver a beber una gota de alcohol nunca más.

—Vamos, no os pido que os emborrachéis; tan solo que entumezcáis vuestra memoria. Confiad en mí. A fin de cuentas, sobrevivisteis al dolor gracias a esto.

Extendió la botella hacia mí y, tras unos instantes de duda, la cogí, dejándome atrapar por su convicción.

Le di un trago a la botella y él me la quitó de las manos con rapidez.

—Suficiente —añadió con la pericia de un matasanos.

Mi respiración, a continuación, se inundó del frescor de mil primaveras juntas. Los ojos me ardían, y tuve que apagarlos con unos buenos lagrimones. Olarte me dio unas palmadas en la espalda.

—¿Estáis bien?

Asentí, restregándome los ojos, las imágenes de mi sueño de Tenochtitlán flotando súbitamente en ellos. Levanté los párpados; el cielo seguía ahí, más blanco, y el rostro de Olarte, también.

—Sé que os va a resultar estúpido que os lo diga —solté; el alcohol parecía estar actuando ya en mí—, pero vuestras palabras me convirtieron en testigo del primer encuentro entre Cortés y Moctezuma. Como si hubiese estado allí.

—Una fortuna no haber visto mucho más —respondió Olarte, sombrío.

Sus palabras escocieron. Entonces fue él quien dio un buen trago a la botella, cerrando los ojos mientras lo hacía, diluyendo en el alma el peso de su pasado.

—Habéis dicho antes que ya no bebíais.

—Y no lo hago, os lo aseguro —dijo mientras se terminaba el resto de la botella—. Decidme, ¿cómo estáis tan seguro de saber quién soy en realidad?

—Andrés Tapia me dejó leer una pequeña crónica que él había escrito relatando lo sucedido cuando la armada de Pánfilo de Narváez desembarcó. Había detalles de mi sueño que se correspondían con lo que Tapia había escrito de vos; entonces pregunté por vos. Tenía que encontraros, saber dónde me habíais recogido, qué me había ocurrido; debíais ayudarme a recuperar la memoria.

—¿Y qué os dijeron cuando preguntasteis por mí?

Olarte se había separado y estaba de espaldas a mí. Por un instante dudé si continuar o no; no tenía miedo de aquel hombre, no después de haberlo visto de rodillas en el templo, no a pesar del aguardiente que se había tragado como si fuera agua. Pero en mi interior, las cabezas de los sabuesos seguían cayendo sobre el suelo, desangradas.

—Moristeis la noche en la que todos tuvisteis que huir después de que Tenochtitlán se sublevara. Sois el capitán Juan de León.

Escuchar su nombre de nuevo, en mis labios, le hizo dar un pequeño paso atrás. Un fantasma volvía a la vida.

Se llevó de nuevo la botella a los labios y, al ver que no caía una gota en su gaznate, la tiró a lo lejos, en el agua.

—Motolinía tiene razón; arriesgué demasiado al salir y decapitar a esos perros. Alguien pudo haberme reconocido.

—Pero si no hubiera sido por vos, a lo mejor hubiese habido una carnicería.

—¿Una carnicería, decís? —Dejó escapar una sonrisa de ironía mientras una sombra atravesaba su rostro.

Preferí bajar la mirada antes de que él supiera que la había atisbado. Olarte se volvió de nuevo, alejándose unos pasos hasta la orilla misma.

Las aguas de la laguna acariciaron sus pies, pero él no se inmutó, perdido quizá entre sus ondas, sobre su superficie, en su pasado.

—El tiempo y mi silencio seguirán guardando vuestro secreto, vuestra identidad, os doy mi palabra —dije yo, el eco de mi voz sobre la orilla.

Olarte se volvió hacia mí, complacido.

—Está en vuestras manos y en las de unos pocos más. Confío en todas ellas, y con eso me basta —respondió con una ligera inclinación de cabeza.

—Pero ¿por qué desaparecisteis? ¿Qué ocurrió aquella noche? —Mi curiosidad de cronista no podía dejar escapar ninguna ocasión.

Olarte me miró sin comprender y, de pronto, prorrumpió en unas carcajadas cuyos sonidos debieron de llegar hasta el otro lado de la laguna.

—¡So, muchacho, so! El aguardiente no os habrá hecho creer, acaso, que vaya a romper mi voto de silencio hasta tal extremo, ¿verdad?

Sus carcajadas volvieron a explotar en el silencio del amanecer y yo me sentí molesto. Me irritaba su condescendencia, ese modo de llamarme muchacho cuando, a pesar de los veinte años que nos separaban, yo ya no era un crío.

—Querido amigo. No es bueno querer saberlo todo; dejad algo para el juicio final. Estad satisfecho con que os permita saber lo que os ocurrió a vos.

—Pero vuestra historia es importante.

—Todas lo son —añadió él, imperturbable—. Todas van tejiendo, cada una a su manera, lo que después unos llamarán historia.

Lo miré con pasmo absoluto; no sé si esas palabras suyas habían sido fruto del alcohol, pero nunca había escuchado a nadie referirse a la historia como el resultado de muchas historias que confluían en un punto, siempre decisivo, siempre en movimiento, como las hebras en el reverso de un tapiz. Ni tan siquiera a Anglería se le habría ocurrido decirme que todas las historias importaban, que todas juntas tejían la historia. La que debíamos contar nosotros después, como cronistas.

Lancé un hondo suspiro.

Ahora tocaba escuchar la mía, disipar la oscuridad de aquella habitación, arriba, en mi mente, donde él, Olarte, ya había prendido un chispazo.

Lo que me contó fue en cierto modo decepcionante. No se trataba de la historia de principio a fin que nos suele gustar oír en las noches frías junto a la hoguera; no empezaba con un «Érase una vez...» ni desembocaba tampoco en un final feliz. Pero arrojaba luces suficientes en el camino para allanar su recorrido desde mi caída al agua en el patache Santiago hasta el hospital de Nuestra Señora de Tenochtitlán.

—Os recogieron en la orilla, evitando que murierais ahogado, algunos miembros de una pequeña tribu —empezó Olarte, sin esperar a que yo dijera nada más—; os trasladaron a su poblado y fueron ellos los que debieron de devolveros a la vida. Considerad de por sí este hecho un verdadero milagro. La costa del Pacífico es traicionera y en ella hay tramos llenos de piedras bajo las corrientes de las olas que podrían haberos desgarrado con solo acariciar vuestra piel. Pero hay buenas tribus de pescadores ahí abajo y, lo más importante, pacíficas. Si os hubierais desviado con la corriente más hacia el sur, o al norte, habríais acabado siendo víctima de algún sacrificio humano, tenedlo por seguro.

Las palabras de Olarte van arrojando sobre los pliegos de mi oscuridad brillantes destellos de plata entre unas redes que envuelven mi cuerpo, con voces extrañas a lo lejos y la sonrisa en el rostro de un indio que se inclina sobre el mío. Desenmascaro tinieblas, techos de paja y sudor; fuego, dolor y calor bajo la voz de Juan de León, que continúa.

—Os recuperasteis, convivisteis un tiempo con ellos mientras volvíais a ser vos mismo, y aprendisteis a ganaros su confianza. Pero algo se debió de torcer entonces; la rivalidad entre poblados y tribus en estas tierras puede estallar por cualquier motivo...

Vuelvo a divisar una nube roja a lo lejos, pero no es como la de mi sueño. Esta vez es real; un grupo de guerreros se aproximan hasta mí desde el horizonte, a pie; me tiran al suelo y un niño llora. Es el del pelo arremolinado que en el convento tiraba de mi pantalón para volver a jugar conmigo.

Me tengo que sentar sobre una de las piedras que fue parte de la jaula de monos del poderoso Moctezuma y cierro los ojos, no muy seguro de querer seguir escuchando esa voz que acuchilla, aquí y allá, mi velo de oscuridad.

Pero no hay vuelta atrás.

Veo a los recién llegados, que me empujan para que me vaya con ellos; algo oprime mi pecho y entonces salta en mi defensa el hombre que ha cuidado de mí todo este tiempo. Adán, lo llamo. Recuerdo de pronto su nombre porque la primera vez que lo veo está semidesnudo frente a mí como padre de toda la creación. Una lágrima corre por mi rostro sin saber por qué. Las imágenes que siguen se van desprendiendo de las palabras de Olarte y adquieren vida propia.

Él:

—Esa disputa se convirtió en una fuente de conflicto en la que vos, sin duda, tuvisteis algo que ver.

Yo:

El cuerpo dorado de Adán sumergido entre las piernas de una llama que no se consume. La tierra tiembla bajo ambos con gemidos de una nueva creación. Eva en el paraíso.

Olarte:

—Es probable que vuestra tribu se negara a entregaros a sus rivales —Olarte es incapaz de sospechar lo que sus palabras están a punto de desatar—, que estos saquearan el poblado por sorpresa, enterrándolo en cenizas. Lo sé porque al encontraros en medio del bosque...

Su voz se pierde entre los sonidos de mi memoria, que ya cabalga sola.

Las llamas convierten la noche en un día sin sol. Adán despierta, pero Eva no está a su lado. Se incorpora de golpe y, palpando a tientas el suelo, coge su cuchillo y sale de la cabaña con un huracán en la garganta. Grita su nombre entre el horror del fuego que lo devora todo. El odio del enemigo saquea y mata con la impunidad que brinda la sorpresa y el caos. Adán corre veloz entre las llamas, el fuego sobre su piel, la desesperación sobre el rostro.

La descubre entre los rescoldos de una llama, en el suelo, tumbada bajo las sacudidas del cuerpo de un animal que hace temblar la tierra con llantos de muerte. El infierno de Eva.

Adán se lanza con la furia de un jaguar sobre su presa, dispuesto a rebanarle el cuello con el cuchillo. Está a punto de caer sobre sus hombros, degollarlo, pero el estallido de un disparo lo detiene todo.

Un agujero de sangre se abre sobre la espalda de Adán y su cuerpo cae, abatido, hacia delante. El impulso del proyectil lo arrastra por tierra y su cabeza acaba junto a la de Eva, sus ojos sin vida volcados en los de ella, que exhala su último soplo con el alma y las entrañas desgarradas.

—¿Qué sucede? —Escucho la voz de Olarte en la distancia de otro mundo mientras mi rostro boquiabierto se vuelve hacia atrás y el humo del arcabuz se deshace tras el rostro de quien acaba de disparar.

Un castellano.

—¡Capitán! —murmura entretenido, apuntando de nuevo—. ¡No hay mucho oro que desenterrar aquí!

Nuestros ojos se encuentran.

El tipo me mira a través de la distancia con asombro; gira su cabeza hacia un lado y levanta su barbilla del arma, dejando que asome su barba trenzada.

—Capitán De Grado —exclama por encima de su hombro—. ¡Entre ellos hay uno de los nuestros!

—¡Maldita sea! ¿Nos ha visto? —responde alguien.

De entre la maleza asoma el dueño de la voz junto al tipo de la barba trenzada. Es Alonso de Grado. Lleva una antorcha en sus manos. La que ha causado el infierno.

—Pues matadlo —añade sin el menor remordimiento De Grado entre los destellos del fuego.

El veedor de indios que vela por su bienestar en los territorios de la Nueva España. El esposo de la princesa Isabel de Moctezuma. Yo entonces no lo sé; y poco importa. Lo único importante es salir de ahí con vida. Corro como alma que lleva el diablo, seguido por dos indios a quienes el tipo de la barba trenzada les ha gritado algo. Que me apresen. Que me maten.

En mi huida desesperada tropiezo con un niño que corre desnudo pidiendo auxilio. Lo empujo y cae al suelo. Lleva el pelo arremolinado. No me preocupo por él; sigo a la carrera.

Continúo huyendo y me sumerjo en la profundidad de la selva, dejando atrás el infierno. Pero sus demonios me persiguen todavía. Escucho mi respiración, sus gritos, las ramas sacudiéndome el rostro, sus pies agitando la tierra, mis manos extendidas en la oscuridad, sus ojos atravesándola detrás... Y entonces la tierra desaparece debajo de mí.

No caigo al mar esta vez, sino a un barranco en el que las ramas de los árboles se vuelven cuchillos. Duele la cicatriz bajo el pecho, como si se hubiera vuelto a abrir al recordarlo, y caigo, caigo, caigo, hasta que me golpeo la cabeza con una roca y me desangro sobre un arroyo, boca abajo, ahogándome de nuevo. El sonido de fondo de unas campanillas anuncia mi inminente llegada a las puertas en las que san Pedro aguarda.

Hasta ahora.

—Ahí es donde os recogí yo, justo a tiempo.

Regresa la voz de Olarte a mis oídos.

Lo miro agradecido ahora que mi memoria ha dejado de estar varada entre dos aguas, la del Pacífico y la de aquel arroyo.

—Vos erais las campanillas —digo, todavía con la voz temblorosa.

—En mis penitencias viajo con ellas atadas a un palo para ahuyentar a los espíritus y a las bestias. Con vos funcionó.

Me acaricio la cicatriz bajo el pecho. Sigue cerrada.

No sé cuánto tiempo ha transcurrido abierta la ventana de mi memoria. Ha arrastrado consigo un caudal lleno de horror y llanto por los indios que me salvaron, horror y llanto por los indios que nos atacaron, horror y llanto por los españoles que provocaron el infierno.

Alonso de Grado y el tipo de la barba trenzada.

El primero está ya muerto. El segundo sigue vivo aún; es el que me envió de una patada a prisión tras el atroz incidente frente a la casa de Isabel de Moctezuma. Los dos, compañeros y maestros del pillaje.

Levanté la mirada y la dejé escapar, con la brisa que azotaba la superficie de la laguna, hacia el infinito.

Alonso de Grado. Ese nombre me venía persiguiendo desde el día en que había puesto los pies en Tenochtitlán sin saberlo.

—No fue una tribu enemiga la que acabó con el poblado que me recogió del océano. —Busqué la mirada de Olarte, dispuesto a confesarle lo que yo acababa de descubrir—. El saqueo fue instigado por unos castellanos al mando de Alonso de Grado.

Olarte bajó la mirada y sacudió la cabeza, afligido. Lo vi apretar los puños, conteniendo su rabia.

—Mereció su muerte. Dios acaba haciendo justicia con cada uno de nosotros —murmuró para sí mismo.

—Entonces, ¿vos lo conocisteis?

—Os he dicho antes que eligierais la historia que deseabais escuchar. —Olarte me cortó en seco, levantando las cejas, advirtiéndome.

—Pero ¿no os dais cuenta de que no me basta con la mía para encontrar razones? ¡Necesito conectarla con otras historias para entender lo que me ha sucedido!

Olarte hizo ademán de dar nuestra charla por concluida y comenzó a caminar hacia los setos que nos habían arrojado donde estábamos.

Me levanté de las piedras que habían formado parte

alguna vez de la jaula de monos. ¡Maldita sea! Necesitaba conocer los hilos que unían a Dino Vázquez con el indio Taumoc. A lo mejor, de alguna manera, Diego de Olarte, Juan de León en su vida anterior, podía establecer la conexión, y no estaba dispuesto a dejar que se fuera sin al menos arrojar una piedra en su charco.

—¡Bernardino Vázquez ha intentado asesinarme! —grité a su espalda, intentando salpicarlo—. Por eso estoy aquí, refugiado en el convento.

Se detuvo y se volvió lentamente hacia mí.

—¿Dino Vázquez? —Dobló la cabeza hacia un lado, como si ese solo pensamiento fuese demasiado pesado para sostenerla recta.

—Bueno —carraspeé yo—; en realidad ha sido un indio llamado Taumoc. ¿Os dice algo?

Olarte asintió, levantando la mirada; todavía tenía su atención.

—Dino Vázquez fue quien dejó que Taumoc escapara con los hijos de Moctezuma el día de su muerte. Su hijo, el heredero, no llegó siquiera a escapar; Taumoc lo mató.

Podía leer en sus ojos el impacto de lo que le estaba diciendo.

—¿Bernardino Vázquez, un traidor?

Olarte volvió sobre sus pasos; fue él ahora quien necesitaba sentarse sobre las piedras de los monos.

—Necesito saber..., necesitamos saber —proseguí, incluyéndolo— cuáles fueron los motivos por los que Vázquez ayudó a Cuauhtémoc, a los enemigos de Moctezuma, en contra de la orden dada por Cortés de velar y proteger a sus herederos.

Los ojos de Olarte se poblaron de viejos fantasmas.

—Veo que estáis empeñado en que los demonios me persigan hasta la tumba. —Devolvió la mirada hacia la orilla, ensimismado—. Hubo mucha tensión los días previos a la sublevación de los aztecas, mientras aguardábamos a que Cortés derrotara a la expedición de Pánfilo de Narváez. Había llegado a la costa con más de mil trescientos hombres dispuestos a arrebatarnos lo que habíamos conquistado con tanto esfuerzo, y cundió el pánico.

Me acerqué a él, tratando de observar los pensamientos que rondaban por la cabeza del capitán Juan de León.

—¿En algún momento temisteis que Cortés llegara a perder frente a Pánfilo de Narváez?

Me miró como si estuviera preguntando algo inaudito.

—¿Alguna vez habéis visto un rayo detenerse en el firmamento, sin llegar a su final? Así era Cortés cuando decidía. Jamás llegué a pensar que nadie pudiera dudar de él en aquellos momentos. Pero, por lo que decís vos ahora, está claro que me equivoqué.

Tenochtitlán, 17 *de mayo de* 1520

—¡Maldita sea! ¡Abrid las puertas! —Una mano llena de polvo sacudía las puertas de roble del palacio de Axayácatl.

Juan de León bajó del caballo y sus piernas tardaron un instante en abandonar la posición arqueada que la montura había modelado en aquellos siete días interminables. Nunca nadie había recorrido tan rápido la distancia entre Veracruz y Tenochtitlán. Pero nunca antes había visto en el rostro de Cortés la urgencia de hacerlo tan rápido.

—Tengo motivos para creer que lo mismo que vinisteis a hacer vos al campamento de Narváez lo están haciendo los hombres de Narváez en Tenochtitlán con ayuda de los aztecas —le había dicho Cortés antes de subirse a su caballo y volar hasta la gran ciudad.

Juan de León miró a Cortés con cierto escepticismo. Él mismo había sido enviado por el capitán a encontrarse con la armada de Narváez nada más tener noticia de su llegada a la costa, y León había sabido convencer en secreto a algunos de sus mandos, viejos conocidos suyos, para que se pasasen al bando de Cortés. Tenía la fuerza de la convicción de su propia posición. A fin de cuentas, él mismo había cambiado de bando en favor del conquistador hacía ya tiempo. Y tenía el oro que le había entregado «su capitán» para terminar de empujar voluntades a su entera discreción.

Los hombres de Narváez, sin embargo, no tenían nada que ofrecer ante los fieles de Cortés que se habían quedado en Tenochtitlán bajo el mando de Pedro de Alvarado.

—Tienen algo más letal que el oro —había respondido Cortés con esa mirada oscura que parecía atravesarlo todo—. La capacidad de insuflar temor en sus almas.

Aquellas palabras, en sus oídos, habían convertido a su caballo en Pegaso. Casi. Se comenzaban a marcar los huesos a través de las costuras de la rabona, pero la yegua seguía siendo veloz y peleona. Para que luego dijeran que las hembras no habían puesto de su parte en aquella colosal aventura que todos estaban viviendo.

Inquieto, se volvió de nuevo hacia las puertas de roble del palacio azteca y las golpeó otra vez con los dos puños.

—¡Abrid, maldita sea!

No se oía ni un ruido detrás, y por un instante Juan de León creyó que el temor había atravesado aquellas puertas y era demasiado tarde. Entonces no la volvería a ver jamás; su corazón se estremeció con ese pensamiento, pero el ruido de unas llaves en el interior y el rugido de una tranca deslizándose ahuyentaron sus temores.

Cuatro indios tlaxcaltecas empujaron una de las puertas y Juan vio a Bernardino Vázquez asomando con una mirada sombría e interrogante.

—¿Qué hacéis aquí? —Se le veía nervioso, inquieto, mientras se volvía a ajustar el cinturón con la argolla que sujetaba las llaves de palacio—. ¿Nos han vencido?

A Juan de León le sorprendió aquella pregunta, que más sonaba a convicción que a interrogante. Cogió a Dino Vázquez con ambas manos y lo sacudió por los hombros, tratando de introducir en el cuerpo de su compañero el optimismo de lo que había visto él con sus propios ojos en el campamento de Narváez.

—No hay nada que temer, amigo. Cortés regresará pronto con más hombres de los que partió y afianzaremos nuestra posición con los mexicas.

Hundió sus ojos en el patio, a su alrededor, examinándolo. Todo parecía igual que siempre.

—¿Cómo está el gran Moctezuma? ¿Más tranquilo ahora que nadie viene a disturbarlo?

Dino Vázquez, a su lado, desvió la mirada mientras asentía; Alvarado venía hacia ellos con los brazos extendidos y la efusión de un ganador.

—¿Tenemos a vuestros amigos cogidos por las pelotas? —preguntó el recién llegado, sonriente.

Ese era el tipo de saludo entusiasta que Juan de León hubiera esperado escuchar de cualquiera de los hombres que luchaban en el mismo bando junto a Cortés. Aunque estuvieran a punto de ser devorados por el mismísimo infierno.

—Casi a todos ellos. Solo falta el golpe maestro de nuestro capitán —sonrió Juan, tranquilo.

—Bernardino —Alvarado se volvió hacia él—, Alonso de Grado y Mejía os buscan para no sé qué asunto de las llaves.

—No sé a quién se le ocurrió la idea de nombrarme san Pedro de este lugar. Disculpadme. —Dino Vázquez apresuró su paso, alejándose de ellos.

—¡Dino, dejad de quejaros! Siempre será mejor ser Pedro que Judas —vociferó Alvarado, bromeando.

Dino Vázquez se volvió hacia ellos con un atisbo de sonrisa mientras se alejaba.

—¿Qué os ha hecho venir hasta aquí? ¿El cabrón de

Cortés no se fía de mí o qué ocurre? —Había broma detrás de su interrogante, pero también verdad.

—Cortés me ha hecho volver porque cree que entre los hombres de Narváez puede haber quienes traten de contactar con alguno de los nuestros a través de los aztecas.

—Tendrán que hacerlo por encima de mi cadáver —bramó Alvarado sin inmutarse—. Pero os aseguro que, salvo el tedio y la espera, no se ha movido nada en Tenochtitlán. Y allí en la costa, ¿vuestras negociaciones han sido fructíferas?

—Gran parte de los mandos de Narváez se han pasado a nuestro bando —explicó De León.

—¿Tan fácil ha sido con el pánfilo de Narváez? —intervino Alvarado con una mueca.

—Nada resulta fácil hasta que se ha ganado.

—En cualquier caso, el oro obra milagros. —Alvarado chasqueó la lengua.

—La convicción de que estamos en el lado acertado de la historia es lo que obra el milagro; el oro simplemente ayuda —terció De León, convencido.

Los dos hombres se miraron. No podían ser más diferentes. Él había cambiado de bando porque lo había visto en la mirada ardiente de Cortés aquel día. Los ojos azules de Alvarado, en cambio, le transmitían un frío glacial. Le costaba creer que fueran capaces de hacer enloquecer a ninguna mujer que se cruzara en su camino. Por suerte, ella no había caído bajo su influjo; por eso le había gustado; ella solo tenía ojos para él.

—¿Dónde está mi mujer?

—Ah, bribón, esa es la razón por la que os habéis dado tanta prisa en venir. —Alvarado le dio un ligero codazo en las costillas.

Juan de León se sonrojó y desvió la mirada, tratando de disimular. No quería reconocerlo, pero las prisas habían sido también por ella.

—La encontraréis a los pies del crucifijo, en la capilla que mandamos hacer junto al patio. No se ha separado de su nuevo Dios desde el día en el que os marchasteis. Andad, id con ella, que yo me encargo de que vuestra yegua sea agasajada como se merece después de tan agitado viaje —sonrió Alvarado.

La encontró tal y como Alvarado había dicho. Nada más verlo, se puso de pie y se arrojó contra su pecho. El abrazo fue la misma sensación que regresar a casa; allí, con ella acurrucada bajo su mentón, él era dueño del mundo. No necesitaba más.

Como todas las grandes historias de amor, la suya había surgido del modo más inesperado: de las cenizas de una alianza con los tlaxcaltecas. Estos, rivales del Imperio azteca, habían visto a los españoles como una oportunidad para liberarse de las fauces devoradoras de su enemigo y, después de varias escaramuzas sangrientas, habían firmado un pacto con ellos.

Ella y otras mujeres habían sido entregadas por los nativos como muestra de buena voluntad. Elvira, ese era el nombre con el que la habían bautizado, había sido un regalo personal de Cortés.

—Tened en cuenta que ahora es hija de Dios. No podéis hacer lo que queráis con ella..., a menos que ella lo quiera —había añadido el conquistador con un guiño.

Cortés sabía de lo que hablaba. Él llevaba disfrutando de la compañía de doña Marina prácticamente desde su llegada a estas tierras, y la india se había convertido en una pieza invaluable como intermediadora entre las palabras de dos mundos. Pero Cortés no había querido casarse con ella. No, no podía hacerlo porque ya lo estaba, con una española a la que había dejado en la isla de Cuba.

Juan, en cambio, no dudó en desposarse con Elvira: había sido pura magia desde la primera noche. Aquellas mujeres tenían fuego bajo la piel, y los españoles sabían cómo apagarlo. Pero también se había casado con ella porque no le gustaba vivir en pecado durante mucho tiempo. Los tiempos de conquista no eran buenos para jugarse el destino eterno por un buen revolcón. Y Elvira, doña Elvira de León, era mucho más que eso. Ella era él y él era ella. No necesitaban palabras para entenderse y, si las utilizaban, no se entendían. Era un extraño paraíso.

Ese era el motivo por el que, cuando ella levantó el rostro sobre su pecho y Juan de León vio dos lágrimas colgando de sus ojos color miel, la inquietud se apoderó de su alma. Algo había ocurrido durante su ausencia, algo que a ella le había hecho temer por su vida y por la de todos en Tenochtitlán.

Doña Elvira tiró de su brazo y, agarrándolo de la mano, salieron de la ermita. Cruzaron el patio y entraron en las dependencias que habían sido destinadas solo para mujeres, a iniciativa de uno de los sacerdotes que había traído Cortés en la expedición. Aquel buen hombre, que trataba de velar siempre por la moral de la tropa en su sentido más estricto, se había visto desbordado por la cruel generosidad de los caciques con los que habían ido sellando tratados de paz desde su llegada a estas tierras, y había obligado a Cortés a delimitar una zona del palacio solo para ellas.

No tardaron en encontrar a doña Marina, quien había decidido habitar esas habitaciones de Axayácatl con las demás mujeres durante la ausencia de Cortés.

Las lágrimas de Elvira y las palabras de Marina, que había aprendido castellano con sorprendente rapidez y en secreto, lo pusieron al corriente de lo que había afligido a su esposa durante su ausencia.

—Llegaron ayer tarde tres señores de confianza del gran Moctezuma.

—Eso es imposible —saltó Juan, escéptico—. Cortés ordenó expresamente que no se le permitiera reunirse con nadie del exterior.

—El señor Dino Vázquez le dijo al señor Alvarado que solicitaban urgentemente ver al tlatoani.

—¿Y Alvarado aceptó? —Juan apretó el puño izquierdo con rabia. Alvarado, siempre tan libertario con las órdenes que recibía.

—No se trataba de Cuauhtémoc ni de ninguno de los familiares que suelen formar parte del gran consejo del tlatoani, y Alvarado consintió la reunión.

Juan miró de nuevo a Elvira, que seguía consternada a pesar de las palabras de tranquilidad que iba intercalando doña Marina en náhuatl.

—¿Y qué le ocurre a ella? —dijo él, rodeándola con su brazo y atrayéndola hacia su costado.

Doña Marina desvió la mirada hacia la joven muchacha que se había enseñoreado del corazón de aquel castellano apuesto. Levantó el mentón, interrogadoramente, y la chica asintió entre lagrimones.

—Uno de los hombres que entró a hablar con Moctezuma fue el que mató a toda su familia. —Marina bajó la mirada antes de proseguir—. Sus hombres se llevaron a su hermano y a ella...

No fue necesario decir más para que el pecho de Juan de León se desgarrara al escuchar aquello.

Buscó con su rostro el de su amada y la besó en las mejillas, en la frente, en los labios, desagraviándola con susurros de ternura infinita.

—Doña Elvira —volvió a hablar doña Marina— teme que la llegada de ese hombre vuelva a traer el mal y le arrebate su vida nueva.

Él deslizó la mano sobre la mejilla húmeda de la chiquilla, ahuyentando sus temores, y devolvió de nuevo la mirada al rostro impenetrable de la india de Cortés.

—¿Y qué es lo que querían esos hombres?

—No lo sé. —Doña Marina plantó frente a él sus palabras como tres palos en la orilla.

—¿No fuisteis llamada para traducir lo que venían a

parlamentar con Moctezuma? —De León no daba crédito a lo que acababa de escuchar.

—Alvarado me dijo que no iba a ser necesario —repuso doña Marina, bajando la mirada acusadoramente—. Bernardino Vázquez dijo que con que estuviera Jerónimo de Aguilar era suficiente.

De León se sacudió la cabeza con estupor. ¿En qué diablos pensaba aquel hombre cuando no tenía su mente ocupada en batallas, oro y mujeres? ¿No le había dicho Cortés que mantuviera al tlatoani aislado de cualquier influencia perniciosa durante su ausencia?

Más tarde, aquel día, cuando al fin encontró a Alvarado a solas y pudo exigirle explicaciones sobre lo ocurrido, se habían desinflamado parte de sus disgustos. A fin de cuentas, su enfado había sido porque había visto a Elvira hecha un pajarillo indefenso entre sus brazos; a nadie le gusta ver sufrir a su ser amado. No podía hacer un mundo de aquello, y, mucho menos, hacer creer erróneamente a Alvarado que Cortés lo había enviado para vigilarlo.

—Mirad —zanjó Alvarado, enarcando las cejas—; no le di relevancia porque Dino Vázquez iba a estar presente. Y sé que Aguilar anda enojado con doña Marina por invadir su parcela de poder y haberse convertido en la única lengua de Cortés. El pobre diablo aprovechó la ausencia del gran jefe y quiso ponerla en su lugar. Celos de cortesanas sin importancia, Juan, eso es todo.

Juan asintió, algo más tranquilo. La disputa entre doña Marina y Aguilar por las palabras de Cortés era el fuego con el que morían todas las hogueras durante las noches de guardia. No tenía mayor trascendencia. Se disponía a retirarse ya cuando se dio cuenta de que se iba sin preguntar lo que en realidad había venido a averiguar.

—¿Qué era lo que querían discutir aquellos tres hombres con Moctezuma?

—Negociar las condiciones para poder celebrar una de sus fiestas paganas. Cortés ya me había mencionado algo al respecto. La nobleza de Tenochtitlán no quiere dar la espalda a sus dioses.

—¿Y vos le habéis autorizado a hacerlo? —preguntó De León con sorpresa.

—Tranquilo, Juan, tranquilo —respondió, condescendiente—. No va a haber ningún sacrificio humano. Esa ha sido la única condición imprescindible para que se haga lo que piden. —Alvarado clavó en él sus ojos de macho desafiante—. Como podéis ver, los temores de Cortés eran infundados.

—¿Qué queréis decir?

Alvarado lo miró, desafiante.

—Puedo mantener el orden en Tenochtitlán sin necesidad de que nadie venga a supervisarme.

—A Cortés no le cabe ninguna duda. Por eso os dejó el mando a vos —se limitó a responder él con una tibia sonrisa.

Juan cerró la puerta detrás de sí tragándose más de una palabra. No era el momento de abrir una disputa sobre quién de ellos era más merecedor de la confianza de Cortés. Mantener el orden mientras esperaban la victoria de su capitán sobre Narváez era más importante que dar pábulo a rencillas de poder absurdas. Celos de cortesana, se sonrió con ironía recordando las palabras que había proferido Alvarado refiriéndose al percance de Aguilar con doña Marina; sin embargo, aquel se acababa de comportar de la misma manera, como si fuera la única cortesana capaz de mantener caliente el lecho del amante durante su ausencia.

En una cosa tenía razón Alvarado, sin embargo; los temores de Cortés habían resultado injustificados. Narváez no había enviado a nadie para sacudir los temores de una derrota de Cortés entre sus viejos conocidos. Alonso de Grado, Mejía, Bernardino Vázquez, y unos cuantos más: todos ellos habían coincidido con él en anteriores expediciones en La Española y Cuba. Ninguno estaría dispuesto a fiar su suerte al recién llegado cuando la determinación de Cortés les había reservado ya un hueco en la historia. ¿Quién si no él había conquistado un imperio de tierras tan extensas y ricas con un ejército de tan solo seiscientas almas?

Apresuró su paso por los vestíbulos y galerías del palacio de Axayácatl, deseoso de volver junto a su desconsolada joya, tenerla entre sus brazos y jurarle que nada ni nadie destrozaría el mundo que ellos construían todas las noches bajo las estrellas de Tenochtitlán. Ignoraba entonces que todo estaba a punto de echarse a perder.

***

Olarte regresó de ocupar su lugar bajo la piel de Juan de León. Guardó silencio durante unos instantes y yo esperé a que desaparecieran aquellas sombras de duelo que vi pasar ante sus ojos. No quise preguntar por el destino de doña Elvira; aquella era otra historia, y no tocaba enhebrarla. Todavía.

—Si Vázquez dejó escapar a Taumoc es porque este tenía algo con lo que amenazarlo —musitó él, todavía sumido en sus recuerdos—. Dios mío, ¡qué estúpido fui entonces! ¿Cómo no me atreví a sospechar de aquella reunión, de aquellos hombres, después de lo que me había dicho ella?

Dejó caer la mirada al suelo mientras hundía con su talón una piedra en el fango de la orilla.

Me acerqué a él, tratando de brindarle solaz ante la tormenta interior que se estaba preparando.

—Vos no teníais por qué saber nada. Ni siquiera estabais presente. Esa reunión tuvo lugar bajo el mando de Alvarado y a lo mejor no hubo traición en ella.

—¿Ninguna traición? ¿Después de haber mencionado vos el nombre de Taumoc? ¿De que ese hijo de puta haya vivido todo este tiempo codo con codo junto a Dino Vázquez? —Olarte se volvió con la impotencia escurriéndose entre sus manos—. ¡Alvarado estaba tan por encima de todos los demás que no fue capaz de ver lo que ocurría debajo de sus narices!

Olarte se agachó a coger la piedra que había estado hundiendo bajo la tierra y la lanzó con toda su furia al agua.

—Y yo fui tan estúpido de no querer herir susceptibilidades en la cadena de mando... —murmuró en voz baja, acusándose—. Debería haberme inmiscuido, preguntar a Dino Vázquez sobre esa reunión, olisquear y no dar por supuesto nada de lo que dijo Alvarado.

—Pero ¿por qué pensáis ahora que esa reunión fue tan determinante en vuestras vidas?

—¿Vos sabéis lo que pasó una semana después de esa reunión? Se celebraron las fiestas de Tóxcatl y Tenochtitlán se sublevó. Pero os juro aquí y ahora que el día que entré yo en la ciudad, ¡días antes de la rebelión!, en sus calles no había ni sombras de hostilidad alguna.

Olarte comenzó a pasearse de un lado a otro de la orilla, pensativo, como si siete años después de lo ocurrido todavía pudiera hacer algo por evitarlo. Se detuvo en seco, Juan el Bautista en medio del Jordán, y avanzó hacia mí con el rostro desencajado de un iluminado.

—Vos sois el culpable de haberme quitado la paz —dijo señalándome acusadoramente con el dedo—. ¡Ahora iremos juntos, vos y yo, a saber lo que ocurrió durante esa maldita reunión!

Me cogió por el pecho y me arrastró consigo con la fuerza de su súbita revelación.

—Pero ¿a dónde queréis que vayamos?

—Esa reunión tuvo una lengua que yo voy a agarrar, y no soltaré hasta que lo vomite todo. Y si no lo hace, vos os encargaréis de cortársela. Lo haría yo con gusto, pero entonces Motolinía no me dejaría hacer votos definitivos, y habría dejado de cumplir la voluntad de Dios.

Tragué saliva ante la sola idea de tener que sujetar ese músculo pringoso de la boca de Jerónimo de Aguilar y cortárselo entre los dientes. ¿Se ahogaría después con el líquido de su propia sangre?

21

Para alguien que había hecho voto de silencio aquello no podía ser bueno. Pero Olarte estaba convencido de que ese era el único camino para poder devolver la paz a su alma, una paz que yo le había arrebatado con mi descubrimiento sobre Dino Vázquez.

Avanzábamos por las calles de Tenochtitlán, envueltos cada uno de nosotros en un hábito marrón franciscano. Hubiera sido interesante ver la cara que pondría Vázquez si supiera que tras ellos se ocultaban dos muertos vivientes. A estas alturas, estaba seguro de que él ya tendría noticias sobre el destino de Taumoc y de que yo me había escapado.

Había sido Juan Diego quien, a pesar de su resistencia inicial, nos había proporcionado los sayales, *pidiéndolos prestados* del cobertizo de la lavandería que tenía el convento junto a una de las orillas.

—Si fray Motolinía se entera de esto, no me dejará entrar en el convento nunca más —había protestado, no muy convencido de lo que estaba haciendo.

Olarte lo había tranquilizado, asegurándole que nadie nos vería y, sobre todo, que ni un alma se enteraría de que habíamos salido vestidos de esa guisa.

—Pero vos, entonces, ¿os quedaréis fuera mientras yo trato de hacer confesar a Jerónimo de Aguilar? —pregunté extrañado cuando abandonamos el convento a paso rápido, ya fuera de los oídos de Juan Diego.

—No. —Olarte me observó desde el interior de su capucha con serena convicción.

—Pero estáis muerto; si habláis con él os reconocerá y vuestro secreto quedará expuesto.

—¿De verdad pensáis que alguien va a creer lo que pueda contar un disoluto como él? —Recordé el ardor del alcohol y el sexo en su piel y en las de aquellas dos mujeres desnudas, esperándolo—. Además, ¿creéis que lo vais a hacer hablar por vuestra cara bonita? Solo la visión de un muerto podrá obligarlo a confesar.

Asentí, expectante por ver la expresión de Jerónimo de Aguilar al aparecérsele en carne y hueso uno de los capitanes que había muerto durante la trágica noche de la huida de Tenochtitlán. Una aparición sobrenatural como aquella haría escupir los higadillos a cualquiera.

La cicatriz seguía cruzando como una maldición la fachada de aquel cochambroso edificio. Atravesamos el estrecho jardín, la misma jungla ingobernable. La senda que llegaba hasta la puerta de la entrada resultó más impracticable que la primera vez que había estado allí. Todos en Tenochtitlán se habían olvidado de Jerónimo de Aguilar.

Antes de que entrásemos, Olarte me obligó a quitarme el hábito.

—No venimos aquí como franciscanos.

Una cosa era utilizar esa vestimenta para que nos hiciera invisibles, como la senda bajo las hierbas, y otra muy distinta exponernos a que alguien como Aguilar la mancillara. Empujamos entre unos matorrales nuestros disfraces para que se hundieran y pasamos al interior sin esperar a que nadie nos abriera la puerta; ya lo estaba.

El desorden seguía brillando en todo su esplendor por todos los rincones de la casa, pero no había rastro de Aguilar. El único signo de vida ahí abajo eran los dos ratones que hacían acopio de provisiones sobre la mesa.

Escuchamos un ruido encima de nuestras cabezas y

señalé con sigilo hacia las escaleras, pero Olarte ya se había abalanzado hacia el hueco y subía sin vacilar.

El espectáculo no podía ser más desolador. El piso superior era una única habitación de paredes sucias en cuyo centro navegaba un catre sobre el que yacía Aguilar, boca arriba y totalmente desnudo. Roncaba plácidamente, la boca abierta, su aliento impregnando el olor de la habitación o este pudriéndole el interior de sus pulmones; era difícil de decidir.

Olarte cogió una prenda del suelo y la tiró sobre sus genitales, cubriéndolos. El espectáculo se hizo un poco menos desagradable.

—¡Aguilar!

Le clavó el pie en el cuello sin esperar siquiera a que abriese los ojos.

—Aguilar; ¡buenos y santos días!

Apoyó el peso de su cuerpo sobre el pie y el rostro de Jerónimo de Aguilar se contrajo en gritos ahogados de dolor. Su crueldad me sorprendió; comprendí por qué había insistido en que no entráramos vestidos de franciscanos. No solo era para no dar pistas sobre nosotros; Olarte parecía querer matar a aquel hombre.

Aguilar, enrojecido, trataba de quitarse con las manos el pie del cuello, pero Olarte apretó más fuerte, y solo cuando aquel dejó de ofrecer resistencia, a punto de ahogarse, Olarte retiró el pie.

Esperó unos instantes a que el pobre diablo recuperase la respiración y enhebró la conversación sin prolegómenos de ningún tipo. Directo al grano.

—¿Cuál fue el acuerdo al que llegó Dino Vázquez con aquellos señores de Tenochtitlán? ¡Vamos, responded!

Aguilar se masajeaba el cuello, sin saber si soñaba o estaba despierto.

—No sé de qué habláis —lloriqueó él, mirando hacia los lados, asegurándose de si aquello era un sueño o la realidad.

Olarte se agachó y puso el rostro sobre el de Aguilar.

—Miradme, miradme bien. —Lo sujetó de la barbilla, obligándolo a contemplarlo.

Nunca había visto a nadie antes contemplar a un fantasma; el rostro de Aguilar se contrajo al reconocerlo, su boca fagocitándolo todo, hasta la última gota de su sangre. Se había puesto blanco.

Retrocedió sobre su espalda, arrastrándose con las piernas, entre las sábanas, saliendo del jergón, alejándose del fantasma.

—¡Juan de León! ¡Estabais muerto! ¡Vos desaparecisteis aquella noche sobre los puentes con todo el oro!

Miré a Olarte estupefacto. ¿Qué había querido decir Aguilar con que había desaparecido *con todo el oro*?

—¡Moristeis ahogado, todo el mundo lo vio! —Aguilar se arrastraba hacia atrás, todo su cuerpo temblando, mientras miraba en todas direcciones, confuso—. ¿Qué queréis de mí? ¿Dónde estoy? ¿Ardo en el infierno?

—Pronto lo estaréis si no respondéis a mi pregunta. —Olarte se irguió y siguió con la mirada al gusano que se arrastraba desnudo hacia el final de la habitación.

Aguilar tocó con la espalda la pared y se apoyó en ella, sentado en el suelo, con la respiración entrecortada. Fue entonces cuando se percató de mi presencia y su boca se torció en un interrogante.

—¿Qué hacéis vos también aquí? ¡Hace poco estabais vivo!

—El diablo juega malas pasadas —respondí yo, ajustándome a las reglas del juego de los muertos.

—¡Desembuchad de una vez, porque no tengo toda la eternidad para escucharos! —Olarte se dirigió hacia él taconeando con violencia el suelo.

—¡Está bien, está bien! —exclamó Aguilar haciendo aspavientos con las manos en la frente y arrastrando consigo la sábana, sobre su cuerpo—. Pero dejad, dejad que haga memoria un instante.

Tenochtitlán, 15 de mayo de 1520

—Capitán, necesitamos hablar con vos.

Bernardino Vázquez levantó la mirada y se puso a zapatear bajo la mesa en cuanto Jerónimo de Aguilar entró en la habitación. Se acababa justamente de sentar para coger una pluma y ponerse a escribir. Hacía mucho tiempo que no lo hacía. Exactamente quince meses, y empezaba a temer haber perdido el hábito. Cortés había insistido en muchas ocasiones en que no podía permitirse el lujo de dejar de hacerlo durante mucho tiempo o acabaría por perder la caligrafía y el orden mental. Por ese orden.

—Si somos los únicos animales sobre la tierra que podemos escribir es porque Dios todopoderoso quiere que dejemos nuestra huella en la historia —le había dicho poco antes de embarcarse ambos en la expedición, en la isla de Cuba.

Las palabras de Cortés no podían haber sido más proféticas. ¿Que si la estaban dejando? Lo que habían sido capaces de conquistar con tan solo un pequeño ejército de hombres se escribiría en los libros como una de las grandes proezas de la humanidad.

La belleza del corazón del imperio, Tenochtitlán, hablaba por sí misma, y se habían hecho con ella sin necesidad de atacarla siquiera. Puestos a comparar, las conquistas del Macedonio, a su lado, eran las de un aprendiz. Y la guerra de las Galias de César, una pelea de niños frente a lo que ellos habían conquistado. Hasta ahora.

El desembarco de los hombres de Pánfilo de Narváez, muy superior en número a ellos, lo había puesto todo patas arriba, pero él confiaba en la superioridad estratégica y emocional de Cortés. Había tenido oportunidad de estar bajo el mando de ambos, y era la diferencia entre caminar bajo la claridad del día —Cortés— o bajo la incertidumbre que traía la noche —Narváez.

Solo había una pequeña espina bajo el mando de Cortés; era muy pequeña, diminuta, pero estaba clavada en una zona muy sensible. El amor propio. Y a veces dolía mucho.

Entre los capitanes que estaban a su servicio, él era de los mejores, pero no su favorito. Era cierto que servía con hombres talentosos y de tanta valía como él, con los que resultaba difícil competir; nadie podía igualar en arrojo y valentía a Pedro de Alvarado, por ejemplo; Cristóbal de Olid tenía el poder de saber conjugar diversos tipos de ataque al tiempo y, en los momentos de tensión, no había mejor bálsamo que la templanza de Gonzalo de Sandoval.

Pero a Vázquez le costaba tener que compartir rango y predilecciones con otros hombres de menor valía que él. Andrés de Tapia era un crío todavía, y no necesitaba siquiera de la posición de capitán para gozar de los afectos de Cortés. Tampoco podía evitar que se le atragantaran los súbitos favoritismos del capitán general hacia Juan de León. Ese hombre se había opuesto inicialmente a los planes de Cortés de poblar estas tierras, en contra del mandato expreso del gobernador de Cuba de comerciar con sus habitantes únicamente. Y, a pesar de ello, Cortés había hecho lo imposible por ir ganándolo para su causa, y lo había acabado por nombrar capitán, como a él, que había sido fiel desde el principio.

Aunque le costara reconocerlo, Vázquez sabía que si se había decidido a coger una pluma y ponerse a escribir era para estrechar lazos con Cortés. Él era el único de todos los capitanes que sabía de letras y no podía desperdiciar esa cualidad que tanto apreciaba Cortés para subir puestos en su lista de favoritos. El papel en blanco que tenía sobre la mesa, y que estaba a punto de emborronar cuando Jerónimo de Aguilar había asomado la cabeza, se lo había pedido prestado precisamente a Cortés.

—Aguilar, ¿no veis que estoy ocupado? —se apresuró a responder con el ritmo de su zapateado alcanzando febrilmente a las rodillas.

—Es importante que nos escuchéis —respondió aquel, abriendo del todo la puerta y dejando entrever la figura de dos personas más que aguardaban junto a él.

Vázquez se arrellanó en su silla al ver a Alonso de Grado y Gonzalo Mejía entrando junto a Aguilar. Si hubiera sido solo él quien lo hubiera interrumpido en su escritura, lo habría hecho volver en otro momento. Pero la presencia de Mejía y de De Grado daba consistencia a la visita del otrora destacado Jerónimo de Aguilar, a quien la sagacidad y las buenas artes de doña Marina habían condenado a la irrelevancia en cuestión de escasos días.

Instantes más tarde, Vázquez tuvo que mandarlos callar si no estaban dispuestos a hablar más bajo.

—Si alguien escucha tras estas paredes lo que estáis proponiendo, tendríamos serios problemas con Alvarado.

La lengua de Aguilar se había convertido en el viperino siseo de la serpiente del paraíso. Paseando el día anterior por el mercado que los aztecas tenían más al norte de la ciudad, los mensajeros de unos nobles de Tenochtitlán se habían aproximado hasta él. Querían parlamentar con uno de los capitanes españoles que se habían quedado de retén en la ciudad mientras Cortés dirimía sus diferencias con Narváez en la costa. Habían insinuado que no verían con malos ojos la derrota de Cortés, y dialogar con un nuevo interlocutor que favoreciera el entendimiento entre los españoles y el pueblo azteca. Moctezuma había perdido el apoyo popular y, a lo mejor, la situación era parecida en el campo español, dentro del palacio de Axayácatl. De hecho, los enviados habían mencionado expresamente el nombre de Bernardino Vázquez.

Vázquez se quedó de una pieza.

—¿Se refirieron específicamente a mí? —Se señaló a

sí mismo, agrandando sus pupilas, ofendido, pero halagado al mismo tiempo.

—Saben que Alvarado, al mando, es un hombre de Cortés, y él sería el primero en caer si Narváez derrotara a Cortés —afirmó Aguilar.

—¿Me estáis insinuando que traicione a Cortés? —Vázquez se inclinó sobre la mesa, boquiabierto, paseando la mirada entre sus interlocutores.

No podía dar crédito a lo que acababa de explicar Jerónimo de Aguilar con el acuerdo tácito de Alonso de Grado y la mirada aguileña de Gonzalo Mejía.

—No, de lo que estamos hablando es de asegurarnos un futuro incierto —dijo De Grado.

—¿Cómo? —Vázquez dio un puñetazo sobre la mesa—. ¿Caminando sobre el filo de una espada?

Mejía se adelantó, apoyando las palmas de las manos sobre la mesa.

—Si caemos de un lado, seguiremos como hasta ahora; si caemos del otro, todos mejoraremos, y vos el primero.

Vázquez miró fijamente a su interlocutor. Nunca había tenido demasiado trato con él, pero los unían dos cosas importantes: su amistad con Alonso de Grado y que había tenido un encontronazo con el novísimo capitán Juan de León en el que Cortés se había visto obligado a intervenir. Daba igual que el asunto hubiera tenido que ver con una cantidad de oro desaparecida de la estancia donde se almacenaban los tesoros, antes de extraerles el quinto real para la Corona, y que Mejía fuera el responsable de custodiarlos. Cualquier enemigo de vuestro enemigo se convertía en amigo, y en tiempos inciertos de conquista era bueno tener cuantos más mejor.

—Vos conocéis a Narváez —continuaba Mejía—. Si su ejército doblega a Cortés, que puede hacerlo, vos podríais ofrecerle Tenochtitlán en bandeja, y no tardaría en convertiros en su segundo al mando.

Las palabras de Mejía lo asomaron a un vacío con un

vértigo muy seductor. Mariposas en el estómago. Se había llevado bien con Narváez, sí; y sabía que a su lado no sería difícil hacerse imprescindible.

—Además, Cortés nos engaña. Esconde tesoros que solo él conoce —intervino De Grado, sacando el brillo de la codicia a sus palabras.

—No sé muy bien a qué os referís, De Grado. No he visto a nadie que se deje ganar en generosidad como lo hace Cortés.

—Aguilar, hablad vos. —De Grado le hizo una señal con la cabeza y aquel volvió a dar un pequeño paso al frente.

Con voz amarga, Jerónimo de Aguilar contó a Vázquez lo que había escuchado hacía poco de boca de Moctezuma sobre una cámara secreta llena de tesoros que Cortés había descubierto y de la que no había hablado con nadie.

—Os puedo asegurar, por mi parte, que Cortés no ha dado entrada a ningún tesoro en la estancia donde se recauda el quinto real para Su Majestad. —Era Mejía quien hablaba, inocente, insinuante, tentador.

Alonso de Grado extendió las manos a su alrededor, ansioso por ver cumplido un sueño.

—Todo podría ser nuestro si Cortés cayera y Narváez nos encontrara con los brazos abiertos, esperándolo.

Dino Vázquez bajó la cabeza hacia el papel en blanco y se llevó la mano a la barbilla. ¿Cabía escribir una nueva historia?

—Claro que a mí tampoco me gusta la idea —se interpuso de nuevo De Grado, haciendo retroceder las manos hasta el pecho, inocente—. Pero se trata de sobrevivir o morir.

—Entonces, ¿qué es lo que me estáis proponiendo? —Vázquez bajó la voz, reconociendo *de facto* el paso que no se atrevía a oficializar todavía.

—Que os reunáis con ellos cuando vengan a hablar

con Moctezuma. Solo tenéis que escuchar. —De Grado deslizó con suavidad la palabra adecuada—. Vendrán mañana para acordar las condiciones de la celebración de una fiesta religiosa que el pueblo insiste en celebrar.

Dino Vázquez dejó caer las manos sobre el escritorio y se levantó de su silla, dando la conversación por terminada.

—Está bien. Escucharemos. Aunque solo sea para desenmascarar sus intenciones —dijo, mintiéndose a sí mismo—. Aguilar, yo me encargaré de que doña Marina no esté presente en ninguna de las conversaciones como traductora. Sabréis manejaros con vuestro maya y lo que chapurreáis en náhuatl, ¿verdad?

Jerónimo de Aguilar infló el pecho, ofendido ante la sombra de cualquier duda.

—Por supuesto, capitán.

***

Olarte se inclinó sobre Aguilar, apoyado todavía en la pared, y lo agarró del cuello.

—¿Solo escuchar, decís? ¡Maldito desgraciado! ¡Poner vuestros oídos y vuestra sucia lengua fue lo que provocó la rebelión durante la ausencia de Cortés! ¡Costó las vidas de muchos que morimos esa noche!

Olarte, fuera de sí, no desasía la mano de su garganta, y los ojos de Aguilar se perdieron bajo sus párpados abiertos, casi sin respiración, su frente atravesada por las venas como un rayo a punto de estallar.

—¡No podéis matarlo! —Sujeté el brazo de Olarte, obligando a que lo despegara de su cuello—. ¡Ahora tenéis otra vida, y no os pertenece a vos!

Olarte aflojó sus garras y se desplomó, abatido, de rodillas junto al cuerpo de Aguilar. Este se dejó caer sobre su espalda hacia un lado, el pecho desbocado por bocanadas de aire que sorbían sus labios, entre lágrimas y mocos que desencajaban el alma.

Los jadeos de ambos se adueñaron por unos instantes del silencio de la habitación.

—Era todo una trampa —pudo al fin pronunciar Aguilar, con la mirada perdida al frente—. Nosotros queríamos ganar tiempo hasta saber quién regresaría victorioso a Tenochtitlán, Cortés o Narváez. El plan era esperar una señal y, llegado el momento, deshacerse de Alvarado.

—En la celebración de la fiesta —quiso saber Olarte.

—¡Sí! ¡No! ¡No lo sé! ¡Nunca nos dijeron cuál iba a ser la señal! Pero todo se desbocó durante la celebración frente al templo mayor. Tuvimos que defendernos. Nos engañaron. Vos estabais allí: lo visteis con vuestros propios ojos.

Olarte se levantó del suelo y, sin mirar a Aguilar, se alejó, cabizbajo, hacia las escaleras.

—Cortés me mandó regresar a Tenochtitlán porque creyó que los de Narváez podían venir a tentaros. Pero Narváez ni tan siquiera necesitó hacer eso. —Olarte lanzó un escupitajo al suelo—. Le bastó con que fuera nuestro propio enemigo quien lo hiciera. Por eso caímos todos. Sois una deshonra.

—Pero aun así recuperamos Tenochtitlán meses después —se defendió Aguilar, protestando—. ¡Luchamos tanto como los demás!

Olarte comenzó a descender las escaleras.

—Arrastraréis vuestra miseria mientras sigáis con vida.

Los sollozos de Aguilar se cortaron en seco al oír aquello. Olarte había desaparecido, y yo seguía allí, mirándolo todavía.

—Entonces, entonces, ¿sigo vivo? ¿No he muerto todavía? —preguntó con aspavientos, palpándose el pecho, los hombros, los brazos, convenciéndose de que seguía en este mundo—. ¡Sigo con vida! —lo oí clamar mientras lo perdía de vista y bajaba los escalones detrás de Olarte.

Escuché sus pasos avanzar como una exhalación sobre el piso, hasta el hueco de las escaleras.

—¡Un momento, un momento! —gritó Aguilar, asomándose a nuestra espalda—. ¿Qué le pasó a la mula cargada de oro que custodiabais en nuestra huida?

—Los muertos no tienen memoria —gritó Olarte, ya desde abajo—. Y rezad para que siga siendo así, porque de lo contrario haría que todos regresáramos esta noche para vengarnos por lo que hicisteis.

No tuve tiempo de ver el rostro de Aguilar; debió de tornarse blanco al escuchar la respuesta de Olarte, porque no dijo nada más.

Salimos de aquella casa en silencio, Olarte cabizbajo y pensativo, yo con la inquietud de la pregunta de Aguilar todavía resonando en la cabeza. Juan de León había muerto custodiando la mula que portaba el oro durante la huida de Tenochtitlán. Pero no había muerto; se había evadido del mundo y nacido de nuevo bajo la piel de Diego de Olarte. Si había sucedido así con él, ¿no podía acaso haber ocurrido algo similar con el oro perdido en la laguna? ¿Que no hubiera muerto en el fondo de la laguna y hubiese renacido también en otro lugar, al abrigo de las pasiones que hubiera desatado entre los hombres de Cortés?

—¿Vos desaparecisteis con el oro? —pude susurrar al fin, poniéndome a su altura.

No me respondió. En su lugar, apretó el paso, por delante de mí. Lo seguí a escasa distancia, sin renunciar a su historia, los dos refugiados de nuevo bajo los hábitos franciscanos, deseoso de volverme hacia él, indagar en su figura, obligarle a contarme el secreto. Entonces Olarte se detuvo de golpe y se giró hacia mí sin que yo pudiera apenas distinguir sus ojos entre las sombras de su capucha.

—¿Queréis saber vos también lo que ocurrió con la mula que cargaba el oro? —exclamó ante mi rostro, desafiante.

—Sí, quiero saberlo. —Tragué saliva, esperando lo peor. Moriría por ello si era necesario.

Olarte miró por encima de mi hombro y, después de asegurarse de que no había nadie a nuestro alrededor, me cogió del brazo y me condujo por un callejón que se abría a nuestra derecha.

Un escombro de piedras de la vieja Tenochtitlán que aguardaban a ser levantadas a mayor gloria de la nueva ciudad nos rodeaba, los dos en medio de una calleja estrecha que no conducía a ninguna parte.

—Está bien. Pero os lo advierto —levantó el índice frente a mí—: será lo último que os cuente; y tendréis que creer lo que os voy a decir, porque solo puedo ofreceros mi palabra como garantía.

Me pareció escuchar una sonrisa y un lamento emerger juntos de la mano entre la comisura de los labios de aquella sombra encapuchada antes de que se descubriese la cabeza. Me miró fijamente, sin pestañear, con un brillo en sus pupilas, que parecieron envolverme en su hechizo.

—Fue una noche terrible y hermosa —comenzó diciendo Olarte, ladeando la cabeza hacia el infinito—; una noche que la lluvia cubrió con su triste manto, perfecta para nuestra huida de Tenochtitlán, y perfecto presagio de lo que estaba a punto de suceder. Cortés había mandado construir unas pasarelas móviles para sustituir a los puentes que los aztecas habían retirado, encerrándonos como ratas en la ciudad.

Asentí, recordando el escrito de Tapia en el que mencionaba la construcción en los sótanos del palacio de los tres monstruos griegos bajo la supervisión del alarife Alonso García Bravo.

—Fuimos saliendo en grupos a través de una de las salidas laterales de nuestra fortaleza sitiada, aliados de la oscuridad y de la lluvia, implorando a Dios todopoderoso que los aztecas no advirtieran nuestra huida. La noche no invitaba a asomarse bajo el cielo, pero nosotros lo hicimos. Todo resultó inútil. —Sus ojos parecieron recordar mi presencia—. ¿Os imagináis a un ejército de más de ochocientos hombres capaz de avanzar en silencio en mitad de la noche?

Imposible vislumbrar siquiera un sigilo compartido por tantos.

—Pues nosotros lo conseguimos —me corrigió él, devolviéndome a la invisibilidad—; pero no fue suficiente. Los gritos de alerta helaron nuestra sangre en medio de la oscuridad, y, aunque estábamos preparados para luchar, el terror convirtió la huida en un caos. Fue un desastre. Yo iba en la retaguardia tirando de la mula que Cortés me había encargado custodiar, veintiséis arrobas de oro que nadie podía arrebatarnos. —Los ojos castaños de Olarte se volvieron dorados por un instante—. Varios hombres me rodeaban para que nadie se acercara al cargamento. Llegamos por fin a la pasarela que cruzaba al otro lado del canal, el principio de nuestra libertad. Los arcabuces comenzaron a tronar, nerviosos, y la mula se detuvo en medio de la pasarela, tozuda y aterrada. Delante de nosotros, esperaban algunos de nuestros hombres, que habían cruzado, con Alvarado en la cabeza, tratando de que el animal y yo alcanzáramos su orilla. Creo que vi llegar también a Cortés, que había abandonado las primeras filas para venir en nuestro socorro. Detrás de mí, en el otro margen, una turbamulta de indios nos atacaba con sus flechas y lanzas, gritándonos para obligarnos a retroceder. Uno tras otro, los arcabuceros que nos acompañaban fueron cayendo, incapaces de cargar sus armas a la velocidad con que los otros disparaban sus flechas.

Tragué saliva, tratando de imaginarme esquivando flechas a lomos de Caribdis, el monstruo marino con el que habían bautizado uno de los puentes.

—La mula y yo nos quedamos solos al filo del abismo, entre la salvación y el infierno. Bajo mis pies, en el canal, los cadáveres se apilaban unos encima de otros, sobresaliendo del agua. El fuego llameante del enemigo teñía de sangre la oscuridad, y sus gritos inundaban el silencio. Tiré de la cuerda con fuerza para obligar a la mula a moverse, a avanzar hacia la salvación, pero se quedó quieta, inmóvil, presintiendo antes que nadie el peligro que nos acechaba.

Olarte se detuvo, permitiendo que yo escudriñase también aquel peligro entre las piedras que nos rodeaban.

—De pronto, un rugido nos paralizó a todos, a los de una orilla, a los de la otra. El silencio recuperó su reinado, y, entonces, de la noche más profunda, sobre nuestras cabezas, surgió el cuerpo oscuro y brillante de un animal. Se abalanzó sobre la mula, abrazándola con sus garras y llevándosela hacia el abismo negro del que había emergido. Era un jaguar.

Juan de León apareció por un instante bajo los ojos de Olarte, la sombra del jaguar cruzando aquella noche.

—Yo caí, arrastrado hacia el abismo de cadáveres. Cuando volví en mí, estaba en una de las orillas, agarrado a una cuerda rota. No había nada al otro extremo, pero yo había logrado sobrevivir. El jaguar me había salvado, y esa..., esa —Olarte bajó la cabeza, ocultando el secreto de una promesa que había hecho ahí y entonces— fue la señal del cielo para comenzar de nuevo. Juan de León desapareció en la oscuridad con el jaguar, y Diego de Olarte apareció en su lugar.

Olarte dejó al fin de hablar; la historia me había cautivado de tal manera que no tuve tiempo de saborear la suave sonrisa de paz que irrumpió en sus labios entonces, penetrándome hasta el alma. Era el saludo de alguien a quien habéis conocido desde siempre, la despedida de alguien a quien no volveríais a ver más.

Se cubrió de nuevo la cabeza con la capucha y, saliendo del callejón en el que nos habíamos metido, dobló la esquina y desapareció de mi vista.

—¡Eh, esperadme! —exclamé yo, dándome cuenta de que me había quedado solo entre los sillares, testigos mudos de aquellos días.

El tiempo que tardé en colocarme la capucha, hundir el rostro entre sus sombras y regresar a la calzada principal, él había desaparecido ya tras la esquina. Miré hacia un lado y otro de la calle, pero no lo vi. Se había ido; la sonrisa había sido su adiós. No volví a verlo; ni cuando regresé al convento ni después. Olarte había entrado y salido de mi vida con la misma fuerza y el mismo misterio con que lo había hecho el jaguar en la suya. Él también me había salvado la vida. Los aztecas creen que todos tenemos un nagual, un animal que nos protege espiritualmente de los males de este mundo y en el que nos podemos transformar en momentos de peligro. Olarte había sido mi jaguar.

Entonces no se me ocurrió preguntarme quién había sido el suyo. Ignoraba también que el jaguar negro simbolizaba a una de las deidades más importantes, Tezcatlipoca, el dios de la oscuridad y la creación. El mismo dios cuyas celebraciones habían propiciado la sublevación azteca contra los españoles.

Regresé al convento franciscano por las mismas callejas por las que nos habíamos deslizado a la ida, con prisas, ansioso por pisar de nuevo terreno seguro, asilo sagrado. Sin Olarte conmigo, me sentía desnudo en las calles de Tenochtitlán. Sin embargo, a pesar de todas mis cautelas, no pude evitar toparme con el mayor peligro con el que se podía encontrar un monje franciscano en aquellas calles: un grupo de niños. Estaban jugando junto a un charco, pero, nada más verme, se olvidaron de sus batallas de barcos y me rodearon como una nube de moscas para que los bendijera y me pusiera a jugar con ellos. No tuve demasiada paciencia y traté de deshacerme de ellos cuanto antes. Me abrí paso entre bendiciones garabateadas al aire y codazos, y cuando por fin conseguí arrancarme de su dominio, no pude evitar que unas manitas todavía agarradas a mi hábito tiraran del sayal por mi espalda. La capucha resbaló de mi cabeza en el momento en el que me estaba incorporando a una de las calles principales que descendía hacia el convento.

Rápidamente me llevé las manos a los hombros y me cubrí de nuevo, echando una rápida ojeada en ambas direcciones de la calle para asegurarme de que nadie me había visto. Mi alma cayó, un golpe seco, a mis pies. Ahí, en la distancia, caminando en mi dirección, reconocí a Salazar. Tenía un aspecto diferente al que le había visto en prisión; definitivamente, más limpio. Era difícil que me hubiera visto, puesto que iba charlando con alguien, pero antes de arriesgarme a cruzarme con él y que me reconociese, me volví de nuevo hacia el grupo de niños con los brazos abiertos y haciéndome el simpático. Regresaron todos a mí como palomillas bajo cielo abierto, engullendo mi figura y haciéndola pasar por la de un auténtico franciscano. «Dejad que los niños se acerquen a mí.» Eso hice mientras con el rabillo del ojo vi a Salazar pasar sin levantar sus sospechas. Estaba salvado.

En cuanto se perdió en la distancia, me desasí otra vez de todas aquellas manitas incómodas, agarrándome, y, volviendo la espalda de nuevo a los chavales, continué mi camino a toda prisa hacia el convento. Confío en que ninguno de ellos perdiese la fe por mi causa.

22

Mi regreso al convento supo a eternidad. Por la paz y tranquilidad que irradiaba verse de nuevo seguro entre sus muros. Y porque parecía que hubiera transcurrido una entera desde que el indito Juan Diego me había sacado de mis sueños aquella misma madrugada para encontrarme con Diego de Olarte en busca de respuestas. En cierta manera, lo había logrado, y yo había hallado unas cuantas. Había viajado hacia mi propio pasado, perdido en la memoria, topándome con la figura hostil de Alonso de Grado, el tipo que siete años antes se había sentado en la misma mesa que Bernardino Vázquez hablando de traicionar a Cortés. Y cuando ya me había parecido que tenía bastantes respuestas que digerir, Olarte había cruzado ante mí un jaguar negro que se había llevado consigo todo el oro de aquella noche triste.

El buen ojo del indio Juan Diego supo reconocerme de inmediato bajo el hábito, y vino corriendo hasta mí antes de que nadie entre la multitud pudiera requerir mis servicios como franciscano.

—Corred, id por ese lateral y dejad el hábito en la cesta que encontraréis nada más entrar. Es un milagro que el padre Motolinía no se haya percatado ni de vuestra ausencia ni de la del hábito. Pero hay alguien que sí lo ha hecho, y está muy impaciente por veros.

El corazón me subió al cuello al escucharlo. Al ver mi cara, Juan Diego me tranquilizó con una sonrisa.

—Sois un hombre afortunado, Tomás. —Lo pronunció con ironía—. Pero ella dice conoceros como Diego de Soto.

—¡Ssh! —Puse mi dedo sobre los labios, asustado al escuchar mi verdadero nombre.

—Sé que vuestro nombre, Diego de Soto, no resulta del agrado de Cortés, pero estoy dispuesto a no decir nada a Motolinía de momento. El margen de confianza que os concedo se lo debéis a la mujer que quiere hablar a solas con vos. Conozco pocas tan buenas, y ninguna tan hermosa. Venid, acompañadme.

¡Auristela! El cielo se acabó de abrir en toda su plenitud ese día, tan lleno de sorpresas, con su nueva visita. ¿Habría reconsiderado ella mis palabras? ¿Venía dispuesta a congraciarse conmigo? ¿A escucharme? ¿A abofetearme de nuevo? Todas esas posibilidades se fueron sucediendo en mi cabeza mientras seguía a Juan Diego por uno de los pasillos laterales que rodeaban la iglesia.

Debía mucho a aquel hombre que avanzaba, delante de mí, resuelto, imparable. A pesar de su corta estatura, cabían varios mundos en su interior sin que le produjera la menor indigestión.

Salimos al exterior y volvimos a entrar en otro edificio rectangular que parecía un establo sin caballos, dividido en varias habitaciones. Abrió una de las puertas y me asomé a un cuarto extraño en cuyas paredes parecían crecer hilos de una barba blanca.

—Nadie os molestará aquí. No toquéis nada. —Vio mi cara de asombro al contemplar aquellos seres—. Es una de las locuras de Cortés; mandó traer de España semillas de un árbol, la morera, y se las dio a Motolinía para que las plantara. Y ahora que por fin han crecido, solicitó que le enviasen desde Valencia varias cajas con estos gusanos que no dejan de reproducirse. Escupen un hilo que lo llaman seda; el muy loco de Cortés está convencido de que puede ser un buen negocio para el futuro de la Nueva España.

—¿No habéis encontrado un sitio mejor para poder reunirnos? —exclamé, incrédulo, al olisquear el extraño olor que desprendía aquella singular naturaleza encerrada.

—Ella ha insistido en que vuestro encuentro tenía que ser en un lugar seguro, alejado de todas las miradas. No lo hay más en todo el convento, os lo aseguro —dijo él a modo de disculpa.

Cerró la puerta, y me acerqué con curiosidad a los rincones de aquella habitación donde cientos de gusanos se habían hecho capullos, envueltos en pequeñas nubes blancas. En el suelo había unas cajas donde todavía pululaban otros arrastrándose por hojas de morera carcomidas.

Estaba tan absorto en aquellos extraños animales que me asustó el ruido de la puerta, detrás de mí, cerrándose. Me di la vuelta. Tuve que acordarme de volver a respirar al verla, allí, ante mí, altiva, hermosa, radiante. Auri; la vi arrugando la nariz ante ese mismo olor de gusanos encerrados.

No quiso mirarme, no todavía. Se dispuso, en su lugar, a inspeccionar detenidamente los capullos, la seda, los gusanos, las larvas, ignorándome por completo, alargando mi agonía.

Cuando no encontró más excusas para evitarme, bajó los ojos y empezó a hablar.

—Teníais razón. Bernardino Vázquez —musitó ella con restos de incredulidad colgando todavía de su nombre.

Tragó saliva, devolviéndome tímidamente la mirada. No había rencor. Solo era dolor.

—Quise precipitarme tan rápida hacia mi futuro, en manos de otro, porque quería dejar atrás mi pasado y olvidaros a vos. Me siento una estúpida ahora por haberlo hecho.

Di un paso adelante y la cogí por los brazos con delicadeza. Ella no se inmutó, pero tampoco me rechazó.

—Auri, Auri, ¡Auri! —Traté de poner toda la ternura de la que un hombre es capaz—. ¿No podemos zanjar ese pasado? ¿Cuántas probabilidades había de que vos y yo acabáramos juntos en la otra orilla del mundo? ¡Dios todopoderoso nos ha brindado una nueva oportunidad! Ya no voy a huir a ninguna parte, no sin vos. ¡A vuestro lado estoy dispuesto a comerme el mundo entero! Si queréis escuchar que me equivoqué al escribir esa carta, al alejarme de vuestro lado, lo diré: me equivoqué. ¡Me equivoqué! ¿Me oís?

—¡No! —exclamó Auri, mirándome al fin, poniéndome la mano sobre los labios—. Esa carta es lo más bonito que habéis escrito nunca a nadie; lo más bello que jamás me ha dicho nadie. Me quemó y me sigue quemando cada vez que la leo. Solo quiero que me hagáis una promesa: que nunca escribiréis nada igual a otra mujer.

Con su mano temblorosa todavía sobre los labios, la miré atónito mientras susurraba «Lo prometo» a través de sus dedos. Entonces ella apartó la mano y juntó sus labios con los míos, acariciándolos, sintiéndolos suyos, saboreándome. Como si jamás se hubiera interpuesto un océano de distancia entre nosotros.

Auri y Diego frente al mundo. ¿Cuánto podía durar aquello?

Nuestro abrazo se deshizo y las sombras del pasado salieron huyendo de nuestra habitación.

Noté que Auri volvía a tensar sus labios.

—¿Qué os ocurre? —dije yo, cogiéndola por la mano.

Auri sonrió, suavizando su expresión.

—Hablé con Tomás. Se dio cuenta de su error cuando supo que estabais de nuevo en Tenochtitlán. Bernardino Vázquez nos tuvo engañados a los dos —confesó ella bajando ligeramente la mirada—. Pero tengo que confesaros que la otra noche tuve miedo.

Sus palabras me dejaron estupefacto. Nunca había

escuchado a Auri decir que tuviese miedo a algo. La miré a los ojos, obligándola a continuar.

—El día que me encontré con vos aquí —prosiguió ella, soltándome la mano—, esa misma noche, cuando salí de la residencia de Bernardino para regresar donde vivo, escuché los ladridos de unos perros procedentes de las caballerizas. Pregunté, intrigada, al criado que me acompañaba a casa; ignoraba que Dino tuviese perros. El criado me dijo que eran de un caballero conocido que estaba de visita. Al día siguiente, ya sabéis lo que ocurrió frente a las verjas del convento.

Difícil de olvidar la imagen de Diego de Olarte descabezando a aquellos sabuesos, pensé yo.

—Esa misma tarde me colé en las caballerizas de Dino, pero no había ningún perro.

—Arriesgasteis demasiado con vuestra curiosidad —advertí a Auri, siempre tan intrépida.

—Dino confía plenamente en mí, os lo aseguro. —Me miró tan convencida que no pude evitar que los celos me arañaran la piel—. Regresé a su residencia, dispuesta a preguntarle por los dueños de los perros que había oído la noche anterior. Pero no pude verlo; estaba reunido en su despacho y no quería que nadie lo molestara, pero oí lo que decían.

—¿Os atrevisteis a espiarlo? —La miré con incredulidad.

—Diego, sabéis de sobra que estas cosas se me dan bien, y no había riesgo alguno. Simplemente estuve en el salón de al lado, esperando, y salí al balcón a contemplar el atardecer sobre Tenochtitlán. —No pudo evitar que se le escapara una sonrisa de niña traviesa—. Las ventanas del balcón de su despacho estaban abiertas. Estaba reunido con dos personas más; no los vi, pero los oí hablar; uno de ellos era una voz familiar. Nuño de Guzmán, el gobernador del Pánuco.

—Lo conozco. Ese tipo tiene el alma manchada de

fango —dije recordando uno de mis primeros encuentros con él.

—Embarcó en la misma expedición en la que viajamos Tomás y yo hasta aquí —explicó Auri—. Hizo muchas migas con el superior dominico de Tomás, un tal Ortiz. No me gustaba encontrarme con él a solas; tenía una mirada sucia. Suerte que yo viajaba con la esposa del gobernador Estrada, que no me dejó sola en ningún momento.

—¿La esposa de Estrada? —Insólito que Auri pudiera congeniar con la esposa del incauto y servil gobernador Estrada.

—Uh, no tiene nada que ver con su marido, os lo puedo asegurar —dijo Auri, leyendo mi opinión sobre el gobernador—. Desde mi llegada a Tenochtitlán vivo en su residencia. Ella se empeñó, supongo que porque no soporta la soledad con su marido.

—Lo mismo que os hubiera pasado a vos si os llegáis a casar con Dino Vázquez.

Sonreímos los dos en el mismo aire que nos aislaba del resto del mundo.

—A la otra persona que había reunida no la había escuchado en mi vida —dijo Auri retomando el hilo de lo que había averiguado en aquel balcón.

No me era difícil suponer que debía de tratarse de Salazar, recién salido de prisión.

—¿Y qué decían, que tanto os asustó?

—No me asustó lo que decían, sino que saliera vuestro nombre en esa conversación. —Auri me miró fijamente, estudiando mi reacción.

—¿En serio? —No sabía si sentirme halagado o maldecido por ello—. ¿De qué hablaron?

—Estaban muy satisfechos con lo sucedido en Tenochtitlán. Ahora que Cortés regresaba a España, ellos podían...

Sus palabras me pillaron completamente por sorpresa.

—¿Cortés regresa a España? —la interrumpí, frunciendo el ceño.

—¿No os habéis enterado? —Auri nunca había podido evitar sentir cierto regusto de victoria cada vez que se ponía por delante de mí—. La noticia corre por todo Tenochtitlán desde ayer. Vuelve a Castilla para exigir justicia a la Corona. Es la primera vez que lo hace desde que conquistó estas tierras.

—Continuad, ¿qué dijeron vuestras voces?

—Hablaron de que ahora que Cortés abandonaba Nueva España, podían al fin actuar con plena libertad. Ahí es donde escuché vuestro nombre. Habíais resultado providencial para ellos; gracias a vos habían encontrado la excusa para desterrar a Cortés de Tenochtitlán. Hablaron entonces de un cargamento que esperaban y que debía de llegar ayer a la residencia de Vázquez. —Auri detuvo su narración al ver la decepción escrita en mi rostro—. ¿Qué ocurre? ¿Os gustaría haber escuchado otra cosa?

Sacudí la cabeza, tratando de negar lo evidente. Auri me conocía demasiado bien para mentirle.

No me quedó más remedio que explicarle mis desventuras con Salazar y Dino Vázquez desde mi llegada a Tenochtitlán; cómo habían sido ellos los que habían tramado el asesinato de mi amigo Guevara, haciéndome creer que había sido Cortés; cómo había accedido yo a convertirme en espía del conquistador, aprovechando la confianza que tenía en mí; lo que había descubierto en Coyoacán y cómo había regresado a Tenochtitlán para advertir a Dino Vázquez de sus planes de insurrección.

—Hubo un momento —confesé a Auri mientras hablaba— en que llegué a creer que lo que en realidad iba a desentrañar era lo que había hecho Cortés con el oro que desapareció la triste noche en la que tuvieron que huir de Tenochtitlán. Salazar me llegó a insinuar que si lo encontraba nos convertiríamos en inmortales. —Dejé escapar una sonrisa irónica—. Me sedujo con el oro, pero en realidad lo único que querían de mí es que fuera la palanca para echar a Cortés de Tenochtitlán.

—Pero ¡eso lo lograsteis! En el fondo, deberíais sentiros orgulloso. Os habéis medido con un coloso como Cortés —dijo Auri—. Me parece un poco infantil vuestra decepción, francamente.

—No cuando soñáis con ese tesoro, os lo puedo asegurar —tercié yo, sonriendo ante el sentido común de Auri.

—Escuché hablar de ese tesoro perdido en la nave que nos trajo hasta aquí —replicó Auri con mirada díscola—. Pensé entonces que era una fábula para atraer sangre castellana con la que poblar estas tierras extrañas. ¿Estáis seguro de que ese tesoro aún existe?

Cerré por un momento los ojos y dejé que su visión alumbrara de nuevo mi interior.

—Cuando veis oro brillar ante vuestros ojos, no olvidáis su resplandor —respondí acariciando con los dedos los contornos invisibles de la joya que me había regalado Cortés—. Yo he sido víctima de su capacidad de fascinación, y cabía en la palma de mi mano.

—Pero ¡es imposible que los españoles quisieran llevárselo todo cuando salían huyendo para salvar sus vidas! —exclamó Auri, pensativa—. Yo lo hubiera escondido en algún sitio y habría regresado algún día a por él con la esperanza de recuperarlo.

—Yo pensé exactamente como vos cuando lo escuché por primera vez de labios de uno de los hombres de Cortés. —Andrés de Tapia se deslizó como una sombra detrás de mis ojos junto al jaguar que cruzaba la noche—. ¿Cómo puede ser que vos y yo siempre lleguemos a las mismas conclusiones? —exclamé, cogiéndola entre mis brazos.

—¿A lo mejor porque soy tan inteligente como vos? —respondió ella, dejando que el aire corriese entre nosotros en aquella habitación cerrada.

—Imaginaos la disyuntiva entre esconder una cantidad de oro que podría caber en esta habitación o llevárselo aquella misma noche. No me hubiese gustado estar en el pellejo de quien tuviera que decidir eso. —Me imaginaba tesoros apilados sobre las cajas de gusanos que había a nuestro alrededor.

—¿Tanto oro pensáis que habría? —Auri no pudo reprimir su curiosidad.

—Veintiséis arrobas exactas, según todos los testimonios. ¿Os podéis imaginar ese tesoro ante vuestros ojos sin perder la cabeza mientras lo hacéis?

Auri fue entonces la que palideció de golpe.

—¿Qué os sucede a vos ahora? —Me alarmó verla de aquella manera tan súbita.

—No os he contado todo lo que se dijo en el despacho de Dino. —La sangre volvió a su rostro y se detuvo.

Ella sabía cómo captar la atención; tenía una manera de contar las cosas que os dejaba con el alma en vilo, deseoso de escucharla hasta el final. Con su voz y mi pluma podríamos haber dejado al mundo sin respiración.

—El cargamento del que estuvieron hablando y del que se vanagloriaban ahora que Cortés los dejaba en paz pesaba exactamente veinticinco arrobas, una menos del peso del que habéis hablado vos. Y este cargamento se encuentra en estos instantes en las bodegas de la residencia de Dino —dijo tratando de contener su evidente emoción.

La miré con desconcierto, sin saber si me estaba tomando el pelo o no.

—Auri, hace un momento dudabais de que existiera el tesoro de la noche triste, ¿y ahora tenéis el arrojo de decirme que está bajo los pies de vuestro prometido? ¿No querréis que os tome en serio?

—Pues vais a tener que hacerlo —me dijo desafiante, con una carta todavía bajo la mano.

—¿Y no creéis que puede tratarse de una casualidad? —Intenté rebajar sus expectativas.

Auri sacudió su cabeza, triunfante.

—La voz del desconocido hizo mención explícita a las veintiséis arrobas de las que habláis vos. Dijo exactamente eso, que el cargamento estaba listo y que pesaba una arroba menos que el original.

La miré atónito. Con su pirueta había conseguido dar la vuelta a mi estómago.

Cerré los ojos, reflexionando. ¿Lo había logrado realmente Salazar? ¿Se habían salido él y Dino Vázquez con la suya y habían acabado por hacerse con el tesoro? ¿Cómo había podido ser eso? Desde luego, no había sido gracias a mi ayuda; yo apenas había descubierto nada, ninguna pista que llevase hacia ningún tesoro. ¿O sí?

En cualquier caso, había que ser un necio para descartar la sospecha de Auri sin brindarle tan siquiera la oportunidad de descubrir lo que había en el interior de aquel cargamento.

—He pensado ya lo que vamos a hacer —dijo Auri, adelantándose a mis pensamientos.

—No tan deprisa, Auri; no tan deprisa. Habéis escuchado una conversación y hemos hecho conjeturas.

—Vos habéis hecho conjeturas; yo he atado cabos.

Sonreí al ver la excitación con la que llenaba el aire a su alrededor.

—He hecho mis indagaciones.

—Auri, es muy peligroso lo que estáis haciendo. No podéis exponeros a llamar la atención de esta manera si ese cargamento esconde realmente lo que creéis.

Auri puso el dedo sobre mis labios, segura de lo que hacía.

—Os dije una vez que podría haber llegado a ser una espía perfecta. ¿O no lo recordáis?

Lancé un suspiro al aire. Quedaba muy lejano todo aquello, perdido entre la neblina de las calles de Valladolid y la Casa de Pilatos de Sevilla.

—El cargamento saldrá pasado mañana hacia Veracruz; allí embarcará rumbo a Castilla. Será después de la celebración.

—¿De qué celebración habláis? —Entorné los ojos con curiosidad.

—Debéis de ser el único en todo Tenochtitlán que no lo sabe. —Auri desvió la mirada, mordiéndose los labios antes de continuar—. Mañana Dino Vázquez organiza una fiesta para anunciar el compromiso con su prometida.

Sonreí ante aquella idea; ella también. Pero lo estábamos haciendo por diferentes motivos.

—Imaginad el chasco que se llevará cuando no os vea aparecer —dije yo, ingenuo de mí, imaginando a Dino Vázquez colgado del brazo de nadie ante sus invitados.

Auri bajó la mirada en silencio. Comprendí enseguida mi gran error.

—¡No estaréis pensando lo que creo que pensáis hacer! —exclamé, sacudiendo la cabeza.

Ella me miró de nuevo, sus ojos convertidos en brasa a punto de quemar, culpable, pero con la decisión ya tomada.

—Salgamos de aquí, que no aguanto más el olor de estos pobres gusanos —dijo ella, tratando de distraerme de nuestra disputa.

Abrió la puerta y salimos por la parte trasera de aquel establo, hacia la laguna de Tenochtitlán. Nuestras miradas se perdieron un instante en el agua, sin atrevernos a mirarnos el uno al otro. Sabía que doblegar la voluntad de Auri era inútil cuando ya había decidido.

—Si, de pronto, desaparezco de su lado, Bernardino sospechará algo.

—Pero ¿os habéis vuelto loca? ¿Sabéis la amenaza que supone tener en vuestra contra a Nuño de Guzmán, Salazar y Dino Vázquez, todos contra vos? ¡Si realmente el tesoro está en ese cargamento y llegan a sospechar que sabéis algo, no llegaréis viva al anuncio de vuestro maravilloso compromiso!

—¿Sospechar de alguien como yo, la prometida de don Bernardino Vázquez? —Esbozó una mirada inocente—. Diego, no insistáis. Sabéis tan bien como yo que tiene que ser así. No podemos arriesgarnos a que mi desaparición levante sospechas y el cargamento desaparezca sin que sepamos nunca si escondía el tesoro o no. Eso es lo único que puede condenar a Bernardino.

—Entonces, ¿qué proponéis? ¿Bajar vos sola a esa bodega y averiguar su contenido?

—Eso nunca —me susurró antes de darme un beso en la mejilla—. ¿Cómo iba a privaros de acompañarme cuando descubra el tesoro perdido de Cortés?

—¿Queréis que vaya como Diego de Soto a vuestra fiesta de compromiso? —Auri se había vuelto loca.

Una súbita alarma se dibujó en su mirada.

—¡Ni se os ocurra aparecer sin ocultar vuestra apariencia! Todavía no os lo he dicho, pero vuestro nombre volvió a salir en la conversación; fue lo que verdaderamente me asustó.

Auri tragó saliva antes de proseguir. Ahí no había teatro.

—Cuando Dino Vázquez dijo que habíais desaparecido después de matar a su guardia, una de las voces juró que os mataría si os viera aparecer en Tenochtitlán de nuevo.

—Muy considerado por su parte. Y muy considerado por la vuestra el querer obligarme, a pesar de la amenaza, a pasear ante sus narices durante la celebración de vuestro compromiso.

—Es por ello por lo que iréis convenientemente disfrazado y no habrá problema. ¡Va a haber demasiada gente para que reparen en vos!

—Estoy pensando que en realidad habéis tramado todo esto para que me maten y casaros con Dino Vázquez. —Fruncí la mirada con ironía.

—¡Por Dios, Diego! No seáis ridículo. —Rio con ambigüedad calculada—. Nadie negará que Dino Vázquez hubiera sido un buen partido de no tener un lado oscuro. Además, resulta atractivo.

Arrugué la frente y hundí los ojos como un perro que ha dejado de ser acariciado por su dueño. Divertida con mis súbitos celos, Auri me puso la mano en la barbilla, girándome el mentón hacia un lado y el otro, como si fuera un caballo en venta.

—Pero vos tenéis algo que no he podido encontrar en nadie más: el fuego de la verdad ardiendo en vuestros ojos, iluminándolo todo para que todos la conozcan. —Auri se acercó lentamente hacia mis labios—. Eso es lo que os hace extraordinario. No lo olvidéis.

Y me besó —otra dulce caricia en el alma— para que, efectivamente, no lo llegase a olvidar nunca.

—Está bien —dije yo, sujetándola por la cintura—, mañana me veréis aparecer en vuestra fiesta; con una condición: ¡no haréis nada por vuestra cuenta hasta que no llegue yo! Descubriremos juntos lo que esconde ese cargamento. Si se trata del oro desaparecido, al día siguiente todo Tenochtitlán lo sabrá y vuestro querido prometido acabará con los huesos en prisión por haberlo ocultado.

—Os lo prometo. No haré nada hasta que vos lleguéis a la fiesta.

—Ah, y tenéis que prometerme una cosa más —dije, sujetándola más fuerte entre mis brazos.

Auri, desconcertada, levantó la mirada.

—Que pase lo que pase mañana, haya o no tesoro, vos y yo nos casaremos en cuanto nuestro querido amigo Tomás tenga un momento para hacerlo.

Auri selló su promesa con un nuevo beso y yo me di por satisfecho. Mañana pondríamos al descubierto a Bernardino Vázquez. Mañana el mundo comenzaría otra vez.

En ese instante estaba convencido de que todo iba a salir bien. ¿Por qué, si no, Dios se había molestado en hacernos llegar a ambos hasta aquel momento en el tiempo, en un lugar tan inesperado como Tenochtitlán?

23

Necesitaba de un cómplice para poder acudir esa noche a la fiesta de compromiso en la residencia de Bernardino Vázquez sin levantar sospechas, y Juan Diego era el único en quien podía arriesgarme a confiar. Pero él, a causa de mi cara circunspecta durante toda la mañana, mientras me ganaba denodadamente su favor descargando sacos de cebolla en el embarcadero, se adelantó a mis pensamientos.

El indio, aprovechando un momento en el que estábamos solos y yo me había sentado para beber un poco de agua y secarme el sudor de la frente, me dijo:

—Esta noche hay una gran fiesta en la residencia de Bernardino Vázquez para anunciar el compromiso con vuestra amiga.

Mientras hablaba, Juan Diego me miraba con la connivencia de un hermano; yo estaba tan atónito que dejé que continuara, incapaz de contestar nada.

—Motolinía no suele asistir a ese tipo de acontecimientos mundanos —continuó él con una sonrisa pícara en los labios—. Es un hombre disciplinado, y evita cualquier tipo de ocasión que trastoque su horario. Me ha dicho que no acudirá esta noche a la residencia de Dino Vázquez.

Se agachó a buscar algo en el interior de una cesta que tenía a sus pies e, irguiéndose, extendió el brazo con el hábito que yo había utilizado el día anterior. No sé si Adán puso la misma cara que yo cuando cogió la manzana que Eva le ofrecía; en aquellos momentos él debía de estar tan seguro como yo de que su manzana, mi hábito, no nos condenaba.

Juan Diego y yo intercambiamos una mirada de complicidad. Él no era serpiente; era mi ángel de la guarda. Una vez más. Lo sabía todo, pero aparentaba nada.

—¿Podréis justificar mi ausencia en caso de que Motolinía me busque o pregunte por mí?

—Me las apañaré. Hay tantos asuntos que atender en el convento que resultará fácil mantener sus ojos ocupados.

—Pero, Juan Diego. —Dudaba si decírselo, pero me hubiera sentido un miserable de no haberlo hecho—. ¿Estáis seguro de que no os pongo en apuros por querer ayudarme? Ya sabéis que no me encuentro entre los favoritos de Cortés.

Juan Diego me cogió por los brazos y los apretó ligeramente mientras derramaba sus ojos oscuros sobre mí.

—Yo sé quién sois; vi las lágrimas corriendo por vuestras mejillas el día que entrasteis aquí, os he visto arrodillado ante el Santísimo y os he visto con ella. No sé qué es lo que os traéis entre manos, pero si esa mujer os quiere junto a ella en su fiesta esta noche, un motivo importante habrá, y yo no lo voy a entorpecer.

Me conmovió lo que dijo. Nunca nadie había depositado tanta confianza en mí bajo el parpadeo de una única mirada.

Aquella tarde, mientras me preparaba para asistir a la proposición de una boda imposible, me persiguió el eco de las palabras de Juan Diego; tampoco yo sabía realmente lo que me traía entre manos. El jaguar de Juan de León había vuelto a pasar veloz sobre mi cabeza varias veces desde que hablara el día anterior con Auri, repitiéndome que el cargamento que descansaba en los sótanos de Dino

Vázquez no contenía el oro perdido de Cortés: se lo había llevado el jaguar entre sus garras y nadie lo recuperaría nunca. No, ni Bernardino Vázquez ni tampoco Salazar. Lo que había escuchado Auri, el cargamento de veinticinco arrobas, no podía ser el tesoro perdido. O sí.

Lancé un profundo suspiro mientras me volvía a ceñir el rosario de cuentas franciscanas a la cintura, sobre el sayal de color marrón, mi única armadura esa noche. Era inútil seguir dándole vueltas a la cabeza. Lo único que podía hacer era acudir a la residencia de Dino Vázquez, mezclarme entre los invitados de la fiesta y lograr sacar a Auri de allí antes de que fuera demasiado tarde.

El fuego de mi corazón latía con fuerza cuando sentí el férreo abrazo con el que la residencia de Vázquez me estrechaba el pecho, saliéndome a recibir de nuevo con su buen gusto. A diferencia de la primera vez que la había contemplado, ahora ardía toda ella bajo las llamas de las antorchas que me guiaban hacia la entrada. Por un instante me imaginé descendiendo hasta los infiernos sin la compañía de Dante ni Virgilio; mi amada Beatriz estaba ahí dentro, y yo había ido a rescatarla.

La luz de la última antorcha me atravesó los ojos de mi rostro en sombras, devorándome de ansiedad mientras subía los escalones de la entrada. Me ajusté una vez más la capucha, cerciorándome por decimoquinta vez de que mi semblante se ocultaba bien hundido entre sus pliegues. ¿Y si ese maldito hábito no era suficiente para proteger mi identidad? ¿Y si alguien se acercaba a hablar conmigo y decía no reconocerme como franciscano? ¿Y si era Salazar el que se aproximaba? ¿Y si no encontraba la ocasión de acercarme hasta Auri sin pasar desapercibido? ¿Y si éramos descubiertos mientras bajábamos a los sótanos para ver el cargamento? ¿Y si el oro que tenía que esconderse bajo sus fardos no estaba ahí? ¿Y si...?

Las dudas casi hicieron estallar mis nervios, pero todas se disiparon al adentrarme en el esplendor del patio que se abría más allá del vestíbulo y que me trasladó a España sin necesidad de cruzar océano alguno.

El bullicio de una multitud se desplegaba en torno a un claustro de sólidas piedras, arcadas solemnes y barandillas de hierro forjado asomando sobre la galería superior.

Velas y antorchas se distribuían entre las cuatro esquinas del patio, proyectando rostros en animada conversación sobre los aromas de unas mesas que ofrecían los sabores de dos mundos. Un cochinillo coronaba cada una de ellas como ofrenda a los nuevos dioses, todos ellos blancos. Vestían jubones elegantes de sobrios colores que contrastaban con las cadenas que relucían sobre sus hombros. Aquello podía ser un nuevo mundo y tener nuevos dueños, pero las reglas eran las de siempre: la distinción y la clase social seguía dependiendo del brillo, tamaño y grosor de los eslabones de las cadenas y las joyas que colgaban. Y quienes las llevaban eran en su mayoría los hombres de cuya sangre había brotado aquel nuevo mundo. Conquistadores.

Por fortuna yo vestía el sayal franciscano, y no tenía de qué preocuparme por no exhibir galón alguno que no fuera mi cinturón hecho de bolas de madera, a modo de rosario, y del que pendía una sencilla cruz. Tampoco tenían necesidad de mostrarlos los pocos naturales que había entre los invitados; a los caciques de Tenochtitlán les bastaba con exhibir el color de su piel entre las plumas de sus capas, atadas al cuello con delicados broches de oro y piedras preciosas. Las escasas mujeres presentes eran objeto de atención, como la miel que atrae a las moscas, pero yo no les presté consideración alguna. Mis ojos buscaban solo a una, a la que no divisaba todavía, y, además, convenía no olvidar que iba vestido de franciscano.

Me moví con discreción por las zonas del patio menos

transitadas. No era nada extraordinario ver a un franciscano cubierto con la capucha cuando se encontraba fuera del convento, pero aun así me aseguré de que nadie tropezase con mi rostro oculto entre sus pliegues. Mi hábito no pudo, sin embargo, evitar verme envuelto en una animada conversación de tres individuos, todos ellos conquistadores.

—¡Eh, *frater*! —dijo uno, y me cogió del brazo sin rodeos al verme pasar a su lado. El animal casi hizo que la capucha volase de mi cabeza.

—¿De veras pensáis que podré contenerme mucho tiempo sin usar esto con las escasas posibilidades que tenemos de encontrar mujer en estas tierras? —Me arrojó su aliento pestilente con olor a alcohol mientras se agarraba la entrepierna con la mano.

El que estaba a su lado le dio una buena palmada sobre la espalda mientras profería una carcajada que dejaba ver sus entrañas.

—La castidad es igual para todos —espeté yo de mala gana, tratando inútilmente de sortearlos.

—No sé de qué os quejáis. Tenéis a cientos de nativas entre las que elegir; y os aseguro que hay mucho fuego en sus cuerpos —añadió el tercero en discordia, quizá el más sensato de los tres. O el menos borracho.

—Eso es lo que quería Cortés. Que no viniesen españolas para que nos emparentásemos con las nativas. Pero donde haya un buen par de tetas castellanas, que se quiten el resto —respondió el primero con una voz que me produjo un ligero escalofrío, sin saber a qué obedecía; a lo mejor, a la chispa de placer babeando entre sus labios; a lo peor, a una premonición.

El idiota de antes saludó el grosero comentario con nuevas risotadas, pero el borracho lo ignoró. Se había erguido sobre sus hombros y fijaba su mirada detrás de mí igual que si hubiera visto una aparición.

—¡Pardiez, mirad eso! —exclamó con los ojos fuera

de las órbitas—. Hay quien no tiene problemas para traerse buen ganado de Castilla.

Los tres apartaron su interés de mí y aproveché la ocasión para desaparecer de su vista. No fue necesario volverse para saber a quién estaban mirando. Auri acababa de hacer su entrada en el patio del brazo de Vázquez. La gente a su alrededor comenzó a aplaudir a la pareja, y yo me escondí detrás de una de las columnas de la galería para escapar del campo de visión del regidor. El vestido que llevaba Auri, azul con bordados de plata y negro, sacaba a la luz todo el esplendor oculto de sus ojos. Con su cabellera oscura cayendo sobre los hombros, serena y salvaje, era la diosa de la noche.

Al ver a Auri sonreír junto a aquel hijo de puta sentí el calor de los celos invadiendo mis entrañas. Tuve que repetirme varias veces que ella estaba fingiendo y que en realidad era mi corazón el que ansiaba, al que pertenecía. Con el aplomo y encanto de esa sonrisa, aquella mujer podría llegar a estar al mando de la red de espionaje del Imperio español si se lo propusiera.

La entrada de Dino Vázquez propició movimientos entre la gente que pululaba a su alrededor, y, de pronto, vi aparecer junto a ellos a Nuño de Guzmán y Salazar, saludando a los recién llegados, sonrientes. Ambos mantenían sus ojos pegajosos sobre la prometida del regidor de Tenochtitlán.

Repté por las paredes menos iluminadas del patio sin perderlos de vista en ningún momento. El rostro de Nuño, envuelto en una sombra permanente, brillaba con deseo; el de Salazar, con curiosidad. Era un hombre muy distinto al que había visto en prisión, pero el lustre de su porte, el aspecto barbilampiño que ofrecía su rostro afeitado y el aseo de sus cabellos, recogidos en una coleta sobre su cogote, no disfrazaban la mirada ágil, desbocada, inteligente y ambigua que yo había vislumbrado entre barrotes. Se fijó con todo detalle en el aspecto de Auri, de la cabeza a los pies, aprovechando que ella le ofrecía todo su perfil mientras cruzaba unas palabras con el oscuro gobernador del Pánuco.

Esperé con inquietud a que Auri se deshiciera de su prometido y consiguiese alejarse un poco de aquellos tipos. Ansiaba poder acercarme hasta ella y darme a conocer bajo mi hábito franciscano.

La percibí levantar ligeramente la mirada sobre una pareja con la que charlaba y atisbar con disimulo a su alrededor, sin perder su sonrisa encantadora. Me buscaba, y sentí sus ojos sobrevolar mi capucha; tuvo que adivinar que yo me hallaba debajo. Volvió con sus interlocutores, un hombre español y una natural, asintiendo animadamente a lo que le decían, como si su atención siempre hubiera estado allí. En la posición en la que se encontraba estaba más alejada del entorno de quienes hablaban con Vázquez, Nuño de Guzmán y Salazar. Un extraño trío aquel, Dino Vázquez el único nexo de unión entre la rudeza animal de Nuño de Guzmán y la camaleónica presencia de Salazar.

Al fin vi a Auri quedarse a solas, y entonces aproveché para acercarme. Ella pareció ignorar mi presencia y cruzó frente a mí como si quisiera que siguiese su estela.

Fui torpe de no hacerlo en aquel mismo instante, pues de pronto sentí una mano sobre el hombro izquierdo. Me tuve que girar para ver quién era porque la capucha limitaba los contornos de mi visión.

Nuño de Guzmán.

—El otro día negasteis la entrada de unos hombres a vuestro convento. Alguien descabezó a mis canes. Decid a vuestro prior que tendrá que pagar por ellos.

Me quedé petrificado ante su rostro. Su mirada oscura y feroz parecía querer arrancarme la cabeza, como sus canes.

—Don Nuño —dijo una voz, acudiendo en mi ayuda.

Desvió la mirada hostil hacia su izquierda y vi como

esta se transformaba en la de un manso corderillo. Auri se alzaba ante él con la altiva sencillez de una belleza hostil e inalcanzable.

—¿Me permitís que os robe a fray Alonso? —continuó ella, cogiéndome del brazo—. No quiero que se retire de la celebración sin probar un poco del cochinillo que los propios franciscanos nos han obsequiado para esta ocasión.

Auri no esperó siquiera a que Nuño de Guzmán asintiese con la cabeza para estirarme del brazo y alejarme de su presencia.

Lancé un suspiro de alivio, todavía tembloroso, mientras avanzábamos bajo la mirada de las pocas personas que, a nuestro alrededor, habían apreciado el encontronazo.

—Tened más cuidado, Diego, por Dios —murmuró ella—. ¿No visteis que venía directo hacia vos?

—¡Cómo queréis que vea nada con el sayal cortándome a ambos lados! —estallé, levantando las manos a la altura de los ojos.

La seguí hasta una de las mesas, donde el cochinillo era el único centro de atención de quienes revoloteaban alrededor.

—Tened, fray Alonso, probadlo; es el mejor regalo que podríais habernos hecho —dijo ella cogiendo un plato y depositando un trozo de carne en él.

—Me siento igual que este cochinillo antes de que acabara en esta mesa —susurré yo, algo incómodo.

—Será un placer contar con vuestras oraciones hasta el día de la ceremonia —dijo ella en voz alta, echando una rápida mirada a nuestro alrededor, antes de continuar en voz baja—. No os separéis de esta mesa hasta que empiece el espectáculo. Entonces os buscaré.

Auri desapareció de mi lado y la vi caminando de nuevo hacia el centro del patio, donde Vázquez seguía departiendo con otros invitados. Busqué la figura de

Nuño de Guzmán, asegurándome de que nos encontrábamos en lugares diametralmente opuestos, y accidentalmente topé con el rostro de Salazar, que parecía estar observándome. Bajé la barbilla, alarmado, dispuesto a desaparecer entre quienes esperaban su turno para hacerse con un pedazo de cochinillo, y advertí que se volvía hacia un tipo a su lado que me resultó ligeramente familiar. Aproveché el momento para escabullirme por completo de su presencia, desplazándome hacia otro lado de la mesa, donde había más bullicio entre el que ocultarme. Desde allí pude contemplar más detenidamente al hombre que seguía hablando con Salazar. No era difícil de olvidar, no con aquella barba que descendía pegada a su rostro hasta la perilla, donde se convertía en una trenza colgando sobre su cuello. Era el tipo de la barba trenzada; el cómplice de Alonso de Grado en sus pillajes y saqueos a los indios; el tipo que había consentido la masacre de sus soldados aquel día frente a la verja. Y allí estaba, de pie, charlando con Salazar, ambos ciudadanos ejemplares del nuevo Tenochtitlán. Sentí la sangre hervir bajo las manos. Con ganas me hubiera acercado a él para estirarle la trenza con una mano y sacudir su rostro con el puño de la otra.

Mientras aguardaba el comienzo del espectáculo —la señal que me había dado Auri—, di buena cuenta del trozo de cochinillo que tenía en el plato. Aquel bocado crujiente y dorado alivió momentáneamente la tensión en el estómago. Alargué la mano para servirme un nuevo pedazo y, al coger uno de los cuchillos que había dispuestos para servirse, decidí quedármelo, escondiéndomelo bajo el sayal. Ignoraba lo que nos aguardaba todavía en las bodegas, pero era mejor no ir desprevenido, por si acaso.

Hasta mis oídos llegó de nuevo la voz del borracho que me había planteado sus estúpidas dudas morales a mi llegada a la fiesta. Se estaba sirviendo otro vaso de vino de uno de los toneles que se distribuían generosamente por todo el patio.

—Mujeres españolas, no, pero vino que os haga perder la cabeza, todo el que deseéis. ¡Hijos de puta! —se quejaba para sí, aún más borracho, mientras sus dos compañeros departían con otro hombre que se había unido a ellos. Sus abrazos grandilocuentes y esas inevitables miradas de condescendencia que disparaban a cualquiera que no formara parte de su estirpe los delataban, además de las cadenas sobre sus hombros. No pude evitar escuchar retazos de su conversación, que giraba inevitablemente en torno a Cortés.

—Tiene listo el petate para regresar a Castilla —estaba diciendo el recién llegado—. Hay dos naves fondeadas frente a San Juan de Ulúa esperando su partida.

—¿Y para qué necesita dos?

—Para llevarse el oro que todavía nos debe, ¡el muy sinvergüenza! —añadió el tercero, insultante.

—Se lleva consigo todo un séquito para exhibir su conquista y exigir a la Corona la restitución del Gobierno de Nueva España —les informaba de nuevo el que se había unido a ellos.

—Pues le deseo buena suerte —terció el bocazas entre risas—. Lo mejor que puede hacer es largarse, y ¡que no vuelva por aquí!

En ese instante unos tambores comenzaron a sonar a un lado del patio. Comenzaba el espectáculo. La gente se hizo a los lados y a continuación entraron cuatro indios con taparrabos y una única pelota entre los pies. Comenzaron a pasársela entre ellos, tocándola con todas las partes de su cuerpo y no permitiendo que cayese al suelo. Demostraban una habilidad y un talento extraordinarios, que sin duda hubiera valorado de no ser porque había llegado el momento en el que Auri y yo debíamos realizar nuestra propia actuación.

Se abrió paso con tanto disimulo que ni tan siquiera

la distinguí hasta que no pasó junto a mí, casi rozándome. Desapareció en el edificio tras uno de los umbrales laterales de la galería. Después de asegurarme de que nadie me observaba, la seguí.

Una vez dentro, doblé la esquina y me encontré en un pasillo muy largo que corría en paralelo al patio que acabábamos de abandonar. Auri me esperaba junto a una de las puertas que se desplegaban a ambos lados del pasillo.

—Rápido, entrad —dijo, agarrándome del brazo y arrastrándome al otro lado.

Auri cerró la puerta con sigilo tras de sí, y los dos nos abalanzamos el uno sobre el otro, en un abrazo del que mi cuerpo guarda todavía ecos. Cualquiera que nos hubiera descubierto se habría escandalizado viendo a un franciscano besando a la prometida de otro.

—Diego, por un momento creí que todo estaba perdido cuando os he visto con Nuño de Guzmán.

—¿Con vos como salvadora? ¡Nunca!

Auri abrió sus ojos, estrellas relucientes bajo un mar bravo.

—¡Por aquí se baja a las bodegas! Me ha costado descubrirlo, pero ya sabéis que soy buena averiguando. —A duras penas podía contener la excitación.

—Auri, a lo mejor no... —comencé a decir, intentando rebajar sus expectativas.

—No lo sabremos hasta que lo veamos —me interrumpió desafiante.

Me empujó hacia la única abertura que había al otro lado de la habitación, y avanzamos por un paso de servidumbre desnudo y apenas iluminado.

—Vamos, tenemos el tiempo justo antes de que Vázquez se percate de mi ausencia y mande a todos sus criados en mi busca.

—¿Sospecha algo? —La inquietud se apoderó de mí.

—Es dominante y celoso, muy celoso. Me quiere siempre cerca de él —repuso sacudiendo la cabeza.

Lo dijo sin intención alguna, de lo más natural, pero el puñal de los celos no necesita de mucho para brillar entre las sombras.

Nos detuvimos al pie de unas escaleras; descendían oscuras entre las sombras cimbreantes que arrojaba un candil sobre la pared. Auri extendió el brazo para cogerlo.

Bajamos los escalones; humedad y moho salieron a recibirnos sobre las paredes. Antes de bajar el último escalón, Auri se volvió hacia mí con el rostro encendido y me señaló hacia el final, segura de a dónde íbamos.

Parecía el callejón oscuro de una noche de luna nueva en Valladolid; en lugar de casas, había barrotes de hierro a ambos lados, separando el sótano en tres carriles: el central, donde nos hallábamos, y uno a cada lado, como una cárcel. Sentí un escalofrío al recordar la de Tenochtitlán. Las celdas estaban desiertas, pobladas de cajas y trastos viejos que se amontonaban tras los barrotes, añorando viejos tiempos: sillas desvencijadas, dos mesas apiladas la una sobre la otra, braseros que se amontonaban hasta el techo.

Avanzamos hasta el final, junto a las puertas dobles que comunicaban las bodegas con el exterior. A la luz de la llama se veían en la tierra los surcos que habían dejado unas ruedas. Los carros estaban allí, tras los barrotes de la última celda. Auri y yo nos miramos, conteniendo el aliento.

Sacudí la verja. Estaba cerrada. Una cerradura impedía nuestro paso a las cajas de madera que se apilaban sobre sus ruedas.

—¿Y ahora? —susurré, sacudiendo impotente los hierros.

—Ahora es cuando me decís que soy buena, muy buena, la mejor —dijo Auri mientras se agachaba y levantaba ligeramente su falda azul.

Extrajo algo de entre sus enaguas y extendió frente a

mis ojos una llave. La miré, con el cielo abierto de par en par.

—¿Cómo la habéis conseguido?

—Viendo, escuchando, callando —sonrió ella con el triunfo escrito en su rostro—. Y, sobre todo, con la mejor arma de que dispone siempre una mujer: haciéndose la tonta. Me he quejado a uno de los criados de lo fría que estaba la habitación donde tenía que arreglarme para la fiesta y lo he acompañado, muy simpática, hasta los braseros que habéis visto al pasar. —Señaló hacia las celdas que habíamos dejado atrás.

La hubiera amado allí y entonces. Me costaba creer que nadie pudiese pensar que Auri tenía ni un pelo de tonta. El ruido de la llave girando en la cerradura me devolvió al peligro en el que nos hallábamos. Empujé la verja y respiré hondo: se abrió. Estábamos dentro.

Contemplamos durante un instante el cargamento como si aquello fuera ya el tesoro que buscábamos.

En un carro se apilaban varias cajas de madera, todas iguales, anchas, pesadas. Hasta yo me hubiera podido esconder doblado en el interior de una de ellas. El otro carro estaba cargado de tinajas de barro, dieciséis en total. Debían de medir de alto hasta mi cintura, pero allá arriba, subidas al carro, impresionaban con su tamaño. Sus bocas eran lo suficientemente anchas como para asomarse en su interior.

Si entre cajas y tinajas se escondía todo el oro perdido de aquella noche triste de hacía ya siete años, yacía ante nosotros un tesoro descomunal.

Parpadeé un instante y vi al jaguar negro de Juan de León saltando sobre los carros.

Nos acercamos tímidamente hasta una de las cajas. Estaba cerrada. Auri y yo nos miramos, dubitativos.

—Si la abrimos, tendremos que cerrarla igual que como la encontramos —susurró junto a mí.

Miré a mi alrededor en busca de algo que pudiera servirme.

—Lo intentaremos —musité yo, inclinándome ante los barrotes de la celda de al lado—, pero no os preocupéis demasiado, porque si hay un tesoro dentro, Dino Vázquez despertará mañana con una legión de soldados deteniéndolo, y poco importará que vean entonces la caja forzada.

Estiré el brazo entre los barrotes y cogí una barra de hierro que había en el suelo. Regresé junto a las cajas y la introduje entre las juntas de la tapa de la más próxima. No tuve que ejercer demasiada presión para abrirla. Auri contuvo la respiración mientras apartaba la cubierta a un lado.

Paja.

Introdujo la mano temblorosa y la removió. Extrajo con las manos unas vasijas de barro. La decepción se dibujó en nuestros rostros.

El jaguar negro de Juan de León volvió a rugir en mis oídos.

Sin decir una palabra, descargué un par de cajas del carro y elegí otra que no era de las que se encontraban a la vista.

Más paja.

Auri volvió a introducir la mano y sacó unos platos de barro con motivos aztecas dibujados. Eran recientes.

Maldita sea. Aquello no era lo que ninguno de los dos había previsto. Apreté los dientes, a punto de triturarlos, y me volví, decidido, hacia el carro de las tinajas. Me subí a él y me coloqué entre ellas para poder abrir la más inaccesible.

No necesité siquiera la barra de hierro para quitar lo que taponaba su boca; me temí lo peor. Un aroma extraño pero familiar sacudió mi olfato antes de meter la mano. Olía a la pócima que me había hecho volar hacia Isabel de Moctezuma.

—Cacao —dijo Auri antes de que yo extrajera un puñado de pepitas oscuras—. Los jefes aztecas lo utilizaban para hacer bebidas muy especiales.

Extraje la mano de la tinaja y abrí el puño; las pepitas cayeron engullidas de nuevo en la boca de la tinaja.

—No puede ser —musitó Auri, apoyada sobre una de las cajas.

Todavía de pie sobre el carro, entre las tinajas, me llevé las manos a la frente y lancé un fuerte suspiro. Sin tesoro se desvanecía ante mí cualquier posibilidad de culpar a Bernardino Vázquez de nada. No podía acusarlo de querer llevarse el oro a España, oculto de la mirada de la Corona, y su buena estrella seguiría incólume. Nadie preguntaría entonces cómo había llegado ese tesoro perdido hasta él, y yo no podría señalarlo como traidor y parte responsable de lo sucedido durante uno de los acontecimientos más terribles y decisivos de la conquista de Tenochtitlán capitaneada por Hernán Cortés.

Salté del carro al suelo con un impulso cuya fuerza, sumido en mi frustración, no supe calcular. Detrás de mí, las tinajas temblaron, unas contra otras, y, antes de que nos diéramos cuenta, Auri y yo escuchamos a nuestros pies un estruendo que nos heló la sangre.

Regresó el silencio antes de descubrir qué era lo que lo había quebrado. A causa de mi impulso, una de las tinajas había caído al suelo, rompiéndose en pedazos. Los granos de cacao se desparramaron como las entrañas de un cerdo en el día de matanza.

Entonces lo vimos.

—¡Santo Dios! —murmuramos los dos al mismo tiempo.

La luz del candil hizo brillar el oro entre el cacao, y nos inclinamos sobre las joyas dispersas en el suelo.

Auri se volvió hacia la caja abierta y hundió las manos con determinación. Arrojó toda la paja al suelo y, removiendo en su interior hasta las entrañas, extrajo al fin un objeto reluciente. Era una diadema de oro incrustada con piedras preciosas.

—¡Diego, es oro! ¡Tiene que ser el tesoro perdido!

Un ruido en la distancia nos detuvo, paralizándonos el pulso. Venía de arriba, más allá de las escaleras. Había alguien.

—¡Rápido! ¡Subid! ¡Regresad a la fiesta! ¡Que no os vean aquí! —susurré yo mientras me agachaba a recoger los restos de la tinaja y pensaba la manera de ocultar los destrozos.

—¿Qué vamos a hacer? —susurró Auri, pensando en algo.

—¡Ahora os toca a vos confiar en mí! —respondí yo mientras separaba las piezas de oro de los granos de cacao y las repartía entre las dos cajas que habíamos abierto.

Auri salió de la celda, pero una ligera sacudida la hizo cambiar de opinión. Se volvió de nuevo hacia mí, que seguía agachado separando los trozos rotos de la tinaja.

—¡Os quiero! —Se inclinó a darme un beso en la frente—. Lo sabéis, ¿verdad? —añadió antes de salir de la celda y desaparecer entre las sombras que proyectaba el candil.

En medio de la confusión que se acababa de apoderar de nosotros, sentir sus labios sobre mi piel logró detener el tiempo durante un fino granito de arena y convertirlo en eternidad.

Escuché sus pasos perderse en la oscuridad, subiendo las escaleras, mientras yo buscaba en la celda de al lado una cesta que había visto antes tirada en el suelo para esconder los fragmentos de la tinaja. Me di prisa, toda la prisa que brinda el olor de un peligro inminente, y cuando ya tenía todos los restos de cerámica en la banasta, oí las voces.

Venían de arriba. Me detuve en seco. Estaba hablando con alguien, pero no distinguía lo que decían.

Salí de la celda con la cesta, di una vuelta a la llave y, al guardármela en el bolsillo, noté, a través de la tela del sayal, el frío tacto del metal. Era el cuchillo que instintivamente había pedido prestado al cochinillo. Lo sujeté con fuerza y tragué aire. Estaba dispuesto a hacer frente a lo que fuese necesario. Me metí en la celda de al lado, dejé la canasta con los restos de la tinaja junto a la pared y me dirigí a la escalera con el corazón en un puño.

Subí los peldaños, sigiloso, hasta que pude escuchar la voz de Auri, alta, clara, advirtiéndome de la presencia del extraño.

—¿Dónde está? —preguntó la voz de mala gana.

—No sé de qué habláis.

—El franciscano con el que estabais hablando en la fiesta —insistía el hombre.

—Pues, francamente, no lo sé. —La inocencia en el tono resultaba convincente—. A lo mejor ha abandonado la fiesta. Si tantas prisas tenéis por hablar con él, yo os puedo escribir una nota para que os reciba mañana en el convento.

—¿Me estáis tomando por idiota? Lo he visto salir detrás de vos. —La voz del desconocido me resultó súbitamente familiar.

—¿Y por quién me tomáis a mí? —La voz de Auri resopló con indignación, ofendida—. ¿Me creéis capaz de estar a solas con un hombre, encima religioso, y en la fiesta de mi presentación como prometida de don Bernardino Vázquez? Me han llamado muchas cosas en esta vida, pero nunca tantas con tan pocas palabras.

El extraño vaciló, pisoteado por la seguridad con la que Auri había venteado su respuesta.

—¿Para qué habéis venido hasta aquí? —El tono de sospecha del extraño había cambiado repentinamente—. ¿Qué estabais haciendo en las bodegas?

Agazapado entre los escalones del penúltimo tramo de la escalera, cerré los ojos y contuve la respiración. Reconocía la voz. Claro que me resultaba familiar. Era el tipo de la barba trenzada. Lo había visto hablando con Salazar. Seguro que era él quien le había ordenado no perderme de vista. Me llevé la mano al sayal y sujeté con fuerza el puño del cuchillo.

—Ya os lo he dicho. —Auri respondía con la seguridad y el aplomo que suelen traer la verdad consigo—. He perdido el anillo que me regaló don Bernardino el otro día. Sabéis cómo es él, y no le he dicho nada, confiando en que lo encontraría. Entonces, nada más comenzar la fiesta, me he dado cuenta de que lo he debido perder esta mañana, cuando he acompañado a uno de los criados en busca de un brasero para mi habitación. No creo que deba daros más explicaciones sobre lo que...

—¿Y lo habéis encontrado? —interrumpió la voz, desconfiada y desagradable, martilleando mis entrañas, yo apretando el cuchillo.

—No; he escuchado un ruido y al subir me he encontrado con vos. Me sería de gran ayuda si quisierais bajar conmigo. Con alguien que sostenga el candil mientras busco, me puedo apañar para...

—Bah, dejadlo para mañana —le cortó Barba Trenzada, convencido—. Regresad de nuevo a la fiesta antes de que don Bernardino os eche de menos.

—Está bien, pero no le digáis que he perdido el anillo hasta que lo encuentre mañana por la mañana.

¡Qué buena era Auri! Había sabido adelantarse para ganar. Era de las que apostaban alto, aun a riesgo de perderlo todo. Por eso hacíamos buena pareja. Todo o nada.

Los escuché dirigirse a la puerta, a punto de salir. Y entonces esta se abrió y se coló una nueva voz.

—¡Aquí estabais! ¡Y yo que pensaba que os había perdido! —Reconocí enseguida al tipo que acababa de entrar—. Pero ¿qué diablos estáis haciendo vos aquí?

Las palabras borrosas y las risotadas que las desteñían daban fe de la borrachera que inundaba al tipo que me había hecho aquella estúpida pregunta al comienzo de la fiesta.

Volví a escuchar la puerta cerrarse, con los tres en la habitación. Las cosas se complicaban.

—Vamos, Martínez. Apartaos y volvamos todos a la fiesta —dijo el tipo de la barba trenzada con hastío.

—¿Cómo? ¿Vosotros disfrutáis de su compañía a solas y a mí no me vais a dejar hacerlo? —El tipo borracho sonaba a grave amenaza.

¡Dios mío! ¿Qué cojones estaba pasando allá arriba? Todo había estado a punto de salir bien y ¿de repente aquello?

—Martínez, apartad de mí el aliento de vuestra bocaza si no queréis que os la cierre de un puñetazo. —Barba Trenzada estaba comenzando a ponerse nervioso.

—¿Vos cerrarme a mí la boca? —profirió el borracho Martínez entre risas—. Id con cuidado, no vaya a ser que os la vayan a cerrar a vos como se la cerraron a vuestro amigo De Grado.

Escuché el ruido de dos cuerpos empujándose y un grito de sorpresa de Auri.

Ascendí al último tramo de la escalera con el puñal en la mano y un nudo en el pecho. Tenía que asomarme y ver lo que ocurría.

—Venga, dejad que sea yo el que me porte como un hombre —bramaba Martínez mientras empujaba a Barba Trenzada hacia un lado.

Se sucedieron unos gritos de lucha y algo cayó pesadamente al suelo justo en el instante en que lograba asomarme sobre el suelo de la estancia.

Un tenso silencio y sangre salieron a recibirme, con los latidos de mi corazón inundándome las sienes.

El cuerpo de alguien yacía en el piso en medio de un charco de sangre. Pero no tuve tiempo de saber quién era; quien lo había asesinado se acababa de tirar encima de Auri.

—¡Soltadme! —gritaba ella.

El tipo borracho la tiró al suelo y se le subió encima.

—Vais a saber lo que es bueno, hija de puta.

Escuché sus gritos, un rasguido de ropa, risotadas borrachas, y vi arder mis puños, arrastrándome escaleras arriba empuñando el cuchillo.

Las imágenes de él forcejeando sobre ella, con una manaza tapándole la boca y la otra rebuscando entre las faldas levantadas, se fundieron en mi mente con las del fuego en la arena y la piel dorada de la india Eva atravesada en sus entrañas por aquel animal. No dejaría que volviera a haber infierno. Caí sobre su espalda, toda la rabia en el salto, en la sangre, en la piel, en sus entrañas, en su pecho... Y otra vez en su pecho. Y otra vez. Y otra. Y otra. Y otra.

—Diego.

El susurro de la voz de Auri me hizo regresar de mi ausencia. Me despegué del cadáver que tenía debajo de mí, completamente ensangrentado. El borracho Martínez no volvería a fornicar nunca más. Quizá en el infierno. Con Satán.

A duras penas logré ponerme en pie. El rosario franciscano que me ceñía la cintura se deslizó sobre la falda de mi hábito hasta el suelo, roto. Todavía sostenía el puñal en la mano. Giré la cabeza hacia el cadáver del tipo de la barba trenzada, a quien había matado de una cuchillada el borracho Martínez. Volví a escuchar su voz en mi memoria recuperada: «Capitán De Grado. ¡Entre ellos hay uno de los nuestros!». El desgraciado no volvería a alertar nunca a nadie más. También ardería en el infierno. Satán se encargaría de hacerle una buena trenza.

Intenté tragar saliva, pero algo en la garganta me lo impidió. La hice temblar desde dentro, carraspeando, y lancé un esputo ensangrentado sobre su rostro.

—Diego. —A mi lado, Auri me volvió a sacudir el brazo, y yo, todavía con el embrujo del cadáver en la retina, apenas levanté el rostro.

Se asustó al ver dos lágrimas cayendo de mis mejillas y me abrazó. Dejé caer entonces el puñal al suelo.

—¡Debéis iros de aquí inmediatamente!

Era ella quien hablaba. La miré, confuso, sin comprender. No me iba a ir de allí sin ella. Auri señaló con la cabeza hacia los dos cadáveres. ¿Qué íbamos a hacer? ¿Íbamos a arriesgarnos a que Vázquez y Salazar sospecharan algo y se llevaran el tesoro antes de que nosotros pudiéramos acusarlos?

—Quitaos el hábito y dadle la vuelta —me ordenó Auri, todavía en una aureola borrosa ante mí—. Así ocultaréis la mancha.

No entendí lo que me decía. Miré hacia abajo, hacia mi pecho. La sangre me hizo volver a la realidad. No era mía. Obedecí. Era ella quien mantenía ahora la sangre fría.

—Acudid mañana a hablar con el gobernador Estrada —me dijo mientras me ayudaba a sacarme el sayal por la cabeza.

—¿Estrada? ¿¡Os habéis vuelto loca!?

—Él es el único que nos puede ayudar. En cuanto destapéis el asunto del tesoro ante su presencia, actuará. —Dio la vuelta a mi hábito de una sacudida.

—¡Por Dios, Auri! ¡Ese hombre es un melifluo! ¿Cómo estáis tan segura de que lo hará? —Metí, exasperado, la cabeza por el hueco del reverso del hábito.

—Su esposa es una buena mujer. No confía en Nuño de Guzmán, ni tampoco en Salazar. Hablaré con ella esta noche, cuando regrese a su casa.

—Auri, que durmáis en su casa no os hace amiga de su esposo, el gobernador. ¡Fue él quien mandó sacar a Salazar de prisión!

—Confiad en mí, ¿queréis? He hablado mucho con ella. Es nuestra única oportunidad.

Se agachó al suelo y cogió el puñal.

—Tenéis que iros. —Apretó el mango del arma con fuerza—. En cuanto os vayáis, gritaré.

Había fuego en sus ojos.

—Les diré que el borracho me trajo hasta aquí para propasarse conmigo y que el otro hombre —señaló hacia Barba Trenzada— quiso defenderme y él lo mató. Yo aproveché ese momento para hundirle el cuchillo en el pecho.

—¿Siete veces? —Levanté el ceño, fingiendo incredulidad.

—Estaba fuera de mí —improvisó sin pestañear.

—¿De dónde sacasteis vuestro puñal? —continué el interrogatorio al que la iban a someter.

—Desde que llegué a Tenochtitlán, siempre guardo uno entre las enaguas. Me lo aconsejó un amigo dominico.

Sonreímos los dos en medio de la locura. Los labios de Auri permanecieron arqueados un instante y sus hombros comenzaros a temblar sin control. Su cuerpo comenzaba a absorber lo que acababa de ocurrir. La cogí por los brazos y nos alejamos unos pasos de los cadáveres ensangrentados.

Entonces algo salió rodando por debajo de mi pie. Era una de las setenta bolitas que habían volado disparadas al romperse el rosario franciscano de mi cintura. Como las pepitas de cacao. Nos agachamos a recogerlas todas como dos niños que recogen sus canicas antes de que empiece a llover. Me las metí todas en los bolsillos, junto a la cruz de madera, no sin antes besarla con los labios pegados y temblorosos.

Nos pusimos de nuevo de pie, y al verla otra vez con el puñal en la mano me estremeció su determinación. Nos dimos un último abrazo y cogí su rostro entre las manos.

—Esperadme mañana con el amanecer. Desenmascararemos a Dino Vázquez y vuestra farsa como prometida suya habrá terminado.

Ella asintió, bajó la mirada y, cogiéndose la falda, acabó de rasgar la tela que aquel animal había arrancado de sus costuras.

La estreché contra mi pecho una última vez. En esta ocasión fui yo quien le di un beso en su frente para detener el granito de arena en la eternidad. No lo conseguí. Su piel ardía.

—Contaré hasta diez en cuanto salgáis y entonces gritaré —me dijo ella con determinación.

Abrí la puerta que comunicaba con la galería y me volví una última vez hacia Auri; la vi inclinándose sobre el cuerpo de uno de los muertos y manchar su ropa con la sangre del cadáver.

Sentí deseos de vomitar. Habría sido mejor para ella que nunca me hubiera llegado a conocer; no hubiese tenido que irse entonces de Valladolid; hubiera conocido a un buen hombre; sería feliz.

Cerré la puerta detrás de mí y avancé a grandes zancadas por el lado contrario del que había entrado en la galería. Hasta mis oídos llegaban los gritos de sorpresa y las exclamaciones de los invitados, que seguían presenciando el espectáculo de los indios con la pelota, mientras mis pasos doblaban presurosos el número que mi mente iba contando.

Uno, dos, tres... La respiración sacudía mis pulmones.

Cuatro, cinco, seis... Las cuentas del rosario, repicando en mis bolsillos.

... Siete, ocho, nueve... Doblé el codo de la galería y choqué con los aplausos y el final del espectáculo en el patio.

... Diez... Caminé veloz junto a la pared, con la nube de los aplausos todavía sobrevolando el lugar, ajenos al trueno que estaba a punto de desatar la tormenta.

Un grito. De ella. Lo hizo enmudecer todo menos los latidos de mi corazón.

«Dios todopoderoso, dad el coraje necesario a Auri», supliqué entre dientes mientras salía de la residencia de Vázquez, con el tumulto de la fiesta arrastrándose como una ola hacia el lado contrario, hacia aquella habitación donde yacía ella con dos cadáveres. «Volverá a salirse con la suya», me dije a mí mismo, tratando de tranquilizarme. ¿Qué otra cosa podía hacer?

La verja del convento estaba cerrada, pero Juan Diego había avisado a quienes guardaban la entrada por la noche de que se esperaba la llegada de uno de los monjes de Tlaxcala, dando órdenes expresas de que me dejasen entrar en cuanto me viesen.

Me colé por el pasillo de la nave del templo hacia su parte posterior, donde me aguardaba la manta desplegada en el suelo. Me quité el hábito manchado de las entrañas del hombre al que había matado, el hombre que había intentado violar a Auri, y me temblaron las manos mientras lo doblaba y lo arrojaba al suelo, fuera de mi alcance.

Mi cabeza seguía dándole vueltas a lo ocurrido y a lo que iba a suceder mañana en cuanto todo Tenochtitlán supiera que Dino Vázquez estaba a punto de llevarse el tesoro perdido de Moctezuma a España como si fuese un vulgar ladrón. No tardaría la ciudad entonces en hacerse preguntas sobre cómo había llegado el oro a sus manos; sacaría entonces yo a relucir sus conexiones con Taumoc, el guardia real de Moctezuma, y su traición. De ciudadano ejemplar pasaría a ser un vil y cobarde mentiroso. Ansiaba ver su cara cuando descubriéramos el cargamento de oro que lo condenaba.

Pero para que eso llegara a suceder, Auri tenía que haber interpretado el papel más convincente de su vida. ¿Qué debía de estar sucediendo en aquel momento en la residencia de Vázquez? ¿La habrían creído al contar su historia, de pie junto a los dos cadáveres? No había motivos para que no fuera así. Auri sabía mentir bien. La había escuchado hacerlo con anterioridad.

Otra idea enmarañó mi intranquilidad. ¿Y si a Vázquez se le ocurría bajar a ver el cargamento que esperaba en el sótano? ¿Se daría cuenta de que faltaba una de las tinajas? ¿Se detendría a observar si habían sido abiertas? ¿Nos habíamos dejado algún grano de cacao a la vista cuando los habíamos estado recogiendo apresuradamente? ¿A lo mejor un trozo de barro roto que nos pudiera delatar?

Mi estómago dio un repentino salto al vacío al vislumbrar otra remota posibilidad. Me arrojé sobre el hábito que había dejado fuera de mi alcance y sacudí cuidadosamente el contenido de los bolsillos. Me temblaban las manos mientras las bolas del rosario franciscano caían alegres sobre la manta. Tenía que haber setenta, no las cincuenta de un rosario normal. Comencé a contarlas una a una, con mi aliento entrecortado. 14, 23, 31, 32, 47, 53, 60... Las tuve que contar dos veces más antes de tener el convencimiento de que había tan solo 67.

Faltaban tres. Tragué saliva con la inquietud de quien teme que todo su destino pueda depender de tres simples bolas de madera. Vázquez no tenía necesidad de bajar hasta el sótano para descubrir que Auri mentía. Le bastaba con dar un pequeño puntapié, sin querer, a una de aquellas cuentas que habían quedado olvidadas alrededor del cadáver para empezarse a hacer preguntas. Y ninguna de sus respuestas excluiría a aquel monje franciscano al que habían visto hablando con Auristela, y al que Salazar había encargado vigilar, precisamente, al hombre de la barba trenzada que ahora estaba muerto.

¡Dios santo todopoderoso! Iba a ser muy difícil llegar a conciliar el sueño aquella noche.

Ignoré la primera sacudida. Creí que formaba parte de mis sueños, que era fruto del balanceo sobre la cubierta de una nave en la que viajábamos Auri y yo. Sonreíamos a pesar de las crecientes olas y la mala mar. Nada malo podía ocurrir mientras estuviera junto a ella.

La sacudida regresó, esta vez más brusca, y, para evitar caerme, me agarraba, en el sueño, al brazo de Auri, y los dos manteníamos el equilibrio, desafiando la tempestad. ¿Quién iba a poder contra nosotros? De pronto, todo se esfumó: Auri, nubarrones, mar, tormenta. Pero la sacudida persistía, todavía más violenta.

Abrí los ojos, la boca de un arcabuz apuntándome a la cara.

—¡Vamos, poneos en pie!

—¿Qué sucede? ¿Quiénes sois?

—Oficiales del gobernador Estrada.

Parpadeé, confuso, tratando de dejar atrás el abotargamiento de una noche mal dormida.

—De pie. Tenéis que acompañarnos —insistió el hombre, que había dejado de apuntarme con el arcabuz.

Obedecí, aunque reacio, sin comprender todavía qué estaba ocurriendo.

—¿Dónde vamos?

—Os están esperando en la residencia de don Bernardino Vázquez.

Sacudí la cabeza, tratando de devolver a mi mente los hechos ocurridos la noche anterior. Había sido Auri quien había insistido en que avisara al gobernador Estrada. ¿Era posible que ella se hubiera adelantado a los acontecimientos que yo tenía que poner en movimiento esta mañana? ¿Que después de lo sucedido en la fiesta hubiese hablado con la mujer de Estrada, tal y como me había dicho? Era una posibilidad.

La única.

—¿Quién os envía? ¿Auristela?

El oficial arrugó el entrecejo al escuchar su nombre.

—¿Ha sido ella, la prometida de Bernardino Vázquez? —insistí yo, dando pábulo en mi interior a la única explicación posible.

—No estáis en disposición de hacer preguntas. Vamos, acompañadnos. No tenemos todo el día.

El guardia hizo una señal y de las sombras emergieron dos hombres que, sujetándome por los brazos, me obligaron a seguirlos.

Salimos del templo y eché un vistazo a las luces del amanecer, colgadas ya sobre el firmamento. Respiré el aire húmedo de aquella mañana. Era un nuevo día. El día en el que Dino Vázquez empezaría a pagar por sus culpas. El día en el que Auri y yo íbamos a ser por fin libres. El día en el que Tenochtitlán sabría lo que había sido del tesoro perdido. El día en el que empezaba todo de nuevo.

Estaba tan convencido de las razones por las que aquellos hombres me estaban custodiando hasta donde yo quería ir que no presté atención a los signos. No supe leer la mirada circunspecta de quienes se cruzaban conmigo durante mi recorrido hasta la salida del convento; no me resultó extraño que no salieran a despedirme siquiera los rostros de Motolinía o Juan Diego, siempre tan madrugadores; no aprecié tampoco las sutiles formas felinas que adquiría la última nube del alba, cerniéndose sobre Tenochtitlán con las garras abiertas.

Estaba tan ciego ante lo que me estaba sucediendo que ni siquiera tuve el coraje de admitir que en realidad aquellos guardias no me custodiaban. Me estaban llevando preso. Pero no quise reconocerlo porque me conducían hacia el único lugar en el mundo al que quería ir aquella mañana: la residencia de Bernardino Vázquez.

24

Todo había sido dispuesto con antelación. Las sillas, los lugares que ocupaban y quiénes eran los que tenían que ser. Estaban todos, pero no estaba ella. Gracias a Dios. Era una buena señal, indicio de que no había sido descubierta, de que Vázquez había creído su historia y ella aguardaba el desenlace de lo que estaba a punto de suceder desde su casa, en la residencia del gobernador Estrada.

Sus guardias me habían conducido hasta el patio. A esas horas tempranas de la mañana ya no había rastro de los cochinillos ni de los invitados de la noche anterior. Las losas de piedra que alfombraban el lugar recuperaban su distinguida soledad, salvo por la presencia de siete hombres. No conocía a ninguno de ellos, pero todos iban armados. Me estaban esperando.

En su presencia me sentí un perro acorralado. Por delante y por detrás; los hombres de Estrada, detrás; los de Vázquez, delante. Pero no había rastro ni del uno ni del otro.

Uno de ellos, el que estaba al mando, dio unos pasos hasta mí y se puso a caminar a mi alrededor, observándome detenidamente, con la amenaza del arcabuz entre sus manos, igual que un matón. Entonces sentí el miedo atravesando los poros de la piel, frío, áspero, paralizador. El tipo dio un par de vueltas más en torno a mí, ante el silencio de los demás, y salió del patio, hacia las sombras de una de las galerías que lo rodeaban.

Una bandada de pájaros voló sobre nuestras cabezas y miré hacia el cielo azul. Ojalá hubiera podido extender mis alas y volar con ellos. Al bajar la cabeza, tropecé con la galería del piso superior, que asomaba por encima de nosotros. No había nadie curioseando desde la barandilla.

Frente a mí, los hombres armados seguían sin pronunciar palabra, esperando. Nervioso, volví la cabeza hacia atrás.

—Me habéis traído por orden del gobernador Estrada. Exijo su presencia inmediatamente. —Fingí mostrar una firmeza de la que carecía en aquellos momentos mi espíritu.

—Muchacho, no estáis en situación de exigir nada. —El cabecilla de los oficiales masticó con desprecio su respuesta.

—Pero aquí estoy, a pesar de todo. —La voz de Estrada flotó entre los ecos de unos pasos que se acercaban.

De las sombras de la galería reapareció el matón, seguido por las figuras de Vázquez y Estrada. Avanzaron hasta las sillas, solemnes, distinguidos. Vázquez, ignorando del todo mi presencia; Estrada, observándome con morbosa curiosidad. Se sentaron uno junto a otro.

—Diego de Soto —comenzó Estrada, alisándose las arrugas que su posición sentada producía sobre su estúpido traje bermellón—. Sois el hombre más impredecible de todo Tenochtitlán. Primero aparecéis para alertarnos sobre los planes de insurrección de Cortés y evitar un baño de sangre, y ahora reaparecéis envuelto en uno de ellos. Confío en que podáis defenderos de lo que se os acusa.

Asestó sobre mí el primer golpe.

—¿Acusar? ¿De qué estáis hablando? —Levanté mi voz, a la defensiva, y vi la reacción inmediata de los siete hombres de Vázquez, detrás de él, murmurando entre sí, sujetándose a los arcabuces, inquietos.

Había venido a una cacería ignorando que yo era la presa.

Vázquez levantó el brazo con un gesto y todos enmudecieron de golpe. César y sus gladiadores.

—Estimado gobernador Estrada. —Vázquez se volvió hacia él, condescendiente—. No estamos aquí para escuchar una defensa, sino para condenar un crimen.

Estrada, a su lado, se balanceó en la silla, incómodo, tratando de buscar aire propio.

Vázquez blandió sus ojos sobre mí por primera vez, un latigazo de cinismo y determinación que clavó en mi cara como si nunca hasta ese momento hubiera tenido ocasión de estar frente a frente.

—Ayer noche se celebró una fiesta en este patio. ¿Estuvisteis vos presente? —me arrojó, displicente.

—¿Acaso me invitasteis?

Lo vi apretar los dientes, digiriendo mi insolencia.

—Lo hubiera hecho si hubiera sabido que estabais en Tenochtitlán. —Consiguió extraer sus palabras con una profunda gravedad—. Pero estuvisteis aquí.

Hubo un nuevo murmullo entre los vasallos de Vázquez, y Estrada inclinó el cuerpo hacia delante, buscando una nueva postura en la silla.

Vázquez permaneció callado, observándome. Sus ojos se escaparon un instante, fugaces, detrás de mí, hacia arriba, como si alguien nos observara. Me giré siguiendo su mirada; no vi a nadie en la galería superior, atisbándonos.

Vázquez se levantó y, con gran expectación por parte de todos los presentes, avanzó hacia mí. Se detuvo, pero evitó mirarme a los ojos. Me desconcertó lo que pude apreciar en ellos mientras tendía su mano y tiraba de la mía para entregarme algo; había en ellos una mezcla extraña de odio, lástima, celos.

Mientras retrocedía sobre sus pasos para regresar a su asiento, abrí la mano.

Una bolita de madera rodó solitaria sobre mi palma. Una de las tres cuentas del rosario que habíamos dejado olvidada junto a los cadáveres. Cerré los párpados, tratando de ajustar la luz a mi nueva realidad. Auri había sido descubierta. Sabía que lo sabía: era lo que había visto en sus ojos; no era el tesoro lo que le dolía; era Auri.

—Adelante, padre Motolinía, ¡ya puede pasar! —gritó Vázquez hacia las sombras de la galería de donde habían salido Estrada y él.

Las sandalias del franciscano pisaron las losas de aquel patio, poco acostumbradas a hacerlo, con vacilación. Se situó junto a Estrada, ignorando mi presencia.

—Mi querido amigo. —Estrada se dirigió a él con la seguridad que le brindaba su cargo—. ¿Es este el hombre que sustrajo ayer un hábito franciscano de vuestro convento y desapareció con él durante las horas en las que estaba teniendo lugar la celebración de don Bernardino Vázquez?

—Así es. —Motolinía asintió, gravemente, sin dignarse a posar los ojos en mí.

—No es verdad —espeté al franciscano—. ¡Vos no me visteis!

Motolinía volvió su rostro hacia mí, herido.

—Tenéis razón; no soy yo quien os vio —respondió Motolinía, señalando hacia la galería.

Detrás de él apareció, como una sombra, el indio Juan Diego. Sin levantar los ojos del suelo, quien había creído mi ángel de la guarda se situó detrás del monje, eludiéndome. Mejor de esa manera; evitaba tropezar con el mundo que se me acababa de caer encima, hecho pedazos.

Tomé aire de nuevo, lejos de abandonar la lucha. Si pensaban que una simple bola de madera y un hábito me iban a doblegar estaban muy equivocados.

—Y si hubiera sido yo quien vistió el hábito, ¿qué demostraría, más allá de que me veo en la obligación de pasearme por la ciudad disfrazado para que no me reconozca quien ha intentado asesinarme? —Apunté una mirada de desprecio hacia Vázquez, que permanecía impertérrito—. No sé de qué se me puede acusar por ello más allá de irreverencia y falta de respeto por el sayal franciscano.

—Tenéis toda la razón —terció Vázquez, casi convencido—. No se os podría acusar de nada si hubierais regresado al convento con el hábito intacto.

Vázquez hizo una señal con la cabeza y uno de sus guardias se acercó a mis espaldas, arrojándome a los pies un bulto. Era el hábito ensangrentado de la noche anterior. Me lo había cogido alguien mientras dormía; miré hacia el indito Juan Diego, acusador. No se despegaba de la sombra de Motolinía.

—Gobernador Estrada; no hace falta extender esta desagradable situación mucho más tiempo. Tenemos al culpable de lo que ocurrió anoche. —Se llevó la mano a la frente, súbitamente conmovido—. Ha llegado el momento de que detengáis a este hombre por el asesinato de...

—¡No! —exclamé yo, arrebatándole la palabra a dentelladas—. ¡Ha llegado el momento de que vos mostréis vuestro verdadero rostro después de tantos años!

Un murmullo de asombro nos rodeó; yo sabía que todavía tenía la victoria entre las manos.

—Gobernador Estrada, tengo motivos para creer que el hombre que está a vuestro lado, don Bernardino Vázquez, tiene intención de enviar un cargamento muy especial a Castilla.

Todas las miradas se cerraron sobre mí. Dino Vázquez extendió sus labios en una sonrisa incómoda.

—Envío cargamentos a Castilla por lo menos cuatro veces al año. No sé muy bien a qué...

—El problema —volví a atacar yo, sin esperar a que terminara— ocurre cuando lo que se dice que contiene el cargamento no corresponde con la verdad.

—¿Quién diablos creéis que sois para desairarme en mi propia casa después de lo que hicisteis ayer? —Vázquez se levantó de su asiento, poseído por la ira; le temblaban los labios al hablar.

—¡Lo que hice ayer! —exclamé con ironía, enfocando la mirada hacia Estrada, a su lado—. Gobernador Estrada, ¿queréis saber lo que hice ayer?

—¡Estrada, detened a ese hombre inmediatamente! —espetó Vázquez hecho una fiera—. No consentiré un nuevo ultraje bajo mi techo.

Ahora era él quien se había convertido en la presa.

Me acerqué hacia Vázquez, pero varios de sus hombres se interpusieron, agarrándome de los brazos.

—¡Bajemos a vuestras bodegas a inspeccionar la carga que tiene ese cargamento que estáis a punto de enviar! —proferí entre las manos de aquellos animales.

Nadie podía cerrarme la boca.

—No existe ningún cargamento misterioso en mi sótano —contestó Dino Vázquez tajante.

—¡Demostradlo! Demostrad vuestra inocencia de una vez por todas. ¡Bajemos al sótano, comprobemos que no hay nada que ocultar! —Ahora era yo quien estaba poseído por la furia de mi convicción—. ¡Mi inocencia a cambio de la vuestra!

Los hombres de Vázquez me comenzaron a golpear, y el gobernador Estrada no movió un dedo por detener mi linchamiento. Caí al suelo y todas las bestias comenzaron a patearme igual que a un saco de cebollas.

—¡Basta! ¡Deteneos en el nombre de Dios todopoderoso! La justicia es la que debe decidir, ¡no vuestras patadas! ¡Gobernador Estrada, haced algo!

Todos obedecieron como si la voz hubiera venido desde lo más alto. Era Motolinía quien había hablado.

—Diego de Soto. —El gobernador Estrada se vio obligado a intervenir—. No voy a dejar que continuéis manchando el honor de uno de los ciudadanos más insignes de Tenochtitlán, y mucho menos después de lo ocurrido anoche.

Conseguí ponerme de pie en medio de aquellas alimañas. Alcé el puño y me restregué la sangre que me colgaba de los labios antes de levantar mi mirada acusadora.

—Mostrad vuestro cargamento —lo desafié de nuevo sin levantar la voz, frío como el acero de una espada—. Mostradlo y demostrad que no escondéis en él todo el oro que Cortés perdió durante vuestra huida de Tenochtitlán —acabé de escupir con indiferencia.

Se desató un murmullo entre los hijos de puta de mi alrededor, que se miraron entre sí, sin saber qué hacer. Todos los ojos estaban ahora puestos en Dino Vázquez, que parecía haberse quedado petrificado ante mis palabras.

Caminó hacia un lado, hacia el otro, sin saber muy bien qué hacer. Lanzó al fin un suspiro, dispuesto a abandonar el patio.

—No voy a seguir soportando las injurias de un loco —dijo mientras pasaba por delante de la cara de asombro del gobernador Estrada.

Sus tacones sobre la piedra parecían echar chispas, a punto de perderse en la galería. No podía desperdiciar mi última oportunidad.

—¡¡Vázquez!! ¡Mostrad el cargamento si no tenéis nada que ocultar! ¡Si decís la verdad, mostradlo! Entonces yo seré el asesino que estáis buscando. —La amenaza se quebró, tibia, en mi garganta.

Vázquez se detuvo en el umbral con mi corazón envuelto entre sus puños. Se dio la vuelta; acababa de tomar una determinación.

—Está bien. —Me inyectó su veneno en las venas—. Os mostraré el cargamento; luego os retractaréis, y después, después os podréis ir al infierno.

Señaló hacia uno de sus hombres, el que más se había ensañado con sus pies sobre mi estómago.

—Acompañadlos hasta la puerta exterior de las bodegas —dijo antes de desaparecer en el interior de la galería, acompañado únicamente de Estrada. Observé a Motolinía, incómodo, sin saber si seguir a aquellos dos hombres o quedarse con nosotros. Decidió permanecer allí y seguirnos, con el indito Juan Diego detrás, sin separarse de la figura del franciscano.

Antes de que aquel secuaz de Vázquez me arrastrara fuera del patio, tuve tiempo de mirar de nuevo hacia la planta superior. Mis ojos bailotearon por su galería vacía.

Cuando a través del jardín llegamos junto a las puertas dobles de la bodega, ya estaban abiertas de par en par. Con la luz del día penetrando en su interior, el paisaje no era tan sombrío como la noche anterior. De la celda en la que habíamos estado Auri y yo apenas unas horas antes asomó la boca de un carromato, al que le siguió el otro, sus ruedas girando bajo la fuerza de cuatro indios que los empujaron hasta el exterior del edificio. Todos fuimos retrocediendo para dejarles hueco frente a la entrada. Me topé sin querer con el indio Juan Diego, y su mirada me dolió especialmente; debía ser yo quien estuviera acusándolo de traidor, y, sin embargo, era él quien me arrojaba su silencio delator.

La tierra gimió agrietándose bajo las ruedas de los carromatos hasta que por fin se detuvieron entre nosotros, partiéndonos en dos. Los guardias de Estrada seguían detrás de mí, tras el matón, que continuaba sujetándome por el brazo, pero los demás hombres de Vázquez habían quedado al otro lado de los carros, junto a Motolinía y Juan Diego.

Los carros resultaban menos imponentes bajo los rayos del sol que ante la llama del candil de anoche. Parecían otros, pero ahí estaban, con las cajas apiladas y las tinajas irguiéndose frente a mí con la solemnidad de un coro en la misa del gallo.

Alcé la vista y miré hacia las ventanas y balcones que

caían directamente sobre nosotros. Traté de controlar mi inquietud, que me estaba derritiendo por dentro. Aquello comenzaba a resultar extraño. Estaba percibiendo, sin verlo, el lazo que rodea a la perdiz antes de caer en la trampa.

Las figuras de Vázquez y el gobernador Estrada atravesaron las sombras del sótano plateadas por la luz y llegaron hasta donde nos encontrábamos. Vázquez ignoró mi presencia con el mayor de los cálculos, haciendo saltar sus ojos sobre mí cuando los paseó sobre todos los presentes. En medio de aquel silencio sepulcral y expectante, detuvo su mirada frente a uno de sus hombres, y, con una señal, mandó que se acercase a él. Le susurró algo, y el tipo desapareció en el interior del sótano, para reaparecer a los pocos instantes con la misma barra de hierro que había utilizado yo para abrir las cajas.

El hombre se acercó hasta mí, desafiante, mientras sacudía el hierro contra una de sus manos. Pareció que me iba a golpear con ella, y mi cuerpo se agachó, instintivo, para esquivar su golpe. El tipo lanzó una carcajada estridente ante mi ridícula falsa alarma, aunque no tan horrible como los dientes que asomaron entre sus labios, todos partidos.

—¿Qué caja deseáis que abra? —dijo Sonrisa Partida sin dejar de sacudir el hierro contra su palma.

Me acerqué al carro y busqué, entre todas, la más recóndita. Ya que se molestaban en hacer aquello, que se molestaran de verdad.

—Esa, la que está detrás. —Señalé una que ni se veía.

El gobernador Estrada puso los ojos en blanco.

—¿No podéis elegir otra? —exclamó, dando unos pasos hacia el carro y lanzando una bocanada de hastío—. No tenemos todo el día que perder con vuestro juego. Que sea esta —dijo señalando otra más accesible.

Sonrisa Partida cogió la caja y, separándola de las demás, la puso en el suelo. Contuve la respiración con un nudo en el estómago mientras el tipo hacía palanca con la barra de hierro y la tapa cedía con la misma facilidad con que lo había hecho bajo mi brazo.

El silencio atravesó la respiración entrecortada de los presentes. Creí escuchar el canto de un pájaro cruzando el lugar sobre nuestras cabezas, delatando lo que acababa de ver desde las alturas: «¡No! ¡No!».

El tipo introdujo las manos en el interior y extrajo unos vasos de cerámica entre hebras de paja.

Murmullos de desaprobación se extendieron entre todos los presentes.

—¡No! —exclamé yo, tratando de frenarlos en seco—. ¡¡Meted vuestras manos hasta el fondo!! ¡Hasta el fondo! —grité, dando unos pasos desesperados hacia él.

Sonrisa Partida miró a Dino Vázquez y este asintió. Esta vez hundió los brazos y palpó el fondo. Detuvo las manos y su rostro se tensó. Contuve la respiración; lo había encontrado. Sus brazos volvieron a emerger muy lentamente, trayendo consigo otro objeto. Extendió entonces los labios y los brazos para que yo tuviera una visión inolvidable de sus dientes rotos y de los platos de cerámica que sostenía ante mí.

—¡Es imposible! ¡Anoche..., anoche había oro! —Mi cuerpo giraba en todas direcciones, explicando lo inexplicable.

Me acerqué hasta él y, arrebatándole la barra de hierro que había dejado en el suelo, me acerqué hasta otra caja e hice volar su tapa bajo mi presión. Con la desesperación de un loco a punto de ser encerrado, metí las manos dentro, queriendo demostrar que tenía razón. Salieron llenas de vasijas de barro que tiré al suelo, y las volví a hundir y volvía a salir más barro, y una vez más, y más vasijas, hasta que la pesadilla se hizo carne en mis huesos y, con la cabeza hecha pedazos, me dejé caer sobre la caja, agarrándome como un náufrago a sus bordes.

—Había oro... —susurré, miserable—. Todo el fondo de la caja... Era oro.

—Apresad a ese hombre. —La voz de Estrada sonó como un eco en mi cabeza.

Todos a mi alrededor me contemplaban boquiabiertos, pero nadie se atrevía a acercarse, paralizados ante mi locura. Me llevé las manos a la cabeza, dando vueltas sobre mí mismo, el mundo girando descontrolado a mi alrededor.

—¡No, esperad, esperad! —Extendí los brazos alrededor sin dejar de girar—. ¡Abrid las malditas tinajas!

Nadie a mi alrededor pareció escucharme.

—¡Que abráis las malditas tinajas! —volví a repetir, fuera de mí.

—¡Maldita sea! —escuché a Vázquez ordenar a sus hombres—. ¿¡Queréis detenerlo de una vez o tendré que hacerlo yo mismo!?

El matón que me había sujetado antes por el brazo fue el primero en reaccionar, abalanzándose sobre mí. Otros lo siguieron, tratando de doblegarme, pero yo estaba tan alterado por la rabia que se les hacía imposible hacerlo.

—¡No! ¡Las tinajas! ¡El oro está en las tinajas! —seguía gritando yo, entre puñetazos, patadas y cabezazos.

El matón consiguió asirme de los brazos por detrás de la espalda mientras yo continuaba pataleando como un cerdo a punto de ser degollado. Propinaba patadas de furia, ciegamente, y una de ellas cayó sobre el pecho de alguien y lo derribó hacia atrás, haciendo que se golpeara violentamente contra uno de los carros. Se escuchó su cuello quebrarse, las tinajas entrechocando entre ellas y, finalmente, el impacto de una contra el suelo, rompiéndose en mil pedazos.

Granos de cacao volaron por los aires, segándolos a gran velocidad. Uno de ellos me picó en el pecho, otro me escoció en la pierna. El matón, que ya me tenía sujeto por detrás, dejó de forcejear, soltándome con un gemido.

Todo se detuvo a mi alrededor. Las miradas de todos estaban volcadas con la tinaja, sobre el suelo.

Por un brevísimo instante, tan diminuto como un grano de cacao, pensé que había ganado y que todos lo estaban viendo. El oro.

Pero ahí en el suelo no brillaba nada salvo el lamento del matón que me había soltado y el cuerpo sin vida de Sonrisa Partida. Además de los dientes, ahora tenía también el cuello roto.

El matón, que se retorcía de dolor a mis pies, ocultaba su rostro con las manos. Uno de sus compañeros se agachó a ver qué le ocurría y, al apartarle los brazos de la cara, vio un charco de sangre bajo su ceja izquierda. Uno de los miles de granos de cacao que habían salido disparados al romperse la tinaja le había reventado el ojo.

—¡Gutiérrez, maldita sea! ¡Que prendáis a ese hombre! —El grito de Estrada desvió la atención de los presentes del pobre diablo tuerto.

Apenas percibí el cañón de un arcabuz clavándose en mis costillas, ni las cuerdas apretándome las muñecas. Todo yo estaba desparramado sobre aquel suelo, en las cajas, en las tinajas. No había oro. Nada. Vázquez y Salazar se lo habían llevado todo. Lo habían descubierto. No habían creído a Auri. O la habían creído, sí. Pero luego Dino Vázquez había tropezado con la bola del rosario, rodando hacia mi destino. Debió de fingir que había creído la historia de Auri y bajó después a las bodegas. Se le debió de nublar el alma cuando vio que alguien había manipulado su cargamento. ¡Su querida prometida, una traidora! Salazar y él habían actuado con sorprendente rapidez. Habían cambiado los carros durante la madrugada, tendiendo una trampa a quien buscaba hacerlos caer.

A mí.

Y a Auri.

Un escalofrío hundió mi alma en el abismo.

Una trampa a mí y a Auri. A los dos.

Mis pupilas desbocadas se detuvieron en el rostro de Dino Vázquez.

—¡¿Qué habéis hecho con ella?! —La ira que rugió de mi garganta hizo temblar la tierra.

Pero Vázquez no se volvió a mirarme. Hablaba con Estrada, su rostro ligeramente inclinado hacia él, gravedad en el de ambos.

—¿Qué habéis hecho con ella? —estalló de nuevo mi garganta, a punto de convertirse en llanto—. ¡Maldita sea! ¿Dónde está Auristela?

Mis pupilas temblaron con las palmadas de pésame que Estrada le ofrecía a Dino Vázquez en la espalda. Todo se estremeció a mi alrededor con ese gesto: el rostro de Motolinía, el de Juan Diego, las hojas de los árboles sobre nuestras cabezas y Tenochtitlán bajo mis pies. Todo cabía dentro de mi corazón en un puño.

Miré hacia el gobernador Estrada, buscando en él la respuesta que yo quería escuchar.

—Esta mañana vinisteis aquí porque ella os había enviado, ¿no es así? —lo increpé, convenciéndome—. Ella habló anoche con vuestra esposa y vos mandasteis venir a buscarme porque ella, porque Auri... —Mis labios se quebraron ante lo que sabía que no era cierto.

—La prometida de don Bernardino Vázquez no regresó anoche a nuestra casa —me interrumpió Estrada con sequedad mientras Vázquez desaparecía, detrás de él, entre las sombras del sótano.

El gobernador tragó saliva y tuvo que pasarse la lengua por los labios resecos antes de continuar, solemne.

—Auristela está muerta. Vos la matasteis anoche.

Sentí una arcada en el estómago y me agarré la nariz, tapándome la boca, mis ojos flotando en el agua como dos peces muertos. Mi pecho se contrajo con los lamentos de un dios azteca en mis entrañas y los hombros empezaron a temblar con mi alma resquebrajándose por dentro.

La voz de Estrada continuaba en mis oídos, acusándome de matar también a otros dos hombres que habían acudido en rescate de Auristela, pero yo ya no escuché nada más. El aire dejó de entrar en mis pulmones, y la garganta ardía con los llantos por la muerte de Auri y los gritos por la vida de Vázquez.

Caí de rodillas bajo un cielo que jamás volvería a ser mío, sobre una tierra en la que yacería mi amada Auristela para siempre.

Entre el azul y yo, a través de mis ojos llenos de lágrimas, creí divisar el rostro de Auristela inclinándose sobre mi frente, besándola con sabor a eternidad.

25

Sobre un escenario pintado de negro escucho mi nombre. Me doy la vuelta y abro los ojos, pero sigue habiendo oscuridad. En la celda donde estoy no hay demasiada luz. Aunque el sol arrojase todos sus rayos sobre aquel camastro, todo seguiría siendo igual de negro. Hay muchas gamas de ese color, pero ninguna es más oscura que la de quien pierde toda esperanza.

—Diego, escuchadme; estoy aquí, a vuestro lado.

Distingo moverse a alguien al otro lado de los barrotes de mi celda.

En la infinita distancia que separa a quien tiene la cuerda entre sus manos de quien ha decidido soltarla, reconozco la voz de mi amigo Tomás.

Tomás, el bueno de Tomás.

No es la voz que estaba esperando. La que ansío no llegaré a escucharla nunca más porque está muerta.

—¡Diego, no os deis por vencido! Motolinía cree en vuestra inocencia. Pronto os sacaremos de aquí.

¿Qué me importa que nadie crea en mi inocencia cuando ella no estará ya más conmigo?

Tomás, Motolinía... Todo el mundo se puede ir al infierno, y yo con ellos.

Vuelvo a girar el cuerpo sobre el camastro, mi espalda sobre él, mis ojos fijos en el rostro impenetrable de la pared de la celda. Negra como el fondo de mis párpados.

Ignoro cuánto tiempo debí de permanecer así, dejándome arrastrar hasta mi completa desaparición. Escuché la voz de Tomás, que me seguía visitando inasequible al desaliento, unas cuantas veces más. Pero no fue él quien me obligó a coger la cuerda de nuevo y seguir tirando.

Fue otra voz. Más oscura. La última que esperaría haber escuchado allá abajo. No sé si la llegué a soñar o no. Lo que sí sé es que, a veces, para regresar a la luz, es el diablo el único que puede mostraros el camino.

26

Escogió para visitarme las horas en las que el diablo cree que se ha hecho dueño del mundo. De noche.

Yo estaba tumbado en mi camastro con los ojos bien abiertos, bebiendo de la oscuridad como un borracho de su botella. No había noche en la que los demonios no vinieran a visitarme, tirando de mi carne, ensuciando mi alma con gemidos de placer. Cuando uno rueda cuesta abajo, es fácil acabar en el arroyo. ¿Qué importa chapotear en él cuando no hay alma que salvar? Había renunciado también a formar parte de sueño alguno, último territorio al que se aferra la causa de cualquier desesperado. Nunca dormía, pero dormitaba siempre. El preludio del infierno.

—Me gusta veros dormir con los ojos abiertos.

Me incorporé nada más escuchar su voz. Hundí las piernas en el suelo, asomadas sobre el borde del camastro. Llevaba ahí un buen rato observándome. Lo había presentido al ver la oscuridad deslizarse frente a los barrotes, hurgando en mis entrañas, respirando el mismo aire que yo. Salazar.

Su presencia heló el silencio.

—He venido a deciros cuánto siento lo ocurrido. No debería haber sucedido de esta manera, pero resulta imposible calcularlo todo.

Dejé que sus palabras navegaran la oscuridad hasta mis oídos y volví mi rostro hacia él.

—¿Y qué es lo que debería haber ocurrido, según vos? —murmuré yo desde la oscuridad opaca de mi garganta.

Vi su figura deslizarse tras los barrotes de la celda en la que me encontraba. Nuestras miradas se cruzaron, hambrientas. Salazar me inspeccionó detenidamente, sorprendido, quizá, por mi paupérrimo aspecto. La prisión no es lugar para presumidos.

—Creo que en el fondo lo sabéis muy bien. —El susurro caló en lo hondo, apuntando hacia paisajes inexplorados—. Habréis tenido tiempo de pensar en ello.

De mis labios brotó una sonrisa irónica. ¿Pensar? ¿Acaso iba a cambiar lo que había sucedido?

Su mirada se mantuvo, incómoda, sobre mi pecho, y tuve que sacudirla para que me dejara de una maldita vez.

—Salazar, ¡dejadme en paz!, ¿queréis? Vázquez ordenó matar a Guevara. Me hicisteis creer que había sido Cortés. Queríais que lo espiase para conocer sus planes y haceros así con el tesoro cuando él ya no estuviera en Tenochtitlán. Eso es lo que debía pasar y eso es lo que pasó.

Volví a tumbarme sobre el camastro, dando por finalizada aquella conversación.

—No, Diego, no. —Sus palabras regresaron bajo el techo frente a mí con el énfasis de un maestro. Anglería me las hubiera arrojado con la misma avidez—. Eso es lo que ha pasado, efectivamente, pero no debería haber ocurrido así.

Sus palabras siseaban en el aire como lo debieron de hacer en el paraíso. Mis brazos, bajo la nuca, dejaron al descubierto los oídos.

—Todo podría haber ocurrido de otra manera —continuó él, sibilino—; *ser* de otra forma.

Me incorporé de nuevo sobre el camastro al compás de sus palabras. ¿Existía otra posibilidad, realmente?

—No sabéis el poder que tiene un secreto para domeñar voluntades. Custodiad solo uno que nadie sepa —sus manos acariciaron algo inaccesible en la oscuridad— y tendréis la llave maestra que abre y cierra cualquier voluntad. Vos, por ejemplo, tenéis la llave que abre las puertas del infierno a Dino Vázquez.

Me abalancé sobre los barrotes con la furia de un animal enjaulado en la casa de fieras.

—¿Podría cerrar las del cielo para que Auristela regrese a la tierra? ¡Decidme!

Salazar me miró con una sonrisa intrigante.

—Los milagros existen, amigo mío, los milagros existen si creéis suficientemente en ellos. —Sus palabras actuaron como un extraño bálsamo en mi alma—. Todo depende del secreto que guardéis en vuestro interior. ¿Tenéis vos, quizá, alguna llave maestra que abra algún tesoro? —Salazar acercó los labios a mi oído entre las rejas, apenas un susurro—. ¿Conocéis el secreto?

Levantó los párpados, invitándome a entrar en su interior.

Me senté de nuevo sobre el camastro, seducido por sus falacias. Un secreto capaz de resucitar a Auristela. Volví la mirada hacia el interior de mi celda y creí ver en la oscuridad, agazapado en las paredes, al jaguar negro, acechándome de nuevo. Mis ojos se iluminaron, llenos de asombro, y los volví hacia Salazar, tras los barrotes.

Este deslizó una sonrisa entre los labios, como si también lo estuviera viendo y esperase mi respuesta.

Mi mente corrió veloz tras el jaguar, tratando de seguir sus huellas. En su lugar, se aparecieron ante mí los rostros de Alonso de Grado y del tipo de la barba trenzada, asaltando juntos el poblado, matando a Adán, violando a Eva, saqueando sus tesoros como lo debían haber hecho en tantos otros pueblos; vi a Barba Trenzada frente a la casa de De Grado con un grupo de bastardos, buscando mientras el soldado Ferrante disparaba su arcabuz frente a la verja... Todo tenía un porqué.

—No es casualidad que me encontrara al tipo de la

barba trenzada en la fiesta —logré apenas mascullar entre las sombras.

—¡Exacto! —La excitación de Salazar se coló entre los hierros—. Las casualidades no existen. —Afiló su mirada sobre mí, sacudiendo el cebo ante mis ojos.

Desde el camastro contemplé al jaguar deslizarse entre los barrotes y desaparecer; Salazar estaba en su lugar.

—El tesoro que estáis a punto de enviar a España no es el oro que se perdió en la noche triste —afirmé con la certeza de un hombre que está muerto—. El cargamento que enviáis es fruto del expolio que Alonso de Grado ha estado haciendo en Nueva España, aprovechándose de su cargo como veedor de indios.

Salazar se deslizó sobre los barrotes con el semblante iluminado.

—¡Bien, Diego, bien! Por fin vislumbro al Diego de Soto cuya fama os precede. ¡Bravo!

Sus alharacas me hicieron por un momento creer que era inmortal.

—El tesoro que ya ha salido para España no es el tesoro perdido —continuó él, retorciéndose de placer—, pero todo el mundo creerá que lo es, y eso hará que Cortés pague por haberlo ocultado todos estos años. Vosotros queréis el infierno para Vázquez, pero eso, el infierno, es lo que espera a Cortés en Castilla.

—Pero vos..., vos no matasteis a Alonso de Grado a cambio de que os entregase sus tesoros —añadí, entornando los ojos, viendo a Isabel de Moctezuma asesinar a su marido.

—No, no lo matamos. Lo hubiéramos hecho de no haberlo convencido para que hiciera entrega de esos tesoros. Pero la estupenda princesa de Moctezuma se me adelantó, y ahora ese oro pasará a ser oficialmente el oro perdido que Cortés se llevó esa noche. Es impresionante, ¿verdad?

Salazar aproximó entonces sus labios entre los barrotes de la celda, a punto de confesarme algo.

—Pero hubo un momento, un solo instante, en el que llegué a creer que teníamos el auténtico tesoro entre las manos.

Se hizo el silencio en su garganta, su nuez suspendida entre los hierros, sobre el vacío.

—Fue cuando ella desapareció —continuó él, midiendo cada sílaba— después de asesinar a De Grado porque él había descubierto algo. ¡Las pócimas mágicas de la princesa azteca podían hacernos inmortales! Imaginad mi decepción cuando regresasteis de Coyoacán diciendo que su secreto era fruto de un orgasmo de Cortés y no el oro de la noche triste.

—Salazar, ¿a qué habéis venido realmente?

Me levanté del camastro, expectante, cansado. Lo miré fijamente a los ojos, atisbando entre los barrotes qué misterio se cernía ante mí.

—He venido a asegurarme de que vuestro interior no guarda ningún secreto. —Frunció el ceño, penetrando mis entrañas.

—¿Creéis de veras que guardo el secreto del tesoro de Cortés? —arrojé a sus pies, indiferente.

—No tenéis por qué darme una respuesta ahora, todavía. Tenéis muchos días por delante, aquí en prisión.

Blandí una sonrisa desafiante ante él.

—¿Podría ese secreto enviar a alguien al infierno?

—Os aseguro que ese secreto sería capaz, como os he dicho antes, de domeñar voluntades... Las de todo un imperio —murmulló Salazar con la intimidad de una amante.

—Pues bien —bramé yo, borrando mi sonrisa de los labios—, ¡decidle a Bernardino Vázquez que tendrá que bajar conmigo a ver a Satanás si queréis llegar a conocerlo!

No le gustó escuchar mi respuesta. Vi su cuerpo enroscarse, a punto de escupir su veneno.

—¿A Vázquez? ¡Pobrecillo! ¿Por qué ibais a desearle algo así al regidor de Tenochtitlán? —Salazar torció su gesto en una burla grotesca que desfiguró su rostro—. ¿De verdad creéis que ha sido él quien ha estado detrás de todo lo que os ha ocurrido en Tenochtitlán?

Salazar lanzó un suspiro de hastío y sacudió la cabeza.

—No, Dino Vázquez solo es culpable de un pequeño secreto que vos ya conocéis. Fue un niño malo que pensó que su fortuna podría mejorar si Narváez derrotaba a Cortés. Una mentirijilla que yo he sabido utilizar para manejarla a mi antojo.

En mi oscuridad apareció de nuevo el rostro del regidor de Tenochtitlán, y el fuego corrió por mis venas.

—Pero ¡fue él quien la mató! —exclamé entre dientes para no morderme la lengua con mi furia.

Salazar bajó la mirada, y su voz se trocó en una lamentación.

—No os podéis imaginar la cara del pobre Bernardino cuando descubrió que vos y su querida prometida...; en fin, para qué continuar. Ya sabéis que los celos matan. Esa bolita de madera de vuestro cinturón no solo fue vuestra perdición, sino también la suya.

Desvió los ojos a la oscuridad por un instante, antes de volverlos a fijar sobre mi pecho...

—Pero no, no fue él quien la mató.

... Antes de clavarme los dientes...

—Fui yo —dejó escapar con una sonrisa de satisfacción.

Extendí los brazos con tal rapidez que a punto estuve de cazar el pescuezo de aquella sanguijuela. Vi sus ojos de sorpresa mientras me esquivaba, mis dedos acariciando la nuez de su garganta.

—¡La próxima vez no fallaré, os lo juro! —Mis dientes temblaron de ira, todo mi ser agitándose sobre aquellos barrotes de hierro que nos separaban.

Salazar estalló en un delirio de carcajadas al comprobar que se había librado por los pelos.

—Vamos, no os pongáis así. —Inclinó hacia un lado la cabeza y exhaló conmiseración por los labios—. Nunca ha sido una cuestión personal. Pero tenéis que ver el lado bueno: a vos os he dejado vivir.

Solté los barrotes, mis manos tan frías, súbitamente, como el hierro. Debió de ver algo en mi rostro que le hizo borrar la sonrisa: mi determinación, mi amenaza, mi repentina frialdad.

Los dos nos contemplamos por un brevísimo instante tal y como éramos, mostrándonos desnudos. Vi su fanfarronería desaparecer, él vio la mía intimidante.

—Todos tenemos nuestros secretos, Salazar. Vos habéis venido a buscar el mío y no lo habéis hallado. Os juro que yo no pararé hasta encontrar el vuestro, y entonces..., entonces os destrozaré. —Me escocieron los labios mientras pronuncié aquellas palabras, pero las arrojé como si fueran hielo.

Salazar desapareció lentamente de mi vista, pero se detuvo sobre sus pasos, asomándose por última vez.

—Tenéis tiempo para pensar en esa bonita celda —susurró él con gravedad—. Yo estuve dos años encerrado y no acabaron conmigo. Pero la prisión no es para todo el mundo.

Se desvaneció, el eco de sus pisadas perdiéndose por el pasillo, y entonces dejé que mi corazón cayese con todo mi peso sobre el camastro. Dejé que la rabia me invadiera ahora que él se había ido. Agarré los bordes del jergón con toda mi fuerza, los puños cerrados, mis nudillos a punto de estallar. Cerré los ojos, contuve la respiración, sosegando su ritmo, poniendo orden en mi interior.

Salazar, siempre había sido Salazar. Todo había sido Salazar. Él pensaba que yo guardaba el secreto y me había dejado vivir. ¡Qué ingenuo! Pues bien, viviría. Cogería la cuerda que me había ofrecido mi amigo Tomás y que yo había desechado. La agarraría bien fuerte entre las manos, ¡claro que la agarraría! Pero sería para hacer un nudo con ella y ahorcar a Salazar. Aunque solo fuera por eso, valía la pena sentirse vivo de nuevo.

27

—¡No moveré un dedo por vuestra libertad si veo venganza en lugar de justicia en vuestro rostro! ¿Lo entendéis?

—¡Tomás, no vengáis a tocarme los cojones ahora! Ya os he dicho que estoy dispuesto a hacer todo lo que Motolinía y vos me pedís, ¿qué más queréis?

Tomás tomó aire y, asegurándose antes de que no había nadie en el pasillo escuchándonos, clavó su rostro entre las rejas de mi celda.

—No voy a intercambiarme con vos en esta maldita cárcel si no me prometéis que no es la venganza la que os moverá.

—Tomás, ¡qué queréis que sea lo que me mueva sino la venganza! ¡Salazar ha matado a Auristela, por todos los santos! —exclamé entre dientes, acabando de mordisquear mi paciencia.

—Precisamente es a todos los santos a quienes vais a suplicar que os concedan la templanza, la serenidad y la sed de justicia que necesitáis para cumplir vuestra misión.

—¡Ya estamos moralizando! —Me volví, dando la espalda a mi amigo dominico.

—¿Moralizando, decís? ¡No seáis estúpido! —estalló él, inesperadamente.

Su exabrupto me hizo girarme de nuevo hacia él. No

estaba acostumbrado a escuchar palabras malsonantes en su boca.

—¡Lo que hablasteis el otro día con Motolinía —prosiguió él, con la boca todavía pegada a los hierros— es demasiado importante como para que regreséis a España con aires de ángel vengador! No es a Salazar a quien tenéis que condenar, sino a Cortés a quien debéis salvar.

—Pero, Tomás, ¿no os dais cuenta de que lo uno lleva a lo otro?

Tomás se mordió los labios febrilmente, buscando la manera de que me entrase por fin en la cabeza.

—Pero ¡lo otro no lleva a lo uno, y es lo otro lo que tenéis que buscar, Diego! Salvar a Cortés. Es a lo que os comprometisteis el otro día. Y si no es así, no habrá trato.

Mi amigo Tomás soltó los barrotes y lanzó un profundo suspiro. Bajé la cabeza, asintiendo. Tenía razón.

Tomás se había sumido en un duelo similar al mío al saber que Auri había muerto asesinada. La culpa tuvo que entrar en su alma con la fuerza que había entrado en la mía; los dos la habíamos abandonado en manos del peligro. Yo, a sabiendas; él, a ciegas, empujándola hacia el hombre que había puesto sus ojos en ella nada más pisar Tenochtitlán. ¿Cómo podía sospechar entonces que Dino Vázquez, uno de sus regidores más distinguidos, tenía pequeños secretos con los que poder domeñar su voluntad? Así lo había hecho Salazar.

Sin embargo, después de la tragedia, Tomás había mirado al cielo; estaba convencido de que, en su infinita misericordia, Dios sabía más, por mucho que a nosotros su sabiduría nos dejase a veces perplejos. Esa era nuestra diferencia; él miraba hacia arriba; yo no podía evitar el impulso de mirar hacia abajo. Y la venganza brillaba ahí ahora, a mis pies, al alcance de la mano.

Todo se había desenrollado muy rápido desde la visita nocturna de Salazar. Debí de asir la cuerda con demasiada determinación, puesto que a la mañana siguiente, nada más amanecer, grité a los guardias exigiéndoles mi derecho de confesión. Era de las escasas licencias que tenían los presos en Tenochtitlán y en cualquier lugar de la Europa cristiana: poder ver a un cura para aliviar su conciencia cuantas veces fuera necesario. El cuerpo de un reo podía ser condenado, pero su alma seguía teniendo derecho a la salvación eterna.

Tomás llegó, enviado como respuesta a mi demanda, esa misma tarde. Le conmovió mi repentino ímpetu recuperado, convencido de que mi cambio se debía a que sus oraciones habían sido atendidas allá en lo alto. No tardó en saber, por mi propia boca, que la intermediación de Salazar había sido decisiva en mi nuevo despertar, pero mi amigo se encogió de hombros, insistiendo en que esa visita no quitaba mérito alguno al poder de sus oraciones.

—Dios es capaz de valerse incluso del mal mismo para sacar un bien —había razonado él, inasequible al desaliento.

Quizá tuviera razón. En cualquier caso, los dos tuvimos ocasión de enfrentarnos aquella tarde a las consecuencias que había ejercido ese mal, contando yo, escuchando él, todo lo que había sucedido alrededor de la muerte de nuestra querida Auri. Mencionar su nombre nos obligó a detener nuestros corazones varias veces, con las miradas fundidas en el horizonte. Escarbando recuerdos en la memoria, enterrándolos de nuevo, regándolos con lágrimas como epitafio.

Había proseguido entonces mi narración sobre el cargamento de oro que habíamos visto Auri y yo con nuestros propios ojos y sobre la agilidad con la que Salazar y Vázquez se habían esmerado en ocultarlo al día siguiente. Tomás me detuvo en seco cuando le dije que pretendían, una vez que llegase a España, hacer pasar aquel oro saqueado por De Grado en aquellas tierras por el tesoro que se había perdido durante la huida de los españoles en la noche triste, y que Cortés había ocultado a todo el mundo.

—Es necesario que Motolinía oiga lo que estáis diciendo —me había interrumpido entonces, excitado por mis palabras.

Nombrar al franciscano hizo que casi me diera una arcada. Recordaba demasiado bien su rostro y el del indio Juan Diego, asintiendo en mi condena el día de la encerrona ante el gobernador Estrada.

Tomás trató de tranquilizarme, asegurándome que Motolinía había sido tan víctima como yo del engaño.

Yo entorné los ojos, sarcástico. ¿A qué se refería con lo de ser igual de víctima que yo? ¡A Motolinía no lo habían condenado por el asesinato de la mujer que más amaba en este mundo!

Tomás salió en su defensa.

—¿Qué hubierais pensado vos de alguien que, después de otorgarle asilo sagrado, descubrís que en realidad no se llama como dice?, ¿que es acusado de asesinato tras aparecer en el convento con un hábito ensangrentado? —había insistido con vehemencia.

Sin embargo, en favor del franciscano había que decir que, después de mi humillante derrota frente a las tinajas llenas de granos de cacao, no le habían terminado de cuadrar las piezas que construían mi culpabilidad. Tres asuntos pesaron definitivamente en su conciencia para un definitivo cambio de opinión con respecto de mi inocencia.

En primer lugar estaba el indio Juan Diego, que después de las acusaciones frente al gobernador Estrada abogó por mi inocencia; él no podía creerse que yo hubiera matado a la mujer que dos días antes había mirado con tanta ternura; esas habían sido sus palabras exactas. Bravo por Juan Diego, una vez más, y a pesar de todo.

En segundo lugar, a Motolinía le habían llegado rumores desde San Juan de Ulúa, en Veracruz, de un misterioso cargamento que Bernardino Vázquez había mandado embarcar de noche y al que había prohibido acercarse siquiera a los hombres que tenían encomendada la misión por parte del Gobierno de Nueva España de cargar todos los navíos con el fin de fiscalizar las mercancías que se enviaban a Castilla. En su lugar, el cargamento de Vázquez había sido supervisado por un antiguo funcionario real que se había autoproclamado con la autoridad de hacerlo. Salazar. Su solo nombre le producía espasmos a Motolinía, que había tenido desavenencias con él en el pasado. Con Salazar de por medio, mis acusaciones sobre aquel maldito cargamento no le habían parecido tan descabelladas.

Pero lo que más había pesado en favor de mi inocencia era el continuo goteo de nativos que llegaban al convento todos los días solicitando protección de los frailes. La precipitada salida de Cortés hacia España había desatado la fiebre de algunos por las tierras de la Nueva España. La ambición y los atropellos de quienes nunca se habían sentido satisfechos con sus encomiendas y querían más tenían una nueva ocasión de resarcirse, espoleados por un rumor que heló la sangre de Motolinía en cuanto llegó a sus oídos. Nuño de Guzmán, el cruel gobernador que estaba desatando el pánico en el Pánuco —¡nunca tan adecuada una cacofonía como aquella!—, estaba a punto de convertirse en presidente de un nuevo órgano de Gobierno que la Corona acababa de constituir para los territorios de Nueva España. ¿Quién diablos era el desalmado que tomaba este tipo de decisiones en Castilla? ¿Acaso el que lo nombraba no conocía la crueldad de ese personaje? ¿Nadie era capaz en España de escrutar los ojos de un hombre y ver la suciedad en su alma?

La suma de esas tres razones fueron las que habían decidido a Motolinía a indagar un poco más acerca de mí. Juan Diego, siempre Juan Diego, le había dicho que a lo mejor sería interesante hablar con un dominico que se había presentado al día siguiente de mi condena, y al que el fraile había echado con cajas destempladas. El dominico decía conocer al condenado y a la mujer asesinada, y había defendido la inocencia de él.

Así era como Motolinía y mi amigo Tomás se habían puesto en contacto. No dejaba de ser consolador que mis desgracias hubieran sido el motivo del acercamiento entre dominicos y franciscanos en el Nuevo Mundo. Los prejuicios de Tomás contra los franciscanos desaparecieron nada más poner sus pies en el convento y ver las colas de naturales que esperaban a ser bautizados. ¡Para eso había venido él a estas tierras! ¡Para dar a conocer a Cristo!

Motolinía sabía ahora, gracias a mis conversaciones en prisión con Tomás, cuáles eran los planes que tenía Salazar sobre el tesoro que Vázquez había hecho embarcar. Sabía que sus objetivos eran hacerlo pasar por el tesoro que Cortés había ocultado y perdido en la noche triste. Sabía, en definitiva, que su único anhelo era desacreditar al conquistador, empañar su imagen frente a la Corona, que jamás regresara a Nueva España.

Había que impedirlo. Evitar que los Nuño de Guzmán y los Salazar de este mundo nuevo acabaran arrebatando la belleza, el poder y el espíritu de Dios que los naturales esperaban de ellos como fuese. A pesar de todo. Aunque tuviera que dar un puñetazo sobre el altar, a la Corona, donde fuera necesario.

¿Y quién mejor que Diego de Soto para convertirse en los puños con los que golpear?

Motolinía contaba con dos buenas bazas para que yo no me opusiese a sus planes. La primera eran mis nulas posibilidades de supervivencia en Tenochtitlán, dentro y fuera de la cárcel; no me sería posible con los enemigos que pululaban sus calles. La otra era mi rencor. Eso me convertía en la mejor arma para decirle a Castilla que el oro no era de Cortés y descabalar así las intenciones de Salazar y destapar su crimen, llevarlo ante la justicia.

Pero, por si acaso, Motolinía había pensado que era necesario, además, hacer llegar a manos del rey, directamente, sin intermediarios, una carta escrita de puño y letra de los franciscanos contando los despropósitos que se estaban cometiendo en Nueva España desde la partida de don Hernán Cortés.

El plan era sencillo, arriesgado, y solo tenía la peculiaridad de que iba a requerir de un rehén voluntario. Un rehén que me estaba exigiendo ahora sus condiciones, y que, lejos de querer moralizarme, algo de lo que yo lo acababa de acusar, lo único que deseaba era que mi sed de venganza no me llegara a pudrir por dentro.

Tomás volvió a atravesar los barrotes, esta vez con la ternura del amigo que no desea que cometáis un error.

—Si la ira es lo único que os mueve, no emprendáis ese viaje; solo servirá para iros despellejando el alma poco a poco. Tirará de vos hasta llevaros a la venganza.

—¿Qué me sugerís? —eché la cabeza hacia atrás con una sonrisa—, ¿que perdone a Salazar por la muerte de Auristela?

Tomás cerró los labios, atrapado por mi pregunta.

—Llegado el momento, tendréis que perdonar si queréis pasar página, sí —asintió al fin Tomás con la gravedad del universo en sus pupilas.

Bajé la cabeza, los dedos arracimados entre las manos, esperando a ser liberados. Le devolví la mirada con toda la franqueza de la que fui capaz.

—No debéis preocuparos de lo que no puede ser. No lo voy a poder matar con mis manos porque Salazar se queda aquí, a este lado del océano.

—Hay muchas maneras de matar. —Tomás levantó las cejas, advirtiéndome.

—No, solo hay una. —Un súbito escozor en mi garganta me trajo de nuevo a Auri.

Tomás desvió la mirada antes de volvérmelo a preguntar con terquedad, por última vez.

—Entonces, ¿puedo someterme al plan con la tranquilidad de saber que haréis lo que tenéis que hacer, y nada más?

Incliné todo el cuerpo hacia delante, disipando la niebla entre nosotros.

—Tomás, os repito que no podría hacer nada más aunque quisiese. Solo puedo seguir a Cortés, destapar la verdadera naturaleza de ese oro, entregar la carta de Motolinía. Nada más puedo hacer, salvo tratar que se haga justicia, tal y como vos habéis convenido en recordarme.

Tomás esbozó una ligera sonrisa, intentando arrastrarme con el fuego de su amistad a épocas anteriores.

—Más vale que tengamos noticias de vos pronto, porque no me apetece quedarme aquí entre rejas mucho tiempo.

No sonreí. Era inútil. Sobre el papel, el plan era sencillo. Para partirse de risa. Pero no había razones para ella, no con Auri muerta. Tomás debía dejarse crecer la barba unos días, venir a visitarme a menudo para no levantar sospechas y, el día convenido, intercambiar conmigo la ropa y el lugar en el mundo. El plan iba a funcionar porque era ridículo: ¿quién en su sano juicio estaría dispuesto a intercambiar su libertad por prisión? Tomás se había ofrecido como rehén de nuestra causa con el beneplácito de Motolinía, que lo cuidaría en la medida de sus posibilidades mientras estuviera preso. En la penumbra de la celda y con la falta de interés hacia quienes habitaban sus entrañas, nadie sospecharía que él no era yo ni que yo había partido hacia Castilla dispuesto a detener los planes de Salazar, los planes contra Cortés.

En el día finalmente convenido, yo me puse enfermo, Tomás ordenó a las guardias abrir la celda para darme la extrema unción y, en cuanto el guardia nos dejó solos, nos cambiamos de ropa con la rapidez con la que lo hacíamos en el colegio mayor de Valladolid durante las mañanas de invierno. Tomás se quedó tumbado en el camastro, yo salí de la celda con mi hábito de dominico y, antes de que yo desapareciera tras los barrotes, me lanzó una bendición de viaje. Nuestros ojos se encontraron: confiados los suyos; furtivos los míos. Yo no quería que allá dentro, encerrado ya bajo llave, mi amigo descubriese que le había mentido. No sé si era ira; tampoco si desataría mis deseos de venganza. Pero Tomás tenía razón; mi único motivo para cruzar el océano y regresar a Castilla era acabar con Salazar. Buscar debajo de la tierra cualquier cosa que lo pudiera hundir. Un secreto, como a él le gustaba hacer. Todos teníamos uno, ¿no lo había dicho él mismo? Pues yo iba a su caza.

Tenía un lugar en el que indagar. No era mucho, pero era un buen principio. Prometedor. Salazar había comenzado sirviendo en los grandes palacios de la ciudad de Valladolid. ¿Había un lugar más apetitoso en el que atesorar pequeños secretitos que el corazón del imperio?

28

Antes de que embarcara, Motolinía quiso darme las últimas instrucciones.

Estábamos en el embarcadero de San Juan de Ulúa, frente a la costa de Veracruz, la primera urbe fundada por Cortés a su llegada a estas tierras. La puerta de entrada y salida de Nueva España hacia Castilla.

Era la primera vez que contemplaba el mar en mucho tiempo. Exactamente desde mi llegada accidentada bajo el agua, ahogándome. Ahora también me ahogaba, pero los motivos eran otros.

Motolinía se había tomado la molestia de acompañarme desde Tenochtitlán, seguro de que en su compañía nadie se atrevería a molestar a la pequeña expedición que debía cruzar el corazón mexica hasta la costa.

Junto al muelle donde aguardábamos a la barcaza que debía llevarme hasta la nave que fondeaba al abrigo del islote, el fraile extrajo de sus vestiduras la carta que los franciscanos habían escrito. Se aseguró antes de que no había nadie a nuestro alrededor dispuesto a curiosear; era un documento demasiado importante como para ser visto por ojos de cualquiera.

—Del éxito de vuestra empresa depende el futuro de estas tierras —dijo él mientras me la guardaba yo en mi pecho—. No se la entreguéis a nadie que no sea la mano del rey. Los movimientos en Nueva España con

Nuño de Guzmán como gobernador comienzan a ser terribles.

Lo miré con escepticismo. ¿Había acaso movimientos peores que los que habían arrasado mi corazón?

El fraile lanzó un suspiro al ver mi semblante.

—Diego, no sé si sois la persona indicada para la misión que tenéis por delante. Juan Diego está convencido de que sí, pero yo no lo sé. —Se detuvo a inspeccionarme con sus ojos pardos en busca de alguna señal.

Me encogí de hombros.

—No tenéis a nadie mejor a quien enviar —respondí con indiferencia.

El viento de la mar inflaba las capuchas de nuestros hábitos. Franciscano otra vez. El sayal mordía mi piel de recuerdos.

Motolinía se volvió hacia mí con un rayo atravesando su frente. Sus ojos, azufre a punto de arrojarme a la gehena, se detuvieron al instante, recomponiéndose. Los buenos consejos no viajaban en palabras ásperas.

—Cada vez que notéis que no hay nada ahí dentro a lo que agarraros para dejarse la piel y cumplir la misión que Tomás y yo os hemos encomendado —me dijo él, tocando mi pecho—, quiero que os llevéis la mano a la mejilla y sintáis el ardor de la bofetada que os dio esa india a vuestra llegada al convento.

Tragué saliva ante lo inesperado de su discurso.

—No pudisteis hacer nada por evitar su infierno entonces —prosiguió él, infundiéndome ternura—. Pero ahora tenéis oportunidad de hacerlo, porque quienes le infligieron su dolor, vuestro dolor, el dolor de quienes pedirán hoy asilo sagrado en nuestro convento, son todos distintos perros con el mismo collar. Y con la carta que lleváis encima, con vuestro testimonio sobre el verdadero origen de ese cargamento de oro que Salazar envía, tenéis el poder de arrancarlo de sus cuellos y lanzarlo lejos, al abismo.

No sé si Motolinía fue capaz de verlo, pero sus palabras

prendieron una pequeña chispa en mi interior; fue leve, muy leve, pero suficiente para ser el principio de una hoguera que antes o después acabaría ardiendo. Tal y como Tomás se había encargado de martillear en mi cabeza, todo aquello era mucho más grande que mi sed de venganza.

—En fin, no quiero poner más peso sobre vuestros hombros —prosiguió el fraile, posando sus manos sobre uno de ellos—. Lo que quiero decir es que debéis daros prisa. Tenéis una gran ventaja. Nadie sabe que estáis fuera de prisión, a punto de embarcar hacia Castilla. Por tanto, nadie os está esperando, y podréis llegar sin dificultad hasta donde se encuentre el rey antes de que lo haga el cargamento de oro de Salazar. La ayuda no os faltará; contáis con nuestras oraciones y con un salvoconducto firmado de mi puño y letra para solicitar asistencia en cualquier monasterio franciscano que encontréis por el camino. Os aseguro que estáis en buenas manos. —Se dibujó una suave sonrisa en sus labios—. Sois cronista; os debería importar el futuro de la historia. Id con Dios.

Me dio un abrazo de despedida en el que sentí los deseos de toda aquella tierra volcados sobre mis hombros. La suerte estaba echada.

Mientras me alejaba en la distancia, vi el muelle meciendo sobre su palma la figura del franciscano Motolinía, haciéndose pequeña. El remo del barquero astilló el mar a nuestro costado y una esquirla sacudió mi rostro. Me llevé la lengua a los labios y saboreé de nuevo el agua salada. Los recuerdos de las noches húmedas, los días grises y el zarandeo constante de la cubierta bajo mis pies nublaron mi semblante sin necesidad siquiera de traer a la memoria mi gloriosa caída al agua. No sé si iba a soportar de nuevo la experiencia de cabalgar sobre las olas sin bridas que sujetar entre mis manos.

—Veo que no os lleváis bien con el mar.

—Lo odio —respondí yo, sin poder disimular.

TERCERA PARTE

ESPAÑA

I

Divisamos la costa española cuando la barba se había adueñado de mi rostro otra vez, tal y como lo había poblado antes de mi intercambio en prisión con el bueno de Tomás.

Un pequeño éxito mío; había conseguido no vomitar en todo el viaje. Un gran éxito de la expedición, habíamos volado sobre el océano.

—Ha sido una de las travesías más tranquilas que recuerdo —dijo a mi lado Enrique, arrugas en el semblante, sal en las venas y ojos teñidos de mar brava.

Había congeniado bien con él durante la travesía. El único de toda la tripulación. Tal y como me había aconsejado Motolinía antes de partir, yo había abierto la boca poco. No tuvo mucho mérito por mi parte; *poco* era el adjetivo que había imperado a bordo: poco sueño, poca comida, poca intimidad. Creo que su capitán no cruzó palabra conmigo en todo el trayecto. Solo se dirigió a mí en una ocasión y fue en tercera persona.

—A este no hace falta que le deis vino, que es cura —había dicho la primera noche en alta mar, señalándome.

Era un navío discreto que portaba mercancía discreta en sus bodegas. Nada brillaba en aquella nave que pudiera reclamar atención alguna a su llegada a puerto. Nada de oro, algo de especias, mucho cacao. Lo más valioso a bordo era yo.

—Es la primera vez que viajo con unas bodegas tan tristes. Lo único que reluce entre su carga es el meado de las ratas —había aseverado mi único amigo un día entre mojama, bizcocho y una loncha de jamón.

No había sido así en anteriores viajes. Había viajado en más de una ocasión con las tripas de las naves llenas de oro.

—No sabéis la cara de imbécil que se os queda cuando llegáis por fin a puerto, creyéndoos el más rico de los mares, y entran unos soldados a las bodegas para llevarse el quinto real en unas arcas custodiadas que acabarán en Valladolid, Toledo o Amberes, según las necesidades que tenga que saciar Nuestra Soberana y Sacra Majestad Imperial. Así de repelados nos deja el emperador —dijo con evidente sarcasmo mientras acababa de mordisquear el nervio del trozo de mojama que le había tocado antes de arrojarlo por la borda—. Pero es mejor no llevar oro a bordo, os lo aseguro. ¿Sabéis por qué?

Enrique tenía la capacidad de entretenerme con su locuacidad, y apenas me exigía hablar; no tenía siquiera que preguntar o responderle nada porque todo lo hacía él.

—Yo os lo diré —continuó—. Los piratas huelen los tesoros desde lejos.

La avidez por el oro había llegado a los mares.

Enrique me contó que el primer tesoro que Cortés había mandado al emperador había levantado la veda. El tesoro había deslumbrado a Europa entera. Había sido tan espectacular, tan inesperado, que Carlos V lo había mandado llevar a Amberes para que todo el mundo contemplara las riquezas de las nuevas tierras del emperador. Prometían convertirlo en dueño del mundo.

—He hablado con quienes tuvieron la suerte de ver ese tesoro. Dicen que vieron un penacho de plumas verdes bordeando una corona de piedras preciosas espectacular —había exclamado Enrique, lleno de regocijo al recordar las expectativas que habían recorrido sus entrañas la primera vez que escuchó describir esos tesoros en las tabernas de Sevilla.

Sin embargo, el segundo tesoro que el conquistador había enviado a Su Majestad no había corrido la misma fortuna. Era más impresionante, más grande, más rico, pero jamás llegó a su destino. Había sido enviado poco después de la caída definitiva de Tenochtitlán. Esta vez Enrique sí viajaba en una de las tres naves que portaban el tesoro.

—Y justo cuando habíamos dejado atrás las Azores y teníamos a tiro de piedra las costas españolas, ¡zam! —Enrique lanzó una mano sobre la otra con una gran palmada, devorando el aire—; el barco de un pirata francés cayó sobre las naves que llevaban el grueso del tesoro y desaparecieron con él.

Me sorprendió su narración. Los franceses siempre habían sido unos hijos de puta. Lo que desconocía es que además fueran tan rápidos, demasiado rápidos. Se necesitaba la suerte de una entre un millón para toparse en medio de las aguas, a caballo entre las Azores y la costa española, con las naves que portaban el tesoro. Y más suerte aún para que, de las tres naves de la expedición, prendieran precisamente las que portaban el grueso del tesoro y se esfumaran entre las olas. Todo esto había ocurrido hacía seis años, en 1522.

En la nave superviviente, en la que iba Enrique, solo viajaban objetos de interés y alguna que otra bagatela que Cortés enviaba junto con el tesoro principal. Había mapas de Tenochtitlán, libros aztecas y un cargamento muy especial.

—La nave en la que yo viajaba pudo evitar el saqueo buscando resguardo en la isla Santa María antes de que nos alcanzaran esos gabachos. Pero os puedo asegurar que esa travesía estuvo gafada desde sus comienzos.

Enrique arrugó tanto el entrecejo que pareció convertirlo en tierra roturada.

—¿Qué queréis decir? —Incliné mi oído hacia él, movido por una extraña intuición.

—Cortés quiso enviar a Su Majestad tres ejemplares de un animal. Viajaban enjaulados en celdas separadas, pero una debía de estar mal sujeta, porque se abrió durante una de las noches, provocando un pequeño infierno a bordo. Murieron dos hombres, pero conseguimos abatir al animal antes de que devorase al resto de la tripulación. Después nos deshicimos de las otras dos bestias tirándolas al agua. Nadie quería seguir viajando con ellas a bordo.

Tragué saliva antes de preguntar.

—¿De qué animal se trataba?

Los vi ahogándose en sus ojos antes de que Enrique me respondiera.

—Un jaguar negro.

Una posibilidad entre un millón de que el pirata francés tropezara con unas naves llenas de riquezas; una entre un millón de que esas naves llevaran consigo un jaguar negro; una entre un millón de que yo estuviera ahí para escucharlo. La historia se escribe desde arriba; nosotros simplemente sujetamos el lapicero.

2

Sanlúcar salió a recibirme como lo hace con todo extraño que llega desde el mar: con una sonrisa de admiración en los labios y una sombra de escepticismo en la mirada. Las dos se exhibían a la vez, insolentes, sobre su piel. La admiración era por si había oro en los bolsillos del recién llegado; el escepticismo, porque cualquiera que hubiera estado el suficiente tiempo observando desde sus muelles sabía que pocos, muy pocos, alcanzaban a acariciar nunca el preciado metal.

La atención alrededor de nuestra llegada se disipó rápidamente al comprobar que los recién llegados olíamos a frutas y legumbres. Tan solo prostitutas y borrachos se acercaron a merodear en busca de placer, pero se apartaban instintivamente de mi lado al ver el color marrón de mi sayal franciscano.

Mientras caminaba entre los arrabales, me sorprendió no sentir nada por la tierra que pisaba. Mi corazón percibía que Castilla había dejado de ser la que yo había abandonado tres años antes. ¿Cómo podía ser la misma si Auri no estaba allí para insuflarle aires de vida?

Me invadió una ligera desazón al comprobar que mi corazón no vibraba en mi tierra patria. Me sonreí con amargura. ¿Qué podía esperar un bastardo como yo, que ni tan siquiera conocía a su familia? Si no había padre, ¿cómo podía existir patria?

A lo mejor era cuestión de simple raigambre, y a mí ya no me quedaban raíces con las que nutrirme del calor de aquella tierra. Mis grandes amigos, que cabían en un puño, habían muerto o ya no estaban ahí. Mi maestro, el gran Pedro Mártir de Anglería, del que había aprendido todo y nada, también había dejado de habitar estas tierras. Sus huellas como gran cronista real seguían vacantes dos años después de su muerte. Nadie volvería a escribir nunca las crónicas de las conquistas con la ingenuidad y el fervor con los que él lo había hecho. Toda Europa las echaría de menos. Y yo más que ninguno.

No me quedaba nadie más a quien regresar, del que esperar una sonrisa de bienvenida, de quien recibir un abrazo. La ausencia de Auri volvía a envenenar mi alma.

Una repentina nube de aire se coló en mis pulmones y comenzó a llenar de vacío mi interior. Mi estómago ardía, el pecho me pesaba, todo latía con fuerza allá dentro. De pronto comencé a sentir lástima y compasión de mí mismo, con un sentimiento ahogado de dolor que subió del corazón a la garganta. La nada que había invadido mi interior hizo que todo sonase a hueco, y a mi alrededor, todo comenzó a acelerarse sin aumentar su velocidad; todo giraba en torno a mí con sus sonidos estridentes y vertiginosos: los carros tirados por los bueyes, las mujeres hablando, los niños gritando. El mundo me envolvía en una vorágine terrible de la que me quería salir.

El vértigo interior se hacía insoportable en mis entrañas cuando escuché, por encima de mi cabeza, el ruido de algo inmenso y agudo y poderoso repicando en mis oídos. Levanté el rostro hacia lo alto, una torre apuntando al cielo. Devolví los ojos a la calle con sus prisas, con sus gritos, y me abrí paso hacia los umbrales oscuros del edificio.

Penetré en su interior.

El silencio se extendió ante mis oídos como un mar

en calma. Unos parpadeos brillantes me guiaban, el sonido hueco de mis pasos recuperando la realidad, el latido del corazón afianzándose de nuevo sobre mi pecho, mi respiración haciéndose de nuevo invisible. Entonces me puse de rodillas ante el sagrario, rodeado de estrellas parpadeantes que lo cubrían de humo como la cortina del templo de Salomón. Pero allí había algo más grande que Salomón.

Debí de rezar, no lo sé. El mar en calma lamió las orillas del alma. Yo formaba parte de aquello porque formaba parte de Él. Esa era mi raigambre y no necesitaba más. Mi nombre era Diego de Soto, era hijo de Dios y había venido a hacer justicia. Todo lo demás me importaba un carajo.

Salí renovado. Con calma. Con determinación. ¿Que nadie me esperaba con una sonrisa y un abrazo? Mejor. Así no retrasaría lo que había venido a hacer a Castilla: destapar la verdad. Era lo que mejor se me daba.

—Hola, buenas tardes. Vengo a ver a don Juan Alonso Pérez de Guzmán. Traigo noticias de don Hernán Cortés que no pueden esperar. —Mi voz se escuchó serena y convincente.

La mirada del criado que había salido a recibirme me ofendió; parecía que estuviese contemplando el último despojo recién llegado de ultramar.

—No creo que Su Excelentísima Señoría el duque de Medina Sidonia pueda recibiros esta mañana. —Fue tajante. Tajantemente insultante.

—Pues esperaré a que lo haga al mediodía.

El criado se quedó estupefacto. No estaba acostumbrado a que nadie contradijera sus indicaciones.

—A mediodía el duque espera una visita, y no creo que vaya a poder atenderos a vos.

Supo arrojar con desprecio las dos últimas palabras.

Solo le faltaba taparse la nariz ante mi presencia. Le hubiera pegado un puñetazo en el rostro, pero tuve a bien contenerme.

—Pues esperaré a que me atienda por la tarde —respondí arrogante, haciendo ademán de querer pasar.

Su cuerpo frente a mí me detuvo en seco.

—Las tardes no son buenas para recibir visitas. —Su hombro pegado a mis costillas me hizo retroceder.

—Pues decidme vos cuándo creéis que tendrá a bien recibirme, porque no pienso moverme de aquí hasta que lo haga.

Lo miré fijamente con los labios tensos. No había cruzado el océano para que la prepotencia de un criado me detuviera en seco.

Sin dignarse siquiera a responderme, cerró la puerta frente a mí sin contemplaciones.

Me quedé boquiabierto. Pero ¿qué se había creído aquel cretino? Eché una rápida ojeada a lo que llevaba puesto. No había sido tan idiota como para ir al palacio de los Guzmán nada más bajarme de la nave. Había pasado antes por el convento franciscano —bendito salvoconducto el de Motolinía—, descansado en mi lecho trece horas seguidas, y me había aseado convenientemente. ¿A qué había venido ese arrugar la nariz del muy estúpido? Olfateé a mi alrededor, tratando de averiguar lo que había olisqueado en mí. Ya no olía a perro mojado.

Me volví a mirar de nuevo mientras aguardaba. Mis ropas eran humildes pero dignas. Lo mejor que había podido conseguir de los franciscanos. Quizá no fueran lo más adecuado para presentarse de imprevisto ante las puertas de aquel lustroso edificio inexpugnable y blanco.

El palacio del duque de Medina Sidonia estaba en la parte alta de Sanlúcar, junto a la fortaleza que dominaba la colina. No existían mejores vistas en Sanlúcar sobre el Guadalquivir desembocando en el Mediterráneo. Pero yo no estaba dentro para verlas, y comenzaba a impacientarme.

Tenía que hablar a toda costa con Juan Alonso Pérez de Guzmán. Era el primer eslabón de la cadena en mi carrera hacia donde fuera que estuviesen Cortés y la Corona.

Así me lo había dicho Motolinía; así había tenido ocasión de saberlo yo también al curiosear entre la correspondencia de Cortés y su padre los días que había estado encerrado en su escritorio del palacio de Axayácatl. ¡Qué lejano quedaba ya Tenochtitlán de todo aquello! Juan Alonso Pérez de Guzmán y Zúñiga era uno de los pocos valedores que Cortés tenía en la corte. El otro era don Álvaro de Zúñiga y Pérez de Guzmán, duque de Béjar. Los dos estaban emparentados entre sí, con las palabras mágicas Pérez de Guzmán colgando entre sus ilustres apellidos. Sin un buen nombre no sois nadie en Castilla.

El duque de Medina Sidonia emparentaba directamente con el legendario Guzmán el Bueno, el mismo que había entregado el puñal a sus enemigos para que mataran a su hijo. Por lo visto, el héroe había tenido más vástagos, y sus descendientes se habían convertido en señores de Sanlúcar, entre otras tierras de los alrededores, con un privilegiado control de la incipiente actividad comercial que proporcionaba su puerto, quicio perfecto entre los territorios de ultramar y Sevilla.

De todas las personas que habitaban en Castilla, nadie disponía de mejor información sobre lo que se movía arriba y abajo del Guadalquivir y por las costas de gran parte del sur de la Península.

Di un respingo al comprobar que la puerta se abría de nuevo frente a mí. Salió a recibirme otro criado distinto. Era más joven, menos estirado y con aspecto amigable.

—Pasad, os lo ruego.

Sin ningún tipo de ceremonia, el tipo avanzó por delante de mí y se perdió en un vestíbulo que se abría en una balconada azul, blanca y verde. Me dejé inundar por las vistas del Guadalquivir ahogándose en el mar. El singular abrazo de dos mundos se estrechaba entre sus orillas, a los pies de una de las casas de mayor renombre y poder de Castilla.

Devolví la mirada hacia la derecha del vestíbulo en busca del criado, pero este había desaparecido tras las puertas de un salón. Entré justo en el momento en el que él salía de allí.

—Esperad un momento —dijo echando a correr por el vestíbulo sin ceremonia alguna.

El suelo del salón en el que acababa de entrar, todo de mármol, parecía arrancado de un palacio florentino. Relucía, blanco, con motivos geométricos marrones. El techo, como contraste, parecía tejido con las manos de los mejores artesanos moriscos. Así era el corazón de Castilla, una amalgama de sabores que confundía al resto de Europa. No era muy diferente a la mezcolanza de estilos que había apreciado en el corazón de Tenochtitlán.

Me paseé por la estancia, asombrado de su sobria elegancia, hasta que la puerta cerrándose detrás de mí me avisó de que no estaba solo. Esperaba encontrarme a un duque altivo vestido con oropeles, ceñudo y distante, reminiscencia de otros nobles que había tenido ocasión de conocer en el pasado, pero me topé de bruces con el mismo criado de aspecto amigable que me había acompañado hasta allí. Era más o menos de mi edad y me observaba con curiosidad. Me asombró descubrir sus pies desnudos sobre el mármol, un detalle que daba cierto toque estrafalario a su figura, vestida con unos simples calzones oscuros y una camisa blanca bien abierta sobre su pecho.

—Disculpad, pero me gustaría poder hablar con vuestro señor cuanto antes.

—Adelante, adelante, no os quiero hacer esperar —dijo sin moverse.

Miré hacia él y luego hacia la puerta, guiándolo hasta la salida, en busca de su amo.

—Sí, pero es que vuestro señor debería estar presente. —Volví a la carga, impaciente, al ver que no se movía—. He cruzado todo el Atlántico y solo él puede ayudarme.

El criado levantó el mentón, haciendo crecer su figura.

—Estoy presente, yo soy el duque de Medina Sidonia —respondió él, entre la jactancia y la comicidad de aquel instante absurdo—. Disculpad mi aspecto, pero pensé que no os importaría, como a vos no os ha importado llamar a las puertas de mi palacio sin protocolo alguno.

—¿Vos sois Juan Alonso Pérez de Guzmán? —Asombro, incredulidad y vergüenza cubrían mi rostro.

El duque miró hacia atrás, como si fuera a encontrarse con otra persona distinta a él en el salón.

—¿Hay alguien más con nosotros? —respondió él con ironía.

—Veréis, yo..., disculpad, es que no estoy acostumbrado a ver a uno, quiero decir... —Tropecé con mis palabras, cayendo en la humillación.

Juan Alonso Pérez de Guzmán dejó que una sonrisa se dibujara en sus labios y señaló hacia la puerta.

—Si queréis salgo y ordeno a mi mayordomo que me prepare mis ropajes para recibiros como el duque que esperabais encontrar.

—No, por favor, disculpadme de veras. Os prefiero así de..., de cotidiano —logré concluir sin saber si había acertado con el adjetivo.

—Pues bien, entonces sentaos y hablad. —Señaló hacia un rincón de la sala en la que había una mesa con varias sillas alrededor—. Y no os preocupéis por mi aspecto, que os escucho; hay más en mi cabeza de lo que aparento en estos momentos. Lo que ocurre es que mis planes hoy no incluían ninguna visita.

Sonreí intimidado por la transparencia que mostraba conmigo aquel extraño.

—Estoy atareado a causa de la llegada de un músico que he hecho traer desde Amberes para que afine el órgano que tenemos en la capilla. Si lo consigue, este domingo celebraremos un concierto de acción de gracias nada más terminar la misa. —Sus ojos se iluminaron con la ilusión de un niño pequeño—. Estáis invitado a asistir, si os halláis por aquí todavía.

—Confío en estar lejos cuando el órgano toque los primeros acordes. —Me di cuenta de mi brusquedad—. Por Dios, no veáis en ello ingratitud, os lo agradezco de veras, pero asuntos urgentes me reclaman.

—¡Oh! ¡Claro, claro! ¡Hernán Cortés! —interrumpió él, acordándose del motivo que nos tenía reunidos—. Por eso os he dejado pasar. No hay hombre por el que sienta más devoción en esta tierra. ¡Fue todo un honor poder conocerlo al fin en persona después de tanto tiempo! Contadme qué es lo que necesitáis que haga por vos.

Todavía estaba perplejo ante tanta solicitud y amabilidad, procediendo de alguien con uno de los apellidos más nobles de Castilla y, por ende, de España y el mundo entero. Me resultaba imposible casar su imagen con la de los clanes señoriales de Valladolid. Eran almas opuestas. Ellos, serios, graves, invernales; él, jovial, amable, primaveral. Demasiada intensidad para la sobria altanería castellana. Juan Alonso Pérez de Guzmán era un rayo de sol en la cara que deslumbra, para bien y para mal. Por ese motivo me sorprendió especialmente su reacción sombría cuando me escuchó hablar sobre el cargamento de oro que los enemigos de Cortés habían enviado a Castilla con la pretensión de hacer pasar por un tesoro que el conquistador había ocultado a la Corona.

—Soy consciente del daño que puede hacer la aparición de ese tesoro justo ahora que Cortés está en España —murmuró el duque de Medina Sidonia, preocupado—, pero no ha llegado el cargamento de oro del que habláis —aseveró él, convencido—. No lo ha hecho, no a estas costas.

—Pero es imposible —respondí yo, frunciendo el ceño—. El tesoro salió de Nueva España antes que yo, tiene que estar ya aquí, en Castilla —insistí, sin creer que pudiera haber otra posibilidad.

—Entiendo vuestra incredulidad —asintió Juan Alonso, saltando de su silla y volviéndose hacia una de las ventanas que se abrían sobre la desembocadura del Guadalquivir—. Hay otros sitios donde desembarcar en estas costas, evitando los lugares oficiales. Pero siempre hay alguien que ve algo, alguien que se va de la boca, y siempre terminan todos por enterarse. Sin embargo, no es el caso con ese tesoro del que habláis, lo que lo hace todavía más sospechoso y siniestro.

Tragué saliva al escuchar aquella palabra; siniestro. Definía la situación perfectamente. Realmente lo era. ¿A qué venía de repente tanto secreto para desembarcar un tesoro así, cuando lo que pretendía Salazar con él era presentarlo a bombo y platillo ante los ojos de toda la corte? ¿Cómo había podido pasar absolutamente desapercibido? ¿Acaso buscaban un mayor impacto, ocultándolo hasta el momento de presentarlo ante el emperador, frente a toda la corte?

El duque de Medina Sidonia se volvió hacia mí.

—Cortés no se repondrá de esa acusación si Castilla ve brillar ese oro. Es la excusa perfecta para que sus enemigos en la corte acaben con él.

—¿Vos conocéis a un hombre llamado Salazar? —Indagué en sus ojos, esperando que se hiciese una luz.

—¿Salazar? —Sacudió la cabeza negativamente—. A través de su padre, Cortés me escribió sobre él en su momento. Sé que fue uno de los enviados por la Corona como funcionario real y que quiso ganarse su confianza, pero luego causó bastantes alborotos en su contra y fue detenido.

—Fue liberado de prisión. Él es el que está detrás de la trama del tesoro.

Se quedó pensativo.

—Hernán, Hernán, Hernán. ¡Sois demasiado grande para hombres tan mediocres! —Habló de espaldas a mí, como si yo no estuviera, antes de girarse de nuevo sobre sus pies descalzos sobre el mármol—. El problema de nuestro querido Cortés es que está cayendo en la trampa que le han ido tendiendo minuciosamente a ambos lados del océano. Han querido sacarlo de su madriguera, empujándolo a Castilla con la excusa de venir a reclamar sus derechos ante la Corona.

—¿Y quién es el que puede estar empujándolo desde Castilla?

Abrí los ojos, inquisidor, pero él los abrió aún más, atisbándome con incredulidad.

—¡Todo el mundo! —exclamó, señalando alrededor—. Cualquiera en la corte podría ser enemigo de Hernán. Él ha hecho lo que ninguno de nosotros ha soñado nunca. ¿Conocéis a alguien que haya ensanchado un reino con un territorio más grande y tan rico? A mí solo se me ocurre Alejandro Magno, y el macedonio necesitó de muchos más hombres.

—Si así es, entonces debería ser amado por toda Castilla.

—Es que ahí está el problema de Cortés —Juan Alonso se alzó sobre mí, solemne—, ¡que toda Castilla lo ama! ¿Sabéis vos cómo lo está recibiendo el pueblo a su paso por los lugares que va pisando? Está realizando un paseo triunfal hacia Toledo, donde confía ver al rey. Se ha traído un buen pedazo de sus riquezas para que todos lo vean, exhibiendo su magnificencia. A su llegada a Sevilla, cuando al fin nos conocimos, se lo advertí, fue lo primero que le dije: «Cortés, a los castellanos no les gusta exhibir riquezas». ¿Sabéis qué es lo que me respondió? —Negué con la cabeza, y el duque lanzó una sonrisa—. «Ya va siendo hora de que alguien les enseñe lo que son verdaderas riquezas.»

Muy Cortés; me sonreí, sacudiendo los hombros.

—Eso exacerbará las envidias y los celos más si cabe —dije, ladeando la cabeza.

—¡Exacto! Los nobles no lo ven con buenos ojos porque Cortés los intimida con su poderío. ¡Hasta han conseguido prohibir sus cartas de relación al rey! ¡El diablo de la imprenta estaba propagando sus aventuras como si fueran la buena nueva!

—Pero vos estáis de su lado, sois uno de sus valedores en la corte. Podría haber más que se inclinaran hacia el conquistador, como hacéis vos o el duque de Béjar.

El duque de Medina Sidonia me miró con extrañeza.

—Sí, podría haberlos, pero no todos quisieron aceptar su precio. Ya sabéis lo que quiero decir.

El rostro de Juan Alonso se convirtió súbitamente en el de un hombre viejo mientras pronunciaba esa última frase. Era uno más en la corte. No pudo evitar su extrañeza al ver mi decepción en el rostro.

—¿Cómo? ¿No lo sabéis? Hasta el día que murió, su padre, Martín Cortés, siempre trató de influir en la corte con el oro que su hijo le enviaba.

—¿Por eso sois su benefactor? ¿Porque tomasteis su oro? —No podía creer que nadie en este mundo, ni siquiera el hombre que tenía delante y que me había parecido un nuevo amanecer comparado con la demás nobleza castellana, pudiera verlo todo a través de los intereses opacos de la codicia.

—Todos tenemos un precio, ¿no creéis, querido amigo? Así se construyen las fortunas.

El duque caminó hacia mí con los brazos extendidos.

—Oh, vamos, no me miréis con esa cara, como si el

tipo que se pasea descalzo por el salón hubiera desaparecido. ¿Sois tan ingenuo como para pensar que alguien consigue algo a cambio de nada? Cortés utiliza el oro para sumar voluntades; lo ha sabido hacer desde el principio. ¿Por qué creéis que se ocupó de mandar los tesoros que enviaba a la corte? ¡El oro es el camino más rápido para comprar voluntades! ¡Hasta nuestro queridísimo emperador utiliza esa artimaña!

Lo miré con un interrogante, ignorando de lo que hablaba.

—¿Cómo creéis que consiguió la corona imperial de su abuelo? ¡Ser emperador del Sacro Imperio Romano Germánico! Los méritos por sí solos no bastan, hay que avalarlos siempre con algo de peso. —Juan Alonso hizo frotar sus dedos contra el pulgar—. Los siete electores que tenían que decidir a quién iba a parar la corona imperial tenían que elegir entre Francisco I, rey de Francia, y Carlos I, rey de Castilla. ¿Sabéis a quién votaron? A quien hizo inclinar el peso de la balanza con más fuerza.

Contemplé el salón en el que me hallaba como si el mármol se hubiera desvanecido, dejando en su lugar un vulgar lodazal. Realmente yo seguía siendo un ingenuo. Hasta aquel tipo simpático, jovial y despreocupado que tenía ahora enfrente, con quien podría haber llegado a compartir una amistad si no fuera duque, me hacía abrir los ojos al mundo y contemplar la realidad tal y como era.

—Entonces, vuestra lealtad hacia Cortés es pura conveniencia; lo único que valoráis es su oro.

—Ahí es precisamente donde os equivocáis. —Juan Alonso chascó sus dedos ante mí, despertándome de mi idealismo—. Yo admiro a ese hombre como si fuese mi propio padre, y haré todo lo que esté en mi mano porque nadie le arrebate su gloria. Ahora bien, hay tipos que no quieren su oro, lo que pretenden es su desaparición. Y puestos a elegir entre la desaparición y el oro, yo me quedo con su oro. ¿Veis la diferencia? Ellos quieren eliminarlo para repartirse su poder.

Los pies descalzos del duque se deslizaban frente a mí, de un lado a otro.

—Pero ¿no tenéis ya bastantes riquezas como para elegir vuestras batallas con plena libertad de espíritu? No lo entiendo.

—Es que no es oro exactamente lo que consigo a cambio de mi adhesión a los intereses de Cortés —cerró los labios, dejando escapar una mueca antes de continuar—, sino el compromiso de su matrimonio con una sobrina lejana mía y del duque de Béjar, su otro valedor en la corte.

Guardé silencio, consciente de lo lejos que me quedaba todo ese juego de poder en el que todo valía con tal de mantenerse allá arriba.

—Sí, lo sé. —El duque bajó la cabeza, no demasiado orgulloso de lo que acababa de confesar—. Es duro ser noble y comprender la realidad que gira alrededor vuestro, pero es necesario seguir bailando mientras suene la flauta u os quedáis fuera. Yo intento quedarme lo más al margen que puedo desde aquí, desde Sanlúcar. No me gusta la corte, pero me ha tocado lidiar con ella. —El duque me dio unas palmadas en la espalda.

Asentí, comprendiendo, pero no demasiado convencido.

—En fin —añadió él con un brillo genuino en su mirada—, es una suerte haberos podido conocer y comprobar vuestra fidelidad hacia Cortés. Es una suerte que os tenga a vos. Amistades como la vuestra son difíciles de obtener.

Juan Alonso bajó la cabeza en señal de admiración y me sacudió la espalda de nuevo, orgulloso de mí. Al hacerlo, notó mi cuerpo retorciéndose, incómodo por las palabras que acababa de escuchar. Carraspeé, desviando la mirada al ancho mar sobre la ventana.

—Bueno, veréis. —Me atraganté de nuevo, antes de romper el bello panegírico que acababa de trazar sobre mi amistad con Cortés—. Lo que se dice amigo, en realidad no lo soy. Veréis, mi nombre es Diego de Soto y yo...

—¿De Soto? ¿Diego de Soto? —interrumpió él, con la boca abierta—. ¿El tipo que lo denunció ante el gobernador de Nueva España? ¿El culpable de que fuera desterrado de su Tenochtitlán querido?

Juan Alonso Pérez de Guzmán rompió a reír con todas sus fuerzas.

—¡Y yo disculpándome porque me llevo un pedacito de su fortuna cuando vos casi le arrebatáis la vida!

El duque de Medina Sidonia no podía parar de reírse. Las lágrimas salían de sus ojos, contraído por las carcajadas.

—Pero ¿vos cómo lo sabéis? —Quien estaba estupefacto ahora era yo, con el rostro desencajado.

—Porque Cortés me lo contó todo. Mirad, Diego —me cogió ahora por los hombros, conteniendo la risa—, francamente os lo digo: no creo que Hernán Cortés os vaya a recibir con los brazos abiertos en Toledo. No. —Sacudió la cabeza, reafirmándose—. No os va a recibir nada bien, creedme.

Volvió a prorrumpir en risas, que trató de ahuyentar.

—Por Dios, no os toméis a mal estas carcajadas, pero es que me resulta tan... —Otra carcajada lo interrumpió—. ¡Dios mío, y yo alabándoos por vuestra lealtad hacia el conquistador!

Sus risas resonaron de nuevo bajo el artesanado morisco, y esta vez no pude escapar de unirme a ellas, a pesar de mi humillación. Las contradicciones de la vida convertían en ocasiones el blanco y negro en una variedad infinita de contrastes grises.

Sellamos nuestro breve interludio de amistad instantes más tarde en las caballerizas de palacio, ofreciéndome un caballo para salir de Sanlúcar cuanto antes.

Poner los pies en las cuadras fue como hacerlo en el salón de juegos de un infante; estaban limpias, impolutas, perfectamente ordenadas.

—Os aseguro que veréis pocos ejemplares como estos —me dijo con orgullo al entrar.

Siete fantásticos animales desafiaban el infinito a ambos lados del amplio corredor. El duque se acercó hasta las cabezas de los que estaban a nuestra derecha.

—Todos de sangre árabe menos estos dos, que portan sangre de un semental andaluz que me cedieron para obrar el milagro —exclamó acariciando sus frentes—. Podéis elegir cualquiera de los cinco restantes.

Paseé la mirada por cada uno de ellos.

—Tenéis razón. Hacía mucho tiempo que no contemplaba caballos tan magníficos. —Me acerqué hacia uno de pelaje negro y puse la mano en su hocico para que me oliera. Iba a ser mi elección.

—Veo que os caéis bien. —Juan Alonso se colocó a mi lado—. Se llama Alí Bey.

—¡¿Alí Bey?! —Arqueé las cejas al escuchar aquel lejano nombre.

—Le puse ese nombre en honor del moro que me vende los caballos. Es el mayor bribón que hayáis conocido nunca, pero nadie tiene mejores caballos.

—Lo conozco.

—¿En serio? —Me escrutó con suavidad—. Intuyo una vida interesante en vuestro pasado. Alí Bey solo se deja querer por los poderosos.

Sonreí ligeramente al recordar la figura del moro mientras acariciaba al otro Alí Bey.

—Lo más probable es que os topéis con él en Toledo. No desaprovecha nunca la oportunidad de exhibir su poderío equino cada vez que tiene lugar una ocasión especial, y os aseguro que la recepción real de Cortés en Toledo lo será. Toda la corte estará ahí.

—¿Y vos? —Le lancé la pregunta, desafiante—. Cortés necesitará exhibir sus apoyos.

—¿Creéis que allí me dejarán pasear entre ellos descalzo? —contestó Juan Alonso, levantando sus pies desnudos.

Exhalé una sonrisa.

—Si fuera vos, iría —asentí—. Cortés os necesitará.

—Y si yo fuera vos, no iría —me respondió él, guiñándome un ojo—. Cortés os matará.

Sonreímos ambos, y el duque de Medina Sidonia abrió la celda de Alí Bey. Su hermosa estampa negra sacudió las cuadras y mis ojos.

—Sed bueno con él. Va a necesitar de toda vuestra ayuda —susurró el duque en la oreja del caballo.

—Necesitaré algo más que un caballo para ser recibido entre los poderosos. —Bajé la mirada hacia mi atuendo, frunciendo el ceño—. Vestido así, no me acogerán, como sí habéis hecho vos.

—Descuidad —se limitó a decirme, poniéndose a mi lado, calculando las diferencias entre su porte y el mío—. No habrá mejor hombre vestido en todo Toledo. Seréis mi mejor representante.

Nos despedimos en las caballerizas con un fuerte abrazo, como si nos hubiésemos conocido al principio de nuestras vidas. Descubrí entonces que las raigambres con la tierra que uno pisa no vienen con el nacimiento, sino que se van forjando en el día a día de nuestras vidas.

Quedé con Juan Alonso Pérez de Guzmán en que pasaría a recoger a Alí Bey al día siguiente.

Salí muy temprano del convento franciscano, no sin antes agradecer al monje que me despidió en la puerta la hospitalidad que habían mostrado conmigo, a pesar de las pobres ropas que me habían suministrado. Ya no me importaba, porque sabía que el duque de Medina Sidonia había tomado buena nota de mi observación el día anterior.

Efectivamente. Nada más entrar en las caballerizas del palacio de Guzmán, vi un petate cargado sobre la grupa de Alí Bey. El criado que me había acompañado hasta ahí, el mismo imbécil del día anterior, ahora más suave que la seda, me hizo entrega de una nota.

Estaba firmada por el duque de Medina Sidonia y decía lo siguiente:

> Soy más apuesto, más fuerte y más esbelto que vos. Pero mis ropas os quedarán igual de bien, porque tenéis el coraje con el que llenarlas...
>
> Juan Alonso Pérez de Guzmán
>
> P. S.: ... Un coraje que a mí en ocasiones me falta.

Me sonreí. Un hombre singular. De los que, al despediros de él, os queda la pena de no llegar a haberlo conocido más.

3

Alí Bey cumplió con creces. Cabalgamos las vías menos transitadas; evitamos las urbes más pobladas; marchamos por las sendas más cortas. El caballo y yo hechos uno y Castilla deslizándose bajo nuestros pies.

La naturaleza y el paisaje castellano salían a recibirnos con toda su familiaridad, sin las grandes fastuosidades del Nuevo Mundo, pero con la mesura y la contención que las hacía, en su belleza, plenamente habitables. Quizá eran nuestros siglos de dominio sobre estas tierras los que la habían domesticado, borrando el lado salvaje que en alguna época pudieron llegar a tener. Pero ¡qué diablos!, aquí uno podía dormir a la intemperie sin el temor de que una bestia le devorara las entrañas. Lo único que había que temer en los caminos de Castilla era a los bandidos, pero con cautela y discreción no era difícil sortearlos.

Durante el trayecto no cesé de buscar el cargamento de oro entre los carromatos que Alí Bey y yo íbamos adelantando con facilidad. Las cajas y las tinajas, lo que escondían bajo el cacao y la cerámica, viajaban en nuestra misma dirección, al mismo lugar, ante los mismos ojos. Lo presentía. El oro de Vázquez, el oro de Salazar, había llegado a la Península a pesar de las dudas del duque de Medina Sidonia. Que sus fuentes no tuvieran noticia de ese cargamento no significaba que no estuviera ya aquí, entre nosotros, muy cerca.

Pero no llegué a apreciar bultos ni carro alguno susceptible de portar la preciada mercancía. Solo hubo un momento en el que creí estar cerca, muy cerca, de una caravana sospechosa. Los vi desde lejos y azucé a Alí Bey para que se pusiese a su altura con discreción. Eran dos carromatos de bueyes que tiraban de un cargamento de tinajas y cajas mezcladas. No eran de las mismas dimensiones que las del tesoro que yo había visto, pero lo que me llamaba la atención eran los cuatro hombres montados a caballo que custodiaban el cargamento. Cuando por fin logré adelantarlos, escuché que hablaban un idioma extraño. No era náhuatl. Alemanes.

Voltearon sus rubias cabelleras al escuchar el paso de Alí Bey adelantándolos. Mis pupilas se agrandaron con la misma curiosidad que la de ellos. Comentaron algo entre sí sin perderme de vista y se rieron. Me escoció. Me volví ligeramente desde mi montura negra, con altivez, y seguidamente espoleé a Alí Bey para que supieran quién era el rey del viento. Los debí de dejar boquiabiertos —en realidad, fue Alí Bey quien lo hizo—. No volví a saber de ellos; enseguida se desviaron por otro camino que vi indicado con la palabra ALMADÉN. No había escuchado nunca el nombre de esa villa, y me sorprendió que alguien se hubiera dedicado a tallarlo sobre un mojón de piedra en el camino.

Toledo apareció al final de mi séptimo día sobre una colina que asomaba al Tajo. Era la primera vez que la veía. No había laguna. No era Tenochtitlán. Pero era imperial. Y majestuosa.

Crucé el puente de San Martín, sobre el río, y por un instante pensé que la gesta que tenía frente a mí se parecía a la de Cortés; convencer a un imperio de que yo tenía la verdad. Sacudí la cabeza, desterrando tamaña estupidez. Yo no tenía delante a un imperio por conquistar; solamente debía persuadirlo. No contaba con ningún aliado, salvo mi ingenio y la carta escrita por los franciscanos, que llevaba oculta en el pecho. Entregársela personalmente al rey iba a requerir de lo primero, de mucho ingenio. Pero en ese instante, sobre el puente, sentí que este me había abandonado y se había quedado en la orilla, esperando a ver lo que sucedía.

Tuve la inmensa suerte de que el convento franciscano más cercano estuviera a un tiro de piedra del puente que acababa de cruzar: el monasterio de San Juan de los Reyes.

Viendo desde la distancia su enorme magnificencia, algo en mi interior me dijo que nadie ahí dentro iba a hacer caso al salvoconducto que Motolinía había escrito de su puño y letra. Por fortuna, me equivoqué en mi apreciación; la ciudad estaba de fiesta, y el convento, también.

Se percibía en el ambiente nada más atravesar la muralla. Había llegado a la hora en el que el fragor de una ciudad solía replegarse en el interior de sus hogares en espera de un nuevo día, pero los adoquines de las calles de Toledo seguían brillando bajo el fulgor de los candiles que colgaban en las esquinas. Me crucé con gente que seguía paseando, charlando alegremente, ebria de la excitación que flotaba en el ambiente.

—No había visto nunca nada igual —exclamaba una mujer, con el resplandor de su mirada todavía extasiada.

—¡No se les caía al suelo nunca! —murmuraba otro, todavía incrédulo.

Escuché brotar el nombre de Cortés de sus bocas y admirarse de lo increíble que había sido ver a aquellos indios jugar con la pelota. El conquistador estaba ya en Toledo y había comenzado a desplegar sus armas de seducción. Por la expresión de orgullo en los rostros de aquellas gentes, parecía que el mundo entero tuviera sus ojos puestos en la ciudad imperial. Somos el centro del mundo, decían.

De la mayoría de los balcones colgaban pendones con el blasón imperial del águila bicéfala, emblema del emperador. Ramos de flores decoraban las puertas de las casas y guirnaldas de espliego correteaban alegres sobre nuestras cabezas. Tuve que tirar varias veces de las bridas de Alí Bey, del que había desmontado a las puertas de la muralla por indicación de uno de sus guardias, para evitar que hincara su dentada a las que se descolgaban hasta su altura. El animal estaba tan hambriento como yo.

La fiesta continuaba en el monasterio. En el cenobio escuché gritos de entusiasmo al saber de dónde llegaba. Motolinía y los demás franciscanos enviados a la Nueva España —los doce apóstoles, los llamaban— se habían convertido en una leyenda viva, y el salvoconducto firmado de su puño y letra habría acabado expuesto en una vitrina de no ser porque todavía lo podía necesitar.

Después de una cena sobria en la que tuve que repetir hasta tres veces de la sopa de gachas para poder llenar mi estómago, uno de los hermanos se acercó hasta mí y me susurró al oído que el prior general de la orden franciscana tendría mucho gusto en verme.

—Arde en deseos de que le contéis cómo se encuentran nuestros hermanos en Nueva España —susurró con aires reverenciales.

Tuvo que repetírmelo dos veces para que entendiera que quien me estaba reclamando no era el prior de aquel convento, sino el padre general de la orden en el mundo entero. Fray Francisco de los Ángeles, ese era su nombre, se había desplazado expresamente a Toledo aquellos días para conocer en persona a Hernán Cortés y asistir a la recepción que iba a ofrecer en su honor Su Sacratísima Majestad el emperador.

Me hicieron pasar sin ambages por los austeros pasillos del monasterio, un infinito contraste con el impresionante templo que lo acunaba en su regazo.

Nada más entrar, la sonrisa del prior general se me asemejó a la que lleva un niño puesta el día de su cumpleaños. A falta todavía de conocer a Hernán Cortés, yo me había convertido en su mayor regalo.

Enseguida entendí por qué. Fray Francisco había sido el primero en solicitar al papa permiso para viajar a aquellas tierras y ser instrumento en la conversión de los indios. Lo había pedido incluso antes de que Cortés acabara por conquistar Tenochtitlán, tal era su celo apostólico. Sin embargo, su súbito nombramiento como prior general de la orden franciscana había truncado sus ilusiones. La casualidad quiso que, una vez conquistada Nueva España, Cortés solicitase expresamente al emperador el envío de franciscanos para evangelizar las tierras, y fray Francisco se había encargado de elegir a los doce hombres mejor dispuestos para tamaña empresa. Motolinía había sido uno de ellos, y estaba muy orgulloso de lo que estaban logrando.

—La gracia de Dios se derrama entre sus manos, y las conversiones se suceden milagrosamente.

Asentí, contrariado por el contenido de la carta de la que me había hecho entrega Motolinía y que ardía sobre mi pecho mientras escuchaba sus palabras. Dudaba si dejársela leer o no.

—Por desgracia, la sangre derramada puede comenzar a correr tan rápido como la gracia y terminar ahogándola —respondí yo al fin, extrayendo la carta.

Tenía que dársela a leer, que supiese lo que ocurría. Motolinía lo hubiera hecho. Mientras la leía, vi pasar ante sus ojos la crueldad de Nuño de Guzmán y el sombrío futuro de una tierra fatigada, abandonada a su antojo sin la presencia de don Hernán Cortés.

Dio un puñetazo sobre la mesa, pero inmediatamente se contuvo.

—Debéis entregar esta carta al rey —dijo, sin elevar el tono pero con firmeza—. Debe actuar de inmediato si no queremos que la codicia de unos pocos reduzca todo a nada.

No me había equivocado mostrándosela a fray Francisco. Aquel religioso tenía la fuerza de un huracán encerrado en una vasija de barro. Era dulce, suave, pero enérgico con su mirada. Había fuego bajo el temple. Él era la llave que podía abrirme la puerta a los fastos que el emperador preparaba para Cortés.

—Sin duda, vos podríais ayudarme a cumplir esta misión estos días en los que Cortés tiene intención de exponer sus agravios al emperador.

Fray Francisco me miró, confundido.

—¿Para qué vais a necesitar mi ayuda? Conocéis a Cortés, sois su amigo. Presentaos ante él.

Eché el cuerpo hacia atrás, sobre la silla, y fray Francisco percibió la inquietud.

—Hemos tenido nuestros más y nuestros menos —dije, torciendo los labios, sin atreverme a añadir nada.

—Y veo que ahora os encontráis en vuestros menos. —Se acarició la barbilla, incisivo.

—Así es —dije yo, apartando la mirada.

El silencio cayó sobre nosotros mientras fray Francisco sopesaba lo que hacer, con la carta todavía entre sus manos.

—No tengo motivos para desconfiar de vos si Motolinía no lo ha hecho. —Extendió las manos sobre la mesa, devolviéndome la carta—. Y puedo aseguraros de que ha sido Dios mismo quien os ha guiado de la mano hasta aquí esta noche.

Crucé los brazos sobre el pecho, a la defensiva. ¿Por qué los religiosos tenían la capacidad de llevarlo todo a su terreno?

—Mañana tiene lugar la celebración real en honor de don Hernán Cortés. Todo comenzará con una misa, y se prolongará después con una recepción en el palacio de Fuensalida.

Lo escuché maravillado; el momento de mi llegada no podía ser más oportuno.

—¿No adivináis dónde va a tener lugar la celebración de la eucaristía? —continuó fray Francisco, con mirada incisiva.

Negué con la cabeza. No conocía Toledo. ¿Cómo iba a saberlo?

—Aquí, en la iglesia de San Juan de los Reyes, y yo soy quien la oficiaré —replicó con una sonrisa cómplice.

Tuve que hacer esfuerzos por cerrar la boca, mi barbilla caída por el asombro. ¿Guiado de Su mano, había dicho él? Pero ¡si me lo estaba poniendo en bandeja!

—Asistiréis; lo que ocurra a partir de entonces dependerá de vos.

—Me sorprende que no me hayáis pedido ser vos mismo quien entregue la carta a Su Sacratísima Majestad el emperador.

—Si la entregase yo, la misiva no gozaría de la misma credibilidad. Motolinía os eligió a vos para entregar la carta, y seréis vos quien lo hagáis, por el bien de Nueva España. En una partida de ajedrez es importante saber con qué pieza conviene atacar en cada momento —añadió con un tono de misterio.

Me hubiese gustado indagar en ese comentario, saber qué pieza era yo, si peón o caballo, pero fray Francisco se levantó, dando por zanjado nuestro encuentro.

Me fui a la cama con la tranquilidad de no haber tenido que mentir al religioso. Jamás habría dejado que fuera él quien entregara la carta que Motolinía me había encomendado a mí. Mis planes entonces se hubieran frustrado. Era yo quien debía colarme en aquella celebración, adentrarme entre sus bastidores, observar a sus personajes, estar en guardia y actuar en el improbable caso de que el tesoro apareciese inesperadamente. Tragué saliva solo de pensar en esa posibilidad; lo cierto es que se trataba de una ocasión perfecta para que los enemigos de Cortés actuaran, pero ¿qué iba a hacer yo si eso ocurría? ¿Saltar a la palestra y decir que no era verdad? ¿Qué credibilidad tenía para que me creyesen? Me faltaban pruebas, desnudar las intenciones de Salazar. Un pequeño secreto que abriese y cerrase su voluntad a mi antojo.

Lancé un suspiro y me llevé las manos a la cabeza, girando sobre mí mismo en el colchón. Apenas podía conciliar el sueño de tanto pensar. Mi tranquilidad se había derramado en el suelo con todo lo que estaba a punto de suceder. Quedaba pendiente examinar el momento decisivo, mi encuentro con Cortés. Mi providencial llegada al convento franciscano y mi asistencia a la misa y a la recepción del emperador postergaban necesariamente mi reencuentro hasta después de la fiesta cuando menos. No podía acercarme a él durante la celebración, exponerme a que me viera. Conociéndolo, podía estallar de furia allí mismo. Me acusaría de haberlo hecho caer en desgracia ante los ojos del emperador y de la corte. No tendría posibilidad de defender mi inocencia, de disculparme, de explicárselo todo. No en aquel momento, en presencia de todo el reino.

Tragué saliva; otra fiesta más tratando de pasar desapercibido. Me taladró el corazón el súbito recuerdo de Auri aquella noche; su beso eterno en mi frente. La acaricié en el mismo sitio donde había apoyado ella sus labios y besé luego mis dedos. Unas lágrimas inundaron mis ojos y tuve que forzarme a pensar de nuevo solo hacia delante.

No había vuelta atrás.

Vino en mi socorro el petate que el duque de Medina Sidonia había dejado sobre la grupa de Alí Bey. Confiaba en que los gustos de Juan Alonso Pérez de Guzmán bastaran para disfrazarme de manera que mi presencia pasara inadvertida en la fiesta. Algo me decía que sí.

4

El atuendo resultó un buen disfraz. Pasar inadvertido, sin embargo, iba a resultar difícil, muy difícil. Juan Alonso Pérez de Guzmán se había excedido.

Al salir de mi habitación los religiosos que encontré a mi paso creyeron ver una aparición. No era común tropezar en sus humildes dependencias con alguien que parecía arrancado de la mismísima realeza. Era elegante, pero tenía un toque excéntrico que me emparentaba con los gustos del gobernador Estrada. Debía de ser la nueva moda que estaba penetrando en la corte de un imperio cada día más grande, pero sabía muy bien el tipo de epítetos que recibiría si me dignase a pasear vestido de aquella guisa a plena luz del día por las calles de Valladolid. El duque de Medina Sidonia había osado prestarme un jubón de tonos dorados cuyas mangas iban ricamente bordadas en lo que parecía oro. Completaba el traje unas calzas cortas a juego que no me llegaban a las rodillas, y una piel de armiño moteada con puntos negros que iba sobre los hombros del jubón. Las medias que me cubrían las piernas eran de color crudo y morían bajo unos zapatos negros que se ataban al pie con unos cordones dorados, en un elegante y ridículo guiño de conjunciones con la gorra que me ceñía la cabeza, también negra y tocada en su lateral por una pluma dorada. Ni a Cupido en sus momentos de mayor delirio se le habría ocurrido una idea similar.

Fue fácil acceder al interior del apoteósico templo directamente desde el convento de los franciscanos. No quería llamar demasiado la atención, y opté por sentarme en uno de los últimos bancos, lo más alejado posible de la entrada a la iglesia, que se abría por delante de mí, en el lateral izquierdo de la nave. Era allí, junto al portón y en los primeros bancos frente al altar, donde estaba la pompa y el boato, y desde mi posición podía mirar sin ser visto con comodidad.

Los vi entrar a todos, duques y condes y marqueses y funcionarios, en el pasillo central, eligiendo sus puestos. Cuanto más brillo y oropeles y cadenas y medallas, más cerca estaban del altar, en los primeros asientos, cerca del emperador. Su Sacratísima Majestad no había llegado aún. El más importante, el último.

Aunque apenas conocía a nadie, insistieron en aparecérseme, recortados entre las primeras filas, retazos de un pasado que había dejado atrás. El duque del Infantado irradiaba prepotencia a cada paso que daba, dirigiéndose hacia la cabecera del altar. Hablaba en voz baja con otro hombre mucho más joven, todo él adornado por un jubón verde como un árbol de Navidad pero sin el oropel que ostentaba el duque. Incluso yo con mi traje prestado del duque de Medina Sidonia deslumbraba más que él, que ocupaba los primeros puestos. Movido por la curiosidad, quise preguntar a la pareja que tenía sentada a mi lado. Dudé si hacerlo o no. Era un matrimonio cuyo aspecto denotaba muchas aspiraciones y pocas realidades. El vestido que lucía ella, con mangas rojas brocadas en plata, vistosas y llamativas, desvelaba sus aspiraciones, pero chocaban con la realidad de los puños de él, arremangados con media vuelta para ocultar la tela gastada por tantas horas inclinado sobre un escritorio. Viéndola a ella uno imaginaba a la mujer de un ambicioso secretario de la corte que empezaba a olisquear el poder, pero posando los ojos sobre él, solo veía el vulgar oficio de amanuense del imperio. Supongo que la verdad estaba perdida entre las arrugas de su traje y los plisados del vestido de ella. En cualquier caso, se adivinaba una buena cama donde dormir y una mejor mesa en la que comer.

—Disculpad. —Volví la cabeza hacia el lado, venciendo mis dudas—. ¿Sabéis quién es ese hombre que va de verde con una gorra oscura? —dije con la mejor de mis sonrisas.

El tipo, sentado junto a mí, se volvió hacia el otro lado, hacia su mujer, sin mirarme tan siquiera de soslayo. Ella, que estaba sentada a su lado, se echó hacia delante, con ganas de querer hablar. Mi aspecto, con aquel atuendo brillante, no era para menos.

—¿Quién?, ¿el que se está sentando a la izquierda, en la segunda fila? —Indicó con la cabeza hacia ahí—. Es el duque de Frías. Bueno, en realidad, todavía no lo es. —Se puso una mano sobre la boca, con cara de chismorreo—. Está esperando a que se muera su padre para heredar el título.

—Isabel, por Dios, que os van a oír —la interrumpió su marido, tratando inútilmente de detener con las manos las palabras que cruzaban ante él.

—¿Qué van a haceros, José? ¿Echaros de la cancillería? —respondió ella con la altanería de quien se sabe esposa de un buen partido—. Mi marido es uno de los secretarios de don Francisco de los Cobos. Está con él desde los inicios, y lo van a ascender muy pronto. —El pobre José no sabía dónde mirar ni cómo apoyar las manos sobre las piernas—. Mirad, ahí está De los Cobos —exclamó, indiscreta, señalando hacia el pasillo mientras propinaba un codazo en las costillas de su media naranja.

—¡Isabel, por Dios, no señaléis, por lo que más queráis! —murmuró él entre dientes, abochornado.

Miré hacia donde estaba indicando ella y allí lo vi, caminando por el pasillo central: el secretario personal de Su Sacratísima Majestad el emperador. Posiblemente el hombre con más poder en aquella iglesia si exceptuábamos a Jesucristo Nuestro Señor en su hostia santísima. Había envejecido más que los cuatro años que habían pasado desde la primera y última vez que nos habíamos visto. Con la edad, su aspecto de simple labriego había pasado a la de terrateniente, y, a través de su disfraz de cordero, se le iban adivinando cada vez más las orejas de lobo.

De pronto se hizo el silencio en el templo y todo cuchicheo cesó al instante. En el umbral, dibujados contra el azul del cielo, como en una aparición celestial, se dibujaron las figuras de un hombre y una mujer bajo el son de trompetas. Las gargantas de todos los presentes, incluida la mía, contuvieron la respiración mientras Su Sacratísima Majestad el emperador Carlos V hacía su entrada junto a su esposa, la emperatriz Isabel de Portugal. A ella la había visto una sola vez, en Sevilla, y estaba tan joven y bella como entonces; pero nunca había tenido ocasión de poner mis ojos sobre él. Veintiocho años lo separaban de la cuna, y su bisoñez se había extinguido por completo. No era agraciado, tampoco feo, pero su porte destilaba el poderío que su testa ostentaba.

Los dos entraron juntos del brazo, caminando solemnes hacia el altar entre olas de admiración. No era frecuente verlos juntos; él viajaba constantemente por todo el reino, y ahora comenzaba a hacerlo también al exterior, desempeñando su papel como emperador del Sacro Imperio Romano Germánico.

Avanzaron hasta el primer banco situado a la derecha, el único que estaba vacío. Al otro lado del pasillo ocupaban su puesto los *primus inter pares* de la nobleza; eran cinco duques, y yo solo pude poner nombre al del Infantado, asomando su cabeza como la de un pavo real.

Apenas reconocí a fray Francisco cuando apareció frente al altar vestido de celebrante, con una casulla preciosa que transportaba a los presentes a la antesala del cielo. Entonces fue cuando me di cuenta de que Cortés no había llegado. Sobrevolé con la mirada las cabezas de todos los presentes y no vi al conquistador, ni a Tapia ni a nadie que hubiera viajado con él. Me volví hacia la indiscreta Isabel, mi compañera de banco.

—¿Hernán Cortés no ha llegado? —murmuré con sorpresa en voz baja.

Desde el otro lado de su marido, exasperado él ante mi renovada curiosidad, ella sacudió la cabeza con la misma extrañeza que yo en el rostro. Idéntica expresión pareció atravesar todos los bancos, conscientes sus ocupantes de esa ausencia. ¿Le habría pasado algo al gran conquistador?

Fray Francisco dijo las palabras iniciales de la celebración y todos nos sentamos de nuevo para escuchar las lecturas del día. Entonces, las puertas del templo, que se habían cerrado tras la llegada de Sus Majestades, se abrieron de nuevo con un ligero estrépito que solo escuchamos quienes nos encontrábamos en la parte trasera de la iglesia. Cortés hizo su entrada él solo, y avanzó con paso firme hacia el pasillo central. Yo pensé que se detendría allí, por discreción, y ocuparía uno de los sitios libres más cercanos, pero entonces advertí en su rostro que no iba a ser así. Llegó hasta la alfombra que corría hasta el altar y continuó caminando por ella, rotundo, hacia delante. A su paso, los rostros se iban volviendo incrédulos. Al diablo con disimular en absoluto su entrada tardía, a destiempo, fuera de toda norma, lejos de todo protocolo. Cortés era Cortés.

Su vestimenta, sin brillos, jugaba con su color favorito, y no tenía nada que envidiar a los presentes en elegancia: jubón, calzas y gorro negro sobre su melena y sus ojos azabache. Tanta sobriedad contrastaba con el pequeño toque de distinción de la cadena con incrustaciones de piedras preciosas que colgaba de sus hombros, la misma que había llevado el día de su destierro, junto al puente. Esta vez, sin embargo, no había bridas con las que sujetar ningún caballo, y era él quien avanzaba, desafiándolos a todos.

Fray Francisco, que había comenzado a realizar la lectura, se detuvo un instante, subyugado por la figura negra que atravesaba la alfombra roja desplegada en honor del emperador.

Cortés siguió andando hasta la primera hilera de bancos frente al altar y se detuvo. *Primus inter pares*; nadie había tan grande como él. Y se sentó junto al emperador.

Fueron perceptibles desde la distancia los murmullos de desaprobación que poblaron los primeros bancos a su alrededor, y que rápidamente se extendieron por todo el templo. Vi el rostro del duque del Infantado incendiándose y mirando de reojo al resto de los nobles que se sentaban junto a él. Aquello era inaudito, inaceptable, bochornoso, proclamaba su rostro en silencio.

—¿Acaso se habrá creído este que es la otra cabeza del águila imperial? —escuché murmurar a alguien a mi alrededor.

Hacía referencia al sello heráldico del águila bicéfala que había visto en los pendones de las fachadas.

Fray Francisco retomó la lectura del Evangelio de san Mateo, aplacando la tormenta con su voz.

No vi la cara que debía de estar poniendo Cortés en aquellos instantes, pero la supuse. Nadie bajo aquel techo había hecho lo que él por el emperador. Nadie le había dado tanto, nadie había recibido tan poco. Había llegado el momento de arreglar cuentas.

Sin embargo, no sabía yo si esa había sido la mejor manera de hacerlo saber. Desde donde yo estaba tampoco podía ver el rostro del emperador, pero seguro que esa provocación no traía nada bueno a la difícil situación a la que se enfrentaba Hernán Cortés. Solo faltaba que en la recepción que iba a tener lugar a continuación hiciera su aparición sorpresa el cargamento del tesoro; sentí un ligero mareo en el estómago de solo pensarlo, y apenas pude escuchar a fray Francisco leyendo el Evangelio: «Todo reino dividido contra sí mismo quedará desolado...».

A la salida de la iglesia, la pareja que había tenido a mi lado se despidió de mí. Para ser exactos, fue ella tan solo la que lo hizo.

—Un placer conoceros. Aquí en Toledo estamos hospedados en el mesón que hay frente a la catedral. Pasad a vernos si estáis por aquí algunos días y no sabéis qué hacer; siempre podréis gozar de nuestra compañía; doña Isabel y don José Villalobos. ¿Y vos sois?

—Don Diego, Diego Pérez de Guzmán. —Dudé si era el nombre adecuado mientras contestaba.

Isabel se alejó del brazo de su marido con destellos de asombro por mi apellido. Él la seguía mirando abochornado, musitando entre dientes, pero ella ni se inmutó.

—¿Cómo queréis prosperar si no os dais a conocer? Ese hombre era alguien —murmuró ella entre la comisura de sus labios.

—Para vos todo el mundo resulta ser alguien —suspiró él exasperado.

—¡Ay, Pepito mío! Que no os enteráis de nada. ¿No habéis visto su atuendo? ¡Al menos él no tiene las mangas redobladas hacia dentro!

Perdí de vista a los Villalobos, él con su mujer bajo el brazo, pero era ella la que tiraba de los dos. Al pobre José le faltaban unos cuantos aullidos para hacer justicia a su nombre.

La recepción en el palacio de Fuensalida estaba en plena efervescencia, pero yo no formaba parte de ella. Bastante tenía en mi cabeza con saber actuar con naturalidad bajo el atuendo ante el que todos se volvían a mi paso al tiempo que evitaba la cercanía de Cortés, sonreía a las damas y disparaba mis ojos en todas direcciones en busca de un cargamento de oro sorpresa. Aquello era una pesadilla.

Lo primero que tenía que hacer era sentirme cómodo con mi vestimenta, sonreír y charlar de modo natural con cualquiera que se acercara a mí, sentirme como pez en el agua y no parecerme a una cabra abandonada en medio del patio, tal y como me había sucedido nada más entrar en el palacio.

—¿A qué casa pertenecéis? Vuestro rostro no me resulta familiar. —Se detuvo junto a mí un hombre de acento extranjero que me inspeccionó con una sonrisa de curiosidad.

—Al ducado de Medina Sidonia —respondí yo, desviando una mirada furtiva, como si acabase de robar el collar de la mismísima emperatriz.

—Pues a vos no os conocía —continuó, llevando su mirada de arriba abajo.

—Yo a vos tampoco —corté en seco, evitando que continuara interrogatorio alguno sobre mi presunta rama familiar—. ¿Vuestro nombre?

—Jan Dantyszek, embajador del reino de Polonia ante la corte. Pero aquí todo el mundo me llama Juan Dantisco. —Ofreció sus dientes como muestra de una sonrisa encantadora y una duda más que razonable sobre mi identidad.

—Encantado de saludaros —dije yo, queriendo largarme de allí inmediatamente—. Si me disculpáis, tengo que saludar a alguien.

Logré escabullirme de él maldiciéndome, dando tumbos, indeciso, hasta desaparecer al final del patio, con su mirada quemándome todavía la espalda. O aprendía a tratar con desconocidos o lo mejor que podía hacer era pasear entre la gente, decidido pero sin detenerme nunca.

Me metí por un sendero que se abría a la derecha del patio y que conectaba con un jardín de estilo morisco. En su centro, una fuente refrescaba el ambiente del cálido día y se había convertido en el corazón de la fiesta.

Todos los invitados gravitaban en torno a un punto muy concreto junto al agua, donde se alzaba el emperador y, a su lado, Cortés. El conquistador no se había dejado avasallar a la salida de la iglesia y había continuado muy firme junto a Carlos V, caminando con él hasta el palacio donde tenía lugar la recepción. Durante el corto trayecto a pie se habían escuchado vítores al emperador y también a Cortés. El águila bicéfala.

Pero ya junto a la fuente morisca, observé desde la distancia cómo la figura de Cortés iba quedándose descolgada de la del emperador. Había sido don Francisco de los Cobos, su secretario, el primero en romper esa unión. Fue un ligero corte, suave pero certero, en la que su figura de terrateniente se interpuso, simulando atraer la atención de Su Sacratísima Majestad hacia alguien que De los Cobos quería que se volviera a saludar. Los brillos y oropeles que se habían sentado en el primer banco blindaron sus puestos alrededor del emperador y, a partir de ese momento, Cortés se vio apartado del centro y del protagonismo de la fiesta.

Al poco rato lo vi a un lado del jardín, alejado del tumulto, en un segundo lugar, rodeado de unos pocos que aún seguían mostrando interés por él. Pocos brillos en torno suyo. Solo los de un hombre mayor cuyas canas resplandecían como tocadas por un ángel. Era el único apoyo visible de toda la nobleza allí congregada; tenía que ser el duque de Béjar, don Álvaro de Zúñiga y Pérez de Guzmán. Pero era el único. Allí faltaba la presencia del duque de Medina Sidonia. Maldije la cobardía de mi valedor sanluqueño y sentí lástima por Cortés.

Al conquistador aparentaba no importarle en absoluto. Estaba charlando, ufano, con una pareja a la que se veía disfrutar de todo cuanto él les iba explicando. Detrás pude ver a Andrés de Tapia, a dos pasos de Cortés, siempre cubriendo su espalda. Me había extrañado no verlo en la ceremonia, pero ahí estaba, grave, formal, pocas palabras, muchas miradas. Quise salir del embrujo moruno de aquel jardín antes de que lanzase una sobre mí y me reconociese. En mi huida pasé cerca de unos indios que habían viajado con Cortés. Estaban apartados del jolgorio de la fiesta, con su piel oscura brillando bajo unas hermosas capas de plumas exóticas y crestas poderosas sobre sus cabezas; pocos entre los presentes les prestaban atención.

En el camino de vuelta por el sendero hacia el patio principal de palacio, mi vista tropezó con el tipo vestido de árbol de Navidad que había visto en la iglesia; el heredero del duque de Frías, según me había comentado mi vecina en el banco. Estaba en un rincón, junto a unos setos, hablando con alguien que me resultaba familiar. Nuestras miradas se cruzaron, indagándose brevemente. ¿De qué me sonaba ese tipo? El mechón blanco que cruzaba su cabellera oscura, sobre su frente, era demasiado singular para pasar desapercibido a quien lo hubiera visto con anterioridad. Pero ¿dónde había sido? Ambos charlaban con voz queda en aquel lugar apartado entre los dos mundos en los que la fiesta se partía. Pasé de largo, y mis pies me arrojaron al patio principal cuando mi mente lo reconoció al fin. Era Juan de Ribera, el secretario de Cortés, el tipo gris y espigado que había venido a verme con Guevara al hospital y con quien había compartido mesa mi primer día en el palacio del conquistador; había partido al día siguiente hacia Castilla para atender asuntos propios de su cargo y no lo había vuelto a ver más. No lo recordaba tan distinguido como me parecía en aquel momento. El atuendo que llevaba no se ajustaba a su rango, asemejándolo más con el de un marqués que con el de un simple procurador a las órdenes de Cortés.

Cuando llegué al patio principal, el emperador y todo su séquito de aduladores se encontraban ya allí, aguardando expectantes frente a una de sus galerías, sobre la que se acababa de desplegar una tela blanca desde la barandilla del piso superior. La tela caía a modo de cortina sobre las columnas del corredor, ocultando lo que pudiera haber detrás. Cinco guardias frente a ella la custodiaban, impidiendo que la gente se acercara. En primera línea, esperando a descubrir la sorpresa que guardaba la tela, estaba Carlos V, contemplando expectante. Un ligero cosquilleo recorrió mis entrañas.

Aquello tenía mala pinta, muy mala pinta. El tesoro tenía que estar detrás. ¿Dónde estaba Cortés? Miré a mi alrededor y lo descubrí, escuchando con expectación, entre el grupo que rodeaba al emperador. No entendía cómo había conseguido llegar hasta allí tan rápido.

Alguien se adelantó entre los guardias, demandando silencio. Todas las cabezas a mi alrededor enmudecieron a la señal, y don Francisco de los Cobos, secretario del emperador, tomó la palabra.

Desde donde me encontraba me era difícil escuchar lo que iba diciendo De los Cobos. Se deslizaron palabras sueltas —*tesoros…*, *último…*, *emperador…*, *Sacratísima Majestad…*, *dueño del mundo…*, *custodio de la fe…*—. En definitiva, que el mundo se rendía en honores a los pies del rey de Castilla. Mi corazón tembló al escuchar la palabra *infamia*, y el secretario del emperador hizo a continuación una señal a unos hombres que esperaban en el piso superior.

Yo estaba convencido de lo que estaba a punto de ocurrir; aquellos hombres tirarían de la cuerda y subirían el telón, revelando el tesoro que Salazar y Vázquez habían ordenado trasladar hasta Toledo de incógnito y asestando a Cortés el golpe mortal y definitivo ante la mirada del emperador.

Me dispuse a adelantarme entre las espaldas de quienes tenía delante, todos sus ojos puestos en aquel momento, dispuesto a saltar, confesar la verdad, lanzarme hacia el emperador y entregarle la carta en cuanto el telón cayera y dejara ver el falso tesoro de Cortés... Dios mío, ¡¿qué diablos estaba haciendo yo allí?!

Entonces los cinco guardias tiraron de las cuerdas y, en lugar de subir el telón, la tela blanca se desplomó a los pies de todos, descubriendo una belleza que me detuvo en seco.

Allí, ante mis ojos, había un tesoro, pero no era lo que yo había supuesto. Un tapiz enorme, el más grande que había visto jamás, se desplegaba frente a mí junto a los ecos de unos aplausos que se extendieron con rapidez por todo el patio. Todo el mundo vibraba de emoción menos Hernán Cortés, tres pasos detrás del emperador. Se mostraba alicaído, mirando el suelo, ajeno a los aplausos y vítores que los apellidos ilustres de Castilla lanzaban al emperador. Durante el discurso, el secretario don Francisco de los Cobos había hablado de la grandeza de las tierras que dominaba Su Sacratísima Majestad el emperador, pero no había mencionado en ninguna ocasión, ni siquiera una vez, al que debía ser el homenajeado de aquella fiesta. Hernán Cortés.

Vi al conquistador junto a Tapia y el duque de Béjar, arrinconados por los aplausos que lo ninguneaban a él. Ellos ya no formaban parte de la celebración. Tapia dio unas ligeras palmadas en la espalda de Cortés mientras desaparecían de la presencia de los rostros que seguían volcados sobre su emperador y sobre el gigantesco espectáculo desplegado en el tapiz.

El sobrecogimiento a mi alrededor duró lo que tardaron los criados en servir los postres. Entonces todos los presentes salvo el emperador y su séquito, que seguían extasiados ante el tapiz por culpa del soberano, se lanzaron a por las bandejas en las que se servían unos dulces de cereales bañados de miel y almendra muy suculentos.

A pesar de la desolación que había observado de lejos en el rostro de Cortés, yo respiré tranquilo al comprobar que era un tapiz enorme, y no el maldito cargamento, la sorpresa del emperador. Me acerqué lentamente hasta él, atraído por la belleza que irradiaba la tela.

Aunque su gran tamaño y los excesos visuales que había en él distaban mucho del tapiz que yo había contemplado en Coyoacán, había similitudes en el estilo. No era Hércules estrangulando entre sus brazos a un jaguar negro, sino un universo entero tejido con los grandes personajes de la historia que habían sobrevivido a la infamia, la estulticia y el vituperio de sus enemigos. Ahí estaban, atropellados bajo el carro de la justicia y la verdad, Juliano el Apóstata y Caín, Jezabel, Nerón y una pléyade de personajes abyectos que todo soberano recto y justo debía desenmascarar para poder recibir los honores de la divinidad.

Al volverme hacia la izquierda me sorprendió encontrar, en el otro extremo de la tela, todavía contemplándola, al emperador inesperadamente solo. Quienes lo acompañaban habían claudicado ante los dulces. La carta sobre mi pecho comenzó a latir con fuerza. Aquella era mi oportunidad. Empecé a caminar de lado, en paralelo al tapiz, acercándome a él con discreción. La sangre de las venas llegando a mis manos hizo que los dedos me hormiguearan a cinco pasos del emperador dueño del mundo. Lo podía conseguir, estaba a punto, me llevé las manos entre las costuras del jubón, toqué la carta, a punto de sacarla, y, al girarme, ya dispuesto a todo, topé de bruces con alguien que se había colado entre la Corona y yo. Don Francisco de los Cobos. Al tropezar mi cuerpo con el suyo, bruscamente, la ofuscación barrió su mirada altiva, a punto de lanzarme un improperio, pero, al ver los destellos de mi disfraz, se contuvo y se limitó a retener con una sonrisa el insulto que hervía en sus labios.

—Impresionante tapiz, ¿verdad? —me dijo, transformando el exabrupto en una inocua observación—. Si vierais los otros ocho que han ido entregando los maestros tapiceros de Bruselas como regalo a Su Sacratísima Majestad, os quedaríais boquiabiertos. Podrían cubrir todas las galerías del patio.

Eso era lo que le maravillaba al secretario, lo grandes que eran, no la grandeza que había en ellos. Esta no estaba al alcance de sensibilidades que habían crecido pegadas a la tierra, como buenos labriegos.

Nuestras miradas se inspeccionaron con curiosidad.

—Nos conocemos, ¿verdad? Tengo la impresión de haberos visto antes, pero no recuerdo dónde. —Arrugó las cejas, tratando de conjurar una imagen del pasado.

—Fue en vuestro comedor, en Valladolid —me atreví a responder.

—¿Ah, sí? —Abrió los ojos, sorprendido, incapaz de recordarme.

—Una cena a la que fui invitado hace mucho tiempo. No lo recordaréis.

Advertí que su mente comenzaba a trabajar en busca del nombre del extraño que tenía delante. Frunció el ceño, y de pronto comencé a ver su rostro transformarse en una expresión de asombro. Estaba a punto de decirme algo más, pero alguien nos interrumpió en el momento preciso.

—De los Cobos. —Lo pude ver de refilón, mientras yo aprovechaba la ocasión para huir. Ojos grandes, manos fuertes, alma intensa—. Este es el sumun de los nueve tapices de los *Honores*. Debéis exponerlos todos juntos, de una vez, en la catedral, en las calles, donde sea. ¡Ojalá pudiera yo con palabras expresar lo que susurran estas imágenes en el alma!

—Y lo hacéis, Garcilaso, lo hacéis; dadlo por seguro. Desde Manrique y sus coplas no hay nadie que haya aprestado los nudos del alma como vos. —Escuché unas palmadas del secretario del emperador en la espalda del recién llegado mientras me perdía entre la gente.

A salvo ya de la mirada de De los Cobos, en el otro extremo del patio, sentí algo punzante en la espalda; por un momento pensé que era el secretario del emperador, que me había seguido y me estaba apuntando con sus dedos. Volví la cabeza y Andrés de Tapia apareció ante mí con una mirada a punto de devorarme.

—Acompañadme fuera ahora mismo si no queréis que os clave la daga que tengo en la manos sin el menor esfuerzo. Os lo advierto, no tentéis a la suerte, porque ganas no me faltan.

Miré a mi alrededor, entre el gentío, en busca de la sombra de Cortés; en su lugar tropecé con los ojos grandes y saltones del embajador polaco que me había asaltado antes, su nariz conspicua señalándome. Jan Dantyszek.

Tapia inclinó la cabeza, señalándome la salida, con los dientes apretados y la furia contenida de su infinito desprecio. Cruzamos la puerta principal del palacio de Fuensalida y las voces y risas que salían de su interior se extinguieron con la luz blanca del mediodía toledano sacudiendo sus calles.

—Solo conozco una manera de evitar que huyáis. —Tapia se volvió hacia mí con mirada conciliadora.

—¿Cuál? —respondí yo, incauto de mí.

—Esta.

Y me propinó un puñetazo con el que todo a mi alrededor dejó de brillar.

5

—¿Qué estáis haciendo aquí? ¿Vos sabéis las ganas que Cortés lleva acumulando contra vos? ¿Lo que os llega a aborrecer?

La voz entra en mí sin que yo consiga salir de mi sopor. Entorno los ojos en la oscuridad, con todo el peso de mi espalda sobre una silla, las manos atadas al respaldo. Trato de erguir la cabeza sobre los hombros y escucho mi cuello retorcerse como el de un pato degollado. Me estoy empezando a hacer mayor para estas cosas.

Parpadeo entre las sombras, distinguiendo los rasgos del secretario de Cortés, Juan de Ribera, brillando encopetado con el traje de marqués que le he visto en la fiesta.

La voz de Ribera penetra de nuevo en mis profundidades.

—¡Y tenéis los arrestos de presentaros en Castilla, de incógnito, nada menos que en la ceremonia que el emperador ha organizado especialmente para Cortés!

Siento que mi cabeza se ladea de un lado a otro de mi cuello, una nave a la deriva.

—Soltadme las manos... Soltadme las manos. No las noto cuando me palpo con los dedos —me quejo, somnoliento.

Juan de Ribera clava su rodilla en el suelo y se inclina hacia mí, su rostro llenando todo mi mundo.

—No puedo hacer nada salvo interceder por vos

—susurra con la mejor de sus disposiciones—; pero tendréis que explicarme los motivos de vuestra presencia antes de hablar por vos. Necesito atemperar los ánimos allá arriba.

—Traigo malas noticias de Nueva España... —Balanceo la silla hacia los lados bajo el peso de todo mi cuerpo.

—Tendréis que ser más específico —me apremia Ribera, mirando por encima de su hombro.

—Cortad mis ataduras..., por favor. —Mi cabeza cae hacia delante, inerte, regresando a la oscuridad.

Alguien me coge el rostro y me da unas ligeras palmadas en las mejillas.

—Vamos, Diego. Decidme, ¿para qué habéis venido?

De nuevo la voz de Ribera.

—Decidle a Cortés... —consigo pronunciar, amodorrado— que llega un cargamento de oro que lo acusa ante el emperador.

Escucho a Ribera ponerse de pie. Se inclina sobre mi oído.

—¿Quién lo envía? —susurra en mi confusión.

Apenas consigo levantar el cuello para buscar con los labios su oído.

—Salazar. —Alargo la última sílaba hasta el infinito.

Distingo la figura de Ribera retrocediendo hacia la puerta.

—Esperad aquí —ordena.

¿Qué otra cosa puedo hacer?, sonrío en mi somnolencia.

—¡Agua, necesito agua, un vaso de agua, por favor! —suplico mientras Juan de Ribera desaparece tras la oscuridad, y vuelvo a caer en una suave y confortable modorra.

Abrí al fin los ojos. Mis manos estaban tan entumecidas a mi espalda que ya no las notaba. Ni dolor. Pero mi garganta ardía de sed. Entonces recordé. El cabrón del secretario de Ribera se había olvidado de traerme el vaso de agua. ¿O es que había soñado yo su presencia, hacía apenas unos instantes? Eché una mirada a mi alrededor. No estaba en ninguna mazmorra, sótano o prisión, y eso me tranquilizó. Era una habitación interior de escasas dimensiones, sin ventana y con una cama pegada a la pared. ¿Cuánto tiempo llevaba allí?

De pronto, un desconocido entró y, sin decirme nada, me desató de la maldita silla, de la que parecía haber empezado a formar parte, mis brazos tan inertes como su madera.

Me condujo por unas escaleras hacia una planta superior, y al cruzar la galería que asomaba al patio escuché la voz de Cortés aleteando con tono nervioso en la oscuridad del atardecer.

—Maldita sea, don Álvaro, me lo habéis repetido ya varias veces —se quejaba él tras una puerta entreabierta que dejaba escapar destellos de una hoguera invisible.

El desconocido se detuvo y esperamos a una distancia prudencial, al otro lado del hueco que se abría sobre el patio.

—Y os las repetiré cuantas veces sea necesario, hasta que se os meta en la cabeza —escuché responder a otra voz, críptica y arrugada—. Entrar esta mañana como lo habéis hecho en la iglesia ha sido una temeridad. Habéis escrito vuestro nombre en su lista de enemigos.

—Lo he estado siempre, ¿qué más da? —intervino Cortés, sin atender a razones.

—Pero ¡hoy les habéis dado razones a todos, Hernán, razones! —cortó en seco aquella voz súbitamente brava—. Toda la corte ha presenciado vuestra prepotencia reclamando un sitio junto al emperador.

—Os dije que lo haría. Insistí en que fueran invitados a la ceremonia todos mis hombres, y no solamente yo. —La voz de Cortés pareció quebrarse antes de volver a coger vuelo—. Ellos viajan conmigo; ¡también son hijos de Dios, maldita sea, y os aseguro que su contribución a la conquista de aquellas tierras es infinitamente mayor que la sangre derramada por esa panda de arrogantes amigos vuestros en su servicio a este reino!

—Hernán, tendréis que confiar un poco en mí y hacer las cosas tal y como yo os digo si queréis que alguien os vuelva a abrir la puerta aquí en Toledo. ¡Esto no es Tenochtitlán, maldita sea!

—¿Y qué vais a saber vos cómo es Tenochtitlán? ¡No duraríais allí dos días!

—Vuestro padre ya me advirtió sobre vuestra cabezonería. Me dijo que cuando os comportabais de esa manera era imposible haceros razonar, así que cuando estéis en disposición de hacerlo, hablaremos.

Escuché algo haciéndose añicos en el suelo de esa habitación y tragué saliva. La puerta se acabó de abrir y salió don Álvaro de Zúñiga, el duque de Béjar, sacudiendo la cabeza plateada con preocupación. Sus ojos tropezaron conmigo, y los desvió con rapidez; no quería saber nada de lo que fuera a pasar ahí dentro, pero no era el mejor momento, parecía querer decirme.

El criado me hizo una señal y caminamos hacia la estancia de la que acababan de salir chispas y demonios. Se detuvo frente a la puerta, decorada con motivos moriscos, y me miró de reojo, compadeciéndose, antes de llamar. Las órdenes eran las órdenes.

Un breve silencio hizo que mi pecho se estremeciera antes de escuchar sus palabras.

—Adelante.

Las piernas me temblaban, pero logré entrar. El criado, detrás de mí, cerró la puerta.

Cortés contemplaba el fuego con un pie apoyado en el escalón de la chimenea.

Pasaron unos segundos infernales; él volcado sobre el fuego, yo ante su espalda, temblando y armándome de razones. De un salto lo vi aparecer frente a mí con sus pupilas bañadas todavía en las llamas, un destello amarillo en sus ojos negros.

—Dadme una razón, una sola razón, para que crea en todo lo que vais a contarme —me dijo, cogiéndome del cuello, sus labios frente a mí, escupiéndome a los ojos.

Quedaba poco del Cortés que recordaba o del que incluso había tenido ocasión de ver en el palacio de Fuensalida. Llevaba las mismas calzas negras, pero se había quitado el jubón, y una camisa blanca de cuello abierto colgaba de sus hombros hasta la cintura. El cabello oscuro recogido hacia atrás en una coleta dejaba ver los rasgos de su rostro entero, la frente y las sienes desnudas de toda coraza. No eran los rasgos de un conquistador, sino los de un hombre exhausto.

Tomé aire, mi corazón latiendo, a punto de ser sacrificado.

—La única razón que puedo esgrimir en mi favor es mi presencia en Toledo hoy, frente a vos —dejé escapar yo de la garganta.

Cortés me soltó y yo respiré sin saber cuántas bocanadas me quedaban de vida.

—Estáis frente a mí porque mi buen amigo Juan Dantisco, el polaco, nos ha llamado la atención sobre vos —rectificó él con desdén, apartándose, ocultándome su rostro—. ¡Yo estoy aquí para reclamar todo lo que me han arrebatado después de vuestra traición!

Sus manos sujetando las bridas del caballo aparecieron en mi horizonte, y sobre ellas avanzó la figura de Auri caminando hacia mí e inclinándose sobre mi frente. El alma tembló.

—Es cierto. —Di un paso hacia delante—. Yo os traicioné, me engañaron, pensé que os ibais a sublevar, pero os aseguro que lo he pagado con creces. —El fuego en mi garganta trató de ahogarme.

—¿Con creces? —se rio Cortés con una mueca burlona—. ¿Vos, con creces? ¿Qué es lo que teníais vos en Tenochtitlán para pagar con creces?

Fijó su mirada en la mía, desafiándola, pero vio mi temblor y vaciló, retrocediendo.

—¡Me lo han arrebatado todo! —Escuché mi voz quemando las entrañas—. ¡Los mismos que os lo quieren arrebatar todo a vos! Así que haced conmigo lo que queráis; solo os pido, ¡os suplico!, que dejéis algo de vida en mis venas para que pueda devolver con creces lo que han hecho conmigo en vuestras tierras.

Cortés se acercó de nuevo hasta mí, absorbiéndome con la mirada.

—¿Quién? —La pregunta salió de sus ojos.

—Me hicieron creer que erais vos...

—¿Quién? —volvió a insistir él.

—Al principio pensé que era Vázquez...

—¡¡Quién!! —La palabra de Cortés retumbó en mi pecho.

—Salazar —dije yo por fin—. Ha sido Salazar.

Un silencio amargo nos envolvió a ambos.

—Salazar, siempre Salazar —murmuró para sí.

—Me arrancó lo que más quería en este mundo. —Bajé la mirada, intentando ahuyentar el dolor—. Una mujer —logré mascullar al fin sin evitar que una lágrima cayera, traicionera, por una de mis mejillas.

Cortés tragó saliva al escucharme y comprendió sin necesidad de saber más. Sus facciones se suavizaron repentinamente, acogiendo mi dolor. Dejamos por un momento que el crepitar de la hoguera lo inundase todo.

—Ahora busca destruiros definitivamente —abrí los labios entre las llamas— con el oro para que no podáis regresar a Nueva España.

—¿El oro? ¿Qué oro?

El desconcierto de Cortés, su sorpresa, me confundieron.

—Salazar ha enviado a Castilla un tesoro que pretende hacer pasar por el tesoro que vos, presumiblemente, habríais ocultado en la noche de vuestra huida de Tenochtitlán. Se lo he contado antes a vuestro secretario. —Lo miré extrañado.

—¿A Juan de Ribera? —Volvió a juntar las cejas, sorprendido.

—Cuando ha venido a verme, antes de subir a interceder por mí ante vos.

—Ribera no ha subido a decirme nada. De hecho, no lo he vuelto a ver desde la fiesta.

Cortés salió de la habitación en dos zancadas y se asomó a la barandilla, hacia el patio.

—¡Tapia! ¡Andrés! ¿Habéis visto vos a Ribera?

—No, no lo he visto —dijo la voz de Tapia replicando en la distancia—. ¿Por qué?

—Buscadlo, hacedme el favor, ¡y que venga a verme!

Cortés regresó a la habitación y cerró la puerta.

—¿Le contasteis entonces lo del oro y lo de Salazar? —Ladeó la cabeza, masajeándose la comisura de los labios con los dedos.

—Sí... Bueno, no lo sé —dudé yo, confuso—; a lo mejor su visita ha sido un sueño. Tenía la mente abotargada, atado a aquella silla; a lo mejor no..., no ha sucedido —acabé de explicar, sintiéndome un tanto ridículo.

El rostro de Cortés se apaciguó ligeramente y en aquel momento un criado entró con un vaso de agua en la bandeja.

—Manuel —Cortés se volvió hacia su criado—, ¿habéis visto a mi secretario?

—Lo vi salir por la puerta de servicio hace ya un rato después de mandarme traer un vaso de agua para el señor —dijo señalándome con la cabeza.

Entonces la escena había sido real; recordaba el vaso de agua que había pedido a Ribera. Cortés y yo cruzamos la mirada.

—Pero hace bastante tiempo de eso —dije, mirando de reojo al recién llegado.

El criado parpadeó, nervioso, mientras dejaba el vaso sobre una mesa junto a mí.

—Señor, es que me he entretenido con otros asuntos y me he olvidado del vaso que había solicitado —tartamudeó, justificando su tardanza—. Lo siento, no volverá a ocurrir —añadió, mirándome con abierta antipatía.

—No pasa nada, Manuel. —Cortés despidió al criado con una palmada en la espalda mientras yo cogía el vaso de agua, dispuesto a apagar por fin mi garganta.

Tenía el vaso volcado ya sobre los labios cuando de pronto Cortés me lo arrebató de las manos.

—¡Esperad! —exclamó con los ojos bien abiertos.

Escupí la poca agua que pudiese haber entrado en mi boca mientras él se acercaba hasta una jaula llena de pájaros, junto a la ventana. Vertió el agua en los bebederos, tan resecos como mi garganta. Uno de los pájaros se abalanzó y comenzó a beber, impidiendo con sus alas que sus compañeros se acercaran. Fue todo muy rápido; el ave dejó de beber, se volvió hacia las demás que esperaban turno con el pecho inflado y, antes de levantar el vuelo, cayó al suelo de la jaula como un peso muerto. Sin vida.

Las puertas del salón se abrieron de par en par con un Tapia asomando, su respiración entrecortada.

—¡Ribera no está!

—No hace falta que sigáis buscándolo. —Cortés exhaló un suspiro de derrota.

Me quedé blanco, contemplando al periquito que yacía sin vida en el fondo de la jaula. Así hubiera estado yo en ese momento si no hubiera sido por la lentitud del criado en traerme el vaso y la rapidez de Cortés en arrancármelo de la boca. Pajarito.

—¿Sospechabais vos de vuestro secretario?

El duque de Béjar miraba con incredulidad a Cortés. Aún estaba digiriendo lo que acababa de suceder y lo que yo les había contado a los tres. A Cortés. A Tapia. Al duque. El conquistador los había hecho llamar urgentemente y lo habían escuchado todo de mi boca: los planes de Salazar para desprestigiar al conquistador, sus intentos de ponerme en su contra...

—No les costó demasiado conseguirlo —había intervenido Tapia, suspicaz.

—¿Os parece poco la muerte de un inocente, de Guevara? —había contestado yo, encarándome a él, y Cortés interponiéndose entre ambos.

... Los tesoros saqueados por Alonso de Grado que querían hacer pasar por el oro escondido de Cortés, el cargamento enviado a España —pero que no había dado señales de vida todavía—, los nubarrones que se cernían sobre Nueva España con Nuño de Guzmán como nuevo gobernador, la carta de los franciscanos al emperador que yo tenía en mi poder y que denunciaba la situación que se vivía allí... Masticar tanta información no era fácil; la lista era larga pero no se acababa ahí. Había aparecido una nueva pieza que añadir: Juan de Ribera.

—¿Sospechabais de él o no? —volvió a preguntar el duque de Béjar ante el silencio de Cortés.

Cortés carraspeó ligeramente mientras dilucidaba la respuesta que debía dar a don Álvaro de Zúñiga.

—No pero sí —se le escapó, todavía pensativo.

—¿No pero sí qué? —Don Álvaro le instó con la mirada a que se explicara un poco mejor.

—Debéis tener en cuenta que yo nunca he visto su manera de proceder en Castilla —dijo Cortés, cruzando los brazos y acariciando su barbilla mientras se paseaba por la habitación—. Nunca lo había visto actuar aquí, e ignoro su comportamiento. Pero sí. —Cortés se detuvo, alumbrando su mente—. Lo he visto distante desde mi llegada, como si yo hubiese dejado de ser ya su señor en estas tierras.

—Antes de morir, vuestro padre me dijo que había dejado de confiar en él por unas monedas de plata que nunca llegaron a aparecer —esgrimió don Álvaro, por si servía de alguna ayuda.

—Su actitud distante conmigo estos días es lo que me ha llevado a desconfiar de él. Y cuando Diego —Cortés me señaló con los celos de Tapia siguiéndole el rastro— me ha dicho que había recibido su visita allá abajo y que, después de explicarle lo del oro, Ribera no ha comparecido aquí para explicármelo, tal y como había asegurado a Diego, he sospechado del peligro.

—No sé si os he agradecido suficiente lo del vaso —tercié yo, inclinándome en agradecimiento hacia Cortés—. Pero aunque estaba somnoliento cuando he recibido su visita, juraría que estaba muy inquieto por verme aquí, como si él supiese ya lo del cargamento del oro —añadí, arañando detalles de su visita.

—¿Cómo estáis tan seguro? —Tapia se había vuelto hacia mí, a la defensiva.

—¿Por qué me hubiera querido envenenar, quitarme de en medio, si no era para que no se lo contase yo a Cortés, que no me adelantara a lo que él ya sabía que estaba a punto de ocurrir?

Por un instante dejé vagar los ojos hacia algo incierto, temeroso de que en cualquier momento pudiera arrollarnos.

—Pero ¡eso es imposible! —exclamó Tapia, incapaz de concederme siquiera el beneficio de la duda—. ¡Es todo tan providencial...! Vuestra llegada, Ribera huyendo, el vaso de agua... Me resulta bastante difícil de creer.

—¿En mi inocencia? ¿En eso es en lo que os resulta tan difícil creer? —prorrumpí yo, encarándome a Tapia.

—Pues sí, lo cierto es que sí. ¿Cómo sé que no vais a volver a engañarnos, eh? —Adelantó su pecho contra el mío, violento.

Nuestros rostros se pegaron el uno al otro, amenazadores ambos. Si no llegamos en ese momento a las manos fue porque Cortés se interpuso entre nosotros.

—¡Preguntadle al pajarito, maldita sea! —bramé yo, señalando a la jaula, mientras Cortés cogía a Tapia por el pecho y lo alejaba de mí.

—Vamos, Andrés, ¡dejadlo, por Dios!

—Y si nos vuelve a engañar, ¿qué haremos, Cortés? —bramó él, su rostro enrojecido, resistiéndose todavía.

—No lo hará, Andrés, no lo hará. —Cortés lo agarró con ambas manos para volverlo a sus cabales—. ¡Él también ha perdido, maldita sea!

Tapia miró a Cortés a los ojos y se dio cuenta de que había una razón poderosa que él todavía ignoraba, para creerme... Auri.

Cejó de forcejear y fue hacia la ventana, recuperándose, todavía airado. Se volvió, escrutándome con nuevos ojos, conteniendo la respiración.

—La pregunta es saber a quién sirve en realidad Ribera —dijo, arrojándome a los pies un desafío—. Le paga bien, muy bien. Su atuendo esta tarde en la recepción, el anillo de oro que llevaba en la mano izquierda, no eran los de un procurador.

Me sorprendió comprobar que Tapia y yo habíamos coincidido en la misma observación al verlo en la fiesta. Me acordé entonces del árbol de Navidad con quien lo había visto hablar y me volví hacia el duque de Béjar.

—Había un hombre en la fiesta vestido de verde, el hijo del duque de Frías. —Todavía veía la excitación en los labios de aquella mujer mientras compartía conmigo el chismorreo en la iglesia ante su atribulado marido.

—Pedro Fernández de Velasco —asintió don Álvaro—. Heredará el título muy pronto, es cierto. Pero es una pobre sombra de su padre y, sobre todo, de quien fue el primer duque de Frías, con quien tuve el honor de luchar en la guerra de Granada.

—¿Lo colocaríais en la lista de nobles dispuestos a favorecer a Cortés en sus demandas ante el emperador? —inquirí yo, desviando la mirada hacia Cortés.

—Nunca. —La expresión de don Álvaro fue tajante.

—Pues vi a Ribera hablando con él, con el futuro duque de Frías.

—¿Dónde los visteis? —exclamó Cortés.

—Estaban apartados, en el sendero que separaba ambos patios de la fiesta.

—Esto..., esto es inconcebible. ¡No puede ser posible! ¡Hemos tenido al enemigo en casa durante todo este tiempo! —explotó Cortés, dando una patada a una silla, con la mano temblorosa sobre su frente.

—Tranquilizaos. —Tapia acudió en su rescate—. A lo mejor estaban hablando de...

—¿De qué?, ¡maldita sea! —interrumpió, exasperado—. ¿De qué iba a hablar Ribera con el futuro duque de Frías?

Cortés se removía como un relámpago por toda la habitación mientras hablaba.

—Hay tres duques que se han opuesto siempre a cualquier gracia, título, cargo o poder que el emperador haya querido concederme —se volvió hacia el duque de Béjar, señalándolo—, y vos lo sabéis muy bien. Son los Alburquerque, los Infantado y los Frías. ¿De qué diablos creéis que podían estar hablando mi secretario con el sucesor del duque de Frías esta tarde? ¿Del tiempo?

Cortés, que estaba en ese momento junto al fuego, se separó de la hoguera y caminó raudo hacia la puerta de la habitación.

—¡Voy a ir a por él! ¡Voy a ir a por él y lo voy a despellejar! —aulló, cogiendo el pomo de la puerta, a punto de arrancarla.

—Cortés, vuestro sitio está aquí en estos momentos, junto al emperador. —Tapia y el duque de Béjar salieron en tromba a detenerlo mientras aquel abría la puerta—. Tenemos todavía varias oportunidades para convencer al emperador de que...

—¡El emperador! ¡No me hagáis reír, por todos los

santos! —Cortés, en el umbral de la puerta, se convirtió en Tláloc, el dios de la tormenta, sobre el peñón de aquel islote—. ¡El emperador no sabe nada!

Apareció de nuevo el hombre tras su figura, invadido de una súbita tristeza.

—Le hablé a la salida de misa sobre las tierras de Nueva España y no sabía nada —musitó—. No supo preguntarme nada sobre nuestra gesta. ¡Ni tan siquiera me ha mirado a los ojos! No ha sido capaz de ofrecerme un gesto, un solo gesto de agradecimiento por haber agrandado su maldito imperio.

Un escalofrío se coló en mi alma al escuchar aquello. Vi una lágrima asomar en aquellos ojos aceituna que habían contemplado la gloria, y entonces Hernán Cortés se derrumbó en el suelo, inconsciente.

—¡Llamad a un médico, maldita sea!

La ciudad de Toledo se fue a dormir aquella noche con la noticia de que Cortés no se encontraba bien. Todos debieron de pensar lo mismo que nosotros, que había sido envenenado. Pero el médico que lo atendió no se decidió a llegar tan lejos con su diagnóstico. Según él, el colapso del conquistador había sido resultado de una mezcla explosiva de emociones personales, indigestión y falta de costumbre de la dieta castellana.

—Os aseguro que, con el calor que ha hecho este mediodía, un torrezno sería capaz de convertir vuestro estómago en una trampa mortal —había expresado con el peso de su autoridad, moral y física; su barriga sabía de lo que hablaba.

Debían de ser cerca de las dos de la mañana cuando abandonó el palacio donde se hospedaba Cortés, un edificio hermoso y discreto en el que pocos sabían de la naturaleza de su inquilino. Así lo había decidido el duque de Béjar, que había negociado con uno de los regidores de la ciudad la estancia del conquistador. La discreción había sido su máxima; pocas personas del séquito que se había traído Cortés de Nueva España dormirían allí. La mayor parte habían sido acomodadas en un cigarral al otro lado del Tajo para evitar llamar la atención. El periplo de Cortés por Castilla había congregado tanta expectación, tantos curiosos, tantos aplausos, que las autoridades no querían que el centro de la ciudad imperial pudiera convertirse en un enjambre mortal de nobles, séquitos y curiosos durante los días en los que el emperador y el conquistador coincidieran. Todo tenía que resultar bonito y salir bien, que para eso era ciudad imperial.

Voces maldicientes opinaban que el verdadero motivo había sido modular las muestras de fervor hacia el conquistador, igualándolas a las que se solían prodigar al emperador cuando estaba en la ciudad. Había que evitar herir susceptibilidades imperiales.

Esa noche, sin embargo, los nativos que habían viajado con Cortés abandonaron el cigarral y aparecieron misteriosamente frente a palacio, dispuestos a velar al conquistador hasta que se recuperase por completo.

—No sé cómo diablos lo han sabido —había murmurado el duque de Béjar antes de subirse a su habitación a descansar—, pero mantenedlos a raya, Tapia. Que no se entere nadie de que están aquí o mañana esto se convertirá en un circo lleno de gente.

En cuanto el médico abandonó el palacio, Tapia bajó al patio con uno de los criados para cerrar los postigos de la entrada.

Yo me quedé solo, en un rincón de la galería, contemplando al grupo de indios frente a los aposentos del conquistador. Varias velas ardían junto a ellos, ante una imagen de Nuestra Señora, a la que rezaban, fervorosos, por la recuperación de Cortés. Con qué rapidez habían cambiado sus dioses por Dios todopoderoso. Viéndolos allí, mirándolos a sus caras, con los ojos cerrados, sus labios moviéndose en silencio, postrados de hinojos, no pude evitar la sensación incómoda de que, recién llegados al cristianismo, tenían más fe que yo. De pronto distinguí entre ellos un rostro familiar, y fue como ver a alguien resucitando de entre los muertos.

—¡¡Andrés Tapia Cortés!! —no pude dejar de exclamar al verlo, yendo hacia su encuentro.

Se levantó dedicándome una de esas sonrisas que yo había valorado tanto en el poco tiempo en el que me había hecho de guía en Tenochtitlán hasta el día del fatídico disparo de aquel soldado frente a la verja de la casa de Alonso de Grado e Isabel de Moctezuma. Tuve que sacudir el rostro varias veces antes de tocarlo. No podía dar crédito a lo que veían mis ojos.

—Pero ¡si estáis vivo! —Lo miré de arriba abajo, una auténtica aparición frente a mí—. Nadie me había dicho nada. Pensaba que habíais muerto ese día.

Lo abracé sin disimilar mi contento.

—Tuve suerte; no me alcanzó el disparo —respondió él con aquella sonrisa capaz de iluminar los momentos más sombríos—, pero Tapia se enteró y pensó que estaría más seguro unos días en el convento de San Francisco.

—¿Y por qué habéis viajado hasta aquí?

Mientras preguntaba, vi como Tapia bajaba las escaleras hacia el patio con un criado y me observaba.

—Uno siempre tiene que agradecer lo que ha recibido como puede —dijo él, inclinando la cabeza profundamente.

Sonreí sin entender muy bien lo que acababa de decir y me despedí de él. Bajé entonces las escaleras hasta el patio, dispuesto a preguntar a Tapia por qué me había mentido sobre la suerte de Andrés Tapia Cortés, haciéndome creer que había muerto en el altercado.

Nos encontramos frente a frente cuando yo acababa de abandonar los escalones.

—Acabo de cerrar el portón de la calle, así que tendréis que quedaos a dormir. Puedo colocaros una esterilla aquí en el patio.

No había simpatía a raudales, pero tampoco antipatía. Me arriesgué.

—Acabo de ver a Andrés Tapia Cortés. ¿Por qué me dijisteis que había muerto?

—Quise que os sintierais mal en esos momentos —dijo sin mirarme, mientras buscaba en alguna esquina una esterilla o algo donde yo pudiera tumbarme—. Lo siento.

Me miró a los ojos con genuino arrepentimiento. Agradecí la tregua.

—Veréis, antes de abandonar su habitación con el médico, Cortés me ha pedido que me porte bien con vos. Me ha dicho lo que vos perdisteis en Tenochtitlán. —Bajó la mirada tímido, incómodo—. Lo siento de veras.

Volví la cabeza hacia la fuente de agua en el centro del patio cosquilleando la noche, y a punto estuvo de cosquillear mis ojos de nuevo. Evité la tentación tensando el rostro. A Auri no le gustaría saber que me había vuelto un llorón.

Los dos nos quedamos en silencio, contemplando la nada.

—Nunca lo había visto así, como esta tarde —dejó escapar, al fin, Tapia.

Dudé unos instantes; no sabía si aquello era una invitación a hablar o un simple desahogo de la tensión acumulada durante aquel día. Inspeccioné de reojo su cara y me atreví a continuar la conversación. Estaba estrechando lazos por vez primera conmigo.

—No tenéis de qué preocuparos. Al final no ha sido nada grave. Solo es a mí a quien han intentado envenenar hoy —dije yo, tratando de aligerar el peso del día.

Tapia me miró y sonrió tenuemente, sin poder ocultar una mezcla de tristeza e inquietud. Sacudió la cabeza.

—Vos..., vos no lo podéis entender. —Negó de nuevo, a punto de descartar la conversación—. Mirad, he vivido con él las situaciones más terribles que os podáis imaginar; hemos visto la muerte cara a cara y nos ha salpicado el rostro; hemos visto al diablo extirpando el corazón de nuestros enemigos, despedazando a sus víctimas, comiéndose sus vísceras; hemos luchado a sangre y fuego, escapado de infiernos que no soñaríais en vuestros sueños más terroríficos. Y a pesar de todo, jamás, ¡jamás!, lo había visto perder toda esperanza.

Sus ojos se desinflaron en un punto del infinito.

—Miento; solo hubo una vez.

Calzada de Tacuba, amanecer del día después de la noche triste, 1 *de julio de* 1520

La noche se esfumaba con las últimas gotas de lluvia, pero Tapia decidió que no iba a mirar hacia atrás. No lo había hecho nunca y no lo iba a hacer ahora. Delante de él, la calzada se asentaba al fin sobre tierra firme, y eso era lo único que importaba. Habían conseguido huir. Lo peor lo habían dejado atrás; lo mejor, también. Tenochtitlán y el sueño de haberla conquistado pacíficamente. Había sido un espejismo. No se podía dominar un imperio sin derramar sangre. Ahora lo sabían, y seguro que Cortés tomaría buena nota de ello.

Cortés... Tapia miró hacia delante. No lo veía por ninguna parte.

Se deslizó entre las espaldas desnudas de los indios y españoles que avanzaban por igual hacia su huida. Tenían las miradas perdidas. Las de los tlaxcaltecas, aliados que habían escapado con ellos, avanzaban más erguidas. Estaban acostumbrados a ganar y a perder, y hoy habían perdido. Los españoles, en cambio, iban con los hombros y los corazones encogidos; no hablaban entre ellos; no miraban a nada y a nadie, sumidos en su derrota, envueltos en su pesadilla.

Era una suerte que Cortés hubiera mandado construir aquellas estructuras de madera con las que sustituir los puentes retirados por los aztecas. Hubieran muerto todos como ratas si no hubiera sido por ellas. Habían muerto unos cuantos, muchos, pero la humillación había sabido completa.

Habían escapado de su sueño de noche, como los ladrones, envueltos entre la bruma y la fina lluvia que lloraba sobre Tenochtitlán. Habían abrigado la estúpida esperanza de que aquel tiempo de perros evitara como por arte de magia que ningún azteca se asomase por la ventana para verlos escapar.

No había sucedido así.

Una mujer que había tendido a secar unas telas durante el día había visto una mancha gris cuando las retiraba para evitar que se mojasen con la lluvia. La mancha se movía sobre el puente de Tacuba, el mismo que el nuevo tlatoani había mandado retirar para evitar que los españoles escapasen vivos. Había que masacrarlos a todos, evitar que ningún blanco saliera vivo de Tenochtitlán, evitar que jamás volviese a entrar ningún otro. El imperio seguiría adorando a sus dioses con la sangre de los enemigos. Como había sido antes; como seguiría siendo siempre.

Alertados por los gritos de la mujer, los soldados aztecas habían corrido a través de la lluvia hacia el puente. Algunos se habían adelantado con sus canoas. Y el infierno se había desatado sobre sus cabezas, bajo sus pies, desde todas direcciones, para los españoles que todavía no habían cruzado el canal.

Tapia había sido uno de los primeros en hacerlo junto a Cortés, en la cabecera del grupo, pero enseguida se habían vuelto hacia atrás, en el momento en el que los gritos habían llegado a sus oídos.

Los cuerpos comenzaron a amontonarse sobre el agua del canal que separaba la vida de la muerte. Algunos habían intentado huir a nado, pero el peso de sus armas, de lo que llevaban encima, no les permitió avanzar y se hundieron; se hundían entre las flechas, se hundían entre el oro, se hundían entre la sangre. Luego comenzaron a caer sobre ellos los cuerpos de los que morían intentando cruzar el puente.

Cayeron los mejores. A Juan de León lo arrastró una sombra oscura que cruzó el puente, llevándose consigo la mula que cargaba parte del tesoro. El resto del oro se lo habían llevado encima los que estaban al fondo del agua, ahogados por su propio peso. Ricos pero muertos.

Un puente de carne humana sustituyó al de madera, devorado por las llamas que ardían en las flechas del enemigo. Algunos, muy pocos, pudieron escapar reptando entre los cadáveres y las ratas que los devoraban; habían salido de debajo de la tierra con el olor de la sangre. Sangre española.

Así era como se había deshecho el sueño a orillas del lago Texcoco.

Con el sabor de su propia sangre en la garganta, Tapia consiguió divisar a unos cuantos españoles que se habían detenido a un lado del camino. Cada uno de ellos ofrecía con su cuerpo una versión diferente de lo sucedido, aunque todos compartían algo en común: no se compondrían cantares de gesta con lo sucedido aquella noche. Había quienes sostenían sus hombros encorvados sobre las rodillas, mirando hacia sus pies; otros apenas conseguían sostener sus sienes entre las palmas de sus manos; había quienes preferían estar de pie, contando las bajas; y otros que, también de pie, optaban por llevar la cuenta de los vivos. Los había que permanecían sentados sobre la tierra, contemplando sus manos retorcidas con los ojos en blanco, y otros que hundían sus quejidos en lo hondo del pecho.

Un poco más atrás, apartada de los demás, divisó la figura de Cortés, fundida con la del tronco de un grueso árbol, en delicado equilibrio. Las ramas caían sobre su cabeza como flechas en aquel tenue amanecer gris que tardarían en olvidar.

En medio de la derrota se cernían sobre ellos las sombras del nuevo día.

—Siempre soñé con construir un castillo de arena sobre el Guadiana, ¿os lo he dicho alguna vez?

—De pequeño os vi en más de una ocasión corriendo hacia el río para comprobar si había sobrevivido durante la noche.

—Cuando entramos por primera vez en Tenochtitlán vinieron a mi memoria esos castillos de mi niñez. Ahora lo tenía delante, grande, inmenso, un sueño hecho realidad.

De pronto, la sombra del árbol se volvió hacia Tapia, dos grandes ojos brillantes contemplándolo desde las orillas del Guadiana y bañados en lágrimas.

—Pero para que los sueños se cumplan no hay que dejar de soñarlos ni un solo día —Cortés extendió el brazo hacia el aire vacío—, hay que volver a construirlos día tras día. Nosotros regresaremos, lo construiremos de nuevo, y no dejaremos de soñarlo hasta que convirtamos Tenochtitlán en capital de una nueva España. Siempre tendremos una buena razón para ello.

Los ojos brillantes que lo atravesaron en ese momento con la mirada se disolvieron sobre la corteza de aquel tronco. Tapia volvió a mirar la figura del árbol, con sus ramas cayendo sobre los lados, frondosas, elegantes, pero no vio la sombra del conquistador por ningún lado. Cortés había desaparecido. Era como si se hubiera fundido con sus raíces tierra adentro.

***

—No deja de resultar una ironía, ¿verdad? —Las pupilas de Tapia parpadearon, regresando a la tenue claridad que derramaban los candiles sobre el estanque en el patio—. Que después de reponerse de la peor de las calamidades, después de volver a levantar el sueño y convertirlo en la capital de Nueva España, tenga que ser la vieja la que le quiebre el alma. ¿Sabéis por qué se le ha partido?

Tapia me miró como si yo mismo hubiera tomado parte en ese crimen.

—Porque su enemigo está dentro, y contra él no se puede luchar. Uno puede pelear hasta morir cuando el adversario está ahí fuera, pero cuando está aquí dentro —puso las manos sobre el pecho, golpeándose con fuerza—, la lucha es inútil porque, aunque uno gane, morirá también.

Sus palabras me parecieron demasiado profundas para malgastarlas en aquellas horas de la madrugada, y me limité a asentir.

—¿Sabéis por qué los tres duques que ha mencionado antes Cortés jamás reconocerán su gloria y su fama? —continuó Tapia, apoyando un pie sobre el borde del estanque—. Jamás perdonarán a Cortés que poblara y conquistara las tierras que correspondían a su amigo, el gobernador de Cuba, Diego Velázquez. Y cuando consiguió lo que este jamás hubiera logrado, los muy valientes enviaron a Pánfilo de Narváez para derrocarlo. Todos son culpables de lo que ocurrió entonces. Y, sin embargo, miradlos: ¿hay alguno que haya sido castigado por ello? —Sus labios exhalaron una amarga sonrisa—. No. Siguen gozando todos de la misma confianza por parte de la Corona. ¡Hasta a Pánfilo de Narváez se le han conmutado las penas de cárcel por un nombramiento como capitán de una nueva expedición a las tierras de La Florida! Y sin embargo, para nosotros, que lo hemos hecho todo, que hemos multiplicado los territorios y las riquezas de este reino, ¿sabéis cuál es la recompensa?

Tapia se sacudió el dolor de los hombros con un gesto.

—Yo os lo diré. —Hizo un revoltijo con sus entrañas

y escupió un gargajo en el agua de la fuente—. Eso y el cargamento de oro que envían para humillarnos delante de toda la corte.

—Si tuviéramos a Juan de Ribera en nuestras manos, podríamos sonsacarle algo —dije yo, imaginándome sacudiendo a aquel tipo pusilánime entre las manos.

—He mandado a varios hombres seguir su rastro desde su desaparición esta tarde. Nadie ha regresado con nada fehaciente. Parece haberse evaporado. Habrá ido a refugiarse lejos de Toledo, seguramente a algún lugar bajo el manto de los duques de Frías —se lamentó Tapia, pellizcándose el labio.

—Estoy seguro de que él nos conduciría hasta el cargamento de oro. —Golpeé la palma con el puño de la otra mano, pensativo.

—A lo mejor ese maldito cargamento con el que quieren acusarnos está durmiendo en Toledo y mañana nos encontramos con la terrible sorpresa de que lo han presentado ya al emperador. —Tapia tragó saliva gravemente.

—No creo que eso vaya a suceder todavía. —Sacudí el agua de la fuente, desterrando los candiles que se reflejaban en su superficie—. Si fuera así, no habrían perdido la oportunidad de exhibirlo esta tarde, con el tapiz, delante de todo el mundo.

—Ni con el caballo más veloz lo alcanzaríamos ahora si supiéramos hacia dónde ha huido, el cobarde —exhaló Tapia con un nuevo aire de derrota—. Habrá que pensar otra manera de atraparlo.

Una idea peregrina cruzó por mi mente, azuzada por lo que acababa de decir Tapia. ¿Y por qué no?, me dije mientras terminaba de desplegarla en mi cerebro.

—Creo que sé de una persona que a lo mejor podría ayudarnos.

Tapia sacudió los ojos, devolviéndoles su brillo.

—Necesito salir mañana pronto en busca de alguien. Quizá todavía estemos a tiempo.

El semblante de Tapia se cubrió de nubarrones.

—Ni lo soñéis, no voy a arriesgarme a perderos de nuevo de vista.

Su falta de confianza fue un puñetazo en el estómago.

—Tapia —junté las palmas de las manos frente a los labios, contemplándolo fijamente—, acaban de intentar asesinarme, os doy muestras incuestionables de todo el apoyo del que soy capaz, ¿y vos me sacudís de nuevo con vuestra desconfianza?

Tapia dejó escapar un suspiro entre el arrepentimiento y la indecisión, debatiéndose entre confiar en mí o no. Finalmente levantó su mirada castaña con renovado ímpetu.

—¡Qué diablos! Cortés lo haría; yo también.

Me gustaron sus palabras, antes de que lo estropease de nuevo.

—Además, no contamos con muchas alternativas —añadió sin ironía, diciéndolo en serio—. ¿En qué consiste vuestro plan, entonces?

—Deberéis dejarme actuar a mí. Si el plan no queda estrictamente entre nosotros, corremos el riesgo de que alguien más lo sepa y se nos adelanten.

—Querréis decir que queda entre vuestras costuras, no entre nosotros. —Tapia afiló su mirada.

La sombra de la duda apareció de nuevo en su semblante, pero la alejó con un ligero parpadeo.

—Está bien —accedió, extendiendo sus manos resignado—; si tenéis que salir mañana temprano, será mejor que os vayáis a dormir. He pensado que os podríais echar aquí, en este rincón.

Tapia señaló hacia un pequeño trozo de tierra de una triste esquina del patio, junto a unos rosales. Fragancia inmejorable, tacto incómodo, descanso imposible. Mi rostro debió de traslucir las plácidas horas de sueño que me esperaban por delante.

—En mi habitación hay una cama de más. —Lanzó un ligero suspiro—. Podéis descansar ahí si queréis.

Lo dijo reacio, con la boca pequeña, pero fue suficiente para aceptar la oferta.

—¿Estáis seguro de que no os importa? —pregunté mientras subíamos ya las escaleras, seguro de que no había vuelta atrás—. Puede ser un poco duro por vuestra parte pasar, en un solo día, de odiarme a dormir conmigo bajo el mismo techo.

—Hoy no me importará —me concedió, advirtiéndome—, pero lo que no voy a hacer es cambiaros la cama.

Al entrar en su habitación, en la tercera planta, y ver los dos lechos, pegados cada uno a paredes opuestas, entendí el porqué de su advertencia. La suya era gigante, amplia, cómoda, y la mía, un sencillo camastro del tamaño de un féretro.

Después de quitarme la ropa, me tumbé en el estrecho jergón. Al menos era mullido.

—Confío en que no ronquéis.

—Y yo en que tengáis un sueño profundo —contestó Tapia, apagando la vela.

No tardó ni dos minutos en comenzar a roncar. Me di la vuelta sobre el camastro, de cara a la pared, y me pasé la almohada por encima de la cabeza para amortiguar los rugidos de Tapia. Tenía que dormir, rápido, muy rápido, para que llegase el amanecer y despertarme con la misma rapidez. A lo mejor seguía en Toledo. Él era mi única esperanza, el único que podía ayudarme a dar con el escondrijo de Juan de Ribera. Confiaba en poder reconocerlo o en que él me reconociera a mí. Solo habían pasado cuatro años, pero todo estaba cambiando demasiado deprisa en Castilla desde que se había trocado en imperio.

6

Las verdaderas amistades superan el paso del tiempo aunque hayan sido breves. Los ojos del alma reconocen lo que nadie más ve. Solo es necesario que algo conecte en el interior de dos personas. No importa la edad, no importa la raza; solo lo que ocurre entre ellas a la velocidad del chasquido de unos dedos.

Con el moro Alí Bey había ocurrido así. En realidad no había sido la velocidad de unos dedos, sino la de un caballo, Cascabel, lo que había bastado para sellar nuestra amistad. Todavía guardaba su cabalgada en mi memoria. Magia bajo las piernas.

—O Alá o Yavé tienen que haberse vuelto locos allá arriba para dejaros pisar Toledo estos días. ¿Qué buscáis, descabalar el imperio ahora que Fonseca y vuestro maestro Anglería no están aquí para impedíroslo?

Nos fundimos en un abrazo a orillas del Tajo, junto al campamento que había mandado instalar para la comodidad y asueto de sus dieciocho bellezas.

—A mis amantes les gusta pisar tierra y agua, remojarse entre las piedras del río, y no los adoquines de vuestras ciudades imperiales. Además, de esta forma obligo a los grandes señores de vuestro imperio a salir de sus torres de oro y a descender hasta mí, revolviéndose un poquito en el fango. Ya sabéis lo que quiero decir. —Alí Bey me guiñó un ojo.

Las bellezas a las que se refería valían el esfuerzo y las molestias. Ellas bebían del Tajo, y los grandes nobles de Castilla, de la mano de Alí Bey con tal de acabar poseyéndolas.

Eran los caballos más hermosos de Castilla. El moro había sabido destilar la esencia de las razas árabe y andaluza, y todos sus ejemplares participaban en mayor o menor medida de aquel secreto. No dejaba de ser una triste ironía que fuera el linaje de sus caballos, y no el suyo propio, lo que le abría las puertas de las casas de los grandes de Castilla.

Ahí residía precisamente mi oportunidad, la chispa que me había asaltado la mente mientras discutía con Tapia la noche anterior.

—¿¡Que queréis que levante todo el campamento y me vaya con vos a dónde!? —A los ojos de Alí Bey pareció partirlos un rayo mientras hablaba—. Mirad, Diego, no sé dónde os habéis metido en los últimos años ni si en ese nuevo mundo del que habláis las calles son de oro, pero os aseguro que aquí no. Aquí uno necesita trabajar duro, dar vueltas y más vueltas, para conseguir vender mucho, ¡mucho!, con lo que...

—Pensaba que vos no vendíais caballos —señalé con un dedo acusador y una sonrisa—, pero veo que el paso de los años os ha terminado por prostituir.

—¡Es que no me habéis dejado terminar la frase! —estalló él, sacudiéndose las faldas de su túnica—. Decía que uno tiene que vender mucho para poder satisfacer a sus amantes con los caprichos de una nueva vida. —Terminó de ajustarse el turbante sobre su cabeza con toda dignidad.

—Sois un cínico. Me apuesto lo que queráis que de los dieciocho ejemplares que habéis traído con vos a Toledo, tenéis más de la mitad apalabrados y vendidos.

—Me faltan cinco, y si ese Cortés no se larga, y, con él, todo el circo que ha traído consigo y que está despistando a mis mejores postores, van a tener que soportar la humillación de no haber sido deseados por nadie. ¡Y eso os aseguro que no va a pasar, no mientras yo viva!

El desencuentro forma parte de la amistad. Muchas veces, *es* la amistad. Uno debe conocer las debilidades de sus amigos, comprenderlas. Y si es necesario, solo si es necesario, utilizarlas en beneficio propio.

—Alí Bey, escuchadme de nuevo —dije, abonando con cautela el terreno.

—Ya os lo he dicho antes —me interrumpió, zanjando cualquier propuesta—; sé perfectamente dónde se encuentra el duque de Frías; antes o después de sus visitas a Toledo pasa siempre por el palacio de Villena, en Cadalso. Pero no os voy a acompañar hasta allí porque la temporada pasada ya le vendí un caballo, y su hijo y heredero no tiene un maravedí para comprar nada hasta que no se muera el padre.

—Ahora sois vos el que no me dejáis hablar. —Ladeé el rostro, frunciendo el ceño, y Alí Bey cerró la boca al instante, oliendo la oportunidad—. Creo que tengo una oferta muy buena que haceros.

Me detuve frente a las barbas de mi buen amigo para que echara un buen vistazo a mis ojos mientras invocaba en ellos el brillo del oro que había tenido entre mis manos.

—Va a ser la oportunidad de vuestra vida. —Coqueteé con las palabras cuando vi que era todo oídos—. ¿Qué opinaríais si os dijera que podríais convertiros en el principal abastecedor de caballos de todo un continente?

No fue necesario añadir mucho más. Alí Bey sabía que, aunque no fuera con mi dinero, mis promesas siempre acababan haciéndolo un poco más rico.

Salimos de Toledo ese mismo día, cuando el sol luchaba todavía por escalar el peñasco donde se asentaba la ciudad.

Apenas había podido intercambiar unas palabras con

Tapia antes de partir. Le dije que esperase. Traería noticias.

De alguna manera, estaba convencido de que mi visita al palacio que los duques de Frías tenían en Cadalso iba a arrojar pistas sobre Juan de Ribera y lo que ocultaba; algo me decía, incluso, que estaba a punto de ahuyentar las sombras de la naturaleza que lo ataban a la oscura figura de Salazar. La culpa de tantas expectativas las tenía mi talismán, Alí Bey, que tan buena suerte me había brindado en el pasado.

Pegado a él seguía viajando el mejor susurrador de caballos del mundo, aunque no sabía muy bien lo que les susurraba porque era mudo; o mejor, no hablaba. Mudo es quien no puede hablar, y estaba convencido de que, en realidad, Tabarak no quería hablar. Las palabras habían huido de su mundo, y solo los caballos las escuchaban. Tenía el embrujo de ser alto, calvo, con una mirada infinita y caminar con el torso desnudo en verano y una casaca abierta abrigándolo en invierno.

Y acompañándonos, detrás, las cinco amantes sujetas con sus bridas en un racimo del que tiraba un carromato ligero, custodiado por dos hombres. Estos, a diferencia de Tabarak, hablaban, pero nadie salvo Alí Bey los entendía. El resto de la caravana del moro se había quedado a los pies de Toledo, cultivando a la clientela durante la ausencia de su amo. «¡Tres días a lo sumo!», me había hecho prometerle antes de que partiéramos.

—Las cosas están cambiando mucho en Castilla —me explicó Alí Bey mientras cabalgábamos—. La riqueza está haciendo a la gente más vaga. Más abrevaderos en el camino, pero menos gente dispuesta a atenderos. Y de las casas señoriales, mejor no hablar. Además de vagos, impacientes. Están dispuestos a pagar el doble que hace cuatro años, pero quieren los caballos para ayer. Yo les contesto a todos lo mismo: los caballos tienen que montar primero para que acabéis montando vos. El ciclo de la naturaleza es precisamente eso, una sabia espera.

—Hablando de esperas, os recuerdo que me debéis un caballo.

—¿Yo a vos un caballo? —Levantó la mirada como si lo hubiera insultado—. No sé de qué habláis.

—Me prometisteis que si algún día regresaba a Castilla, me regalaríais uno.

—Habéis tardado demasiado, amigo mío. Seguro que ni aquella mujer tan hermosa a la que entregué esa estúpida carta os habrá esperado.

La vista se me nubló cuando mencionó a Auri, y todo empezó a doler dentro de mí. Alí Bey se dio cuenta de su error, porque tras un ligero carraspeo, tiró de las riendas y cambió el paso de la conversación.

—Yo que vos aprovecharía ahora, antes de que anochezca. De mis cinco amantes hay uno que quiero que probéis —dijo, deteniéndose.

Sonreí ante su sugerencia.

—¿Me hará olvidar a Cascabel?

Se llevó la mano a la boca, compartiendo conmigo su secreto:

—Se llama Sonajero, no os digo más.

Me reí al escuchar ese nombre, pero acepté el reto. A Alí Bey le bastó lanzar una mirada a Tabarak para que este fuera hasta el carromato y desatara las bridas de un hermoso ejemplar bayo de crines y cola negras.

—Entenderéis por qué lo llamamos Sonajero en cuanto ella os cabalgue al galope.

—¿Ella? ¿Cabalgarme a mí? —dije yo, escéptico.

—Ellos obedecen; ellas mandan —respondió, entornando los ojos.

Todos los ojos se posaron sobre mí, expectantes, mientras me subía a su lomo, esperando una fuerte sacudida que me llevara de bruces contra el suelo y arrancara las risas de todos. No sucedió así.

—Oléis a hombre y le habéis gustado, sin duda. Disfrutadla —dijo Alí Bey mientras yo daba unos pasos con ella y me familiarizaba con su montura.

No me dio tiempo; en cuanto ella se acostumbró a mí, cambió a un ligero trote que se convirtió en galope antes de que yo pudiera sujetarme a los estribos. Conseguí pasar los pies por ellos antes de que fuera demasiado tarde, y Sonajero y yo acabamos vibrando en el aire con la fuerza de cien cascabeles sacudiendo el viento.

Alí Bey tenía razón, me hizo olvidar a Cascabel muy rápido; pero no logró en ningún momento extinguir el dolor que seguía ardiendo en mi cuerpo. Al final de la cabalgada, cuando Sonajero y yo nos detuvimos, mis ojos estaban llenos de lágrimas. Las había entregado al viento, regándolo con generosidad, pero no era él quien las había producido.

Aun muerta, Auri seguía muy viva dentro de mí.

Llegamos a la mañana siguiente a Cadalso sin toparnos con nadie durante el camino, a pesar de ser el paso natural entre Toledo y Ávila. En aquellos días grandes que estaba viviendo la ciudad imperial, todos los que eran algo estaban ya allí, y los que no, en sus casas. Cadalso vivía en ese difícil equilibrio entre el ser y el estar. El palacio de los duques de Frías congregaba el ser y su señorío. La fonda situada a la entrada de la villa era el estar de quienes no eran y estaban de paso. Lo que había entre esos dos puntos equidistantes de la villa se debatía entre el honor y la supervivencia.

Varias casas solariegas, la mayor parte de ellas cerradas, salieron a recibirnos en su calle principal. Escuché el tañido de las campanas de la iglesia, pero no pude llegar a contarlas porque el bullicio de la fonda, a mitad de la calle, distrajo mi atención. La entrada y su patio parecían contener a todo el pueblo en su interior cuando todavía no era la hora de la comida.

—El palacio de los duques está en la parte izquierda

—me dijo en voz baja Alí Bey, exhortándome a seguirlo sin detenerme.

—Esperad, no entiendo qué hace tanta gente a estas horas tan tempranas.

Alí Bey arrugó la nariz, incómodo.

—Están comiendo cerdo —murmuró de mala gana.

—¿Y cómo lo sabéis?

—Un musulmán lo huele a distancia. Son torreznos. Vienen de todos lados para comerlos; son muy populares en Cadalso. Por eso no me gusta venir aquí, se lo dije una vez al duque. Me miran con malos ojos cada vez que paso por delante de ese sitio.

Miré a través de las rejas que separaban el patio, y observé a la gente sentada en las mesas comiendo tocino frito. Algunos levantaban la cabeza al vernos y cuchicheaban con sonrisas maliciosas. Alí Bey era mucho Alí Bey para pasar desapercibido, y eso era lo que lo convertía en mi escudo perfecto; entre él, las cinco bellezas que portaba y Tabarak, quedaba poco hueco para interesarse por mi figura.

—Pues antes o después habrá que probarlos —dije relamiéndome mientras seguía uno de aquellos torreznos en su camino hacia la boca de alguien que se sentaba en una de las mesas.

—No pienso entrar ahí. —Escuché el tono de repugnancia en la voz de Alí Bey mientras mi vista recaía sin querer en otro de los comensales.

Mi corazón saltó en el pecho al reconocerlo. Era Juan de Ribera llevándose uno a la boca. Estaba sentado, hablando con un muchacho que permanecía apoyado frente a él en la mesa, de pie; era un criado del mesón.

—Pues vais a tener que esperar a que yo lo haga —musité, señalando con la cabeza hacia una de las bocacalles que se abría frente a nosotros.

Instantes después teníamos pergeñado un plan. Alí

Bey accedió a ello, siempre y cuando él no tuviera que poner los pies en aquel lugar de infieles.

Rodeé la fonda por una de las calles que la bordeaban por detrás y descabalgué de mi caballo junto a los dos mozos de cuadras que estaban atendiendo las demás monturas de los clientes.

—Cuidad de este caballo con vuestra propia vida —le dije a uno de ellos, un chico joven y desdentado que extendió la palma de la mano como única respuesta.

—Si los torreznos están buenos, os recompensaré —respondí, entregándole las bridas y dirigiéndome hacia la fonda sin pestañear.

Tomé aire profundamente, apaciguando la inquietud de mis tripas. No era el tocino lo que las removía, sino enfrentarme cara a cara con el tipo que había intentado envenenarme. Esta vez no escaparía, me juré a mí mismo mientras ponía mis pies en el mesón.

El aspecto sombrío de su interior me empujó directamente hacia el patio, de donde llegaba la animación y el bullicio. Tiras de mesas dispuestas como si fuera un banquete llenaban el lugar de individuos que parecían conocerse de toda la vida. Los torreznos, el vino y la buena mano de los criados para que no faltasen sobre la mesa obraban el milagro. Tuve suerte de que en la última mesa, donde se sentaba Ribera, no reinara el calor y la concordia de las demás. Era como si los lugareños hubieran detectado algo extraño en su tenebrosa figura y quisieran permanecer apartados de ella. El olor a tierra, polvo, sudor y ajo alzaban un muro invisible entre él y los demás.

El tumulto y la algarabía que se respiraba en las mesas me sirvieron de cobijo, y Ribera no me vio entrar. Seguía hablando con el mismo criado, un tipo joven y desgarbado de melena dorada y buena planta que parecía haber perdido el interés por los demás comensales. Ribera volcaba sus ojos y la sonrisa en él, y aproveché la ocasión para acercarme por detrás del muchacho.

—¡Martín, las otras mesas os reclaman!

Era la voz atronadora del dueño de la fonda, y el chico dejó de apoyarse en la mesa; cogió su bandeja vacía y cruzó por delante de mí pasándose la mano por los cabellos rizados mientras resoplaba por lo bajo. Demasiado bello para un lugar como aquel. Los ojos de Ribera, que habían seguido al muchacho hasta perderlo de vista, se encontraron conmigo, y su expresión pasó del paraíso al infierno. Se levantó del banco, con las piernas a punto de pasar por encima y huir, pero yo me senté frente a él y lo sujeté con fuerza por una de las mangas, obligándolo a ocupar de nuevo su lugar.

—Ni lo intentéis, por vuestro bien. —Señalé con la cabeza hacia una de las esquinas, a mi espalda, donde se encontraban la estatura y el torso desnudo amenazante de Tabarak, cruzado de brazos, observando—. Y si lo intentáis por la entrada principal, no lo tendréis mucho mejor —añadí señalando por encima del hombro.

Ribera levantó la cabeza y vio a los otros dos hombres de Alí Bey en la puerta de la fonda, con los arcabuces preparados en las manos.

Se cruzó de brazos y extendió el cuerpo hacia atrás, petulante.

—Dadme una razón para que no os mate aquí mismo —solté.

—¿Vos, matarme? Os falta el arrojo y la forma de hacerlo.

—¿Me habláis vos de arrojo? —Lancé una carcajada—. Probadme. Yo no lo haré con un vaso de agua.

Mostré entre mis mangas una daga que me había prestado Alí Bey, y el rostro de Ribera se encogió. Abandonó su engreimiento y devolvió las manos sobre la mesa.

—No tengo nada que deciros. —Rezumaba tranquilidad.

—Sabéis lo del cargamento del oro. No queríais que

se lo dijese a Cortés. ¿Dónde tiene que llegar y cuándo? ¡Hablad!

Ribera se inclinó sobre la mesa, desafiante.

—¿Creéis que a mí me lo cuentan todo? —Se volvió hacia los lados antes de proseguir en voz más baja—. Pero al menos sé de qué lado estoy. Miraos, miraos a vos, en cambio. Ni siquiera sabéis en qué lado de la mesa os encontráis: a favor de Cortés, en contra de Cortés, de nuevo a su favor. ¿Cuándo os vais a decidir por un lado o el otro?

—¿Y quién está de vuestro lado? —Sujeté con fuerza la empuñadura de la daga entre las mangas, evitando perder la cabeza—. ¿Bajo las órdenes de quién habéis actuado vos todo este tiempo? ¿El duque de Frías?

—¿Frías? —Ribera sacudió la cabeza con una mueca burlona—. ¡Frío, muy frío! Frías, frío. —Se deleitó en su burdo juego de palabras.

Se inclinó de nuevo sobre la mesa, apoyando todo el cuerpo sobre los brazos.

—Pero creo que en realidad lo sabéis muy bien. —Su mirada dibujó sombras familiares.

Permanecí en silencio, considerando las probabilidades.

El chico de cabello rizado pasó junto a nuestra mesa y, sin apenas detenerse, dejó una ración de torreznos junto a Ribera. Me percaté de la mirada furtiva que este le lanzó, siguiendo el cuerpo del muchacho mientras se inclinaba a dejar nuevas raciones sobre las otras mesas.

—Quiero que seáis vos quien pronuncie su nombre. —Ribera volvió a mí con la malicia en los labios.

Su mano se extendió sobre el plato de torreznos que el chico acababa de dejar en la mesa y eligió el trozo que estaba más tostado.

—¿Qué pasa? —Se volcó de nuevo hacia mí—. ¿Os da miedo decirlo?

Se llevó a la boca el tocino.

—Salazar —me escuché pronunciar su nombre.

Solo podía ser él.

Ribera asintió, satisfecho.

—Sí, el mismo. ¿Lo veis? ¡Lo sujeta todo entre las palmas de las manos!

—A mí no me sujeta nadie. —Estiré el cuello, advirtiéndolo.

—Oh, sí, cuando llegue el momento lo hará, ya veréis. Lo tiene todo previsto. Y os aseguro que es grande, muy grande, demasiado grande incluso para Cortés.

—¿Y a vos desde cuándo os tiene cogido por la entrepierna?

Mi pregunta a bocajarro hizo a Ribera enrojecer súbitamente.

No me estaba equivocando; aquella forma de mirar al muchacho era el secreto del que Salazar se había valido para domeñar su voluntad.

El rostro de Salazar se puso más rojo, y se llevó las manos a la garganta. Comenzó a sacudírsela con violencia, como si quisiera apagar algo que estuviese ardiendo en su interior.

—Ribera, ¿qué os sucede? —Me levanté y extendí los brazos, sujetándolo por los hombros.

Se puso de pie, temblando, con las manos en la garganta. Sus facciones se desencajaban ante mis ojos, los labios se le tornaban morados, la boca aspirando inútilmente el aire. Entonces se dejó caer sobre la mesa, revolviéndose sobre el pecho con grandes espasmos, las manos blancas.

La gente a nuestro alrededor enmudeció y se volvió hacia nosotros. Las convulsiones del cuerpo moribundo de Ribera sobre la mesa eran el único movimiento en todo el comedor. Su vaso de vino salió volando por los aires, la jarra cayó al suelo hecha pedazos y los torreznos sobre la mesa se hundían bajo la espalda de Ribera, convertidos en cientos de migas que rebozaban su torso, la cara, el cabello oscuro con el mechón blanco sobre la frente.

Un suspiro hondo, violento, angustioso, sacudió una última vez su cuerpo, y Ribera se quedó allí, ingrávido, blanco, un hilo de sangre saliendo por su boca.

Gritos de horror estallaron entonces en las gargantas de los presentes, que se alejaron del muerto y de los torreznos.

Ribera había sido envenenado. Mis ojos saltaron de la ración de torreznos hacia los rostros de mi alrededor en busca del muchacho de rizos que había dejado el plato junto a Ribera. El bello efebo había desaparecido.

Me abalancé sobre el tipo malhumorado que había gritado antes su nombre, el dueño del mesón. Estaba junto a la puerta, frente a la barra, suplicando calma entre imprecaciones y lamentos, impidiendo que los comensales huyeran despavoridos, aterrados ante la posibilidad de que el mesón estuviera a punto de convertirse en una necrópolis.

—El chico de los rizos, Martín, ¿dónde está? —dije, agarrándolo de un brazo.

El dueño se desasió de mí, abrupto, en su mente únicamente los torreznos que nadie iba a pagar hoy y la reputación que se acababa de largar por la puerta calle abajo.

Volví a insistir, agarrándolo más fuerte, y él se limitó a señalar hacia una de las puertas del fondo, pasada la cocina.

—Martín, ¿lo habéis visto salir? —Pasé como una exhalación ante los ojos llorosos de una mujer frente a una pila de torreznos recién hechos que no llegarían a ser comidos jamás.

—Se ha ido —gimoteó la cocinera.

Me arrojé hacia el exterior de la fonda y vi los restos de una sombra desapareciendo calle arriba, tras una esquina: era Tabarak. Salí hacia allí corriendo y, al llegar a la bocacalle, vi que Alí Bey me esperaba en la otra esquina montado en su caballo. Con la respiración entrecortada le grité preguntando por el muchacho que acababa de pasar corriendo bajo su hocico.

El moro extendió las manos, pidiéndome calma con las palmas abiertas.

—¡Hay que detenerlo! —respondí, parándome, fuera de mí, inclinado con las manos sobre las rodillas, tratando de recuperar la respiración.

—Esperad a Tabarak —me dijo él, un manto de seguridad sobre el rostro.

Minutos después regresó Tabarak, caminando por el mismo lugar por el que había desaparecido tras el asesino de los rizos de oro. Miró a Alí Bey con la misma expresión con la que siempre lo hacía, sin pronunciar absolutamente ninguna palabra. El moro, entonces, se volvió hacia mí.

—Lo ha visto entrar en el palacio de Villena.

Asentí, extrañado. ¿El asesino de Ribera bajo el mismo techo que a él lo cobijaba?

—¿Estáis seguro de que Tabarak os ha informado bien?

—Pues claro que sí. ¿Dudáis acaso de que no haya comprendido sus palabras?

Lancé un suspiro. Un día de estos, Alí Bey iba a tener que explicarme cuál era la forma de comunicarse con su esclavo de mirada índigo.

Instantes más tarde aguardábamos frente a las puertas del palacio de Villena, confiando en que la presencia de Alí Bey, el mejor criador de caballos de Castilla, nos permitiera la entrada.

7

A nuestra izquierda, los jardines del palacio de Villena se desplegaban insinuantes con una magnificencia suave y delicada, todo un contraste con el edificio que se alzaba ante nosotros. Las piedras con las que estaba construido eran grandes sillares que me recordaban a las sólidas construcciones de Tenochtitlán.

Mi mente caviló inquieta, deseosa de saber lo que ocultaban aquellos muros. Si el asesino de Ribera había huido hasta allí, estaba claro que alguien, desde dentro, había mandado tenerlo vigilado por si se fuera a ir de la lengua. ¿Quién mejor para hacerlo que quien compartía su lecho? No había mejor forma de tenerlo bien amarrado.

—Viajar con vos no deja de arrojar sorpresas. —Alí Bey me miró de reojo, advirtiéndome—. Vos dejadme hablar a mí antes de que os lancéis a preguntar e indagar sobre el muerto y su asesino y nos echen a los dos a patadas de aquí. No quiero tirar mi reputación por la borda, como le ha pasado a la fonda de la que acabáis de salir.

—Pensad que todo lo hacéis por una buena causa —mascullé yo—. Hay mucho caballo que enviar a Nueva España.

Salió a recibirnos un criado atento y servicial que, al nombre de Alí Bey, enseguida nos hizo pasar a uno de sus salones.

—Solamente se encuentra la señora, pero os atenderá

de inmediato —había dicho, atento y servicial, antes de desaparecer tras la puerta del salón.

Hacía frío en el interior a pesar del calor que se respiraba en esa época del año. Sus muros estaban desnudos, sin ninguna pintura o tapiz que los decorase, tan solo huellas de las marcas que habían dejado los que ya no estaban. Aquel lugar había custodiado entre sus paredes días más cálidos y de mayor esplendor.

—Vos habíais estado aquí antes, ¿verdad? —Me volví hacia Alí Bey, que contemplaba la aridez del salón con la misma curiosidad.

—Varias veces, aunque solamente en los jardines. La primera vez fue para entregar un caballo muy especial al primer duque de Frías, hace ya mucho tiempo.

—¿El primer duque? —Lo miré con curiosidad.

—Sí, fue uno de los grandes que luchó contra los míos en Granada. Se convirtió en virrey de Granada en cuanto nos expulsaron.

—Espero que eso no sea ningún inconveniente para tratar con su descendencia. —Entorné los ojos sobre el moro, evaluando su disposición a no arruinar mis pesquisas.

—Por Alá, Diego —exclamó, ofendido—; hace tiempo que aprendí a diferenciar entre el corazón y el bolsillo. Este se puede llenar; el corazón, no, y uno tiene que vivir con sus latidos hasta el final. El caballo que vine a entregar era un regalo para su hija. Ese intercambio me hizo a mí rico y a esa niña, dueña del mejor caballo de Castilla cuando ni tan siquiera levantaba cinco palmos del suelo.

—Y a pesar del tiempo transcurrido, os recuerdo perfectamente, Alí Bey.

Nos volvimos al unísono hacia la voz que acababa de entrar en la habitación, a nuestras espaldas.

—Seguís igual de viejo que entonces; o tan joven, según se mire.

Avanzó hacia nosotros una mujer de bello aspecto pero triste mirada y ojos grises que lo atestiguaban. Dominaban por completo su rostro, y con ellos, Juliana Ángela de Velasco podría haber llegado a ser la mujer más bella del reino de Castilla; en su lugar, era la más triste.

Alí Bey se inclinó hacia ella con una ligera reverencia.

—Habéis crecido más bella de lo que cabía esperar cuando erais una niña.

—Y vos habéis crecido más mentiroso; pero os lo advierto —enfatizó ella, ladeando la cabeza—: no malgastéis vuestras lisonjas aquí porque no gastaremos nuestros caudales en un caballo nuevo, si es a eso a lo que venís. He visto por la ventana cinco hermosos ejemplares allá afuera, pero ninguno iguala en estampa a Trueno.

—¡Ah, Trueno! ¡Ese era su nombre! —exclamó Alí Bey, con un chasquido entre sus dedos—. Acabo de explicarle a mi amigo que...

—Sí, os he escuchado —interrumpió ella, descartándolo y buscando a continuación en mis ojos respuestas ocultas—. ¿Y vos sois?

—Soy Diego, Diego de Soto.

Por un ligero instante me sentí desnudo, solo ahí, con mi nombre. No tenía nada que añadir detrás. No era ayudante de cronista del maestro Anglería como antaño, algo que tantas puertas me había abierto entonces. Diego de Soto no era nada en el palacio de los Frías.

—¿No hay nada más que saber de vos? —preguntó ella con porte imperial.

—Nada salvo que vengo de las tierras de Nueva España al servicio de don Hernán Cortés —añadí con un poco de torpeza, haciendo gala de mis escasos atributos.

Los ojos grises de Juliana Ángela de Velasco se hicieron por un instante tormenta en el mar, pero se deshicieron nuevamente en la bruma de la tristeza.

—Venid, acompañadme. Os hará ilusión verlo, entonces. —Se dio la vuelta y avanzó con aire solemne hacia la puerta.

Alí Bey y yo nos miramos con un interrogante, dudando de si adentrarnos con ella en las entrañas de aquel palacio o no.

—Vamos, no quiero perder más tiempo del estrictamente necesario —nos exhortó ella, sin mirar siquiera hacia atrás.

Avanzamos los tres, ella delante, nosotros detrás, cual cervatillos, por una galería que asomaba al jardín a través de una arquería de medio punto.

Mis ojos estaban bien atentos en busca del asesino Martín, pero no nos cruzamos con nadie mientras la seguíamos, misteriosa.

Pensé por un instante que íbamos a salir al jardín por uno de sus arcos, pero continuamos caminando por la galería hacia el otro lado del palacio. Juliana parecía querer mostrarnos el palacio entero.

Accedimos, a través de una sala, a una habitación que parecía un estudio. Tenía los techos altos, con anaqueles de arriba abajo exhibiendo libros, documentos y mucho polvo. Frente a ellos, una mesa grande y alargada invitaba a pasar una agradable tarde de trabajo. Me sonreí; ¿cuánto hacía de eso?

Al final de la habitación había una puerta, hacia la que nos dirigíamos. Íbamos por la mitad de la estancia cuando me sentí súbitamente observado por ella, de reojo, como si estuviese esperando una observación por mi parte. Entonces, de pronto, lo vi. A mi derecha. Colgado en la pared opuesta a las estanterías. Era un mapa enorme de las tierras de México. Ocupaba una gran extensión de la habitación; parecía idiota por no haberlo visto antes.

Me detuve en seco y la miré, desconcertado. Ella asintió con un hálito de misterio, desdén, esperanza, todo revuelto en aquellos ojos grises.

—¿De dónde ha salido este mapa? ¿Cómo ha llegado a vuestro poder?

—Al no reconocerlo vos nada más entrar en la habitación, he llegado a pensar que me mentisteis al decir que veníais de esas nuevas tierras.

—Pero este mapa es el que tuvo que ver mi maestro Anglería, hace mención de él en sus crónicas del Nuevo Mundo.

Recordaba perfectamente haber leído sobre la descripción de ese mapa. Era demasiado grande para olvidarlo.

Mis ojos se volvieron hacia las estanterías con el pálpito de la emoción sacudiendo mis entrañas. Tenía que haber una copia de las crónicas de Anglería. Mis ojos fueron saltando por los tomos, mis manos sacudiendo el polvo, y no tardé en reconocerlas. Me las sabía de memoria; había tenido que estudiar cada una de sus décadas al comenzar a trabajar con mi maestro.

Arrojé el libro sobre la mesa y abrí sus páginas, buscando entre ellas las décadas que narraban los hechos de la conquista de Cortés. ¡Ahí estaba! Encontré la descripción del mismo mapa que tenía frente a mis ojos: hecho de algodón blanco, como aquel, tenía las mismas dimensiones, casi treinta pies de ancho y un poco menos de alto. Volví las páginas hacia atrás, al comienzo del capítulo primero del libro décimo, y mis ojos descubrieron lo increíble: «... de esas naves ha venido un familiar amanuense de Cortés, llamado Juan de Ribera». Levanté los ojos, obnubilado, hacia Juliana, que me miraba con curiosidad. Alí Bey, a su lado, lo hacía con estupor, como si yo hubiera enloquecido.

—Este mapa os lo entregó Juan de Ribera. —No podía contener mi asombro—. Es el mismo hombre que acaba de morir en el mesón; él es quien os lo regaló.

Juliana me miró con menosprecio.

—No conozco a ningún Ribera.

Avancé hacia ella con fuego en los ojos; Alí Bey, detrás de mí, queriendo desaparecer de la habitación.

—Mi señora, disculpad mi insistencia, pero ese hombre que decís no conocer se hospedaba aquí, en este mismo palacio. Él también venía de México, y es quien trajo este mapa hasta Castilla. Era el secretario de Cortés y ahora está muerto.

Advertí una sombra familiar cruzar por sus ojos, y a continuación exhaló un suspiro del que vi salir vaho ante mis ojos, a pesar de la época del año.

—Si vuestro amigo está ahora muerto, entonces fue él quien tuvo que regalarle el mapa —añadió con una cruel sonrisa dibujada en los labios.

—¿A quién? ¿A quién se lo regaló? —exclamé, expectante, los ojos bien abiertos y los latidos de mi corazón anticipándose.

—Es mi hermanastro quien lo trajo hasta aquí; quien lo colgó en esta pared —continuó Juliana, volviéndose hacia el mapa, una sombra cerniéndose sobre sus ojos, recordando—. Aunque a lo mejor debería hablar de él como mi primo; o quizá, como un asesino.

Nos devolvió la mirada con la misma frialdad que arrojaba el mar en un día gris.

—Sentaos aquí, frente al mapa que engarza todos vuestros enigmas en un solo nombre. —Su tono ejercía sobre mí el poder de un sortilegio—. Un hermanastro, un primo, un asesino. Elegid el epíteto que deseéis.

Yo obedecí sin pestañear; Alí Bey me imitó, maldiciendo por dentro mi boca tan grande.

—Ahora cerrad los ojos y dejad que os cuente los recuerdos de una chiquilla recién despertada de una pesadilla que la sumió en una noche de terror.

Palacio de Villena, 9 de febrero de 1512

La niña se despertó con un golpe seco en sus oídos.

Abrió los ojos. Era noche profunda, pero la luna en el exterior pintaba sombras plateadas sobre el suelo que el invierno cubría de alfombras para no morirse de frío. Muchas veces había pensado que el título que había recibido su padre se debía a las frías mañanas de invierno que se vivían en aquel palacio. Él lo había convertido en su favorito desde la muerte de su esposa, unos años antes.

Ella recordaba a su madre con la evanescencia con que las nubes y el cielo se reflejaban en el estanque del jardín cuando ella arrojaba una piedra, pero le había dejado un buen legado recorriendo las venas: una pizca de sangre real que había heredado de su abuelo, el rey Fernando el Católico.

Se arrellanó en su camita, bajo el peso de tres mantas que, en lugar de abrigar, querían aplastarla. Volvió a cerrar los ojos. A ella también le gustaba aquel palacio. A pesar del frío. Le gustaba pasar por las estancias que no tenían chimenea y sacar humo por la boca mientras las atravesaba corriendo, jugando al escondite con las criadas. Lo solía hacer con sus primos, pero estas últimas Navidades todo había sido distinto. Extraño, incluso.

A pesar de ser primos, por su edad podrían haber sido sus tíos. Pedro tenía veintisiete, pero aparentaba tener veinte, y Gonzalo tenía veinte, pero parecía de veintisiete. Los dos habían sido inseparables desde siempre, aunque en realidad no los ataba la sangre. Habían sido las circunstancias y Granada lo que había hecho posible que se convirtieran en hermanos de sangre.

Gonzalo había sido proclamado oficialmente como el primer cristiano nacido en esa ciudad nada más ser arrebatada a los moros por el padre de ella, don Bernardino Fernández de Velasco. Él, que era hombre temeroso de Dios, quiso convertir a ese niño en su paje personal como obra de caridad. Era toda una señal que Gonzalito, como lo llamaba todo el mundo al principio, fuera el primer cristiano del nuevo reino. A lo mejor acababa siendo un santo de altar, decían muchos al ver su carita sonriente. El muchacho se supo ganar pronto las simpatías de la casa, y se convirtió, de la noche a la mañana, en un miembro más de la familia en sus reuniones y en todas sus fiestas.

Antes de que ella naciera, Gonzalo y Pedro ya eran primos, hermanos, pero, sobre todo, amigos. Pedro era vástago de su tío y, por tanto, su verdadero primo carnal. Pero no había Pedro sin Gonzalo ni Gonzalo sin Pedro, y Juliana Angélica de Velasco comenzó a considerar desde muy temprana edad a su *hermanastro*, el primer cristiano de Granada, también como primo. Era una relación familiar mucho más atractiva e interesante que la de hermanastro.

Pero los primos habían pasado a ser tipos aburridos estas últimas Navidades. Ya desde el comienzo de las fiestas; desde la primera comida familiar, incluso, cuando su padre, viudo desde hacía unos años, había anunciado públicamente sus intenciones de contraer nuevo matrimonio en primavera. Su hermano, el padre de su primo Pedro, lo había estrechado entre sus brazos, felicitándolo por ello, y todos se habían volcado en felicitarla también a ella porque pronto tendría una nueva madre. Todos menos sus primos Pedro y Gonzalo. Ellos no la habían abrazado.

Días más tarde, bajo ese manto de hielo impenetrable que se había instalado silenciosamente entre los resquicios de palacio, Juliana Ángela decidió dar un ultimátum a sus primos: o jugaban con ella o dejaría de hablarles para siempre. Lo hizo de la única forma que se le ocurrió que podía hacerlo, gastándoles una broma. Se escondería debajo de la cama de la habitación de su primo Pedro, el lugar donde a él y Gonzalo les gustaba encerrarse después de la comida durante toda la tarde, y les daría a los dos un susto de muerte. Se iban a reír mucho con ella, y las risas serían preludio de nuevas carcajadas en los días venideros.

Antes de que terminara la comida, Juliana Ángela se deslizó de la mesa con la excusa de cualquier niño de siete años. Ninguna. Subió de puntillas hacia las habitaciones para que sus pasos no la delataran con el eco y se metió debajo de la cama de su primo antes de que abajo terminaran los postres.

El calor que había bajo la cama era muy agradable. Su primo Pedro, muy listo él, se había procurado un brasero para su habitación, muy cerca de su cama, y había dado orden a los criados de que siempre estuviera prendido. Comenzó a pensar con sus mofletes sonrosados en cuál sería el mejor susto que les podía dar, debatiéndose entre tocarles los pies cuando estuvieran sentados en la cama o lanzar un grito gutural cuando hubiera un momento de silencio. Pero se estaba tan calentito ahí abajo que no tardó en quedarse dormida.

Una voz la despertó de pronto. Abrió los ojos y no sabía dónde estaba. Estuvo a punto de gritar, pero entonces recordó. El susto. Para eso estaba ahí abajo; y se había quedado dormida.

Giró la cabeza y distinguió los pies de sus primos flotando sobre el suelo. Estuvo a punto de tocarlos, pero escuchar su nombre la detuvo en seco.

—¿Y creéis acaso que Juliana Ángela será feliz con una nueva madre? —Era Gonzalo quien hablaba.

—Le ofrecerá el cariño que su padre no tiene tiempo de brindarle.

—Sí, tenéis razón. —Vio los pies de Gonzalo ponerse de pie frente a su primo—. Y le dará hermanos, también.

—¿Qué queréis decir?

—¿Acaso no os dais cuenta? Vuestro tío ansía un varón que le suceda y herede el título. Si se casa y tiene un hijo, vuestro padre y vos, detrás de él, perderéis cualquier posibilidad de heredar el ducado y todo lo que ello significa.

—Pues sea así, si esa es la voluntad de Dios. Nosotros no podemos hacer nada —respondió Pedro sin darle mayor importancia.

—O sí.

Las dos palabras flotaron misteriosas, allá afuera, entre los oídos de sus primos.

Sintió el peso de Pedro sobre el colchón, cambiando de posición, apoyando los pies en el suelo.

—Gonzalo, no me apetece volveros a escuchar repetir lo mismo.

—Pues entonces me iré. —Los pies de Gonzalo se volvieron hacia la puerta.

—¿A dónde vais a ir? —Escuchó la risa de Pedro colarse entre sus palabras.

Gonzalo se detuvo.

—Es fácil reírse de los demás cuando uno tiene sangre noble como vos.

—No me estoy riendo de vos —dijo su primo Pedro tratando de recuperar la gravedad.

—Pero ¡yo... yo tengo la cabeza para llegar hasta arriba del todo! —Gonzalo explotó.

Pedro saltó de la cama y se incorporó frente a su primo.

—Gonzalo, sois demasiado ambicioso.

—No creo que sea ambición querer ver a vuestro tío muerto para que vos acabéis convertido en el duque de Frías.

Gonzalo hizo entonces algo muy extraño: inclinó todo el cuerpo hacia su primo Pedro y, cogiéndole la mano, se la besó como a un príncipe. Parecía el juramento secreto entre dos caballeros.

—¿Acaso no lo valéis vos más que cualquier varón que vaya a nacer en un futuro? —La voz de Gonzalo siseó en el aire de la habitación.

Un silencio espeso los envolvió de nuevo a los dos.

—¿De verdad que haríais eso por mí? —Pedro retrocedió hasta la cama muy lentamente.

—¿Os referís a querer verlo muerto o matarlo?

Las palabras de Gonzalo helaron la sangre de la niña. Salió vaho de su boca a pesar del calor que había mecido su sueño. Trató de no respirar, temerosa de que el humo escapara por debajo de la cama, aterrada por que ellos pudiesen escuchar sus suspiros de terror.

—¡Es igual, dejadlo! —Pedro volvió a revolverse allá arriba, sobre su cabeza—. Esta conversación no tiene sentido.

—Si eso es lo que queréis, no se hable más.

Los pies de Gonzalo salieron de la habitación y los de Pedro se aferraron de nuevo al suelo, taconeando nerviosos, antes de ponerse finalmente en pie.

Exhaló un profundo suspiro antes de caminar, decidido, hacia la puerta y salir de la habitación.

—Esperad, Gonzalo. —Su voz se perdió fuera, en el pasillo.

Juliana Ángela de Velasco salió de debajo de la cama con los ojos a punto de estallar, temblorosa y llena de miedo. El mundo acababa de dejar de ser aquel lugar seguro cuyo centro era ella. No debería haber estado ahí abajo, escuchando, y no podía dejar que ellos lo llegaran a saber nunca.

Salió corriendo de la habitación y se encerró en la suya antes de que nadie la descubriera.

No quiso volver a jugar con sus primos durante el resto de la Navidad; a ellos tampoco pareció importarles demasiado su ausencia.

Cuando llegó la fiesta de la Epifanía, la de los Reyes frente al niño Dios, todo parecía haber sido una ensoñación de la chiquilla, desvaneciéndose como las nubes y el cielo sobre el agua del estanque. No había sido ella quien había tirado la piedra, sino los propios Gonzalo y Pedro, que parecían haber recuperado su humor habitual. Escuchó incluso a Gonzalo bromear con su padre durante la última comida a costa del asado de corzo que habían depositado los criados sobre la mesa.

—Apuesto a que este lo habéis cazado vos, don Bernardino.

—Ojalá fuera así, Gonzalo, ojalá fuera cierto, pero las ocupaciones de este maldito reino que no para de crecer me llevan de aquí para allá sin tiempo para hacer lo que nos agrada —sonrió el duque.

—Un día vendré a veros y nos iremos a cazar, vos y yo, como hacíamos en Granada.

—Aquí os espero; ya sabéis que las lunas llenas de invierno son las mejores noches para abatir jabalíes y gamos —dijo el primer duque de Frías, rememorando viejos tiempos.

El duque devolvió su atención al pedazo de carne que le acababan de poner en el plato y lo cogió con las manos, sin ceremonia; para algo estaba en su casa, entre los suyos, y no en la corte. Era una suerte que Gonzalo hubiera sido el primer cristiano de Granada y que él lo hubiera tenido bajo su manto todos estos años. Casi formaba parte de la familia. Casi. Si llevara su sangre en las venas, sería un magnífico heredero. Inclinó su mirada hacia su hija Juliana Ángela. La pequeña era la niña de sus ojos; una lástima que solo hubiera sido capaz de engendrar una hembra. ¡Qué diablos! Todavía había suficiente vitalidad ahí abajo para dar vida a un varón. Quizá no saldría con el arrobo, la cabeza y la ambición de Gonzalito, pero sería su propio hijo, carne de su carne, sangre de su sangre.

Sangre.

Juliana Ángela sonrió al escuchar la propuesta que su primo Gonzalo acababa de hacer a su padre. Definitivamente, todo volvía a ser como siempre. Sin embargo, si en ese instante se hubiera vuelto hacia Pedro, su primo carnal, y hubiera visto la forma en la que su mirada había caído sobre el cuchillo para trinchar la carne que empuñaba Gonzalo, el vaho hubiera vuelto a salir de su boca. Se le hubiera helado de nuevo la sangre.

Sangre.

Abrió los ojos de nuevo en la oscuridad y la plata volvió a bañar sus ojos. Un escalofrío le recorrió el cuerpo bajo las tres mantas que la aprisionaban y el vaho regresó a su boca. Un disparo. Aquel golpe seco había sido un disparo.

Los susurros ahogados en la habitación de al lado la hicieron incorporarse lentamente, con el peso de las mantas cayendo sobre sus pies, acariciando la alfombra.

Juliana Ángela de Velasco cruzó su habitación con una premonición terrible surcándole el pecho. Todo había regresado a su cabecita en el lapso de tiempo que había permanecido acurrucada en el lecho. Se acababa de cumplir, como el beso de Judas en el monte de los Olivos. Pero en el caso de su padre no había sido un beso.

Salió de la habitación y vio un surco de luz bajo la puerta de su primo Pedro. Las voces se deslizaban, fantasmales, a través de la ranura. Se acercó en silencio, tomando cuerpo en sus oídos.

—¡Dios mío! No deberíais haberlo hecho. —Eran los lamentos de su primo Pedro.

—Jamás, jamás sintáis remordimiento por lo que me habéis obligado a hacer esta noche.

—¿Obligado yo a hacer? ¿Os habéis vuelto loco?

—Pedro, os acabo de convertir en el futuro duque de Frías; vuestro padre ocupará el lugar de vuestro tío, y vuestro tío está ahora mismo ante la presencia de Dios todopoderoso. Todos habéis salido ganando menos yo. ¡Así que no volváis a decir nunca que no me obligasteis a ello!

Se abrió la puerta y la luz de la habitación cayó como un hacha sobre la figura de la pequeña Juliana.

—Enjugaos las lágrimas. Tendréis tiempo de derramarlas mañana cuando descubran el cadáver.

Mientras hablaba, Gonzalo seguía mirando hacia el interior, y ella tuvo tiempo de agazaparse en las sombras, junto a una pared. Desde su escondrijo pudo distinguir una mancha de sangre sobre las faldas de su primo, antes de que cerrara la puerta y la oscuridad del palacio lo devorase por entero.

***

—Gonzalo no ganó nada esa noche, pero lo ganó todo.

Juliana Ángela de Velasco se quedó flotando entre aquellas palabras, todavía con la expresión de una niña aterrorizada.

Alí Bey y yo estábamos de una pieza, de pie frente a ella, con el gigantesco mapa de México como fondo.

—Pedro, vuestro primo, es... —arranqué yo, dibujando al tipo vestido de árbol de Navidad que había visto hablar durante la fiesta con Ribera.

—Mi esposo, sí —acabó ella la frase, con repugnancia—. De primos pasamos a ser esposos, y lo que nunca podría haberme dado mi padre, el título de duquesa, lo acabaré obteniendo a través de él, que era mi primo. Qué ironías de la vida, ¿verdad? Lo que queda de sangre real en mis venas sigue pesando como parte de mi linaje, y todos quieren un poco de él. Pero Dios es infinitamente justo, ¿sabéis por qué?

Juliana Ángela de Velasco se detuvo y blandió su mirada con rabia y orgullo. El hielo pareció cuajar en sus ojos por un ligero instante, y su imagen se transmutó en la de otra mujer.

—No me ha brindado la ocasión de ser madre todavía —prosiguió, triunfante—. Una doble ironía, ¿no es cierto? Mi padre fue asesinado para que mi esposo acabase heredando el ducado, y él morirá sin descendencia alguna. Yo jamás se la daré.

Palidecí al escuchar el eco de las palabras de la princesa Isabel de Moctezuma, pronunciadas al otro lado del océano. Las dos eran hijas de un linaje ilustre que había truncado sus vidas. Tan lejanas, tan distintas, tan iguales.

—Y luego está Gonzalo, que sigue ejerciendo su poder omnímodo sobre mi esposo, aun desde la distancia.

Tragué saliva, acariciando un ligero sudor entre mis manos. Su primo Gonzalo, el primer cristiano de Granada.

—Gracias a él —continuó—, entró al servicio de la casa de don Francisco de los Cobos.

—¿El secretario del emperador? —El corazón estaba a punto de salirme por el pecho.

Ella asintió, dejando que fuera yo quien dijese su nombre.

—¡Gonzalo de Salazar! —murmuré yo, boquiabierto, con la piel de gallina al escucharme pronunciarlo.

Ella asintió.

—Vos lo conocéis porque pasó luego a México como funcionario de la Corona. Durante su servicio en el palacio de don Francisco de los Cobos, las nuevas tierras conquistadas se convirtieron en su obsesión. Un día trajo de Valladolid este mapa, con fuego en los ojos, con fuego en el cuerpo. Alimentó su obsesión por lograr lo que su sangre le había negado.

—Poder, riquezas —dije yo, sobrecogido.

El cuerpecillo de la niña hecho mujer y convertida en anciana tembló bajo sus ropas.

—Lo conocéis muy bien.

—¡Podemos darle caza, acabar con su poder, liquidar su influencia! —exclamé yo sin ocultar el ardor en mi sangre.

—Por eso os he contado mi secreto. —Los ojos de Juliana se hicieron más grises y más tristes todavía—. Le gustaba alardear de saber muchos. Ahora tenéis uno suyo en vuestras manos. Destruidlo.

Tragué saliva al escucharla decirme aquello. Destruir a Salazar. Por Auri, por Juliana Ángela de Velasco, por el primer duque de Frías. Los nombres escritos en sangre se iban amontonando a sus pies.

—Creo que vuestra ayuda no se acaba aquí, mi..., mi señora —dudé sobre la manera correcta de dirigirse a la hija de una bastarda real.

Me miró con estupor, pero sin alterarse.

—Hemos venido a vuestro palacio porque tenemos serias sospechas de que el hombre que ha asesinado a Juan de Ribera ha buscado refugio bajo estos techos. Era un muchacho joven, de cabello rubio y rizado. —Tragué saliva, poniendo toda la confianza en mi súbita aliada.

Juliana Ángela de Velasco sacudió el mentón al aire y se volvió hacia la puerta.

—¡Martín! ¡Martín! —gritó.

Escuchar ese nombre de nuevo disparó la sangre sobre mi pecho; era el mismo que había rugido el dueño del mesón. Ella aguardó junto al umbral, y enseguida escuchamos las pisadas de alguien acudiendo a la llamada de su señora. Palpé la daga que tenía en el brazo, listo para sacarla si era necesario. Mi sorpresa fue mayúscula cuando vimos aparecer, detrás de ella, a un rostro viejo y gastado en lugar del bello efebo que había servido el torrezno mortal.

—Martín, ¿podéis hacer llamar a vuestro hijo?

—Mi señora —se explicó él, atribulado—; mi hijo se ha visto obligado a coger una de vuestras monturas para atender las obligaciones que el señor, vuestro esposo, le dejó encomendadas antes de salir.

—No me gusta que llaméis monturas a mis caballos, y mucho menos que se usen sin mi consentimiento —bramó ella con altivez—, por mucho que mi esposo se crea con derecho a poseer todo cuanto tengo.

—Lo siento mucho, señora. Le diré a mi hijo en cuanto regrese que se disculpe ante vos. —Martín padre inclinó la cabeza a modo de disculpa.

Julieta Ángela de Velasco se volvió hacia mí con el vestido arremolinado bajo su ímpetu.

—Ya veis —dijo con una mezcla insondable de ironía

y tristeza—. Hasta los hijos de los criados me roban los caballos en mi propio palacio.

El hombre bajó la mirada, jugueteando con las manos, nervioso.

—Disculpad —intervine yo, aproximándome a él—. ¿Sabéis a dónde se ha marchado vuestro hijo?

—¿Y a vos qué os importa? —El criado respondió con una mueca de desprecio.

Juliana Ángeles de Velasco avanzó con paso firme hasta él y le propinó una sonora bofetada en el rostro.

—Martín, contestad a este hombre con el mismo respeto que si fuera yo quien os lo preguntase.

El criado se encogió de hombros y arrastró su mirada hacia el suelo, profundamente humillado. Por un momento me pareció que se iba a poner a llorar.

—Mombeltrán, señora, ha ido a Mombeltrán. Pero no se lo tengáis en cuenta, os lo ruego. Solo es un muchacho al que le gusta disfrutar de su libertad. —Martín padre intentaba defender a su hijo por las razones equivocadas.

Ella se volvió hacia mí plenamente satisfecha.

—Ya lo sabéis. Podéis marcharos, Martín —sacudió la mano, espantando a una mosca—, gracias.

El padre del asesino abandonó la habitación con la cabeza gacha, mirándome de soslayo, preguntándose en qué lío se había metido esta vez su hijo.

—¿Sabéis lo que nos puede esperar en Mombeltrán?

La mirada de Alí Bey me atravesó como un rayo por detrás, directo al cogote. Él no me iba a acompañar a Mombeltrán. Estaba advertido.

—¿En Mombeltrán? Bullicio. Hombres, mujeres, lo que os guste —me advirtió ella, burlona, insinuante—. Es el feudo de Beltrán de la Cueva, el duque de Alburquerque.

Enarqué las cejas al escuchar uno de los apellidos que formaban parte del triunvirato enemigo de los intereses de Hernán Cortés en Castilla: Frías, Alburquerque e Infantado.

—Tenéis que saber que los miembros de la casa de Alburquerque son uña y carne con don Francisco de los Cobos, el secretario del emperador. Ambos linajes hunden sus raíces en Úbeda, y las malas lenguas han hablado siempre de la semejanza entre ambos apellidos. —Juliana contuvo el aliento, acusadoramente; cualquier cosa era posible en los asuntos de familia de un linaje castellano.

Cobo y Cuevas tenían la similitud que puede tener un agujero en la tierra con el del trasero, pero las malas lenguas eran las malas lenguas, y había un pequeño detalle que no pudo dejar de escapárseme en aquel momento. Había escuchado a Cortés quejarse de que Pedro de Alvarado, su mano derecha en la conquista, había renunciado a su compromiso nupcial con una prima suya y había contraído matrimonio con una sobrina de Beltrán de la Cueva.

La sombra de don Francisco de los Cobos se hacía un poco más grande; se cernía sobre Salazar, sobre los Alburquerque, sobre Pedro de Alvarado.

A lo mejor era cierto lo que me había dicho Juan de Ribera antes de morir: que todo aquello me venía demasiado grande. Pero para grande, mi rencor. Salazar caería. Su cargamento de oro, también. Tenía un pequeño secreto entre mis manos que manchaba las suyas de la sangre de uno de los grandes de Castilla. Podía domeñar su voluntad, llegado el momento.

Antes de despedirme de la mujer más triste que había conocido sobre la faz de la tierra, Juliana Ángela de Velasco quiso cumplir mostrándonos lo que desde un principio, a nuestra llegada al palacio, había deseado enseñarnos, además del mapa gigante de México. Al entrar en los establos, Alí Bey reconoció a su antiguo amante nada más verlo.

—¡Trueno! ¡Sigues vivo, amigo mío! —exclamó el moro.

Un caballo alazán asomó sobre la puerta de una de las cuadras. El paso de los años no le había arrebatado la prestancia de cuando entró por primera vez en aquella casa.

Vi los ojos de Alí Bey humedecerse mientras acariciaba las mejillas del animal como las de un niño y le susurraba a los oídos palabras ininteligibles.

—Ni lo soñéis. —Alí Bey hundió sus cascos en el suelo, tozudo como una de sus amantes—. Os dije que no desde un principio. Tres días fue el tiempo que os daba para acompañaros, y el tercer día se cumplirá mañana conmigo entrando de nuevo en Toledo. Y lo pienso hacer con o sin vos.

—¿De verdad que no pensáis acompañarme? —No me lo terminaba de creer.

—De verdad que no pienso acompañaros —repitió Alí Bey con el mismo tono que yo había empleado—. Y no insistáis, os lo ruego.

El moro bajó la cabeza con determinación, compungido por su negativa.

—Sé que esta decisión no me convierte en vuestro mejor amigo, pero no puedo desatender mi negocio en la ciudad imperial por más días. Muchas bocas dependen de mí para alimentarse. —Señaló con la mirada hacia Tabarak, apostado junto al carromato, esperándonos.

—¿Y qué hay sobre mi promesa de presentaros a Cortés y fletar naves llenas de caballos a Nueva España? —Busqué inútilmente un destello en su mirada.

—Esa promesa la cumpliréis... si regresáis.

—¿Pensáis acaso que no he de hacerlo? —Me reí, desafiando los peligros invisibles que se cernían sobre mi cabeza si decidía seguir al asesino de Juan de Ribera hasta Mombeltrán.

—No lo sé, querido Diego, no lo sé. Ya habéis visto un cadáver, y no quiero que tentéis la suerte de que el vuestro sea el siguiente. —Así de tajante y grave sonaba el moro.

Alí Bey se desasió de mi mano sobre su hombro y caminó decidido hacia Tabarak y sus hombres, gritándoles instrucciones en árabe.

—Entonces, ¿tendré que ir solo a Mombeltrán? —insistí yo, sorprendido.

Alí bey se volvió hacia mí una última vez.

—No, os dejo con vuestro Dios, que sin duda os protegerá, y... —dudó unos instantes antes de decirlo, no sin cierto pesar— os cedo también a Sonajero.

—Alí Bey, ¿seguro que os encontráis bien? —Mi sorpresa no podía ser mayor. Sabía lo que le costaba al moro desprenderse de una de sus beldades, y Sonajero no era precisamente una cualquiera.

El moro bajó la cabeza, escondiendo la mirada.

—Siento un hondo pesar por no poder acompañaros, eso es todo; y por eso es por lo que os dejo con Sonajero. Con ella podréis escapar como un rayo si os encontráis en la necesidad.

Alí Bey cogió las riendas que Tabarak extendía ante él y me entregó la yegua.

—Muchas gracias, querido amigo, muchas gracias —susurré yo con una ligera emoción rasgando mis palabras.

Que Alí Bey me cediera un caballo como aquel era insuperable prenda de nuestra amistad.

Nos despedimos a la salida de Cadalso, sobre nuestros caballos; Alí Bey se acercó a mi montura y apretó mis manos con la fuerza y el cariño de un padre.

—¡Que Alá os proteja!

Cuando nuestros caminos se separaban definitivamente, me volví una última vez antes de que las nubes del polvo ocultaran nuestras espaldas.

—¡Os la devolveré en Toledo tres días después de que regreséis vos! —grité con todas mis fuerzas.

El viento pareció llevarse mi promesa hacia otro lugar, porque Alí Bey no me escuchó. Confiaba en que alguien allá arriba lo hiciese.

8

El castillo de los señores de Alburquerque amedrentaba en la distancia a cualquiera que tuviera intención de poner sus pies en la villa de Mombeltrán. Su fortificación cuadrada, con una torre defensiva en cada una de sus esquinas, no era el mejor amigo de quien osara llegar frente a sus muros. Los tiempos habían cambiado y su aspecto defensivo había dado paso a la simple fanfarronería de quien mira a un recién llegado por encima del hombro; pero menudos hombros los de aquel castillo.

Don Beltrán de la Cueva, un ilustre y controvertido personaje que había gozado de los favores del rey durante el siglo anterior —y de alguna cosa más, según las malas lenguas—, había sido el fundador del linaje. Sus descendientes habían sabido hacer crecer la casa de Alburquerque con el cambio de siglo, tejiendo alianzas que la habían colocado como uno de los baluartes de la Corona. Su poder asomaba sobre toda Castilla y miraba hacia el mundo entero desde su impresionante castillo en Cuéllar. Mombeltrán era tan solo una pequeña muestra de su poderío.

Mientras llegaba a las puertas de aquella apartada villa en las faldas del puerto del Pico, me pregunté por enésima vez qué esperaba encontrar allí. Martín, el muchacho de cabellera embriagadora que había envenenado a Ribera, era la miguita de pan que debía seguir yo como pista. ¿Cuál era el motivo de su huida a aquel lugar? ¿Buscar refugio en los Alburquerque? ¿Alertar a alguien? Tenía que encontrarlo como fuese, pero no se me antojaba mejor plan que aporrear las puertas de aquella fortaleza, ahora que la tenía frente a mis ojos. Si me descuidaba, podía acabar empalado.

Tuve suerte. A la entrada de la villa, un hospital para enfermos y peregrinos, el de San Andrés, me recibió con su magna entrada de pilares y capiteles tallados en roca y sus puertas abiertas de par en par. Una mesonera simpática de escote generoso y pechos suculentos alegraba la vista y la llegada de viajeros en su peregrinaje a Guadalupe. Los favores con los que respondía la Virgen a quien iba a visitarla en aquel santuario eran, por lo visto, muy numerosos. Había oído que hasta Cortés se había acercado a ver a Nuestra Señora de Guadalupe nada más desembarcar en Castilla, antes de su llegada triunfal a Toledo.

—¿De paso? —Me miró con la intimidación de quien busca un buen par de manos con las que amasar pan.

Supe enseguida que, si me mostraba lo suficiente locuaz y amable, podía sonsacarle cualquier información sin necesidad de tener que subir siquiera a la habitación. Una sonrisa y dos preguntas más tarde, comenzaba a hablarme de lo aburrida que sería la vida en aquel lugar sin el castillo de los Alburquerque cuando por detrás de mí entró un grupo de hombres altos, rubios y de aspecto extranjero, y la mesonera se volvió hacia ellos como si yo no existiese. Me sentí violento, humillado, bajito. Aquellos hombres eran carne de su carne y no yo: grandes, robustos y de rudas manos. Tenían un aspecto similar al de quienes me había encontrado en mi camino a Toledo, desviándose hacia la villa de Almadén. Alemanes.

Los inspeccioné con curiosidad mientras charlaban con ella entre gestos, palabras mal pronunciadas y risotadas de galanteo trivial. Parecían soldados, mercenarios a sueldo, gente de mal vivir. Vino, peleas y sexo. Si no era por la mesonera —¡y desde luego que no era por ella!—, no tenía ni idea de lo que podían estar haciendo en Mombeltrán. ¿Viajaban también de peregrinación a Guadalupe? No creía que la Virgen les fuera a hacer mucho caso con esas pintas.

Los tres tipos se marcharon escaleras arriba con el griterío de la gente del norte. Seguían siendo bárbaros. Olvidaba que nuestra Corona descansaba sobre una testa del mismo lugar de procedencia.

La mesonera siguió los traseros de los bárbaros hasta que desaparecieron, y entonces me devolvió su atención.

Sonreí, tratando de emular el galanteo de los alemanes, pero el corazón de la muchacha había comenzado a hornear otra masa.

—¿Recibís mucha visita de gente extranjera? —le dije yo señalando hacia los que acababan de desaparecer.

—Como os decía antes, el castillo es lo único que arroja algo interesante por aquí de vez en cuando —dijo mientras se arreglaba la coleta con las manos y su blusa se tensaba como la vela del palo de mesana.

—¿Son gente del castillo? —pregunté yo, desenfadado, ocultando mi interés.

—Han llegado unos cuantos estos últimos días. Todos alemanes —sonrió para sí mientras continuaba atusándose el pelo—. Están esperando el envío de un cargamento, o algo así, para llevárselo a sus tierras.

Algo así. Sus palabras cayeron en mí como sacos de piedra en el estómago. ¡¿Podía ser eso cierto?! Contuve mi entusiasmo con disimulada excitación. ¿Había llegado en el momento y al lugar adecuados? ¿Tendría, después de todo, que agradecérselo al muchacho de los rizos de oro?

—Por lo demás —continuó ella, saliendo del mostrador e indicándome que la siguiera—, esto suele ser tranquilo, salvo que haya alguna ejecución. Entonces viene gente de todos los pueblos de los alrededores y no encontráis lugar para echar siquiera una cabezada en varias leguas a la redonda.

Me sonreí al oír aquello; había tildado de bárbaros a aquellos animales, pero en realidad lo éramos todos. La sangre tenía la misma fuerza de atracción en Mombeltrán que a los pies de la gran pirámide de Tenochtitlán.

—Pero ¡no deben de ocurrir muy a menudo! —exclamé yo, tratando de preservar la dignidad y el buen gusto de los castellanos.

—¡Oh, no! Claro que no. De la última ejecución hará más de medio año. Coincidió con la matanza del cerdo. —Me estremeció la coincidencia; un bonito detalle—. Lo ahorcaron ahí mismo, en la plaza. Se llamaba Juan Florín, pero era extranjero. —Se sonrió al recordar aquel estúpido nombre— Francés, si no recuerdo mal. Su cabeza ha estado mucho tiempo clavada en una pica frente a las puertas del castillo; era prisionero de los Alburquerque. Con un poco de suerte aún podréis verla. El otro día aún estaba. —Lo dijo con la avidez en la mirada de quien se había deleitado con su vista en más de una ocasión.

Llegamos a la primera planta, y la mocetona me indicó que, si lo deseaba, me podía alojar en la misma ala que los extranjeros; le era imposible ocultar la excitación que le producía la idea de volver a tropezar con ellos, pero yo agüé sus deseos al responderle que prefería otra habitación. Si tenía intención de espiar sus movimientos y el cargamento que estaban esperando, no era cuestión de que me dejara ver hasta en sus sueños.

Me condujo hacia el otro extremo del pasillo visiblemente contrariada y, apenas abrió la puerta, me arrojó en medio de una habitación con seis camas vacías. Que eligiera la que quisiese y que se pagaba por adelantado la voluntad, dijo de mala gana mientras se marchaba.

Había elegido la cama más alejada de la puerta habiendo tomado la decisión de que, en realidad, no iba a dormir allí. Seguiría a aquellos hombres, trataría de averiguar algo más sobre ellos y, cuando se retiraran a descansar, me quedaría ahí afuera, en las inmediaciones del castillo, observando los movimientos que se producían en su interior, estudiando la manera de colarme... Dios mío, ¡qué planes tan estúpidos!

La realidad de todo aquello era que no tenía ni idea de lo que hacer. Había llegado a Mombeltrán persiguiendo a un asesino y me había tropezado con unos hombretones extranjeros que esperaban un cargamento. Mi mente lo había convertido, por arte de magia, en el tesoro que Salazar y Vázquez habían enviado a Castilla, pero mi única y frágil certeza era la huida de ricitos de oro a Mombeltrán. Todo lo demás, incluido el sentido común, iba en contra de esa corazonada. Para empezar, si el cargamento que esperaban aquellos alemanes era el tesoro con el que acusar a Cortés, ¿qué estaba haciendo en un lugar tan apartado de Toledo? ¿Y por qué tenían que cargar con él unos extranjeros? ¿No lo podían llevar unos castellanos? Aunque lo peor de todo era pensar qué es lo que iba a hacer en el caso de que aquellos hombres sí estuvieran esperando la llegada del cargamento para llevárselo a la ciudad imperial y extenderlo ante los ojos del emperador. ¿Cómo iba a impedírselo? ¿Podría llegar antes que ellos a Toledo? ¿Advertir a Tapia? ¿Detenerlos? ¿Salvar a Cortés?

Traté de calmarme. «Quieto, Diego, quieto; no os adelantéis a los acontecimientos. Buscad a Martín el Asesino; averiguad si lo que esperan los alemanes es el cargamento y largaos de Mombeltrán.»

¡Dios santo! ¡Cómo echaba de menos a Auri en aquellos momentos! Ella hubiera sabido lo que hacer, cómo hacerlo y dónde hacerlo. Yo, en cambio, me hallaba perdido sin su arte de seducción para lograr sonsacar cualquier cosa a cualquiera. Solo tenía mis puños, la daga en la cintura, una cabeza sobre los hombros y a Sonajero esperándome en un establo junto a la entrada del castillo.

Con todo eso tenía que descubrir la verdad y derribar un imperio. Íbamos bien.

Dos horas después de la caída del sol, los alemanes cantaban alegres en uno de los rincones del único tugurio de toda la villa que seguía arrojando a los visitantes trozos de pollo y caldo de su puchero a esas horas de la noche. Un barril, detrás del mostrador, lo inundaba todo de vino pasado por agua. No era mucho, pero lo suficiente para que el ambiente fuera alegre y estuviera comenzando a caldearse a cuenta de los extranjeros. Fue fácil mezclarse entre ellos sin necesidad de beber; ellos se lo habían bebido todo por mí. Debo confesar que en aquel estado de lúcida embriaguez resultaban divertidos, y su aspecto bárbaro parecía haberse diluido en el alcohol. Sobre sus melenas doradas brillaba la luz de los candiles más alegre que sobre el resto de las cabelleras del mesón, todas morenas; quizá era eso lo que les otorgaba cierto aire beatífico. Pero las suyas eran las únicas cabelleras rubias del lugar. No había rastro alguno de los rizos de oro asesinos. Si el criado Martín había llegado a Mombeltrán, tal y como su padre había dicho, su ausencia era notoria. Quizá se hallaba a salvo, protegido en el interior de las murallas del castillo de los Alburquerque.

Aunque hablaban entre ellos en alemán, los extranjeros sabían chapurrear las suficientes palabras en castellano para hacerse entender.

—¿Por qué creéis que nos han traído hasta aquí? —exclamó uno, asomándose sobre mi cara con la sonrisa colgada de unos bigotes rubios teñidos de vino—. De lo contrario, no podríamos siquiera hablar con vuestras mujeres.

Su nombre era Ullrich y, de los siete que estaban celebrando, parecía el cabecilla. A su lado, uno de sus compañeros profirió unas palabras en alemán que no entendí, y ambos estallaron en risotadas y palmadas frenéticas sobre la mesa.

—En Castilla todo es bueno menos el vino —dijo otro, el más borracho de todos, asomando entre los hombros de sus compañeros.

—Pues largaos a vuestro país y dejádnoslo para nosotros —respondió una cabellera oscura, que iba tan alegre como ellos, al otro lado, en la parte castellana del mesón.

Sin quererlo, me había convertido en la frontera entre los dos mundos.

El alemán beodo avanzó hacia el campo enemigo sonriendo.

—El vino os lo dejamos para vosotros con tal de que nosotros nos llevemos... —A su lado, Ullrich le profirió un codazo que lo hizo doblarse sobre su estómago. Su amigo había hablado demasiado.

—¡Llevaros qué!, ¿eh? ¿Qué es lo que os vais a llevar y a dónde? —profirió otro castellano con una imprecación hostil y burlona—. Porque el mundo es nuestro y habla castellano como nosotros.

—Pero vuestro rey sigue siendo germano como nosotros —profirió otro cabellera rubia, desde atrás, uniéndose a la discusión—. La sangre alemana es la que rige el imperio.

Varios de sus compañeros secundaron sus palabras con vítores de orgullo.

—Os voy a enseñar yo lo que rige el imperio, maldita sea —bramó un castellano al otro lado, arremangándose y yendo directamente hacia su pescuezo.

Por fortuna, otro castellano que estaba menos ebrio lo detuvo, apartándolo hacia un lado.

—Rodrigo, ¿qué pretendéis hacer? —le dijo con las manos sobre su pecho—. Esos hombres están aquí por la casa de Alburquerque, así que mostrad vuestra hospitalidad.

El ambiente, que había resultado cordial hasta entonces, parecía haberse resquebrajado entre los bandos sin razón aparente. La marea del alcohol podía hacerlo zozobrar todo en un abrir y cerrar de ojos.

Los alemanes se miraron sin comprender qué era lo que había sulfurado tanto a los españoles. Cuanto más al sur de Europa, más sueltas corrían las pasiones bajo la piel. Quizá ese era el motivo por el que lo estaban conquistando todo.

Ullrich se volvió hacia sus compañeros, atemperándolos con la mirada. A lo mejor había una manera de devolver las aguas a su cauce.

—Os pedimos disculpas si os hemos ofendido en vuestra tierra —exclamó hacia el lado castellano, subiéndose a una silla para que todos lo escucháramos—. Permitid que os ofrezcamos algo como muestra de nuestra amistad y buena voluntad. ¡Hans!

Ullrich repitió aquel nombre de forma tan ruda que todos creímos que iba a acudir un perro a su llamada, pero fue el tipo a quien le había propinado el codazo en las costillas quien apareció en su lugar. Habló con él unas palabras que nadie salvo ellos pudo entender y Hans se deslizó entre los empujones de sus compañeros hasta una de las ventanas del mesón, colándose por ella como un gato.

Los castellanos se miraron entre ellos, suspicaces.

—¡A ver si nos van a quemar vivos y se lo llevan todo de verdad! —gritó alguien de las cabelleras oscuras, más borracho que ningún otro.

El grito cundió entre los demás como si el mesón estuviera ya en llamas, y hasta yo tuve que levantar la voz para pedir a mis compatriotas que se calmaran un poco, que allí nadie iba a quemar nada. ¡Dios santo, y yo que pensaba que los salvajes eran los alemanes!

Tras el mostrador, el dueño del mesón, barriga generosa y mirada tacaña, se abrazó al barril del vino como si todo estuviera a punto de volar por los aires.

—Aquí no bebe ni Dios hasta que no vuelva ese hijo de puta y estemos todos sanos y salvos —gritó, escondiendo el vino bajo la barra.

—Os digo yo que aquí hay que empezar a repartir puñetazos antes de que sea demasiado tarde —musitaba Rodrigo, en un rincón, retenido por los brazos de alguien más corpulento.

—Espero que vuestra oferta misteriosa consiga los efectos deseados —dije a Ullrich ladeando la cabeza hacia el creciente malestar que existía en el campo castellano.

—Confiad en mí. Su resplandor dorado os cautivará.

Sus palabras me dejaron boquiabierto. ¿Acaso aquellos extranjeros pretendían sobornarnos con nuestro propio oro?, pensé, estúpido de mí.

En poco más de lo que el ofendido Rodrigo hubiera tardado en pedir y beberse un nuevo vaso de vino si el dueño del mesón se lo hubiera permitido, Hans volvió a aparecer, esta vez por la puerta, con un barril sobre su hombro izquierdo y una gran sonrisa en el rostro. Un tipo simpático, ese Hans.

Todos a su alrededor se hicieron a un lado para dejarlo pasar. Colocó el barril sobre el mostrador ante la mirada estupefacta del dueño del mesón.

—¿Me vais a hacer la competencia en mi propia casa? —bramó con las manos extendidas al aire.

—Venga, Andrés, dejad hacer al bárbaro, que por hoy ya habéis ganado suficiente dinero —intervino el mismo tipo que había sabido detener el ímpetu guerrero del tal Rodrigo.

Hans se inclinó ligeramente sobre el barril ante el rostro huraño de Andrés, el dueño, y sacando el tapón que había en una de sus tapas lo sustituyó por una especie de grifo que enroscó varias veces en la madera. Entonces, ante nuestros ojos expectantes, cogió un vaso del mostrador y lo llenó de un líquido dorado que, al menos yo, no había visto en mi vida. En Valladolid tenemos un buen dicho que resume las apetencias básicas de todo buen castellano: «Con pan y vino se anda el camino». Aquella bebida era distinta, con una superficie esponjosa y blanca de espuma de mar.

—Os presento la dorada más bella de Europa entera —gritó Hans, levantando el vaso al aire.

—Eso parece el meado de un perro hambriento —gritó alguien, entre las risas de los demás castellanos, que miraban con escepticismo aquella poción extranjera. Pero nadie perdía de vista los movimientos del alemán llevándose el vaso a los labios y, en medio de un silencio sepulcral, se lo bebió de un trago. Hans extendió su mirada alrededor con el brillo de un dios en su mirada. Parecía que estaba a punto de decirnos algo pero, en su lugar, se tiró un buen eructo. Los castellanos nos reímos y los alemanes lo recibieron entre aplausos. La fiesta acababa de empezar.

Hans se llevó la manga a la boca y, después de restregarse los labios, volvió a llenar el vaso y se lo dio a beber al castellano que se había atrevido a comparar el líquido con una micción animal. Este miró con suspicacia el contenido del vaso, pero su resplandor dorado lo embelesó. Había cierta atracción en aquel color brillante y sensual. Mis dedos se acariciaron con nostalgia de aquel oro que había tenido entre las manos; tenía el mismo resplandor. Se volvió a hacer el silencio en aquellas gargantas expectantes mientras el escéptico se llevaba el vaso a los labios y se bebía de un trago el oro líquido.

El tipo devolvió el vaso al mostrador con la mirada perdida en los campos de trigo de su infancia.

—A esto debía saber el maná que comieron los judíos en el desierto —murmuró con una trémula emoción entre los labios.

La emoción recorrió, uno a uno, los rostros castellanos del mesón y todos se abalanzaron a la vez sobre el mostrador. Andrés, el dueño de la venta, se adueñó de la situación con la rapidez de un halcón y, con los vasos bajo su dominio, se encargó de ir distribuyendo el líquido después de ser el siguiente en probarlo.

—Vuestro querido rey ha mandado traer a Castilla a nuestros mejores maestros de Baviera para que fabriquen en vuestras tierras este vino de cebada —exclamó con satisfacción Ullrich en mis oídos—. Es cuestión de tiempo que se convierta en vuestra bebida favorita, pero nunca conseguiréis igualar al barril que tenéis delante. Es de la cosecha especial de los Fugger.

—¿Los Fugger? —Era la primera vez que escuchaba aquel nombre.

—¿No conocéis a los Fugger? —exclamó el alemán, asombrado.

Ullrich se dirigió al resto de sus compañeros, que miraban divertidos las caras de los españoles mientras probaban aquel líquido; vociferó algo en alemán, y los demás me miraron incrédulos, entre gritos y risas de asombro.

—Nadie entre nosotros cree que no hayáis escuchado nunca su nombre —me dijo sonriendo—. Vuestro emperador gobierna el mundo con el dinero de Anton Fugger.

Alguien extendió su brazo frente a mi pecho, interrumpiéndonos.

—Tomad; bebed. —Hans, a mi derecha, esperó a que yo cogiera el vaso que me estaba ofreciendo.

Dudé un instante. El alcohol y yo no éramos buenos amigos, y recordaba muy bien la última vez que alguien me había ofrecido una bebida desconocida a orillas de Tenochtitlán. Pero no era momento de hacer desaires a Ullrich o a Hans si quería llegar a saber algo más sobre los planes de aquellos alemanes en Mombeltrán. Cogí el vaso y, después de sopesarlo en mi mano, me lo bebí de un trago.

El sol de cientos de amaneceres espléndidos salió al paso de aquel líquido atravesando mi pecho hacia el estómago. Miré a Hans con una especie de neblina que cubría mis ojos, y no supe bien si era fruto de la emoción o por su dulce regusto amargo.

—Ahora ya sois parte de los nuestros. —Hans me dio una buena palmada en la espalda—. Traed otro vaso para este hombre.

Instantes después, la nueva bebida había obrado el milagro de cambiar el aspecto general del mesón; sus colores ya no se partían, como el mar Rojo, en rubios y morenos, alemanes a un lado, castellanos al otro. Una nueva fraternidad parecía haberse fraguado entre ambos, y las cabelleras rubias punteaban entre las oscuras como trazos de luz en medio de la oscuridad.

Oro líquido. Era mi única oportunidad para saber si había oro, y cuándo se lo iban a llevar.

Con el tercer vaso en mi mano, y el quinto ya en el estómago de Hans, había procurado alejarlo de Ullrich. No quería que este volviera a detener de nuevo su locuacidad con un codazo en el estómago en caso de que decidiese hablar más de la cuenta. Casi éramos ya camaradas. Levanté, por si acaso, la mirada para asegurarme de que el cabecilla germano andaba lejos y lo descubrí al otro lado del mesón, sentado en una mesa junto a varios castellanos que lo estaban retando a un pulso para mayor honra de Castilla. Era el único alemán sobrio que quedaba. Devolví mi atención a Hans, que seguía hablando de lo maravillosas que eran sus tierras.

—Si alguna vez vais a Baviera tenéis que venir a visitarnos a Augsburgo. Allí encontraréis el mejor oro líquido de toda Alemania.

—Demasiado lejos. Prefiero el oro que tenemos aquí —escupí, menos borracho de lo que aparentaban mis palabras.

—Pero ese..., ese no se puede beber —dijo con una risotada antes de agacharse y asomar la boca a mi oído—. ¡Schhh! Que no se entere Ullrich. Yo lo he visto y no se puede beber. Pero se pueden comprar muchas cosas con él.

Traté de disimular la excitación que me produjeron sus palabras. Mi corazonada era cierta. Estaban en Mombeltrán para llevarse un cargamento de oro. Tenía que seguir tirándole de la lengua.

—Pues entonces compraremos toda la bebida de Baviera y nos la traeremos a Castilla —dije yo, dando una palmada sobre la mesa.

—Sí, pero no podemos —asintió, cambiando de tono repentinamente, con seriedad—. Ese oro no es de nuestra propiedad. No podremos venderlo; tenemos que llevarlo. Es de Fugger.

Hans contempló el horizonte ensimismado, repitiendo en voz baja lo que acababa de decir:

—No podremos venderlo; tenemos que llevarlo.

Estaba tan borracho que pensé que no iba a arrancarle nada más. Tenía que ir un paso más allá. Todo o nada.

—¿A Toledo? ¿Cuándo? —Contuve la respiración, explorando su reacción.

—Toledo, ¡¿quién dice Toledo?! —Han se levantó de la silla, excitado, molesto, irritado; las señas de identidad de una buena melopea.

A nuestro alrededor, algunos levantaron su rostro con curiosidad, pero volvieron a sus asuntos, ignorándonos.

El alemán apoyó las manos sobre la mesa para evitar caerse e, inclinándose hacia mí, me dijo, casi en un susurro:

—Nos vamos con el oro... —Puso un dedo sobre sus labios, matando el resto de las palabras—. Pero que no se entere Ullrich.

En ese instante alguien cogió a Hans de un brazo y su figura desapareció entre el gentío; pero antes de que pudiese darme cuenta de lo que sucedía, otro me agarró del pecho y, arrancándome de la mesa, me arrastró hasta la puerta trasera del mesón en un abrir y cerrar de ojos.

—¿A qué tantas preguntas? ¿Para quién trabajáis? ¿Por qué nos estáis espiando? ¡Hablad!

La mano sobre el pecho dejó de sacudirme y mi cabeza paró de bailar, permitiendo que mis ojos se posaran sobre Ullrich.

—No sé de qué estáis hablando —conseguí modular con los labios.

Allí en el callejón, al aire libre, bajo el silencio de la noche, mi voz no acababa de sonar del todo sobria; pero mi mente lo estaba.

—No habéis dejado de interrogar a Hans, aprovechándoos de su maltrecho estado, así que será mejor que habléis si no queréis que os entregue a los hombres del duque de Alburquerque —insistió Ullrich, amenazándome.

A pesar de mi situación, o quizá, mejor, debido a ella —maldito oro líquido—, el cabecilla de los alemanes me caía bien. Me sentía seguro entre sus manos. Al menos no me estaba amenazando con ningún arma; eran solamente él y sus puños sobre mi pechera.

—Sé que estáis a punto de llevaros un cargamento —susurré yo, tratando de aclarar mis ideas.

Ullrich me atravesó con sus ojos verdes.

—Continuad.

—Viaja desde el otro lado del océano, dispuesto a condenar a un hombre. —Abrí bien los ojos, temeroso, confiado... Borracho.

Me sostuvo la mirada con curiosidad, su puño todavía sobre mi cuello, presionándolo.

—Pero ¡no podéis hacer que entre en Toledo! —suplicaba yo, convencido de que me iba a hacer caso—. Tenéis que evitarlo; por el bien de ese hombre, por el bien de esas tierras.

Ullrich me soltó del pecho y lanzó unas carcajadas al aire de la noche de Mombeltrán. Yo me dejé caer sobre las rodillas, incapaz de sostenerme en pie. Ullrich dejó al fin de reírse y me miró desde arriba.

—Tenéis razón, vos no sois espía.

Me alegré de que mis palabras hubieran conseguido ablandar su opinión.

—Vos lo que sois es un idiota.

Sacudió la cabeza y se volvió de espaldas, caminando hacia la puerta de la que habíamos salido. Se giró de nuevo hacia mí antes de entrar.

—De una cosa podéis estar tranquilo. Ese tesoro no va hacia Toledo. Pero seguís siendo un idiota. —Lanzó una nueva risotada.

Me quedé solo en aquel callejón de hinojos bajo el cielo estrellado y sin luna de Mombeltrán. Tuve que sacudirme el rostro varias veces para quitarme la cara de idiota que había visto el alemán en mí.

La cabeza me daba vueltas, tratando de comprender y encajar la nueva situación, y el oro líquido que había en mi estómago no ayudaba a digerir ideas.

El oro estaba en Mombeltrán y los alemanes se lo llevaban en secreto.

Toledo no era su destino.

Atacar a Cortés no había sido nunca el objetivo del tesoro, pero pesaba lo mismo que el que había desaparecido en la laguna de Tenochtitlán aquella noche triste.

Ante mi asombro, creí ver la sombra de un felino enorme cruzando el callejón. Era un gato magnificado por la lumbre de un farol frente al mesón. Lancé un suspiro de alivio mientras las ideas se iban extendiendo por mi cuerpo con cada latido que golpeaba mis sienes.

Era todo mucho más sencillo, pero más difícil de entender.

Su destino era Augsburgo.

Su objetivo, entregarlo a Anton Fugger.

Su nombre lo había escuchado por primera vez esa noche, pero las palabras de Ullrich sangraron de nuevo en mis oídos: Carlos V jugaba a ser emperador con el dinero de los Fugger. ¿Podía ser eso cierto? ¿Que todo el poder del emperador procediera de los bolsillos de ese hombre?

Emperador por siete votos. La expresión del duque de Medina Sidonia se había grabado a fuego en mi cerebro, pero a la luz de las palabras del alemán, cobraban su verdadero significado. Si Carlos V había sido entronizado como emperador del Sacro Imperio Romano Germánico por el soborno de siete votos, ¿quién había pagado a esos siete electores? ¿Castilla? Dudaba yo que los nobles castellanos, celosos y huraños con su riqueza y su poder, hubieran vaciado sus bolsillos o los de Castilla para hacer emperador a su rey.

El dinero de Castilla era para los castellanos, no para jugar a ser emperador de Europa. Pero Carlos V había conseguido ser proclamado, pasando incluso por encima de su gran rival, el rey de Francia. ¿Podía ser que después de tanto tiempo desde aquel nombramiento —¡hacía ocho años!—, quien había sufragado los gastos de la fiesta no se hubiese cobrado todavía la deuda y alguien la estuviera pagando ahora, a hurtadillas, lejos del alcance de las miradas de Castilla entera?

No me atrevía ni a imaginar la cara que pondría Cortés cuando se enterase de todo aquello. Seguramente sentiría lástima. A lo mejor se habría sublevado, de saberlo aquel día, junto a la otra orilla del puente, con las bridas de su caballo en las manos.

Toda la sangre, toda la gloria, todo el esfuerzo: Castilla, la corte, el emperador, ¡alguien!, los agradecía pagando los fastos de hacía ocho años por la puerta de atrás.

Dios santo. ¡Qué profunda decepción! Para el imperio, la Nueva España no era sino un saco del que extraer oro.

Me volví hacia el hospital de San Andrés, alicaído por esos pensamientos, a los que mi ebriedad no favorecían en absoluto.

Partiría al día siguiente a Toledo y daría buena

cuenta a Tapia, a Cortés, al duque de Béjar, de lo que había descubierto. Lo sentía mucho por los franciscanos y por los que querían lo mejor para Nueva España, pero el futuro no resultaba alentador al otro lado del océano si solo se aspiraba a su oro. Todo quedaba en manos de los Nuño de Guzmán y los Salazar de este mundo, deseosos de complacer al poder a cambio de un plato de lentejas.

El día siguiente amaneció gris y escarlata en Mombeltrán. No me di cuenta de ello hasta que me despedía del hospital de peregrinos de San Andrés. A esas horas tempranas de la mañana el escote seguía siendo el mismo, su pecho más lozano, pero el rostro de la mesonera estaba descompuesto.

—Ay, señor, que creo que vuestra visita ha traído mala fortuna a la villa —me sacudió, nada más verme bajar las escaleras.

Arrastraba yo bajo los pies los restos del oro líquido de la noche anterior, y sobre mis hombros se agitaba un enjambre de cavilaciones; no era el mejor momento para acusarme de agorero.

La miré de reojo, con cara de pocos amigos, pero no pareció darse por enterada. Una ligera excitación truculenta hervía en sus pupilas.

—¿No lo percibís en el ambiente? —dijo ella, asomándose al exterior—. Hoy bajarán de todos los alrededores solo para venir a verlo.

—¿Ver el qué? —respondí yo.

—El cadáver. No se veía algo así desde la ejecución del francés que os mencioné ayer. Partido en dos, un asesinato, esta madrugada. —La morbosidad había conseguido animar lo que escondía el escote.

Salí fuera del hospital. A pesar de lo temprano de la hora, había gente cruzando la calle, todos avanzando en la misma dirección. Se habían desperezado para ser los primeros en ver el horror.

Desde el umbral, la mesonera se despidió.

—No se os ocurra pasar a verlo. ¡Es horrible! —En su rostro, toda una invitación para hacer todo lo contrario—. Por cierto, la pica con la cabeza del francés frente a las puertas del castillo de la que os hablé, no os molestéis en pasar a verla. Precisamente la quitaron el día que llegasteis.

La miré, aturdido con tanta información macabra en tan poco tiempo y a horas tan inocuas.

Seguí los pasos de quienes avanzaban hacia la iglesia de la villa; no tenía intención de acercarme a ver el cadáver, pero los establos donde había dejado a Sonajero no se encontraban lejos del templo. Sin embargo, a medida que iba avanzando, no conseguí evitar la tentación de desviarme hacia las calles a donde la gente se dirigía.

El espectáculo no podía ser más salvaje. Ni el sol había querido asomarse, escondiéndose entre las nubes para no manchar sus pies brillantes en el charco de barro escarlata que se formaba, bajo el cadáver, en aquella cuesta. Se me hundieron las entrañas al verlo ahí en el suelo sin cabeza. Un ligero mareo me nubló la mirada y di un pequeño traspié al darme cuenta: había algo grotescamente similar a otros cadáveres que había visto. En este, la espada había cercenado demasiado el cuello y la cabeza había salido volando. Pero era el mismo sadismo.

Cerré los ojos, con la respiración agitada, tratando de contener mi corazón, pero no pude evitar pensar que yo tenía relación con ese crimen.

Miré hacia el cuello desmembrado, de donde manaba la sangre que corría cuesta abajo de la calleja de San Juan. Seguí su rastro hasta donde la cabeza había dejado de rodar, frente a la iglesia de San Juan Bautista. También él había muerto decapitado, como el pobre desgraciado que tenía frente a mí. Apenas reconocí los rasgos bellos y estilizados de su rostro, pero lo traicionaron los rizos de oro teñidos de sangre escarlata. Era Martín, el criado que había servido el torrezno envenenado a Juan de Ribera en Cadalso.

En cuanto lo reconocí me volví alrededor, como si alguien me estuviese observando. El cadáver era un aviso, una llamada, un mensaje solo para mí. Atemorizado, volví a barrer con la mirada las ventanas, la calle, los soportales que me rodeaban, inquieto por descubrirlo. No había nadie. Un escalofrío me recorrió la piel. Me sorprendió pensar por primera vez que él pudiera estar en Castilla. No se me había ocurrido que hubiese cruzado el océano acompañando al cargamento. Ni Tomás ni Motolinía me lo habían dicho antes de zarpar. Ninguno de los dos me había avisado de que, antes o después, nos acabaríamos por encontrar en Castilla. Pero él estaba allí. Yo lo sabía; el cadáver de Martín, también.

Salí aquella misma mañana de Mombeltrán a lomos de Sonajero como alma que lleva el diablo. No pude evitar recorrer los tres días de distancia hasta Toledo con la amenaza de una sombra cerniéndose sobre mi cabeza; la misma espada que había segado la vida de Martín, a punto de rebanar mi cuello.

9

Tres días después todavía latía mi corazón con violencia al recordar los rizos de oro del criado Martín, teñidos de sangre. Quedaban atisbos de mi respiración entrecortada cuando crucé el puente de la ciudad imperial con Sonajero entre mis piernas En cuanto a la amenaza que se había cernido sobre mi cuello durante todo el viaje, creí que desaparecería al sentir bajo mis pies el calor de las calles estrechas de Toledo, pero ocurrió justo lo contrario: la intimidación se volvió súbitamente más grande. Él estaba allí. Únicamente pude dejar atrás esa terrible sensación al cerrar detrás de mí la puerta del palacio donde se hospedada Cortés.

Media hora después sacudía mi alma y las ideas de mi cabeza ante Andrés de Tapia en el salón de la primera planta, junto a la chimenea.

Había solicitado una reunión solo con él, alejado de los oídos y la mirada de Cortés. No quería ser yo quien descargara las inmundicias de mis pesquisas sobre las espaldas del conquistador sin dilucidarlas primero con quien más lo conocía.

Tapia había insistido en que estuviera también presente en nuestra reunión el duque de Béjar; además de gozar de su máxima confianza, había mucha sabiduría sobre los asuntos de la corte bajo su mata de cabellos plateados como para ignorar sus consejos en aquellos momentos extraños.

—El oro de Salazar viaja en realidad a Augsburgo —escupí la información sin ambages.

—¿A Augsburgo?

Le podría haber dicho que viajaba a la luna y Tapia no me hubiese mirado de manera muy diferente. Inclinó el cuerpo hacia delante, acercando el oído derecho hacia mí, para asegurarse de que había escuchado bien.

—Sí, habéis oído bien —asentí yo, removiéndome, incómodo, en mi asiento—. Augsburgo.

—¿Queréis decirnos que ese oro no se encuentra en Toledo, preparado para acusar a Cortés, tal y como pensábamos?

Tapia miró hacia don Álvaro de Zúñiga, el duque de Béjar, que estaba de pie detrás de él, apoyado sobre el respaldo de su silla. Ambos hombres exhibían idéntica incredulidad en el rostro.

—Mirad, Diego —intervino el duque, con una gravedad acorde a sus años—. Algo se viene preparando estos días en la ciudad para acusar a Hernán Cortés; he oído hablar de una audiencia especial que quieren convocar con el emperador y don Francisco de los Cobos, su secretario. Buscan separarlo definitivamente de su conquista. No habéis estado aquí para verlo, pero, durante vuestra ausencia, don Hernán no ha recibido la visita de nadie de la corte. Ningún noble, ningún enviado de la Corona, nadie desde el día de la fiesta. Ni tan siquiera el duque de Medina Sidonia se ha asomado por Toledo para mostrar su apoyo, a pesar de sus buenas palabras. —Me hirió la cobardía de aquel hombre de pies descalzos al que había admirado a mi llegada a Sanlúcar—. ¡Incluso a mí se me impide acercarme al emperador en estos días! No es algo que me guste reconocer —el duque de Béjar miró a su alrededor, asegurándose de que no había más oídos que los nuestros en aquella habitación, antes de bajar su voz—, y por supuesto no voy a hacerlo delante de él, pero Cortés parece estar a punto de ser condenado. Y, sin embargo, ¿vos aseguráis que no será ese cargamento de oro el que lo entierre definitivamente?

Resultaba imposible no apreciar la sorpresa y el recelo en sus palabras y en su rostro.

—Ese oro viaja a Augsburgo; no hay duda de ello. Hablé con los alemanes que se lo iban a llevar. —Carraspeé antes de continuar, no muy seguro de lo que iba a desatar lo que estaba a punto de decir—. Es propiedad de Anton Fugger.

—¿Los Fúcares? —dijo don Álvaro, con las pupilas fuera de sus órbitas—. ¿Se está pagando a los Fúcares con ese oro?

Detuve la mirada sobre el rostro de Tapia.

—¿A vos os dice algo ese nombre?

—Lo escuché el otro día por primera vez —respondió Tapia, levantándose de la silla—. No os lo vais a creer. ¿Sabéis quién ha regalado al emperador el tapiz que se mostró durante la fiesta?

—¿Anton Fugger? —Sacudí los hombros, adivinando.

Tapia asintió. Odiaba las casualidades cuando se daban en circunstancias como aquella; solo podían indicar algo malo, muy malo.

—El polaco que os descubrió en la fiesta, Jan Dantyszek, ¿lo recordáis?

Asentí, rememorando al hombre de acento extraño a quien me había presentado como familiar del duque de Medina Sidonia.

—La corte polaca tiene excelentes relaciones con el taller de Pieter van Aelst —continuó Tapia—. Su reina está loca por sus tapices, y, a través de sus contactos, el embajador polaco sabe que la fábrica de Bruselas confeccionó ese tapiz bajo las indicaciones personales de Anton Fugger.

—Un bonito regalo de agradecimiento y un buen recordatorio —tercié yo, irónico—. ¿No tenía como título

La infamia, el tapiz? La infamia de no pagar lo que aún se debe —añadí, suspicaz.

El duque de Béjar dejó de juguetear con las manos sobre el respaldo de la silla.

—¿No creéis que eso es llevar las cosas demasiado lejos? Castilla ya paga a Anton Fugger mucho dinero por los préstamos que nos hace para financiar nuestra expansión como imperio. Los alemanes explotan las minas de Almadén como pago de nuestra deuda y se llevan los bienes de nuestros maestrazgos. Un poco excesivo pensar que también les hayamos tenido que pagar con nuestro oro sin que nadie en las Cortes de Castilla lo sepa.

Tapia se volvió hacia el duque de Béjar con las manos extendidas.

—Sé que suena terrible, don Álvaro, pero eso es lo que tenemos ante nuestros ojos. Diego lo ha visto en Mombeltrán, con el auspicio de los Alburquerque; ¡ellos sí parecen saberlo!

Cavilando sobre sus pasos, el duque de Béjar dio tal puñetazo sobre una mesa que cayeron varios pétalos de las flores que descolgaban de un bello jarrón.

—Tiene que haber una lógica explicación a lo que averiguasteis en Mombeltrán. ¿Estáis seguro de que salió un cargamento de oro de Nueva España para acusar a Cortés?

—Por mi vida —respondí con rotundidad, levantándome con el calor del cuerpo de Auri en mi corazón, ante el insulto que suponía esa pregunta.

Al verme tan vehemente, el duque retrocedió.

—Lo siento, Diego. Ha salido de mis entrañas —dijo, cogiendo con una mano los pétalos y arañándolos con las uñas—. En fin, más vale que haya una explicación a todo esto, de lo contrario, no me apetece ponerme a buscar culpables dentro de la Corona, porque no hay demasiadas cabezas hacia donde apuntar.

Y la de don Francisco de los Cobos, secretario de Su Sacra Majestad, la primera de la lista, pensé yo sin decir nada.

—¿Por qué no mandáis llamar de nuevo a vuestro amigo, el embajador polaco? —El duque de Béjar se volvió hacia Tapia, iluminado por su propia idea—. Él parece tener buena información sobre los Fugger. Es un hombre discreto y a lo mejor él saca algo en claro de este galimatías.

Miré a Tapia, interrogadoramente, y él asintió.

—Es una buena idea —dijo tranquilizándome—. Les diré a los criados que lo hagan pasar por la puerta de servicio para que Cortés no advierta su presencia. De lo contrario sospechará que estamos tramando algo y querrá venir a escuchar también.

Un poco más tarde, Jan Dantyszek —Juan Dantisco para el alma castellana— entró en el salón con sus ojos grandes, mirada inteligente, piel blanca y traje de pieles trasquiladas. A los hombres septentrionales, fieles a su patria, les gustaba llevar el frío encima aunque no lo hiciese.

El embajador polaco no tardó demasiado en darnos un baño de realidad de lo que ocurría al norte de nuestras fronteras y sobre la percepción que tenían del emperador del Sacro Imperio Romano Germánico mentes, corazones y manos más frías que las castellanas. Mientras hablaba, cruzó varias veces la mirada con cada uno de nosotros para remachar sus palabras, y empezamos a comprender lo grande que era todo aquello.

—Vos sabéis mejor que nadie que conseguir el título de emperador que ostentó en su día su abuelo Maximiliano no fue fácil. Había que convencer a los siete electores que decidían, y que se debatían entre el joven Habsburgo y el rey de Francia. El dinero marcó la diferencia. —Se detuvo un ligero instante antes de arrojar la cifra—. Quinientos mil florines.

Tapia, el duque y yo nos quedamos pasmados. El duque de Medina Sidonia había hablado de sobornar a los electores, pero quinientos mil florines no eran un soborno; muchos habían vendido su alma al diablo por mucho menos.

—¡Dios mío, pero eso es una barbaridad! Nunca nos llegaron a informar de que era tantísimo dinero —murmuró don Álvaro llevándose la mano a la frente, acariciándose la barbilla, sofocando un ligero vahído al imaginar esa cantidad—. Los castellanos nos hubiéramos opuesto tajantemente.

—Pues claro que os hubierais opuesto. Pero no hay más ignorante que el que desea seguir siéndolo —adujo el polaco, indulgente—. Mientras nadie sepa lo que ha costado y de dónde sale el dinero para pagarlo, todo irá bien.

—Entonces, el cargamento de oro de Mombeltrán es con toda seguridad un pago a cuenta de ese soborno —dije yo, reafirmando lo que había sospechado cuando el tipo llamado Ullrich me había llamado idiota.

—Encaja como anillo al dedo, ¿no os parece? No pretendo ofender a nadie con lo que voy a decir —inclinó su cabeza a modo de disculpa hacia Tapia—, pero, para decirlo de un modo suave, las conquistas de Hernán Cortés llegaron en el momento más oportuno. Se necesitaba mucho oro para avalar el préstamo de los Fugger, y las tierras conquistadas lo tenían. Tuvieron ocasión de verlo con sus propios ojos Fugger y los electores cuando Carlos V se pavoneó en Amberes, exhibiendo el primer tesoro que Cortés enviaba de su conquista.

Mientras el polaco hablaba, no pude dejar de imaginar la humillación de una amante que se sabe utilizada en el rostro de Tapia. No quise ni imaginar lo que podrían significar esas palabras cuando las escuchase Cortés. Más expeditivo, el rostro del duque de Béjar apelaba a su orgullo herido como castellano.

—¿Estáis diciendo que, sin la conquista de Cortés, nuestro rey no hubiera sido coronado emperador? —profirió con la arrogancia propia de los de su sangre.

—Nadie lo sabe, querido duque —respondió Dantyszek, fingiendo ignorancia—, pero os aseguro que fueron esas promesas de riqueza las que hicieron descansar tranquilos a los Fugger, y sirvieron de paso para aliviaros a vos vuestros bolsillos.

El silencio se hizo lúgubre en la habitación.

Afuera se escucharon unos pasos deteniéndose frente a la puerta, y un criado entró después de llamar dos veces.

—Don Álvaro, don Hernán Cortés quiere saber la razón de tanto vocerío a sus espaldas; reclama vuestra presencia de inmediato.

—Decidle que voy enseguida. —El duque mostró una amplia sonrisa de disimulo y recuperó su grave semblante en cuanto el criado hubo abandonado la habitación.

—Maldita sea, este hombre tiene orejas en todas partes —susurró mientras caminaba hacia la puerta.

—Inventaos cualquier cosa, pero que no descubra de lo que hemos hablado, por lo que más queráis. Y despedid a Dantyszek en el camino. —Tapia estrechó los brazos del polaco—. Querido Jan, habéis arrojado luz a nuestro estupor, pero odiaría que nadie fuera de aquí supiera de lo que hemos estado hablando. Confío en vuestra discreción.

Al escuchar sus palabras, no pude evitar que me resultaran parecidas a las que diría el mismo Cortés. Tapia tenía impresa en el alma las muescas del conquistador.

El duque y su acompañante salieron de la habitación y nos quedamos Tapia y yo solos, el uno frente al otro, escuchando el eco de nuestras consideraciones.

—Todo su esfuerzo por hacer de esas tierras parte de España importa muy poco visto desde este lado del océano —musitó Tapia, al fin, absorto en sus pensamientos—. Si Cortés supiera lo que hemos escuchado, creo que enloquecería.

—¿Tan mal está?

—Consideradlo vos mismo: encerrado entre cuatro paredes quien fue capaz de doblegar unas tierras del tamaño de este reino.

Miré a mi alrededor, contemplando el salón en el que estábamos. El resto de la casa era igual. No existían esos espacios tan cerrados y claustrofóbicos en Tenochtitlán. Allí uno siempre tenía el agua y el cielo y la tierra, ocupando el fondo de cualquier lugar hacia el que dirigiese su mirada. Aquí, en cambio, todo lo ocupaban las preocupaciones.

—Si no lo dejan regresar a Nueva España, morirá como una bestia enjaulada —murmuró, con la mirada puesta en una ventana que daba al muro de una casa, al otro lado de la calle, a menos de diez codos de distancia.

Me levanté del asiento en el que había permanecido y comencé a caminar de un lado a otro del salón, con las manos cruzadas a la espalda.

—Antes, delante del duque de Béjar, no quise deciros nada de otro descubrimiento que hice en mi visita a Cadalso y Mombeltrán.

Me detuve frente a Tapia, y este levantó el rostro, bien atento.

—Tanto él como el embajador polaco desconocen una pieza que lo puede unir todo —concluí con determinación.

«... Que engarza todos vuestros enigmas en un solo nombre», hubiera añadido, empleando las palabras que había escuchado a Juliana Ángela de Velasco antes de desvelarme su secreto.

—Salazar —pronuncié con terquedad.

—¿Salazar? No entiendo lo que tiene que ver ese hijo de puta en esto. —El escepticismo taladraba su mirada.

Arrojé un suspiro antes de lanzarme a explicar a Tapia lo que había averiguado sobre Salazar. Sentí las palabras salir de mis labios como una chispa que prende una nueva hoguera, que a su vez vi brillar en sus ojos mientras me escuchaba. Le conté el sucio secreto que había llevado a Salazar a dominar al heredero del ducado de Frías después del asesinato de su tío, el primer duque; cómo había logrado, de aquella manera, un puesto en el servicio de don Francisco de los Cobos, secretario de Su Majestad.

—Pensadlo bien —insistía yo, tratando de convencerlo—. Después de trabajar para el secretario del emperador, aparece de pronto en la Nueva España alguien desconocido por todos pero enviado por el mismísimo rey como factor real para controlar el quinto real.

Vi a Tapia fruncir el ceño, siguiendo con brío mis palabras.

—A partir de la llegada de Salazar —proseguí—, las dificultades comienzan a asediar a Cortés. ¡Vos mismo lo dijisteis! Desde Castilla comienzan a desposeerlo de sus cargos; lo traiciona Olid, uno de sus capitanes más fieles; lo acusan de esconder el tesoro que se perdió en la noche triste y Salazar lo busca con obcecación, con mucha obcecación, os lo aseguro, y luego me usa a mí para poder echarlo de Tenochtitlán. Más tarde, dice haber encontrado el tesoro —mi piel volvió a quemar en el lugar de la frente donde ella había posado los labios; la fuerza que me mantenía a mí con vida— y lo envía a Castilla convertido en el oro para pagar a los Fugger.

Pude concluir mi razonamiento sin que se notase demasiado la emoción y el calor de Auri reprimidos en mis labios.

—¿Y qué prueba ese cúmulo de sucesos?

—Salazar sabe lo de los Fugger. ¿No os dais cuenta? Solo él lo sabe. ¡Ni tan siquiera Dino Vázquez tenía conocimiento de ello! —exclamé ante Tapia con el arrobo de un auténtico descubrimiento—. Por eso en Nueva España hablaba de utilizar ese oro para desenmascarar a Cortés, pero en realidad sabía que era para pagar a los Fugger una vez desembarcado en Castilla.

—¿Y qué queréis hacer con todo eso? —Tapia encogió los hombros en el asiento—. ¿Pensáis acaso que salvará a Cortés?

—Tapia, ¡no seáis sordo, como vuestro apellido, y escuchadme, por Dios! —Lo hubiese agarrado por las solapas y estampado contra la chimenea de la emoción que sacudía mis entrañas—. Estoy convencido de que su paso por el palacio de don Francisco de los Cobos debió de ser muy *gratificante* para él. En Cadalso he descubierto un pequeño secreto sobre Salazar, pero estoy seguro de que fue otro el que le llevó hasta Nueva España.

Apoyé un pie sobre el antebrazo del asiento desde donde Tapia me escuchaba atónito.

—Y ese secreto, escuchad bien lo que os digo, ¡ese maldito secreto se esconde entre los pliegues del secretario de Su Sacratísima Majestad! —Acerqué mi rostro al de Tapia con la misma sonrisa de victoria que Salazar me había arrojado entre los barrotes de prisión—. Si lo averiguamos, podríamos domeñar su voluntad.

Tapia se levantó al fin, poniendo un contrapunto a mi vehemencia.

—Sabéis ser muy persuasivo cuando queréis. Pero os olvidáis de un pequeño detalle. ¿Cómo lo vais a hacer?

La realidad parecía haber caído de repente sobre mí.

Lancé un nuevo suspiro, deshinchándome de tanto enervamiento. Siempre había un cómo que lo hacía todo más difícil. No se podía pasar del qué al quién sin un cómo.

Pero yo lo tenía. Sí, lo tenía, ¡maldita sea!

—Puedo desenmascararlo. —Mis ojos se agarraron de nuevo a sus solapas—. Puede que caigan cabezas, pero la de Cortés se salvará.

Tapia me miró sin saber muy bien qué pensar de mí. Loco, borracho, iluminado.

—Veo que no confiáis en mí, una vez más. —Levanté una de las cejas, acusador.

—Ya os lo dije en su momento.

Alzó la mirada y los dos lo dijimos a la vez:

—«No contamos con muchas alternativas.»

Sonreímos, en nuestra gravedad incierta.

—Solo voy a necesitar una cosa de vos —añadí yo, con un brillo dorado en el fondo de las pupilas.

Media hora después, salí de la casa palacio donde se hospedaba Cortés con algo en el bolsillo. No era muy grande, pero resplandecía con fuerza bajo la luz. Lo suficiente para satisfacer las aspiraciones de los Villalobos.

10

La euforia en mi interior fue descendiendo a medida que me iba acercando a mi destino, y, cuando por fin llegué frente a su puerta, me había desinflado por completo. Mis expectativas habían quedado hechas jirones entre los adoquines de Toledo. ¿Cómo diablos había estado tan seguro de que podía salir de la posada en que se alojaban los Villalobos con el secreto de Salazar? A lo mejor ni siquiera habían coincidido con él. El suelo se abrió bajo mis pies, los adoquines engulléndome. Tragué saliva. Cuando regresase con las manos vacías, me enfrentaría a un Tapia circunspecto, cruzándose de brazos, que murmuraría: «Ya lo sabía; fue absurdo confiar en vos». Pero no había vuelta de hoja. Tenía que hablar con él. Con José Villalobos, mi compañero de banco en la Iglesia de San Juan de los Reyes.

La posada frente a la catedral tenía aires de palacio, pero la traicionaban sus escaleras estrechas y los pasillos que recorrían su interior, compartimentando su aspecto señorial en estrechas habitaciones. Hacer de Toledo ciudad imperial había exigido sacrificios y concedido oportunidades a sus habitantes, las dos caras de una única moneda a la que había que dar cabida: los foráneos que pululaban todos los días por sus calles. Ya no bastaban los mesones a pie de las murallas, en las que el vino, un puchero caliente y cama aguardaban al simple viajero ocasional. Ahora estos ya no eran simples ni ocasionales, y no bastaban camastros o pucheros de carne pasada para satisfacerlos. Se requerían albergues y habitaciones con distinción para brindar hospedaje al avispero de personajes que traía consigo el asentamiento de una corte poderosa. Aunque esta tuviera carácter itinerante, los negocios no se hacían envueltos en el polvo del camino, sino al abrigo de un buen hogar, un buen caldo, buena compañía. Y los mesones distinguidos habían comenzado a proliferar, adaptando espacios antiguos para las nuevas necesidades.

El que yo tenía enfrente, junto a la catedral, era perfecto para escribanos, secretarios y procuradores de la corte; la sangre que construía la creciente burocracia del imperio.

El dueño de la posada no me hizo mucho caso cuando le dije que quería ver a unos huéspedes que se llamaban Villalobos, así que tuve que hacer gala de un tintineo jactancioso en mi voz al anunciar mi nombre. Don Diego Pérez de Guzmán tenía capacidad de impresionarme hasta a mí, y el truco surtió su efecto. Los apellidos oportunos, debidamente pronunciados, seguían abriendo puertas en Castilla.

Doña Isabel bajó primero, arrastrando consigo a su abochornado esposo, que en los escasos días que habían transcurrido desde nuestro primer encuentro se había dejado crecer una ligera línea bajo la nariz. El bigote estaba de moda aquellos días en Toledo, y doña Isabel no había perdido el tiempo, obligando a su marido José a que se dejase crecer uno.

El posadero nos condujo a una de las habitaciones que tenía habilitadas al otro lado del patio como despachos y lugares de reunión para sus huéspedes. Percibí, mientras yo cerraba la puerta, que los ojos de doña Isabel habían perdido el fuelle de nuestro fecundo encuentro en los bancos de la iglesia de San Juan de los Reyes. Mi vestimenta carecía del brillo de entonces y era simple, demasiado simple, para alguien que ella había supuesto tan distinguido. Sin embargo, mi aspecto había hecho crecer el interés de su marido. Sin esas ropas ya no éramos tan distintos; no había una diferencia infinita entre ambos. Podía tratarme de igual a igual. Con desprecio, incluso.

—¿Qué es lo que deseáis? —Pepito se atrevió a mirarme por encima de su creciente bigote. Detrás de él, su mujer observaba, desconfiada.

Me lo tenía que ganar como fuera, hacer que hablase. Y sabía que, llegados esos casos, solo la verdad funcionaba. Al menos a mí.

—Os mentí el otro día; no me apellido Pérez de Guzmán. —Su mujer bajó la mirada, decepcionada—. Me llamo Diego de Soto. Mi historia es larga, pero os la haré muy corta: fui discípulo de Pedro Mártir de Anglería, el gran cronista, en Valladolid. Ahora vengo de tierras de Nueva España, soy procurador de Hernán Cortés, y ambos —lancé un suspiro—, ambos necesitamos de vuestra ayuda.

Vi descolgarse de los ojos de la pareja una súbita admiración al escuchar el nombre del conquistador. Se abría una esperanza.

—Gonzalo de Salazar. —Tragué saliva—. Sirvió a don Francisco de los Cobos. Tenéis que haberlo conocido.

El rostro de José se contrajo al escucharlo nombrar, y se volvió hacia la puerta.

—Lo siento, no sé de qué me habláis. Vámonos, Isabel.

El marido abrió la puerta, dispuesto a abandonar la estancia. Extendió la mano, para dejar pasar a su esposa, pero ella se plantó en seco.

—Isabel, ¡¿qué hacéis?! —Miró a su mujer confuso.

—¿No lo vais a ayudar? —espetó ella, incrédula, ante la actitud de su marido.

—¿Os habéis vuelto loca?

—Pero vos sabéis bien quién...

—¡Cariño!, ¿podéis callaros? —ordenó José, suplicando con las manos, volviéndose a ella—. ¡No os entiendo! Siempre queréis que hable o calle para ascender. Pues os aseguro que ahora es momento de callar si queréis que mi trayectoria siga siendo ascendente.

—Pero no todo es ascender. —Isabel levantó los ojos al cielo—. La justicia es lo primero, y Cortés, este hombre en su nombre, os la reclama contra ese animal. A lo mejor ha llegado su hora.

Un suspiro de alivio brotó de mi interior al escucharla llamarlo animal. Lo conocían.

José cogió entre las manos el rostro de la mujer de su vida.

—¿Podréis vivir sin todo lo que hemos logrado hasta ahora? Ese es el riesgo si hablo.

—Como no podría vivir es sabiendo que habéis negado auxilio al hombre más grande que haya nacido de madre alguna, si os exceptúo a vos. —Isabel acercó los labios a los de su marido y lo besó, empujándolo a que hablase.

Era obvio que doña Isabel no se estaba refiriendo a mí. Cortés gozaba de una popularidad desmedida a pesar de que sus escritos hubieran sido prohibidos; o quizá debido a ello. Su gesta se había extendido como una mancha de aceite sobre las tierras de Castilla.

José se aseguró de que la puerta seguía cerrada y acarició meditabundo su bigotito. Le sobraba mano para ello; finalmente, asintió.

—Sí, claro que lo conozco. Comenzamos a trabajar los dos al mismo tiempo en el palacio de don Francisco de los Cobos. —Levantó las cejas con ironía—. Ya veis que nuestros destinos han sido muy diferentes. Entró recomendado por el hijo del duque de Frías, don Pedro Fernández de Velasco —mi cabeza voló por un momento hacia la triste estampa de la bella Juliana Ángela de Velasco—, pero saltó rápido hacia las nuevas tierras, tal y como fervientemente deseaba. Le resultó fácil. Nunca le importaron los medios con tal de lograr un fin. Maquiavelo no hubiera encontrado mejor ejemplo en quien inspirarse.

Contuve el aliento; ni tan siquiera había necesitado sacar lo que llevaba en el bolsillo para que José comenzase a hablar.

Valladolid, 15 *de octubre de* 1522

José llevaba todo el día encadenado a su escritorio, redactando cartas, documentos y cédulas que debía firmar don Francisco de los Cobos antes de su partida a Castrojeriz. La agitación gobernaba el palacio. Todo el mundo tenía prisa. La boda del secretario del emperador en Castrojeriz era el límite que tenía para terminar todo lo que había sobre su mesa. En la de al lado no había nadie sentado. Siempre ocurría lo mismo. Él era el que más trabajaba, y los demás vivían de su esfuerzo. Lo sabía porque el propio De los Cobos había mostrado su satisfacción por la rapidez con que se redactaban los documentos y las cartas que se debían enviar. Lo sabía porque su tintero era el primero en vaciarse. El maestre encargado de rellenarlos le había preguntado en varias ocasiones si se bebía la tinta o qué diablos sucedía.

Confiaba, al menos, en que tanto esfuerzo tuviera algún día su reconocimiento. Esa era la única manera de prosperar, pensaba, y él tenía ambiciones.

Cogió, a su izquierda, el último documento que tenía que redactar. Era una carta escrita en nombre del rey y firmada por don Francisco de los Cobos. Iba dirigida a don Hernán Cortés, y en ella se nombraba a cuatro oficiales reales que viajarían a las nuevas tierras para recaudar la hacienda de la Corona. No era muy larga, y calculó que podría terminarla para antes de cenar.

Cuando por fin terminó de escribir, dejó los documentos en la caja de madera. Al día siguiente un criado se encargaría de llevarlos al despacho del secretario y volcaría la caja boca abajo, sobre la mesa de don Francisco, para que él fuera firmando, en orden cronológico, lo que los escribanos habían redactado el día anterior.

Se había levantado del escritorio y se disponía a salir de la habitación cuando entró su compañero Salazar.

—¿Hemos terminado ya? —Arrojó una sonrisa de descaro—. ¡Pues vamos a cenar!

—¿Por qué os incluís siempre en el verbo cuando vos levantáis el vuelo mucho antes que yo? —José señaló hacia el escritorio vacío que tenía a su lado; le exasperaba, y al tiempo le divertía, la caradura de Salazar. Fingía que trabajaba, pero se pasaba la tarde haciendo pasillos. Eso sí, al final del día regresaba a su escritorio, devolvía la silla a su lugar y, antes de bajar los dos juntos al comedor, revolvía en la caja de madera, revisando cada uno de los documentos.

—Sois un fisgón, Salazar. Algún día os cogerán y os echarán de aquí.

—Vamos, José; no seáis tan estricto —dijo Salazar leyendo con atención el documento que José acababa de redactar—. Se supone que todo lo que hay en esta caja lo hemos escrito entre los dos. ¿Qué peligro hay en que sepan si hemos leído este o aquel documento?

—La realidad es que hay más mío que vuestro escrito ahí dentro. —José enarcó las cejas, sin poder evitar la ironía.

—¿Y la experiencia que os dejo acumular con ello no cuenta? —respondió Salazar, deteniéndose en seco en un párrafo de la carta—. ¡Los hay con suerte! A Alonso de Aguilar lo envían como factor real para recaudar la hacienda en Nueva España.

José advirtió que los ojos de Salazar chisporroteaban con envidia.

—¿Lo conocéis?

—Vagamente; coincidimos un verano en la hacienda del duque de Frías —respondió displicente, sin levantar los ojos.

José lo miró con recelo, sentado sobre el borde de su mesa mientras acababa de ojear la carta. A Salazar le gustaba mantener las distancias cada vez que tenía ocasión de recordar sus conexiones con la nobleza, pero José ponía seriamente en duda que toda aquella petulancia fuera cierta.

—Lo que no comprendo —deslizó Villalobos con sarcasmo— es lo que hacéis aquí cuando podríais pasaros el día sin hacer nada en cualquiera de los palacios de vuestros amigos del ducado de Frías.

—José, Pepito, José —dijo Salazar, devolviendo la caja a su lugar con todos los documentos dentro—. ¡Todavía no habéis descubierto que la sangre del imperio ya no pasa por las venas de los nobles! ¡Ahora está aquí dentro, en estas cajas, entre estos muros!

José se sonrió, encogiéndose de hombros. Cuando lo miraba de aquella manera, con esa sonrisa fanfarrona dibujándose en todo el rostro, dudaba si Salazar hablaba en serio o en broma.

El comedor estaba en la planta de abajo, junto a las cocinas. Aunque letrados, ellos no dejaban de formar parte de la servidumbre del palacio del secretario De los Cobos, y hacían vida doméstica con los demás criados, fueran hombres de cuadras, maestresalas o mayordomos. Eso sí, disponían de mesa propia, separada del resto, y usaban cuchillo y tenedor para cada uno de los platos. Aún había clases.

De camino por los pasillos interiores que utilizaba el servicio, se detenían siempre ante unas aberturas que comunicaban con la antesala del comedor principal del secretario del rey. Les gustaba colarse dentro y echar una ojeada, desde una de sus puertas camufladas, a los personajes que acudían a cenar todas las noches, convocados a la mesa del cada vez más influyente secretario. Entre sus platos habían visto desfilar a Colón, al mismísimo rey, e incluso a un futuro papa, Adriano VI.

Lo que había sido en principio una broma, una excepción, una simple correría, se había convertido en hábito, y no había noche que no pasasen a *saludar* a los invitados de don Francisco de los Cobos. En las últimas ocasiones, sin embargo, Salazar había adquirido una tibia costumbre que a José no le parecía adecuada; cuando los invitados o la conversación que mantenían era más que un simple y trivial intercambio de opiniones, le gustaba poner el oído.

José le había afeado aquel comportamiento, pero Salazar no le hacía el menor caso.

—Os puedo asegurar, para vuestra tranquilidad, que las conversaciones no saldrán nunca de esas paredes. Son solo para mis oídos y mi enriquecimiento personal —respondía, con esa misma sonrisa que lo desconcertaba.

Esa noche, de camino al refectorio, la providencia quiso que en el comedor del secretario se estuviese hablando de Hernán Cortés y su conquista fabulosa. Pero en la penumbra de aquella mesa tibiamente iluminada por un candelabro de plata, las palabras volaban más graves y pesadas que la simple admiración.

—Podéis salir a saludar a vuestro amigo —dijo con ironía José al ver al duque de Frías entre quienes ocupaban un lugar en torno a la mesa.

Salazar lo mandó callar con el dedo en los labios. Ahí estaba el obispo Fonseca, presidente de la Junta de Indias, echando pestes de quien acababa de conquistar un territorio más grande que Castilla entera, y ninguno de sus interlocutores se molestaba en corregirlo. A su lado, además del de Frías, estaba el duque de Alburquerque. De los Cobos intervino; José escuchó poco. El tono de aquella conversación era demasiado secreto para sentirse cómodo.

—Será mejor que nos vayamos. —Cogió por el brazo a Salazar, pero este se descolgó sacudiendo el codo.

Con sus ojos centelleantes, Salazar lo instó a largarse si quería; él se quedaba. A José le resultó una falta de pudor permanecer ahí de pie por más tiempo, escuchando a escondidas; era como ver desnudo el imperio a través de la cerradura de una alcoba.

Mientras salía de la antecámara, escuchó palabras sueltas que entonces no significaron nada: tesoro, naves, Azores, franceses, deuda, Castilla, imperio...

Para cuando Salazar entró en el comedor, José ya estaba comiéndose el bizcocho de castañas que había de postre. Estaba molesto por la actitud de Salazar y quería reprenderlo; el imperio merecía discreción y trabajo, no ojos curiosos. Pero cuando vio el rostro de su compañero, traspuesto, sentándose a su lado, cambió de opinión. Se lo diría al acabar de cenar. Durante la comida no cruzó palabra con él. Parecía estar en otro mundo.

Más tarde, de camino a sus habitaciones, lo recriminó. Pasaban en ese momento otros escribas y miembros del servicio, que se iban también a dormir. José lo detuvo, en medio del pasillo, y se lo dijo. Trabajaban para el secretario de Su Sacratísima Majestad, y ello exigía discreción. Su obligación era trabajar y edificar el imperio, no curiosear en los pasillos, y mucho menos en la antecámara del comedor. Había que predicar con el ejemplo ante los demás miembros del servicio. Salazar lo miró con aquella sonrisa ambigua que lo perturbaba, pero no dijo nada.

Esa misma noche, a mitad de un sueño profundo, una sacudida violenta lo despertó. Vio brillar el filo de un cuchillo bajo la luz plateada que bañaba el hueco de su ventana. Lo sintió en la garganta; y una mano sobre su boca para que no gritara.

—Nunca, nunca más me volváis a decir lo que debo o no debo hacer delante de nadie, ni siquiera de Dios.

¿Os queda bien claro, José, Pepito, José? —Los susurros de Salazar en su oído eran de muerte.

José logró a duras penas asentir, y entonces el filo y la mano desaparecieron.

A la mañana siguiente le costó levantarse, y se sentó más tarde que de costumbre en su escritorio. A su lado, con la pluma en la mano, Salazar levantó los ojos del papel en el que estaba escribiendo y lo saludó con una sonrisa fresca y jovial. Por un breve instante, José dudó de si la amenaza nocturna había sido real. Pero la pequeña herida en la garganta, en el mismo lugar donde había sentido aquel filo bañado de plata, no mentía.

***

José se pasó la mano por la garganta al recordarlo de nuevo y tragó saliva para demostrarse que seguía con vida.

—Salazar estaba loco. No volvimos a bajar juntos al comedor —continuó él—. No quise saber ya más si se quedaba o no a escuchar en la antecámara. Yo no volví a entrar.

—¿Eso es todo? ¿No tuvisteis ocasión de hablar con él sobre lo que había escuchado aquella noche durante la cena con el obispo Fonseca?

Mi querido amigo Fonseca. El obispo podía estar muerto, pero su espíritu seguía bien vivo.

—No, no volvimos a hablar de ello. Y mucho menos tres semanas después, cuando llegaron las noticias y até por fin las palabras sueltas que había escuchado pronunciar en aquella cena. —José me lanzó una mirada de temor. Su bigotito subiendo arriba y abajo sobre sus labios había acabado por cautivarme.

—¿Qué noticias? —Mi corazón y mi pálpito seguían pendiendo de un hilo.

—Las naves en las que Cortés enviaba un tesoro habían sido asaltadas por un pirata francés y no había rastro de él. Eran las primeras noticias que llegaban sobre el suceso. Acababa de ocurrir. —José carraspeó, apretándose nervioso las manos frente a su pecho—. Pero yo..., yo había escuchado esas mismas palabras antes de que hubiesen tenido lugar los hechos.

—¿En el comedor, esa noche, con Fonseca, y los duques de Frías y Alburquerque? —inquirí, asombrado.

José asintió con la misma cara de terror que debía de haber puesto la noche que Salazar lo amenazó con un cuchillo.

—Se había planeado un mes antes en ese comedor, se habló de ello entonces, aquella noche. ¿Os dais cuenta de lo que eso significaba? Nosotros mismos, el imperio, habíamos encargado a un pirata francés que asaltara nuestro propio tesoro junto a las Azores para llevarlo lejos de Castilla y entregárselo a alguien.

—A los Fugger.

José asintió, con el temor todavía dibujado en su rostro. Aún había algo más.

—Un mes después de las noticias, llegaron novedades de los Fugger. Lo sé porque fui yo mismo quien abrió la misiva para dar parte a De los Cobos. Reclamaban un primer pago comprometido; nada había llegado a Amberes.

Me llevé las manos a la frente, masajeándola para tratar de comprender lo que acababa de escuchar.

—¿Me estáis diciendo que el propio secretario De los Cobos había orquestado el secuestro de las naves, encomendando el trabajo a un pirata francés, y que luego este lo engañó?

José asintió, y con su movimiento vi la cabeza de aquel prisionero francés asintiendo también sobre la pica frente al castillo de los Alburquerque. La ejecución que la mesonera de Mombeltrán me había explicado con todo detalle. Dios santo, ¿cuál había dicho ella que era su ridículo nombre?

Levanté la cabeza, alarmado, hacia José.

—El nombre del pirata francés, ¿lo recordáis?

—Juan Florín —se adelantó Isabel—. Lo recuerdo porque me pareció muy ridículo para tratarse de un pirata.

¡Juan Florín! ¡Ese era el nombre! El pirata había acabado en manos del duque de Alburquerque, ejecutado. ¿Había mayor prueba de que lo que me estaba contando José era cierto? ¿Acaso alguien habría condenado en una villa perdida a quien había osado robar al imperio un tesoro? Al prenderlo, ¿no lo habrían ejecutado en plaza pública, bien pública, para escarmiento de quién se atreviera a volver a robar al reino de Castilla? En su lugar, lo habían hecho a escondidas para que el reo no contase la vergonzosa verdad: que Castilla se había robado a sí misma para pagar a los Fugger sin que nadie lo supiese, y que quien lo había hecho había engañado a los conspiradores también.

El secreto en aquella habitación de la posada comenzó a pesar demasiado, y José rompió de nuevo el silencio.

—Pero lo peor de todo —continuó él, acusador— es que Salazar, que no habló conmigo jamás sobre el tema, utilizó esa información para sobornar al secretario del emperador.

Sobornar a don Francisco de los Cobos. Sonaba muy fuerte, pero a Salazar no le temblaría el pulso.

—¿Cómo podéis estar tan seguro?

—Por Dios, unid los puntos de todo lo que acabáis de escuchar —respondió José con la urgencia en la mirada.

Doña Isabel, que había estado escuchando a su marido con atención, puso la mano sobre su hombro y este se volvió hacia ella.

—Cariño, os habéis olvidado de contarle uno de los puntos importantes, necesarios para unirlo todo.

José la miró, confuso, y entendió lo que había querido decir su esposa.

—Ah, por supuesto. —Se sonrió, un tanto avergonzado por la omisión—. No sé si recordáis la carta que he mencionado, la que tuve que redactar y que Salazar leyó atentamente ese mismo día...

—Sí —asentí—, la que nombraba a los oficiales reales que debían viajar a Nueva España.

—El tipo que Salazar decía conocer, Alonso de Aguilar, murió en extrañas circunstancias antes de embarcar —asestó José con voz sombría—. Gonzalo de Salazar lo sustituyó de repente, por orden de Francisco de los Cobos, pero él nunca había figurado en el escrito oficial. Fue un soborno, estoy seguro de ello. Salazar callaba lo que había escuchado y a cambio De los Cobos lo elevaba de rango y categoría.

Callé, conteniendo la excitación. Lo que estaba escuchando era música para mis oídos. Salazar, Salazar, Salazar; por fin os tenía cogido por la entrepierna, como vos a Ribera, a Vázquez, a De los Cobos, al duque de Frías; la lista seguro que continuaba. Pero yo no estaba en ella. Él no me tenía cogido.

Doña Isabel acercó los labios a la mejilla de su marido y le dio un beso.

—Mi marido es demasiado listo y honrado para formar parte de la pompa del imperio a cualquier precio —añadió, orgullosa de estar casada con él.

Quedó poco más por decir. Noté en mi bolsillo el objeto que había pedido a Tapia; dudé si sacarlo o no. Me daba un poco de vergüenza mostrárselo porque no había sido necesario comprarlos. Aquella pareja no estaba en venta; me lo habían demostrado con el sentido de la justicia y el coraje que acababan de mostrar. Con gente como ellos, el imperio era imbatible. Aun así, creí que debían tenerlo y lo saqué al fin.

La luz que había en la habitación hizo refulgir la

pieza, y bañó de oro sus rostros. Se quedaron petrificados al verlo. Era un colgante del tamaño de la palma de mi mano, y en su centro brillaba una piedra esmeralda que no podíais dejar de contemplar aunque quisierais.

—Es una manera de agradeceros vuestra ayuda —murmuré, un poco violento.

Las pupilas de doña Isabel se habían teñido de verde y no encontró palabras, pero José levantó los brazos, rechazándolo.

—No necesitamos esto para hacer lo que consideramos justo.

—Lo sé, lo sé, y os pido disculpas por pensar que seríais como..., como Salazar y como muchos otros que no dudarían en venderse.

—Nosotros no somos perros a los que podáis comprar con hueso alguno. Somos castellanos y cristianos. No necesitamos más.

Los ojos de José brillaron con la arrogancia de quien se sabe investido de una dignidad innata. Esa era la fuerza de Castilla; también su debilidad, si no sabía cómo ejercerla. José, e Isabel con él, delante de mí en aquellos instantes brillaban ante mis ojos más que la propia joya.

—Quiero que os la quedéis. —Extendí de nuevo el brazo y los dos al unísono retrocedieron un poco—. No, no soy yo quien lo quiere —rectifiqué entonces—. Es don Hernán Cortés quien estaría muy honrado de que alguien como vos tuviera esta joya como recuerdo de lo que habéis hecho por él y su causa.

Y la mía también, pensé mientras volvía a insistir con la mano y cogían la joya.

José levantó un dedo frente a su rostro; una advertencia.

—No es la joya, sino quién la envía, lo que nos llena de asombro, y el motivo por el que la aceptamos.

Isabel se adelantó a coger el oro entre sus manos y los

dos contemplaron el colgante maravillados. Jamás habían visto nada igual.

Antes de abandonar la habitación me volví para hacer una última pregunta.

—¿Vos creéis que el emperador estaba al tanto de todo esto? ¿Que conocía el plan trazado con el pirata francés?

—¿Su Sacratísima Majestad? —Fue doña Isabel la que habló—. Imposible. ¿Sabéis de alguien que viva en un palacio y sepa lo que se cuece en su cocina? Imposible, cena caliente todas las noches, pero ignora cómo ha llegado el plato hasta su mesa.

José asintió, corroborando las palabras de su mujer.

Salí de aquella posada a punto de tocar el cielo. Tenía al fin entre las manos un pequeño secreto, de los que le gustaban tanto a Salazar.

Pero con aquel suculento secreto no solo podía someter a Salazar. Podía hundir un imperio si me lo proponía. ¿Cómo reaccionarían las Cortes, los nobles de Castilla, ante la noticia del secretario del emperador ordenando secuestrar sus propias naves para confiscar un tesoro que pertenecía a las arcas castellanas? Con él podía hacer caer una de sus piezas más poderosas, a don Francisco de los Cobos.

Hernán Cortés no necesitaba nada más que amagar con difundir ese secreto para que De los Cobos se convirtiera en su mejor amigo para el resto de su vida. ¿No les gustaba el soborno para lograr sus propios fines? Pues soborno tendrían.

La partida estaba ganada; ganaba Cortés, ganaba yo, ganaba Nueva España. Ganaba, en última instancia, el imperio. ¿Qué más podía pedir?

11

Las horas se hacían eternas. Hernán Cortés, el conquistador de las tierras de Nueva España, había sido finalmente convocado por Su Sacratísima Majestad. El lugar, el palacio del Alcázar. La cita, al día siguiente, al filo de la décima campanada de las torres de la catedral. Y yo iría con él como parte de su séquito.

Me lo había comunicado Tapia nada más regresar de mi fructífero encuentro con los Villalobos.

—¡Los tenemos en nuestras manos! —exclamé a Tapia, explicándole con todo detalle lo que había averiguado.

Su espíritu se consumió de ira cuando escuchó quién había sido responsable en realidad del famoso saqueo, a la altura de las islas Azores, de las naves que portaban los tesoros que Cortés había enviado a la Corona nada más conquistar Tenochtitlán. En esa misma expedición habían viajado los tres jaguares que habían acabado ahogados en alta mar, tal y como me había contado mi compañero de travesía, Enrique. Yo habría deseado comunicar personalmente a Cortés la resolución de mis pesquisas y lo que significaban para la defensa de su causa. No había mejor defensa que un buen ataque, y don Francisco de los Cobos recularía en cuanto supiese lo que habíamos descubierto de sus tejemanejes a espaldas del emperador y las Cortes de Castilla. Además, no podía olvidar que tenía en mi poder la carta de Motolinía para Su Sacratísima Majestad, y había enviado un mensaje a fray Francisco de los Ángeles, padre general de los franciscanos, al convento de San Juan de los Reyes para que hiciese lo posible por estar presente en esa audiencia real.

Sin embargo, y a pesar del optimismo que me embargaba, Tapia no me permitió hablar con Cortés. Todavía se sentía débil. Tenía que estar preparado para mañana y no quería ver a nadie. Él mismo hablaría con el conquistador.

—Tenéis que entender que no es sencillo para él asimilar que todos sus esfuerzos durante estos años, ganando tierras y riquezas para el emperador, hayan sido subestimados hasta el extremo de ser utilizados únicamente como moneda de cambio en el tablero del poder. Es triste, y Cortés..., Cortés está muy decepcionado por todo ello.

Asentí, comprendiendo.

—Decidle de mi parte que tenemos el asunto ganado, no hay nada que temer.

—Lo creo de veras. —Tapia me dio una palmada en la espalda—. Agradecerá sin duda lo que habéis hecho por él, a pesar de todo lo ocurrido en Tenochtitlán. Aun así, don Álvaro de Zúñiga insiste en que no nos confiemos demasiado. Mañana puede haber sorpresas; si tiene que morir, De los Cobos morirá matando.

La tarde de aquel día se me hizo eterna. Tapia desapareció tras las puertas de las estancias que Cortés ocupaba en la primera planta y yo me sumí en un estado de inquietud extraña. Era como si estuviera esperando algo que no terminaba de llegar. Y no era bueno. Volví a sentir la amenaza que se había cernido sobre mi cuello en Mombeltrán, siguiéndome hasta Toledo.

Di tantas vueltas en torno al pequeño estanque del patio principal sobre el que se arremolinaba toda la casa por encima de mis hombros que, al borde de sentirme molinillo del tiempo perdido, me dije a mí mismo que o salía de aquella casa o me ahogaría en las profundidades inocuas que vomitaba el caño de agua.

No fue necesaria una excusa para salir a dar un paseo; un criado de la casa me detuvo en seco cuando estaba a punto de iniciar una nueva vuelta al charco. Acababa de llegar un mensajero de Alí Bey reclamándome la devolución de Sonajero. Me pareció una insolencia por parte del moro; ni siquiera sabía si había regresado sano y salvo de Mombeltrán y ya me estaba reclamando su preciada yegua.

—¿Sigue esperando todavía? —pregunté al criado, irritado—. Porque, si es así, quiero que bajéis a los establos y le entreguéis la yegua ahora mismo.

Me dolía que Alí Bey solo mostrase interés por su animal, sin preguntar siquiera cómo me había ido en el lugar al que él no había querido acompañarme.

El criado negó con la cabeza; el enviado había desaparecido nada más comunicar el mensaje.

—Está bien, muchas gracias. Iré yo mismo a devolvérsela —gruñí, despidiéndolo con la mirada.

La tarde se deslizaba perezosa por las cuestas de Toledo, el eco de los cascos de Sonajero sacudiendo las nubes de moscas que descansaban sin pudor sobre los excrementos de otros caballos.

El campamento seguía instalado a orillas del Tajo, en ribera opuesta a la de la ciudad imperial. Alí Bey debió de olfatear en el aire al animal, porque, antes incluso de entrar en la pequeña carpa que servía de refugio de sus beldades equinas, salió a recibirme, seguro de encontrarme.

Para sorpresa mía, en lugar de abrazarse al cuello de Sonajero, me abrazó a mí primero, como si hubiera pensado seriamente no volver a verme más.

—¡Querido Diego! ¡Estáis sano y salvo! Cuántas veces me he repetido a mí mismo que no hice bien en abandonaros a vos solo, camino de Mombeltrán. ¿Cuándo habéis regresado?

—Decídmelo vos, que no habéis tardado en reclamarme a Sonajero.

—¿Y quién no reclamaría a esta maravilla? —Se abrazó al cuello del animal sin escuchar mi queja—. ¡Uf! ¡Cómo te he echado de menos, querida! ¿Te ha tratado bien Diego?

Alí Bey pegó el oído a la boca del animal y se rio a continuación como si le hubiera escuchado proferir un exabrupto.

—¡Sabía que te gustaría! —La volvió a palmear en el cuello antes de devolverme su atención.

—Entonces, ¿cuándo habéis regresado? Porque esta mañana he atendido a alguien amigo vuestro y me ha dicho que tardaríais en regresar de Mombeltrán.

Amusgué los ojos, sin comprender.

—Un buen tipo, con una sonrisa un poco peculiar, pero ha pagado bien por Sonajero.

—¿Sonajero? —Fruncí el ceño.

—Sí, me ha dicho que os la quedabais, ¡que se había convertido en la nueva mujer de vuestra vida! Me hicieron gracia sus palabras. Hablaba igual que vos.

La mujer de mi vida... Solo había habido una. Algo recorrió mi espina dorsal repentinamente y me subió hasta la frente, arrugándola con nubarrones de tormenta.

Cogí a Alí Bey por los hombros con la mirada descompuesta.

—¿Mandasteis a alguien reclamando vuestra yegua?

—¿Yo?, ¿cuándo?

—Esta misma tarde; ha llegado alguien de vuestra parte reclamando a Sonajero.

Alí Bey me miró perplejo.

—Pero si ni tan siquiera sabía que habíais regresado, ¿cómo queríais que os reclamase nada? Además, Sonajero ya es vuestra. Vuestro amigo pagó bien por ella.

—¿Os dijo su nombre?

—Claro que sí. Dejad que lo recuerde. —Alí Bey cerró los ojos, haciendo memoria, antes de abrirlos ante mí en forma de daga mortal—. José Villalobos.

El escalofrío hizo estallar mi alma en mil pedazos. Miré a mi alrededor, al río, al puente, a las murallas. Estaba ahí, lo había estado desde el principio.

Salí corriendo sin despedirme siquiera de Alí Bey.

Sobre la cresta de la ciudad imperial se habían posado los nubarrones oscuros que se habían hecho en mi frente, presagiando una tormenta. La de mi corazón, la de la ciudad. Crucé el puente y entré de nuevo en ella con la esperanza de detenerla, de poder llegar a tiempo. «Señor, Dios, en lo más alto del firmamento, hazme llegar a tiempo, os lo ruego.» A mi alrededor, las paredes de las fachadas iban estrechando mi corazón, y sus latidos ascendían hasta mis labios convertidos en huracán. El viento comenzó a soplar en las calles, espejo del alma, y un trueno sacudió ambos.

Doblé una de las esquinas de la catedral que me separaban del lugar donde había estado aquella misma mañana con la desesperación de querer llegar a tiempo. Al final de la calle, un tumulto, frente a la fonda.

Me detuve. Pisadas lentas, gotas rápidas: sobre Toledo, contra las piedras, entre las golondrinas, en mi rostro. La distinguí a ella, a doña Isabel, su esposa, saliendo por la puerta con los brazos en alto, gimiendo, gritando. Intentaron agarrarla, que volviera en sí, consolarla. Cayó al suelo, un amasijo de dolor. Todo envuelto en lluvia, todo envuelto en gris, todo envuelto en llanto.

Yo lo había hecho hablar. Ahora estaba muerto. Yo era el único culpable. Dejé caer el rostro abatido sobre el pecho, los puños ardiendo, la furia corroyéndolo todo.

No. Sacudo el rostro bajo el manto de lluvia. Salazar es el único culpable.

El agua cae a mi alrededor, una gruesa cortina de lluvia que me aísla de todo, haciéndome invisible. Escucho a alguien pasar detrás de mí, de un oído al otro, pisando un charco, atravesando la lluvia. Me vuelvo y la figura me empuja, derribándome al suelo.

Desde abajo veo una sombra contra las gotas que me salpican el rostro, hundido en un charco, y el espectro se inclina hacia mí, haciéndose real, convirtiéndose en Salazar.

No puedo moverme; todo es pesado bajo la lluvia. Una mano me arrastra hasta el portalón vacío de un palacio, una casa, algo grande. Se vuelve a asomar sobre mi rostro.

—Mirad la sangre que me ha hecho derramar vuestra obsesión por querer saber la verdad. —La lluvia hace más cruel la mueca de sus labios—. Tuve que descabezar a Martín por haberos conducido hasta Mombeltrán; al bueno de José, Pepito, José, por haberlo hecho hablar. Vais dejando un rastro de sangre allá por donde pasáis. Esos cadáveres pesarán sobre vuestra conciencia; cuando san Pedro no os deje entrar, no me culpéis a mí.

Trato de revolverme en el suelo, pero es imposible... Pesa la lluvia, su rodilla sobre el pecho, el golpe en la cabeza que me ha derribado.

—Tranquilo; no os voy a matar. Me he encariñado con vos, ahora que lo sabéis todo de mí.

El filo de su cuchillo se pasea por mi nuez. Me lo imagino hundiéndose en mi garganta, extrayéndomela, y tengo que cerrar los ojos, dejar de moverme, tratar de no respirar siquiera.

—Con un poco de suerte podréis acabar escribiendo mi historia; pero no será mañana ni pasado. Mañana lo único que sucederá es nada; en la audiencia real con Su Sacratísima Majestad, aprenderéis al fin a guardar silencio.

—Me tendréis que matar... ¡Hacedlo ahora, vamos! —rujo yo, haciendo que el cuchillo se incruste contra mi carne.

Salazar se ríe de una manera cruel, desconcertante.

—Creedme que lo haría, pero pienso que no serviría de nada, porque Cortés y Tapia conocen ya nuestro secreto. Tenéis que impedir que digan nada.

Exhibo una sonrisa de odio que me desencaja el rostro.

—No tenéis nada para domeñar mi voluntad, absolutamente nada.

—¡Oh, Diego, qué tierno e inocente sois! ¿De veras creéis que hubiera viajado hasta Castilla sin traer conmigo todo lo que pudiera necesitar durante el viaje?

Entonces acerca los labios a mi oído.

—Todavía tengo a la mujer de vuestra vida —susurra, lascivo—. Auristela.

Entorna los ojos, el aliento de vida escapándose entre mis pulmones, aspirándolo él, sosteniéndolo entre sus manos.

—¿Acaso creéis que Bernardino Vázquez me dejó matarla entonces? Pero os juro una cosa, lo haré si mañana Su Sacratísima Majestad, y con él toda la corte, se va a dormir sabiendo que su secretario ha dispuesto de los tesoros de Nueva España a su libre albedrío. Auristela o Cortés, vos decidís.

Salazar arranca el filo del cuchillo de mi garganta con un suspiro y, dándole la vuelta, me golpea la cabeza con su empuñadura. Desaparecemos ambos, diluyéndonos en un río bajo la lluvia.

Seguía lloviendo cuando volví en mí. No sabía cuánto había pasado, pero logré ponerme en pie, a pesar del peso del agua sobre la ropa y del peso del golpe en la cabeza.

Comencé a andar, tambaleante, rodeando los muros de la catedral, tratando de orientarme entre la maldita lluvia mientras mi corazón no dejaba de repetirse que Auri seguía viva; no había muerto. Auri seguía viva. El alivio y el terror se abrazaron a la vez a mis entrañas con Toledo dándome vueltas alrededor. Tenía que regresar al palacio de Cortés, hablar con Tapia, ver si aún quedaba tiempo de evitarlo, que Cortés no supiera nada, que Cortés callara, que mañana el conquistador guardara silencio y se sacrificara como cordero llevado al matadero por la vida de mi querida Auri. Una carcajada estalló entre mis labios. No pude contenerla; empecé a reírme con todas las fuerzas. Todas las miradas del cielo estaban puestas sobre mí como si fuera un payaso, el gran bufón sobre la tierra, el único imbécil al que le hacían elegir entre dos posibilidades irreconciliables: revelar los secretos del reino y salvar a Cortés o salvar a Auri y acabar condenando a la Nueva España.

—¡No os dais cuenta de que esa elección no está en mis manos! —imprequé allá en lo alto por si alguien se dignaba a escucharme. Apenas reconocía la risa diabólica que salía de mi ser patético y diminuto.

De pronto todo se trocó en mi interior y el estómago y las entrañas y la vida me retorcieron en un llanto de dolor e impotencia. Las lágrimas se fundieron con la lluvia; lo que el cielo me estaba pidiendo esta vez era imposible.

Aunque quizá tuviera aún una oportunidad, me dije, engañándome. A lo mejor todo lo que le había contado a Tapia no había sido vomitado todavía en los oídos de Cortés y existía la posibilidad de que mañana nadie supiese nada. ¡Nadie lo sabe! ¡Nadie lo sabe! ¡Nadie lo sabe!, me gritaba a mí mismo, arrastrándome de regreso al palacio de Cortés.

Pero yo lo sabía.

Y era lo único que importaba. Y tenía que decidir. Elegir si la verdad valía o no la vida de alguien, la vida de alguien querido, la vida de alguien amado, la vida de Auristela. Elegir si yo, Diego de Soto, paladín de la verdad, estaba dispuesto a plegarme ante el soborno de Salazar como en su día se habían plegado los siete electores, como se había plegado De los Cobos ante Salazar, como se había plegado el duque de Frías ante Salazar, como se había plegado Ribera ante Salazar, como estaba a punto de plegarse Diego de Soto ante Salazar. O todo era soborno o nada era soborno. En algún momento alguien tenía que decir basta.

Casi arrojo toda el alma por la boca de las náuseas que sentí en aquel instante. ¿Me estaba volviendo loco y quería de verdad que Auri muriese en manos de un hijo de puta llamado Salazar? Todo vale o nada vale. Todo es blanco o todo es negro. No hay grises. Mi corazón saltó al vacío. Esconder la verdad. Salvar a Auri. Matar mi alma. El delirio se apoderó de mí; hiciera lo que hiciese, estaba perdido. Tenía que hablar con Cortés.

—¡Dios mío, Diego! ¿De dónde diablos salís? ¡Estáis tiritando!

Mi aspecto debía de ser terrible, porque apenas recuerdo nada de mi llegada a la casa palacio salvo el rostro de Tapia, sobre mí, con los ojos fuera de sus órbitas.

—¡Por favor! ¡Que alguien venga a ayudarme! ¡Calentad agua, vamos, rápido!

No logré escuchar nada más; los escalofríos me envolvieron en un sudor helado en el que quise dejar de existir y el mundo se desplomó ante mí con un golpe seco.

Me desperté de un grito. Mis propios gritos. Me calmó el crepitar de un tronco rebelde que se resistía a ser devorado por las llamas. Me sosegó el resplandor de la chimenea tiñendo de rojo la oscuridad. No recordaba que hubiera una en la habitación que compartía con Tapia. Lo agradecí. Había servido, al menos, para expulsar los escalofríos de mi cuerpo. Pero el dolor seguía dentro. Y la duda. Y Auri.

Escuché, afuera, unas lúgubres campanadas anunciándose tres veces. Las tres de la mañana. No pude evitar que se me estremeciese la piel; desde pequeño, odiaba despertarme en medio de la noche y descubrir que lo hacía en la hora maldita, la hora de Satán. Cerré los ojos y recé un avemaría, como siempre he hecho cuando quiero disipar mis temores infantiles. Desde el borde de las sábanas eché una cautelosa mirada a mi alrededor. No reconocía la habitación; era más grande y estaba mejor vestida que todas en las que había estado en aquella casa. Las cortinas sobre las ventanas, el cuadro de un Cristo colgado en una de las paredes, un escritorio que rezumaba papeles y documentos de todos los tamaños, un perchero junto a la puerta del que colgaba... Me detuve; supe dónde me encontraba al ver el jubón negro colgando de uno de los ganchos y los reflejos de las llamas en la vaina de la espada a sus pies. Me di entonces cuenta de que unos ojos negros me contemplaban, silenciosos, sentados frente a mí. Esbozó una sonrisa, y yo me quedé paralizado.

—Veros dormir no impide conocer el estado de vuestra alma. Suele ocurrir antes de momentos decisivos. Se duerme poco, se sueña mucho. Vamos, descansad. Mañana no desolaremos el reino. —La voz de Cortés flotó misteriosa entre los destellos de la hoguera que nos arropaba—. Será un día duro pero inolvidable. Y vamos a necesitar de cada gota de vuestro ser para llegar con éxito hasta el final. No sucederá nada que Dios no quiera que suceda.

Inexplicablemente, entre sus palabras asomó el rostro de Juan de León la noche previa a su entrada por primera vez en Tenochtitlán, antes de que se hundieran plácidamente en el fondo de mi alma y yo regresara a una oscuridad en la que no hubo temores, pensamientos ni más desvelos. Solo creí escuchar allá a lo lejos, suspendidos entre las sombras, los susurros de una conversación entre varios hombres; uno de ellos era Cortés; el otro, Tapia; del tercero apenas pude distinguir el sigilo de sus pies sobre el suelo. Quise abrir los ojos para encontrármelos al borde de la cama, y entonces la luz del amanecer se coló entre las cortinas. No había nadie en la habitación. En ese momento alguien llamó a la puerta y entró sin esperar respuesta.

—Buenos días —dijo un criado, que llevaba unas ropas dobladas sobre el brazo—. Don Hernán os espera abajo cuando estéis listo. Me ha dejado estos trajes para que elijáis el que más os guste. Si necesitáis alguna ayuda para ajustar cualquier detalle de la vestimenta, solo tenéis que llamarme.

El criado los colgó en el perchero, cruzó la habitación hacia las ventanas para descorrer las cortinas y salió.

Una mañana radiante acechaba en el cielo, sin rastro de la tormenta del día anterior. Miré hacia los trajes que había dejado el criado. No llevaría el negro; el conquistador tenía aquel color como algo suyo, y yo no se lo iba a robar. Puestos a elegir, me pondría el del jubón rojizo. Si había que torear, torearíamos; si había que matar, mataríamos.

Abajo, en el patio central, junto al estanque, me estaban esperando Cortés, Tapia y don Álvaro de Zúñiga. El duque de Béjar, con sus condecoraciones y el toisón de oro colgado sobre el pecho, lucía como el más importante de los tres. Pero era Cortés, enfundado en su jubón negro y con calzas y ojos negros, el que brillaba con el ímpetu de un animal salvaje a punto de ser acorralado. No había nada en su aspecto que recordase al hombre apocado y vencido de días antes. Tampoco al hombre meditabundo que había estado velando mi sueño durante la madrugada. De hecho, por un momento dudé de que realmente hubiera estado sentado frente a mí, observándome, hablándome. Le bastó intercambiar una mirada conmigo para saber que no lo había soñado. «No desolaremos el reino», había dicho anoche. «No desolaremos el reino», parecían volver a decirme otra vez aquellos ojos serenos que no escondían el aplomo que traslucía su figura.

Sé que resultará extraño, pero toda la inquietud que sentía por dentro, la amenaza de Salazar con la sangre de Auri otra vez entre sus manos, se diluyó en mi interior de forma inexplicable. No sabía cómo lo iba a evitar ni cómo iba a lograrlo, pero tuve, por un breve instante, una suave esperanza. Era como estar acompañándolo en su entrada a Tenochtitlán; todo podía salir mal, pero todo iría bien.

—Me alegro de veros recuperado. Ayer tarde parecía que acababais de ver al diablo. No tenéis de qué preocuparos. —Tapia, a mi lado, sonó misterioso—. Traéis con vos la carta de Motolinía al emperador, ¿verdad?

Asentí, expectante, tocándome el pecho.

Se abrieron las puertas y se desplegaron ante nosotros las calles de Toledo.

La sorpresa fue mayúscula, especialmente para el duque de Béjar.

Delante de nosotros, frente a la entrada, los indios que Cortés había traído consigo nos aguardaban, vestidos con sus plumas y sus túnicas, preparados para precedernos en nuestro desfilar por las calles hacia el Alcázar.

Detrás de ellos, un torrente de curiosos se había ido congregando a la espera de ver salir al conquistador, que tan poco se había prodigado en los últimos días por la ciudad.

Cortés no pudo ocultar su cara de satisfacción al ver las calles de Toledo esperándolo. Se escucharon vítores aislados. Cortés seguía siendo un espectáculo en la ciudad imperial.

El duque de Béjar, a su lado, se volvió hacia él enojado.

—Os dije que por el bien de nuestra embajada era preferible mantener la discreción en torno a la audiencia con el emperador.

—Y por un momento os llegué a hacer caso —respondió Cortés, encogiéndose de hombros—. Pero luego pensé: «¡Qué diablos! Si hoy hay que perderlo todo, lo perderemos a lo grande».

Tapia se volvió hacia mí, ocultando una sonrisa por lo bajo.

—Así es Cortés, para lo bueno y para lo malo.

Lancé un suspiro sin mirarlo siquiera. Más valía que hoy fuera para lo bueno.

El Alcázar no se encontraba muy lejos de donde nos hospedábamos. Era mejor así; avanzar tres calles más hubiera convertido a Cortés en dueño de la ciudad imperial, tanta gente había logrado concitar su inesperada aparición.

Nos detuvimos frente al palacio, a la espera de que los guardias nos abrieran sus puertas.

—¡Toda esta gente esperándoos desde hace un buen rato no es bueno para vos! —gruñía el duque de Béjar, al lado de Cortés—. ¡Acordaos del otro día en la iglesia!

—Os aseguro que hoy será bueno. —Cortés parecía callar más de lo que decía—. A don Francisco de los Cobos le gusta nadar con la corriente, aunque solo sea en público.

Me volví hacia Tapia, que se encontraba detrás de mí, pero había desaparecido. Miré por encima de la gente que nos rodeaba y creí distinguirlo entre la multitud, alejándose por una de las calles que desembocaban en el Alcázar. Lo vi acompañando a alguien, que lo precedía, resuelto. Ambos se perdieron en la distancia. Me volví hacia el lugar donde me hallaba en la comitiva, atrapado entre los naturales y Cortés, que esperaba junto al duque. Quise llamarlo para preguntarle sobre la repentina desaparición de Tapia, pero un ligero murmullo entre quienes nos observaban a nuestro alrededor desvió mi atención. Alguien se abrió paso hasta adelantar a los curiosos que se encontraban en primera fila, y de pronto apareció doña Isabel Villalobos, delante de mí, vestida de negro. Mi sorpresa fue mayúscula al reconocerla; parecía haber envejecido diez años, por lo menos. Hice ademán de inclinar la cabeza, darle el pésame por la muerte de su marido, decirle alguna cosa... No esperó a que yo abriera los labios; levantó el brazo ante mi rostro y todo el mundo escuchó la bofetada.

El silencio que se hizo fue mayúsculo. Vi a Cortés volverse sobre su hombro. Todos a mi alrededor la oyeron:

—Lo que le arrancasteis ayer a mi marido no lo devolverá a la vida, pero confío en que sirva para algo.

Sentí sus manos escarbar entre mis puños antes de que se desvaneciese de nuevo entre el tumulto. Los murmullos a mi alrededor me cegaron mientras bajaba la cabeza. Abrí la palma de la mano y vi la joya con la piedra verde que les había entregado el día anterior. Lo habían pagado con su vida. ¿Qué estaba dispuesto a sacrificar yo?

Cerré los ojos. «Dios mío, Auri: perdonadme vos también.» Los abrí de nuevo y vi que los de Cortés se volvían de nuevo hacia delante. «No desolaremos el reino», creí volver a escuchar en mi interior. Entonces, los guardias abrieron por fin las puertas. Cruzamos el puente. Demasiado tarde.

12

Salió a recibirnos *La infamia*. Fue muy inesperado encontrarnos el tapiz ocupando la pared central, desplegado detrás del trono. El Alcázar se encontraba de reformas a instancias del emperador, y la mejor manera que habían encontrado para vestir aquella estancia real donde tenía lugar la audiencia era precisamente con el regalo de los Fugger.

El impacto de aquella gigantesca tela sobre nuestras narices nos impidió ver desde el primer instante la ratonera en la que nos estábamos metiendo. Antes de entrar en el salón real, el duque de Béjar había pedido a la cohorte de indios que nos acompañaban que esperaran en la antecámara. La puerta se cerró entonces detrás de nosotros, dejándonos desnudos frente al tapiz. Cortés, el duque de Béjar, yo. No había rastro de Tapia.

Su Sacratísima Majestad el emperador estaba sentado frente al tapiz, en un sobrio trono de madera que se elevaba sobre un estrado cubierto de alfombras, con su testa real por encima de las nuestras. Dos guardias, uno a cada lado, se perdían entre la jauría de personajes del tapiz que asomaban indiscretos por detrás. De pie en uno de los escalones del estrado, el secretario don Francisco de los Cobos esperaba nuestra llegada con la altura como ventaja.

A nuestra izquierda, a los pies del estrado, aguardaban nada menos que cuatro religiosos, como si aquello estuviera a punto de convertirse en un juicio de la Inquisición. No había nadie más salvo la miríada de personajes que nos acechaban desde el tapiz, pero los monjes parecían llenar todo el espacio. Por sus hábitos supe que tres eran dominicos y el otro, el único a quien conocía, franciscano. Fray Francisco de los Ángeles me saludó con la mirada, y su gesto me reconfortó. Teníamos al menos un amigo entre nosotros. Pero seguíamos siendo minoría, infinita minoría si añadíamos a quienes nos observaban desde su ingrávida hilatura.

Los intercambios de saludos fueron correctos, fríos, castellanos. Los dominicos eran García de Loaysa, presidente del Consejo de Indias, responsable de los territorios de ultramar; fray Bartolomé de las Casas, un tipo enjuto y áspero al que no había visto en mi vida, y fray Tomás Ortiz. La mirada que Cortés le deparó fue tan glacial y cortante que enseguida supe que se conocían. Era el religioso que había viajado a Nueva España con mi amigo Tomás y que había regresado dos meses más tarde echando pestes del conquistador. Ahí estaba, impasible, altivo, sin mirarnos siquiera, preparándose para acusar o dejar que otros lo hicieran.

No sabría decir en qué lado de la línea se encontraba Su Sacratísima Majestad. Era la primera vez en mi vida que me hallaba frente a un monarca, sangre real llamada a ser imperial, e ignoraba cuánta transparencia le permitía reflejar su rostro en momentos graves como aquel. Confié en que la impasibilidad que desprendía fuera resultado de una educación medida y equidistante recibida desde temprana edad, porque, de lo contrario, la atmósfera de esa audiencia no resultaba nada halagüeña.

El ambiente era tan gélido y distante que mis sentidos me trasladaron por un instante a bordo del patache Santiago, cruzando el estrecho de Magallanes. Me faltó ver pingüinos cruzando entre ellos y nosotros.

El duque de Béjar fue quien lanzó los primeros cabos para acercar nuestras naves a tierra firme.

—Su Sacratísima Majestad, ¿cómo se encuentra vuestro hijo, Su Alteza el príncipe Felipe?

—Oh, bien, don Álvaro, bien. Creciendo y haciéndose fuerte, gracias a Dios.

La respuesta fue clara, escueta, y el silencio que siguió a continuación hizo todavía más frío cualquier esfuerzo de desentumecer el ambiente. Íbamos a la deriva más catastrófica.

Don Francisco de los Cobos dejó que el silencio se alargara en nuestros oídos como preludio de lo que podíamos esperar de aquella audiencia, antes de romperlo con un ligero carraspeo.

—Hernán Cortés, vuestra visita a Castilla está resultando una experiencia magnífica. Teneros aquí, haberos conocido en persona después de haber escuchado y leído tanto sobre vuestras gestas, es un privilegio. Sin embargo, voy a ser muy claro con vos... —De los Cobos cometió el error de descender los peldaños que nos separaban, colocándose a la misma altura que Cortés—. En los asuntos relativos a las tierras de Nueva España, es muy diferente lo que contáis vos de lo que cuentan otros. Tenemos testimonios escritos de varias personas comunicando los desvaríos y la mala gestión de los territorios conquistados, así como el del inestimable testimonio de fray Tomás Ortiz, aquí presente, que tuvo ocasión de desembarcar en aquellas tierras con un grupo de dominicos y regresó ante el temor y las amenazas contra su vida.

—Don Francisco, don Francisco —lo interrumpió Cortés.

Su sonrisa en el rostro, el tono obsequioso en su voz, el talante amigable que desprendía, sorprendió a todos. Yo había saboreado esa imagen del conquistador la primera vez, en aquella cena, con esos aires de genuino interés y complaciente.

—No creo que haya nadie en esta sala que valore más todo lo que hacéis por el imperio, por Nueva España, por el emperador. Pero se me ha dado la oportunidad de estar esta mañana en presencia de Su Sacratísima Majestad, y no quiero desaprovecharla. —Cortés cambió su foco de atención y miró hacia el emperador—. Sé que vuestras tareas y obligaciones en momentos tan cruciales para Europa entera son grandes y requieren de vuestra atención, y es difícil saber si volveré a tener una oportunidad como la que hoy me brindáis. Así que si no os importa, permitidme, don Francisco —volvió su mirada por un instante a De los Cobos—, que sea yo quien dirija unas palabras a mi emperador. A fin de cuentas, esa es la razón de mi viaje a Castilla por primera vez en más de veinte años.

Cortés no esperó a recibir el beneplácito del secretario y se adelantó unos pasos hasta los escalones. Entonces se detuvo e hincó una de sus rodillas en el suelo ante Carlos V.

—He venido a postrarme ante vos y a manifestaros mi lealtad incuestionable. Habréis escuchado, tal y como dice vuestro secretario, muchas cosas de mí. Os habrán llegado noticias de mi rencor y mi crueldad, de la ambición y de la avaricia que me corroen, de mi afán por las riquezas o incluso de mi promiscuidad sexual. Podrán decir todos lo que quieran, y hasta fray Tomás contará después su triste experiencia de apenas tres meses en aquellas tierras; pero lo que nadie nunca va a poder decir jamás es que haya sido desleal a vos, a la corona de Castilla y a vuestro cetro imperial. Yo no solo traigo palabras ante vuestra presencia, sino los siete años que ando sirviéndoos, conquistando esas tierras para vos y vuestro reino.

Cortés entonces se detuvo y postró todo su cuerpo ante el asombro de De los Cobos y los demás presentes. Desde donde me encontraba no lo podía ver bien, pero estoy seguro de que su frente tocó el suelo; no podía existir mayor sumisión.

Al duque de Béjar se le veía más incómodo ante aquel espectáculo. Sus años y su alcurnia no le tenían acostumbrado a la improvisación.

El silencio se hizo tan denso que nadie se atrevió a interrumpir.

El rostro del emperador seguía impertérrito, ilegible, pero todo su cuerpo se había echado hacia delante, como leve muestra del más que seguro interés que Cortés le acababa de despertar. ¿Quién no se sentiría arrobado al tener a sus pies a quien podía perfectamente atravesarlo con su sombra?

Cortés había conseguido arrebatar el control de la audiencia a De los Cobos de forma magistral e imprevista. Vino a mi cabeza la anécdota que Tapia había recordado en sus escritos, el día en el que en su Medellín natal Cortés había interpretado al centurión romano durante una Semana Santa. Cortés llevaba en la sangre «el sentido del espectáculo», y ahora que se sabía dueño de la situación, se levantó y se dispuso a tomar la palabra sin la menor intención de soltarla. Se volvió hacia el secretario De los Cobos con la misma ilusión de inocencia que antes.

—Vos, estimado don Francisco, acabáis de hablar de testimonios que escriben esto y lo otro contra mí, y tienen todo su derecho a hacerlo. Yo no voy a añadir palabras sobre las suyas; Su Sacratísima Majestad no tiene tiempo, y, además, no se lo vamos a robar con trifulcas de vecinos mal avenidos.

Cortés se volvió hacia el emperador; el tono de sus palabras seguía siendo blanco, inmaculado, sin sombras de recriminación o amargura de quien se ha sabido maltratado y exige justicia; seguían derramando dulzura a su alrededor, pero a don Francisco de los Cobos habían dejado de engatusarlo por completo; el secretario estaba tenso, en guardia, esperando su oportunidad.

—Yo creo que es más interesante para Su Sacratísima Majestad que os muestre los tres motivos, las tres razones por las que considero que mi conquista y el asentamiento de los nuevos territorios han sido buenos, muy buenos, para la Corona, para este reino, y para la gloria de Dios todopoderoso.

Miré de reojo hacia los cuatro frailes y me pareció ver mandíbulas tensas y apretadas en el rostro del dominico De las Casas. ¿Quién era ese hombre?

—La primera de ellas es la evangelización que están llevando a cabo los franciscanos en Nueva España. Sabéis que fui yo mismo quien solicitó a la Corona el envío de religiosos de esta orden para la conversión de los indios, pero jamás podría haber soñado que sus tareas llegasen tan lejos. Su ejemplo, dedicación, pobreza, el difícil aprendizaje de la lengua para comunicar la belleza de nuestro Dios asombraría a cualquiera de esta sala. La multitud de bautismos que están realizando todos los días entre los naturales es cuando menos asombrosa, nunca vista en realidad desde los inicios del cristianismo.

—Es fácil bautizarse cuando alguien levanta la espada a vuestro lado.

Cortés se detuvo y se volvió hacia quien acababa de pronunciar aquellas palabras. Fray Bartolomé de las Casas. Era el más enjuto de los dominicos, de aspecto severo, mirada agria y calvicie prominente. Había atravesado la barrera de los cuarenta años; era de la edad de Cortés, pero el tiempo había sido más injusto con su porte y apariencia.

—Bartolomé, un placer encontrarme con vos después de tanto tiempo. —Por la manera en que Cortés se dirigía a él, era evidente que se conocían; debían de haber coincidido en el pasado en Cuba o La Española—. Os hacía en La Española, erigiendo conventos.

—Y ahí estoy, efectivamente —respondió fray Bartolomé, hostil—. Ha sido casual encontrarme en Castilla coincidiendo con vos, y no he querido perderme la oportunidad.

—Hubiera sido más fácil subiros a una nave en La Española y desembarcar en Nueva España, si hubieseis querido venir a verme en todos estos años. —Cortés sonrió entre dientes—. Cuando vengáis, podréis observar que os equivocáis con vuestra apreciación sobre los franciscanos. Si habláis siquiera un rato con fray Francisco, a vuestro lado, os sacará fácilmente de vuestro error.

Vi a fray Bartolomé murmurar para sus adentros, pero Cortés no le dejó tomar la palabra, dirigiéndose en su lugar hacia el prior de los franciscanos.

—Fray Francisco, os tenemos que dar gracias por la sabia elección que supisteis hacer de los doce hombres que tenían que viajar a Nueva España.

Cortés inclinó la cabeza ante el religioso, y este respondió con la emoción en su mirada, lejos de la hostilidad manifiesta del dominico.

—Por desgracia —Cortés se dirigió de nuevo hacia el centro del estrado—, fray Bartolomé puede tener razón en sus críticas si con ellas hace referencia a la situación de desgobierno actual que sacude a Nueva España, y que está dificultando la propagación de nuestra fe. —Ante mi sorpresa, vi a Cortés volviéndose hacia mí con el brazo extendido—. Diego, hablad, os lo ruego.

Me convertí en el súbito centro de atención de todas las miradas. Aquello no estaba planeado, y me sentí violento, turbado al haber sido señalado delante del emperador, de don Francisco de los Cobos, en el corazón del imperio. Conseguí dar un paso al frente, nervioso ante todas las miradas. Percibí la de don Francisco de los Cobos, indagando en mi rostro como había hecho en la recepción del palacio de Fuensalida, barajando en su memoria en busca de un nombre.

Me llevé la mano entre los pliegos de mi pecho, en busca de la carta de Motolinía. Me temblaba tanto que hice que la carta se deslizara por el interior de mi jubón hasta el estómago; sonreí, violento, mientras me sacaba la mano del pecho y la volvía a introducir sobre mi cintura, hacia arriba, sobre el ombligo, para rescatarla, todo ello bajo una mirada de Cortés que me lanzaba fuego.

—Mi nombre es Diego, Diego de Soto. —Tuve que detenerme y tragar saliva para remojar la súbita sequedad en la boca.

A mi izquierda, pude apreciar la cara de estupor de De los Cobos, reconociéndome al fin. Tosí antes de continuar:

—He sido enviado desde Nueva España con la misión de haceros llegar esta carta redactada por los franciscanos. Denuncia los excesos del nuevo Gobierno y exige vuestra intervención para que don Hernán Cortés regrese a Nueva España e imponga la cordura.

Extendí el brazo con la carta en la mano, sin saber muy bien lo que se esperaba de mí. Vi el rostro desencajado de don Francisco de los Cobos, raudo, aproximándose hacia mí, dispuesto a arrebatármela, impedir que jamás llegase a manos del emperador. En el último instante, cuando sus dedos estaban a punto de acariciar el papel, me sacudió una ola de ingenio y reaccioné.

—Naturalmente, don Francisco de los Cobos —dije, respetuoso, con la cabeza hacia él, bajando el brazo con la carta— está al corriente de la naturaleza de este escrito, que los franciscanos me pidieron encarecidamente que depositase en manos de Su Sacratísima Majestad.

Contuve el aliento, con el secretario sobre mí, su rostro feroz a punto de devorarme, deteniéndose a escasos dedos, clavándome los ojos, deseando ajustar cuentas conmigo, pero sin osar coger la carta, no después de lo que yo acababa de decir. Tenía vía libre hacia el emperador. Cortés me empujó con la mirada, y yo puse los pies en los escalones del estrado.

Avancé hacia la figura del emperador en el trono con

sus ojos y los del tapiz entero puestos sobre el desvergonzado que se había atrevido a ascender a las alturas de Su Sacratísima Majestad.

Logré inclinarme ante el rey, hincando una rodilla al suelo, como Cortés, y extendiendo, tembloroso, el sobre. Su Majestad lo cogió y sentí como mi mano se transmutaba en la de Motolinía, entregándoselo. El franciscano, y Tomás también, estarían orgullosos de mí. Había cumplido con la misión.

Oí un ligero carraspeo detrás de mí.

—Muy bien, muchas gracias, Diego —dijo Cortés, y yo me levanté, regresando a mi sitio.

Al pasar por delante de él, percibí su cara de satisfacción por mi rápida reacción ante el intento de De los Cobos por impedir que la carta llegase a manos del emperador. Detrás de él, la mirada del secretario no podía ser más diferente. Parecía un lobo herido con ganas de borrarme de su presencia de un zarpazo, pero se contuvo. No era su momento; de hecho, este parecía estar cada vez más lejos.

Cortés se volvió de nuevo hacia el emperador. Todavía no había terminado con sus razones.

—El segundo motivo de regocijo por nuestros logros lo hemos traído con nosotros. Es el resultado de una visión cuando entramos por primera vez en Tenochtitlán. Ha costado esfuerzo, dolor, mucha sangre derramada, pero al fin lo logramos. Conseguimos hacer de dos mundos un imperio; de dos razas, un mundo.

Cortés señaló hacia la puerta y esta se abrió como por arte de magia, dejando entrar a un criado de Cortés. Todos nos giramos a verlo; llevaba a un niño de su mano, acercándose a nuestro encuentro. El chico debía de tener ya unos cinco años. Me sorprendió que estuviera allí. No lo había visto en todo este tiempo y ni siquiera había reparado en su presencia entre los naturales que nos habían acompañado hasta el Alcázar.

—Martín, saludad a vuestro emperador. —Cortés se dirigió a su hijo con orgullo.

El hijo de doña Marina y Cortés subió los escalones del estrado sin timidez alguna. Fue entonces cuando atisbé un primer gesto del emperador que lo delató; Carlos V se levantó de su trono, caminó hacia el muchacho y se agachó para ponerse a su altura.

—Vos sois el emperador del mundo y yo, su más humilde servidor —dijo el niño con el mismo desparpajo con que me había saludado a mí aquel día.

—Y vos os habéis convertido en el primer castellano de los territorios que vuestro padre conquistó. Os podéis sentir orgulloso de ello.

—Corre la sangre de los dos mundos por sus venas, y eso es en lo que se ha convertido Tenochtitlán, y toda Nueva España —añadió Cortés, visiblemente emocionado.

El muchacho bajó del estrado y su padre lo cogió por la manita para acompañarlo hasta la salida.

La ternura de aquel momento la hizo trizas la expresión burlona que don Francisco de los Cobos intercambió con uno de los monjes dominicos. Por suerte, Cortés no la vio; de lo contrario, hubiese cogido al secretario de Su Majestad por la pechera y lo hubiera arrojado contra los escalones del emperador. Yo, al menos, así lo habría hecho de ser él.

Cortés regresó de nuevo junto al estrado y deslizó una mirada sobre mí que me encogió el corazón. Se acercaba el momento de la verdad, del sacrificio que me veía obligado a hacer; romper el círculo vicioso que Salazar había iniciado con sus sobornos, destapar la verdad. Y aun a pesar de la agonía, sus ojos me habían querido decir algo.

—El tercer motivo para celebrar nuestros logros son las riquezas que Nueva España lleva sumando a Castilla entera desde nuestra conquista.

Cortés se detuvo y el silencio estalló en mis oídos. Dirigió su mirada hacia don Francisco de los Cobos desafiante, amigable.

—Obra ya en poder de vuestro secretario un tesoro que hemos traído con nosotros como obsequio a Su Majestad, ¿no es así, don Francisco?

De los Cobos frunció el ceño, desconcertado, cabalgando con sus pensamientos sobre los del conquistador, tratando de llegar donde estaban los de Cortés. Este sonrió sin muestra de hostilidad alguna.

Todo el palacio pareció temblar en un instante. Ahora era cuando iba a saltar toda la verdad por los aires.

—Estoy hablando del tesoro que he hecho mandar a Mombeltrán, bajo custodia del duque de Alburquerque —desveló Cortés, tensionando la sonrisa, forzando su naturalidad.

La mirada entre ambos cruzó un aire que se podía cortar. La indecisión llenó su rostro; De los Cobos cogía la mano tendida o escupía sobre ella. Aquello era una declaración de guerra o una misión de paz.

—¿De los Cobos? —Sobre el estrado, la voz del emperador lo interpeló, expectante.

Todo dependía de aquel órdago. Ahora o nunca. Todos ganábamos, nadie perdía; no desolábamos el reino. Todo quedaba en manos del secretario del emperador.

Vi a De los Cobos apretar los puños, pellizcarse la papada, acariciarse la sien; todo a la vez.

—Ah, sí, claro, por supuesto —dijo al fin el secretario—. Lo de Mombeltrán. —Se volvió con una sonrisa hacia el emperador—. No sé si os lo había dicho, Majestad, pero el tesoro del que habla Cortés ha quedado debidamente registrado.

El conquistador y yo acariciamos por un breve instante un mismo punto en el aire; Cortés había utilizado la misma estrategia que yo al entregar el sobre, doblegando el brazo a don Francisco de los Cobos ante los ojos de Su Sacratísima Majestad, obligándolo a asentir antes de ser cogido en una mentira.

—Estoy seguro de que el tesoro servirá para ensanchar el imperio de Su Sacratísima Majestad y asentarlo frente a los intereses de quienes pretenden desolarlo —añadió Cortés con extrema gravedad.

—Por supuesto —añadió De los Cobos, a su lado, presuroso por dar aquella conversación por terminada—. Os podéis imaginar lo que supone gestionar un imperio.

Suspiré, aliviado, ante lo que acababa de suceder ante mis ojos. Cortés había utilizado el secreto de De los Cobos, pero no lo había arrojado sobre su cara, humillándolo ante el emperador. No había desolado el reino. Y Auri podía seguir con vida todavía. Bajé los ojos, deseando que todo terminase.

—Estos son, Su Sacratísima Majestad —escuché todavía a Cortés—, los tres motivos que nos llenan de orgullo en Nueva España, y no quiero dejar pasar la oportunidad de estar ante vuestra presencia para entregaros las cartas de relación que os he escrito durante todos estos años. Sé que mi padre os entregó copias de las mismas, pero quiero que tengáis las originales con vos, de mi puño y letra.

Francisco de los Cobos volvió a torcer el gesto mientras Cortés subía de nuevo los escalones del estrado sin dejar de hablar:

—Soy consciente de que tenéis mil cosas en la cabeza y no pretendo ser yo el único que la ocupe, pero me gustaría que si algún día volvéis a leerlas, recordéis lo que hicieron un puñado de hombres por su emperador y por la gracia de Dios. Veréis que no hay nada en esos escritos que merezca su condena, y mucho menos la prohibición de ser editadas. —No pudo evitar esas últimas palabras mientras hincaba su rodilla de nuevo, extendiendo las cartas al emperador.

¡Qué hábil había sido Cortés! Entregaba sus escritos

a Su Sacratísima Majestad en presencia de quien muy posiblemente le había impedido llegar a leerlos personalmente.

El duque de Béjar y yo nos miramos con una sensación de triunfo en nuestros estómagos mientras Cortés descendía los escalones del estrado. Una voz se alzó a nuestra izquierda, corroyendo aquellos instantes de dulce victoria.

Era el dominico Bartolomé de las Casas quien tomaba la palabra de nuevo.

—Todo de lo que habláis, Cortés, viene muy a colación con una duda que nos ha sacudido recientemente. Tiene que ver con un suceso que pasáis por alto en las cartas de relación que acabáis de entregar a Su Majestad. Precisamente tengo anotado el párrafo exacto de la carta de relación fechada en octubre de 1520, que exige de algunas aclaraciones en este..., en esta... —rectificó el dominico.

—¿En este tribunal, ibais a decir, quizá? —le interrumpió, rápido como el rayo, Cortés.

—En esta audiencia, Hernán, en esta audiencia —aclaró fray Bartolomé, sonrojándose—. Estamos en una conversación entre amigos ante Su Majestad, nada más. Habéis hablado vos, muy largamente, por cierto, y ahora a quien le toca intervenir es a mí.

De las Casas cruzó su mirada con la de don Francisco de los Cobos, y este asintió con disimulo. Acababa de soltar la correa de sus sabuesos.

Cortés apretó las quijadas, tensando la piel sobre el rostro.

—La última vez que tuve una conversación con vos ibais vestido de soldado y portabais una espada al cinto, en lugar de una cruz —espetó Cortés con una falsa sonrisa.

De las Casas arrugó el entrecejo y se sacudió los hombros con desprecio.

—Esos eran otros tiempos, querido Hernán, otros tiempos.

—Los recuerdo, sí, en Cuba, siendo encomendero —insistió Cortés, con ganas de abrir heridas.

—Sí —asintió fray Bartolomé con brusquedad.

—Don Hernán, por favor, dejad acabar a fray Bartolomé —terció don Francisco de los Cobos, sacudiendo la cabeza.

—Oh, por supuesto, secretario, por supuesto.

Fray Bartolomé tomó aire y cerró los ojos antes de continuar.

—Don Pedro de Alvarado visitó Castilla antes que vos, hace apenas unos meses, y nos contó los sucesos que vos parecéis querer ocultar.

Cortés comenzó a sentirse incómodo.

—La tendencia de Alvarado a exagerar es notoria para quienes lo conocemos.

—Hubo una matanza indiscriminada de inocentes. Vos la ocultasteis deliberadamente. Eso es lo que os hizo perder el control de Tenochtitlán, el motivo por el que tuvisteis que huir, perder gran parte de vuestros hombres y todo el oro que habíais acumulado.

—Por todos los demonios, Bartolomé, ¡dejad de decir estupideces!

Cortés trató de ahogar las palabras que acababa de proferir con una sonrisa, pero sus labios no pudieron ocultar la tensión. Acababa de perder el control. Lancé una mirada sobre el secretario del emperador, que sonreía para sus adentros.

Noté la tierra detenerse bajo nuestros pies y comenzar a girar en sentido contrario, haciendo perder a Cortés el pie que tan sólidamente había sabido apoyar sobre el cuello del secretario del emperador.

—No son estupideces; son las cosas que omitís en vuestros escritos —rectificó De las Casas con el desprecio de quien se sabe ganador.

El silencio se extendió ante nuestros oídos como los gritos de un fantasma en la noche de difuntos; no se escuchaba, no se podía tocar, pero producía escalofríos.

Cortés se apoyó ligeramente sobre el respaldo de la silla que ocupaba el duque de Béjar. Este hacía un buen rato que había pedido al secretario que mandase a un ujier traerle un asiento desde el que poder seguir el destino que aguardaba a su apadrinado. La preocupación se había instalado en su rostro al escuchar hablar a aquel dominico. Un perro no ladraba si su dueño no se lo permitía. Las manos de Cortés sobre la espalda le hicieron volverse y contemplarlo un instante. No le gustó lo que vio. La tormenta comenzaba.

—Está bien. Queréis escuchar la verdad, lo que ocurrió. Sea —dijo Cortés golpeando los bordes del respaldo con ambas manos—. Pero os lo advierto, en ella no hay buenos ni malos; no todo es blanco o negro, como os gusta dividir a vos el mundo, ahora que vuestro hábito es blanco, y no negro, como antes os vestíais. Escuchad, aunque sé que no os convencerá, no si pensáis que los indios tienen un corazón bueno y nosotros..., nosotros, una piedra en su lugar.

Tenochtitlán, 20 de mayo de 1520

Elvira se había vuelto a despertar, inquieta, varias veces. Cada vez que ocurría, Juan de León la abrazaba con su cuerpo, la abrasaba con su calor, y ella se volvía a quedar dormida. Pero la última pesadilla, poco antes del amanecer, le heló la sangre por completo. Abrió los ojos y se encontró a Elvira de pie en la cama, desnuda, increpando a la oscuridad a su alrededor, sin ser consciente de quién era, de dónde estaba, de a quién se estaba dirigiendo. Por un momento pensó que la poseía un espíritu, pero Juan venció sus miedos y la sujetó por los brazos, intentando abrazarla para que se calmara. Ella se resistió, con el cuerpo frío y hierático como una barra de hierro, pero él la empujó más fuerte contra su pecho, y al final cedió, cayendo sobre su hombro, vencida por el sueño, sin recordar absolutamente nada.

Juan no volvió a conciliar el sueño. Esperó con inquietud sobre el lecho, contemplando la delicada belleza de su flor mientras dormía, ajena a los gritos que habían sacudido su cuerpecillo. Le quebraba el alma verla de aquella manera desde su regreso de Veracruz, hacía unos días. Cortés lo había hecho volver temeroso de que los hombres de Narváez hubiesen intentado atraer hacia su bando a quienes habían quedado en Tenochtitlán protegiendo la ciudad. Los recelos del conquistador habían sido infundados; Pedro de Alvarado tenía a la ciudad y a sus hombres bien sujetos. Juan de León se había encontrado, en su lugar, con otra inquietud.

La nobleza azteca exigía la celebración de una de las fiestas más importantes en honor a su dios Tezcatlipoca. De por sí, eso no suponía un problema; ya antes de su partida, Cortés había previsto que se pudiera celebrar ese festejo siempre y cuando no hubiera sacrificios humanos.

Elvira se había cruzado con los emisarios aztecas que habían entrado en palacio para negociar las condiciones de esa fiesta a través de Moctezuma y se había quedado de una pieza al ver que uno de ellos era quien había violado a su madre antes de matarla y se había llevado presos a su hermano y a su padre. Había ocurrido antes de la llegada de los españoles, durante una de las frecuentes incursiones que organizaban los aztecas en villas tlaxcaltecas para expoliarlas, divertirse un poco y, sobre todo, hacerse con mano esclava.

Verlo de nuevo había despertado todos sus temores. Se lo había advertido a Juan nada más llegar; la presencia de aquel hombre no podía traer nada bueno. Él había tratado de tranquilizarla y, durante el primer día, pensó que lo había logrado. A la mañana siguiente, después de una noche removiéndose en la cama, ella dejó de sentirse segura a su lado. A partir de ese momento, las pesadillas pasaron a ser premoniciones, pero no tenía ni idea de lo que le había ocurrido esa noche. Debía hablar con doña Marina enseguida, y con los primeros rayos de sol colándose entre las rendijas de las paredes, él salió en su busca.

—Tenéis que hacerla hablar, que os cuente lo que ha soñado, si se acuerda de algo; tranquilizadla. Por favor, hacedlo, doña Marina. Ella confía ciegamente en vos.

Juan quiso ocupar su cabeza y el resto de la mañana revisando las armas, comprobando que las lanzas estuvieran enteras, las espadas afiladas, los cañones de los arcabuces, limpios y relucientes. El orden y la pulcritud sumaban en el camino hacia la victoria. Cortés así se lo había enseñado a sus hombres.

Todas las armas se guardaban en una gran habitación, junto a la entrada del palacio fortaleza. Resultaba de fácil acceso en caso de que hubiera un percance que requiriese de ellas, pero las puertas de la sala, cerradas bajo llave, estaban siempre vigiladas por dos hombres.

Sin embargo, hoy las puertas estaban abiertas.

—¿Y esto por qué? —se dirigió a uno de los guardias—. ¿Estamos en guerra y yo no me he enterado?

—Alvarado nos ha dicho que no hacía falta que la cerráramos con llave —respondió uno de ellos, bajando la mirada, sintiéndose culpable.

Juan de León sacudió ligeramente la cabeza; a Alvarado le gustaba pasar por alto los pequeños detalles de disciplina.

Después de revisar que todas las armas estuvieran en disposición de ser usadas y guardadas en los lugares que correspondía, Juan se fue a ver directamente a Alvarado; las normas estaban para cumplirlas, y eso lo incluía a él como máximo responsable en ausencia de Cortés. Le sorprendió encontrárselo en la habitación que usaba el conquistador para despachar sus asuntos, hablando con doña Marina.

Alvarado lo miró, celebrando su llegada.

—Doña Marina me está contando lo de vuestra mujer y debo confesar que, aunque no soy supersticioso, me produce bastante inquietud.

Juan de León se quedó mirando a ambos con ojos expectantes. No sabía si le gustaba que doña Marina hubiese acudido corriendo a contárselo primero a Alvarado, pero le mordía más la curiosidad por saber qué le producía aquella angustia a Elvira.

—A vuestra mujer —empezó Marina, dirigiéndose a Juan— se le ha aparecido esta noche su madre muerta. Le ha dicho que evite la celebración de Tóxcatl o su hermano morirá.

A Juan se le volvió a helar la sangre, como le había ocurrido de madrugada. Ese escalofrío que había sentido, al abrazarla, de pie sobre la cama, no era de este mundo. Miró a Alvarado, dubitativo.

—Ella asegura que su hermano, secuestrado hace más de un año —continuó doña Marina, bajando la mirada al suelo—, es prisionero de guerra en Tenochtitlán y será ofrecido como víctima al dios Tezcatlipoca mañana.

Alvarado se levantó de la mesa desafiante.

—Os aseguro por mi vida que si eso ocurre mañana, será lo último que hagan esos indios en ese templo. Venid, acompañadme. —Alvarado hizo una señal a Juan de León para que lo siguiera—. Gracias, doña Marina.

—A lo mejor todo esto no hubiera ocurrido si hubiese estado yo en la reunión con los nobles aztecas —añadió ella con sequedad palpable.

Alvarado miró a doña Marina un tanto intimidado. Aquella mujer era tan cortante, con un rostro tan marcadamente impenetrable, que no se sentía cómodo ante ella. Estaba acostumbrado a mujeres que sucumbían a sus ojos azules, y a las que hacía gozar en el lecho, de pie, entre las piernas, no a hembras inquisitivas que aguantaban su mirada sin ruborizarse. Pero aunque fuera la querida de Cortés, no iba a darle el gusto de doblegar su ánimo ante ella ni de darle la razón.

—Tened los oídos bien abiertos e informadnos de cuanto escuchéis entre los indios —señaló con determinación antes de salir de la habitación acompañado por Juan de León—. Vayamos a ver con nuestros propios ojos cómo están los ánimos en la gran plaza del templo mayor —rugió Alvarado, clavando los tacones en el suelo con grandes zancadas. Mateo —gritó a uno de los soldados que se cruzaron en la galería—. Id a buscar a otros dos hombres y acompañadnos fuera. Y venid armados. Vamos a comprobar si estos aztecas nos la están jugando o todo es fruto —añadió, dirigiéndose a Juan de León— de la imaginación histérica de vuestra mujercita.

A Juan no le gustó su tono peyorativo, pero no era el momento de tensar la cuerda. No en aquellos momentos, porque algo le decía que lo que le habían susurrado los muertos a doña Elvira era cierto. Y Alvarado, tras su apariencia de gallito de corral, también lo pensaba. Lo había visto en aquellos ojos azules de los que este se sentía tan orgulloso y cuyo mérito respecto a ellos era tan poco.

Llegaron a la gran plaza del templo mayor, el centro ceremonial de Tenochtitlán. No se veía mucha actividad entre los edificios que rodeaban a la gran pirámide. Desde que ellos habían llegado se había suprimido cualquier posibilidad de adorar a sus dioses a través de los sacrificios humanos. Juan había sido testigo de varias ceremonias desde que arribaran a esas tierras, y siempre que pasaba ante una de aquellas pirámides se le revolvían las tripas. Eran grandiosas, resultaban impresionantes, pero habían sido sanguinarias. Ellos habían visto a las víctimas allá en lo alto, sus corazones extirpados, sus cuerpos y vísceras esparcidas sobre sus gradas, pendiente abajo, donde una multitud esperaba para comérselas y formar parte de la divinidad que decían adorar.

La primera vez que asistió a uno de aquellos espectáculos vomitó. Pero lo que más escalofríos le producía de aquella plaza era una torre que exhibía los cráneos de las víctimas ofrecidas en sacrificio. Espeluznante. Cada vez que salía a pasear con Elvira por las calles de Tenochtitlán evitaba pasar por allí. Sabía que entre aquellos cadáveres debían de encontrarse el de su padre y el de tantos otros guerreros tlaxcaltecas muertos a mayor gloria de los dioses aztecas.

Pasaron frente a los escalones del gran templo. Unas mujeres estaban arreglando con adornos de flores la base de la pirámide. Se preparaban los festejos de mañana, pero no había señales de que fuera a ocurrir nada terrible. Dos de ellas se volvieron mientras ellos pasaban a su lado y les sonrieron como si fueran dioses. Miraron hacia lo alto de la pirámide; ahí seguía la cruz, estandarte de un tiempo nuevo para Tenochtitlán. Desde abajo se intuían también los contornos de la estatua de la santísima Virgen María que había mandado colocar Cortés en sustitución de los ídolos de piedra. Muy pocos lo sabían, pero Cortés había mandado oficiar misa allá arriba, todos los días, como desagravio por los horrores cometidos contra Dios y contra los hombres en aquel templo.

—Me parece que todo está demasiado tranquilo y silencioso para tratarse de la gran celebración que van a hacer a su dios. A lo mejor deberíamos hacer una visita a Moctezuma y que nos asegure que lo de mañana va a ser tan sencillo como aparenta en estos momentos —dijo Alvarado, saliendo de los confines de la plaza amurallada.

De regreso al palacio de Axayácatl, pasaron directamente a ver a Moctezuma a sus aposentos reales. Aunque prisionero de los españoles, las dependencias donde tenían confinado al tlatoani eran muy dignas. Disponía de todos los placeres a su alcance, salvo la libertad de movimiento; no era un buen trato, todos lo sabían, pero en el fondo no podía quejarse. Muchos de sus enemigos que ahora eran aliados de los españoles lo hubieran querido ver, en su lugar, despedazado en la misma cima de la gran pirámide donde los aztecas se habían vanagloriado infinidad de veces de su poder.

Moctezuma no estaba de especial buen humor. Algo que no lograron averiguar hervía en sus ojos. Si Cortés estuviera ahí, lo hubiera conseguido. Existía un vínculo especial entre aquellos dos hombres; aunque enemigos, se respetaban. Pero Alvarado no era de los que gustaban de acariciar vanidades si no eran las suyas propias, y lo único que consiguió arrancarle es que en la ceremonia del día siguiente no se derramaría sangre alguna. Sus más estrechos colaboradores, la gran nobleza de Tenochtitlán, le habían confirmado que asistirían. Entonces Alvarado, movido quizá por su instinto de buen guerrero, decidió allí mismo que Moctezuma no acudiría a la ceremonia hasta que no se asegurasen de que todo se desarrollaba según lo acordado: ceremonia, fiesta y nada de sacrificios. Entonces, solo entonces, entraría él en la plaza fuertemente custodiado.

Cuando salieron de las estancias de Moctezuma, Juan de León inspeccionó el semblante de Alvarado.

—No creo que mañana vaya a ocurrir nada —replicó él, antes de que le preguntase—. Moctezuma sabe que hemos venido para quedarnos y no quiere que pase nada que pueda enfadarnos.

—Puede que tengáis razón —respondió Juan, no tan convencido—. Yo, en vuestro lugar, alertaría a varios hombres de vuestra confianza para que presten atención a todo cuanto suceda mañana en la plaza.

—Buena idea. —Le sorprendió el piropo de Alvarado—. No creo que las premoniciones de vuestra histérica mujercita hagan llegar la sangre al río, pero os haré caso.

Una gota de confianza, otra de sarcasmo: así era Alvarado, que esa misma tarde mandó llamar a los hombres que gozaban de su mayor confianza entre el retén que se había quedado en Tenochtitlán.

Bernardino Vázquez, Alonso de Grado y Gonzalo Mejía estaban entre los elegidos.

Tenochtitlán, 21 *de mayo de* 1520

La noche había empezado bien. Elvira había caído dormida, su cuerpo envuelto entre las sábanas, exuberante como una fruta en el paraíso. Tenerla en su mismo lecho, tocarla con su piel, le bastaban a Juan para olvidar el peor de los presagios. Él cerró también los ojos y se dejó llevar, transido de una felicidad que apenas cinco meses antes no hubiera podido imaginar.

Avanzada la medianoche, cuando creía estar ya dormido, escuchó el sonido de una flauta en la distancia, tocando una melodía. Dejó de sonar y algo acarició su rostro. Juan abrió los ojos y vio en la oscuridad de la noche la sombra de un cuerpo levantándose de la cama y alejándose. Juan se giró hacia Elvira, creyendo que era ella la que se alejaba en busca de la melodía, pero le sorprendió descubrirla arropada entre las sábanas, en la misma posición en que se había quedado dormida. Volvió a mirar hacia delante y se encontró ante sí con la faz de una criatura oscura y salvaje que abrió sus fauces y, haciendo brillar sus enormes colmillos, escupió un torbellino gutural sobre su rostro.

Juan abrió los ojos, aterrado, despertando de golpe. Todo había sido un sueño. Con el corazón todavía latiendo en la garganta, se volvió hacia Elvira y la vio incorporada en la cama, con los ojos clavados delante de sí, aterrada por algo invisible que parecía estar observándola, frente a frente. Lanzó un grito atroz y Juan se abalanzó encima de ella, apartándola de aquella presencia maligna que él también acababa de experimentar.

Despertó, todavía abrazado a Elvira. Dormía plácidamente. La luz del alba se filtraba entre las rendijas de la pared. Se acercó hacia el borde de la cama, boca arriba, y reclinó el brazo sobre la frente, pensativo. ¿Había sido una pesadilla, fruto de los nervios que lo atenazaban a causa del día que se abría ante ellos? Entonces él no lo sabía; esa noche había mirado a la muerte cara a cara. Y uno de los dos perdía.

Las inmediaciones del gran templo habían comenzado a llenarse de expectación desde primera hora de la mañana. Las flores y los adornos de plumas colgadas al aire proliferaban, como si la ciudad no hubiese descansado en toda la noche para ponerlo todo a punto. Alvarado había ordenado a diez hombres armados con arcabuces que se distribuyeran alrededor del perímetro de la celebración. Tenían que dejarse ver con ganas; esas habían sido sus palabras, *con ganas*.

—Así sabrán esos indios que tienen nuestra autorización, pero no el poder —había exhortado a aquellos hombres.

Poco antes del mediodía, la plaza frente al gran templo estaba bastante llena. Desde una de las terrazas del palacio que asomaban al recinto ceremonial, Alvarado y Juan de León observaban con atención. Todo parecía desarrollarse con calma, sin ningún tipo de incidentes, si bien la celebración no había comenzado aún. No se veía actividad alguna en la cima de la pirámide, solo las flores y los palos adornándola.

—Miradlos —dijo Alvarado, señalando hacia un grupo de unos cuatro o cinco indios que pasaban por debajo de ellos para unirse al grueso de la celebración—. Van con sus mejores galas puestas; inofensivos como nosotros en misa de domingo.

—La diferencia es que en nuestras celebraciones solo es Cristo el que muere en la cruz —respondió Juan con ironía.

—Vamos, no seáis pesimista —respondió Alvarado, riéndose—. Bajad a ver a vuestra mujer para tranquilizarla y nos encontramos en la plaza. Yo voy a dar orden a la guardia de Moctezuma de que tienen permiso para ir a la celebración.

—¿No lo veis prematuro? A lo mejor es conveniente esperar a que veamos el movimiento que hay allá arriba —dijo Juan, señalando hacia la cima, todavía vacía.

Alvarado vaciló un instante antes de asentir.

—Les voy a dar órdenes de que lo hagan bajar a la puerta principal y allí decidimos, ¿os parece? Nos vemos en la salida.

Juan tenía que admitir que, a pesar de sus diferencias, Alvarado era un hombre más fácil y asequible de tratar en los momentos de tensión, cuando sabía que había algo en juego. Bajó las escaleras que comunicaban con la galería principal, ardiendo en deseos de ir a ver a Elvira. Le había ordenado expresamente no salir de su habitación en todo el día, evitar la celebración, no cruzarse con aquellos hombres de nuevo.

Una gran agitación sacudía a quienes se encontraban congregados junto a la salida del palacio cuando pasaba por allí. Parecían dudar entre salir hacia la plaza o quedarse en guardia. Al verlo llegar, uno de ellos se acercó hacia él.

—Capitán, ¿son ciertos los rumores que llegan de Veracruz? —El muchacho era uno de los últimos imberbes que quedaban entre los españoles. Debía de tener como mucho dieciséis años, y no lo había visto empuñar un arma todavía. Juan le lanzó una mirada furibunda.

—¡¿De qué estáis hablando?! —Odiaba los rumores. Nunca traían nada bueno, y verdad, pocas veces.

—Que Cortés ha sido derrotado —respondió el imberbe con rostro desencajado.

Juan de León lo empujó de mala gana.

—Cuando veáis regresar a Cortés a lomos de un caballo con la cabeza de Narváez bajo el brazo se lo preguntáis —bramó él, sin detenerse, dejándolos a todos atrás.

Lanzó fuego por la boca. Era lo único que les faltaba: que se extendiese aquel rumor para dar los ánimos que faltaban a quienes se habían quedado a guardar Tenochtitlán. ¿Quién era el hijo de puta que se había encargado de diseminar tal mentira? Era imposible que aquello fuera cierto. Más valía que no lo fuera.

Entró en la zona del palacio fortaleza reservada a los capitanes y avanzó en cinco zancadas hasta su cuarto. No había rastro de Elvira. ¿Dónde se había metido? Algo empezó a desdibujarse en el interior de su estómago.

Salió corriendo y tropezó con una de las indias que veía con frecuencia junto a su mujer.

—¿Elvira? ¿La habéis visto?

Aunque la chica no entendía una palabra, sabía por quién estaba preguntando. Señaló hacia el lugar de donde él había venido. ¿Por qué diablos no le había hecho caso, quedándose en sus dependencias? Sus malditas premoniciones, seguro.

Juan de León recorrió el camino de vuelta con los pies inquietos. No había motivos para la alarma, y mucho menos para extenderla entre los demás con su andar precipitado. Aun así, no veía a Elvira por ninguna parte. ¿Habría salido hacia la plaza?

Cuando llegó de nuevo a la salida principal, tropezó con Bernardino Vázquez, Alonso de Grado y Gonzalo Mejía. Salían de la sala de armas, guardándose en el pecho, en sus cintos, puñales y espadas.

—Tratad de esconderlos hasta la señal —decía Bernardino Vázquez a los demás, mirando hacia su cinto, sin percatarse de que De León lo estaba escuchando.

—Bernardino, ¿qué señal? ¿Quién os ha dado permiso para coger las armas?

—Alvarado —contestó Bernardino Vázquez, evitando su mirada, algo incómodo.

—¿Se han empezado a poner mal las cosas en la plaza? —preguntó Juan, alarmado.

Su estómago seguía retorciéndose, preludiando lo inevitable.

—Preguntádselo a vuestra mujer. Sus estúpidas visiones son las que nos tienen en alerta —se adelantó otra voz, detrás de Bernardino Vázquez—. A lo mejor lo que necesita es otra cosa.

Juan levantó la mirada y tropezó con la sonrisa burlona de Mejía. Había tenido un desencuentro con ese tipo a causa de un oro desaparecido y desde entonces no se soportaban. Era un ladrón y un hijo de puta. A punto estuvo de abalanzarse sobre él y borrarle la sonrisa de un puñetazo, pero Bernardino Vázquez se interpuso a tiempo.

—Vamos, por Dios —dijo mirando a uno y a otro—; guardad vuestras energías y vuestro ingenio para los indios.

Dino Vázquez, De Grado, Mejía y algún otro más que iba con ellos se alejaron de él y los vio salir a todos por la puerta, ajustándose las armas entre los pliegos de las ropas. A Juan le entraron dudas sobre lo que hacer. Desde afuera llegaban los gritos de celebración de la plaza, y no indicaban nada anormal. Decidió esperar a Alvarado, que todavía no había bajado de hablar con Moctezuma. Escuchó entonces un griterío de vítores procedentes del exterior y, nervioso, se acercó hasta las escaleras y las subió de tres en tres; tenía que asomarse de nuevo a la terraza y contemplar lo que estaba sucediendo en la gran plaza.

Corrió por el pasillo hacia la terraza. En la cima del gran templo se veía al fin movimiento. Varios hombres vestidos con túnicas y máscaras en los rostros estaban esperando a que unos indios terminaran de izar unas picas en los bordes de la pirámide. Juan, entonces, se percató de que los sacerdotes no estaban mirando, en realidad, hacia los indios, sino más abajo, hacia la muchedumbre que se congregaba a los pies de la pirámide. El mar de cabezas parecía separarse en dos, abriendo paso a un cortejo de pajes que custodiaban a un joven que los seguía sin oponer resistencia, danzando con cada paso que daba. Caminaba desnudo, y al principio Juan creyó que era una mujer porque el cabello caía largo sobre su espalda. La multitud parecía postrarse ante ella y tenía algo entre las manos que se llevaba a la boca entre gráciles saltos que la iban empujando hacia las gradas de la pirámide. Entonces Juan escuchó la melodía de una flauta ascendiendo hasta sus oídos entre la multitud. Un escalofrío recorrió su alma, y supo entonces que no se trataba de una mujer. La premonición de Elvira.

El muchacho llegó hasta los pies de la pirámide y uno de los pajes que lo acompañaba se acercó a él, le arrancó de las manos la flauta que todavía estaba tocando y la estrelló contra la piedra de la pirámide. Entonces el silencio se convirtió en un grito ensordecedor, y Juan advirtió al fin lo que estaba a punto de ocurrir.

Salió corriendo escaleras abajo y llegó a la entrada de palacio cuando Alvarado acababa de aparecer, con el séquito de Moctezuma detrás de él.

—¡Alvarado, no dejéis salir a Moctezuma! ¡En la plaza...! ¡Un sacrificio humano!

Alvarado, que ya venía armado, detuvo en seco al séquito del tlatoani y les gritó que regresaran a sus cuartos reales. Salió del palacio dando instrucciones a quien pudiera escucharlo de que guardaran la puerta algunos, y los demás se dispusieran a ir con él hacia la gran plaza.

Juan se maldijo a sí mismo mientras corría hacia la sala de armas en busca de una espada; era una suerte que Alvarado hubiese decidido no cerrarla con llave. ¡Maldita sea!, ¿por qué no había salido en busca de Elvira en cuanto supo que no estaba en la habitación? El nudo en el estómago se había desatado. La furia y la ira se habían apoderado de cada poro de su cuerpo.

Bernardino Vázquez vio la señal en cuanto aquel muchacho desnudo apareció entre la multitud, rodeado de flores y de un séquito de hombres. Cruzó su mirada con la de Mejía, más allá, y a su lado, De Grado. Volvió la cabeza en busca de Alvarado, pero no lo vio. Todavía no había hecho aparición en la plaza. Nervioso, devolvió una mirada de tensa espera a sus compañeros justo en el instante en el que aquel estúpido chico pasaba por en medio danzando con la flauta entre las manos, tocando, y los aztecas postrándose ante él. ¿Qué clase de celebración era esa en la que la nobleza más selecta de Tenochtitlán se postraba ante alguien que parecía borracho? Le llamaron la atención los ropajes que llevaban puestos, los colores, las plumas de sus capas y sombrillas, más que las joyas que lucían al cuello y entre los dedos. Pero ahora no podía distraerse con aquel espectáculo banal. Las noticias que llegaban de Veracruz no dejaban otra salida que actuar ante la señal. Y ese muchacho desnudo que se contorneaba como una mujer lo era.

Doña Elvira se cubrió la cabeza con un manto para intentar pasar desapercibida. No había mujeres entre los aztecas que se agolpaban frente al templo mayor. A esa celebración no se les permitía la entrada, pero ella estaba decidida a cruzar las puertas del recinto ceremonial, y no dio oportunidad a que nadie la detuviera al reconocerla. Tenía que mirar, estar alerta, evitar el cumplimiento de las premoniciones que la llevaban asaltando varias noches. Aunque ello supusiera provocar la ira de los dioses. Sabía a lo que se exponía por ello; la aparición espectral del rostro de Tezcatlipoca la había advertido. Pero era su hermano, y no iba a consentir que nadie más de su familia fuera sacrificado ante ningún dios azteca. El dios cristiano había venido a liberarlos a todos, sin excepción.

Entonces vio los hombros y las cabezas de quienes estaban a su alrededor haciéndose a un lado, abriéndose para dejar paso a una procesión. Varios indios portaban unos palos decorados con flores y plumas que hacían flotar sobre la cabeza de un muchacho que paseaba desnudo, danzarín, con sus partes íntimas cubiertas por una tela atada a la cintura. Al principio no lo reconoció; su pelo largo le impedía verle el rostro. Pero una súbita cabriola del chico le hizo contorsionarse por los aires y cayó de nuevo sobre sus piernas flexionadas, su rostro mirando al cielo, en una pose que desató los aplausos a su alrededor. Entonces ella supo que era él; a pesar de su mirada perdida, a pesar de la flauta que distorsionaba su sonrisa, a pesar de la infancia robada que lo había convertido en carnaza para los dioses, vio a su hermano pequeño en aquel rostro. Las lágrimas lo borraron todo, y cuando logró volver a fijar su mirada en algo reconocible, solo pudo ver la enorme pirámide de piedra que surgía entre las cabezas de la gente. Hacia allí era conducido su hermano.

No lo iba a permitir. No se lo iban a robar otra vez. Volvió la cabeza hacia todos lados, frenética, en busca de algún español a quien dirigirse, alguien que la pudiera ayudar, alguien que detuviese lo que estaba a punto de suceder. Su angustia la había poseído hasta tal extremo que no se dio cuenta de que el manto ya no le cubría la cabeza. A su alrededor la gente comenzó a señalarla.

—¡Una mujer! ¡No debería estar aquí!

—¡Desatará la ira de Tezcatlipoca!

—¡Echadla fuera!

El griterío se solapaba a su alrededor, señalándola, escandalizado, hasta que unos brazos la agarraron por los hombros y la comenzaron a arrastrar hacia la puerta de la plaza sin compasión. Ella gritó, sacudiendo sus piernas, resistiéndose como podía, pero era inútil luchar contra la fuerza y la marea humana de quienes la estaban alejando de su hermano, subiendo, en la distancia, los primeros peldaños.

Todo se detuvo de pronto. Los brazos la soltaron y ella cayó de bruces contra el suelo. Recortado contra el azul del cielo vio la figura de un hombre, el filo de una espada, una mancha de sangre volando bajo el sol.

—¡Elvira! —Juan se inclinó y ella se abrazó a su cuello mientras la ponía en pie, con la espada en la mano, manteniendo a distancia a los aztecas. Elvira señaló con los ojos desorbitados hacia la pirámide.

—¡Hermano! ¡Sacrificio! —consiguió gritar en un rudo castellano. Él miró hacia donde ella apuntaba y vio, subido sobre el primer gran escalón de la pirámide, el cuerpo del muchacho inclinado hacia delante. Un hombre blandía un cuchillo ante su cabeza y le estaba rasurando el pelo, como oveja llevada al matadero.

De León miró hacia atrás, la angustia en su mirada, sin saber qué hacer.

Bernardino Vázquez seguía esperando a que Alvarado apareciera en la plaza; nervioso, se volvió hacia Alonso de Grado y Mejía, en los otros extremos, junto a la entrada. El gentío iba pasando frente a él, entre empujones, siguiendo a la procesión, que se había alejado ya.

Tenía la mano sobre la espada, que ocultaba disimuladamente junto a la pierna, lista para atacar en el momento en el que viese entrar a Alvarado. Su corazón comenzó a latir con fuerza. De pronto vio llegar a la plaza a Juan de León; corría como un desalmado, con una espada en las manos, mirando en todas direcciones. Pasó ante él, corriendo, sin mirarlo siquiera, justo en el momento en el que escuchaba un griterío a sus espaldas; estuvo a punto de volverse, pero en ese preciso instante vio aparecer a Pedro Alvarado. Bernardino buscó con la mirada a sus dos cómplices; también lo habían visto. Los tres comenzaron a moverse hacia él, pero Alvarado iba demasiado rápido, corriendo detrás de la estela que acababa de abrir Juan de León. De Grado y Mejía no iban a poder alcanzarlo; todo dependía de él. Tenía que ser una estocada limpia y profunda que lo desangrara al instante, que acabara con su vida, que lo convirtiese a él en el hombre fuerte de Pánfilo de Narváez, ahora que habían llegado de la costa las noticias proclamando su victoria sobre Cortés.

Tensó el puño sobre el arma, Alvarado acercándose, inevitable cuanto estaba a punto de suceder, pero un grito lo cambió todo.

—¡Hermano! ¡Sacrificio!

Bernardino Vázquez, alarmado, se dio la vuelta de inmediato y vio a Juan de León envuelto en un baño de sangre. Pero no fue eso lo que le horrorizó, sino la muchedumbre, agolpada a los pies de la pirámide, gritando enfervorizada hacia el muchacho desnudo, a quien acababan de trasquilar en el primer escalón de la pirámide. ¡Maldita sea! ¡Aquellos indios estaban a punto de realizar un sacrificio! ¡Aquello no formaba parte del acuerdo! Con la confusión en el rostro, se volvió de nuevo hacia Alvarado, pero este ya había pasado de largo, precipitándose al socorro de Juan de León.

Juan de León, junto a Elvira, vio que Alvarado blandía su espada hacia la gente, cubriéndolos a ellos para evitar que nadie los atacase. Había dos hombres desangrados, muertos a los pies de Elvira. Los había matado él. Los rostros de quienes los rodeaban comenzaban a ser hostiles, pero ninguno se atrevía a hacer ningún movimiento que desatara la ira de Alvarado. Otros españoles comenzaron a llegar. Distinguió, entre ellos, a Bernardino Vázquez, todos al rescate.

—Llevaos a Elvira de aquí —gritó Juan, empujando a su amada hacia quienes estaban más cerca y volviéndose de reojo hacia Alvarado—. ¡Tenemos que impedirlo!

Con el grito y los lloros de Elvira todavía en los oídos, De León propulsó su cuerpo hacia delante con la espada en la mano. A partir de ese momento, apenas pudo recordar nada. La ira, la pasión, el engaño, el dolor; todo lo cubría con un gran manto que no le dejó ver nada más allá del filo de su hierro batiendo el aire con la sangre, y la pirámide de piedra haciéndose cada vez más grande.

Escuchó sus jadeos de desesperación y rabia en medio de los gritos que iba dejando atrás. Vio al muchacho desnudo cada vez más alto en la pirámide, y él cada vez más cerca. Saltó al fin a la primera grada. Se dio cuenta de que Alvarado lo había seguido y estaba detrás, junto a unos cuantos soldados más. A sus oídos llegó el ruido de los arcabuces tronando en el aire. El infierno se había desatado a sus espaldas.

Siguió subiendo por las gradas de la pirámide con gran agilidad, y enseguida alcanzó a uno de los pajes rezagados que custodiaban al hermano de Elvira. Vio su cabeza volar de cuajo, pero no pensó ni por un momento que él fuera el causante.

Llegó a la cima el primero; Alvarado y los demás, detrás. Algunos de los sacerdotes habían desaparecido por los pasadizos internos que había en la pirámide para facilitar el acceso de las autoridades religiosas. Otros se habían quedado allí y blandían unas lanzas, como si los estuvieran esperando. Eran tres indios corpulentos, demasiado corpulentos para ser simples sacerdotes. El muchacho, ajeno a todo, seguía danzando a pesar de que la única música era el furor que ascendía desde abajo. Juan logró acercarse hasta él y lo empujó hacia un lado, alejándolo de las lanzas que estaban a punto de cargar contra ambos. La destreza de Alvarado intervino en el momento en que empezaba a atacar uno de ellos; le sorprendió tanto como a su enemigo, porque al instante lo vio volar por los aires, pirámide abajo. Fue fácil dominar a los otros dos guerreros, mientras que los que seguían a Alvarado se hacían cargo de los indios que habían custodiado la ofrenda al dios Tezcatlipoca hasta allí. No quedó ninguno de ellos en pie.

Libre de peligro, Juan se acercó al muchacho. Estaba de cuclillas en una esquina, con la mirada perdida, sacudiendo la cabeza de un lado a otro. Con su cabellera rapada, ahora era solo un niño. Grande y de cuerpo hermoso, pero solo un niño. De León cogió un manto que había a sus pies y lo puso sobre los hombros del chico, cubriendo su desnudez.

Se volvió hacia Alvarado, pero este estaba de espaldas a él, contemplando el inmenso vacío que tenían delante. No eran las vistas de Tenochtitlán asomándose sobre la laguna o las montañas al fondo lo que robaba su atención. Juan avanzó despacio hacia Alvarado con la espada todavía en la mano. Vio por primera vez que su brazo estaba manchado de sangre; se miró y descubrió que la sangre cubría todo su cuerpo. No era suya. Se dio cuenta de lo que había hecho. Arrojó la espada al suelo, con la mirada de horror puesta en la muchedumbre que todavía quedaba en la explanada. Algunos habían encontrado la manera de resistir al ataque de los españoles y seguían luchando por sus vidas, otros trataban de huir a través de las puertas que alguien había mandado cerrar. Pero lo que más le impresionó fue distinguir, entre el mar de cabezas y cuerpos sin vida que había en la gran plaza, un rastro de sangre que marcaba el camino que Alvarado y él habían ido abriendo hasta llegar a la pirámide.

Aquello era un desastre. Una infamia. Delante de él, el rostro feroz de aquella bestia que había abierto sus fauces en el sueño sonrió satisfecha. Sus deseos de sangre habían sido colmados con creces. Y ellos eran los únicos culpables.

Miró de nuevo hacia el niño, agachado, tembloroso, ajeno a todo lo que acababa de tener lugar. ¿Había valido esa vida todas las que habían caído bajo su espada?

Lo invadió un deseo febril por recostarse en el seno de Elvira. Comenzó a descender los enormes escalones, despacio, con miedo de acercarse al horror de allá abajo. Pero los súbitos deseos de abrazarse a su mujer, de susurrarle que todo había terminado, de oírle decir que nada de lo que acababa de suceder había pasado en realidad, le hicieron bajar más rápido. Pisó por fin la explanada y corrió por el mismo sendero de sangre y fuego que él había abierto. Sus ojos encontraron en el camino al último español imberbe, el que le había preguntado antes por el rumor de la derrota de Cortés ante Narváez. Nunca lo había visto con una espada entre las manos; nunca lo vio después con aquella mirada de crueldad y satisfacción demoníacas mientras decapitaba el cuerpo de un anciano que suplicaba piedad. Juan de León se fue hacia él y lo derribó al suelo de un puñetazo.

—¿Qué estáis haciendo? ¡Soy de los vuestros! —El chico gritó con una mezcla de humillación y protesta.

—¡¿De los míos?! —De León le dio una patada—. ¿¡De los míos!? —Volvió a darle otra y se lanzó sobre él, golpeándolo en la nariz, en la cara, por todo el pecho—. Yo no soy de los vuestros, ¿me oís? ¡Yo no soy de los vuestros! —gritaba, desesperado, tratando de redimirse.

Los dos rodaron por el suelo, resbalando entre la sangre.

Alguien lo agarró por la espalda y los separó.

—¡Juan, Juan, Juan! ¡¡¡Ya basta!!! —Era Bernardino Vázquez, que le gritaba en la cara para que volviera en sí.

De León lo apartó de un manotazo y continuó su rastro de muerte, balanceándose a la deriva de un lado a otro, con la mirada perdida en el suelo, buscándola a ella. Capas de plumas cubiertas de sangre formaban un revoltijo con brazos amputados y cuerpos muertos de los que todavía brotaban ríos de vida.

Su rostro se contrajo al ver unos piececillos sobresaliendo entre los bultos enmarañados de dos aztecas. Se dejó caer de rodillas y separó a los dos hombres para poder desenterrar el cuerpo sin vida de Elvira.

Juan la cogió entre los brazos acariciándola, meciéndola, levantando su rostro al cielo y lanzando un gemido que el viento recogió e hizo ascender hasta la cima de la pirámide para arrojarlo después sobre la laguna y hundirlo con las lágrimas derramadas por los dioses de Tenochtitlán.

***

Vi el tapiz estremecerse de horror ante las palabras que Hernán Cortés acababa de pronunciar. Todos en la sala habíamos quedado arrebatados por su relato. La temperatura había aumentado sensiblemente en el rostro del emperador y había descendido a sus profundidades más glaciales en el semblante de fray Bartolomé de las Casas. Entre una y otra reacción oscilaban las caras de todos los demás. A mí sus palabras me habían conmovido especialmente; sentí en carne propia el dolor de Juan de León y las razones por las que había decidido mudar su piel bajo el silencio penitente de Diego de Olarte. Hasta de los recovecos más oscuros podía hacer Dios una redención posible.

Fray Bartolomé de las Casas fue el primero en aprovechar el sonoro silencio de Cortés.

—¿Entonces? —Fue como una cuchillada en la espalda, un «Me importa un carajo lo que hayáis dicho porque sigo yendo a por vos».

Todos nos volvimos hacia él con incredulidad.

Entonces, ¿qué?, pensé yo. ¿Acaso no veía este fraile testarudo que la guerra era guerra y nosotros la convertíamos en infierno?

Hasta De los Cobos lo miró, perplejo, y tuvo que apaciguarlo con la mano después de haber visto el calor en la piel del emperador.

Cortés se encogió de hombros, sin saber qué responder.

—Os avisé de que no os iba a gustar —dijo al fin, extendiendo las manos hacia los lados.

—Y no me ha gustado porque no he entendido lo que habéis querido decir. ¿Pretendéis acaso justificar las acciones que cometieron vuestros hombres? ¿Pretendéis hacernos creer inocuo vuestro deliberado interés en ocultar al emperador tamaña carnicería para no ensombrecer vuestra gesta? ¡Vuestros hombres borraron aquel día de un plumazo a la nobleza de Tenochtitlán!

—Eso es precisamente lo que desde un principio sabía que no ibais a entender —terció Cortés, ladeando la cabeza.

—Bueno, yo creo que nadie ha podido interpretar otra cosa después de vuestro desolador relato —respondió fray Bartolomé, cruzándose de brazos.

—Es por ello por lo que me he guardado la interpretación, como vos decís, para el final.

Reaccioné sorprendido ante las palabras de Cortés. Había capturado de nuevo la atención de todos los presentes.

—A partir de ese momento, nuestros días estuvieron contados en Tenochtitlán. Comenzó una rebelión y acabamos huyendo aquella noche trágica para salvar nuestras vidas. Pero a pesar de las pérdidas, a pesar de los lamentos de aquella noche, yo decidí que acabaríamos volviendo porque derrotaríamos a Tenochtitlán. Así sucedió un año después. ¿Queréis saber por qué lo supe entonces?

—¿Nigromancia, tal vez? —exclamó fray Bartolomé con ironía.

—No hay peor santo que quien piensa que los demás somos pecadores —murmuró Cortés para sí mismo, aunque lo suficientemente alto para que lo escuchásemos los demás. Hasta juraría que vi sonreír por lo bajo a Francisco de los Cobos.

Cortés estaba volviendo a crecerse.

—Supe que el Imperio azteca caería porque había división. Cuauhtémoc lideraba una facción que ambicionaba el poder y nuestra llegada le brindó la excusa para arrebatárselo a su primo Moctezuma.

El secretario De los Cobos miró de reojo al emperador, y yo con él. Estaba arrellanado en su trono, bebiéndose las palabras de Cortés sin disimulo.

—Moctezuma supo desde el principio que nosotros teníamos algo que él no podría vencer. Éramos inevitables, pero otros en la ciudad no pensaban lo mismo. Querían la guerra, echarnos, vivir para siempre con sus dioses inmortales. Y todos ellos fueron arracimándose en torno a Cuauhtémoc, el joven guerrero que, según ellos, los podría liberar de nuestra presencia.

Cortés comenzó a andar de un lado a otro, a los pies del estrado. Todos lo seguíamos, como si nuestras cabezas estuvieran sujetas a él por un hilo invisible.

—Solo había un pequeño inconveniente. Moctezuma contaba con el apoyo de la nobleza más influyente de la ciudad; así que Cuauhtémoc sabía que solo podía tejer apoyos entre la casta sacerdotal, que se quedaba sin dioses que adorar con nuestra presencia, e ir socavando voluntades muy delicadamente, sin hacer ruido.

Cortés sacudió su palma con el puño de la otra mano, comprobando que lo seguíamos. Tan solo me pareció ver al duque de Béjar un tanto perdido con tanta explicación.

—Todo se precipitó con la coincidencia de tres elementos que arrojaron la tormenta perfecta: Pánfilo de Narváez —Cortés lanzó una velada mirada acusadora a De los Cobos—, mi ausencia de la ciudad para combatirlo y las solemnes fiestas de Tóxcatl.

Cortés dirigió su mirada hacia cada uno de sus oyentes, asegurándose de que nos tenía agarrados por donde ya no podíamos soltarnos aunque quisiéramos.

—Cuauhtémoc ideó entonces un plan infalible: la exigencia de unas celebraciones inofensivas a Alvarado y la intención de reventarlas con un señuelo. Sabían que los sacrificios humanos eran un punto sin retorno para los españoles, así que nos provocaron y respondimos.

—Pero ¿por qué querrían provocaros? —añadió De los Cobos, con falsa inocencia, en apoyo de su sabueso—. No tiene mucho sentido que os esperaran pacíficamente desarmados en la plaza sabiendo que os provocaban.

Los ojos de Cortés se abrieron, tan grandes que se intuyeron los recovecos del alma bajo los párpados.

—Cuauhtémoc dejó que fuera el enemigo quien acabase con sus enemigos. —Lo dijo despacio, solemne, pétreo, dejando que penetrase en nuestra piel.

—¿Él lo planeó todo para librarse de sus opositores y hacerse más fuerte contra vos?

Se hizo un silencio de muerte bajo el estrado. Era Su Sacratísima Majestad el emperador quien estaba preguntando, cual divinidad del Olimpo subyugada por una de sus criaturas.

—La nobleza fiel a Moctezuma fue la única convocada aquel día a la celebración. —Cortés se volvió hacia el emperador, disfrutando del momento—. Cuauhtémoc dejó que fuéramos nosotros quienes los hiriéramos de muerte para diezmar los apoyos a Moctezuma y poder convertirse él, junto a su tío, en el nuevo poder de Tenochtitlán.

—Fue una jugada inteligente, la de Cuauhtémoc. —De los Cobos, el secretario de Su Sacratísima Majestad no quería mantenerse al margen de aquella conversación entre dos iguales.

—Pero vos insistís en que es precisamente esa endiablada astucia de Cuauhtémoc la que os convenció de que Tenochtitlán acabaría cayendo de nuevo bajo vuestro poder, antes o después. —La voz del emperador se escuchó, cortando el aire al comentario que acababa de hacer su secretario.

—Así es —respondió Cortés.

—¿Por qué? —inquirió el emperador con sequedad.

Todos los demás nos quedamos súbitamente fuera de aquel duelo entre gigantes. Fray Bartolomé de las Casas parecía haber dejado de existir.

Cortés apoyó un pie en los escalones del estrado antes de responder; solo a De los Cobos pareció importarle la impertinencia.

—A partir de ese momento, Cuauhtémoc convirtió en un ídolo caído a Moctezuma, que acabó muriendo apedreado como un perro por ellos mismos. Cuauhtémoc se hizo poderoso y fue un enemigo difícil de combatir. Pero una ciudad, cualquier imperio dividido contra sí mismo no puede durar mucho tiempo. Antes o después acaba desolado. El Imperio azteca lo estaba, por eso supe que podía vencerlo.

Nadie se movió, nadie dijo nada; De los Cobos se removió sobre sus pies sin saber si intervenir o no. Yo estaba absolutamente atónito. «No desolaremos el reino, no desolaremos el reino», el corazón latía bajo mi pecho, repitiéndomelo. Por eso no había acabado con don Francisco de los Cobos antes, cuando había tenido la oportunidad de hacerlo.

El emperador se levantó al fin del trono y avanzó unos pasos sobre el estrado.

—Nos habéis dado una lección magistral sobre intuición y estrategia hoy aquí, Hernán Cortés. Con tres como vos sería dueño del mundo entero. Nos olvidamos con frecuencia de que la división nos hace débiles. Buena moraleja, la vuestra.

—No es mía, Su Sacratísima Majestad —respondió Cortés con sentida humildad.

—¿Qué queréis decir? ¿A quién se la escuchasteis primero?

—Mateo 12, 25. —Cortés bajó la mirada, un tanto avergonzado.

Su Sacratísima Majestad asintió, lanzando una carcajada al aire. Se volvió por un momento hacia los dominicos.

—¿Habéis escuchado, fray Bartolomé? —Cerró entonces los ojos, rebuscando en la memoria—. «Todo reino dividido contra sí mismo queda desolado y toda ciudad o casa dividida contra sí no se sostendrá.»

Me quedé boquiabierto al escucharlo; de pronto, y sin ser prácticamente consciente de ello, toda la figura de Hernán Cortés se desplegó ante mí, dejando de hacerse inaprensible en mi corazón y en mi cabeza. Mateo 12, 25 era la clave. Lo que había detenido las bridas de su caballo aquel día sobre la orilla. Su lealtad.

El emperador se levantó, blandiendo ante Cortés las cartas de que le había hecho entrega.

—Releeré todo lo que me habéis entregado con sumo interés. Ahora debo irme. Otros asuntos me reclaman con urgencia. Don Francisco, acompañadlos vos hasta la salida.

Hizo entonces ademán de salir hacia su derecha, por uno de los laterales del estrado, precedido por su guardia, pero se detuvo un instante y posó su mirada sobre mí:

—Y, por supuesto, también la carta que habéis tenido la molestia de traernos desde el otro lado del océano.

La presencia real se desvaneció de la sala, y el ambiente se desinfló por completo. Todos menguaron, regresando a su tamaño original: fray Loaysa, De las Casas... Todos frágiles y vulnerables de nuevo. Solo hubo una figura entre nosotros que, lejos de menguar, se hizo más grande.

—Si pensáis que todo va a regresar a la normalidad sin preguntas, sin interrogatorios, sin juicios, estáis muy equivocado —bramó De los Cobos, volviéndose hacia Cortés con toda la furia reprimida—. Castilla entera me pide vuestra cabeza.

Cortés lo miró fríamente, sin inmutarse.

—Creéis que la gracia real os salvará. —De los Cobos le escupió una sonrisa de desprecio—. Su Sacratísima Majestad tiene tantos asuntos en la cabeza que vos apenas sois un comentario en el margen. Dentro de un mes, nuestro emperador estará en Europa lidiando con asuntos mucho más importantes que los vuestros, y adivinad quién estará aquí para atender las necesidades cotidianas de la Corona.

—Eso quiero que hagáis, que toméis buena nota de lo que exijo. —Cortés creció ante él como la sombra de un jaguar caminando hacia las llamas—. ¿Queréis que hablemos aquí o preferís un lugar más apartado?

—Que sea aquí.

—Pues decidles que se vayan. —Cortés señaló hacia fray Bartolomé y los demás, que parecían haberse quedado huérfanos—. A menos que queráis que escuchen lo que tengo que deciros.

La intimidación de Cortés no pasó desapercibida a De los Cobos, y este se volvió hacia los dominicos, rogándoles que abandonaran el salón real. Todos salieron excepto fray Bartolomé de las Casas, que se volvió hacia nosotros con la expresión de ira santa que siempre he imaginado en el rostro de san Pablo.

—Algún día pagaréis vuestro desprecio a los indios. ¡Dios hará justicia con vos! —bramó, encendido en un arrebato inexplicable.

Había llegado el momento de que yo saliera en defensa de Cortés. Se lo debía.

—Fray Bartolomé —escuché mi propia voz decir sin perder la compostura—; con todo vuestro celo por los indios deberíais saber que en Tenochtitlán existe un hospital para ellos. Es el hospital de Nuestra Señora, y fue fundado por expreso deseo de don Hernán Cortés.

—Primero matar y luego curar. ¡Qué fácil! —murmuró para sí el dominico, sin dar su brazo a torcer.

—Hay más, mucho más, que Cortés no ha dicho en esta sala a Su Majestad, pero que seguro que su secretario conoce perfectamente. —Hice rodar mis ojos sobre la petulancia de don Francisco de los Cobos, frente a mí—. Por ejemplo, que los naturales de los que vos sois arduo defensor se sienten tan *vilipendiados* —no pude evitar cargar de tintes irónicos esa palabra— por don Hernán Cortés que le han suplicado sublevarse contra Su Sacratísima Majestad para convertirlo a él en su nuevo Tlatoani, y Cortés —desvié la mirada hacia él, inclinando ligeramente la cabeza—, Cortés lo rechazó.

Fray Bartolomé hundió los ojos en mí como si fuera una rata.

—¿Y vos quién sois? ¿Quién sois para hablarme a mí así? ¿Acaso habéis visto las injusticias que yo he visto?

Di un paso hacia él, sin dejarme impresionar por lo que pudieran haber visto aquellos ojos tan llenos de rencor.

—¡No me habléis de injusticia! ¡No me habléis de injusticia a mí, que la he sufrido con creces! —Lo miré tan severamente que hasta yo me hubiera asustado de mí mismo.

Don Francisco de los Cobos tuvo que interponerse entre nosotros para que aquello no fuese a más.

—Fray Bartolomé, por favor, no le hagáis caso. —Lo contuvo con las manos sobre los hombros antes de volverse hacia mí con desprecio infinito—. Me dijeron que habíais huido de España con vuestro amigo Elcano. Una lástima que no terminarais en su compañía. Supongo que sabréis que no hemos vuelto a saber nada más de él.

Esta vez fue Cortés quien tuvo que detenerme a mí. Sus palabras me hicieron perder la cabeza como nunca nadie lo había conseguido. Ni siquiera Fonseca. ¿Cómo se atrevía alguien cuya mayor gesta era la de firmar documentos en nombre del rey pisotear y ningunear a quienes habían hecho de Castilla un imperio?

Francisco de los Cobos se quedó mirando a Cortés impertérrito.

—¿Y vos no les pedís a quienes os acompañan que abandonen la sala también?

—Ellos son yo. No tengo nada que ocultarles. Vos no podéis decir lo mismo con los vuestros. —Cortés señaló con la cabeza hacia fray Bartolomé, que hacía ademán de abandonar la sala, pero sin moverse—. ¿O queréis que le pidamos que se quede?

Advirtiendo la intimidación en sus palabras, don Francisco lanzó una mirada hacia fray Bartolomé para que se fuera.

—En fin —prosiguió Cortés con la sonrisa todavía en el rostro—; creo que hemos sido lo suficientemente generosos con vos para que comencéis a tomar nota de lo que deseo.

—¿Generoso, vos, conmigo? —De los Cobos fingió una sonrisa—. No sé muy bien lo que entendéis por generosidad.

—Desconozco si el emperador me devolverá todo lo que vos me habéis arrebatado, pero será mejor que pongáis los medios a vuestro alcance para que pueda regresar a Nueva España con mi honor restituido.

—Disculpad, no voy a perder más el tiempo con vos. Conformaos con haber encarrilado lo del tesoro de Mombeltrán en vuestro beneficio —dijo, asegurándose de que no quedaba nadie más en la sala—. No tentéis vuestra suerte una vez más.

Don Francisco subió los escalones del estrado, erguido con toda su dignidad, dispuesto a abandonar el salón.

—No creo que nos volvamos a ver. Tened una buena estancia en Toledo. Buenos días.

Suspiró sobre sus pasos, que sonaron huecos sobre el estrado, a punto de desaparecer por uno de los lados del tapiz.

—Los Fugger son buenos amigos del emperador. —La voz de Cortés tronó a sus espaldas—. Este tapiz tan impresionante que tenemos delante da buena cuenta de ello. *La infamia*.

Francisco de los Cobos se detuvo en seco, y Cortés fue subiendo cada uno de los escalones del estrado mientras hablaba.

—No sé si su título hace referencia a lo que sucedió con el tesoro que enviamos nada más tomar Tenochtitlán; las naves donde viajaba fueron asaltadas junto a las Azores por un pirata francés.

Los dos hombres cruzaron sus miradas sobre el estrado, con el gran tapiz de fondo.

—Para saber lo que ocurrió tendríais que preguntárselo a él. —De los Cobos parpadeó varias veces, fingiendo indiferencia.

—Y eso hicimos, pero su cabeza estaba clavada en una pica a las puertas del castillo de los Alburquerque y no pudo contestar a nuestra pregunta. Sospecho que lo del tesoro de Mombeltrán, comparado con la historia que nos hubiera contado el pirata francés, sería un juego de niños, ¿no os parece?

El secretario tomó aire por la nariz, insuflándose a sí mismo valor.

—No sé muy bien lo que es un juego de niños, Cortés. —Escupió su nombre como si su lengua quemase.

El conquistador tensó los labios y sus ojos se cerraron ante la figura del secretario:

—Os protege vuestra reputación a ojos del emperador. No lo estropeéis, don Francisco, porque no sé muy bien cómo reaccionaría la corte, el emperador, si supiera quién ordenó a Juan Florín asaltar las naves, o, peor aún, si descubrieran que Juan Florín se rio después de ese trato alcanzado con vos.

El nombre del pirata francés rebotó por las paredes del salón; al hacerlo en el tapiz, todos los personajes se taparon los oídos. Sobre el estrado, frente a ellos, don Francisco de los Cobos palideció de golpe, esfumándose todo su porte y dignidad. El aspecto de labriego de los campos castellanos había vuelto a él. Se abalanzó sobre Cortés como quien reclama el precio de una arroba de cebada.

—¡No seréis capaz de crear un conflicto con las Cortes de Castilla por ese asunto! —gritó desde las entrañas—. Se volverían contra Su Sacratísima Majestad. Su reputación..., su reputación en Europa, frente a Francia, con el papa, nuestra credibilidad con los Fugger. ¡Seríamos el hazmerreír en todas las cortes! —De los Cobos dejó de hablar y escrutó por un momento los ojos del conquistador; se dio cuenta de que Cortés se estaba marcando un farol—. No, vos no lo haréis. Vos respetáis al emperador. No dejaréis que nadie lo sepa. Porque si vos hubierais estado en mi lugar, hubieseis hecho lo mismo... Por el bien del emperador, por el bien del imperio —dijo con ironía.

Cortés estrechó la distancia que lo separaba del secretario y volcó el fuego de sus ojos negros sobre la mirada de tierra y trigo de De los Cobos.

—Probadme. Hay muchas maneras de respetar al emperador.

Cortés se dio la vuelta, dispuesto a abandonar, decidido, el estrado. Vi a De los Cobos, detrás, sopesando con inquietud.

—¡Está bien! —gritó al fin, adelantándose hasta las escaleras del estrado y descendiendo por ellas con su porte y distinción recuperados, como si nada lo hubiera inmutado—. ¿Qué es lo que queréis?

—Restituiréis los honores y borraréis la infamia que habéis intentado construir contra mí para favorecer los intereses de vuestros amigos —dijo Cortés sin soltarlo ya de su mirada.

Toda una ironía que estuviéramos frente a un tapiz llamado *La infamia*, y que este formara parte de una serie titulada *Los honores*.

—¿Alguna cosa más? —preguntó De los Cobos con la misma indolencia con la que debía de negociar, sentado frente a su despacho.

—Por supuesto. —Lo dijo sin titubear siquiera—. Quiero que expulséis a vuestros sabuesos de Nueva España, a Nuño de Guzmán y a cualquiera que ambicione fatigarla con su codicia y sus excesos. A vuestro otro sabueso no tendréis que echarlo.

De los Cobos y yo levantamos las cejas con la misma expresión de sorpresa. ¿Podía estar refiriéndose a *él*? Cortés se volvió hacia el duque de Béjar y le hizo una señal. Este se levantó de su silla —¡bendito asiento para un día tan largo!— y salió.

—Solo tendréis que mantenerlo preso en algún sótano e impedir que salga —continuó Cortés, poniéndose a mi lado—. Nadie conocerá entonces la suciedad que fuisteis capaz de tragar por su chantaje y sus mentiras.

Cortés me cogió del hombro y me obligó a dirigirme con él hacia la puerta. Esperamos unos instantes hasta que el duque de Béjar volvió a entrar. Lo acompañaban dos personas más. Enseguida los reconocí. Uno de ellos era Tapia; entraba junto al hombre con quien le había visto desaparecer calle abajo cuando aguardábamos frente al Alcázar. Era Juan Alonso Pérez de Guzmán. El duque de Medina Sidonia no iba esta vez descalzo. Vestía con solemnidad, sin excesos, pero su rostro al verme fue tan amigable como en nuestra despedida en Sanlúcar. Me sorprendió verlo allí. Se había atrevido finalmente a ir a Toledo para apoyar a Cortés, pero ¿qué hacía junto a Tapia, los dos entrando como si fueran la gran atracción del día?

Observé que en las manos llevaban una cuerda y tiraban de ella, como si arrastraran a un animal atado. El otro extremo de la soga entró tras ellos y allí apareció, en el umbral, Salazar. Iba bien amarrado y amordazado, pero se revolvía como una alimaña. Al adivinar la figura del secretario De los Cobos entre quienes nos encontrábamos en el salón, pareció tranquilizarse. Sus ojos se desviaron entonces hacia Cortés y luego hacia mí. A pesar de su inquietud, adiviné en sus labios amordazados una sonrisa cruel y obscena.

Un súbito temblor recorrió mis piernas, mi cuerpo recordando lo que había sentido la primera vez que la había perdido; si Auri estaba otra vez muerta no sería capaz de soportarlo. Tapia y el duque de Medina Sidonia llegaron hasta donde nos encontrábamos, dejando que Salazar ocupase el centro del salón. El duque de Medina Sidonia vio mi rostro pálido y, acercándose a mi oído, me dijo:

—Alegrad esa cara, ella está a salvo.

Respiré, aliviado, al escuchar aquello y, sin pensarlo dos veces, caminé hacia Salazar ante la mirada atónita de Cortés y todos los demás. Vi en sus ojos cómo llegaba hasta él y, sin siquiera decirle nada, le propiné un puñetazo en todo el rostro. El golpe fue tan fuerte que se cayó al suelo; le debí de romper la nariz. Lo cogí por el cabello.

—Vuestros secretos han terminado. No engañaréis a nadie más.

Con el rostro pegado a él, lo golpeé con todo el impulso de la frente hacia delante. Escuché el crujido de su nariz antes de que cayera de nuevo al suelo, revolviéndose, presa del dolor, mientras yo me restregaba con el brazo su sangre de la frente, indiferente a sus lamentos.

Lo vi tratando de coger aire a través de la nariz rota, a través de la sangre, a través de la tela que lo amordazaba, y empezó a ponerse pálido, sin poder respirar. Me agaché sobre él.

—¡No vais a morir todavía, Salazar! No responderéis de vuestras culpas ante Dios sin pasar antes por la justicia de esta tierra.

Le retiré la mordaza de la boca y Salazar volvió a respirar, sus pulmones llenándose de nuevo, recuperando el aire. A través de la sangre sobre la boca, sobre todo el rostro, vi sus ojos de súplica y sus labios moverse, queriéndome decir algo. Sin poder evitar la curiosidad, acerqué los oídos a sus labios.

—El secreto; ella lo sabía —logró murmullar, tembloroso.

Lo creí desvariar. Lo miré con asco, con ira. Con desprecio.

Noté entonces el bulto que había llevado en el bolsillo durante toda la audiencia. Era la joya que me había devuelto a la entrada la pobre esposa de José Villalobos. La saqué del bolsillo y se la puse entre las manos.

—Este es el único oro que volveréis a tener nunca en vuestras manos.

Y levantándome de nuevo, me volví hacia donde estaban los demás. Salazar no esperó para comenzar a vociferar a mis espaldas con una energía súbita.

—¡De los Cobos, detened a ese hombre, detenedlo! Sabe demasiado para dejarlo en libertad. ¡Arruinará vuestra posición, hundirá vuestro maldito reino!

Francisco de los Cobos miró a Salazar con el mayor de los cinismos, como si fuera la primera vez que ponía sus ojos en él. Señaló hacia los guardias que habían aparecido en la puerta.

—Detened a ese hombre.

—¡No me podéis hacer esto a mí, De los Cobos! Os prometí traeros el oro de Cortés y lo tenéis; sacudir la tierra bajo sus pies para que se revolviera como una serpiente, y aquí lo tenéis. ¡He cumplido, maldita sea, he cumplido todo lo que os prometí!

—Encerradlo en el calabozo más profundo que exista en Toledo y, cuando deje de ladrar, veremos lo que hacemos con él.

El rostro de Salazar se contrajo y volvió su mirada sobre cada uno de nosotros con la boca abierta, maravillado.

—Ya veo. —Dibujó una sonrisa blanca entre el rojo que cubría su rostro—. Así que ahora resulta que todos sois amiguitos. Todos amigos de nuevo. —Comenzó a reírse mirando a Cortés, mirándome a mí, desafiando a De los Cobos—. Sí, seréis sus amigos hasta que vuelvan a caer sospechas sobre lo que hicisteis con el oro que desapareció esa triste noche de Tenochtitlán. Entonces volverán a por vos, os enviarán a alguien como a mí o... —La risa lo poseyó cual diablo—. O a lo mejor, a lo mejor hasta vuelvo a ser yo.

Un estruendo de carcajadas lo interrumpió y De los Cobos hizo una señal con las manos a los guardias para que se lo llevaran de una vez.

—¿No os dais cuenta de la ironía? —retomó Salazar, al borde del delirio, mientras era arrastrado hacia las puertas—. Creéis que un imperio necesita de hombres como vos, pero lo que en realidad necesita, lo que desea más allá de sus límites, es a tipos como yo que lo ayuden a tapar sus miserias para poder mantenerse.

Sus gritos se extinguieron en cuanto las puertas se

cerraron sobre su expresión de triunfo supremo hacia todos nosotros.

El silencio devolvió a su plácida existencia a todos los personajes del tapiz.

De los Cobos se volvió hacia Cortés como si nada nos hubiera interrumpido y las carcajadas de Salazar no hubiesen existido jamás.

—Entonces, ¿eso es todo? ¿Algún deseo más? Ya veis que en generosidad no hay quien me gane hoy.

Cortés miró al secretario de Su Sacratísima Majestad con un halo de tristeza. Las palabras de Salazar no se podían borrar de sus oídos; allá, en lo más hondo de aquellas carcajadas, latía una triste verdad.

—No quiero nada más, pero no esperaré nada menos —advirtió Cortés con una mano levantada frente al rostro.

No tardamos demasiado en despedirnos después de la irrupción de Salazar. Ya en las puertas del Alcázar, don Francisco de los Cobos se dirigió una última vez a Cortés.

—No hay tanta diferencia entre vos y yo, aunque no os lo creáis. Los dos servimos al emperador de diferente modo, pero ambos formamos parte de la misma urdimbre del imperio, como un tapiz. Si se deshilacha una parte, es difícil que no se acabe deshaciendo el dibujo entero.

—Puede que sea así, como decís, pero yo estaré siempre en el lado opuesto al que os encontréis vos.

—Pero siempre en el mismo tapiz, Cortés, siempre en el mismo tapiz —añadió De los Cobos, levantando un dedo sobre su rostro.

Juan Alonso Pérez de Guzmán, el duque de Medina Sidonia, se acercó a mí por detrás y, cogiéndome por el codo, me apartó del resto del grupo.

—Solo quiero deciros dos cosas, Diego de Soto. —Sus ojos verdes bailotearon sobre mi rostro con la misma vivacidad con la que los recordaba—. Supongo que Cortés tendrá que agradeceros muchas de las cosas que han pasado hoy en este palacio, y a todas ellas tendrá que añadir que yo me haya decidido a venir a Toledo. Fue vuestro coraje el que me invitó a seguiros y mostrar mi apoyo a su gesta en esta corte plagada de intereses hipócritas.

Sentí su calor, confundido todavía por su súbita aparición con Salazar bajo el brazo.

—Pero no entiendo, ¿quién os hizo saber que Salazar...?

—Llegué ayer desde Sanlúcar. Cortés me hizo pasar a vuestro cuarto. Ya no delirabais. Me contó lo que os había sucedido. Que os habíais encontrado con Salazar bajo la lluvia, que os había amenazado con lo que más amabais y que yo tenía que ayudarle a cazarlo.

—¿Y Cortés cómo sabía todo eso? —Miré con admiración hacia las espaldas del conquistador, que avanzaba por delante de nosotros junto a Tapia y el duque de Béjar.

—Cuando un hombre yace tumbado en la cama, suele decir cosas que al día siguiente olvidará. —El duque de Medina Sidonia entornó los ojos, divertido—. Vuestro delirio resultó por lo visto muy fructífero. No dejabais de hablar de una tal Auristela y del peligro que corría.

Acecharon de nuevo en mis oídos las misteriosas palabras que me había murmurado Cortés en la oscuridad de la habitación, con los ojos henchidos en fuego: «No desolaremos el reino», había dicho, anticipándome a su modo que Auri estaría fuera de peligro.

—¿Y dónde cazasteis a Salazar? ¿Cómo supisteis dónde encontrarlo?

—El prostíbulo es un buen lugar donde empezar a buscar a tipos como él, creedme. Con dinero, contactos y mi ingenio —levantó un dedo, para que quedase bien claro— todo resulta más fácil.

Sonreí, dándole una ligera palmada en la espalda.

—¿Y lo segundo que me queríais decir? —pregunté con curiosidad.

—Que no sé qué diablos hacéis todavía aquí, por qué no habéis salido corriendo hacia donde os hospedáis. He dejado a una preciosa mujer aguardando ardientemente la llegada de un tal Diego de Soto. Y yo no conozco a otro con ese nombre en Toledo que no seáis vos.

13

Nada más entrar en el patio, el sonido del caño de agua bailoteando alegremente sobre el estanque humedeció mis ojos, anticipándose a lo que tenía que llegar.

Subí las escaleras hacia la planta principal, no saltando de dos en dos, como habría hecho cualquier loco enamorado. Enamorado, lo estaba; loco, nunca más. En mi vida me había sentido más cuerdamente enamorado. Tener ocasión de abrazar lo que había dado por perdido aquel día en el que los malditos granos de cacao taladraron mi corazón me hacía saborear aquel momento como un presente que Dios hacía a un descreído. Subí los escalones de uno en uno, con cautela, temeroso de que el menor sonido imprevisto deshiciera el hechizo y su presencia se la volviera a llevar el aire, el destino, la bola de un rosario, un grano de cacao.

Contuve el aliento cuando puse mis pies temblorosos en el piso principal. Estaba ahí. No la veía, pero lo sabía. Hay cosas que los amantes no necesitan ver para saber. Como no decirse nada y decirlo todo. Como mirar y solo verla a ella. Como dormir y soñar con ella. Al otro lado del patio, en las estancias de Cortés. Donde yo había pasado mi última noche después de la lluvia. Donde ella estaba esperando. Mi corazón volvió a conmoverse, arrojando lágrimas sobre las mejillas. Y todavía no la había visto.

Rodeé la galería sobre el patio y puse la mano en el pomo de la puerta. Mi piel temblaba; yo también. La abrí muy delicadamente, como se abre el alma ante el altar de una iglesia. Los tonos dorados del sol sobre Toledo se colaban entre las cortinas que velaban las ventanas. Iluminaban la habitación a destellos, con dentelladas divinas. «No soy digno de entrar en vuestra casa», me sorprendí diciendo a mí mismo, como si estuviera a punto de comulgar. Desterré el pensamiento como algo irrespetuoso. Ahí no estaba Dios, aquello no era un templo.

Entré en la habitación y cerré la puerta detrás de mí. Allá al fondo, junto a la chimenea que me había iluminado durante la noche, estaba Auri, tumbada en la cama, con los ojos cerrados. Dormía. Su belleza no necesitaba del fuego de un hogar para iluminarla; los destellos dorados del sol la enmarcaban, elevándola sobre toda la creación. Sí, había algo divino en todo aquello. No era Dios pero estaba Dios presente. Si Él era amor, Él tenía que estar ahí, en mi corazón, en el corazón de ella, uniéndonos a los tres en uno solo. ¿No era así como funcionaba en realidad el mundo? Más allá de cualquier imperio, más allá que cualquier Salazar, De los Cobos o Cortés, no giraba gracias a ellos. Lo movíamos nosotros, con nuestros corazones, en el amor, con el destello divino de nuestra alma inmortal. Todo esto estalló en mi corazón a la vez, como la tinaja cayendo al suelo, derramando una felicidad que no pude contener. Me postré de rodillas, sobrepasado, junto a su lecho; ensimismado, en aquel instante, en el ardor con sabores de eternidad que me daba a conocer Dios todopoderoso. Como el beso en la frente de aquella noche.

Incliné mi cuerpo hacia ella y, cerrando los ojos con una sonrisa de paz absoluta, hundí la frente en su seno. Había vuelto a casa.

—Entonces, ¿qué es lo que vais a hacer ahora?

La pregunta me pilló por sorpresa cuando salí más tarde de la habitación de Auri. Cortés estaba al otro lado de la galería, asomado sobre el patio, con los brazos en la barandilla, esperándome.

Caminé hacia él y sus ojos negros me acompañaron con curiosidad; estaba sereno, tranquilo, con una paz que no había visto en él ni siquiera el primer día en que nos habíamos conocido en el palacio de Axayácatl. ¡Dios mío! ¿Había soñado Tenochtitlán o realmente había estado allí?

—Os veo cambiado; radiante, diría yo —observó él, mirándome con detalle.

—¿De veras?

¿Tanto se notaba la revelación que había sufrido allá dentro? Me acerqué y dejé cabalgar mis brazos sobre la barandilla, imitándolo.

—Yo también os veo a vos distinto —repliqué yo.

—Hemos rendido cuentas y las hemos rendido bien —asintió con satisfacción.

—Debo agradeceros lo que mandasteis hacer anoche al duque de Medina Sidonia.

—Eso fue una decisión compartida con él y Tapia. Les dije que en vuestro delirio no habíais parado de mencionar el nombre de esa mujer y el temor a que Salazar la matase si yo llegaba a revelar todo lo que vos habíais descubierto. Como habéis podido ver, no tenía la menor intención de desolar el reino —hundió sus ojos en los míos, hecho cómplice—, pero no podíamos arriesgarnos a que Salazar cometiese alguna locura con ella. ¿Cómo se encuentra?

—Sigue dormida.

—No tenéis por qué preocuparos. Salazar la tenía prisionera, oculta en un convento a las afueras de Toledo. Se pondrá bien. Ardo en deseos de conocerla. Juan Alonso me ha dicho que es muy bella, y eso es todo un cumplido, viniendo del duque de Medina Sidonia.

Abajo en el patio estaba Martín, el hijo de Cortés, correteando alrededor del estanque con el indio Andrés Tapia Cortés persiguiéndolo, salpicándose el uno al otro y riéndose, inadvertidos.

—¿Y bien? ¿Tenéis pensado lo que vais a hacer?

—No sé qué es lo que será de mí ahora que ella y yo estamos de nuevo en Castilla. Habéis podido comprobar que el secretario de Su Sacratísima Majestad me tiene un poco de ojeriza, y no sé si nos llegaría a dejar vivir en paz. Auri..., Auristela —corregí ante su cara de extrañeza al oírme nombrarla con su diminutivo—, tomará la decisión. A ella le corresponde en esta segunda oportunidad.

Cortés prefirió no preguntar sobre cómo había resultado la primera. Mejor. Esa era otra historia.

—Pues yo me iré a Nueva España —arguyó Cortés con sarcasmo—. Dicen que son buenas tierras las que hay allí y con buenas oportunidades para quien desee trabajarlas.

—Pero también dicen que Hernán Cortés, su conquistador, es un hombre cruel y despiadado que hace lo que quiere con ellas. —Levanté la mano, advirtiéndolo.

—Hum, eso también he oído yo —dijo Cortés, llevándose la mano a la barbilla.

Dejamos escapar ambos unas risas, y él se volvió hacia mí despegando las manos de la barandilla.

—Siempre he presumido de conocer bien a la gente con solo echarle un vistazo, pero confieso que con vos me equivoqué. Pasé de la confianza a la más absoluta de las suspicacias y al rencor, y al final he acabado dependiendo de vos para salir airoso hoy ante el emperador. Cuando menos, Diego de Soto, sois un hombre inesperado.

—Pues yo también os voy a revelar un secreto —dije yo, golpeando con una mano sobre la barandilla—: siempre he presumido de conocer a la gente con solo echarle un vistazo, pero vos me resultasteis desde el principio inaprensible.

Los dos volvimos a sonreír ante la coincidencia de nuestras respectivas impresiones.

—¿Inaprensible? —Ladeó la cabeza, admirado—. He oído muchas cosas sobre mí; que era codicioso, cruel, hijo de puta, asesino, licencioso, altivo..., pero nunca esa: inaprensible.

—Inaprensible hasta hoy mismo —continué yo—, cuando el velo que os envolvía de misterio se ha rasgado en dos.

—¿Ya no soy inaprensible? —preguntó, contrariado, Cortés.

—No, la palabra ahora es diferente: habéis pasado a ser admirable en vuestra lealtad.

—Lealtad. —Exhaló un ligero suspiro—. No es lo que he recibido yo en muchas ocasiones, si descontamos a Tapia, quien ha suplido todas esas deslealtades.

—Mateo 12, 25 —tercié yo—, lo que os susurró Sandoval aquel día frente al tapiz de Hércules; es la piedra angular sobre la que se sustentan vuestras grandes decisiones. Una ciudad dividida contra sí misma no subsistirá. El motivo por el que aquel día, frente al puente, sujetasteis vuestro caballo por las bridas cuando podríais haberos coronado emperador de Nueva España.

Cortés bajó la cabeza, regresando a aquel día.

—Lo que siempre busqué en mi enemigo, dividirlo, jamás lo quise en mi propia casa, entre mis hombres, en un reino.

—En el imperio —añadí yo—. Por eso no habéis acabado esta mañana con Francisco de los Cobos.

—¿Hubiese traído algún bien para la concordia de Castilla, para nuestro imperio?

—¡Disculpasteis también a vuestros hombres! —exclamé yo, movido por el asombro.

—¿Os referís a Bernardino Vázquez, De Grado, Mejía? —Una ligera sombra cruzó su mente—. Ellos fueron tentados por las huestes de Cuauhtémoc, pero cuando Bernardino Vázquez vio que los habían engañado, se echó atrás. Lo suyo fue tan solo una estúpida tentación que Cuauhtémoc convirtió en distracción el día de las celebraciones en el templo. Todos sabemos las consecuencias que trajo consigo, pero hubieran sucedido igual.

—Una ciudad dividida contra sí no puede subsistir —dije yo abstraído en la contemplación del retazo de cielo reflejado en el estanque que asomaba bajo nuestras cabezas.

—No, no hubiera subsistido en momentos tan complicados. ¿Os imagináis que en ese momento tan terrible me hubiese puesto a dirimir responsabilidades, a juzgar corazones? No, había que seguir hacia delante, huir de la ciudad; todos hechos uno. —Cortés empujaba las palabras de sus labios con determinación—. Así es como pienso, Diego. Hay que saber tirar siempre de los hilos que nos unen, y si son más fuertes que los que nos dividen, hay que coser y olvidar. Como un tapiz. —Se sonrió al recordar la infamia de aquella mañana.

Las risas de Andrés Tapia Cortés ascendieron hacia nuestros oídos, y Cortés dirigió los ojos hacia el indio, que estaba cogiendo en ese momento a su hijo en brazos.

—Además, de las cenizas siempre emergen nueva vida y nuevas oportunidades, ¿no lo creéis así? —El conquistador señaló con la cabeza hacia los de abajo.

Miré hacia Martín, el fruto que había surgido de su relación con doña Marina, muriéndose de risa con las cosquillas que le estaba haciendo el indio.

—Sabéis quién es, ¿verdad? —preguntó de pronto con un gesto enigmático.

Lo miré, confundido, y asentí; ya lo había visto durante la audiencia con el emperador, y lo conocía de mucho antes.

—No estoy hablando de mi hijo, sino de Andrés Tapia Cortés.

Me miró fijamente a los ojos, retándome.

Bajé la cabeza, tratando de adivinar. La intuición me golpeó como un rayo.

—¿El hermano de Elvira? ¿El sacrificio humano?

Cortés asintió. El hombre a quien Juan de León había salvado la vida derramando un reguero de sangre en el camino. Una vida que había valido la de cientos había que protegerla.

—Él no sabe que Juan de León... —Dudé si continuar.

—¿Que murió y sus restos yacen enterrados en el corazón de Diego de Olarte? —Cortés puso los dedos sobre sus labios—. No, eso lo saben tres personas y vos. Contáis con muchos privilegios para el poco tiempo que habéis estado en Nueva España. Sabéis demasiado.

Sonreí, malévolo. Sin embargo, todo, todo, todo no lo sabía. Pero no había llegado aún el momento. No todavía.

—Veréis. —Cortés se puso a pasear por la galería con las manos a la espalda—. He estado pensando que podríamos retomar el proyecto del que hablamos aquel día en el peñón.

Cortés tenía la capacidad de hacerme saltar de charco en charco hasta llegar a la orilla de sus intereses. Regresé a aquel día, a aquel lugar, el sitio favorito de caza de Moctezuma. ¿Qué me había propuesto Cortés entonces? Que escribiera unas crónicas sobre la conquista.

—Hubiera sido muy bonito hacerlo —respondí yo, siguiendo sus pasos y poniéndome a su lado—, pero no voy a poder ser yo si queréis que vean la luz algún día. Don Francisco de los Cobos jamás permitirá que se imprima y difunda algo escrito por vos o por mí sobre vuestra gesta.

Cortés se llevó la mano al mentón.

—He pensado que podríais escribir una crónica como si vos mismo hubierais estado en los acontecimientos que narráis. Sería anónima, escrita por alguien ajeno a mí.

—Tapia empezó a escribir una.

—¿La leísteis?

—Sí, hasta que me la quiso arrebatar de las manos.

En ese momento Tapia bajaba las escaleras del tercer piso.

—Tapia, ¿por qué le arrebatasteis las crónicas que estabais escribiendo? ¿Tan malas os parecían? —Cortés sonrió, malévolo.

Tapia enrojeció de golpe, sin razón aparente, sorprendido por las preguntas.

—No, no sé —titubeó él, acercándose hasta nosotros.

Cortés no pareció darse cuenta de la situación y yo, en aquel momento, no le di importancia.

—Pero, aunque las de Tapia fueran a ser brillantes, no servirían porque su nombre está contaminado por el mío. ¿No pensáis vos, Tapia, que Diego sería el mejor para escribir una brevísima historia de todo lo que nos aconteció como si fuera uno de los hombres que luchó a nuestro lado? Nos tiene a nosotros para contárselo todo, pero el anonimato protegerá la gesta y hará que la verdad cabalgue hacia las futuras generaciones.

Tapia me miró, frunció el ceño y negó con la cabeza.

—No sé, no creo que Diego sea partidario de ello.

—Creo que Tapia me conoce bien. —Le di una cariñosa palmada en la espalda—. Un cronista lleva la vanidad en la sangre.

—¿El anonimato es vuestro único inconveniente? Vanidad de vanidades, todo es vanidad —susurró Cortés, sacudiendo la cabeza, incrédulo.

—Quien empuña una pluma desde la sombra es como quien tira una piedra y esconde la mano —quise defender yo mi posición, alejándola de la vanidad—. Los lectores del futuro tienen derecho a saber el nombre de quien escribe.

Cortés se detuvo en medio de la galería y extendió los brazos a su alrededor, asiendo con sus manos el mundo entero.

—Querido Diego, ¡todos sabrán vuestro nombre, y el mío, y el de todos los que participaron en la gesta! Los llevo a todos escritos aquí —señaló su pecho— y en mis papeles. Nadie los olvidará si contáis lo que ocurrió. Y vos..., vos podréis escribirlo tomando prestado el de alguno de mis hombres.

Cortés me pasó una mano sobre el hombro, atrayéndome hacia sus labios:

—Además, ¿qué creéis que debe pesar más en el alma de un auténtico cronista? ¿Su nombre o la verdad?

—Os gusta saliros siempre con la vuestra. —Traté de deshacerme de sus encantos y de la inequívoca respuesta que traía consigo esa pregunta.

—De no ser así, jamás hubiera conquistado esas tierras. —Me arrojó una inevitable sonrisa.

—Está bien, lo pensaré. Pero ya os lo he dicho antes; todo dependerá de la segunda oportunidad que quiera dar Auristela a nuestras vidas. Y os aseguro que si acepto vuestra oferta, pondré mis condiciones.

—Y os aseguro, Cortés, que Diego puede llegar a ser tan persuasivo como vos —añadió Tapia, en mi favor, dándome una sonora palmada en la espalda.

14

Auristela volvió a ser Auri veinticuatro horas después de haberla visto postrada en la cama como una llamada del destino. Seguía ahí tumbada sobre el lecho, aunque ya no perdida entre sus sábanas. Una bata la envolvía como regalo para los dioses.

No fue difícil ponernos al día en nuestras historias. La suya había sido simple, apagada y cruel. Tras el grito en la fiesta y los dos cadáveres que conducían al sótano, Bernardino Vázquez se había creído su historia y la había trasladado a unos aposentos de su residencia, dejando que reposara. Le dieron algo de beber y se quedó dormida. A la mañana siguiente, cuando despertó, todo a su alrededor había cambiado. Estaba en un lugar desconocido, con rejas en las ventanas. A partir de ese momento comenzó a sentirse muy cansada, sin apenas fuerzas para levantarse, la luz en torno suyo se hizo más tenue y todo se fue apagando a su alrededor.

—No os lo creeréis, pero desde ese momento viví como en una especie de túnel oscuro en el que de vez en cuando entraban destellos de luz.

Sujeté fuertemente su mano, junto al lecho, mientras continuaba hablando.

—A veces escuchaba conversaciones y veía gente a mi alrededor.

—¿Recordáis alguna cosa?

—Los destellos de luz. —Auri cerró los ojos, tratando de refrescar su mente—. La voz de Salazar y el rostro de Bernardino Vázquez, hablando, dejándome vivir porque todavía era una oportunidad.

—Miserables —murmuré yo. Así había querido Salazar domeñar mi voluntad hasta el final.

—¿Y otro destello de luz que recordéis?

Auri volvió su rostro hacia la ventana.

—Ese es más confuso; no recuerdo palabras; solo imágenes sueltas que se repiten sin cesar hasta el día que despierto en la celda de un convento. Cuando ayer me sacó vuestro amigo, ni tan siquiera sabía que estaba en Castilla. —Se llevó las manos a la cabeza, todavía incrédula—. ¿Cómo pudieron hacerme cruzar el océano sin enterarme?

Levantó el rostro ante la confusa noción del tiempo que todavía la embargaba.

—¡Me siento tan vulnerable al saber que he vivido todo este tiempo como sumida en alas de un sueño!

Acerqué mi rostro al suyo, juntando los labios.

—No es necesario que sigáis hablando sobre ello. No dejaré que nadie nunca os vuelva a hacer daño.

Auri sonrió levemente y se dio la vuelta sobre el lecho, dándome la espalda.

—Estando vos conmigo, dejará de perseguirme ese jaguar negro —dijo ella con un bostezo.

Se me heló la sangre al escuchar sus palabras. Un jaguar negro. Jamás le había hecho mención a Auri de la fantástica aparición de ese animal, que a mí también me perseguía.

—¿A qué os referís?

—Otro de los destellos de luz de los que os he hablado. —Auri hizo rodar su cuerpo de nuevo hacia mí al adivinar una súbita inquietud en mi voz—. ¿Por qué me lo preguntáis? —Escrutó mi semblante en busca de una respuesta—. ¡A vos también os persigue!

Asentí, todavía confundido porque la imagen del jaguar también se le apareciera, pero, sobre todo, molesto por sus artes adivinatorias.

—¿Por qué siempre acabáis descubriendo lo que pienso antes de decirlo? —protesté—. ¡Me conocéis tan bien que no podré engañaros nunca!

La avidez en su rostro borró los restos del cansancio de los que aún le había visto presa al entrar a la habitación. Auri, la Auri que yo conocía de verdad, estaba de vuelta con la misma fuerza que si no se hubiera ido nunca.

—¿Por qué os persigue a vos? ¿Por qué lo tenéis en la cabeza? —preguntó ella, ignorando mis protestas.

Auri se levantó de la cama con una bata y un camisón que la convertían en la reina de las historias que se cuentan a los niños antes de ir a dormir. Imposible no decirle lo que quisiera al verla de aquella manera. Le hablé del jaguar que había arrebatado a Juan de León, Diego de Olarte, el oro de aquella noche triste.

—Desde entonces me persigue inevitablemente. Es como si quisiese proteger el secreto del tesoro que custodia desde esa noche fatídica y que no quiere que salga a la luz —acabé yo de explicar—. Y a vos, ¿por qué os persigue? ¿Desde cuándo?

Auri dejó de escucharme y, echando la cortina a un lado, se asomó para contemplar unas vistas que miraban a la ciudad imperial con soberbia.

—El que me persigue a mí no tiene nada que ver con el brillo del oro. Nadie me ha hablado de él —dijo, misteriosa—. Está en mis sueños. El animal salta desde las brumas de un espejo oscuro. Me asomo en él y veo a una mujer muy bella ofreciéndome unas flores. Hay furia en sus ojos; ella es la que se convierte en jaguar, ella la que me persigue, ella la que me sume en las tinieblas.

Se volvió de nuevo hacia mí, tratando de indagar en mi silencio.

—¿Sois capaces de construir algo con todo ello? —me apremió.

Solo una imagen encajaba en todas las que ella acababa de arrojar. La mujer bella, el espejo de obsidiana, las tinieblas reflejadas en él, solo la señalaban a ella. La hija de Moctezuma.

—¿Llegasteis a conocer a Isabel de Moctezuma en el tiempo que estuvisteis en Tenochtitlán?

—No, que yo recuerde.

—Creedme, la recordaríais si la hubieseis visto alguna vez.

—¿Más bella que yo? —Levantó las cejas, desafiante.

—Juzgad vos misma. Es la mujer que visteis en vuestro destello de luz.

—Es bella —consintió Auri, acariciándose la cabellera.

—Es la hija de Moctezuma.

—¿La mujer que concibió un hijo con la esperanza de que Cortés se proclamara tlatoani?

—La misma.

—¿Y por qué está ella en mis sueños si jamás la he conocido?

Me puse a pasear inquieto por toda la habitación en busca de una respuesta. Recordaba la forma inesperada y casi mágica en que se había aparecido ante mí, después de que yo bebiera una pócima con la que había echado a volar hasta su jardín secreto. Había similitud entre mi forma de evaporarme y la que Auri había experimentado durante todo este tiempo. ¿Y si Salazar había solicitado sus servicios para desvanecer a Auri en la oscuridad? Él conocía de la fascinación de la princesa por las pócimas y ungüentos que utilizaban los sacerdotes aztecas en sus rituales. Brebajes capaces de hacer que alguien caminara voluntariamente hacia su muerte danzando y tocando alegremente la flauta, pociones que negaban las posibilidades de asentar la semilla del tlatoani Cuauhtémoc en su vientre o favorecían, en cambio, su éxito en un único encuentro con Cortés; ungüentos que me habían dormido a mí y hecho desaparecer a Auri en un letargo somnoliento. Todo eso cabía bajo las artes y la belleza de Isabel de Moctezuma.

Me detuve y miré a Auri, convencido.

—Creo que Isabel de Moctezuma fue quien, por encargo de Salazar, os mantuvo dormida y somnolienta hasta vuestro traslado aquí, a España.

Auri me miró incrédula.

—¿Qué sentido tiene si no vuestra visión de ella, asomándose en un espejo de obsidiana, con un ramo de flores ante vos? Ella es la que fabricaba las pócimas que lo hicieron posible.

—Pero ¿por qué tengo en mi cabeza la imagen del jaguar? —preguntó Auri, abriendo bien los ojos.

Los dos nos miramos, barajando mil posibilidades en la cabeza.

—Me contasteis que Isabel de Moctezuma tenía la esperanza puesta en que Cortés se sublevase —dijo Auri, después de un momento—. Su decepción debió de ser horrible cuando descubrió que no lo había hecho.

—Y, además —añadí yo mientras me mordisqueaba los labios—, sé que el hijo que esperaba resultó ser una niña, por lo que cualquier esperanza de alumbrar a un tlatoani se frustró. Doble decepción.

—Las mujeres somos rencorosas cuando alguien nos niega lo que ansiosamente esperamos. —Auri dejó asomar un brillo en los ojos.

—¿Estáis pensando que, a lo mejor, Isabel de Moctezuma, por puro rencor, tras sentirse traicionada por Cortés, pudo decir algo que sabía a Salazar?

—No lo sé, pero no me puedo quitar la idea de tener ese jaguar merodeando en mi interior sin saber de dónde viene y a dónde va —insistía Auri.

De pronto cayó allí en medio, desde lo alto de la habitación al suelo; lo hizo con gran estrépito pero sin ruido:

las palabras ensangrentadas que había pronunciado Salazar en el Alcázar: «El secreto; ella lo sabía». Las había descartado como un delirio entonces. Noté mi corazón dándose la vuelta bajo mi pecho.

—¿Y si la princesa Isabel siempre supo dónde estaba el tesoro y se lo dijo a Salazar por rencor? —La emoción sacudió mis palabras.

—Vos y yo tuvimos la misma corazonada cuando escuchamos que el tesoro se lo habían llevado esa noche. Nadie elige el oro cuando es la vida lo que está en peligro. Lo dejaron ahí, lo escondieron. Volverían para rescatarlo. ¿Cuántos años tenía Isabel entonces?

—Debía de tener unos diez años.

—Una niña de esa edad puede merodear por todas partes sin molestar a nadie. ¿Y si vio dónde escondía Cortés el tesoro?

—Auri, Auri, Auri. —Me llevé las manos a la cara y apreté los dedos contra las cuencas de los ojos, descartando lo que estaba escuchando—. ¡Me estáis volviendo loco con vuestras suposiciones!

—Mi jaguar, Diego, mi jaguar. ¿Por qué lo tengo dentro, saltando de un espejo de obsidiana que no he visto jamás? Isabel habló de él delante de mí. ¡Lo sé!

Cuando una idea asaltaba a Auri, era difícil sacársela de la cabeza.

—Pero ¿por qué un jaguar? —dije yo, con el alma en vilo—. ¿Por qué asumís que vuestro jaguar es también el tesoro?

—Ese tesoro sigue existiendo. Está en algún lugar. Vos decís que se lo llevó un jaguar, ese mismo jaguar que me araña las entrañas y me dice que tiene que estar en alguna parte y que Cortés lo sabe. Ella se lo dijo, igual que se lo dijo a Salazar. Yo lo escuché.

—Auri. —Extendí los bazos, atónito—. Vos no escuchasteis tal cosa.

—Tenéis razón, pero ¡tengo el jaguar en mi cabeza!

Los dos callamos por un instante. Auri volvió a la carga.

—Una mujer es capaz de guardar un secreto durante mucho tiempo con tal de lograr lo que quiere. Isabel esperó unos años hasta meter a Cortés en su cama. Se quedó embarazada. Fue su tesoro. Pudo esperar el mismo tiempo para decirle al conquistador dónde había guardado Cuauhtémoc el oro que él había escondido.

Me tuve que sentar, aturdido por las posibilidades que se agolpaban en mi mente.

—¿Veis como tengo razón? —exclamó ella, victoriosa.

Me levanté, sacudiendo la cabeza.

—¡No lo sé!

—Está bien. Pues preguntádselo.

Su reacción fue tan inesperada que la miré para comprobar si bromeaba.

—¿Preguntárselo a quién? —Volví mis ojos hacia ambos lados.

—¿A quién si no? A Cortés. —Se cruzó de brazos con una sonrisa entre los labios—. Decidle que vuestra prometida no está dispuesta a dejar que trabajéis en sus crónicas, permitir que regresemos ambos a Nueva España con él, si no os dice lo que ocurrió con el tesoro aquella noche.

La miré incrédulo. ¿Se había vuelto loca?

—Auri, aunque él lo sepa, ¿creéis que me lo va a decir?

—¿No se os llenó la boca al decir que poníais en mis manos la segunda oportunidad? Pues esa es la condición: preguntadle qué hizo el jaguar con el tesoro esa noche —insistió ella buscando mis labios con los suyos.

¿Qué puede un hombre hacer en esa situación? Nada, absolutamente nada. Una mujer, cuando tiene razón, tiene razón. Y cuando no la tiene, también.

15

Tardé tres días en poder volver a ver a Cortés. A través de Tapia había sabido que, desde la entrevista con Su Sacratísima Majestad, los palacios de la ciudad imperial habían comenzado a abrir sus puertas al conquistador. Había empezado a ocurrir a raíz de la visita que el propio emperador había realizado a Cortés al día siguiente, sin previo aviso, de incógnito y sin que nadie salvo su guardia lo acompañase. Quería verlo para confesarle que nunca había leído las cartas de relación que le había ido enviando.

—Pues bien, ayer, nada más abandonar la reunión, se puso a ello y no pudo parar de leerlas hasta pasada la medianoche —me había explicado Tapia, con la emoción en sus labios—. Se avergonzó de no haberlo hecho antes. ¿Sabéis lo que le dijo a Cortés?

Negué con la cabeza, escuchando con una sonrisa.

—Dijo que no le gustaba que nadie le hiciera reverencias postrado ante él como si fuera un dios, pero que si había alguien que jamás debería volver a hacerlo era él, Hernán Cortés.

Pude imaginarme el regocijo que debía de invadir a Cortés esos días. Lo merecía después de tanta infamia, de tanto desagradecimiento, de tanto rencor.

Le pedí a Tapia que me hiciera el favor de buscarme un hueco para poder verlo. Tenía algo pendiente con él y quería solucionarlo cuanto antes. Advertí una mirada de curiosidad en su rostro.

—Prometí a Alí Bey cuando me acompañó hasta Cadalso que le presentaría al conquistador de unas tierras que apenas tenían caballos. Podéis imaginaros las expectativas que tiene el moro.

—Aunque sus caballos sean cojos, Cortés hará negocio con él después de lo que ese moro ha hecho por nosotros —exclamó Tapia.

—No os arrepentiréis, os lo aseguro.

Fiel a su palabra, Tapia logró tres horas del tiempo de Cortés, apretadas entre una comida con los duques de Benavente y una recepción que los duques del Infantado habían organizado en su honor esa misma noche.

Cortés y yo salimos por las puertas de servicio del lugar donde nos hospedábamos. Yo quería que los dos fuéramos tranquilamente, andando solos hasta el campamento de Alí Bey, y la única manera era evitando la salida principal. Siempre había apostados a su entrada incondicionales del conquistador deseosos de ver una chispa de su grandeza.

Yo estaba nervioso. Auri seguía empeñada en que preguntase a Cortés. No sabía en realidad si me iba a atrever. Había considerado seriamente no hacerlo y mentir después a Auri, pero fue imposible.

—Me ha dicho Auristela que no deje de recordaros lo que, según ella, tenéis que preguntarme —me dijo Cortés nada más salir por la puerta.

Me arrugué al escuchar aquello. No iba a poder zafarme tan fácilmente del jaguar negro.

—Una mujer especial, vuestra Auri. Es bella, muy bella, y tiene cabeza sobre los hombros. Aunque debo confesaros que no es el tipo de mujer que yo llevaría al altar. Demasiada fuerza. Lo que no consiguió nadie en el Imperio azteca, lo haría ella en un abrir y cerrar de ojos: doblegarme.

Sonreí. Era cierto. Dos espíritus conquistadores bajo un mismo techo no era una buena idea.

Cogimos una de las calles estrechas que salían a la izquierda del palacio y comenzamos a andar en silencio. La ciudad imperial estaba desierta a aquellas horas, y, sin la pompa que lo solía rodear, era difícil que nadie que se cruzara con nosotros reconociese a Cortés.

—¿Y bien?

Me volví hacia él y sonreí, nervioso, ante su mirada inquisidora. Notó mi inquietud.

—¿No vais a aceptar ser cronista de la historia verdadera de la Nueva España? —Frunció el ceño, queriendo anticiparse.

—Sí, no, sí... —Tropecé con mis palabras—. Quiero decir que sí, claro que sí, pero hay un pequeño detalle que necesito aclarar antes.

—Adelante. —Hizo una señal con la mano.

—A lo mejor no os gusta lo que os pregunto. —Arrugué el semblante predisponiéndolo a lo peor.

Cortés se rio ante la idea.

—Pues entonces no os contestaré.

Traté de sonreír con él mientras buscaba la forma de disfrazar la pregunta.

—Veréis, hay un asunto en toda vuestra gesta que no sabré cómo tratar y que mi futura esposa ha puesto como condición si queremos seguir adelante en nuestro acuerdo.

—¿Ah, sí? —Clavó en mí sus ojos aceituna con interés.

—Veréis, Juan de León me contó que la noche de la salida de Tenochtitlán —carraspeé, evitando mirar al conquistador— un jaguar negro se abalanzó sobre él en el puente y se llevó consigo el tesoro.

—¿Eso es lo que os dijo Juan de León? Es una buena respuesta. Ni yo la hubiera imaginado mejor.

Su contestación no pudo ser más inesperada. Tardé unos instantes en digerir su significado.

—¿Queréis decirme que no es cierto?

—Pues no lo sé, a decir verdad. No estaba allí para saberlo con exactitud. —Su sonrisa jugaba con la confusión—. Creo que es cierto y creo, en cierta manera, que no lo es.

Proseguimos en silencio y yo decidí ahí mismo que no había nada más que hablar. A Auri le tendría que bastar, porque yo no iba a insistir. No a Cortés. Lo había intentado, el conquistador sabía lo que había preguntado y no se había inclinado a dar mayores detalles. Me bastaba lo que me había dicho Juan de León; era una respuesta romántica, estaba a la altura de la épica de aquella noche y envolvía el asunto en una bruma oscura de cierto misticismo.

Alcanzamos el recodo de una calle que desembocaba en otra más vertiginosa. El sol aterrizaba en ella con todo su esplendor amarillo y dibujó nuestras sombras, precediéndonos, alargadas, altivas, magníficas, con sus rayos a nuestras espaldas.

Absortos en nuestros otros yoes bajo el sol, advertí la sombra de Cortés volviéndose hacia la mía.

—¿Y vos qué pensáis que ocurrió esa noche con el tesoro? —susurró su sombra.

Nuestros ojos se descubrieron escrutándose entre las brumas de aquella oscuridad.

—Y no digáis que se perdió porque tenéis los datos suficientes para saberlo.

Las sombras se detuvieron como si tuvieran vida propia y no dependieran de nuestros pasos. La voz de Cortés flotó, saliendo de entre sus pliegues para llegar volando a los míos.

—Leísteis los escritos de Tapia. Él me lo dijo el otro día: os los arrebató precisamente por ello.

Las sombras en el suelo se contemplaron durante un largo momento, desafiando la gravedad del sol.

Vi a la mía haciendo el esfuerzo de volver a escribir

aquellas palabras que había leído hacía tiempo, tratando de recordar cuál había sido el instante, cuándo me había asaltado algún secreto entre sus hojas.

—Y bien, ¿vos qué visteis? —preguntó de nuevo Cortés.

Saltó de mis sombras la pregunta que él mismo había hecho aquel día a Tapia y Alvarado frente a la jaula del jaguar. «Y bien, qué es lo que veis?» Había tenido lugar cuando supieron que la expedición de Pánfilo de Narváez había desembarcado y los amenazaba. ¿Qué habían visto ellos aquel día ante el jaguar negro?

Su sombra había pasado entonces por delante de mí y yo no había sido capaz de verla.

¿Había sido lo mismo que había visto Salazar? Salazar lo había sabido; las palabras de sus labios ensangrentados lo habían insinuado. La princesa Isabel de Moctezuma había hablado.

Su doble tesoro. Su hijo y el tesoro. ¿Había visto yo entre las sombras de aquel espejo de obsidiana el brillo dorado del tesoro? Dejé que sus brumas inundaran de nuevo mi memoria. No. No había sido allí. El único brillo dorado que había visto yo había sido en la oscuridad de mi primera noche en el palacio de Axayácatl. Los franciscanos y el oro en aquel carro a los pies de la ventana de mi habitación. ¿Transportándolo desde dónde?

Las brumas del espejo se diluyeron y dibujaron entonces las ruinas de las jaulas que había tenido ocasión de ver en el nuevo Tenochtitlán, abandonadas entre la vegetación agreste de los terrenos franciscanos. Vi la jaula de los monos y a Juan de León en la piel de Diego de Olarte acercándose a ella y sacando aquella botella escondida entre sus restos.

Miré de nuevo hacia el suelo, delante de nosotros. El sol seguía arrojando mi sombra y la de Cortés, sujetas a nuestros zapatos, y el lento movimiento de la tierra bajo los pies las iba transformando con parsimonia. Juraría haber visto entonces a mi sombra levantando la mano y escribiendo algo sobre los adoquines. Leí la frase mientras mi mente la iba dictando: «Hay otro asunto que quería tratar con vos a los pies del jaguar negro».

Era del relato de Tapia. Unas palabras de Cortés. Lo que había llamado mi atención el día que lo leí. El motivo por el que había querido arrancármela de las manos. Algo había quedado colgado de aquella frase que nunca se había escrito. Un espacio en blanco que no había sido rellenado porque quienes lo sabían no necesitaban recordarlo ni que nadie más lo supiera.

Mi sombra bajó el brazo y la frase escrita en el suelo desapareció. Me volví lentamente hacia la sombra de Cortés con la respuesta en los labios. En su lugar, vi la de un jaguar negro, enfrentada a la mía. Retrocedí, asustado, creyendo que saltaba sobre mí, y, entonces, ambas sombras se esfumaron, deshaciéndose bajo una nube que cubrió súbitamente los cielos de la ciudad imperial. Cortés y yo nos quedamos nuevamente solos, el uno frente al otro.

—El tesoro nunca salió —le susurré, atónito, mi descubrimiento—. Lo escondisteis bajo la jaula del jaguar negro. Él la protegería hasta el día en que Tenochtitlán volviera a ser vuestro.

Cortés me observó con evidente satisfacción.

—Ese tesoro ha permanecido ahí mucho tiempo, más del que cualquiera pudiese haber sospechado jamás. Nadie pensó, cuando regresamos, que lo encontraríamos. La ciudad había quedado arrasada. Cuauhtémoc había mandado levantar piedra por piedra los lugares que no eran imprescindibles para fortalecer con ellas los flancos débiles de la ciudad ante nuestro ataque. ¿Cómo pensar que nadie hubiera encontrado ya el tesoro?

Asentí. Yo mismo había visto partes de la ciudad que todavía eran un cúmulo de piedras esperando que alguien impusiera el orden entre la vegetación y el barro.

—Pero ella lo sabía. Era entonces tan solo una niña con los ojos bien abiertos que se paseaba por el palacio de los españoles como si fuera su propia casa. Nos debió de ver caminando por la casa de fieras, trasladando el tesoro. Pero ¿a quién le importaba que nos viera cuando yo había dado mi palabra a su padre de que si ocurría algo nos la llevaríamos con nosotros? Moctezuma me lo había suplicado, pero yo fracasé. No cumplí mi promesa.

Cortés bajó la cabeza y lanzó un suspiro de asombro.

—¿Quién iba a saber entonces que Bernardino Vázquez iba a dejar escapar a Taumoc con los hijos de Moctezuma?

Un escalofrío recorrió mi cuerpo al escuchar su nombre.

—¿Supisteis lo de Taumoc también? —Tuve que coger aire porque pensé que me ahogaba de nuevo.

—Lo descubrí mucho después. Los coqueteos de Vázquez con la traición le obligaron a una nueva traición para que Cuauhtémoc no lo delatara. —Cortés sacudió la cabeza, salpicado en el corazón por la amargura de ese recuerdo—. Cuando uno vende su alma al diablo, este siempre acaba regresando para reclamar los intereses.

Reanudamos nuestro paso por la pendiente de la calle que había borrado nuestra sombra.

—No deja de asombrarme lo conectada que está nuestra existencia con las decisiones de los demás, ¿no es cierto? —exclamó Cortés con asombro—. No dejamos de formar un gigantesco tapiz, como el de *La infamia*.

Avanzamos en silencio y Cortés se asomó, a nuestra derecha, sobre una balconada desde la que se divisaba la orilla del río.

—Mirad, allí abajo asoma el campamento de vuestro amigo —dijo.

—Entonces, ¿la princesa Moctezuma guardó el secreto durante todo ese tiempo?

—Nunca hablé con ella tras la derrota de su pueblo. Era la esposa de Cuauhtémoc, el tlatoani; lo único que le quedaba a él después de su derrota, y yo lo respeté. ¿Cómo pensar que ella no se lo había confesado en su momento a Cuauhtémoc? Y aunque así hubiera sido, ¿cómo creer de veras que después de la destrucción de la casa de fieras pudiera quedar algo?

—Pero al final os lo dijo; os sedujo y os lo dijo.

—Sí, así fue. El mismo día en el que llegó desde Castilla la noticia de que yo dejaba de ser el gobernador de Nueva España, ella se presentó en mi habitación y me hizo un doble regalo. Me dijo que el tesoro seguía en algún lugar bajo los escombros de la parte no habitada por los franciscanos, e hicimos el amor como no lo he hecho antes y no lo volveré a hacer jamás en mi vida.

No pude evitar sonrojarme ante aquella inesperada intimidad del conquistador y quise continuar, obviándola.

—Para la princesa fue su gran momento de triunfo. Os tenía a vos, el tesoro de sus antepasados y al futuro tlatoani en su vientre.

—Pero la hija de Moctezuma jamás supo dónde estaba mi lealtad. Amo Tenochtitlán, pero la amo tanto que jamás querría que dejase de formar parte de las Españas. No la engañé. Nunca le dije que me fuese a sublevar. Pero fueron malos tiempos para mí y hubo entre los naturales quienes hicieron volar las expectativas demasiado. Sé que la pobre princesa no se ha recuperado y desde entonces me desprecia. Ha dado a luz a una niña y no quiere saber nada de ella. Pobre criatura; me tendré que hacer cargo de ella.

—Estoy seguro de que el rencor que sintió hacia vos le hizo confesar a Salazar lo del tesoro escondido en la casa de fieras. Fue antes de partir a España con Auristela. Él lo sabe; me lo insinuó después de la saca de puñetazos que le arreé. —Sonreímos los dos al recordar a Salazar ensangrentado.

—Nadie debe preocuparse ya por ese tesoro que se perdió en la noche triste. Ya no está escondido bajo la base de piedra de aquella jaula. El jaguar negro escapó, ¿no lo sabíais? —El sarcasmo iluminó sus labios.

—El jaguar se lo ha llevado todo. —Clavé mis ojos en los suyos, dispuesto a desnudarlo—. Se lo fueron trayendo, cual hormiguitas, poco a poco, los franciscanos hasta vuestro palacio.

Cortés me miró, sorprendido, sin ocultar su admiración.

—¡Habéis llegado más lejos en vuestras elucubraciones de lo que pensaba! Diego de Soto, vos sois el inaprensible, no yo.

—La primera noche de mi estancia en vuestro palacio vislumbré una luz dorada a través de la ventana. Me asomé y vi un carro del que unos indios descargaban tesoros bajo la mirada atenta de un religioso.

—Maldita indiscreción, que lanza nuestros secretos por la borda, ¿verdad? —dijo divirtiéndose.

—¿Dónde lo guardáis?

—No habrá más indiscreciones, es lo único que puedo aseguraros.

—No es muy propio de alguien que presume de lealtad hacia el imperio. ¿Demasiado valioso para compartirlo?

Cortés levantó la mirada y la hizo vagar a su alrededor.

—¿Creéis que os lo voy a decir?

Sacudí la cabeza. Un lacónico brillo despuntó de sus pupilas.

—Querido Diego, el tesoro que podríamos habernos llevado la noche de nuestra triste huida y que, en realidad, se quedó a los pies del jaguar negro, bajo su custodia, es muy hermoso. Si lo vierais os asombraríais. Tuve que luchar con muchos de mis hombres para evitar que se fundiera tanta belleza en lingotes de oro. La delicadeza con la que estaban labradas esas piezas, el ingenio de sus artesanos, no podían acabar devorados por el fuego.

Llegamos junto a la boca del puente que cruzaba el Tajo. Se notaba el trasiego en una de las entradas a Toledo. A nuestra espalda, desde las alturas, la ciudad imperial nos miraba altiva, poderosa, exuberante.

—¿Qué es lo que creéis que ella elegiría si recibiera las maravillas de ese tesoro? —Cortés giró su mentón sobre el hombro, señalándola.

—Fundirlo para realizar pagos o seguir haciendo crecer su poder —respondí yo, con la mente en los Fugger.

—En los tiempos que corren se ha perdido el amor por lo bello. Buscamos la riqueza, no la belleza. Pero es nuestro deber salvaguardarla cuando la identificamos. Preservarla para la posteridad, y que algún día alguien, al ver sus joyas, admire a los hombres que las hicieron posible. Sé que pensáis igual que yo. La verdad no solamente son los escritos en los que la contamos; también lo es todo lo que dejamos atrás para que otros lo contemplen en el futuro. Sabrán entonces que los mismos hombres que ofrecían sacrificios humanos terribles a sus dioses fueron también capaces de arrojar destellos de belleza infinita.

Nos quedamos los dos paralizados, frente al puente que nos seguía uniendo a la ciudad imperial.

—Habréis necesitado cavar muy hondo para que esos tesoros tarden en salir a la luz. —Mi mirada se fundió con los peñascos que atravesaba el Tajo.

—Ni os lo imagináis —respondió él con la excitación de un niño que juega al escondite.

A medida que comenzamos a cruzar el puente, sentí en mis entrañas la curiosidad de quien sabe que tiene al alcance de su mano el secreto de un tesoro oculto. Otro niño.

—No os habréis arriesgado a atravesar una ciudad como Tenochtitlán, llena de rencores, con el tesoro cargado en unos carros. No —sacudí la cabeza con la erudición de un experto—, para ese menester yo habría utilizado los bergantines con los que disfrutáis de la libertad de navegar de un lado a otro de la laguna.

Ausculté atentamente su rostro en pos de una pista que lo delatase, pero lo único que percibí fue su complacencia al escuchar mis palabras.

—Os resultaría poético el lugar elegido, os lo puedo asegurar. —Un destello de complicidad fue lo único que me arrojó.

Nos detuvimos a mitad del puente, sin desistir de callar él ni de hablar yo. Sus olivas saltarinas me desafiaban divertidas. Me mordí el labio, a punto de tener el enclave secreto en mi lengua, a punto de que él me lo dijera.

Una voz nos sacó de nuestro ensimismamiento. Era Auri, que me gritaba desde el campamento de Alí Bey, justo en la orilla, debajo de donde nos encontrábamos.

—¡Diego, llevamos un buen rato esperándoos! Daos prisa o Alí Bey se quedará sin caballos —gritó desde la distancia, sus palabras apenas audibles.

Cortés se volvió hacia mí con el desafío infantil truncado en su rostro. El momento mágico que había puesto el lugar del tesoro en la punta de su lengua acababa de desaparecer.

—No sabía que vuestra prometida nos estaría esperando allá abajo —se limitó a decir, con cierta decepción.

—Yo tampoco —dije mientras me asomaba por el puente y saludaba con la mano, sorprendido de verla junto al río. Estaba más hermosa que nunca, y a mis ojos dejó de existir todo salvo ella. Ni siquiera contaba Cortés, que se había quedado detrás de mí, en un segundo plano, arrojándome una mirada de incredulidad ante mi desaire.

—Ese es precisamente el motivo por el que no podría llegar a ser mi esposa —creí escucharlo murmurar a mis espaldas—. Demasiado inquisitiva.

No me importaba lo que dijese Cortés; Auri era mi tesoro. Estaba al borde del río, con los pies hundidos en el agua. La escuché reírse, y entorné los ojos para ver quién estaba a su lado. No me había dado cuenta todavía porque su belleza lo robaba todo. Juan Alonso, el duque de Medina Sidonia. No lo habría reconocido si no fuera porque estaba descalzo y zambullía sus pies en el agua sin pudor alguno. Detrás de ellos estaba Alí Bey, el caballo, la montura que me había dejado el duque en Sanlúcar. Habían ido a buscarla al convento franciscano donde yo lo había dejado hacía ya una eternidad.

Me volví hacia Cortés, dispuesto a conjurar de nuevo el lugar que tan cerca había tenido entre mis labios, en mis oídos, pero el brillo en sus ojos oscuros se había esfumado. Fruncí el ceño, confundido.

—¿Os habéis echado atrás? Estabais a punto de decírmelo. Lo sé.

Cortés recuperó el paso, cruzando hacia el final del puente, como si no me hubiese oído. Avancé deprisa hasta ponerme a su lado.

—Está bien, si no me lo queréis decir, dejad al menos que siga adivinando.

Cortés continuó caminando sin tan siquiera mirarme, como si yo fuera un mendigo pidiendo limosna. Me detuve, incapaz de comprender los motivos de aquella súbita cerrazón, como si la conversación que habíamos estado manteniendo durante nuestra bajada por la ciudad no hubiese tenido lugar.

—¡Vamos! —exclamé, entre la ofensa y la incredulidad—. ¡Sabéis perfectamente que no se lo voy a decir a nadie!

El conquistador por fin se detuvo y se volvió hacia mí. Caminé hasta él con lentitud, mientras nos explorábamos, yo en busca de sus razones, él a la caza de una certeza.

—Sé que he estado muy cerca con los bergantines

—lo reté de nuevo, tratando de tirarle de la lengua—. Nadie lo sabrá.

Mis palabras se deslizaron sobre el puente en forma de promesa y Cortés pareció por un ligero instante recibirlas con gusto.

—Ella lo sabrá —concluyó él, sus ojos clavados en mí, desterrando cualquier posibilidad.

Ambos miramos por encima del puente, hacia la orilla donde esperaba Auri. Al vernos parados, ella volvió a agitar sus manos, sonriente, conminándonos a que nos diéramos prisa. Lancé un suspiro inevitable, asintiendo con la cabeza hacia Cortés. ¿Cómo ocultarle el tesoro a mi tesoro?

—Será mejor entonces que todo siga cubierto con un velo, inaprensible. —Cortés envolvió el aire invisible entre nosotros con sus manos.

—¿Cómo vos mismo?

—Igual que nuestro tesoro —replicó él, sus ojos negros brillando con una sombra ámbar allá al fondo de sus pupilas.

Epílogo

Túnel de la estación de metro Peñón Viejo, México D. F., 13 de agosto, en la actualidad

Estaba hasta la madre de su jefe. Hasta los mismísimos cojones, como explotaba Fernando Martínez, su jefe, cada vez que él respondía «Ahorita voy» y tardaba más de la cuenta.

—Me tienes hasta los cojones, Cuauhtémoc. Hasta los mismísimos cojones. Te llevo esperando ya un buen rato —estallaba siempre, al borde de la histeria.

Todos los españoles que conocía eran así: gritones, impacientes y maleducados. Y, encima, su jefe era el culpable de que estuviera ahí a esas horas de la madrugada. El maldito semáforo de la línea A del metro había vuelto a desconectarse de la red informática, a la altura de la estación de Peñón Viejo. No era la primera vez que ese semáforo fallaba. El mes pasado se había fundido el disco rojo. Había sido él quien había cambiado la bombilla entonces, pero ahora volvía a fallar.

—Cuauhtémoc, vas a ir tú porque, además de cambiar la maldita bombilla, tu obligación era haber revisado el circuito eléctrico que se encuentra junto a la pared de la sección 5T del túnel de Peñón Viejo dirección Pantitlán; exactamente a 323 metros de la estación —había gritado Fernando, a quien le gustaba expresar las distancias con la medida española, y no con la gringa.

«Coño, que sois españoles antes que yanquis, joder», gruñía Fernando en cuanto tenía ocasión. Su jefe creía que aquello seguía formando parte de la *madre patria*. O de Telefónica, que era la que lo había enviado allí, al D. F., mucho antes de que la compañía española lo hubiera acabado vendiendo todo, dejándolo a él, a Fernando, como único vestigio del dominio español.

Al carajo con la *madre patria*. Que para eso sus padres lo habían llamada Cuauhtémoc en honor al gran héroe que había desafiado a Hernán Cortés. Había perdido, claro, pero con su derrota y su negativa a ser invadido por los españoles, el héroe nacional había plantado una semilla de la que él era orgulloso fruto. Su nombre era Cuauhtémoc y no se iba a dejar pisotear por nadie. Pero su jefe era su jefe, y había que llegar a final de mes.

Tenía que reconocer que el español era bueno. Se sabía la red eléctrica e informática del metro del D. F. como la palma de su mano. El semáforo en cuestión estaba exactamente a 323 metros de la estación de Peñón Viejo. ¿Quién podía saber de memoria la distancia salvo Fernando?, se dijo Cuauhtémoc mientras avanzaba por la oscuridad del túnel a la 1.23 de la madrugada.

No le gustaba estar a esas horas de la noche en aquel sitio. El mes pasado había tenido un buen susto. Caminaba sobre el escalón que corría paralelo entre las vías y la pared del túnel cuando, a su paso, se había desprendido un trozo de la piedra en la que se había excavado para hacer el túnel. El susto que se llevó había sido mortal, y no lo dejó desangrándose allí de milagro. La piedra podría habérsele caído en la cabeza y, en su lugar, lo hizo a diez centímetros de distancia. Una bendición... De los dioses, por supuesto. Al domingo siguiente, cuando en la comida familiar en casa de sus padres contó el incidente, su abuelo había explicado que aquella estación era muy singular. En tiempos de Moctezuma, el lago de Texcoco cubría aquella parte de la ciudad, y el peñón era una de las islas favoritas de Moctezuma. «Un lugar sagrado», había susurrado su abuelo con ese halo de misterio y magia que solo los ancianos mexicanos sabían exhalar de sus entrañas.

A Cuauhtémoc se le había quedado grabado eso de que el peñón había sido una isla en tiempos de Moctezuma, y no le gustaba estar merodeándola precisamente el 13 de agosto, día en el que su héroe, Cuauhtémoc, había sido derrotado por las huestes de Hernán Cortés. No le agradaba la idea de encontrarse en aquel túnel con el espíritu de algún guerrero atormentado, y mucho menos con la ira de los dioses aztecas tristemente derrotados.

—Virgencita de Guadalupe, tú no me abandones, que para eso eres mi madre.

Cuauhtémoc se repitió a sí mismo la tonadilla que su madre le había enseñado a recitar desde pequeñito mientras estaba a punto de dejar atrás el fatídico lugar donde había caído la piedra un mes antes. Le sorprendió que siguieran ahí los restos y que nadie hubiera ido a recoger los escombros desde entonces. Él había dado parte del incidente al servicio de metro de la ciudad. A lo mejor lo habían recogido pero se había vuelto a desprender otro trozo de tierra. Tenía que volver sobre sus pasos y revisarlo bien. Si era otro desprendimiento de la pared podía ser peligroso para la seguridad de la red viaria. No era frecuente que aquello ocurriera.

Su sentido de la responsabilidad lo hizo retroceder sobre sus pasos. Con el potente haz de la linterna iluminó los escombros en el suelo y, seguidamente, la pared. Era más que evidente que aquel derrumbe era nuevo. Le sorprendió ver humedad alrededor de la grieta, como si detrás de esa pared estuvieran los últimos restos del lago Texcoco. Un escalofrío recorrió su espalda; a lo mejor era la sangre de los guerreros muertos por Cortés el 13 de agosto de 1521. Cuauhtémoc se imbuyó del espíritu guerrero del hombre de quien había tomado prestado su nombre y se adelantó hacia la pared para tocarla. Efectivamente, estaba húmeda, pero no olía mal. Por suerte no era una cañería de aguas fétidas rota. Empujó la mano sobre la grieta, alejando al mismo tiempo la cadera hacia afuera por si se precipitaba algún otro cascote y lo sepultaba para siempre. Sería una dignidad indigna caer muerto un 13 de agosto bajo los escombros de una pared del túnel de metro de Tenochtitlán llamándose Cuauhtémoc. Él estaba destinado a vuelos más altos, aunque su nómina de fin de mes no lo subiera más allá de la décima planta del edificio en el que vivía con su mujer y sus tres hijas. Sin embargo, no se podía quejar; sus mujeres, como las llamaba él, lo querían con locura.

No se desprendió ningún otro trozo de pared bajo su impulso y Cuauhtémoc respiró tranquilo. Volvió a deslizar el haz de luz de la linterna sobre los cascotes que había en el suelo y los examinó detenidamente. No eran muy grandes, y por fortuna no habían caído sobre las vías del tren. Volvería a perder el tiempo en rellenar un parte. Los servicios de mantenimiento tenían que hacer algo más definitivo con aquellas grietas que amenazaban con acabar colapsando aquella sección del túnel de Peñón Viejo.

Satisfecho con su análisis, pasó el pie por encima de los cascotes y continuó su camino hacia el punto de distancia señalado. A 323 metros exactos de la estación del Peñón.

Se había alejado ya unos cinco metros cuando escuchó a sus espaldas un estruendo horrible. Por un instante creyó que los dioses aztecas hacían temblar la tierra de nuevo, como durante el último terremoto que había asolado la ciudad, pero no ocurrió nada más, y Cuauhtémoc enfocó la linterna hacia el lugar donde había escuchado el ruido. La luz se filtró a través del polvo que rodeaba la grieta húmeda.

—Maldita sea —murmuró, dando un suspiro y retrocediendo de nuevo sobre sus pasos.

Una piedra enorme se había desprendido de la grieta. La misma sobre la que había hundido su mano, apoyando su peso, era la que estaba ahora en el suelo, junto a la vía. Por listo. Cuauhtémoc se inclinó sobre la roca, y le sorprendió encontrarse con un sillar bien tallado de unas medidas aproximadas de cincuenta centímetros por treinta. Era bueno calculando en centímetros desde que había descubierto que la palma de su mano, como la de la mayoría de los mortales, medía veinte. Así, palmo a palmo, se podía uno comer el mundo entero. Y aquel sillar medía cincuenta por treinta centímetros. Al tocarlo antes, húmedo, en la pared, junto a la grieta, no le había parecido un sillar labrado.

Cuauhtémoc se volvió a armar de valor y proyectó la linterna sobre el agujero negro que había destapado el sillar. Contuvo la respiración como si se fuera a hundir en el mar, en el lago Texcoco, y miró hacia donde estaba iluminando. No había pared, pero allá, en el fondo, no se veía nada salvo un hueco negro que parecía profundo. A lo mejor una pequeña hendidura que se abría en una cueva de la vieja isla de Moctezuma. Volvió a respirar al fin con cierta emoción contenida. Cuando se había construido aquella línea del metro, en 1991, la mano que la había trazado desconocía que la estaba haciendo pasar junto a una cueva en el corazón de la isla sagrada del gran Moctezuma, y que él, Cuauhtémoc González de Guzmán, la iba a desenterrar por azar treinta y cinco años después. ¿O no había sido el azar?

El espíritu de la derrota del 13 de agosto pesaba todavía sobre él, y, estimulado por la imaginación, creyó oír de pronto una ráfaga de viento que sintió sobre su rostro al pasar de largo por el túnel, como un vagón en el tiempo, mientras susurraba su nombre. Le temblaron las piernas al creer oírlo —¡estaba seguro de que lo había oído!—, y se tuvo que inclinar, de cuclillas, para tomar aire, aliento y fuerzas. Acarició con la palma de la mano el sillar. La piedra era fría y lisa, pero notó unas pequeñas arrugas sobre su piel. Movido por la curiosidad, Cuauhtémoc dirigió el haz de luz hacia su tacto. Unas líneas tallaban la piedra en su centro justo. No, no eran unas simples líneas. Formaban unas palabras. El corazón de guerrero que latía en su interior comenzó a hacerlo con fuerza. Era una inscripción antigua. Tragó saliva, emocionado. A lo mejor esto era el principio de los altos vuelos que había soñado siempre. La planta once de su destino. Separó un poco el potente haz de luz de la piedra y entonces lo leyó:

> Auristela y Diego de Soto estuvieron aquí y lo vieron.
> 1529, año de gracia de nuestro señor Jesucristo.

Cuauhtémoc se incorporó y volvió a mirar hacia el agujero negro junto a la grieta. Tuvo miedo de proyectar otra vez la linterna sin saber lo que podía encontrar; era demasiado negro, demasiado agujero. Venciendo el temor que lo inundaba, alumbró el hueco y dio un grito de muerte. Algo negro se movía. Un gato saltó de las brumas negras del agujero y se perdió entre las vías, bajo el haz de luz tembloroso de Cuauhtémoc, que lo alumbraba. Le impresionó ver la sombra del gato moviéndose, gigante, sobre la pared del túnel. Parecía la sombra de un jaguar.

Nota del autor

Me gustaría pensar que es el verdadero Hernán Cortés quien se ha asomado a las páginas de *Todos sabrán mi nombre*, pero, indudablemente, lo que acabas de leer, querido lector, es una novela. Sin embargo, he tratado de que toda ella se sustente en hechos verídicos, históricos, que realmente ocurrieron. Sobre ellos he querido reconstruir un relato plausible de lo que pudo suceder en Tenochtitlán hace quinientos años, pero no todo es cierto. Si deseas conocer hasta dónde ha llegado mi imaginación y cuáles son los hechos verídicos de los que se ha alimentado la trama, te invito a que me mandes un email a la siguiente dirección: tony.gratacos@gmail.com; con sumo gusto te enviaré las notas históricas. Habrá quienes me recriminarán que no las haya incluido, pero prefiero evitar esa malsana curiosidad que tenemos muchos lectores de curiosear el final del libro, arriesgándonos a conocer una revelación que arruine nuestra lectura.

Habrá quienes consideren excesivas algunas de las licencias que me he tomado con algunos de los personajes históricos que recorren la trama. Nadie sabrá nunca lo que pasó por sus corazones y sus mentes, pero esa es la inevitable obligación a la que se enfrenta un novelista: hay que llenarlos de ideas y pasiones que den razón de lo que sabemos de ellos. Pido de antemano perdón a aquellos personajes históricos —y solo a ellos— que consideren que mi reconstrucción no les hace justicia en absoluto. Me consuela saber que, aun a riesgo de exponerlos a posibles ofensas, he conseguido al menos que todos sepamos sus nombres quinientos años después.

Agradecimientos

A ti, querido lector, el primero. Porque si no hubieses rellenado mis palabras con tu imaginación, me habría sido imposible hacerte viajar quinientos años en el tiempo, al Tenochtitlán de Hernán Cortés. Ojalá hayas podido disfrutar y sufrir con el libro tanto como yo mientras lo escribía. Muchísimas gracias por tu confianza.

Escribir una segunda novela después de *Nadie lo sabe* era todo un reto. Habría sido imposible superarlo sin la ayuda y el apoyo y la paciencia de Encar, mi mujer, y la de mis hijos, que me han tenido que aguantar durante cerca de un año viviendo a caballo entre la mente de Diego de Soto y la mía. También tengo que seguir agradeciendo el apoyo incondicional de mi cuñado Luis y del resto de mi gran familia, quienes, a pesar de los pesares, siempre están ahí, en primera fila, animando.

Tampoco tengo palabras por el apoyo y la confianza que he recibido de todo el equipo de Ediciones Destino, quienes supieron ver la novela y darle una calurosa bienvenida desde las primeras líneas. El temple, la tranquilidad y la determinación de Anna, mi editora, son la razón de que *Todos sabrán mi nombre* haya acabado en tus manos.

Nadie parte de cero al empezar a escribir una historia que hunde sus raíces en el pasado. La conquista de México no habría llegado jamás hasta nuestros días con la fuerza que lo ha hecho si no hubiera sido por Bernal Díaz del Castillo y su *Historia verdadera de la conquista de la Nueva España* y por las *Cartas de relación* que escribió el propio conquistador. Ambas obras fueron la chispa que encendió el motor, pero debo la mayor parte de la documentación para este libro al trabajo que realizó el historiador mexicano José Luis Martínez. Su inmensa biografía sobre Hernán Cortés ha resultado tan imprescindible como los *Documentos cortesianos* sobre el conquistador que el historiador compiló en cuatro volúmenes de valor incalculable. También debo mucho al historiador francés Christian Duverger, quien con su biografía sobre Cortés y su obra *Crónica de la Eternidad* supo introducir en mi imaginación elementos y perspectivas nuevas sobre la figura del conquistador.

Confío en que todas las semillas que de un modo u otro plantaron en mi cabeza y crecieron mientras escribía hayan crecido también con fuerza en tu corazón al leer la novela. Ahora sabemos sus nombres. Es un paso imprescindible si queremos honrar su gesta con todos los matices, con toda la fuerza, con todo el peso de la verdad.

Dramatis personae

Aguilar, Jerónimo de: Fue capturado por los mayas durante una expedición en la costa de Yucatán. Su habilidad para hablar maya y español lo convirtió en un intérprete clave para Hernán Cortés durante la conquista de México.

Alvarado, Pedro de: Conquistador nacido alrededor de 1485 en Badajoz, España. Es conocido por su participación en la conquista de México y su papel como lugarteniente de Hernán Cortés.

Carlos V: También Carlos I de Castilla. Nieto de los reyes católicos y de Maximiliano I, emperador del Sacro Imperio Germánico; se convirtió en rey de Castilla y Aragón a la temprana edad de diecinueve años.

Casas, Bartolomé de las: Fraile dominico, defensor de los derechos de los indígenas.

Cobos, Francisco de los: Secretario personal del emperador Carlos V.

Cortés de Monroy, Martín: Hidalgo extremeño de familia noble, padre el conquistador Hernán Cortés.

Cortés Malintzin, Martín: También apodado el Mestizo, fue hijo de Hernán Cortés y doña Marina, la malinche.

Cortés, Hernán: Nacido en Medellín, España, cambia el curso de la historia con la conquista de Tenochtitlán.

Cuauhtemoc: Joven emperador azteca, símbolo de la resistencia contra los españoles.

Cueva, Beltrán II de la: Tercer duque de Alburquerque, diplomático noble, influyente en la corte española.

Chimalpopoca: Joven príncipe azteca, hijo y heredero de Moctezuma.

Dantyszek, Jan: Diplomático polaco en la corte castellana.

Elvira: Princesa tlaxcalteca que fue entregada a los españoles como obsequio.

Estrada, Alonso de: Oficial real enviado por la corona a Nueva España para supervisar el quinto real y que acabó siendo gobernador de la provincia.

Fernández de Velasco, Bernardino: Primer duque de Frías, noble español de gran influencia, personaje clave en la batalla de la toma de Granada.

Fernández de Velasco, Pedro: Tercer duque de Frías, noble español de mucha influencia en la Corona.

Florín, Juan: Navegante y corsario francés.

Fonseca, Juan Rodrígues de: Obispo de Burgos y presidente de la Junta de Indias, organismo que gestionaba todo lo relacionado con los territorios de ultramar de la Corona de Castilla.

Fugger, Anton: Banquero alemán afincado en Augsburgo que financió a reyes y expediciones.

García Bravo, Alonso: Alarife y artesano que participó en la expedición, artífice de la traza de la nueva ciudad de Tenochtitlán.

García de Loaysa y Mendoza: Arzobispo dominico, presidente del Consejo de Indias, organismo que sustituyó a la Junta de Indias, responsable de la gestión de los territorios de ultramar de la Corona de Castilla.

García Jofré de Loaysa: Capitán general de la segunda expedición española a las Molucas.

Grado, Alonso de: Capitán que participó en la expedición de Cortés y fue veedor general de los indios en el gobierno de Nueva España.

Guevara, Santiago: Capitán de una de las naves de la segunda expedición española a las Molucas, el patache Santiago.

Guzmán, Nuño de: Conquistador español nombrado gobernador del Pánuco, famoso por su crueldad.

Juan Diego: Campesino chichimeca a quien se le apareció la Virgen María, Nuestra Señora de Guadalupe, en 1531.

Marina doña: Conocida como la Malinche, intérprete y consejera de Cortés. Fue una de las diecinueve mujeres esclavas dadas a Cortés como regalo después de la batalla de Centla.

Mejía, Gonzalo: Soldado de la expedición de Hernán Cortés que tuvo responsabilidades como tesorero del oro requisado por los españoles.

Moctezuma Xocoyotzin: Último emperador azteca, testigo de la llegada de los españoles a Tenochtitlán bajo el mando de Hernán Cortés.

Moctezuma, Isabel de: La princesa Tecuichpo, hija del último emperador azteca, convertida al cristianismo después de la conquista.

Motolinía, Toribio de Benavente: Fraile franciscano, uno de los doce primeros religiosos llegados a México tras la conquista de Cortés.

Narváez, Pánfilo de: Conquistador que lideró una expedición para derrotar a Cortés por orden del gobernador de Cuba.

Olarte, Diego de: Soldado que participó en la conquista con Cortés y se hizo religioso franciscano.

Olid, Cristóbal de: Uno de los capitanes más destacados de Cortés durante la conquista, y que más tarde se sublevó.

Ortiz, Tomás: Superior dominico que tras su llegada a Nueva España regresó a Castilla sembrando discordia en torno a la figura de Hernán Cortés.

Pérez de Guzmán y Zúñiga, Juan Alonso: Sexto duque de Medina-Sidonia, una de las casas señoriales más destacadas de la Corona de Castilla.

Quiñones, fray Francisco de los Ángeles: religioso franciscano que fue ministro de la orden entre los años 1523 y 1528.

Ribera, Juan de: Secretario y procurador de Hernán Cortés en representación de sus intereses ante la Corte castellana.

Salazar, Gonzalo: Oficial real enviado por la Corona para la supervisión del quinto real recaudado en Nueva España. Se vanagloriaba de ser el primer cristiano nacido en Granada tras su conquista.

Sandoval, Gonzalo: Nacido en Medellín, uno de los capitanes de mayor confianza de Hernán Cortés durante y después de la conquista.

Tapia, Andrés de: Soldado español nacido en Medellín que debido a su valía y lealtad hacia Hernán Cortés fue nombrado capitán y uno de sus más destacados hombres. Es autor de una crónica sobre la conquista.

Vázquez de Tapia, Bernardino: capitán durante la conquista y uno de los primeros regidores del cabildo de la ciudad de México-Tenochtitlán.

Vega, Garcilaso de la: Soldado y hombre de letras que se convirtió en referente de la nueva poesía castellana.

Velázquez de Cuéllar, Diego: Originario de Cuéllar, fue conquistador y gobernador de Cuba. Designó a Hernán Cortés como capitán de una expedición que tenía como objetivo avistar y reconocer nuevas tierras del continente.

Velázquez de León, Juan: Capitán de Hernán Cortés durante la conquista que cayó muerto durante los trágicos acontecimientos de la Noche Triste.

Zúñiga y Pérez de Guzmán, Álvaro de: Duque de Béjar, uno de los grandes de España; hombre de confianza de la Corona y firme defensor de los intereses de Hernán Cortés.

a ſumma

ſous,
ijs.

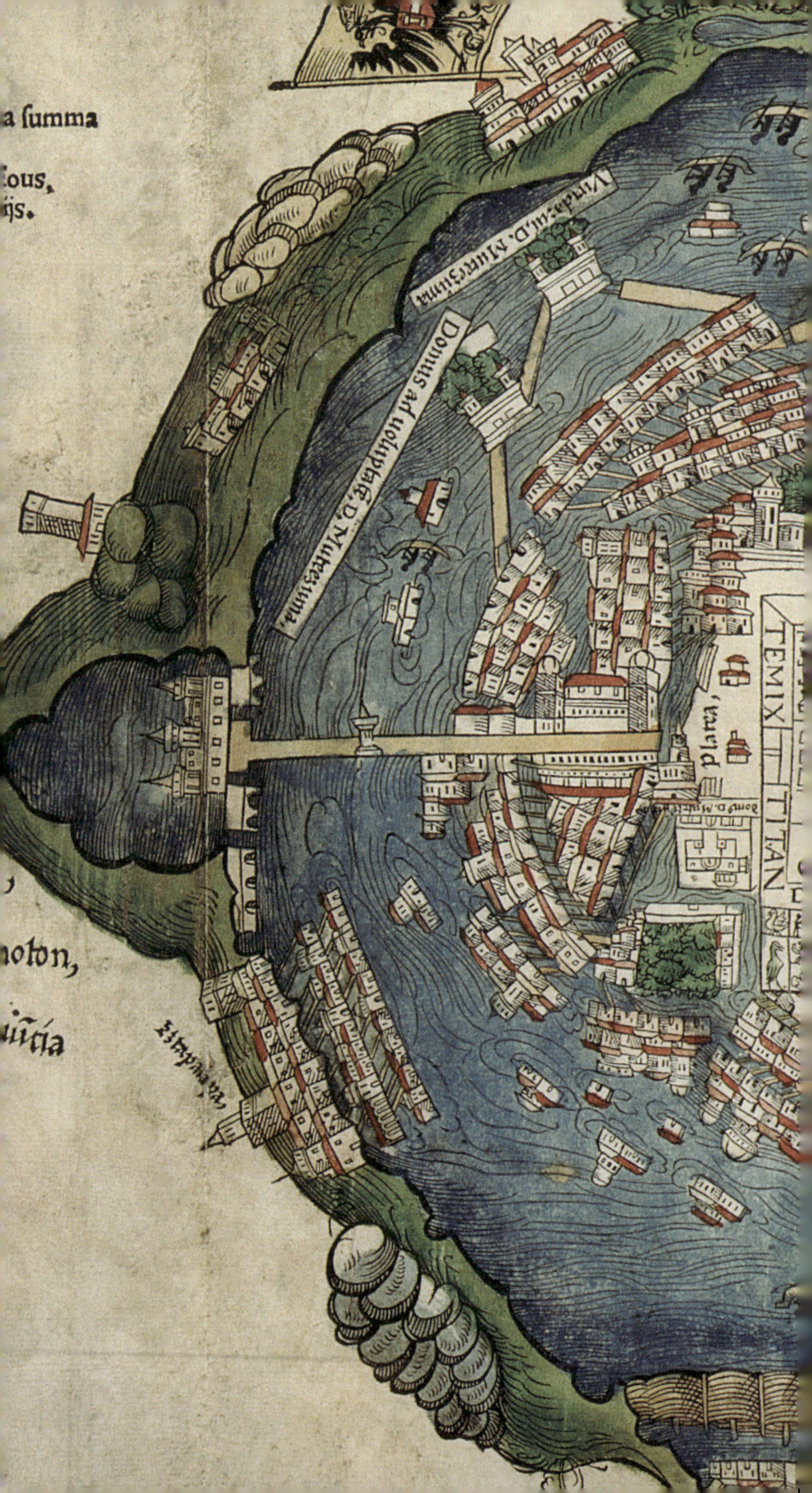

noton,

uitia